La ciudad y los perros　Mario Vargas Llosa

都会と犬ども

マリオ・バルガス＝リョサ
杉山 晃 訳

新潮社

都会と犬ども

第一部

キーン　ぼくらが英雄を演じるのは、卑怯者だからだ。聖者のお面をかぶるのは、悪人だからだ。殺人者のまねをするのは、人を殺したくってうずうずしているからだ。あれやこれや芝居をするのは、生まれつき嘘つきだからだ。

ジャン＝ポール・サルトル

1

「四だ」とジャガーは言った。

若者たちはほっと胸をなでおろした。うす汚れた電球からもれる明かりは、かすかにまたたいている。危険が過ぎさったのである。もっともポルフィリオ・カーバひとりにとってはそうではなかった。サイコロが振られ、三と一の目が出たのであった。うす汚れた床《ゆか》の上でサイコロがまばゆく映えている。

「四だ」とジャガーは繰り返した。「誰だ？」

「おれ」とカーバはつぶやいた。「四はおれだ」

「急いでやるんだ、左から二つ目だ、いいな」

カーバは寒気《さむけ》をおぼえた。便所は寮舎の奥にあった。寝室とはドア一つでへだてられ、窓がなかった。冬が訪れると冷たい風が、割れた窓ガラスや壁の隙間から寝室に吹きこんだ。今年の冬は特にきびしく、寝室のみならず、士官学校のどんな奥まった所でも、寒風が生徒たちの肌を刺した。夜になると、便所にまで風が入りこんで昼間からの悪臭やよどんだ空気を追い散らした。しかしカーバは山育ちだった。寒さには慣れているはずであった。だから肌があわだつとすれば、それは寒さのせいではない、こわいのだ。

「もういいだろ？　寝にいっていいか？」とボアがたずねる。太い声だ。体も大きい。頭がとがり、油でてらてらした髪は羽ぼうきのようだ。顔が小さく、眠たそうな目は落ちくぼんでいた。口が半分開いて、突き出た下唇からひと筋のタバコ屑が垂れ下がっている。

「一時から歩哨に立つんだ」とボアは言った。「いまのうちにすこし寝とかないと」

「いいだろう。おまえらはもう寝ていい」とジャガーは命じる。「五時に起こしてやるからな」

ボアと巻き毛は出て行った。敷居をまたぐときひとりが蹴つまずいて悪態をついた。

「もどったらすぐに知らせてくれ」とジャガーはカーバに言う。「もたもたすんなよ。もうすぐ十二時だ」

「ああ」とカーバはうなずく。ふだんのカーバは無表情だが、いまはひどくくたびれきった顔をしている。

「着がえてくる」

便所を出た。寝室は暗かった。だがカーバにとってそれは問題ではない。暗くても、寝台のあいだを自在に歩くことができた。天井が高く、細長いその建物の内部を彼は手にとるようにわかっていた。室内はしいんと静まりかえり、ときおり鼾《いびき》や寝言がその静寂を乱した。カーバは入口から一メートルほどのところにある自分の寝台にたどり着いた。右側の二列目、下段の寝台であった。手さぐりでクローゼットのなかからズボンとカーキ色のシャツと軍靴を取りだした。上段に寝ているバジャーノのタバコくさい息が顔にかかった。暗がりのなかで、黒ん坊の大粒でまっ白な歯並みが見えた。齧歯《げっし》類の動物を連想させる。パジャマを脱いで制服を着こんだ。上衣を肩にかけると、靴音をしのばせて部屋の反対側、便所のそばにあるジャガーの寝台に向かった。

「ジャガー」

「ああ、これを持っていけ」

カーバは手をのばして二つの冷たい物体を受けとった。ざらざらした感触が手につたわった。懐中電灯とヤスリであった。懐中電灯はそのまま手にし、ヤスリを上衣のポケットにしまった。

「歩哨は誰？」とカーバはたずねた。

「詩人とおれだ」

「おまえ？」

「そうだ。奴隷が代わりをやってくれてるけどな」

「ほかのクラスではどうなってる？」

「こわいのか？」

カーバはこたえなかった。爪先立って戸口に向かった。開き戸をそっと押してみたがやはりきしんだ。

「どろぼう！」暗がりのなかからさけび声があがった。

「歩哨、やつを殺せ！」

誰の声なのか、カーバにはわからなかった。外を見やった。中庭はひっそりとしていた。寮舎と原っぱのあいだに閲兵場があった。円《まる》い照明灯の明かりは、中庭までおぼろげにとどいていた。三つのコンクリートの建物は五年生の寮舎であった。それらの建物の輪郭は、霧のなかでぼうっとぼやけ、幻想的な雰囲気に包まれていた。カーバは建物の外へ一歩踏み出した。寮舎の壁に背中を押しつけたまま、しばらく何も考えずにじっとしている。もはや誰の助けもあてにすることができなかった。ジャガーもまた安全地帯にいた。いまごろ心地よく眠っているであろう同級生や下士官たち、あるいはグラウンドの向こう側の小屋のなかで身を縮めているであろう兵士たちがうらやましく思えた。

すぐに行動に移らなければ、恐怖のあまりそのまま身動きできなくなってしまいそうだった。目的地までの道筋を頭のなかで思いえがいた。まず中庭と閲兵場を横切らねばならなかった。それから原っぱの闇にまぎれて、食堂、本部、将校宿舎等の建物を迂回する必要があった。別の小さなセメントの中庭に出れば、その奥に行く手をふさぐような形で校舎が建っている。そこにたどりつけばもう安心であった。パトロールはそこまでやってこなかった。カーバは、頭を空っぽにして機械的に計画を遂行できたらと思った。学校では毎日きまった日課があって、自分の行動をいちいち考えたり意識したりする必要がなかった。流れに身をまかせていればそれでよかった。しかし今は、そういうわけにはいかなかった。思わぬ役目を背負わされて、目がいよいよ冴えてくるのだった。

　壁ぎわに体を寄せたまま歩きだした。中庭を横切らずに、五年生の寮舎の壁に沿ってぐるっとまわることにした。反対側に出ると、カーバは不安げに閲兵場を見やった。神秘的なたたずまいで、どこまでものびているようであった。両側に円い照明灯が規則正しくならび、そのまわりに無数の細かな霧の粒子が浮遊していた。光のずっと前方は闇に閉ざされ、闇の底には原っぱが横たわっているはずであった。歩哨たちは、寒くない日は、草の上に寝ころんで小声で雑談をしたり仮眠をとったりした。しかし今夜は、連中は便所にしけこんでサイコロ賭博に興じているだろうとカーバは推測した。左側にならぶ建物のかげに身をひそめて、足早に進んだ。靴音は波の音にかき消された。士官学校は断崖の縁に立ち、眼下に海がうねっていた。将校宿舎のまえにさしかかると、カーバは身震いしていっそう足をはやめた。閲兵場を斜めに横切って、原っぱの闇のなかに分け入った。突然目のまえで何かが動いて、ぎょっとした。忘れかけていた恐怖がいっぺんによみがえった。だがつぎの瞬間ほっとため息をついた。うるんだような二つのやさしい目が彼を見つめていた。ビクーニャの目だった。《こら、あっちへ行け！》とカーバは腹立たしげに動物を追っぱらった。だがビクーニャは知らん顔のままそこに突っ立っていた。《いったいこいつ、いつ寝るんだ？》と彼は苛立たしげに思った。《餌を食ってるところも見たことがねえ。どうやって生きてやがるんだ？》カーバはふたたび歩きだした。彼は二年半まえ地方からリマに出てきたのだった。士官学校の湿気にむしばまれた灰色の四つ壁の内側に、高山に棲《す》むこの動物が平然と歩いているのを見たとき、わが目をうたがった。いったい誰が、どういうつもりで、アンデスの山奥から、この動物をこんな所に連れてきたのだろう？　生徒たちは、ビクーニャをめがけて小石を投げ、腕前を競った。小石が命中しても、ビクーニャはほとんどなんの反応も示さなかった。無表情のまま、緩慢な足どりで遠ざかるだけだった。《インディオどもにそっくりだ》とカーバはつぶやいた。教室に通じる階段をのぼる。足音をしのばせる必要はもうない。そこには、机や椅子、風や影があるだけで、人はいなかった。二階の廊下を大股に歩いた。ふと足を止める。懐中電灯の色あせた光の輪のなかに、窓が浮かびあがった。《左から二つ目》とジャガーは言ったのだった。たしかにその窓ガラスはゆるんでいた。ヤスリで周囲のパテをはがし、手のなかにまるめこんでいく。しめった感触が手のひらにつたわる。ガラスを慎重にはずして床に置く。木製の窓枠の内側を指先でなぞって、掛け金の在《あ》りかをさぐる。窓が左右に開く。室内に忍びこんで懐中電灯を四方八方に振り向ける。机の上に謄写版がある。そのわきに印刷された用紙が積まれている。歩みよって覗きこむ。《期末試験・化学・五年生・制限時間五十分》と書いてある。その日の午後に印刷されたらしく、インクがまだ乾ききっていない。文意がわからぬまま、急いで設問を手帳に書きうつす。懐中電灯を消して、窓のそばへ寄る。框《かまち》にのぼって廊下側に飛びおりる。軍靴の下で窓ガラスは無数の小さな音をたてて千々に砕ける。《畜生！》とうなって、カーバはしゃがんだまま震えだした。蜂の巣を突ついたような喧騒が起こって、将校たちがどなりながら駆けこんでくるだろうと思った。だがまわりはあいかわらずしいんとしている。恐怖のために途切れる自分の息づかいだけが聞こえた。もうしばらく待ってみたが、やはりなんの音もしない。懐中電灯をつけるのも忘れて、手さぐりで散らばったガラスの破片を拾ってポケットにしまう。帰りは、まわり道などせずにまっすぐ寮舎に向かった。一刻もはやく寝床にもぐりこんで目をつむりたかった。ガラスの破片は原っぱに捨てたが、その際すこし手を切った。寮舎にたどり着いたときは、ぐったりと疲れはてていた。目のまえに黒い影が立ちはだかった。

「うまくいったか？」

「ああ」

「便所へ行こう？」

　ジャガーは便所のドアを両手で押しのけるようにしてなかへ入った。黄色い電球がともっていた。カーバは相手が裸足であることに気づいた。白い大きな足だった。爪がのびて黒くよごれ、むれたような臭いをはなっていた。

「ガラスを一枚割ってしまったんだ」カーバは蚊の鳴くような声で言った。

ジャガーははじかれたようにカーバに飛びかかって、その胸倉をつかんだ。上衣の襟をねじあげ、憎しみをこめた目でカーバをにらんだ。カーバはふらふらとよろめいたが、視線をそらさなかった。

「この田舎《いなか》っぺ！」とジャガーは吐きすてるように言った。「きさまがどじな田舎っぺだから、こういうことになるんだ。こっちがつかまったら首の骨をへし折ってやるからな」

ジャガーは相手の襟をわしづかみにしたままだ。カーバはしずかにその手をはらいのけようとする。

「さわるな、この馬鹿野郎！」カーバは顔につばを吐きかけられたような屈辱感をおぼえた。「このくそ田舎っぺ！」

カーバは腕をだらりと垂らした。

「中庭には誰もいなかった。誰にも見られてないと思う」

ジャガーは手をほどき、右手の甲を嚙んだ。

「おれは卑怯なまねはしねえよ、ジャガー」とカーバは言う。「つかまったら、ひとりで責任をとるよ」

ジャガーはゆっくりと視線を動かしてカーバをながめまわす。突然声をたてて笑いだした。

「きさまは臆病な田舎っぺだ。こわくて小便をもらしやがった。そのズボンを見ろよ。なんてざまだ」


リマに着いたその夜から住むことになったマグダレーナ・ヌェーバ区のサラベーリ通りのことを、彼はもう忘れてしまった。十八時間のバスの旅やつぎつぎとあらわれては消えていったさびれた町や村、砂丘や綿畑、小さな谷あいや海のことなども忘れてしまった。彼は窓ガラスに鼻をくっつけて、《リマへ行くんだ》と胸をおどらせたものだった。母親はときおり彼を胸もとに引きよせて、《リーチ、リカルドちゃん》と小さな声で彼の名前をささやいてくれた。《どうして泣いたりするんだろう？》と彼はいぶかしがった。ほかの乗客たちは本を読んだり眠ったりしていた。運転手はおなじ鼻歌を何時間も口ずさんだ。リカルドは朝からずっと地平線に目を凝らし、日が暮れてもなお地平線をじっと見つめていた。都会の街の灯が、さながら松明《たいまつ》行列のように、こつぜんと地平線上にあらわれるのを待ちかまえていたのである。だが手足の感覚がうすれて、彼はしだいにうとうとしはじめた。もうろうとした意識のなかで、《寝ないぞ》と自分に言い聞かせ、ぎゅっと唇を閉じあわせた。しかし気がついてみると、体をやさしく揺すられていた。《リーチ、起きて、着いたわよ。》リカルドは母親の肩に頭をあずけて眠っていた。寒かった。母親の唇が口もとに触れると、夢の中で自分が子ネコに変身したように思った。バスはゆっくりと動いていた。はじめて見る家並みや街灯や街路樹はしずかに流れ去って行く。チクラーヨの大通りよりも大きかった。しばらくすると、ほかの乗客たちがいなくなっていることにようやく気がついた。運転手は歌いつづけていたが、その声はさすがにくたびれていた。《どんな男《ひと》なんだろう?》とリカルドは心のなかで思った。そして三日まえのように、はげしい不安にかられた。母親は彼を呼んで、アデリーナ伯母さんに聞かれないようにそっと告げたのだった。《あのね、お父さんは死んでないの。いままでうそをついていてごめんなさいね。お父さんはね、長い旅から帰ってきて、いまリマでわたしたちを待ってるのよ。》《さあ、着いたわよ》と母親はリカルドに声をかけた。《サラベーリ通りでしたな?》と運転手は歌うような口調でたずねた。《ええ、三十八番地です。》彼は目をつむって眠ったふりをした。母親の唇を感じた。《どうして口にキスするんだろう?》と思いながら座席にしがみついた。バスはぐるぐるまわったあげくようやく止まった。彼は目をつむったまま母親の腕の中で身をちぢめた。ところが母親の体は不意にこわばった。《ベアトリス》と男の声がした。ドアが開き、彼は抱きあげられて地面におろされた。そしてそのまま放って置かれた。目を開けると、母親と男が抱きあって唇を合わせていた。運転手の鼻歌はもはや聞こえてこなかった。通りは閑散としていた。彼はふたりを見あげながら、数をかぞえた。一、二、三……。母親はやがて男から身をはなし、振り向いた。《お父さんよ、リーチ。さあ、パパにキスしておあげ。》ふたたび見知らぬ男の二本の腕がのびてきて彼を抱きあげた。男の顔がま近に迫り、彼の名前をつぶやいた。かわいたかさかさの唇が頬に押しあてられた。彼は全身をかたくした。

その夜のことも彼は忘れてしまった。寒々としたベッドやシーツのこと。暗闇のなかで、じっと目を凝らして何か形のあるもの、かがやくものを見つけだして、さびしさをまぎらそうとしたこと。そして胸に棘が突きささって、それがぐいぐい食いこんでゆくような痛みをおぼえたこと。《セチューラ砂漠のキツネはね、夜になると、悪魔みたいに吠えるのよ。どうしてだと思う？　まわりがしいんとしてるのがたまらなくこわいからなの。静けさがおそろしくって吠えだすんだって。》アデリーナ伯母さんがそんな話をしてくれたことがあった。彼もさけび声をあげて、その死んだような部屋のなかに、生の鼓動を呼びさましたかった。ベッドから起きあがった。裸に近かった。いきなり誰かが入ってきて、そんな恰好を見られたら、死ぬほど恥ずかしく感じるだろうと思った。裸足のまま戸口へ行ってドアに耳を押しあてた。何も聞こえなかった。ふたたび寝床にもぐると口を両掌でおおって、泣いた。朝日が部屋に差しこんで、街にさまざまな音が飛びかう時間になっても、彼はまだ目を開け、耳を澄ましていた。だいぶ経ってから、隣室で話し声がした。小声で話しているらしく、かすかなさざめきだけが耳にとどいた。やがて笑い声が起こり、ベッドの軋む音も聞こえた。しばらくしてドアが開いた。近づく足音、ベッドのわきに人のたたずむ気配、シーツの乱れをそっとなおすやさしい手つき。頬のそばであたたかな吐息を感じた。目を開けると、母親の笑顔がそこにあった。《おはよう》と母親がやさしい声でささやいた。《どうしたの？　ママにキスしてくれないの？》《いやだ》と彼はこたえた。

《親父《おやじ》のところへ行って、二十ソルくださいとねだったらどうだろう？　きっとよろこんで、目をうるませて、四十か五十ソルくれるだろうよ。だけど、それじゃまるで親父に、母さんを苦しめたことは忘れることにします、こづかいさえたっぷりもらえれば、ぼくにはなんの文句もありません、どうぞ思う存分女遊びを楽しんでください、と言ってやるようなものだ。》母親がプレゼントしてくれた毛糸のマフラーの下で、アルベルトの唇はかすかに動いている。上衣とまぶかにかぶった軍帽は、寒さから身を守ってくれる。すでにライフル銃の重みに馴れ、肩にかけているあいだもほとんどその重みを意識することがない。《母さんのところへ行って、こう言ったらどうだろう？　父さんからびた一文《いちもん》受けとらないと言ったって、なんの得にもならないじゃないか。自分のやってることを反省して家に帰ってくるまで、毎月生活費を送ってもらおうよ。だけど、母さんがどういう反応を示すか、目に見えるようだな。泣きだして、イエス・キリスト様のようにじっと耐えしのびましょう、十字架を背負いましょう、とかなんとか言いだすにきまってるさ。それにたとえ小切手を送ってもらうことになったとしても、話し合いやら手続きには何日もかかる。おれはそんなに待てやしない。二十ソルが要るのはあしたなんだからな。》

規則によれば、歩哨は、所属学年の中庭と閲兵場を見回ることになっている。しかしアルベルトは、寮舎の裏手を歩いていた。目の前に士官学校の色あせた塀がそびえている。外側を走る道路は、塀にはまった鉄格子の列に寸断されて、縞馬の背のように見える。蛇行する道路の向こう側は断崖になっており、打ち寄せる波の音はアルベルトの耳にもとどいた。霧が濃くなければ沖のほうに、あたかもきらめく槍のような形をしてラ・プンタの海岸線が見えた。それは海のなかへ長く突きでた防波堤のようでもあった。そしてそれと向かい合うような恰好で、まっ暗な湾のちょうど反対側に扇状の街の灯が夜空に浮かんだ。それはアルベルトの住む街、ミラフローレスの街明かりであった。当直将校は二時間おきに歩哨の点呼をとることになっていた。アルベルトは、一時までに持ち場へもどればよかった。彼はいま、土曜日の外出のことで頭がいっぱいなのだ。《連中は今ごろ夢のなかでもう一度あの映画を楽しんでるだろうよ。女たちのおっぱいやらお尻やら太ももをふんだんに見たら、あんがいやつらもおれにエロ小説の一つや二つ注文する気になるかもしれない。だけどあいつらが前金で払ってくれるわけないじゃないか。それにもう書くひまなんてありゃしないよ。明日の化学の試験どうしよう？　ジャガーのやつから問題を買わなくちゃなるまい。バジャーノが、ラブレターの代筆と引きかえに答えを教えてくれるかどうかだ。だけど黒ん坊なんかあてになりゃしない。そりゃいろんなやつからラブレターをたのまれるかもしれない。だが週末ともなりゃ、誰も金なんか持ってやしないんだ。〈小真珠《ラ・ペルリータ》〉や博奕《ばくち》で金を使いはたして、連中は水曜日あたりからすってんてんのはずだ。外出禁止をくらった連中からタバコの買い物を請け負って、あずかった金から二十ソルを失敬し、あとでエロ小説やラブレターで埋めあわせるという手もあるな。それにしても、食堂か教室かどこかでサイフを拾って開けてみたら、びっくり、二十ソル入ってた、ってことが起きないもんかな。いっそのこと、犬っころどもの寝室に忍びこんで、二十ソルがみつかるまでクローゼットをかたっぱしから荒してくってのはどうだろう？　それとも端から順番に、五十センターボずつかすめたほうが目立たなくていいのかね？　だけどそうなれば、連中の目をさまさないで、四十ものクローゼットを開けるはなれわざをやってのけなくちゃならない。それもすべてのクローゼットに五十センターボあればの話だ。もうやけくそだ、下士官か中尉のとこへ行ってやろう。二十ソルお貸しねがえませんでしょうか？　ぼくだって金の足《ピエス・ドラードス》のところへ行きたいんですよ、ぼくはもう大人です、それに、畜生、いったい誰がそこでわめいてやがるんだ……》

　誰の声なのかアルベルトにはすぐにわからない。自分が持ち場をはなれた歩哨であることも忘れている。ふたたびどら声がとどろく。今度ははっきりと聞きとれる、《こらっ、きさまはそこで何をしてるんだ？》不意に全身がこわばる。顔を上げる。さまざまなものがいっせいに目に飛びこむ。衛兵所の建物、ベンチにすわった兵士、抜き身をふりかざすレオンシオ・プラドの銅像……。すべてが回転しはじめる。処罰者名簿に自分の名前が書きこまれるなと思う。心臓がはげしく鼓動を打つ。恐怖にとりつかれ、舌と唇が小きざみに震える。自分とレオンシオ・プラドの銅像とのあいだにレミヒオ・ワリーナ中尉が立っている。五メートルとはなれていない。中尉は腰に手をあてて、アルベルトをにらんでいる。

「ここで何をしてるんだ？」

　ワリーナ中尉はアルベルトに歩み寄る。アルベルトは中尉の肩越しに、銅像をささえる岩塊の表面がところどころ翳《かげ》っているのを見る。見るというより想像する、あるいは空想するといったほうが正しいかもしれない。衛兵所の明かりは遠くかすかだし、勤番の兵士たちは岩にこびりついた苔をけずりおとして台座をきれいにみがいた可能性もあるからだ。

「おい、どうなんだ？」アルベルトの目のまえに立ちはだかったワリーナ中尉はたずねる。「どういうことだ？」

　アルベルトは背中をぴんとのばしておし黙ったままだ。右手の指先を軍帽に突きたてて微動だにしない。体じゅうの神経を緊張させて、目のまえの小柄な男を見つめている。ワリーナ中尉は腰に両手をあてて、やはり身じろぎもしないでじっと待ちかまえている。

「中尉殿、ご相談があります」とアルベルトは切りだす。《腹が痛いんです、もう死にそうです、うそじゃありません、と言ってやったらどうだろう？　アスピリンか何かいただけませんか？　母の具合が悪いんです、ビクーニャが殺されました。それとも泣きついて、憐れみを請うか？》「あの、悩みごとの相談なんですが……」

「なんだって？」

「悩みごとがありまして……」アルベルトは身をかたくしてこたえる。《こう言ってやったらどうだろう？おれの父親は大尉だ、いや海軍中将だ、元帥だ、おれに罰点をつけたら、一点につきあんたの昇進は一年遅れるからな。それとも……》「個人的なことですけど」アルベルトは口ごもる、ためらう、そしてでまかせを言う。「大佐殿は以前、こまったことがあれば遠慮なく上官に相談するように、と言われたことがあります。個人的な問題についてもご相談してよいと……」

「名前と所属を言いたまえ」ワリーナ中尉は腰から手をおろした。いっそう小さく貧弱に見える。さらに一歩あゆみ寄る。アルベルトは中尉の鼻づらや両棲類を連想させる生気のない目をま近から見おろすことになった。ワリーナ中尉は眉をしかめて、威厳のある態度を装っているが、実際は悲劇的な顔つきにしかなっていない。自ら編みだしたやり方で処罰者を選びだすときにする顔つきとおなじだ、《よし、班長、番号が三とその倍数のやつらに罰点六をつけてやれ。》

「アルベルト・フェルナンデス、五年一組」

「それでおまえはなにを言いたいんだ？　はっきりものを言わんか」

「あの、病気なんじゃないかと、からだはべつにどこも悪くありませんが、頭がちょっと変なんじゃないかと。毎晩うなされるんです」アルベルトは従順さを装って目を伏せる。ひどく間のびした口調でしゃべった。何も考えていない。頭のなかはからっぽだ。わけのわからぬことをしゃべって相手を煙《けむ》に巻く魂胆だ。「ほんとうにぞっとします、中尉殿。人を殺す夢や、人間の顔をした獣の群に追いかけられる夢を見てしまうんです。もうぐっしょり汗をかいて、ぶるぶる震えながら目をさますんです。あんなおそろしいことはありません」

ワリーナ中尉の目は生気をとりもどしてアルベルトの顔を注意深くさぐりはじめる。そのカエルのような目には疑いとおどろきが小さな灯《ともしび》のように揺らめいている。《笑おうか？　泣こうか？　さけぼうか？　逃げようか？》ワリーナ中尉は納得したようだ。不意に一歩さがって、どなる。

「おれは神父じゃねえんだよ。悩みごとの相談ときやがって、そんなもんは、てめえのおやじかおふくろにでも聞いてもらえ！」

「申しわけありません、中尉殿」とアルベルトは口ごもる。

「おい、その腕章はなんだ？」ワリーナ中尉は顔を近づけて目を剝《む》く。「きさまは歩哨だな？」

「はい、中尉殿」

「死んでも持ち場をはなれてはならんのだ。それぐらいのことも知らんのか？」

「知っています、中尉殿」

「こころの悩みだとかなんとか抜かしやがって。きさまは間ぬけな野郎だ」アルベルトは息をつめる。だがワリーナ中尉のしかめつらは突然やわらぐ。口が開《あ》いて、目は針のように細くなる。額に幾筋かの皺がきざまれる。笑っているのだ。「きさまは間ぬけなやつだ、まったく。持ち場にさっさともどれ。ほんとはきさまを禁足処分にすべきだが、今度だけは見のがしてやる。ありがたいと思え」

「ありがとうございます、中尉殿」

アルベルトは敬礼して、踵《きびす》を返す。衛兵所のベンチに腰をおろして頭を垂れている兵士たちの姿が一瞬目に入る。背後で声がする。《おれたちを神父とまちがえてやがるよ、あの野郎。》前方の左手に三つの建物がならんでいる。手前が五年生の寮舎で、そのうしろに四年生と三年生の棟がつづいた。建物群の向こうはグラウンドで、サッカー場は雑草におおわれ、トラックは穴ぼこだらけだ。木製の観覧席は湿気の浸蝕を受けてだいぶいたんでいた。グラウンドの向こうにいまにも崩れそうな建物が見えたが、それは兵士たちの寝泊りする小屋であった。その裏手に灰色の塀がそびえ、士官学校はそこで終わった。塀の外側にはラ・ペルラの広大な原っぱがひろがっている。《ワリーナのやつおれの足もとを見なかったから助かったけど、この靴が目に入ってたらどうなってただろう？　ジャガーが試験問題を手に入れてなかったらどうしよう？　だけど手に入れていても、果たして付けで教えてくれるかどうか……。金の足《ピエス・ドラードス》のところへ行って、おれはレオンシオ・プラドの生徒だ、童貞なんだ、縁起がいいんだからなんとかただでたのむよ、と言ったらどうだろう？　それとも街《バーリオ》へ行って友だちの誰かに二十ソル貸してくれるようにたのんでみようか？　時計をかたにおくってのはどうだろう？　化学の試験問題を見せてもらえなかったらいったいどうすりゃいいんだ？　ええ？　あしたの服装検査で引っかかったらどうするんだ？　ええ？　どうするんだ？　一巻のおわりだよ、まったく。》アルベルトは足をすこし引きずるようにしてのろのろと歩いている。二週間まえからひものないほうの靴は抜けそうになる。銅像から五年生の寮舎までの距離のほぼ中間点にさしかかった。各学年の寮舎は二年まえまでは、いまと逆の配置になっていた。グラウンドに面した寮舎は五年生にあてがわれ、衛兵所側の棟に三年生が寝起きしていた。四年生はいま同様真ん中の建物を占め、敵の挟撃にさらされていた。校長が代わると新任の大佐は配置替えを命じ、訓話のなかでその理由を説明した。《わが国の英雄であるレオンシオ・プラドの銅像のそば近くで起居できるという栄誉は、それなりの努力をもって勝ちとってもらわねばならん。きょうから三年生の諸君には一番奥の寮舎へ移ってもらう。そして一年進級するごとにレオンシオ・プラドの銅像に近づいてゆく、こういうふうにしたいと思う。そして本校を巣立つときは、ペルーの自由のために戦ったレオンシオ・プラドの精神を体現する立派な人物に成長していてもらいたい。軍隊では諸君、シンボルは大事にしなくちゃならんのだ。》

《アロースピデの靴ひもを盗《と》ってやろうか？　ちょっと気が引けるな。クラスには田舎っぺがいくらでもいるんだ。よりによっておなじミラフローレスの人間を困らせることもあるまい。山から出てきた田舎っぺどもは、街へ出るのがこわいのか、あまり外出したがらないからちょうどいいわけだしさ。ま、アロースピデはやめてほかのやつのにしよう。組織の連中はどうだろう？　巻き毛とかボア？　それにしても明日の化学の試験は気になるな。また不合格ってことになったらショックだ。奴隷はどうだろう？　あいつをいじめるのはちょっと酷だな。バジャーノにもそう言ってやったんだ。あれはひどかったな。おまえ、こわくて頭がいかれたんじゃねえのか？　無抵抗なやつをぶんなぐって威張ってみたってしようがねえだろ？　バジャーノのおびえた顔は見ものだったぜ、まったく、黒ん坊はどいつもこいつも臆病だ。なんて目つきをしやがるんだ。ああ、こわい。じたばたしやがって。おれのパジャマを盗んだやつを殺してやる、畜生、やつ裂きにしてやる、おい、中尉が来るぞ、下士官も来たじゃないか、おれのパジャマを返してくれよ、今週はどうしても出たいんだ、たのむよ。ちょっと面を貸せとすごまなくてもいいさ、てめえのおふくろは淫売だと相手を罵倒しなくてもいいさ、口ぎたなくやつをののしらなくてもいいさ、だけど、せめて、おい、どうしたんだとか、こりゃいったいなんのまねだとかぐらい言わなくちゃ。検査の最中にみんなの見てるまえでパジャマを引ったくられて、黙ってるなんて。奴隷のやつをいっぺんぶちのめして、その臆病な根性をたたきなおしてやる必要があるな。よし、バジャーノの靴ひもを盗《と》ってやろう。》

アルベルトは、五年生の中庭に通じる渡り廊下にさしかかった。波の音が聞こえる湿った夜だ。寮舎のセメント壁の内側にひろがる暗闇や、生徒たちが毛布にくるまって身をちぢめているであろう光景を想像する。《寮舎のなかかな？　死んじまった？　それとも便所のなかかな？　草むらのなか？　おい、ジャガー、どこにいるんだ？》閲兵場の照明灯にぼんやりと照らされた中庭は、ひっそりと静まりかえり、田舎の小さな広場のようだ。歩哨の姿はどこにも見あたらない。《博奕をやってんだ。二十センターボ銅貨一枚さえあれば……、たった一枚でいいんだ。二十ソルぐらいわけなくかせげるんだけどな。ジャガーのやつ、賭場にしけこんでるんだろうよ。付けでなんとかならないかな。ラブレターやエロ小説で払ってやるからさ、たのむよ。だけどこの二年間、あいつからなんの注文もないからな。間にあってんだ、とっとと消えうせろ、か。化学の試験でまた落第点をとることになるな、これは。》渡り廊下をぐるっとまわってみるが誰もいない。一組と二組の寮舎に入って便所をのぞくが、やはりひっそりとしている。ついでにほかの組の便所も調べる。わざと足音を立てて寮舎を横切るが、目をさます者はいない。おだやかな、あるいはせわしげな寝息がとぎれずにつづく。五組では便所のドアのまえで立ち止まる。誰かが寝言を言っている。くぐもった声で何やらもぐもぐ言っているがアルベルトには女の名前だけが聞きとれた。《リディア？　リディアね……、アレキーパから来たやつのガールフレンドが確かそんな名前だったっけ。女からとどいた手紙や写真をおれに見せて、つらい胸の内を話したやつだ。この子にぞっこん惚れこんでるんだ、うまく書いてくれよな、たのむぜ、なんて言いやがって。おれは神父じゃねえんだよ、この野郎、間ぬけなやつめ。リディアだってよ……。》アルベルトは七組に入って行く。便所のなかに輪になってうずくまっている連中が見える。緑色の上衣を着こんで傴僂《せむし》のようにからだをまるめている。八丁のライフル銃が床に投げだされ、一丁だけ壁に立てかけてある。便所のドアが開いたままなので、アルベルトは寮舎に入ったときから、彼らの姿を目にした。便所に向かって歩きだす。突然前方に人影が立ちはだかる。

「何の用だ？　誰なんだ？」

「大佐だ。きさまらは博奕をやる許可をもらっとるのか？　持ち場は死んでもはなれちゃならんのだ、知らんのか？」

アルベルトは便所に入る。みんながいっせいに振り向く。疲れきった顔ばかりだ。頭上にタバコの煙がたちこめている。知った顔はいない。どの顔もよく似ている。浅黒く、やぼったい。

「ジャガーはいねえか？」

「いねえよ」

「何やってんだ？」

「ポーカー。入るかい？　先に見張りを十五分ばかしやってもらうけど」

「おれは田舎っぺどもとは遊ばねえんだ」とアルベルトは言い、性器に手をやって連中をねらい撃ちするポーズをとる。「犯《や》っちまうだけさ」

「消えうせろ、詩人」と誰かがうなる。「ふざけた野郎だ」

「よし、大尉に報告するぜ」踵を返しながらアルベルトは言う。「田舎っぺどもは任務をさぼって、ポーカーで虱《しらみ》の賭けあいっこをやってるとな」

背中に罵声を浴びながらアルベルトはふたたび中庭に出る。しばらくためらっているが、やがて原っぱに向かう。《あいつ、草むらで寝てんじゃないのか？それとも歩哨であるおれの目を盗んで試験問題をかすめているのか？　畜生、あいつめ、もしかしたら脱走したのかも。あるいは……。》原っぱを横切って学校の裏塀に行き着いた。脱走はむかしそこからおこなわれた。塀の向こう側が平坦なので、飛びおりるとき脚の骨を折る心配がなかった。暗くなると黒い人影がつぎつぎと塀を飛びこえて闇のなかに消えていった。そして明け方になってもどった。だがある日、四年生が四人つかまり、新任の校長は彼らを放校処分にした。それからというもの夜のあいだは二人の兵士が塀の外側を見回ることになり、脱走を試みる者もすくなくなった。アルベルトはくるっと身をひるがえす。視界の奥に五年生の中庭がひっそりとかすんで見える。原っぱのなかほどに小さな青い炎が揺らめいた。アルベルトは急いでそちらに向かう。

「ジャガーか？」

応答がない。アルベルトは懐中電灯をとりだす。歩哨はライフル銃のほかに懐中電灯と紫色の腕章を携帯することになっている。点灯スイッチを入れる。光の輪のなかにもの憂げな顔が浮かびあがる。すべすべしたなめらかな肌、伏目がちの内気な視線。

「おまえか。こんな所で何をしてるんだ？」

　奴隷はまぶしがって、手をかざす。アルベルトは明かりを消す。

「歩哨だよ」

　アルベルトが笑う。しゃっくりの発作におそわれたような笑い方だ。とだえたかと思うと、すぐにまた湧きおこる。そして執拗につづく。人を嘲弄するような陰気な笑いだ。

「ジャガーの代わりをやらされてるんだな」とアルベルトは言う。「まったくおまえはあわれなやつだぜ」

「君こそジャガーの笑い方をまねてよっぽどあわれだよ」と奴隷はおだやかな声で応じる。

「おれはきさまのおふくろをまねただけさ」アルベルトは銃を肩からおろして草の上に置く。そして上衣の襟を立てると、手をこすりあわせながら奴隷のそばに腰をおろす。「タバコ持ってるか？」

　汗ばんだ手がアルベルトの手にかすかに触れてよれよれのタバコをそっと置いていく。タバコの両端は中味がこぼれて空洞になっている。アルベルトはマッチに火をつける。《気をつけて。パトロールの将校に見つかったらたいへんだ》と奴隷がささやく。《畜生、火傷《やけど》しちまった》とアルベルトは小さな叫び声をあげる。ふたりの前方に、まるで霧にけむる都心の大通りのように、皓《こう》こうと照らされた閲兵場がのびている。

「よくタバコが持つな。どうやってんだ？　おれなんか、水曜日にはもう全部吸っちまってるね」

「あまり吸わないんだ」

「おまえさ、ちょっと弱虫だぜ。ジャガーの代わりをさせられて、恥ずかしくないのか？」

「そんなことはこっちの勝手さ。君には関係ないだろう」

「やつはおまえを奴隷みたいにこきつかう。やつだけじゃない、みんながおまえをこきつかう。どうしてそんなにみんなをこわがるんだ？」

「君をこわがってないけど」

　アルベルトは笑う。だが不意にその笑いを止める。

「ほんとうだ。ジャガーみたいな笑い方だ。どうしてみんながやつの真似をするんだろうな？」

「ぼくは彼の真似をしないね」

「おまえはやつの犬だ。やつに腑ぬけにされちまったんだ」

アルベルトは短くなったタバコを投げすてる。足もとの草の上で赤い火がしばらくまたたいているが、やがて燃え尽きる。五年生の中庭はあいかわらずひっそりとしている。

「そういうことだよ、おまえはやつに腑ぬけにされちまったんだ」とアルベルトは言う。口を開けて、閉じる。舌の先に押しだされたタバコ屑を指でつまんで、爪でそれを二つに割《さ》く。それからふたたび舌の先にのせて、ぺっと吐き捨てる。「おまえは一度も殴りあったことがないんだろう？」

「一度ある」

「ここでかい？」

「いや、むかしだ」

「だからつけこまれるんだよ。おまえが臆病だってことはみんなが知ってんだ。なめられたくなけりゃ、ときたま殴りあわなくちゃ。でないと、一生カモにされるんだぞ」

「ぼくは軍人になるつもりはない」

「おれだってそうさ。だけどここにいるかぎりは、軍人とおんなじさ。そして軍隊では、腕っぷしが強くなけりゃやっていかれない。鋼鉄のキンタマを持ってないとだめなんだ、わかるか？　食うか食われるかだよ。それしかない。おれは食われたくないね」

「喧嘩が好きじゃないんだ」と奴隷はいう。「好きじゃないというより、やり方がわからないんだ」

「それは習っておぼえられるもんじゃないさ。度胸があるかどうかの問題だ」

「ガンボア中尉もそんなことを言ってたね」

「ほんとうだよ。おれは軍人になるつもりはないけど、ここにいると、揉《も》まれて一人まえの男になれるんだ。どうやって自分を守ればいいのか、世の中がどういうもんなのか、そういうことがわかってくるんだ」

「だけど君はあまり喧嘩しないじゃないか？　それなのにいじめられることがない」

「いかれたふりをするからさ。とぼけて相手を煙《けむ》に巻くのさ。なぶり者にされないためには、これもけっこう役に立つね。とにかく、なりふりかまわずにやるしかないんだ」

「君は物書きになるつもりなの？」と奴隷はたずねる。

「そんなものになってどうするんだ？　おれはエンジニアになるよ。親父《おやじ》がアメリカへ留学させてくれると思うんだ。ラブレターやエロ小説を書いてるのは、こづかいかせぎのためさ。べつに作家になりたいわけじゃないんだ。で、おまえはなんになるんだ？」

「むかしは水兵になりたかったけど、今はちがう。軍隊がきらいになった。たぶんぼくもエンジニアになると思う」

　霧が濃くなっていた。閲兵場の照明灯は小さくすぼみ、光も弱よわしく感じられた。アルベルトはポケットに手をやる。タバコは二日前から切らしていたが、吸いたくなるたびに、手だけが無意識のうちにいつもの動作を繰り返す。

「タバコ、もう一本あるか？」

　奴隷は黙っている。アルベルトは腹のあたりに奴隷の手が差しだされているのに気づく。手をのばすと、中味のほとんど減っていないタバコの箱をつかんだ。一本とりだして口にくわえる。舌先がかたくてぴりっとからいタバコの断面に触れる。マッチを擦《す》る。両掌のくぼみのなかでしずかに揺れる炎を奴隷の顔に近づける。

「なんでまた泣いてやがるんだ？」とアルベルトは言う。あわててマッチをはなす。「畜生、また指を焼いちまった」マッチをもう一本擦ってタバコに火をつける。胸いっぱいに吸いこんで鼻や口から煙を吐きだす。

「どうしたんだ？」

「なんでもないんだ」

　アルベルトはもう一度煙を吸いこむ。火は赤あかと燃えあがる。吐きだされた煙は、舞いおりてきた霧と溶けあう。五年生の中庭は見えなくなっていた。寮舎はぼうっとかすんで大きな黒っぽい影のように見える。

「何をされたんだ？」とアルベルトはたずねる。「男は泣くもんじゃないぞ」

「上衣を盗まれたんだ」と奴隷はこたえる。「まったくひどいよ。外出できなくなる」

　アルベルトは頭をねじって奴隷を見る。カーキ色のシャツの上にこげ茶色のベストを着ているだけだ。

「明日はどうしても外出したかったのに。ほんとうにくやしいよ」

「盗んだやつはわかってるのか？」

「いや、クローゼットから抜きとられたんだ」

「百ソルさっ引かれるな、いや、もっとかもしれないぞ」

「お金はいいんだ。だけど明日の服装検査に引っかかったら、またガンボア中尉に残されちまうんだ。もう二週間も外出してないんだ」

「いま何時？」

「あと十五分で一時だ。もう寮舎へ引きあげようか？」

「いや、まだ時間がある」起きあがりながらアルベルトはこたえる。「上衣を一着失敬して来ようじゃないか」

奴隷ははじかれたようにがばっと立ちあがったが、その場に立ちつくしたまま動かない。

「さ、急げ」とアルベルトは奴隷を急《せ》きたてる。

「歩哨に見つかったら？」

「びくびくすんなよ。おれがおまえのためにあぶない橋を渡ろうと言ってるんだぜ。臆病なやつには胸くそが悪くなるよ。歩哨のやつらは七組の便所で博奕をやってるんだ」

奴隷はアルベルトのあとについていく。霧はさらに濃くなったようだ。靴底のスパイクは湿った草を引っかく。波の打ち寄せる音に、風の音がまじりだした。校舎と将校宿舎とのあいだに、殺風景な建物が立っているが、風はうなりながらその内部を吹きぬけていく。

「十組か九組へ行こう」と奴隷はささやく。「チビたちのほうがぐっすり眠ってしまうから、目をさまさない可能性が大きい」

「何を情けないことを言ってんだ。おまえが要るのはちいちゃなチョッキか？　三組へ行こう」

ふたりは五年生の寮舎にやってきた。アルベルトはドアをそっと押してみる。ドアは音もなく開く。ほら穴の様子をうかがう動物のように、ドアの隙間から頭をさし入れて鼻をひくひくさせる。寮舎の暗闇のなかからおだやかな寝息がもれる。ふたりは部屋に入ってドアを閉める。《やつが逃げだしたらどうするんだ？　ぶるぶる震えてやがるじゃないか。さっきみたいにおいおいと泣きだしたらどうするんだ？　ジャガーに夜ごとかわいがられてるって話はほんとうだろうか？　冷や汗をかいてやがる。今ぱっと電気がついたらどうするんだ？　おれは飛んで逃げるぜ。》《奥がいい。》奴隷の耳もとに口を寄せる。《あそこのクローゼットは寝台からはなれてるんだ。》《あ？》奴隷は突っ立ったまま聞きかえす。《まったくどうしようもねえやつだな。来いよ。》ふたりは足音をしのばせて進む。腕をのばして闇のなかを手さぐりする。《おれが盲だったらどうするか？　ガラスの目玉を抜きとって、金の足《ピエス・ドラードス》にさし出す。これをかたに置くからなんとか付けでたのむよ。親父さんよ、女遊びはやめてくれよ。きさま、何をやってんだ、持ち場は死んでもはなれちゃならんのだ。》アルベルトはクローゼットのまえで立ち止まる。指先で扉の表面をさぐる。ポケットに手を入れて鉤状の針金をとりだす。もう一方の手は錠前の在《あ》りかをさがしている。目をつむり、歯をくいしばる。《ここで発見されたら何と言い訳するか？ 中尉殿、明日試験がありますので、化学の参考書を借りに来たんです。うちのおふくろを泣かせやがって、この奴隷め、きさまの上衣のためにおれが殺されたらどうしてくれるんだ？》アルベルトは錠前をさぐりながら鍵穴に針金をさしこむが、途中で引っかかって動かなくなる。左右にゆさぶると、鉤はさらに潜りこむ。ついにぴたっとはまった手応えがつたわる。鉤をまわすとカチッというかわいた音をたてて錠前が開く。鍵穴から鉤を引き抜く。クローゼットの扉をそっと開ける。突然、誰かが大声でわけのわからぬことをわめく。奴隷はアルベルトの腕をつかむ。《落ちつけ、この野郎、ぶっ殺すぞ。》《あ？》アルベルトの手はクローゼットの内部へのびる。恋人の髪の毛をそっと撫《な》でるように、その指先はためらいがちに上衣の毛ばだった表面に触れる。《靴ひもを二本たのむよ。おれも盗《や》られたんだ》とアルベルトはささやく。奴隷は彼の腕をはなしてかがみこむ。四つんばいになって遠ざかる。上衣を抜きとるとアルベルトは錠前をふたたび輪ねじにとおして、音を立てないように掌で包みこんで閉じあわせる。それから抜き足さし足で戸口に向かう。奴隷はすぐあとからやってきて、アルベルトの肩に手をかけた。ふたりは外へ出る。

「目印つけられてないだろうな。よく見ろよ」

奴隷は懐中電灯で上衣を照らして、注意深く調べる。

「だいじょうぶみたいだ」

「便所へ行って染《し》みがついてないか確かめたほうがいいぜ。ボタンもよく見ろよ、色ちがいだとまずいからな」

「もうすぐ一時だ」と奴隷は言う。

自分たちの寮舎のまえでアルベルトはふと思いだしたようにたずねる。

「で、靴ひもは？」

「一本しか……」と奴隷はためらいがちにこたえる。

「ごめんよ」

アルベルトは奴隷をじっと見つめ、まあいいやとでも言うように肩をすくめる。

「ありがとう」と奴隷は言う。ふたたびアルベルトの腕に手をかける。内気な顔に微笑を浮かべている。

「気にすんな、退屈しのぎにやったまでさ。ところで、化学の試験問題は知らないか？ ぜんぜん勉強してないんだ」

「悪いけど知らないんだ。だけど組織の連中は問題を持ってると思う。さっきカーバが校舎のほうへ歩いて行ったから。今ごろみんなで問題を解いてると思うんだ」

「金がないんだ。ジャガーはただで教えてくれるわけがないしな」

「貸してあげようか？」

「金持ってるのか？」

「すこしならね」

「二十ソル借りられるか？」

「いいよ」

アルベルトは奴隷の肩をぽんとたたく。

「すごい。恩に着るぜ。金がなくて困ってたんだ。なんならエロ小説で返そうか？」

「いや、それよりも」奴隷は目を伏せる。「ラブレターがいい」

「ええ？　ラブレター？　おまえにガールフレンドがいるのかよ？　信じられねえな」

「いまはいないけど、じきにできるかも」

「ま、いいだろう。二十通書いてやるよ。だけどガールフレンドの手紙を見せてくれなくちゃだめだぞ。それでスタイルを決めるんだから」


まわりがにわかにさわがしくなった。クローゼットを開け閉めする音や床を踏み鳴らす靴音が聞こえる。ときおり罵声も飛びかう。

「交代の時間だ」とアルベルトが言う。「なかへ入ろう」

アルベルトはバジャーノの寝台に歩み寄って、しゃがむ。軍靴のひもを抜きとる。それから両手で黒人を乱暴に揺すりたてる。

「よせ、馬鹿野郎」とバジャーノがわめく。

「一時だ」とアルベルトが告げる。「おまえの番だぞ」

「まだ一時になってなかったらおまえを張り倒してやるからな」

寮舎の反対側では、起こされたばかりのボアがやはり奴隷に悪罵を浴びせている。

「銃と懐中電灯はここに置いとくぜ」とアルベルトが言う。「まだ寝たけりゃどうぞご勝手に。だけど念のために教えてやるけど、パトロール隊がとなりの寮舎に来てるんだぜ」

「ほんとうか？」バジャーノははね起きる。

アルベルトは自分の寝台へ行って、服を脱ぎはじめる。

「まったく油断もすきもありゃしねえ」とバジャーノ

はうなるように言う。

「どうしたんだ？」とアルベルトはたずねる。

「靴ひもだよ、片方やられちまった」

「うるせえ！」と誰かがどなる。「歩哨、あのおかま野郎を黙らせろ！」

　バジャーノは爪先立ってどこかへ向かうらしい。アルベルトには気配でそれがわかる。やがて予期していたとおりの音を耳にする。大声でさけぶ。

「どろぼう！　靴ひもを盗んでるやつがいるぞ！」

「詩人め、いまに首の骨をへし折ってやる」とバジャーノはあくびをかみ殺しながらつぶやく。

　しばらくして、当直将校の笛が闇夜をつんざく。もっともアルベルトにはそれが聞こえない。すでに眠っているのだ。


　ディエゴ・フェレー街は、長さ三百メートル足らずの街路だ。一見、奥が行き止まりになっているかのように見える。正面奥に二階建ての家があるためだ。手前のラルコ通りから見た場合、ディエゴ・フェレー街は、二ブロック先で行く手がさえぎられている。だがディエゴ・フェレー街の出口を塞いでいるように見えるこの建物は、実は、道幅の狭いポルタ街のならびに建っている。つまり両端にそれぞれラルコ通りとポルタ街があるわけだが、ディエゴ・フェレー街は途中、もう二本の街路によって寸断されている。コロン街とオチャラン街だ。これらの街路はディエゴ・フェレー街と交差したあと、西へ二百メートルほど行ったところで海岸道路にぶつかって途絶える。海岸道路は曲がりくねった帯のようにミラフローレスの街をぐるっと囲んでいる。道路の片側は赤レンガの壁で縁取られており、リマの市《まち》はそこで終わる。壁の向こうは断崖で、眼下にリマ湾の灰色の海が広がっている。

　ラルコ通りと海岸道路とポルタ街とに囲まれた区域には、六つのブロックとおよそ百戸の家、二、三の食料品店や薬局、靴を修理する店やもぐりのクリーニング屋などがある。ディエゴ・フェレー街には街路樹は植えられていないが、これと交差する他の道路には樹木が並んでいる。この界隈が一つの街《バーリオ》をつくっている。街《バーリオ》には名前がない。《テラーサス・クラブ》主催のサッカー大会に出場することになったとき、便宜的に《有楽街》と名のったけれど、大会が終わるやこの名前もすたれてしまった。ラ・ビクトリア区の売春街、ヒロン・ワティーカの俗称が《有楽街》であったのできまりの悪い誤解を生むおそれがあったのだ。そんなわけで、若い連中が自分たちの街《バーリオ》を話題にするときは、ただうちの街《バーリオ》と言ったりした。そして、どこの街《バーリオ》に住んでいるのかと聞かれれば、ミラフローレス区の他の街《バーリオ》、たとえばレドゥクトやフランシアやアルカンフォーレスなどの街《バーリオ》と区別するために、《ディエゴ・フェレー》とこたえた。

　アルベルトの家は、ディエゴ・フェレー街の二丁目にあった。左側の歩道の、角から三軒目の家であった。はじめてそこへ着いたときは、すでに夜になっていた。サン・イシドロのまえの家から家財道具があらかた運びこまれていた。新しい家のほうが広く感じられた。好都合なことが二つあった。新しい家では自分の部屋が両親の寝室からだいぶはなれることと、中庭があったから犬を飼わせてもらえるだろうということ。しかし不都合なこともあった。これまでのように学校へ行くのに同級生の父親の車に便乗させてもらうわけにはいかなくなる。これからはバスで通わなければならない。ウィルソン通りのバス停でおりて、アリカ通りまで数百メートル歩く必要があった。ラサール中学校は良家の子女の学校でありながら、黒人や労務者が住むブレーニャ区のど真ん中にあるのだ。朝はやく起きなければならないし、家で昼を食べおわったらすぐにまた出かけねばならない。まえの家の向かいに本屋があって、そこの主人はカウンターのかげで『ペネカスとビリケン』の漫画を読ませてくれた。ときには、折ったりよごしたりしないという条件で一日だけ貸してくれることもあった。新しい家に引越せば、もうそうした恩恵にあずかれなくなる。それからもう一つ胸がわくわくするような楽しみもなくなることになった。屋上にのぼって、となりのナーハル邸をのぞくことだ。となりでは、午前中テニスをしたり、心地よく晴れた日は庭に出てカラフルなパラソルの下で昼食をとったりした。そして夜になるとパーティーが催され、恋人たちは散歩を楽しみながら、さりげない足どりでテニスコートへまわって、唇を重ねあわせたりした。

　引越しの日、アルベルトは朝早く起きて楽しい気分で学校へ出かけた。そして昼には直接新しい家に帰った。サラサール公園のバス停でおりたが、海のそばのその公園の名前はまだ知らなかった。人気のないディエゴ・フェレー街をしばらく歩いて、新しい家の玄関をくぐった。母親が女中に、ここでまた近所の料理女たちや運転手どもとつきあったら即刻やめてもらう、とくぎをさしているところだった。昼食がおわるや父親は《ちょっと出かけてくる。大事な用があるんだ》と言った。母親はヒステリックな声をあげた、《わたしの目をごまかせると思ってるの？　よくも平気でわたしに顔向けできるわね。》それから召使と女中をしたがえて、引越しの際にこわれたものがないかどうか荷物の点検にとりかかった。アルベルトは二階の自室にあがってベッドに寝そべった。ぼんやりと手を動かしながら本のカバーにとりとめない線をえがいた。やがて道路に面した窓から少年たちの話し声が聞こえてきた。話し声が止むと今度はボールを蹴る音がした。ボールはうなりながら空を切り、大きな音をたてて扉にぶつかってはねかえった。するとふたたび少年たちのにぎやかな声が湧きおこった。アルベルトはベッドから飛び起きてベランダに出た。下の路上で男の子がふたり、ボール遊びをしていた。ひとりは赤と黄の派手な縞シャツを着こみ、もうひとりはシルクの白シャツをボタンをとめずに着ていた。縞シャツの少年は背が高く金髪で、声のひびきや動作や目の動きに自信がみなぎっていた。もうひとりは小柄だががっちりした体格で、黒い髪がちぢれ、動きが敏捷だった。金髪の少年はゴールキーパーになって、サッカーのゴールに見たてたガレージの入口を守っていた。黒髪の男の子は、そのゴールをめがけてボールを蹴った。《プルート、こいつを止めてみろ。》そう言われて、金髪の少年は両手で額や鼻をぬぐい、眉間にしわを寄せて真剣な面持ちで身がまえた。そしてシュートが放たれると、大げさな身ぶりでボールに飛びついた。うまくい止めると声をたてて笑った。《なさけねえな、ティーコ、こんなへなへなしたシュートじゃ指一本で足りるぜ。》黒髪の少年はかえされたボールを足で受けとめ、蹴りやすいようにバウンドさせてから、距離をはかりふたたびシュートを放った。ボールはゴールのなかにとびこんだ。《ふにゃふにゃした手だな。それじゃ蝶々のはねとおんなじだぜ》と黒髪の少年はキーパーをからかった。《よし、この一発は予告つきだ。右すみへカーブのかかったやつがいくぜ。》アルベルトは最初、ふたりによそよそしげな視線を投げかけていた。少年たちも彼の存在を無視する風であった。そのうちにアルベルトは彼らのプレーに関心があるようなそぶりをみせはじめた。ティーコがシュートを決めたときやプルートがうまく得点をはばんだとき、さもサッカーに通じた者のように、唇をへの字に結んでうなずいてみせるのだった。やがてふたりの冗談にも反応を示すようになった。ふたりの表情にあわせて顔をほころばせた。少年たちもときおりアルベルトを仲間として受けいれるしぐさをみせた。まぎらわしいプレーが生じると、アルベルトに判定をゆだねるとでもいうように振り向いて彼を見あげた。三人のあいだには視線や微笑や頭のちょっとした振り加減で、ひそかなやりとりがかわされるようになった。そこへプルートが、飛んできたシュートを足ではじいて、ボールをとんでもない方向へそらしてしまった。ティーコがそのボールを追いかけていくと、プルートは顔をあげてアルベルトに声をかけた。

「やあ」

「やあ」とアルベルトは返事をした。

プルートはポケットに手を入れて、プロ選手が試合前のウォーミング・アップでやるようにぴょんぴょん飛びはねた。

「こっちに住むのかい？」

「うん、きょう引越してきたんだ」

プルートはうなずいた。ティーコがもどってくる。肩にボールをのせて手でささえている。アルベルトを見あげて、ほほ笑む。プルートはティーコに言う。

「引越してきたんだって」

「そいつはいいな」

「君たちはこの近くに住んでるのかい？」とアルベルトはたずねる。

「こいつはディエゴ・フェレーの一丁目」とプルートがこたえる。「ぼくはこの裏側のオチャラン街にいるのさ」

「街《バーリオ》の仲間がひとり増えたってわけだ」とティーコが口をはさむ。

「ぼくのなまえはプルート。こいつはティーコ。こいつのシュートはすごいんだぜ」

「君のお父さんは話のわかる人かい？」とティーコ。

「まあまあだけど、どうして？」

「ぼくらはあちこち追っぱらわれて、困ってるんだよ」とプルートがこたえる。「ボールをとりあげられたこともあるんだ。家のまえでボールを蹴られるのをみんないやがるのさ」

ティーコはバスケットボールでもやる具合にボールを地面にバウンドさせている。

「君もおりて来いよ」とプルートはアルベルトを誘う。「みんなが来たら試合をやるんだけど、それまでペナルティ・キックの練習でもやろうぜ」

「いいね」とアルベルトがこたえる。「だけどぼくはあまりうまくないんだ。お手やわらかにたのむよ」

カーバがおれたちに言った。兵舎の裏手にめんどりがいるんだぜ。うそを言うな、この田舎《いなか》っぺ、いるわけねえだろ。いやちゃんとこの目で見たんだ、うそじゃねえって。そんなわけで、おれたちは、晩めしのあと行ってみることにした。寮舎を避けて迂回し、戦闘訓練のときみたいに、腹這いになって進んだ。ほら、見ろよ、いただろ？　な、おまえたち？　野郎は得意げだった。どうだい？　白い囲いに、色とりどりのめんどりときてる、どうだいおまえたち、ええ？　どうなんだ？　黒いのを犯《や》っちまおうか？　それともあの赤いのにするか？　赤いのが太っててよさそうだぜ。おい、なにをぼやぼやしてんだよ。おれがこいつを押さえて、羽んとこを食っちまうぜ。ボア、くちばしを押さえろよ、とやつは簡単そうに言ってたけど、なかなかむずかしいことだった。こいつ逃げるなよ、おいで、こっちへおいでったら。おい見ろよ、ボアの野郎がこわいんだってさ、この男なんかいやだって顔《つら》をしてるぜ、尻をむけちまったよ。まったく、あいつめ、やけにはしゃぎやがってよ。だけど、おれはにわとりに指を突っつかれて、ほんとに往生してたんだ。おい、はやいとこくちばしを押さえて、グラウンドへ連れて行こうぜ。巻き毛があの坊やを犯っちまったらどうだろう？　脚とくちばしをひもでしばりゃいいんだからな、とジャガーは言った。羽はどうすんだ、ええ？　羽でちんぽこをちょん切られちまったらどうするんだよ、ええ？　このめんどりはおまえが嫌いなんだよ、ボア。おい、田舎っぺ、たしかなんだろうな。さあ、だけどこの目でちゃんと見たんだぜ。どうやってしばるんだ？　馬鹿だな、きさまらはそろって馬鹿ばかりだ、にわとりは小せえからままごとみてえだけど、あそこんとこは熱いんだぜ！　巻き毛のやつがあの坊やを犯っちまったらどうだろう？　おれたちは寮舎の便所でタバコを吸ってた。こら、コウモリどもめ、火を隠せ。ジャガーのやつ、トイレのなかで、しめ殺されてるみたいにうなってやがった。おい、ジャガー、どうだい？　出たか？　やかましい、気が散るじゃねえか、気持を集中しねえとだめなんだ。さきっちょはどうだい、出てきたかい？　あのデブちゃんを犯《や》っちまおうよ、と巻き毛が言った。誰だって？　九組のデブ公だよ、おまえもやつの尻をつねったことがあるだろ？　ジャガーめ、うなってやがる。ま、おもしろそうだけどさ、あいつ文句いわずにやらせてくれるのかよ？　ラーニャスのやつ、当番の日はデブちゃんを食べちゃってるって話じゃねえか。うーん、やっと出たぜ。ええ？　出たって？　まったく、なんて野郎だ。よし、誰がさきにやるんだ？　こいつさっきからうるせえんでおれはもうやる気をなくしちまったぜ。ほら、ひもだ、これでくちばしをくくりゃいいんだ。田舎っぺ、放すなよ、逃げちまったらたいへんだぜ。先にやるやつはいねえのかよ。カーバはにわとりを押さえつけ、巻き毛は、じたばたすんじゃねえ、どうせ突っこまれるんだ、と言いながらそのくちばしをつかみ、おれは脚にひもをまわした。ま、そんならくじ引きでいこう、マッチ持ってるやつはいねえか？　よし、一本だけ頭をちぎってさ、残りを見せてくれ、インチキされたらかなわねえからな。どうも巻き毛に当たるような予感がするぜ。それでおまえどう思う？　あのデブちゃん、やらせてくれると思うかい？　おれは思わねえな、と言って、くっくっと笑いやがった。ま、おれにはそんな趣味はねえけどよ、ひとつやってみるか、だけど、デブちゃんがいやがったらどうするんだ？　静かに！　下士官のやつだ。いや、もうだいじょうぶ、あっちへ行っちまった。おれは下士官なんかこわかねえぞ、いっそのことあの下士官を犯っちまったらどうだろう？　ボアは犬とやってんだぜ、とあの野郎、変なことをぬかしやがった、犬とやってんだから、デブちゃんとやるぐれえわけねえだろう、あのデブ公、外出禁止をくらったんだ、さっき食堂で見かけたけど、おなじテーブルの犬っころどもにすごんでたぜ、どうもおとなしくやらせてくれねえような気がするな。なにっ、こわい？　誰がこわいっていったんだ？　おれはデブの一人や二人どころか、クラスの全員を平らげてもぴんぴんしてるぜ。とにかく、計画を練ってうまくやろう、とジャガーは言った。くじに当たったやつは誰だ？　めんどりは地面の上にうずくまってじっとしていた。くちばしだけしきりにぱくぱくさせていた。田舎っぺだ、さっきから股に手を入れて、ちんぽをふるい立たそうとがんばってんだ。だめだよ、こいつ、ちっともしゃんとしてくれねえよ、ボアのやつに代わってもらいてえよ、あいつ、行進の最中でもせんずりしてやがるんだからな。だめだね、おまえに決まったんだ、だから、おまえがやるか、お田舎《くに》のリャマみてえにやられるかだ。あのさ、エロ本持ってねえか？　それよりさ、詩人を連れてきてよ、こいつのちんぽをおっ立たせる話をさせたらどうだろ？　そんなつくり話はいらねえな、要は集中力の問題さ、だけどちょっとばかし心配だな、ばい菌がついたらあぶねえんじゃねえのか？　おやおやこのいも兄ちゃんはおじけづいてきたぜ、ボアなんか、ヤセッポチを寝床に引っぱりこんでからっていうものはよ、てめえのおふくろよりも元気だぜ。あんときの悩ましげな話でもちょっと聞かせてやれよ、しらみ野郎、めす犬よりもめんどりのほうがよっぽどきれいだって言ってやれ。よし、やってる最中にふくろ叩きにされるかもしれねえがデブちゃんを食べちまおうぜ。見回りはどうする？　心配ねえさ、当直はワリーナ中尉だ、あいつはのろまな野郎だし、土曜日の見回りはおざなりだからな。あとで将校んとこにたれこまれたら？　組織を召集して、やつを制裁すりゃあいい、告げ口をするおかま野郎はただじゃおかねえからな、だけどさ、自分は強姦されたのでありますって、わざわざ言いに行く阿呆がいるかよ、さあ行こうぜ、消灯ラッパが鳴るぜ、畜生、そのタバコの火を隠せったら。おい、立ったぞ。あの野郎はうれしそうにそう言ったっけ。ひとりでにおっ立ってくれたぞ、よし、かわい子ちゃんをこちらにまわしてくれ。自分で持ってろ。なに、自分で持つのかよ？　そりゃそうだ。だけど、めんどりにちゃんと穴はあるんだろうな、もしかしたらこいつ処女じゃねえの？　あれっ、むずかってやがる、こいつホモっ気のあるおんどりじゃねえのか？　しっ、静かに、笑うな、たのむから静かにしてくれよ。神経にさわるあのくすくす笑い。おい、見ろよ、田舎っぺのあの手つきを見ろよ、ふてえ野郎だ、どこを撫でまわしてやがるんだ。ちょっと、動かすなよ、さがしてんだから、あった！　ええ？　なんていったんだ？　おまえ。あったんだよ、穴が、ちょっと静かにしてくれ、たのむから笑うなよ、うちのゾウさんが萎《な》えちまうじゃねえか。まったく、ひでえやつだ、おれの兄貴もよく言ったもんだ、山出しの田舎っぺどもにろくなやつはいねえ、どいつもこいつも人間のクズだ、平気でひとを裏切るし、卑怯者ときてる、魂までくさってやがるってな。おい、くちばしをふさいでやれ、こいつめわめきやがって。ガンボア中尉殿、急いで来てください、めんどりを強姦している者がおります。十時かそこらだ、と巻き毛は言った。十時十五分だよ。歩哨はどのへんにいるんだ？　おれは歩哨だって食べちまうぞ。きさまってやつはどこにだってデチ棒を突っこむんだ、食欲の旺盛なやつだからな、だいじなおふくろだって食べちまうんだろう？　ええ？　そうだろうが？　おれたちのクラスで外出禁止をくらったのは、おれたちだけだったが、となりの寮舎には何人かいたようだ、おれたちは裸足で行くことにした。おお寒い、かぜを引いちまうよ、笛が鳴ったら、おれはまっさきに逃げるぜ。衛兵所から見られないように気をつけるんだぞ、階段はしゃがんでのぼれ。おい、ほんとうに犯《や》っちまうのか？　おれたちはそっと寮舎にしのびこんだ、だけどジャガーのやつ、チビが二人しかいねえと言いやがったのに十人はいた。おい、このいびきだとチビスケどもがおおぜいいるぜ、このままずらかったほうがいいんじゃねえか？　尻ごみすんなよ、きさまはやつのベッド知ってんだろ？　先に行きな、まちがって別のやつを犯っちゃったらたいへんだからな。三列目のやつだぜ、子豚のおいしそうなにおいがぷんぷんするだろ？　よだれが出ちまうよ。おいおい、羽が抜けてきたぞ、死にかかってるみたいだ。おまえ、いっちゃったのか？　どうなんだ？　ちゃんと報告しろよ、てめえはいつもこんなにはやくいっちゃうのか？　それともにわとりとやるときだけか？　おい、こいつを見てくれよ、田舎っぺが殺しちまったみてえだぞ。おれが？　穴という穴をふさがれて窒息しちまったんだよ。ちょっと、いま動いたぜ、こいつ死んだふりをしてるだけさ。動物ってやっぱし感じるのかね？　感じるって、なにを感じるんだよ？　動物には魂ってもんがないんだぜ。おれが聞いてるのは、女みてえに気持いいかどうかってことさ、ヤセッポチは犬だけど感じるね、女みてえによがるんだな。ボア、きさまの話を聞いてるとへどが出らあ。見ろよ、こいつはすげえ、めんどりが起きあがるぜ、さっきのが気に入ったらしいや、もうちょっとやってほしいんだってさ、なんてこった、しびれてふらふら歩いてやがる、このうっとりした目を見ろよ。よし、今度はほんとうに食っちまおうぜ、妊娠するやつが出てくるかもな、なかに田舎っぺのが一発入ってんだから。おれはにわとりの殺し方なんか知らねえぞ。うるせえどうってことねえんだ、火を通しゃばい菌も死ぬさ、頸《くび》んとこをつかんでつるしあげて、ひねりゃいいんだ。よし、ボア、こいつをこうやって押さえといてくれよ、フリーキックを一本やってみる、思いきり蹴とばすからな。うひゃ、こりゃすごい、高くあがった、うまいうまい、今度こそ成仏したぜ、あれっ、こりゃひでえや、ぐちゃぐちゃにつぶれちまったぞ、おめえの蒸《む》れた足のにおいがこびりついてるこの砂だらけのつぶれたにわとりをいったいだれが食うんだよ？　まる焼きにしたらばい菌はほんとに死ぬんだろうな？　あっちへ行って焚《た》き火をやろうぜ、塀の裏手がかげになっててちょうどいいや。こらっ、じっとしてろ、やつ裂きにされてえのか？　なにしてんだ？　はやくのっかれよ、ちゃんと押さえてやってんだから。あのチビは必死になって抵抗したな。このチビめ、あばれてやがるぜ、おい、なにをもたもたしてんだ？　さっさとのっかれったら、こいつはもう素っ裸なんだぜ。ボア、やつの口をあまり強くふさぐなよ、窒息死したらたいへんだ。おっとっと、この野郎、おれをふりおとす気か？　おれはまだこいつの尻をこすってるだけなのによ、と巻き毛は言った。こら、動くんじゃねえって、ぶちのめされてえのかよ？　ええ？　こま切れにしてやろうか？　かわいがってやってんだからうれしいと思え。みんな逃げろ、チビどもが目をさましたぞ、みんなが起きてきやがった、こりゃ血の雨が降るぜ。まったく、電気をつけたやつは利口もんだ。おいみんな、仲間がやられてる、助けるんだ、とさけんだやつもなかなかだ、ぱっと明かりがついたんでおれは一瞬ひるんじまった、それでやつの口から手をはなしちまった、助けてくれっ！　あんなすごいさけび声は、おふくろが兄貴に椅子をほうり投げたときに聞いただけだぜ。こらっ、チビども、なんのまねだ？　電気をつけやがって、きさまらに起きていいってだれがいったよ？　あいつは班長だったのかね？　おれたちの仲間があんたらホモ野郎の慰みものにされてたまるか。あれっ、おれの耳がおかしくなっちまったのかな？　それともおれが夢を見てんのかな？　いったいいつからきさまらは先輩にむかってそんな口がきけるようになったんだ？　気をつけっ！　それからきさまはなにをまだわめいてんだ、冗談だってわかんねえのかよ？　ま、ちょっと待ってくれ、帰るまえにチビを二、三人張りたおさなくちゃ気がすまねえや。ジャガーはげらげら笑ってた、おれがチビどもをぶんなぐってたときのやつの笑い声がいまも耳にのこってるぜ。よし、きょうんとこはこれで引きあげてやる、だけど告げ口をするやつがいたら、今度こそ全員を犯っちまうからな、よくおぼえとけよ。チビスケどもとはあまりかかわりあわねえほうがいいや、あいつらは劣等感のかたまりだから、冗談ってもんがわかんねえんだ。階段はさっきみてえにかがんでおりるのか？　こいつぁひでえや、と骨をしゃぶりながら巻き毛が言った。肉なんか焦げちまってるぜ、それにあの野郎の毛までくっついてらあ。

2

夜明けの風がラ・ペルラの街に吹きはじめると、夜霧は海へ追いちらされる。レオンシオ・プラド士官学校では、まるで煙の充満した部屋の窓が開けはなたれたように、闇がしだいにうすれてゆく。そして一人の兵士があくびをしながら兵舎の戸口に姿をあらわす。手に眠い目をこすりながら生徒たちの寮舎へ向かう。手にさげたラッパは体の動きにあわせて揺れ、うす明かりにきらめく。三年生の寮舎へやってくると中庭の中央に立ち止まる。そこは中庭をとりかこむ建物の四隅から等距離の地点である。兵士は緑色の制服に身を包み、まだいくらかのこっている霧のためにその姿はかすんで見える。幽霊じみた印象だ。兵士のこわばった体勢はゆっくりとほぐれてゆく。やがて意を決したように手をこすり、つばを吐く。そしてラッパを口にあてて吹き鳴らす。しばらくして犬っころどものわめきちらす声がいっせいに湧きおこる。夜の終わりを告げるラッパの音にむっとした犬っころどもは、兵士に罵声をあびせかける。兵士は口ぎたなくののしられながら四年生の寮舎へ向かう。犬っころどものさわぎでラッパ卒の到着を知った最終グループの歩哨たちの幾人かは戸口で待ちかまえて、兵士を嘲弄し、罵倒し、ときには石まで投げつける。兵士は五年生の寮舎へ向かう。すでに眠気もとれて、しっかりした足どりで進む。五年生の生徒たちはラッパの音にたいしてなんの反応も示さない。古参の彼らは、起床ラッパが吹かれてから集合合図の笛が鳴るまで十五分の時間があり、まだ七、八分寝ていられるのを知っているのである。兵士は手をこすってあたためながら兵舎へ帰ってゆく。ときおりつばをぺっと吐く。犬っころどもや四年生の生徒たちの罵声や怒号にすこしもひるむ様子はない。連中のわめきちらす声がまるで耳にとどかないかのようである。もっとも土曜日だけはそうした気楽な気分でいられなかった。土曜日は野外演習のある日で、起床ラッパは一時間はやく鳴らされる。当番の兵士は緊張した面持ちで出かけてゆく。五時といえば、まだまわりは闇に閉ざされており、眠りをさまされた生徒たちは腹をたて窓から手あたりしだいに兵士にものを投げつける。そんなあんばいだからラッパ卒は土曜日には規則をやぶって、中庭ではなしに、遠くはなれた閲兵場から、ラッパをあわただしく吹き鳴らすのである。

　土曜日だと、五年生の者たちが起床ラッパ後寝台にとどまれるのは二、三分の間だけである。ふだんは十五分の仕度時間があるが、土曜日にかぎっては八分のうちに洗面、着替え、寝台のあとかたづけなどを終えて整列していなければならない。もっともきょうは土曜日ながら特別だ。化学の試験が実施されるので五年生の野外演習はない。そんなわけでかれらが六時の起床ラッパを耳にしたとき、四年生や犬っころどもはすでに正門を出て、ラ・ペルラとカジャオのあいだにひろがる原っぱにむかって行進していた。


　起床ラッパが鳴りおわった。アルベルトは目をつむったまま《きょうは外出できるんだ》と考えている。だれかがさけぶ、《まだ六時四分まえだぜ。畜生、あの野郎をぶちのめしてやる。》室内はふたたび静かになる。アルベルトは目を開ける。窓からよどんだ灰色の明かりが差しこんでいる。《土曜日ぐらい晴れてくれなくちゃな。》便所の扉があいて、奴隷の青白い顔があらわれる。通路を進むにつれて、寝台の横枠がつぎつぎとその首を刎《は》ねていくように見える。《あいつは列の先頭に並ぼうと、起床ラッパのまえに起きるんだ》とアルベルトは思う。目をつむる。奴隷が自分の寝台に歩み寄ってくる気配を感じる。やがて肩をそっと揺すられる。目をかすかに開ける。奴隷の痩せた体を青いパジャマがくるんでいる。

「きょうはガンボア中尉の担当なんだ」

「わかってる」とアルベルトはこたえる。「まだ時間があるさ」

「まだ寝てるのかと思ったんだ」

　奴隷はかすかな微笑を浮かべて立ち去る。《友だちになりたいんだな》とアルベルトは思う。ふたたび目をつむる。しっとりと濡れたディエゴ・フェレーの通りがまぶたに浮かぶ。ポルタ街とオチャラン街の歩道には、夜風が振りおとした木の葉が舞っている。チェスタフィルドを口にくわえたいなせな若者がさっそうと歩いてくる。《よし、きょうはぜったいに売春宿へ行ってやる。》

「あと七分だ！」寮舎の入口でバジャーノの声がとど

ろく。つぎの瞬間、部屋のなかは蜂の巣をつついたようになった。錆びついた寝台がきしみ、クローゼットの扉がはじけるような音を立てる。軍靴の踵《かかと》がタイル張りの床を打ちならす。体と体がこすれあったりぶつかったりするたびににぶい音が聞こえてくる。そしてそれらの雑多な音を圧するように、生徒たちの罵声や怒号が飛びかう。それは煙のなかからめらめらと舌をだす炎のようだ。もっとも、みんなの口からはげしい勢いで間断なく吐かれる悪態の数々は、特定の個人に向けられているわけではない。神や上官や母親など、抽象的な対象に向けられていた。それらが標的にされるのは、その意味内容のためというより、むしろそれらの言葉の響きのよさのためであった。

　アルベルトは寝台から飛び起きて、軍靴をはいた。軍靴にはまだひもが通されていない。畜生とののしる。ひもを通すと、ほかの生徒はすでに寝台をかたづけて、制服を着はじめている。《おい、奴隷！》とバジャーノがさけぶ。《なにか歌え。きさまの歌を聞きながら顔を洗いてえんだ。》《歩哨！》とアロースピデがわめく。《おれの靴ひもを盗んだやつがいるんだ。おまえの責任だ。》《これで外出禁止だな、馬鹿め。》《奴隷が盗《と》ったのさ。ほんとうだぜ。おれは見たんだ。》《あんなやつ、大佐に突き出してやろうぜ》とバジャーノがちらっと目を走らせる。《どろぼうと一緒じゃたまったもんじゃねえからな。》《あらまあ！》と女声をつくって誰かが言う。《黒ん坊ちゃんはどろぼうがこわいんだってさ。》《あら、あら》と複数の声が湧きおこる。《あら、あら、あら。》なまめかしい声の大合唱が建物全体を揺るがす。《まったく、きさまらは淫売のせがればっかりだ》とバジャーノが吐きすてるように言い、戸をたたきつけて、出てゆく。アルベルトは服を着おわって、洗面所に駆けこむ。となりの洗面台では、ジャガーが髪に櫛を入れている。

「化学の試験、五十点分たのむよ」口のなかは練り歯磨でいっぱいだ。「いくらで売ってくれる」

「勝手に落第するんだな、詩人」ジャガーは鏡をのぞきこみ、なんとか髪を寝かそうとするが、金髪の強《こわ》い毛は櫛の通ったあと、すぐにまた跳ねおきる。「おれたちは試験問題を持ってねえんだ。今回はなにもやらなかったんだ」

「じゃ、問題は手に入らなかったのか？」

「持ってねえ。今回は動かなかったんだ」

　笛が鳴った。洗面所や寮舎から緊迫したどよめきが、渦を巻くように高まり、不意に止む。ガンボア中尉の声が、中庭で雷のようにとどろく。

「班長！　最後の三名の名前をひかえろ！」

ふたたび、押し殺したようなどよめきが湧きおこる。アルベルトは一目散に駆けだす。走りながら歯ブラシと櫛をポケットにしまい、タオルを腹巻のように、上着の下に巻きつける。隊列はまだ途中だった。前の者に倒れかかるように列に加わる。背後でだれかが自分にしがみつく。彼もまたバジャーノの腰に手を回して、しっかりとつかまる。あとから来た連中は、さかんに人を蹴飛ばして、列のなかに割りこもうとするが、アルベルトはぴょんぴょん飛びはねながら、攻撃をかわす。《変なとこ触るな、馬鹿野郎》とバジャーノがわめく。列の先頭が、落ちついてきたので、班長は頭数をかぞえはじめる。うしろでは、あいかわらず揉みあいがつづいている。遅れてきた連中は、おどしと腕力で、なんとか場所を確保しようとする。ガンボア中尉は、閲兵場のへりに立って、整列の様子をながめている。背が高く、がっしりしている。軍帽をすこしななめにかぶり、ふてぶてしい感じがある。首をゆっくりとめぐらし、唇に不遜な笑いを浮かべている。

「黙れ！」と一喝《いっかつ》。

みんなが口をつぐみ、まわりがしいんとなる。中尉は腰にあてがった手を、だらりと垂らした。両手は、体のわきでしばらく揺れている。隊列に歩みよる。色の浅黒い引きしまった顔は、さらにきびしさを増す。すぐうしろに三人の下士官がひかえている。バルーア、モルテ、ペソア。ガンボアは立ち止まり、時計をのぞきこむ。

「三分もかかった」家畜の群を点検する牧童のように、隊列のすみずみに視線を走らせる。「犬っころどもは二分半でできたんだ」

くぐもった笑い声がおこり、隊列がうねる。ガンボアは頭をあげて眉をしかめる。すると一瞬のうちに、水をうったような静けさがもどる。

「犬っころではなしに、三年生の諸君というべきだったな」

ふたたび押し殺したような笑いがおこる。さきほどよりも大胆な声が漏れでる。しかし生徒たちはあごを引いて直立不動の姿勢のままだ。笑いは腹のほうからわきおこり、唇の際《きわ》で消える。生徒たちはじっと前を見すえたまま、眉ひとつ動かさない。ガンボアは両手をさっと腰にあてる。つぎの瞬間、まわりはまたもしいんと静まりかえる。下士官たちは、信じられないというような目でガンボアを見ている。《上機嫌らしいぜ》とバジャーノが小声でつぶやく。

「班長、各組の人数を」

ガンボアの命令はそこでいったん途切れ、あとがなかなかつづかない。目をわずかにほそめる。列の後方で安堵のためいきがもれる。するとガンボアは、不意に前に一歩踏み出して、生徒の列にするどい視線を放った。

「そして最後の三名の名前を報告せよ」

隊列の後方で、かすかなどよめきがおこる。各組の班長は、手にえんぴつと用紙をもって、列のなかに入ってゆく。後方のざわめきは、蠅取り紙にかかったたくさんの虫の羽音をおもわせる。アルベルトは目尻で、一組の三人の犠牲者の顔をとらえる。ウリオステ、ヌーニェス、レビージャ。レビージャのせっぱつまったひそかな声が、彼の耳に達する。《たのむよ、サル、どうせおまえはひと月出られねえんだろう、もう六点食らったって、どうってことねえじゃねえか。》《十ソル出しな》とサルが言う。《一文なしなんだ。今度払うからよ。》《いやだね、勝手にくたばるんだな。》

「そこでしゃべってるのはだれだ」と中尉がどなる。ざわめきは、不意に衰えるが、まだかすかな煙のように生徒たちの頭上にたなびいている。

「黙れ！」とガンボア中尉がほえる。「黙れ、と言ってるのがわからんのか！」

しいんとなる。班長たちは列のなかからあらわれる。下士官らの二メートル手前で、気をつけの姿勢をとり、踵を鳴らし、敬礼をする。報告用紙の提出を終えると、《軍曹殿、隊列にもどってよろしいでしょうか？》とたずねる。下士官は、うなずくか、《よし》とこたえる。班長は、早足で、それぞれの組に引きかえす。つぎに下士官たちは、受けとった報告用紙を、ガンボア中尉に差し出す。中尉は、踵をみごとに鳴らして、さっと手をあげて敬礼する。その敬礼の仕方には独特なものがあった。手をこめかみに当てずに、額の上にかざしたので、右目はほとんど掌《てのひら》のかげにかくれた。生徒たちは、体をこわばらせてガンボアを見つめている。名簿は彼の手のなかで扇のように揺れる。前進の命令が下されないので、みんなは固唾《かたず》をのむ。ガンボアの目がいたずらっぽく動く。不意にその顔に笑いが浮かぶ。

「罰点六か直角蹴りということにしよう」

拍手喝采がわき起こる。《ガンボア万歳》とさけぶ者もいる。

「黙れ！　整列中に、声を出すとはなにごとだ」

生徒たちは静かになる。ガンボアは腰に手をやって、班長たちの前をゆっくりと歩く。

「最後の三名、前へ出ろ！」とさけぶ。「急げ。一組からはじめよう」

ウリオステ、ヌーニェスそれにレビージャは駆け足で列を離れる。バジャーノはそばを通る彼らに声をかける、《かわいらしいお尻だこと。ガンボアが当番で、おまえらは運がいいぜ。》三人はガンボア中尉の前に出て、踵を鳴らし、敬礼をする。

「どれにする、直角蹴りか罰点六か。どれを選んでもかまわんぞ。君たちの自由だ」

三人とも《直角蹴り》がいいとこたえる。ガンボアはうなずいて、肩をすくめる。そして小さな声で、《ま、そうだろう、君らはそれがたまらなく好きなんだからな》とつぶやく。ヌーニェス、ウリオステそれにレビージャは、感謝の気持で顔をほころばせる。ガンボアが命じる。

「直角の姿勢をとれ！」

蝶番《ちょうつがい》さながらに、三人の上体が折れ、地面と平行の形になる。ガンボアは三人を見やり、肘でこづいてレビージャの頭をもうすこし下げさせる。

「よし、両手でキンタマを隠しとけ」

ペソア軍曹に合図を送る。ペソアは、背の低い、体のがっちりした混血児である。牙のような犬歯がとりわけ印象的だ。サッカーがうまく、その強烈なシュートに定評がある。ペソアは、間隔をとって、体をわずかに横にかたむけ、思いきり、脚を振りあげる。レビージャの口から、短いうめき声がもれる。ガンボアは列にもどるように指示する。

「そんなもんか、ペソア軍曹」と言う。「ちっとも威力ないじゃないか。朝飯《あさめし》食ってきたか。相手はぴくりともしなかったぜ」

軍曹の顔がこわばる。つり上がった目は、じっとヌーニェスにそそがれる。今度は助走をつけ、爪先で蹴りあげた。ヌーニェスは悲鳴をあげて吹っ飛び、二メートル先でよろめいて倒れこむ。ペソアは、得意気にガンボア中尉のほうを振り向く。ガンボアは笑っている。生徒たちも笑っている。起きあがって、尻をさすっているヌーニェスもやはり、白い歯をむいている。ペソアはふたたび助走をつけて、突進する。ウリオステは、一組で、いや、おそらく学校全体で一番たくましい生徒だ。すこし脚を開いて、体を安定させている。衝撃がおそってきても、その体はわずかに揺れたにすぎなかった。

「二組の最後の三名、前に出ろ」とガンボアが命じる。

そうやって、各組の生徒たちは、つぎつぎと前に出てきた。小柄な八、九、十組の生徒たちは、したたかに蹴飛ばされて、閲兵場まで転がっていった。ガンボアはひとりひとりに、直角蹴りがいいか、罰点六がいいか、と訊くのを忘れない。《自由に選んでよい》とめいめいに確認するのである。

アルベルトは、はじめの何人かの処罰の様子を、おもしろそうに眺めていたが、やがて化学の試験のことを思い出して、最近の授業の内容を、記憶のなかからよみがえらせようとした。しかし、脈絡のない公式や人名の切れ端が浮かんでくるだけで、なにもかも断片的であいまいである。《バジャーノのやつ勉強したんだろうか?》ちらっと横を見ると、ジャガーがいた。誰かを追い出したのだろう。《おい、ジャガー》とアルベルトがささやく。《二十点でいいんだ。いくらだ?》《きさまは馬鹿か?》とジャガーがこたえる。《問題は持ってねえって言ったろ。もうこの話はするな。わかったな。》

「行進用意!　前進!」とガンボアが命じる。

隊列は食堂の入口で散りぢりになる。生徒たちは、帽子を脱ぎ、大声でわめきながら、それぞれの席にむかう。ひとつのテーブルには、十人ほど腰かけられる。奥の方のテーブルには、五年生が陣取る。全員の入室が完了すると、当番士官が笛を鳴らす。生徒たちは、椅子のわきで、気をつけの姿勢をとる。もう一度笛が鳴ると、今度はいっせいに腰を下ろす。昼にはスピーカーから音楽が流れる。広い食堂に、軍歌やペルー音楽、海岸地方のバルセやマリネーラ、アンデスのワイノなどがにぎやかにひびきわたる。もっとも朝食時には、生徒たちの話し声だけが、騒然と飛びかう。《そういうことだったら、事情が違ってくるぜ、おい、おまえ、そのビーフステーキ全部ひとりで食うのかよ?少し分けてくれねえか、ちょっとだけでいいからさ、いっしょに苦労した仲じゃねえか。おい、フェルナンデス、おれだけどうして飯が少ねえんだ、どうして肉が少ねえんだ、どうしてゼリーが少ねえんだよ、おいちょっと、食い物のなかに唾を飛ばすんじゃねえよ、気をつけろってんだ、おい、きさまはおれをなめる気か、犬っころめ、ふざけるんじゃねえぞ。犬っころどもがスープのなかにまたよだれを垂らしやがったら、おれとアロースピデが、やつらを素っ裸にして、くたばるまでウサギ跳びをさせてやるからな。まったくよく気のきく犬っころだぜ、先輩、ビーフステーキをもう少し食べますか。きょうおれのベッドをつくってくれるのはだれだ、ぼくです先輩、タバコをくれるのはだれだ、ぼくです先輩、〈小真珠《ラ・ペルリータ》〉でコーラをおごってくれるのはだれだ、ぼくです先輩、おれのよだれをなめてくれるのはだれだ、ええ？　だれがおれのよだれをなめてくれるんだよ。》

　五年生の生徒たちは食堂に入ってきて食卓につく。かなりのテーブルは空《あ》いたままで残る。食堂はいつもより広く感じられる。一組は、三つのテーブルに分散した。窓からひかりかがやく原っぱが見える。ビクーニャはじっとたたずんでいる。耳をぴんと立て、うるんだ大きな目は宙のかなたにそそがれたままだ。《おまえは気がつかなかったろうけど、おれはちゃんと見てたんだぞ、おまえは懸命に肘で人ごみを掻きわけながら、わざわざおれの隣りへすわりにきただろ。それでバジャーノが、だれが給仕をするんだ、と言ったら、みんなが口をそろえて、奴隷だ、とさけんだ。おれは、きさまらのおふくろを連れてきて、給仕させたらどうなんだ、ええ？　どうなんだよ？　と言った。そうしたら、連中は、あらまあ、あら、あら、と歌いだした。そのとき、おまえは、テーブルの下に手をおろして、おれの膝に触わろうとしたな、まったくなんてこった。》八つの口は、なまめかしく、あらまあ、あら、あら、と歌いつづける。なかには興奮して、親指と人差指で輪をつくって、アルベルトに突きつける者もいる。《おれはおかまかよ、ええ？》とアルベルトが言う。《ズボンをおろして、見せてやろうか？》《あらまあ、あら、あら。》奴隷は立ちあがって、みんなのカップに牛乳を注ぎはじめる。《たっぷり入れてくれねえと、大事なところをちょん切ってやるぞ。》アルベルトは、バジャーノのほうを振り向く。

「黒ん坊、化学の勉強したか？」

「いいや」

「カンニングさせてくれよ。いくらだ？」

バジャーノは、どんぐり眼《まなこ》をきょろきょろさせる。警戒してまわりをうかがう。声をひそめる。

「ラブレター五通」

「てめえのおふくろさんにゃこのごろ逢わねえけど、元気かね？」

「ああ、元気さ。気が変わったら、知らせるんだな」

牛乳を注ぎ終わって、奴隷は腰をおろす。手をのばしてパンを取ろうとするが、アロースピデがその手をはたく。パンはテーブルに当たって、床にころがり落ちる。アロースピデは笑いながら、そのパンを拾おうと身をかがめる。ところが笑いが不意に止み、上体を起こしたときには表情がこわばっている。立ち上がって、バジャーノの胸倉をつかんで締めあげる。《まったく、あいつも間抜けなやつだぜ、よく色を見てから盗りゃいいのによ、暗かったわけじゃなし、まったく馬鹿というか、運がねえというか、盗むときは頭を使わなくちゃな、靴ひも一本だってそうだぜ、アロースピデがやつに頭突きをぶちかまして、叩きのめしたらどうだろうね、黒人と白人の絡み合いってのも見物だぜ。》《こりゃまずかったな。黒だと気がつかなかったよ》とバジャーノが言い、自分の靴からひもを抜きとる。アロースピデはすでに普段の顔にもどっている。《渡さなかったら、首の骨をへし折ってやったところだぜ、黒ん坊。》なまめかしくあまったるい女声の大合唱が湧きおこる。《あらまあ、あら、あら。》《チェッ、学年が終わるまでには、きさまらのクローゼットを空《から》っぽにしてやるぜ》とバジャーノが強がりを言う。《ともかく、今は、靴ひもが要るんだ。おい、カーバ、一本売ってくれ、こらっ、悪徳商人。おい、聞こえねえのかよ、おまえにしゃべってんだぞ、どうしたんだ、しらみ野郎。》カーバは不意に、空になったカップから顔を上げ、恐ろしいものでも見たような目をバジャーノに向ける、《な、なんだ》と口ごもる。アルベルトは奴隷の耳もとに顔を近づける。

「昨夜《ゆうべ》、カーバを見たのは確かなんだな？」

「うん。やつだったと思う」

「だれにも言わないほうがいいぜ。なにかまずいことがあったらしい。ジャガーのやつ、試験問題を盗んでないって言ってるけど、田舎っぺのあの面を見てみろよ」

笛が鳴ると、みんながいっせいに立ち上がって、グラウンドへ飛び出す。ガンボアは笛を口にくわえて、腕を組んで待ちかまえている。ビクーニャは突如としてあらわれた生徒の大群におどろいて、狂ったように走りだす。《金の足《ピエス・ドラードス》に言ってやろう、ほら、おまえのために、化学の試験をしくじっちまったじゃないか、ほら、おまえのためにこんなに胸が痛むじゃないか、ほら、これが奴隷が貸してくれた二十ソルだ、手紙を書いてやってもいいんだぜ、だけど、いじわるしないでお手やわらかにたのむよ、心臓がどきどきしてんだからさ、おまえの力で化学の試験なんとかならないか？　ジャガーのやつ全然教えてくんないんだ、それにおれは無一文なんだ。》班長たちは、ふたたび点呼をとり、下士官に報告する。下士官は名簿を受け取ってガンボアに手渡す。霧雨が舞いはじめていた。アルベルトは爪先でバジャーノの脚を小突く。バジャーノは目だけ動かして横目でアルベルトを見る。

「ラブレター三通」

「四通」

「わかった、四通だ」

　バジャーノはうなずく。そして、ほんのわずかなパンくずでも惜しむように、舌を出して、口のまわりをぺろりとなめる。


　一組の教室は新館の二階にある。新館とはいっても、湿気のために、すでに壁は色褪せ、あちこちに染みが浮きでている。となりの大きなテント小屋のような建物は講堂で、中には木製のごつごつしたベンチがずらっと並んでいる。一週間に一ぺん、そこで映画が上映される。閲兵場は雨に濡れて、底なしの鏡のようだ。生徒たちは、笛に合わせて行進して行く。新館の階段にさしかかると、足並みが乱れてあやうくすべりそうになる者もいる。下士官が悪態をつく。教室の窓から、セメントの中庭が見える。普段の日だと、五年生はその窓から、下を通る下級生めがけて唾を吐きかけたり、ものを投げつけたりするのである。いつか、黒ん坊のバジャーノが板切れを投げたことがあった。悲鳴があがったかとおもうと、三年生の生徒が耳を押さえながら、一目散に中庭を駆け抜けていった。指のあいだから血がしたたって、上着を赤く染めた。一組は二週間の禁足処分を食らったが、けっきょく犯人はわからずじまいになった。外出が許可になると、バジャーノはさっそく、三十人の級友のために、タバコを二箱ずつ持ってかえった。《二箱じゃこたえるぜ》と黒ん坊がこぼした。《ひとり頭、ひと箱でいいんじゃねえか。》ジャガーは、《二箱だ。でねえと組織が黙っちゃいねえぞ》とおどした。

「二十点だけだぜ」とバジャーノが言う。「きっかり二十点だ。おれはたかがラブレターのために、あぶねえ橋をわたりたくねえんだ」

「そうかたいこと言うなよ、それじゃあんまりだ、三十点たのむよ。おれが問題番号を、指で合図するからな。それから、おまえは答えを読みあげなくていい。

おれが直接おまえの答案を見て書き写すから」

「だめだ、おれが答えをささやいてやる」

　机は二人掛けである。アルベルトとバジャーノは後ろへ行ってすわる。彼らの前に、ボアとカーバが腰かけている。二人の大きな背中は、試験監督の目をごまかすのに都合がよい。

「その手には乗らないぜ。この前、わざとまちがった答えを教えたじゃないか」

　バジャーノはくっくっと笑う。

「ラブレター四通、それも二ページ続きのだぜ」

　ペソア軍曹が、教室の入口に姿をあらわす。試験問題を抱えている。小さくて狡猾そうな目で、教室内をぐるりと見わたす。ときおり、口ひげの先端を、舌先でしごいて湿《しめ》らす。

「教科書をこっそりのぞいたり、他人《ひと》の答案を盗み見する者は、失格だ。その上に、罰点六を課す。いいな。班長、問題を配れ」

「ネズミ」

　軍曹ははっとして、顔を赤らめる。小さな目は、二本の傷口のようだ。子供のような小さな手がシャツを掻きむしる。

「黒ん坊、さっきの話は、とり消しだ。試験監督がネズミだとは知らなかった。教科書から写したほうがいいや」

　アロースピデが問題を配りはじめる。軍曹は腕時計をのぞきこむ。

「八時だ。制限時間は四十分」

「ネズミ」

「きさまらはそれでも男か！」ペソアがほえる。「ネズミと言ってるやつはだれだ。男だったら、面と向かって言ってみろ」

　あちこちで机ががたがた鳴りだす。床から数センチ持ち上げられ、落とされる。最初は、ばらばらの音だったが、しだいに調子がそろっていく。全員声をそろえて連呼する、《ネ、ズ、ミ。ネ、ズ、ミ。》

「きさまらは卑怯者ぞろいだ。黙れ！」とペソアがどなる。

　そこへガンボア中尉と化学担当の教師が姿をあらわした。教室の入口に立った教師はおとなしい感じの痩せた男である。ガンボアのほうが背が高く、がっしりしているので、だぶだぶの私服を着た教師は、いっそう貧弱に見える。

「どうなってるんだ、ペソア」

「この連中、ふざけやがるんです、中尉殿」

教室内はしいんとしている。だれも眉ひとつ動かさない。

「そうか。じゃ君は、二組に行きたまえ。ここはおれが見よう」

ペソアはもう一度敬礼して教室を出る。化学の教師は、その後について行くが、どこを向いても軍服姿の男たちばかりなので、すこし怯えたような顔つきだ。「黒ん坊」とアルベルトがささやく。「最初の打ち合わせ通りにやろう」

バジャーノはアルベルトのほうを見ずに、首を横に振る。そして指を突き出して喉をさっと切る仕草をしてみせる。アロースピデが問題を配り終える。生徒たちは、いっせいに机の上にかがみこんで、試験問題に取り組む。《十五と五、それに三、ここに五問、空白、それから三問、空白、畜生、空白、それからもう三問か、いや、空白だ、全部でいくつだ、三十一問か、めいっぱい出しやがって。ガンボアのやつ、途中でどっかへ行ってくれないかな。だれかが呼びに来るとか、急な用ができてどっかへすっ飛んで行くとか、そういう按配にならないかな、ああ、金の足《ピエス・ドラードス》よ。》アルベルトは几帳面な字でゆっくりと答案を書いてゆく。ガンボアは列のあいだをゆっくり移動している。タイル張りの床を鳴らす靴音が聞こえる。誰か顔を上げると、きまってそこに、ガンボアのいたずらっぽい視線が待ちかまえている。

「どうした？　おれの顔を見たって答えはわからないぞ。そんな目つきでおれを見るのは、女房と女中だけで十分だ。下を向け」

わかるところだけを、ひと通り書いてしまうと、アルベルトはバジャーノのほうを見た。黒ん坊は舌の先を噛みながら、大層な勢いでペンを走らせている。つぎに注意深く周囲を見まわした。ペン先を答案用紙からわずかに離して、書くふりをしている者もいる。もう一度試験問題に目をおとす。勘を働かせて、なんとかもう二問ほど答えを書いてみる。やがて、くぐもったような密かな音が聞こえはじめる。生徒たちはそわそわしだす。あたりの空気の密度がどんどん高まってくる。うつむいた生徒たちの頭上に、何かとらえがたいふわふわしたものが漂う。なま暖かで、ねっとりした煙か靄《もや》のようなものだ。それにしてもほんの一、二秒だけでいいから、中尉の監視の目をのがれることができないものだろうかとアルベルトは思う。

ガンボアは歩くのをやめて、教室の真ん中に立ちはだかった。腕組みをして笑っている。ベージュ色のシャツの下に、筋肉の盛り上がりが見える。野外演習のときのように、その視線は全員の動きをあますところなく捉えているようだ。演習では、ガンボアのちょっとした手の動きや、鋭い笛の音を合図に、彼の指揮する部隊は、泥んこの中に突っ込み、草や石ころの上を這って進む。そしてほかの部隊は、きまって彼らに包囲され、不意を突かれ、蹴散らされるのである。敵軍の将校や生徒たちの狼狽をまえに彼らは誇らしげに胸を張った。ガンボアは朝日にヘルメットをきらめかせて、前方に立ちふさがる高い土塀を指さす。（山の頂上や中腹、あるいは海岸線にも敵がひそんでいる。だがガンボアはあくまでも冷静、沈着だ。）《おまえらは鳥だ。あの壁を飛びこえるんだ！》と叫ぶ。すると一組の生徒たちは、弾丸のように飛び出す。銃剣を天に向け、熱き血潮が全身を駆けめぐる。畑を突っきり、怒りにふるえながら、力いっぱい土塊《つちくれ》を踏みつける。《ああ、もしこれがチリ人やエクアドル人どもの頭だったらな！　軍靴の下から血が吹き出し、断末魔の叫びがあがるだろうに、くそっ！》息を切らしながら、塀の下にたどり着く。悪態をつく。ライフル銃をたすき掛けにして、腫《は》れあがった手を伸ばす。ひび割れに爪を食いこませ、這うようにして壁をよじのぼる。目は、塀のてっぺんをじっとにらんだままだ。やがて体が宙に舞い、塀の向こう側へ飛び降りる。身をちぢめるようにして着地。あとは自分たちのはげしい息づかいと、血のたぎる音だけが聞こえる。胸やこめかみの血管を突き破って、今にも体じゅうの血が外に向かってほとばしりそうである。しかし、ガンボアはすでに彼らの前に立っている。腕にかすかな擦り傷があるだけだ。岩の上にのぼって、潮風のにおいをかぎ、つぎの作戦を練っている。生徒たちは、しゃがみこんで、あるいは寝ころがって彼を見つめている。自分たちの生死が、ガンボアの胸一つにかかっているのだと思う。不意に、ガンボアの視線は怒りの色を帯びる。鳥たちは蛆虫《うじむし》に変身する。《もっと離れろ！　なんだそのざまは！》蛆虫たちは起きあがって、四方に広がる。継ぎはぎだらけの戦闘服は、風をはらむ。生地の合わせ目や当て布は、傷口や瘡蓋《かさぶた》を思わせる。ふたたび泥地に入って、草むらの中に身をひそめる。視線だけは、相変わらずガンボアにじっと注がれている。従順で哀願するような目だ。ガンボアが、組織を潰したあのいまいましい夜も、みんなはそんな目をしていた。

　組織が誕生したのは、彼らが士官学校に入学してすぐだ。彼らは私服をぬぎ、学校の床屋で丸坊主にされ、真新しい制服をまとって、笛の音や号令を合図に、はじめてグラウンドに整列したのだった。夏の終わりの日で、三ヶ月にわたって海岸などで炎のように燃え盛ったリマの空は、ようやく曇りはじめ、ながい灰色の眠りにつこうとしていた。彼らはペルーの各地から集まったのだった。互いの顔を見るのはそのときがはじめてだったが、見知らぬコンクリートの建物のまえで、彼らはひとつのコンパクトな集団を形づくろうとしていた。ガリード大尉の声が彼らの耳にとどいた。一般市民としての生活はきょうで終わった。これからの三年間、この士官学校で一人前の男子になるんだ。軍隊精神は三つの簡潔な要素からなりたっている。服従、勤勉、勇気。……だが嵐が彼らに容赦なくおそいかかったのは、そのあと、昼食が終わってからである。将校や下士官たちの監視の目からやっと解放されて、彼らはほっとした気分で食堂から出てきた。四年生や五年生も一緒である。新入生たちは、上級生の顔をちらちらうかがったりしたが、その目には警戒心と同時に、好奇心やある種の親近感すらまじりあっていた。だがことは不意にはじまったのだ。

奴隷は食堂の階段を降りてきた。いきなり、両わきから腕をつかまれて、どすのきいた声でささやかれた。《こら犬っころ、ちょっと顔貸してもらおうじゃねえか。》奴隷はおどおどした微笑を浮かべながら、おとなしくついていった。まわりを見ると、今朝知り合ったばかりの同級生が幾人も、おなじように上級生の待ち伏せを食らって、四年生の寮舎へ連行されるところだった。その日は授業がなく、新入生たちは昼過ぎから夕食までのおよそ八時間、四年生の虜《とりこ》になった。奴隷は、自分を引きたてていった連中の名前も顔もおぼえていない。何組の寮舎に連れ込まれたのかもおぼえていない。部屋のなかは、制服姿の上級生でごったがえしており、タバコの煙が充満して、けたたましい笑い声やさけび声が飛びかっていた。奴隷は、あいかわらず口もとに微笑をたたえながら寮舎に足を踏み入れた。ところが入口をくぐった途端、背中を強打されて、そのまま前のめりに倒れこんだ。床の上で体を返して、あお向けに横たわった。起きあがろうとしたが、できなかった。だれかに腹を足で押さえつけられていた。虫けらでも観察するように、いくつもの顔が、無表情に彼を見おろしているのだった。やがて誰かが命じた。

「じゃ手はじめに、《おれは犬っころだ》をメキシカン・バラード風に百遍歌ってもらおうか」

歌えなかった。目を大きく見開いたまま茫然としていた。のどがひりひり痛んだ。腹の上の足にぎゅっと力が加わった。

「歌えねえって言うのかよ。おい、この犬っころは歌いたくねえんだとさ」

みんなの口がいっせいに開いて、奴隷の顔めがけて唾を吐いた。一度ならず、何度も唾を吐きかけられた。奴隷はたまらず目を閉じた。ようやく攻撃が止むと、先ほどの声がふたたび命じた。

「メキシカン・バラード調で、《おれは犬っころだ》を百遍歌え」

今度は命令にしたがった。しゃがれた声で、言われた文句を、『はるかなる大牧場で』のメロディーにのせて歌ってみた。音程が狂って、ときおり調子っぱずれなかん高い声が出た。メロディーがすこしも合っていなかった。しかし連中には、それがあまり気にならないようだった。熱心に奴隷の歌声に耳をかたむけた。

「もういい」と例の声が言った。「今度はボレロでやってみろ」

そのあとは、マンボとラテン・ワルツのリズムで歌わされた。ひと通り終わると、起きあがるように言われた。

「立て」

奴隷は立ちあがって、顔を手でぬぐった。そしてその手を今度はズボンの尻で拭いた。

「面を拭いていいってだれが言ったよ。勝手なことをしやがって」

ふたたびみんなの唇がすぼむと、彼は反射的に目をつむった。集中砲火がしばらくつづいた。やがて上級生の声がとどろいた。

「犬っころ、おまえの両側にいるのは、先輩の士官候補生だ。気をつけの姿勢をとらんか。よし、それでいい。このふたりは、賭けをしたんだ。どちらの言い分が正しいか、おまえに判定してもらおう」

右側に立っていた生徒が、いきなり奴隷の腕をしたたかにたたいた。指先がしびれるほどの痛みが走った。左にいたほうも、つづいてこぶしを振りおろした。

「さてと」と上級生が言った。「どちらのパンチが効いたかね？」

「左です」

「なんだって」と右側の生徒が声を荒げた。「おれのはふにゃふにゃだって言うのか？　よし、もう一回やってやるから、よく較べてみてくれよ」

　強烈な一撃に奴隷はよろめいたが、倒れなかった。まわりを取り囲んでいた連中は、倒れかかる彼を支えて、もとの位置に押しかえした。

「今度はどうだい。どっちが強かったか？」

「おなじぐらいです」

「そうか、じゃ勝負がつかなかったってわけだ。もう一回やって決着をつけてもらうしかないな」

　しばらくして、上級生が訊いた。

「犬っころ、腕が痛いか？」

「いいえ、痛くありません」と奴隷はこたえた。

　うそではなかった。奴隷はからだの感覚と時間の観念をなくしていた。プエルト・エテンのおだやかな海を思い浮かべ、母親の声を思いだした、《リカルドちゃん、気をつけるのよ、エイがいるんだからね。》さんさんと降りそそぐ太陽の下で、母親はその長い腕を、やさしく差しのべていた。

「うそをつけ」と上級生がどなる。「痛くないんだったら、どうして泣いてるんだよ、ええ？」

　奴隷は心のなかで、《これで終わった。もう放っといてくれるだろう》と思った。しかしとんでもない見当ちがいだった。ことははじまったばかりだったのだ。

「おまえは、犬っころなのかそれとも人間なのか？」

「犬っころです」

「そんなら、どうして両足でつっ立ってんだ？　犬は四つ足で歩くんだろうが？」

　奴隷はかがんで、床に掌をつけた。体重が加わると腕にするどい痛みがはしった。そのとき、そばに別の少年がいることに気づいた。やはり四つん這いになっていた。

「ところでよ、街で犬が二匹出くわしたら、どうなる？　こたえろ。きさまに訊いてんだぞ、おい」

　奴隷は尻を蹴られた。うめいた。

「わかりません」

「けんかするんじゃねえか。吠えながら相手におそいかかるんだよ。咬みつきあうんだ」

　奴隷は一緒に洗礼のしごきを受けた少年の顔をおぼえていない。小柄だったから、最終組の生徒だろうと思った。少年の顔は恐怖でゆがんでいた。上級生の声が止むや、その小柄な少年は吠えだした。そして口からあわを吹きながら奴隷におそいかかった。奴隷はいきなり狂犬の牙が肩にくいこむのを感じた。すると全身が反応して、彼もはげしく吠えたてながら、相手にかぶりついた。歯をむきだして縺《もつ》れあっているうちに、自分のからだが剛毛でおおわれ、口のまわりがするどくとがって、尻尾が背中の上でムチのようにうなっているような錯覚におちいった。

「よし、やめろ」と上級生が命じた。「おまえが勝った。だけどチビのやつ、おれたちをだましやがった。こいつはオスじゃねえ。メス犬だ。オス犬とメス犬が表《おもて》で出くわしたらどうなるか、知ってるか、おまえら？」

「知りません、先輩」

「なめあうんだよ。はじめは愛《いと》しげににおいをかぎあって、それからなめあうんだ」

それが済むと、寮舎を出て、グラウンドに連れて行かれた。外が明るかったのか、それとも日が暮れていたのか、奴隷はおぼえていない。裸にされて、サッカー場のまわりを背泳ぎさせられた。それからふたたび四年生の寮舎に連れもどされて、ベッドをいくつもつくらされた。クローゼットの上で歌って、踊った。映画俳優のものまねもした。軍靴を何足かみがいた。汚れたタイルを一枚舌でぺろぺろ拭いた。枕を相手に自慰をおこなった。小便をのんだ。すべてが激しいめまいのように彼をおそい、気がついたときには、自分の寝台に横たわって《こんなところからぜったいに逃げ出してやる》と一途に思っていた。寮舎はしんと静まりかえっていた。少年たちは互いの顔を見合わせた。誰もかれも、殴られたり、唾を吐きかけられたり、顔にペンキを塗られたり、小便を引っかけられたりしていた。どの顔も沈鬱だった。その晩、消灯ラッパが鳴ったあと、組織が誕生した。

みんなは寝床に就いていたが、だれも眠っていなかった。ラッパ卒が中庭から引きあげていくと、ふと誰かが寝台の上段からするするとおりてきて、部屋を横切って便所に駆けこんだ。開き戸はしばらく揺れつづけた。げーげーという苦しげな声がもれたかと思うと、ほとばしるような激しい嘔吐がそれにつづいた。みんなはいっせいにとび起きて、裸足のまま便所に駆けこんだ。黄色い電球の下でバジャーノが、腹をさすっていた。顔をゆがめて、胃の中のものをなおも吐きだした。みんなは遠巻きにして、その様子をながめた。やがて黒ん坊は洗面台に寄って、口をすすいだ。堰を切ったようにみんながしゃべりだした。興奮して大声でまくしたて、四年生にたいしてありとあらゆる罵《ば》詈《り》雑《ぞう》言《ごん》を浴びせた。

「このままやられてたまるもんか。なんとかしなくちゃ」とアロースピデがさけんだ。その白い顔は、とがった顔立ちの浅黒い肌の少年たちの中でとりわけ目立った。怒りを満面にあらわし、こぶしを振りたてている。

「ジャガーってやつがいるんだ。あいつを呼ぼう」とカーバが言った。

みんながジャガーという名前を聞いたのはその時がはじめてだった。《誰だって?》と聞きかえす者もいた。《このクラスの者か?》

「そうなんだ」とカーバはこたえた。「あっちで寝てる。便所に一番近い寝台だ」

「どうしてわざわざそのジャガーってやつを呼ばなきゃならないんだ?」とアロースピデは言った。「ここにいる連中だけでもいいじゃないか」

「いや、あいつはちょっとちがうんだ」とカーバはこたえた。「とにかくすごいんだ。四年生のやつらは手も足も出なかった。この目で見たんだ。おれと一緒にグラウンドに連れてかれたけど、あいつは楽しそうに笑いやがるんだ。やつらをからかってさ、おれに洗礼をほどこすおつもりですか、そうですか、ま、やってもらいましょう、こいつは楽しみだ、なんて言うんだ。相手はやつらの顔を見ながら、にやにや笑うんだぜ。相手は十人もいるのにさ」

「それで?」とアロースピデはたずねる。

「連中はびっくりして、きょとんと変な顔をしてたぜ。十人てさっき言ったけど、これはグラウンドへ行くまでのはなしでさ、むこうに着いたら、もっといろんな人間が集まってきてよ、二十人どころじゃなかったな、もっといたね、とにかくすごい人数だったのさ。だけどあいつは、ふてぶてしい態度でやつらをあざけって、やれるもんならやってもらいましょう、こいつはみものだ、さあやってみろよ、なんてけしかけるんだ」

「それでどうなったんだ?」とアルベルトは口をはさんだ。

「やつらは、おい、犬っころ、きさまはだいぶえらそうな口をたたくじゃねえか、と言ったんだ。するとあいつは、うす笑いを浮かべながら、連中におそいかかっていった。四年生はそれこそ何十人といたけどよ、だれもあいつをつかまえて組み伏せることができなかったんだぜ。なかにはベルトをはずして、あいつをひっぱたこうとするやつもいたけど、遠巻きにしてベルトを振るだけで、ぜんぜん近寄れねえんだ。みんなはもうびびっちまってさ、ほんとうだよ、うそじゃねえって。もう何人もばたばたと倒れていったね。急所を蹴られたり、顔をぶんなぐられたりしてさ。すごかったぜ。それでもあいつは、あいかわらずうす笑いを浮かべてさ、大声で、さあ、洗礼というのをやってもらおうじゃねえか、さあ、どうしたどうした、って連中にどなってたよ」

「どうしてジャガーって言うんだ？」とアロースピデがたずねた。

「さあ、おれがつけたわけじゃねえんだ」とカーバはこたえた。「あいつが自分で、おれはジャガーだ、って言ったんだ。みんなは、おれのことを忘れて、あいつをとり囲んで、ベルトでおどかしたんだ。するとあいつは、やつらを口ぎたなくののしって、連中のおふくろも一緒くたにして、徹底的にけなしたのさ。たまりかねて四年生のだれかが、《この獰猛なやつには、ガンバリーナを連れてこなくちゃだめだ》って言ったんだ。すると、ちょっと阿呆な面をした、体のものすごくでっかいやつがきたよ。そいつは重量あげをやってるってはなしだ」

「なんのために連れてこられたんだ？」とアルベルトは訊いた。

「いったいどうしてジャガーって言うんだ？」とアロースピデはさきほどの問いをくりかえした。

「あいつをやっつけるために呼んだんだ」とカーバはこたえた。「連中はあいつに、《よし、犬っころ、おまえはだいぶ強そうだけど、ここにもけっこう強いのがいるんだぜ》って言ったんだ。するとあいつは、《おれは犬じゃねえんだ、ジャガーだ、わかったな、今度またまちがったら承知しねえぞ、よくおぼえとけ、馬鹿野郎》ってこたえたんだ」

「みんなは笑ったのか？」とだれかが訊いた。

「いや、誰も笑わなかった」とカーバはこたえた。「みんなは場所をあけた。あいつはあいかわらずせせら笑ってたね。殴りあってるときでさえ笑ってたね。ほんとうに薄気味悪いやつだぜ」

「で、どうなった？」とアロースピデはたずねた。

「あっさり決着がついたさ」とカーバはこたえた。「もうびっくりするほどどすばしこいんだから。なるほどジャガーみたいなやつだと思ったね。べつに強そうな感じはしねえんだけど、とにかく動きがはやくてしなやかなんだ。ガンバリーナのやつは、つかまえたくてもつかまらないもんで、気ばかりあせっちゃってさ、じつにあわれだったぜ。もたもたしてるとジャガーがさっと懐に入りこんできて、頭突きを一発ぶちかますやら、足で蹴りあげるやら、もうそれこそしたい放題さ。ガンバリーナめとうとう、《遊びはもうこのへんでやめにしようぜ、くたびれちまった》と強がりを言ってたけど、そうとう参ってるってことはだれの目にもはっきりしてた」

「で、それからどうなった？」とアルベルトはたずねた。

「それでおしまいさ」とカーバはこたえた。「ジャガーは放っておかれて、おれが連中の餌食になったってわけだ」

「よし、やつを呼んできてくれ」とアロースピデは言った。

　みんなはしゃがんで、車座になっていた。タバコがあちこちでまわし喫《の》みされた。みるみるうちに部屋に煙が充満した。カーバに先導されて、ジャガーが便所に入ってきたとき、カーバの話に誇張があったことに、みんなはすぐに気がついた。ほおとあごになぐられた痕があり、そのしし鼻もパンチを食らったことはたしかだった。ジャガーは輪の中央に進み出て、みんなの顔をゆっくりとながめまわした。金色の長い睫《まつげ》と青く澄んだ鋭い目が印象的だった。しかめっつらやふてぶてしい態度には、一種の演技が感じられた。ひとりひとりを見すえる視線や、便所にひびきわたったその唐突で侮蔑をふくんだ笑いにも、ある種の作為が感じられた。しかし、誰も彼の邪魔だてをしなかった。みんなは身じろぎひとつせずに、ジャガーの執拗な観察と笑いが一段落するのを待った。

「しごきはひと月つづくってはなしだ」とカーバは口火をきった。「きょうみてえなことを毎日されたんじゃかなわねえや」

　ジャガーはうなずいた。

「そうだ」と言った。「やつらの慰みものになってたまるかよ。四年生のやつらに仕返しをしてやろうじゃねえか。ふざけたまねは、高くつくってことをたっぷり思い知らしてやろうぜ。相手の面をよくおぼえとくんだ。できれば、何組の何というやつかあらかじめさぐっておくといい。これからは、いつも集団で行動するんだ。消灯ラッパが鳴ったら、ここに集まって作戦を練ることにしようぜ。それから、おれたちのグループに何か適当な名前をつけようじゃねえか」

「鷹《ホークス》ってのは？」とだれかがためらいがちに提案した。

「そんなんじゃだめだ」とジャガーは言下に退けた。「鷹《ホークス》じゃ、子供じみてる。組織ってことにしよう」

　つぎの日から授業がはじまった。休み時間になると、四年生は新入生をつかまえて、アヒル競走なるものをさせた。新入生は腰に手をあてて、脚を折りまげ、アヒルの動きや鳴き声をまねながらグラウンドを走らされた。遅れた者は、直角蹴りの罰をくらった。ポケットをさぐられ、金やタバコを巻きあげられた。また、小銃の手入れに使うグリースや油や石けん水をかきまぜてつくったカクテルをむりやり飲まされた。新入生たちは、歯でコップのふちをかみながら、それを一気に飲みくださねばならなかった。組織の反撃は二日目の朝食が済んでからはじまった。生徒たちが食堂からどっと出てきて、原っぱに散ったときだった。不意に石の雨が降ってきて、四年生の生徒がひとり、悲鳴をあげながら地面に転がった。負傷者は、同級生にかかえられて、医務室にはこばれた。翌日の夜、芝生の上で眠っていた四年生の歩哨は、覆面をした者たちにおそわれ、まる裸にされたあげく、しばりあげられた。そんな恰好で、明け方になってようやくラッパ卒に発見されたが、体じゅうあざだらけで、ぶるぶる震えていた。不意打ちを食らってリンチされる者があとを絶たなかった。一番の戦果は、台所にしのびこんで、四年生のスープの鍋のなかに、ポリ袋に入れてきた糞便を、ごっそり投げこんだことであった。腹痛を訴えて医務室にかけこむ生徒が続出した。匿名の報復に腹を立てて、四年生は新入生に対するしごきを一段とエスカレートさせた。組織は毎晩、会合を開いた。さまざまなプランが出され、ジャガーはその中からひとつを選んで、修正を加え、実行にあたってのこまかな指示をあたえた。最初のひと月は、外出できないことになっていた。その期間は、限りない興奮のうちに過ぎようとしていた。洗礼に対する不安と怯え、組織の報復行為、それに初外出への期待が加わって、みんなの興奮は最高潮に達していた。はじめての外出はいよいよ目前にせまり、紺色の制服もすでにできあがりつつあった。将校たちは、毎日一時間、制服をまとった士官候補生が街でいかにふるまうべきかについて、種々論じ、注意を与えた。

「制服はよ」とバジャーノは、目をくるくるさせながら言うのだった。「まるで甘《あめ》え蜜みてえに、女の子を引き寄せるんだぜ」

《まあはなしに聞いてたほどのことはなかったな、あのとき思ってたほどのつらい日々でもなかったし。もっとも、消灯ラッパのあとで不意にガンボアが便所にあらわれたときにゃ、ほんとうにぶったまげたけどよ。だけどあのひと月はじつにたのしかったな。》日曜日になると、三年生はわがもの顔で校内を闊歩した。昼には映画が上映され、午後には、家族との面会が許された。新入生たちは、何かと気をつかってくれる親兄弟にかこまれて、閲兵場やグラウンドや中庭をのんびりと散策した。初外出日の一週間まえになると、制服の試着がおこなわれた。紺色のズボンに黒い上衣、金色のボタンに白い軍帽。髪の毛もすこしずつ伸びていた。それにあわせて外出への期待も大きくふくらみつつあった。組織の会合が終わると、外出の話に花を咲かせた。《それにしてもいったいガンボアにどうしてわかったんだろう？　偶然だったのか、それともだれかが垂れこんだのか？　あの日の当直将校がガンボアじゃなしに、ワリーナかコボスだったら、どうなってただろうな。すくなくとも、あんなにあっけなく組織がつぶされなけりゃあ、このクラスもこんな情けないようすになってなかったと思うね。おれたちは元気に暴れまわって、いまも景気よくやってただろうによ。ちょっと残念だったな。》ジャガーは立ったまま、敵側のある班長の人相について、あれやこれや特徴を説明していた。みんなはいつものようにしゃがんでそれを聞いていた。吸いさしのタバコがあちこちでまわされた。煙はすうっと立ちのぼって天井にぶつかり、ふたたび床におりてきて、半透明で変幻自在の怪物さながらに、部屋のなかをまわりはじめた。《いったいあいつは何をしたんだ？　死んじまったらあとでこっちがこまるんだぜ、とバジャーノが言った。復讐はいいけど、あんまり度がすぎるのもどうかと思うね、とウリオステ。へたをすりゃやつが片目になっちまうかもしれねえってのは、どうも引っかかるな、とパジャスタ。そんなのはかまわねえさ、自業自得だ、片輪になりゃざまみやがれってなもんだ、とジャガー。あれは、おれたちがそんなことをごちゃごちゃ言ってる最中だったな。あん時、ドアをバンと開ける音が先だったのか、それともおれたちの叫び声が先だったのか？》ガンボアは、ドアを両手で突きとばしたか、足で蹴って開けたのだろう。しかし、みんなは、ドアの音やアロースピデの悲鳴におどろいて、身をすくめたわけではない。便所に充満した煙が、入口で仁王立ちになったガンボアの脇をすりぬけて、暗い寝室のほうへどんどんと流れてゆくのをみて、はっと息をのんだのだった。投げすてられたタバコは床の上で燃えつづけた。みんな裸足だったので、足でもみ消すわけにもいかなかった。彼らはあごを引き背筋をぴんと伸ばして直立不動の姿勢をとった。ガンボアは火のついたタバコをひとつひとつ踏み消していった。それから人数をかぞえた。

「三十二名か」と言った。「クラスの全員ってわけだな。班長は誰だ」

アロースピデは一歩まえへ出た。

「これはどういうことだ？」とガンボアはおちついた声で訊いた。「はじめから話してもらおうか。どんなささいなことも抜かすんじゃないぞ」

アロースピデは、横目で仲間たちの顔をちらっと見た。ガンボアはじっと待ちかまえている。《アロースピデのやつ中尉に泣きついたんだ。おれたちもまるで子供が親に甘えるみてえに、苦しい胸の中をうったえたってわけだ。くやしかったんです、中尉殿。ほんとにひどいことをされたんです。男だったら、黙ってやられてばかりはいられません。なぐられて、くやし涙をのみました、中尉殿。さんざんしごかれたあげく、口ぎたなくののしられ、きさまのおふくろは淫売だと侮辱されるんです。モンテシノスなんか、もういやというほど直角蹴りをやられて、尻がはれあがってしまって、目もあてられません。だが、ガンボアはべつにおどろく様子もなく、平然と聞いてた。ときおり口を開いて、それからどうした、個人的な感想は言わんでよろしい、具体的な事実だけ話したまえ、と言ったりした。いっぺんじゃわからん、ひとりずつ話すんだ、こらっ、やかましい、他のクラスは寝てるんだぞ。まったく冷や汗の連続だったね。ガンボアは校則を暗誦した。本来なら全員を退学処分にすべきところだが、君ら新入生は、軍隊生活とはいかなるものなのか、上官への尊敬や同志の絆とはどういうものなのか、まだよくわかってないようだ。こんな遊びはこれっきりにしてもらいたい。はい、中尉殿。二度とくりかえされないことを信じて、今回だけは報告書を提出しないことにする。はい、中尉殿。君らの初外出を取り消すことだけにとどめよう。はい、中尉殿。これで君らもすこしはまともになってくれるだろう。はい、中尉殿。とにかく、こうしたことがまた起きたら、今度こそ君らを将校会議にかけることになるぞ、いいな？　はい、中尉殿。来週の土曜日に外出したければ、校則をしっかり頭にたたきこむんだな。はい、中尉殿。じゃ、もう寝に行くんだ。歩哨は所定の位置について、五分後に報告したまえ。はい、中尉殿。》

組織はそれで潰滅したが、後日ジャガーは、仲間とつくったグループにおなじ名前をつけた。あの六月一日の土曜日、一組の連中は、赤くさびた鉄柵に顔を押しつけて、ほかのクラスの犬っころどもが、自信と誇りに満ちた姿で、奔流のごとく海岸通りにどっと繰りだすのをながめることになった。真新しい制服、まっ白な軍帽、ぴかぴかの鞄。奔流はやがてふた手にわかれた。ひとつは近くのバス停に行き着くと、土手に沿ってよどみはじめた。背後に波の砕ける音を聞きながら、ミラフローレス・カジャオの路線バスを待つのだ。いまひとつの流れは、パルメーラス通りにむかって、そのまま道路の中央を進みつづけた。パルメーラス通りに出れば、今度は、プログレソ通りをめざすことになるが、この道路は田園地帯をぬけて、ブレーニャ区を通ってリマに入ってゆく。その反対方向をたどれば、幅広い道がゆるやかなカーブをえがいて、ベジャビスタやカジャオ方面にむかってなだらかに下ってゆくのである。みんながいなくなると、アスファルトの道路が霧に濡れて、あたりはふたたびひっそりと静まりかえった。一組の生徒たちはいつまでも鉄格子に鼻づらをくっつけていた。やがて昼食をしらせるラッパが鳴り、彼らは、おし黙ったまま、ゆっくりした足どりで、自分たちの寮舎にむかった。レオンシオ・プラドの銅像は、灰色の建物群のなかに消えて行く彼らを見送った。銅像の盲いた目は、その日、帰宅組のよろこびに満ちた軽やかな足どりと、居残り組の悲しみに沈んだうなだれた姿をみとどけたのであった。

おなじ日の午後、食堂を出たところで、仲間うちの最初の喧嘩がはじまった。ビクーニャはそれをものうげな目でながめた。《おれにはあんなぶざまなまねはできねえな。バジャーノだってそうだぜ。カーバもアロースピデもあんな恥ずかしいことはやれやしねえ。だれだってやれねえぜ。まったく、あいつだけだ。ジャガーは神さまじゃあるめえし。あいつがあんな恰好悪いことをしなけりゃあ、なにもかもちがってたと思うね。負けずにやり返せばよかったのさ。とっくみあいでもなんでもやりゃあよかったんだ。石でも棒切れでもつかんで、突っかかっていけばよかったのによ。いっそのことすたこら逃げてもよかったんだ。だけど、ぶるぶる震えだしちまうってのはねえだろう。いくらなんでも、それだけはしちゃいけねえんだよ。》みんながひとかたまりになって階段をおりているときだった。足を踏みはずしたのか、もつれあうようにしてふたりの生徒が階段を転がりおちた。ほかの連中は階段のところから、まるで桟敷に陣どった観客のように、起きあがろうとするふたりに視線をむけた。仲裁にはいる余裕もなければ、なにが起きているのかさえすぐにはのみこめなかったようだ。ジャガーは、攻撃を受けた豹か虎のように、敏捷に身をひるがえして、いきなり相手の顔面にしたたかな一撃をくらわした。それから馬乗りになって、頭や顔や背中をめちゃくちゃになぐりつづけた。みんなは、休みなく打ちこまれる二本のこぶしにあっけにとられて、もうひとりの悲鳴など耳に入らなかった。《ごめんよ、ジャガー、わざと押したんじゃない、ほんとうだよ、わるかった、この通りだ、あやまるよ。》《あいつめ、ひざまずきやがった。何をやったっていいけどよ、ひざまずいたら、おしまいさ。それだけじゃねえ、あいつは手まで合わしやがった。まるで、ミサのときのおふくろか、はじめて聖体を拝領する坊やって感じだったぜ。ジャガーが司教様で、やつがざんげをする信者ってわけだ。あの光景を思いだすとな、鳥肌が立っちまうんだ、とロスピグリョーシが言ったもんだ。まったく、あれはほんとうにひどかったぜ。》ジャガーは、ひざまずいた少年の前に立ちはだかって、軽蔑の目で彼を見おろしていた。片手のこぶしは高くふりあげられたまま、今にも少年の青白い顔をめがけて、打ちおろされそうだった。みんなは固唾《かたず》をのんだ。《きさまを見てるとへどが出るぜ》とジャガーはどなった。《きさまには、プライドってもんがねえんだ。きさまは奴隷だ。》

「八時三十分だ」とガンボア中尉の声がとどろく。「あと十分」

教室内にどよめきが起こり、机がきしむ。《便所へ行ってタバコでも吸おう》と思いながら、アルベルトは答案用紙に名前を書く。ちょうどその時である。小さくまるめた紙が飛んできて、机の上に落ちた。目のまえをころころと転がり、腕にあたって止まった。手にとるまえに、周囲をぐるっと見まわした。それから視線をあげた。ガンボアが笑っている。《気がついただろうか?》とアルベルトは心のなかで思いまどう。目を伏せたとたん、ガンボアの声がおおいかぶさってきた。

「君、いま飛んできたものを見せたまえ。ほかの者は静かにしろ!」

アルベルトは椅子から立ちあがる。ガンボアはじっと視線をむけたまま、手だけ差しだして、小さな紙の玉を受けとる。引きのばして、逆光線に高くかかげてみる。読み進むうちに、その目はしきりに、紙切れと生徒たちの机のあいだを行ったり来たりする。

「ここに何が書いてあるか知ってるか?」とガンボア

はたずねる。

「いいえ、中尉殿」

「化学式だよ。だれからのプレゼントなのか知ってるか？」

「いいえ、中尉殿」

「守護天使がだれなのか知らないって言うんだな？」

「はい、中尉殿」

「答案を出したまえ」ガンボアは答案用紙を引き裂いて、机の上におく。「こいつの守護天使は、三十秒以内に名のりをあげろ」

　生徒たちは、互いに顔を見合わせる。

「十五秒がすぎた。三十秒以内に、と言ったはずだぞ」

「ぼくです、中尉殿」

　アルベルトは振りかえる。奴隷が立っていた。顔が青ざめ、緊張のあまりみんなの笑い声も聞こえないようである。

「名前を言いたまえ」とガンボアが命ずる。

「リカルド・アラナです」

「自分が不正行為をしたとわかってるんだろうな？」

「はい、中尉殿」

「じゃ、どんな処罰を受けるのかもわかってるな。きょうの外出を禁じる。軍隊では、天使だろうが何だろうが容赦しない」時計を見る。「時間だ。答案を出しなさい」

3

ぼくはあのころ、サンエス・ペニャの学校に通っていた。授業が終わると、歩いてベジャビスタの家に帰った。ときおり、兄の友だちのイゲーラスに出くわした。兄は徴兵されていて、家にいなかった。イゲーラスはよくぼくに、兄の消息をたずねた、《兄さんから便りはこないか？》《こない。ジャングルへ連れてかれてから連絡がないんだ。》《そうか。まあちょっと話していけよ。そんなに急いで帰らなくても……。》ぼくはベジャビスタの家に一刻もはやく帰りたかったけど、ぼくより年上のイゲーラスが、対等にあつかってくれたので、その誘いをむげに断わるわけにもいかなかった。酒場へ連れて行ってくれた。《なんにする？》《そうだね、なんでもいいよ、イゲーラスさんとおんなじ物でも。》《そうかい、じゃ……》と言って、大きな声で注文した。《おい、ピスコをくれ。シングルを二つ。》それからぼくの背中をぽんと叩いた。《酔っ払ってひっくり返るなよ。》ピスコをひと口すると、のどがひりひり痛んで、涙が出た。《レモンをちょっとかじるといいぜ。口あたりがやわらかくなる。タバコはどうだい？　まあ一本吸えよ。》ぼくたちはサッカーや学校の話をした。兄のことも話題になった。イゲーラスはいろいろと兄のことを話してくれた。ぼくはてっきり、兄が喧嘩などしない、おとなしい人だとばかり思ってたけど、実際は血の気の多い男だったようだ。女のことで喧嘩して、ナイフで切りあったこともあるらしい。札つきの女たらしだったそうだ。女を孕《はら》ませて、あやうく結婚させられそうになったこともあるとか。ぼくはイゲーラスの話を呆気にとられて聞いたものだ。《そうなんだ、おまえには四歳ぐらいの甥っ子がいるはずだ。おまえもれっきとしたおじさんってわけだな。》ぼくは適当な口実をみつけて、はやめにきりあげた。家に帰ると、酒を飲んできたことが気づかれはしまいかと、びくびくしながら玄関をくぐった。かばんから教科書を取り出すと、《となりで勉強してくる》と声をかけた。母は返事をしないで、ちょっとうなずくだけだった。ときには、うなずきもしなかった。となりは、ぼくらの家よりも大きかったが、やはりかなり古ぼけていた。ノックするまえに、ぼくは一生懸命に手をこすったが、やはり汗ばんでくるのだった。テレサがドアを開けてくれることもあったが、たいがいおばさんが出てきた。おばさんは母と親しかったけれど、ぼくを嫌っていた。子供時分だいぶ困らせたようだ。ぼくをなかへ入れると、きまって不機嫌そうな声で、《台所のほうが明るいから、そっちで勉強しなさい》と言うのだった。おばさんが夕飯のしたくをするかたわらで、ぼくとテレサは本を広げた。じきに部屋のなかに、玉葱とにんにくのにおいが充満した。テレサはとても几帳面だった。ノートや本にきれいにカバーをかけ、小粒な文字を整然と綴《つづ》った。ぼくはつい見惚れてしまうのだった。ノートにはきたない染みがひとつもなかった。見出しのひとつひとつに、二色で下線を引いた。《絵描きさんになれるね》とぼくが言うと、声を立てて楽しそうに笑った。テレサはよく笑った。その笑い方がとても印象的だった。手を叩いて、大きな声で笑った。ときたま、学校から帰ってくるテレサに出くわしたが、ほかの女の子とちがうことが、ひと目でわかった。いつも髪をきれいにとかしていたし、手がインクで汚れているようなこともなかった。ぼくは彼女の顔に心ひかれていた。脚が細く、胸のふくらみはまだ目だたなかった。あるいは、目だっていたかもしれないが、ぼくはあまり気にとめなかった。いつも顔だけを見ていた。夜中、寝床に入って、手すさびをしていると、ふとテレサのことが思いだされることがあった。そういうとき、恥ずかしくなって、急いでトイレに立った。彼女に口づけできたらなあ、とよく思うのだった。目をつむると、テレサの顔が瞼に浮かんだ。おとなになって、ふたりが一緒に暮らしている場面を夢想することもあった。ぼくらは、毎日、一、二時間勉強した。もっと長いときもあった。一緒にいられる時間をすこしでも長引かせようと、ぼくは口癖のように、《宿題がいっぱいあって、たいへんだ》と嘘をついたりした。《疲れた？　あしたにしようか？》と訊くと、テレサはきまって、だいじょうぶとこたえた。その年は、学校で抜群の成績をとった。先生たちによく誉められた。模範生ということになって、黒板に出されたり、学級長に選ばれたりした。みんなから、〈がりべん〉とからかわれた。級友たちとはあまりつきあわなかった。学校にいるときは仲良くしたが、授業が終わると、ぼくはそそくさと家に帰った。イゲーラスとだけつきあった。彼はいつもベジャビス夕広場の一画に立っていた。ぼくを見かけると、手を振ってくれた。あのころぼくは、五時になることだけを待ち望んで暮らしていた。いちばん嫌いな日は、日曜だった。ぼくとテレサは、土曜日まで勉強した。日曜日には、彼女はおばさんと一緒にリマの親戚の家へ遊びに出かけた。ぼくはなにもすることがないので、一日中部屋にこもってすごした。ときには、ポタオのグラウンドへ出かけて、二軍のサッカーの試合を観たりした。母はこづかいをくれなかった、父が遺してくれた年金が、わずかであることを、いつもこぼしていた。《お父さんはお国のために、三十年間も汗水流して働いたのに、これっぽっちじゃ情けないよ。まったく、お国も恩知らずだよ》とぐちった。年金は家賃と食費だけであっという間に消えてなくなった。ぼくはその年、一度も映画を観にいかなかった。サッカー場にも行かれなかった。翌年は、小遣いに不自由しなかったが、テレサと勉強していたころのことがしきりに思いだされて、毎日気が滅入ってしかたがなかった。

だけどさ、めんどりやチビどもの件よりも、映写会でのさわぎのほうがすごかったね。こら、ヤセッポチ、歯がいてえよ、気をつけてくれ。そっちのほうがうんとおもしろかったぜ。おれたちは四年生にあがって、ガンボアが組織をつぶしてからすでに一年たっていたが、ジャガーのやつはあきらめずに言ったもんだ、《いつかはみんなもどってくるさ。そうしたら、おれたち四人はボスだ。》とにかくあれはすごかったよ。なにしろおれたちが三年生のころ、組織のメンバーはクラスの連中だけだったけど、あん時は、まるで学年全体が組織に入ったようなものだったからな。で、おれたちが先頭に立って指揮をとったってわけだ。だけど、ま、ジャガーのやつにはかなわなかったけどね。あの犬っころが指を折っちまったときも、クラスのみんなが味方してくれた。《こらっ、犬っころ、さっさとはしごにのぼれ》と巻き毛が言った。《さっさとのぼらねえと、本気でおこるぜ。》やつはもうちぢみあがっちゃって、おびえた目でおれたちを見てた。《あのう、高いところは、だめなんです》なんて言いやがってよ。ジャガーは腹をかかえて笑いころげ、カーバはおこった顔《つら》でやつにどなった、《きさま、ふざけてやがんのか。》やつは、かわいそうにも、むりやりのぼらされたわけだが、青ざめてぶるぶる震えてたね。

《どんどんのぼれ。もっと高く、もっとだ》と巻き毛が犬っころをせきたてた。《よし、そこでひとつ歌をうたってもらおうじゃねえか》とジャガーが注文をだした。《ちゃんとした歌い手みてえに、身ぶり手ぶりも入れてもらおうか。》犬っころは、猿のようなかっこうでしがみつき、はしごは床の上でがたがた揺れた。《あっ、あぶない、おっこちる。》《かってにおっこちやがれ、この野郎》とおれもさけんだ。するとやっこさん声を震わせながら歌いだした。《あいつ今に頭から落ちてくるぜ》とカーバが言い、ジャガーは体をふたつに折りまげてもうおかしくてしかたがないようだった。けっきょくやつはおっこちたわけだが、ありゃあそう大さわぎするほどの高さでもなかったぜ。おれなんか演習のときにもっと高いところから飛びおりたことがあるぐらいだ。だけど、あいつは、よせばいいのに、洗面台につかまろうとしやがった。流れる血を見ながら、《こいつ、指をちょん切っちまったぜ》とジャガーが言った。《だれがやったんだ》と大尉が毎晩のようにおれたちを問いつめた。《乱暴をはたらいた連中がはっきりするまで、ひと月でもふた月でもきさまらを閉じこめておくからな。》クラスの連中は、おれたちを裏切らなかった。ジャガーはみんなに言った、《おめえらはそれだけ肝っ玉が大きいんなら、また組織に入ったらどうなんだ？》犬っころは、おとなしいやつらばっかりで、ちょっと食い足りなかったぜ。あいつらへの洗礼よりも、五年生との角突きあいのほうがぐっとおもしろいね。映写会での乱闘は死んでも忘れられねえだろうな。さわぎの種を蒔いたのはジャガーだった。やつがおれのとなりにすわってたもんで、おれもすんでのところで、背骨をへし折られるところだったぜ。あの日、犬っころどもは運がよかった。おれたちが五年の連中にかかりっきりだったもんで、やつらまで手が回らなかったのさ。それにしても復讐ってやつは、じつに甘美なもんだぜ。犬っころだったおれに洗礼をほどこしたやつに、いつかサッカー場でばったり出くわしたことがある。あのときほどたっぷり楽しんだことはないね。おれたちはもうすこしで退学させられるところだったけど、あれには首をかけるだけの価値はあったな。四年生と三年生の喧嘩はほんのおままごとだぜ。四年生と五年生のが男の喧嘩ってもんだ。さんざんなぶりものにされた洗礼式の借りはあるし、よりによって映写会では、三年生と五年生のあいだにすわらされたわけだから、これでひと騒動が起きなけりゃおかしいってもんだ。軍帽のいたずらも、ジャガーが考えだしたものだった。五年生のやつがまえから歩いてきたら、そのまま待ちかまえて、やつが目の前に来たところで、敬礼でもするみてえにひょいと手をあげる。やつもつられて敬礼をするんだけど、こっちは帽子を脱いじゃうのさ。《おい、きさまはおれをからかってるのか。》《いいえ、帽子をとって、おつむを調べてるだけです。》おれたちと上級生は、まさに犬猿の仲で、すさまじいばかりの対抗意識があった。あの綱引きのときは、それこそ死にものぐるいの対決だったし、映写会での一件だって、まさにおれたちとあいつらの戦いだった。あの日は、冬だというのに、ひどく暑かったな。むりもねえよ、トタン屋根の建物のなかに千人以上の人間がぎゅうぎゅう押しこめられたんだからな。なかはもう蒸し風呂のようだった。おれは野郎の顔を見なかった、声を聞いただけだけど、きっと山出しの田舎っぺだったにちがいねえさ。《こりゃきついや、おれのケツは大きいんだ、もっとあっちへ寄れよ》と四年生の列の最後尾にすわっていたジャガーは文句を言ってた。詩人の声も聞こえた。金を取りたててるらしく、だれかに泣きついてた、《おい、おい、そんな話はねえだろう、こっちはただで仕事をしてんじゃねえんだぜ。》とっくに電灯が消されてたからあちこちで声がとんだ、《うるせえ、だまれ、張りたおすぞ。》ジャガーは、やつの視界をわざとさえぎろうとして、ベンチの上にレンガを積みあげたんじゃねえと思うんだ。おそらく自分が良く見えるようにそうしただけだろうと思う。おれはちょうど前にかがみこんで、マッチに火をつけるとこだった。ところが、五年生のやつがいきなりどなったんで、口にくわえたタバコをうっかり落としちまった。おれは床の上にひざをついてさがそうとしたんだけど、まわりの連中がごそごそ動きだした。《おい、てめえ、見えねえじゃねえか、レンガをおろせよ。》《おれに言ってんのか？》とおれが相手に訊いた。《おめえじゃねえんだ、となりのやつだ。》《おれかい？》とジャガーは問いかえした。《おめえしかいねえだろうが？》《あのな、おまえ》とジャガーは言った。《うるせえんだよ。おれはゆっくり西部劇が見てえんだ、静かにしてくれ。》《じゃ、レンガをどけねえって言うんだな。》《ま、そんなところだね》とジャガーはこたえ、おれはタバコをさがすのをやめて、すわることにした。タバコを拾ったやつはラッキーだったろうけど、おれは、今からひと騒動がおっぱじまると思って、ベルトを締めなおして、身がまえた。《きさまは上級生の命令にしたがわねえつもりか?》と五年生のやつがどなった。《ま、そういうことだな》とジャガーはこたえた。《おまえの命令なんかくそくらえだ。》上級生のメンツはまるつぶれだった。後方の連中は口笛を吹きだした。詩人は《あらまあ、あら、あら》と歌いだし、ほかの連中もそれに声を合わせた。《きさまらはおれをからかってんのか?》と五年生はたずねた。《お察しの通りですよ》とジャガーはこたえた。ひゃっ、暗闇のなかでおっぱじまるぞ、世紀の大乱闘になるぜ、それも真っ暗な講堂のなかで、ときてる。前代未聞の取っ組みあいだぜ。ジャガーは自分が先に飛びかかったと言ってたけど、おれはちゃんと見てたんだ。相手が先だった。もっともその五年生だったのか、加勢しようとしたそいつの仲間だったのかわかんないけどな。いずれにせよ、相手はそうとう腹を立ててたようだぜ。ものすごい勢いでジャガーに飛びかかった。まわりの連中のわめき声で、耳の鼓膜が破れちまうかと思ったよ。みんなが立ちあがって、おれの上にも黒い影がいくつもおおいかぶさってきて、もうめちゃくちゃに蹴られた。どんな映画をやってたのかさっぱりおぼえてねえ。詩人のやつはむこうのほうで、いてえよ、いてえよ、と悲鳴をあげてたが、ほんとうにやられてたのか、それともただふざけてたのか、わかったもんじゃねえ。ワリーナ中尉もわめいてたな、《軍曹、何をしてんだ。はやく電気をつけろ。》犬っころども、《電気をつけろ、電気をつけろ》と恐怖におののいた声でさけびだした。やつらは何がどうなってるのかわからず、今にも上級生たちが闇につけこんでおそいかかってくるとでも思って気が気じゃなかったんだろうよ。吸いさしのタバコが乱れ飛んだ。将校たちに踏みこまれたとき、タバコをくわえてたらやばいと、みんながわれ先にタバコを投げすてたからだ。あれでよく火事にならなかったと思うね。まさに大乱闘だったな、やれ、やれ、ぶったたけ、ぶっ殺せ、骨をへし折ってやれ、いよいよ復讐のときだ。まったく、ジャガーのやつ、よく殺されずにすんだもんだ。目のまえをつぎつぎとよぎっていく人影を盲めっぽうになぐったり蹴ったりしたもんで、しまいには、手も足も痛くなってきた。おれがぶんなぐった者のなかにはおなじ四年生のやつもまじってたろうけど、あんな暗がりじゃあ、敵も味方もわかりゃしねえもんな。《いったい何をしてやがるんだ、バルーア軍曹、はやく電気をつけないか》とワリーナ中尉がわめいてた。《まったく、こいつらは獣《けだもの》だ。はやく止めないとたいへんなことになるぞ。》あっちこっちで乱闘が起きて、もつれあって倒れたり転がったりしてたけど、あれでけが人や死人がでなかったってのがほんとうに不思議だぜ。そして電灯がともされた瞬間、騒ぎはぴたっと止《や》んで、将校たちの笛だけがけたたましく鳴りひびいていた。ワリーナの姿は陰にかくれて見えなかったが、五年生と三年生担当の中尉と下士官どもは血相をかえてやってきた。《道をあけろ、どけ、どけったらこの野郎。》それでいいぜ、だれも道をあけてやるなよ。あいつらは、しまいにはしびれを切らして、棍棒でおれたちをなぐりはじめた。おれもネズミの強烈なストレートを胸にくらって、息がとまっちまった。ジャガーの姿をさがしながら、あいつだいじょうぶかな、とちょっと心配だったが、やつはぴんぴんしてたね。まわりの人間にパンチを打ちこむふりをしながら、げらげら笑ってやがった。まったくあいつは殺しても死なねえやつだぜ。電灯がつくと、みんなは何ごともなかったように、素知らぬ顔をよそおった。中尉や下士官どもの鼻をあかすためだったら、たちまちのうちに共同戦線ができあがるってわけだ。どうしました？　異常はありませんよ、みんな仲よくやってますよ、乱闘？　そんなもの知りませんよ。五年生の連中もおなじようにこたえてた。あいつらにもいいとこがあるんだな。あっけにとられて茫然としていた犬っころどもは先に退場させられ、つぎに五年生が帰された。講堂には四年生だけがのこって、おれたちは、《あらまあ、あら、あら》と歌いはじめた。《がたがた言ってたやつの口んなかに、けっきょくあの二本のレンガを突っこんでやったぜ、ざまみやがれ》とジャガーは言った。今後の見通しについて、みんなは一つの結論に達した。《今度のことで五年生のやつらは怒り狂ってる。犬っころどもの目の前で、大恥をかかせてやったからな。今夜、おれたちの寮舎に夜討ちをかけてくるだろうぜ。》将校たちはこまねずみのように動いて、あちこちで《原因はなんだったんだ？　どうして騒ぎが起きたんだ。説明せんか、独房にぶち込むぞ》と訊いてまわってた。おれたちはどこ吹く風って感じで、どうでもいいように聞きながしていた。あいつらはやってくるぞ、絶対におそってくるぜ、寮舎のなかで寝こみをおそわれたらたまったもんじゃねえからな、原っぱへ出て、そこで待ち伏せしてやろうじゃねえか。ジャガーはクローゼットの上にのっかっていた。ほかの連中は下で熱心に耳をかたむけていた。組織のメンバーが便所に集まって、復讐の計画を練った犬っころ時代が思いだされた。やられてたまるか、しっかり守りをかためようじゃねえか。油断するな。歩哨は、閲兵場へ行って、見張るんだ。やつらが姿をあらわしたら、大声で知らせてくれよ。おれたちはそれを合図に飛び出すから、いいな。投げるものを用意しろ。トイレットペーパーをまるめて、手のなかににぎりしめるんだ。そのほうが石でなぐったようなパンチになるぞ。それから、闘鶏《しゃも》みてえに、靴の先端にかみそりをつけろ。ポケットのなかに石をいっぱい詰めておけ。ああ、それからプロテクターをわすれんなよ。男はキンタマをだいじにしなくちゃな。みんなはジャガーのさしずにしたがった。巻き毛は、寝台から寝台へとぴょんぴょん飛びはねていた。寮舎には活気があふれ、組織《いい》が活動してたころのようだった。うちのクラスだけじゃなしに、学年全体をまきこんでの大がかりな戦いになりそうだった。おい、みんな、ほかの寮舎でも戦闘の準備をしてるぜ。《こいつはこまったぞ、石がたりねえんだ》と詩人は言った。《ま、ここらのタイルでもはがしてみるか。》みんなは、互いに肩をたたいたり、タバコをまわしあったりした。おれたちは制服を着たまま寝台にもぐった。軍靴をはいたままのやつも何人かいた。いよいよやってくるか、いつやってくるか。じっとしてろ、ヤセッポチ、歯がいてえじゃねえかよ、この野郎。あいつも興奮してたな。ふだんはおとなしい犬なのに、あの夜は、ワンワン吠えたり、ぴょんぴょん飛びはねたりで、まるで始末におえなかったぜ。こらっヤセッポチ、ビクーニャといっしょにあっちで寝てもらうぞ、おれは、ここでひと仕事をしなくちゃならねえのさ、こいつらが五年生のやつらにぶちのめされねえように、ちゃんと守《み》てやらなくちゃならねえんだ。

ディエゴ・フェレー街とオチャラン街の角に立つ家は、それぞれの街路に面して、幅十メートル高さ一メートルほどの塀をめぐらせている。そこはディエゴ・フェレー街の二丁目になり、歩道の縁には電柱が一本立っている。その電柱と塀とで区切られた空間は、片方のチーム、つまり籤引きに勝った方のチームのゴールとなった。負けたチームはそこから五十メートルほど離れたところにあるオチャラン街の歩道の上に石やらセーターを積みあげてゴールを作らねばならなかった。ゴールは歩道の幅ぶんしかなかったが、道路全体がグラウンドとして使えた。彼らはそこでサッカーをやった。テラーサス・クラブのコートへ出かける時のようにバスケット・シューズをはいた。そしてボールがあまりバウンドしないように空気の調節に気を配った。ボールを低くあつかいながら短いパスを出して、ゴール近くから軽くシュートした。ゴールラインは白墨で引かれたが、試合がはじまると靴底やボールにこすられて消えてしまい、ボールがゴールを割ったかどうかの判定をめぐってもめたりした。試合は警戒と不安のうちに繰りひろげられた。さまざまな対策にもかかわらず、プルートやほかの熱血漢がついボールを思いきり蹴とばしてしまうこともあった。ボールは塀を飛びこえて、花壇のゼラニウムを圧しつぶした。勢いあまって、扉を揺るがし、窓ガラスを粉々に砕くこともあった。そういうとき彼らはきゃっとさけんで一目散に逃げだすのだった。プルートは走りながら声を張りあげた、《追いかけてくるぞ、逃げろ。》振りかえってそれを確かめる者はいなかったが、誰しもスピードをあげて口々にさけんだ、《追いかけてくるぞ、警察を呼んだんだ。》アルベルトは先頭に立って走った。息苦しさをこらえながらさけぶのだった、《断崖だ、断崖へ行こう！》みんなもそれに応じた、《そうだ、断崖だ、断崖へ行こう。》仲間たちのせわしない息づかいがアルベルトを取りかこんだ。それぞれの息づかいに特徴があった。プルートのは獣じみて荒く、ティーコのは短くリズミカルだった。足のおそいエル・ベベは遅れだして、そのあえぎはしだいに遠くかすかになっていった。エミリオは鼻から息を吸いこみ口から吐き出した。陸上選手さながらの規則正しいしっかりした息づかいだった。パコやソルビノやほかの連中の荒あらしい呼吸もすぐそばまでつたわって、アルベルトを鼓舞し、いっそうスピードをあげさせた。彼らはディエゴ・フェレー街の二丁目を駆けぬけ、コロン街に達すると塀にからだを寄せるようにして右へ曲がった。コロン街が下り坂ということもあってそのあとの道のりは楽だった。それに百メートル先にはもう堤防の赤レンガが見えた。レンガのむこうには灰色の海があった。街《バーリオ》の少年たちがプルートの家の小さな四角い芝生の上に寝そべって遊びの計画を練っていると、アルベルトがきまって、《断崖へ行こう》と言いだすので、みんなは彼をからかった。断崖を降りる作業はスリルに富み、なかなか困難だった。レンガ塀を飛びこえると、まず猫の額ほどの小さくて平らな地面があった。彼らはそこから切り立った断崖を真剣な面持ちでながめながら、降りる手順を検討した。波打ち際までの障害物の一つ一つを高みから確認しながら、たどるべき道順をめぐって活発な議論を戦わせた。アルベルトの口調はとりわけ熱っぽかった。戦争映画に出てきそうなヒーローの表情やら身ぶりをまねながら、簡潔な言葉できびきびと道順を指し示した。《あっちを見ろ、まずあの岩まで行こう、鳥の羽が落ちてるあの岩だ、そこからだと一メートルだけジャンプすればいいんだ。それからあの平べったい黒い石の連なりだ。そっちのほうが無難だ。反対側だと苔がはえてるからすべる心配がある。それにあのルートだと、ぼくらがまだ行ってないあの小さな砂浜に出られるんだ。》もし誰かが、たとえばリーダーの資質のあったエミリオあたりが、異議をとなえれば、アルベルトは熱弁をふるって自分のプランの正当性を説いた。街《バーリオ》は二派に分かれて意見を戦わせた。ミラフローレスの湿った朝を燃えたたせる熱っぽい議論であった。彼らの背後の海岸道路では車が引っきりなしに行きかっていた。ときおり車の窓から顔を出して、彼らを見やるドライバーもいた。子供が乗っていたりすると、羨望の眼《まなこ》を彼らにむけた。はげしい議論のあげく、軍配はたいがいアルベルトにあがった。そのあまりの熱心さと執拗さにほかの者が根負けするのだった。彼らはゆっくりと崖をおりていった。もはや対立は解消され、確固とした連帯感の絆で結ばれた。互いに交わす視線や微笑や声援にそれがにじみ出ていた。誰かが障害物を乗りこえたり、あるいは難しい跳躍をこなしたりするたびに、みんなが拍手を送って称えた。時間は途方もなくゆっくりと、そして緊迫感に満ちて過ぎていった。目的地に近づくにつれて、彼らはより大胆になった。夜ミラフローレスの彼らの寝床まで聞こえてくるあの潮騒は、岩に砕け散る波の音であることをあらためて確認するのだった。潮の香りが彼らの鼻腔を打った。じきに彼らは崖と波打ち際とのあいだの小さな扇状の砂浜におりたった。みんなはそこでひしめきあって、冗談を言ったり、下降の際の困難を笑ったり、相手を押しだすふりをしたりして、わいわい騒いだ。アルベルトは、あまり寒くない朝であったり、あるいは灰色の空に突如あたたかな太陽が顔をのぞかせたりするような午後であったりすると、靴や靴下を脱いで、ほかの連中の歓声に促されるようにして、膝のところまでズボンをたくしあげて水際へ飛びおりるのだった。冷たい海水やなめらかな石の感触が心地よかった。片手でズボンの裾をおさえながら、もう片手でほかの者たちに水をはね飛ばした。少年たちは互いに相手の陰にかくれたりしたが、しまいには自分たちも靴を脱いで海に入り水かけ合戦がはじまるのだった。しばらくすると、みんなは体の芯までずぶ濡れになって、ふたたび浜にあがり、岩場に寝そべって今度はどうやって崖を登るか議論した。ふうふうあえぎながらやっとの思いで断崖をよじ登った。くたくたになって街に帰りついた。プルートの家の庭にあおむけになって寝ころがった。そして角の雑貨屋で買ってきた《ビセロイ》を吸い、タバコの臭いを消すハッカの飴をなめた。彼らはサッカーをしたり、断崖を探険したり、自転車でブロック一周を競ったりした。そして毎週のように映画を観に行った。土曜日はみんなでエクセルシオルやリカルド・パルマの昼の部へ出かけた。二階席の切符を買い、最前列に陣どった。わいわい騒いで、火のついたマッチを一階席に投げこんだりした。映画を観ながら大声で感想をのべあった。日曜日は、がらりと様子が変わった。午前中にはまずミラフローレスのチャンパグナー学園のミサへ行かねばならなかった。エミリオとアルベルトだけがリマの学校へ通っていた。彼らは朝の十時に、制服姿で中央《セントラル》公園に集合した。そしてベンチに腰かけて、教会へ入ってゆく人々の様子をながめたり、よその街《バーリオ》の少年らと舌戦を交わしたりした。午後になると映画を観に行ったが、今度は一階後方の指定席にすわった。きちんと身なりをととのえ、さっぱりした姿だった。髪をきれいに梳《と》かして、家族の言いつけにしたがってネクタイをしめていた。その恰好は見るからに窮屈そうだった。妹たちをエスコートする役目を担わされた者もいた。ほかの連中に、やれ子守女だとかおかまだとかひやかされた。街《バーリオ》の女の子たちは、やはりかなりの人数だったが、彼女たちも結束の固い集団をつくって、少年たちときびしく対峙した。両者の敵対関係はずっとつづいていた。彼らが立ち話をしているような時に、女の子がひとりで近くを通ったりすると、少年たちがその髪の毛を引っぱって彼女をからかった。たまたまその女の子の兄が居あわせたりすると、彼はしきりに抗議するのだった。《もうやめろよ、こいつ親父に告げ口するんだから。そうしたら今度はこっちがとっちめられるじゃないか。》逆の場合、つまり女の子たちがあつまっているところへ少年が現われたりすると、女の子たちは彼に舌を出して小馬鹿にし、ありとあらゆるあだ名を浴びせてあざ笑った。少年は恥ずかしさで顔を真赤にしながら、ひやかしの雨を耐えしのばねばならなかった。そして女の子たちを恐れる臆病者ではないことを示すために、ゆっくりした足どりで彼女たちのまえをとおらねばならなかった。

だけど五年生らは襲撃してこなかった。将校どものせいだ、まったく。あいつらだと思って、おれたちはベッドから飛び起きたんだけど、歩哨のやつらはおれたちを制止した。《待て、兵士どもだ。》あの田舎っぺどもは夜中にたたき起こされて、戦争へでも行くみてえに、完全武装して、閲兵場に並ばされたんだ。中尉や下士官らも警戒に当たってた。不穏な気配を嗅ぎつけたんだろうな。やっぱりあいつらは襲撃をかけるつもりでいたらしい。夜中じゅう準備をして、ぱちんこやらアンモニア爆弾まで用意してたって話だぜ。兵士どもは、てめえらの母親は淫売だとかさんざん悪態をつかれて、頭に来るのをやっと押さえてるって感じだったね。銃剣を突きだしておれたちを威嚇しやがるんだ。兵士どもはこの任務のことを一生忘れねえだろうな。大佐はもう少しでやつらを殴るとこだったらしい、いや本当に殴ったって話だぜ。《ワリーナ、おまえはまったく頓馬《とんま》な野郎だ。》おれたちは、大使やら大臣らの面前でやつに大恥をかかせてやった。いまにも泣きだしそうな顔《つら》だったそうだ。すべてがそれで終わるはずだったけど、翌日あのお祭り騒ぎが控えてたから、やつも不運だね。ざまみろ、大佐め。おれたちを猿みてえに引き回しやがってよ。大司教様の御臨席をたまわっての実戦演習に親睦を深める昼食会だってさ、将軍やら大臣のお偉方の御臨席をたまわっての体操とフィールド競技、それに親睦を深める昼食会とくる、正装してのパレードや演説、それに各国大使との親睦を深める昼食会。まったく、ざまみろってんだよ。おれたちにも、ここで何かが起きるな、という予感みたいなものはあった。そんな雰囲気だったんだ。ジャガーはみんなにはっぱをかけていた。《いいか、フィールドの全種目であいつらに勝ってやろうぜ。一つも負けんなよ。あいつらを零点におさえてやるんだ。袋競走も徒競走も、とにかくありとあらゆる種目でやっつけてやろうじゃねえか。》だけどそうしたもろもろの勝負はどっかへ吹っ飛んじまった。綱引きでことがおっぱじまったんだ。もう必死で引っ張りに引っ張ったもんで、今も思いだすだけで腕がずきんずきん痛んでくらあ。あの声援はすごかったな。《がんばれ、ボ・ア、がんばれ、ボ・ア。》《引っ張れ、ボ・ア、引っ張れ、ボ・ア。》《そーれ、ボ・ア、そーれ、ボ・ア。》朝飯を食ってるときに、みんなはウリオステやジャガーやおれのところへ来て、おれたちを激励した。《とにかく死にもの狂いで引っ張ってくれよ、絶対に力をゆるめるなよ、学年のために頼んだぞ。》あの異様な雰囲気に全然気がつかなかったのはワリーナ中尉だけだったね、まったくあのうすのろめ。その代わりネズミのやつはいい勘をしてた、大佐のまえで変なまねをするんじゃねえぞ、おれのいるまえでおかしなことをしでかしたら、承知しねえからな、おれは体が小せえけど、柔道のタイトルはあちこちでうんざりするほどかっさらってるんだからな。こらっ、めす犬め、咬むんじゃねえんだ、ヤセッポチ。観覧席は人でいっぱいだった。兵士たちは食堂から椅子を持ち出した、いや、あれは別の時だったかな、とにかく観覧席は超満員だった。軍服姿の人間がうようよいて、どれがメンドーサ将軍なのかさっぱりわからなかった、勲章をいっぱいぶら下げてたはずだけどよ。マイクのあの一件は傑作だったな、思いだすだけで笑いが止まらねえよ、連中はほんとうについてなかったぜ、思い出すだけで腹をかかえて笑い転げちまうよ、ガンボアが聞いてたら、おれ、自分の首をちょん切っちまうね、まったく、マイクの一件を思いだすと、もうおかしくって笑い死にしそうだ。あれだけの大騒ぎになろうとは、誰も思ってやしなかった。あの五年生の連中を見てみろよ。ものすごい目をしておれたちをにらみつけてやがる。声を出さずに唇だけを動かしておれたちのおふくろをけなす。おれたちも黙っちゃいられねえ。小さな声で、ささやくような具合に、きさまらのおふくろは淫売だ、とやり返したんだぜ、ヤセッポチ。用意はいいか、生徒諸君？　笛の合図をしっかり聴くんだぞ。《駆け足進め！》とスピーカーの声。《左向け左！》《回れ右！》《全隊止まれ！》今度は器械体操の連中だ、垢だらけの体をちゃんと石けんで洗ってきたんだろうな。一、二、三、さあ、駆け足で挨拶してこい。あのチビは鉄棒にかけてはほんとうにすげえんだ。筋肉はたいしたことないんだけど、運動神経は抜群だぜ。大佐もどこにいるのかよくわかんなかったな。だけどあいつはわざわざ見るまでもねえ。見なくてもその姿がありありと目に浮かぶぜ。ポマードをあんなに塗りたくったって、あんだけの剛毛じゃどうしようもねえんだよ、まったく。軍人の鍛え抜かれた筋骨たくましい肉体云々《うんぬん》なんて聞いてあきれるぜ。大佐はベルトをはずせば、腹が地べたにこぼれちまうのさ。あのときのやつの顔《つら》ったらなかったね。傑作だったな。あの男が好きなのは、アトラクションとパレードだけなんだ。うちの若い衆を見て下さいよ、この一糸乱れぬ動きはどうです？　一、二、一、二、サーカスがはじまりますよ、どうです？　よく訓練された犬たちでしょう？　今度はうちの蚤たちが来ますよ、それからこれは曲芸をやるめす象たちです、一、二、一、二。くそ、女みたいな声を出しやがってよ。おれだったら四六時中タバコを吸って、嗄れ声が出るようにするけどな。あれは軍人の声じゃないね。やつが野外演習に出てきたことなんて一ぺんもねえんだぜ。ましてや塹壕に入ってる姿なんて想像もできねえや。とにかくアトラクションだ、アトラクション一本やりだ。その三番目の列、曲がってるぞ、動きがばらばらじゃないか、もっと元気を出せ、胸を張れ。まったく、あの馬鹿たれ。綱引きの時のやつの顔《つら》、見たかったぜ。大臣が青くなって大佐に言ったらしいんだ、《あいつらは気でも狂ってしまったのか？》おれたち四年生はグラウンドの中央で五年生の連中と向かい合った。観覧席じゃ、大佐が蛇のように体をくねらせただろうよ。向かい側の犬っころどもは、何のことかさっぱりわからずに、じっとこちらを見てる。ま、今におっぱじまるから、よく目を開けて見ておくんだな。ワリーナはおれたちのあいだを往ったり来たりしながら、《五年生に勝てると思うのか？》と訊いた。《勝てなかったら一年間の外出禁止を食らっても結構ですよ》とジャガーはこたえたけど、おれには、それだけの自信はなかった。相手方にもかなり図体の大きいのがいたからな。ガンバリーナ、リスエーニョ、カルネーロ、ほんとうにでっかいやつらだ。緊張のために、引っ張るまえからもう腕が痛くなってた。《ジャガーを先頭に出せ》と観覧席から声が飛ぶ。《ボア、頼むぞ》という声援も。クラスの連中は《あらまあ、あら、あら》と歌いはじめる。ワリーナも楽しそうに笑っていたが、そのうちに五年生をからかうための歌声であることに気づいて、青くなってたな。何をやってるんだ、馬鹿野郎、メンドーサ将軍が見てるんだぞ、大使や大佐がこちらを見てるじゃないか、おい、何のまねだよ、これは。やつは泡を吹いて目を白黒させていた。大佐のあの科白《せりふ》を思いだすと、笑っちまうぜ。《綱引きにおいては、腕力だけがものを言うんじゃない。頭も使わなくちゃだめだ。知恵を働かし、作戦を練ることが大事なんだ。全員が力を合わせ、呼吸を一つにするというのは、そう簡単なことではない。》まったく、笑っちまうよ。学年の連中は拍手の嵐でおれたちを迎えてくれた。おれは感動したね。五年生のやつらは、黒いトランクスをはいてすでにグラウンドに出てきてた。やつらに送られた拍手もたいへんなものだったね。中尉が線を引いていた。すでに勝負ははじまったような雰囲気だったな。応援団の声援もすさまじかった。《四年生、四年生、頑張れ！》《勝つぞ、勝つぞ、四年生！》《あんなのは目じゃねえ、やっつけろ、ねじ伏せろ！》おまえまで何をさけんでやがんだよ、とジャガーはおれに言った。体力を消耗しちまうじゃねえか？　だけどほんとうに感激だったね。《フレー、フレー、四年生、フレー、フレー、四年生。》よし、とワリーナが言った。おまえたちの番だ、四年生の名に恥じぬようしっかりやってくれ。まったく、やつは何もわかっちゃいねえのさ。みんな、走れ走れ、ジャガーが先頭だ、さあさあ、ウリオステ、行け行け、ボア、引け、引っ張れ、ローハス、そーれそーれ、トーレス、よいしょよいしょ、リオフリーオ、パジャスタ、ペスターナ、クェーバス、サパータ、えんやこらだ、あいつらに負けてたまるかってんだ。口を開けずに走るんだぞ。観覧席はすぐそこだ。メンドーサ将軍の顔を拝めるかもしれねえぜ。トーレスが三と言ったらみんな手を上げるんだぞ。こんなに人が来てるとは思わなかったね。軍人もおおぜい来てるな。大臣のとりまき連中だろうよ。大使たちの顔も見てみたいもんだ。すごい拍手だ。まだはじまってもいねえんだぜ。もういいだろう、今度はくるっと半回転して引き上げよう。綱の用意はできてるはずだ。ああ、神様、中尉がしっかりと結び目を作ってくれてますように。五年生のやつら、またなんて目つきの悪い顔《つら》をしやがるんだよ。そうおっかない顔《つら》をすんなよな、ああ恐《こわ》い恐い。《頑張れ、やっつけろ、フレー、フレー四年生。》ガンバリーナが二、三歩近づいてきた。すぐそばで中尉が綱を伸ばし、結び目を数えてるっていうのに、そんなことにおかまいなしに吐き捨てるようにおれたちに言った。《きさまらはおれたちに勝てると思うのかよ。せいぜいキンタマをもぎ取られねえように気をつけるんだな。》《おまえこそ掘られちまうなよ》とジャガーがやり返した。《あとで二人だけで決着をつけようぜ》とガンバリーナ。《冗談はおしまいだ》と中尉は言った。《キャプテンはここに来て、並びなさい。笛を合図に引きはじめるんだ。先頭の者が白線を越えたら、笛を鳴らす。そこで勝負はおしまいだ。先に二回相手を負かした方が勝ちだ。いいな。後で文句を言っても駄目だぞ。おれは厳正で公平な人間だ。》おれは体をほぐす。口を閉じてぴょんぴょん飛び跳ねる。あれっ、応援団がボア、ボアとコールしてくれてるけど、ジャガーよりも声援が多いんじゃねえか？　こりゃあちょっとできすぎだ、それともおれの耳がおかしくなっちまったのかな？　さっさと笛を鳴らしちまえってんだ。《みんな、用意はいいか》とジャガーが声をかけた。《ぶっ倒れるまで頑張ろうぜ。》ガンバリーナは綱をはなして、こぶしを振りあげておれたちを威嚇した。あいつらはびびってんだ。あれじゃとても勝ち目はねえな。おれたちの気持を奮い立たせたのは、なんといっても仲間の応援だ。声援が飛びかい、腕に力がこもった。さあ、行こうぜ、一、二、三、なんとしてでも勝たなくちゃな、この野郎、四、五、この綱はまるで蛇のようだぜ、やっぱし結び目が小さすぎるんだ、手が、六、すべっちまう、七、ああ、苦しい、胸がはち切れそうだ、九、引け、もっと引っ張れ、もうちょいだ、頑張れ、よいしょ、よいしょ、笛だ、勝った。五年生のやつらは泣きごとを言いはじめる。《そんなのはないですよ、中尉殿、あれは反則だ。》《まだ白線を越えてませんでしたよ、中尉殿。》フレー、フレー、四年生の応援席では、みんなが立ちあがって軍帽を振ってる。軍帽の海だ。ボア、ボアって叫んでる？　みんなは歌ってる、泣いてる、さけんでる、ペルー万歳だ、五年生のやつらめくたばっちまえ、おいおい、そんなチンピラみてえな顔《つら》をすんなってんだ、笑っちまうじゃねえか、それゆけ、頑張れ、《こらっ、口を開くんじゃない、黙れ》と中尉は命じる。《一対ゼロだ。では二回目だ、位置に付け！》引け、引っ張れ、ものすごい応援だ、みんなは声のかぎりに吠え立てる。カーバかっぺや巻き毛もあの中にいるはずだ。おまえらもさけんでくれよ、五体に力がみなぎってくるからな、おれはもう汗でぐっしょりだ、おっとっと蛇が逃げ出す、待て、待つんだ、きさまも咬むなよ、ヤセッポチ。足の踏んばりが利かねえよ。芝生の上じゃまるでスケートをはいてるみてえにすべっちまうよ。ああ、体のなかで何かが弾《はじ》けちまいそうだ、首の血管が切れちまう、力をゆるめるんじゃねえぞ、おい、かがむなって、裏切り者がいるぜ、はなしてるやつがいるんだ、蛇をしっかりつかまえとけよ、学年のことを考えろ、四、三、引っ張れ、応援はどうした、畜生、負けちまったよ、ジャガー。だけどやつらも相当参ったらしいな、地面に膝をついたり、大の字になって倒れこんだりしてるぜ。ぜえぜえ喘いで、汗まみれだ。《一対一だ》と中尉はさけんだ。《それからオーバーなみっともない恰好はするな、女の子じゃないんだからな。》するとあいつらは、おれたちのやる気をそごうと、おれたちをけなしはじめた。《これが終わったら、おまえらの首をへし折ってやるからな。》《今に見てろ、ただじゃ済まねえからな、きさまらをぶちのめしてやる。》《がたがた言うんじゃねえや、文句あったら、今すぐ相手になってやってもいいんだぜ。》《おまえら、ここを何処だと思ってるんだ?》と中尉はあわてだした。《おまえらの言ってることは全部観覧席にも聞こえてるんだぞ、この借りは後で返してもらうからな。》みんなはそんなことにはおかまいなしだ。おふくろとでもいちゃついてろ、阿呆、フレー、フレー、四年生、今回はあっさりと勝負がついて、笑っちまったね。みんなは腹から唸り声をあげ、顔を引きつらせ、血管を浮き立たせた。《頑張れ、頑張れ、四年生、口笛だ、フィイイイイ、ブーン、四年生が勝つぞ!》《あんなのは目じゃねえ、やっつけろ、ねじ伏せてやれ。》おれたちは一気に引いて、やつらは敗北の苦汁を嘗《な》めることになった。ジャガーが言った、《観覧席に将軍たちがずらりと並んでようと、五年生のやつらはきっと腹にすえかねておれたちにおそいかかってくるぞ。世紀の大乱闘になるぜ、ガンバリーナのあの顔《つら》、見ちゃいられねえな。》応援席から悪態やら怒号が乱れ飛ぶ。ワリーナは青くなっておれたちのまわりを駆けずりまわる。大佐や大臣の耳に全部聞こえてるぞ、班長、何とかしろ、各組から四人でも五人でも十人でもつかまえて外出禁止にしろ、ひと月でもふた月でもいいんだ。みんな、引っ張るんだ、最後の力を振り絞れ、だれの心臓に毛が生え、雄牛のキンタマを持ってるのか、だれがほんとうのレオンシオ・プラドの生徒なのか、はっきりと見せつけてやろうじゃねえか。おれたちが必死になって引っ張ってるときに、影のようなものが動くのが見えた。黄褐色の影で、小さな赤い点々が入りまじり、五年生の応援席から降りてきた。最初は小さなしみのようだったが、それはみるみるうちに大きく広がった。《おい、五年のやつらおそってくるぞ》とジャガーはさけんだ。《負けるなよ、徹底的にやっつけちまえ。》その時ガンバリーナが綱をはなし、引っ張っていたほかの連中は前のめりになって白線を踏み越えた。勝ったぞ、とおれはさけんだ。ジャガーとガンバリーナはとっくに地面の上で縺《もつ》れあっていた。ウリオステとサパータはあごを突き出して、おれの脇を駆け抜け、敵方に突っこんでいった。例の褐色のしみはますます大きくなるばかりだった。パジャスタはシャツを脱いで、四年生の応援席に向かってそれを振った。みんな来てくれ、あいつらおれたちを袋叩きにするつもりだ。ワリーナのやつ、自分の背後に大群が押し寄せていることも知らずに、もっぱらジャガーとガンバリーナを引き離すことにやっきだった。きさまら、よさんか、大佐が見てるんだ。あっちからも褐色の影がグラウンドへ下りはじめた、おい、おれたちの仲間が来るぞ、四年生のみんなだ、組織の連中だ、カーバはいるか？　巻き毛はいるか？　肩を並べ、背中を合わせて戦おうじゃねえか。みんながふたたびおれたちのグループにもどったんだ。おれたちはボスだ。そこへ大佐のかん高い声があっちこっちから聞こえてきた。教官たち何をやってるんだ、あの騒ぎをはやく収拾するんだ、何たる恥だ。なんと目の前におれにしごきの洗礼を加えたやつがいるじゃねえか、紫色のでかい口をぽかんと開けておれを見てやがる、借りがあるんだから、そこでそのまま待っとくんだぞ、兄貴がこれを見てたらさぞ喜んだろうな、あれだけ田舎っぺどもをきらってたんだからな、阿呆みてえに口を開け、びくびくしやがってよ。ところが不意にそこここでムチが唸りだした。将校や下士官どもがベルトをはずしたってわけだ。観覧席にすわってた来賓の将校たちも何人か駆けつけて、やっぱりベルトをはずして、派手にそれを打ち振ったらしい、まったくひでえ話だぜ。おれも背中を引っぱたかれたけど、どうやら革の部分じゃなしに、バックルでやられたようだ、なんともすげえ一発だったので、今でもあんときの傷あとがうずくぜ。《これは明白な陰謀です、将軍、私も容赦しません。》《何を言ってるんだ、陰謀も何もないよ、君、はやく喧嘩をやめさせないか。》《大佐、マイクのスイッチをオフにしませんと……、全部聞こえてます。》笛が鳴り、ムチが飛んだ。あれだけたくさんの中尉がいたはずなのに、いまは誰の姿も見えねえ。背中がひりひり痛んだ。ジャガーとガンバリーナは芝生の上でタコのように絡みあったままだ。だけど、まあ運がよかったんだ、こらっ、ヤセッポチ、咬むんじゃねえって。ふたたび列をつくって並んでると、もう体じゅうが痛くて痛くてしようがなかった、それに立っていられねえくらいくたびれてた、そのままグラウンドにごろんと寝転がって休みたかった。だれも口をきかなかった。信じられねえくらいまわりはしいんとしてた。みんなのせわしない息づかいだけが聞こえた。外出のことなんか、もうだれの頭にもなかったろうと思う。ただ寝床にもぐり込んで、しばらく午睡《ひるね》をしたかったにちがいない。今度こそ覚悟をきめなくちゃならねえな。大臣はおれたちに今年いっぱい外出禁止を食らわせるだろうな。だけどこっけいなのは犬っころどものあの顔《つら》だ。自分たちはべつに何も悪いことをしちゃあいねえんだから、そんなおびえた顔をする必要なんかねえのにさ。ま、おとなしくお家《うち》に帰って、きょう見たことをよくおぼえとくんだな。だけどひどくおびえちまってたのは、中尉たちだね。ワリーナなんかもうまっ青になっちまってさ、鏡でてめえの顔を見てみなよ、自分でも憐れになるだろうぜ。おれのそばに巻き毛がいた。おれに言った、《青い服を着たあの女が見えるだろ？　その隣りにいる太っちょがメンドーサ将軍だよ。歩兵隊の出身かと思ってたけど、赤い記章からすると、どうやら砲兵隊あがりのようだぜ。》大佐のやつは、マイクを握って、今にもそれを食っちまうんじゃねえかって風にみえた。どっから話をはじめていいのかわからねえらしく、例のキンキンした声でしきりに《諸君》を連発するばかりだ。《諸君》と言っては言葉に詰まり、もう一度《諸君》と繰り返しては声が途切れるという按配だった。思い出すと笑っちまうよ、ねえワン公ちゃん。でおれたちはからだをこわばらせて、声もなく、身震いしてたってわけだ。やっこさんは何と言ったたっけ、ヤセッポチ？　むろん、《諸君、諸君、諸君》と連呼することのほかにだけどさ。この不始末についてはあとで内輪だけで話をしよう。この場ではただ、御来賓の方々に一言お詫《わ》び申し上げたく思います。学校全体を代表して、たいへんにお見苦しいところをお目にかけてしまいましたことを心からお詫び申し上げます。あの女の人への拍手はなかなか鳴りやまず、五分間もつづいた。おれたちが熱狂的な拍手を送ったもんで、彼女は感激して涙まで流したって話だ。しまいにはみんなに投げキスをふりまいてくれた。遠くだったもんで顔がよく見えなかったのが残念だったね。きれいなのか若いのかそうじゃねえのかまるでわからなかった。大佐が《三年生は制服に着替えてよろしい、四年生と五年生はそのまま残るんだ》と言った時にゃ、まったく身の毛がよだったな、ヤセッポチ。ところがだれも動かなかった。将校も下士官も賓客も犬っころどもも、みんな息をのんだ。どうしてだかわかるかい？　悪魔がこの世に存在するからだよ。あの女の人が立ち上がった。《大佐。》《何でしょうか？》みんなは何だろうと思い、顔を見合わせた。《お願いがありますの。》《私にできることがありましたら、どうぞ何なりと。》《マイクを切るんだ。》《心からお願いしますわ、大佐。》どれくらいの時間が経ったんだろうな、ヤセッポチ？　おれたちは我を忘れて、太っちょとマイクと大使夫人らしいその女性に見入っていた。二人の声がしばらく重なり合った。彼女のブロンドの髪がときおりきらめいた。《私のためにそうしていただけませんか？》緊迫の一瞬、みんなが固唾《かたず》を飲んで、耳をそばだてる。《諸君、今回のこの騒ぎは水に流すことにする。二度とあってはならないことだが、今回だけはこちらにおられる大使夫人の寛大なお心に免じて、云々《うんぬん》。》それを聞いたガンボアは後でこう言ったらしい、《あんなのは恥辱だ。ここは尼さんの学校じゃないんだ。兵営で女が指図するとは何ごとだ。》大使夫人に感謝申し上げなくちゃな。あの手拍子を考えだしたのはだれだろう？　ゆっくりと動き出す機関車のような具合なんだ。パン、一、二、三、四、五、パン、一、二、三、四、パン、一、二、三、パン、一、二、パン、一、パン、パン、パンンンンン、そしてもう一度、さらに一度、パン・パン・パン、もう一回。陸上競技大会のときなんか、グアダルーペ学院の連中は、おれたちのこの手拍子を耳にすると、髪の毛を掻きむしったりして、どうしようもなく苛々してくるらしかった。パン・パン・パン、おれたちはなおも手をたたいた。彼女には、フレー、フレー、チャフィ、チャフア、ラ・ラ・ラってのもやってあげたらよかったのかもしれねえな。犬っころどもまでが手をたたき出した。それから下士官や中尉たちも、パン・パン・パンとやりはじめた。続けろ、止《や》めるな、パン・パン・パン、大佐から目をはなすな、大使夫人と大臣が退席したら、やっこさんまたしかめっ面をつくって、きさまら、何をよろこんでやがんだ、そう簡単に問屋は卸さねえぞ、きさまらの根性を徹底的に叩き直してやる、覚悟するんだな、ってことになりかねんからな。だけどやっこさんは白い歯を見せて笑いだした、メンドーサ将軍や大使たち、将校たち、来賓たち、みんながパン・パン・パンとやりはじめる。こりゃいいや、みんなそろってパン・パン・パン、感激だね、パン・パン・パン、すごい、パン・パン・パン、おれたちはみんなレオンシオ・プラドの仲間同士だ。ペルー万歳、祖国のためにおれたちは命を捨てるぞ、正義と勇気に燃えて、わが祖国のために戦うぞ。《ガンバリーナはどこにいるんだ？　やつに接吻してやりてえよ》とジャガーは言った。《まだ生きてりゃの話だけどな。やつを地面に叩きつけて半殺しにしちまったよ。》拍手の嵐に感激して大使夫人は泣いてたな、ヤセッポチ、士官学校の生活は苦しく辛いもんだけど、それなりのよろこびもあるんだ。だけど組織がかつての姿にもどらなかったのは残念だ。おれたち三十人が夜ごと便所にあつまって仕返しの計画を練ってたときなんか、体じゅうにすさまじいばかりの気力がみなぎったもんだ。でもよ、悪魔ってやつは、いつもどこへだって、その毛むくじゃらの角を突っこんでくるんだ。カーバかっぺのためにおれたち全員がひでえことになっちまったら、どうすりゃいいんだ？　いまいましいガラス一枚のためにカーバのやつが退学させられたら、どうするんだ？　あるいはおれたち全員が放校処分ってことにでもなっちまったら？　たいへんだ、この野郎、咬むんじゃねえってんだよ、ヤセッポチ、めす犬め。

　その後に続いた単調で屈辱的な日々も彼は忘れてしまった。彼は朝早く起きた。不眠のために体の節々が痛かった。家具のまだそろっていないその見知らぬ家のなかを、彼は部屋から部屋へとさ迷った。ある日、屋上に小さな倉庫のような小屋があるのを見つけた。新聞や雑誌がうずたかく積まれていた。彼は朝から晩までそのなかにこもって、ぼんやりと雑誌のページをめくった。できるだけ両親を避け、彼らとの会話を一言か二言で済ませた。《お父さんをどう思うの？》とある日、母親が彼に訊いた。《別に》と彼はこたえた。《何とも思ってないよ。》《楽しい？》とも訊かれたことがあった。《ううん》と彼は返事をした。リマに着いた明くる日、父親は彼のベッドのそばへやって来て、微笑を浮かべながら彼に顔を近づけた。《おはよう》とリカルドは動かずにこたえた。父親の視線はさっと翳《かげ》った。その日から目に見えない戦いがはじまった。父親が朝家を出て、玄関の扉の閉まる音を聞いてから、リカルドはおもむろに起きだした。昼に顔を合わせれば、早口に《こんにちは》と言うなり屋上の隠《かく》れ処《が》へ逃げこんだ。午後ドライブに連れ出されることがあった。車の後部座席にひとりすわって、リカルドは、公園や大通りや広場などに特別な関心があるように装った。黙ったままもっぱら窓の外に顔を向けていたが、両親の会話に聞き耳を立てていた。ときにはふたりの暗示的なやりとりを理解できないこともあった。そうした夜はなかなか寝つかれなかった。彼は不意を突かれないように用心した。突然何か訊かれることがあると、《ええ？》《何？》と聞き返した。ある夜、隣室で自分が話題になっているのを聞いた。《まだ八つじゃないの》と母親が言っていた。《じきに馴れるわよ。》《時間なら今まで充分あったはずだ》と父親の声。普段の口調ではなく、怒気を含んでいた。《長いことあなたに会ってなかったんですもの》と母親は相手をなだめようとする。《時間をかければ大丈夫よ。》《おまえの躾がいけなかったんだ》と父親はやはり不機嫌だ。《あんな風になったのはおまえのせいだ。まるで女みたいじゃないか。》その後《あと》ふたりの声は小さくなって聞きとれなくなった。数日後彼は、心臓がもんどりをうつような事態に遭遇した。両親の態度は変にぎこちなく、その会話も謎めいたものになった。彼は監視体制を強化した。両親のちょっとした仕草も行動も視線も見のがさなかった。だがけっきょく、自力で謎を解く鍵を見出すにはいたらなかった。ある朝、母親が彼を抱きしめながら、告げたのだった、《かわいい妹が欲しくない？》彼は心のなかで思った。《もしぼくが自殺したら、ふたりのせいなんだ。ふたりともきっと地獄に堕ちるだろう。》夏が終わろうとしていた。待遠しくてたまらなかった。四月になれば学校へ行かされるだろうから、昼間のかなりの時間を家の外ですごせるはずであった。ある午後、隠れ処でいろいろと考えた末に、母親のところへ行って、《寄宿学校へ入れてもらいたい》と希望を述べた。ごく自然な声で言ったつもりだったが、母親は目に涙をためて彼をじっと見つめた。ポケットに手を入れて、彼はつけ加えた。《ぼくはあまり勉強が好きじゃないからね。チクラーヨのアデリーナ伯母さんもそんなことを言ってたでしょ？　勉強ができないとお父さんも怒るだろうし。寄宿学校だったら怠けずにやれると思うんだ。》母親はじっと食い入るような目つきで彼を見たので、彼は当惑した。《そうしたらお母さんはひとりぼっちになるじゃないの？》《そうじゃないでしょ？》とリカルドはためらわずにこたえた。《妹がいるじゃない？》母親の顔から苦悩の表情がさっと消えた。もっとも目には、落胆の色が浮かんだ。《あの話は駄目になったの》と言った。《もっと早くおまえに話せばよかったわね。》彼は一日じゅう、はやまったことをしたと悔やんだ。不覚にも胸のうちをさらけだしてしまったという思いは、彼を苦しめた。その夜、寝床の中で目を大きく見開いて、彼は、失策を挽回する術《すべ》を検討した。ふたりと交わす言葉をできるだけ少なくして、隠れ処でより多くの時間を過ごそうと思った。その時、しだいに高まってきた話し声に気を散らされた。やがて部屋の中には怒号がとどろき、今まで聞いたこともない粗暴な言葉が飛びかうようになった。彼は恐怖をおぼえ、思考を停止させた。悪態のひとつひとつはぎょっとするほどの鮮明さで彼の耳にとどいた。そしてときおり、男のどなり声や罵声に紛れて、母親のか細い、哀願するような声を聞きわけた。そのうちに、二、三秒しいんとなったかと思うと、ぱしっと弾ける音を聞いた。そして母親が《リーチ!》とさけんだ時には、彼はすでに飛び起きてドアに突進していた。ドアを開けて、隣室に駆けこみながらさけんだ。《お母さんを殴るなよ。》彼の目は母親の姿をとらえた。寝間着姿だった。スタンドの明かりを笠越しに受けてその顔は歪んで見えた。母親は小さな声で何かをつぶやいたようだったが、彼の目のまえに白い大きな人影が立ちはだかった。《裸なんだ》と思い、恐怖で足がすくんだ。父親は平手で彼を殴った。彼は悲鳴をあげずに倒れた。すぐに起きあがったが、すべてがゆっくりと回転しだしたように感じた。彼は父親に向かって、自分はこれまで人に殴られたことはないんだ、こんなひどいことをされるなんて、と抗議するつもりだったが、それよりさきに、父親はふたたび彼の顔を張りとばし、彼はまたも床に崩れ落ちた。そこに倒れたまま、彼はゆるやかな渦の中で、母親がベッドから飛び出すのを見た。父親がその行く手をはばみ、いとも簡単に寝床へ押しもどした。それから向き直って、何やらをわめきながら近づいてきた。つぎの瞬間体が宙に浮いた。気がついたときは自分の部屋にいた。部屋は暗かった。裸の男は、再度彼の顔面を殴った。彼はもうろうとした意識のなかで、母親が駆け寄ってくるのを見た。だが男は、自分と母親のあいだに割ってはいり、母親の腕をつかんで、まるで襤褸《ぼろ》人形のように引きずっていった。ドアが閉まると彼は、めくるめくような悪夢の中に沈みこんでいった。

4

アルカンフォーレスのバス停でおりた。自宅までの三ブロックを大股に歩いた。途中で子供の一団に出くわした。背後から声がかかった、《そこのお兄ちゃん、チョコレートを売ってちょうだい。》子供たちは声をたてて笑った。むかしは彼も、制服姿のレオンシオ・プラドの生徒を見かけると、《チョコレート売りが通るぞ》とさけんでからかったものだ。空は灰色に曇っていたが寒くなかった。アルカンフォーレスの自宅はひっそりと静まりかえっていた。ドアを開けたのは母親だった。

「おそかったのね、アルベルト。心配したわ」

「電車が混んでてね。それに三十分に一本だからな」

母親は手をのばして鞄と帽子を受けとった。それからアルベルトのあとについて彼の部屋に入った。小さな家だった。二階はなかった。アルベルトは上着とネクタイを椅子の上に投げだした。母親はそれをていねいに折りたたんだ。

「すぐにお昼を食べる？」

「いや、先にシャワーを浴びるよ」

「ちゃんとお母さんのことを思い出してくれた？」

「そりゃそうだよ、お母さん」

アルベルトはシャツを脱いだ。ズボンを脱ぐまえに、ガウンを羽織った。士官学校に入学してからというもの、母親のまえに裸をさらさないようになっていた。

「制服にアイロンをかけてあげるわ。ほこりだらけでしょ」

「たのむよ」

アルベルトはサンダルに穿《は》きかえた。箪笥の引きだしを開けて、着替えのシャツや下着、靴下などを選んだ。それからナイトテーブルの中から靴を取りだした。黒い靴はぴかぴかに光っていた。

「今朝磨《みが》いといてあげたのよ」

「そんなことをしてくれなくてもよかったのに。手がだいなしになるんじゃないの？」

「わたしの手なんかもうどうでもいいわ」とため息まじりに母親がつぶやいた。「見捨てられた女ですもの」

「きょうは難しい試験があってね」とアルベルトは母親の繰り言をさえぎった。「全然できなくて困ったよ」

「そうなの、たいへんだったわね」と母親がこたえた。

「湯舟にお湯を入れましょうか？」

「いや、シャワーにするよ」

「それじゃお昼のしたくをするわ」

母親は踵を返してドアに向かった。

「ねえ、お母さん」

母親はドアに手をかけたまま立ち止まった。肌の白い小柄な女性だった。目が落ちくぼんで、物憂げな表情を浮かべていた。化粧をしておらず、髪の毛も乱れたままだった。スカートの上に無造作にまきつけたエプロンには染みが目立った。アルベルトはふとついこの間までの母親の姿を思い浮かべた。鏡台の前に何時間もすわりこんで、小皺を伸ばしたり、おしろいを塗ったり、目を大きくしたりしたものだ。午後にはきまって美容室へ出かけ、外出まぎわになると、どの洋服を着て行くかで大さわぎをした。ところが夫と別居したとたん人が変わってしまった。

「お父さんに会わなかった？」

母親はふたたびため息をもらし、頬を赤らめた。

「火曜日に来たのよ。うっかり確かめないでドアを開けたら、あの男《ひと》だったのよ。まったく恥知らずな男だわ。堕ちるところまで堕ちたって感じね。最低よ。おまえに会いに来てもらいたいって。今度もまたお金をくれようとしたけど断わったわ。あの男はわたしを苦しめて楽しんでるのよ」目を閉じて、力なくつぶやいた。「おまえも辛抱してね」

「シャワーを浴びるよ」とアルベルトが言った。「はやくさっぱりしたい」

母親のまえを通るとき、その乱れた髪の毛をそっと撫でた。《貧乏暮らしをしなくちゃならないってわけか》と心のなかで思った。シャワーの下にじっと立っていた。水が全身を伝って流れた。やがて石けんを念入りに体に塗りつけてから、両掌でこすった。そして最後に冷たい水とお湯を交互に浴びた。《二日酔いでもさまそうとしてるみたいだな》と思って苦笑した。服を着ると、なんとなく変な感じがした。土曜日が来て、私服に着替えるたびに味わう奇妙な感覚だ。服がやわらかすぎるのか、なんだかものたりないような感じがするのである。まるでまだ裸のままでいるようなたよりなさを感じた。全身の皮膚が制服のごわごわした感触をなつかしんだ。母親は食堂で彼を待っていた。アルベルトは黙って食事をした。手もとのパンがなくなるたびに、母親はすかさずパン籠を彼に差しだした。

「出かけるの?」

「ああ、ちょっと。禁足処分をくらったクラスのやつに言伝《ことづて》をたのまれてね。ちょっといってくるだけだ」

母親が目をしばたたかせたので、泣きだすのではないかとアルベルトは思った。

「ちっとも側《そば》にいてくれないのね」と言った。「たまに家《うち》へ帰ってきても、すぐにまたどっかへいってしまうじゃないの。お母さんのことはもうどうでもよくなったのね」

「一時間だけだよ、お母さん」とアルベルトは言いにくそうに言った。「一時間どころかもっとはやく帰ってこれるかもしれない」

食卓についたときは、たしかに空腹だったはずなのに、食べているうちにだんだん食欲をうしない、むしろはやく食事を切りあげたい気持だけが強くなっていった。士官学校にいるあいだは、帰宅できる週末のことだけを考えて過ごしたが、いざ家に帰ってみると、苛立たしい気分におそわれた。母親の過剰な気づかいは、士官学校の拘束された生活とおなじくらいにわずらわしいものだった。それに彼は母親とのべたべたした関係には馴れていなかった。母親は以前そうではなかった。午後になると来訪する婦人たちと、のんびりとトランプ遊びを楽しむために、むしろ彼を外へ追いだしたりした。ところがいまでは、反対に彼にしがみつくのだった。四六時中彼をそばに置いて、不幸な身の上話をえんえんと聞いてほしがった。だが、そうした話の最中に、彼女はしばしば一種の恍惚状態におちいって、われを忘れて神の名を唱え、一心不乱に祈った。これも以前はなかったことである。むかしは教会へめったに行かなかったし、友人たちと、神父や尼僧たちの悪口を言って笑い合うこともあった。ところがこのごろでは、毎日のようにミサに出かけ、あるイエズス会士に指導をあおいでいた。その神父のことを聖者のようだと言った。教会の行事にもまめに参加した。そしてナイトテーブルの上に聖女《サンタ》ローサ・デ・リマの伝記が置かれていた。食事が済むと、母親は皿をかたづけながら、テーブルの上に散らばったパンくずをひろいあつめた。

「五時までには帰ってくる」とアルベルトは言った。

「あまりおそくならないでね」と母親。「おやつに菓子パンを買っておくからね」

女は肥《ふと》って脂じみて汚《きた》なかった。ぼさぼさの髪はしきりに額の上に垂れかかった。女はそれを左手でかきあげ、ついでに頭を搔いた。もう片方の手には四角い厚紙を持って、ぱたぱたとかまどの火を煽いでいた。木炭は夜のあいだに湿気《しけ》てしまうので、火をつけるとかなりの煙が出た。台所の壁は黒く汚れ、女の顔も煤けていた。《目がつぶれちまうわ》とつぶやいた。煙と火の粉のせいで目に涙がにじんだ。瞼はあつぼったく腫《は》れていた。

「何か言った？」と隣りの部屋でテレサが訊いた。

「何でもないさ」と女はぶつくさ言って、鍋の上に身をかがめた。スープはまだ煮えていなかった。

「何ですって？」娘はふたたび訊いた。

「聾《つんぼ》になっちまったのかい？　これじゃ目が見えなくなっちまいそうだって言ったんだよ」

「何か手伝いましょうか？」

「おまえじゃ駄目だ」と女はつっけんどんに言った。片手で鍋をかき回し、もう一方の手で鼻をほじくった。

「おまえは何もできやしない。料理も裁縫も駄目なんだから。この先どうなるんだろうね」

テレサはそれには答えなかった。勤めから帰ってきて、家の掃除をしているところだった。土曜と日曜は彼女の仕事だった。普段の日は叔母がするのだが、たいへんな労働ではなかった。家には台所のほかにうたいへんな労働ではなかった。家には台所のほかに部屋が二つしかなかった。つまり、食堂兼居間兼洋裁の仕事場、および寝室だ。どの部屋にもほとんど家具がなく、ひどく古ぼけたみすぼらしい家だった。

「午後には伯父さんの所へ行ってちょうだい」と女は言った。「あの人たち、また先月みたいにけちったりしなけりゃいいんだけどね」

鍋がぐつぐつ煮立ちはじめた。女の瞳に二つの小さな明かりがともった。

「明日にするわ。きょうは行かれないの」

「行かれない？」

女は団扇《うちわ》がわりの厚紙を苛立たしげに振った。

「ええ。ちょっと約束があって」

厚紙を動かす手が不意に止まった。顔をあげた。一瞬あっけにとられた様子だったが、すぐに我にかえって、ふたたびかまどの火をかき立てた。

「約束？」

「ええ」テレサは箒《ほうき》を手にしたまま、息をひそめる。箒は床からわずかに浮いてぴたっと止まっている。

「映画に誘われたの」

「映画？　誰に誘われたんだい？」

スープはぐつぐつ煮立ちはじめた。だが女はスープのことを忘れてしまったようだった。髪の垂れかかる顔を隣りの部屋に向けて、身動きもせずに息をのんでテレサの返事を待っていた。

「誰に誘われたんだよ？」ともう一度たずねた。そしてせわしなく顔を扇いだ。

「角《かど》の家の男の子」とテレサは答え、箒をそっと床に降ろした。

「角って、どの角？」

「レンガの家よ、二階建ての。アラナっていうの」

「そんな名前なのかい、あの人たち？」

「ええ」

「制服を着て歩いてるあの男の子かい？」と女はなおも訊いた。

「ええ。士官学校に通ってるって言ってたわ。きょうは外出日で、六時に迎えに来てくれることになってるの」

女はテレサのそばに寄った。はれぼったい目を大きく見開いていた。

「あの人たちはちゃんとした人たちなんだ」とテレサに言った。「いいものを着てるし、車も持ってる」

「ええ」とテレサは言った。「青い車」

「乗せてもらったことがあるのかい？」と女は目を輝かせて訊いた。

「いいえ。二週間前に一度会っただけなんだから。先週の日曜日に会う約束だったんだけど、来られなくなって、手紙を送ってくれたわ」

女は不意に背を向けて、台所へ駆けこんだ。火はすでに消えていたが、鍋はまだ煮立っていた。

「おまえもそろそろ十八になるんだよ」と女は言い、額に垂れかかる髪の毛をまたもかきあげた。「なのに、のん気に構えてるんだから。おまえが頑張ってくれないと、あたしはいまに目が見えなくなって、ふたりとも飢え死にしちまうよ。とにかくあの男の子を逃《のが》しちゃ駄目だよ。おまえに目をかけてくれたんだからおまえも運がいいよ。あたしなんかおまえの年ごろにはもうお腹が大きかったもんさ。だけど神様って、子供を授けておきながら、後でひとりずつ奪っちまうんだからね、まったくばかばかしいったらありゃしない！」

「そうね、叔母さん」とテレサは言った。

箒を動かしながら、自分の穿いているグレーのハイヒールを眺めた。汚れているうえにかなりくたびれていた。もし素敵な封切り館に連れていかれたら？

「軍人なのかい？」と女はたずねた。

「いいえ。レオンシオ・プラドの生徒なの。そこは軍人の学校だけど、普通の学校と変わらないわ」

「何だって？　学校？」と女は腹立たしげに言った。「あたしは相手が大人かと思ってたよ。まったく、おまえには、このあたしがどんなに年寄りかわかってないようだね。本当ははやくくたばっちまえばいいって思ってんだろう」


アルベルトはネクタイの結び目を直しているところだった。バスルームの鏡には、剃刀をあてたばかりのさっぱりした顔が映っていた。きれいに梳《と》かした清潔な髪の毛、真っ白なシャツ、淡い色のネクタイ、グレーのジャケット、ポケットからのぞくハンカチ。申し分のない身なりだった。

「とても男前だわよ」と母親は居間から声をかけた。そしてさびしげにつけ加えた。「お父さんによく似てきたわ」

アルベルトはバスルームから出てきた。かがんで母親の額に口づけをした。彼の肩までの背丈しかなかった。弱々しく見えた。髪の毛はほぼ白くなっていた。《もう髪を染めないんだ》と思った。《急に老けこんでしまったみたいだ。》

「あの人だわ」と母親は言った。

その通りだった。数秒後にドアのベルが鳴った。アルベルトが玄関の方へ歩きだすと、母親は《開けないで》と言ったが、強《し》いて止めはしなかった。

「こんにちは、お父さん」とアルベルトはあいさつした。

小柄だががっしりした、いくらか髪の毛の薄い男だった。仕立てのよい紺のスーツを一分の隙もなく着こなしていた。その頬に口づけをした時、ぴりっとした香りがアルベルトの鼻腔をくすぐった。父親は機嫌よく笑いながら、彼の肩をぽんと叩いて、部屋の方に視線を向けた。バスルームに通じる廊下に母親がつっ立っているのが見えた。頭を垂れ、瞼をなかば閉じて、両手をスカートの前に重ね合わせていた。首をすこし前に突き出したその恰好は、まるで屠殺場で山刀《なた》の一撃を待っているかのようであった。

「やあ、カルメラ、元気かね？」

「何しにいらしたんですか？」と母親は同じ姿勢のま

ま、くぐもった声で言った。

父親はすこしもたじろぐことなく、ドアを閉め、革製の鞄を近くの肘掛椅子に投げ出した。そしてあいかわらず笑みをたたえて悠然と腰をおろし、アルベルトにそばへ来てすわるように手招きをした。アルベルトはちらっと母親を見たが、母親はじっとたたずんだままだった。

「どうした、カルメラ」と父親は明るい声で呼びかけた。「こっちへおいで。すこし話をしよう。アルベルトが居てもかまわんだろ？　もう大人だからな」

アルベルトは気分がよくなった。老けこんだ母親とちがって、父親は以前にもまして若々しく感じられた。動作や表情は自信に満ち、声に張りがあった。

「何も話すことはありません」と母親は言った。「あなたとは口をききたくもありません」

「まあ落ち着きなさい」と父親はなだめた。「お互いに分別のある年じゃないか。落ち着いて話しあえば何だって解決できるさ」

「あなたは魂の腐った汚らわしい人間よ！」と母親はさけんだ。不意に気色ばんだ。拳を振りたて、顔を赤く染めていた。目は火花を散らすかのようであった。

「ここから出てって！　ここは私の家です。自分のお金で借りた家です」

父親は愉快そうに耳をふさいだ。アルベルトは時計をのぞきこんだ。母親はとうとう泣きだし、溜息をもらしながら体を震わせた。涙が頬をつたい、金色のうぶ毛をきらめかせた。

「カルメラ」と父親は言った。「そう興奮するなよ。穏やかに話そう。おまえと言い合いをしに来たんじゃないんだから。おまえのこんな生活は馬鹿げてるよ。こんなみすぼらしい家で女中も置かずに暮らすのは惨めだろ。毎日暗い顔をしてどうするんだ？　子供のことも考えてやらないと」

「出てって！」と母親はほえるようにどなった。「この家を汚《けが》しに来ないで。あのふしだらな女たちの所へ行ったらいいじゃありませんか。わたしたちを放っておいてちょうだい。お金なんかけっこうです。息子を学校に行かせるくらいのお金はわたしにだってあります」

「乞食のような生活をしなくったって……」と父親は言った。「おまえにもプライドはあるだろ？　月々の生活費を回そうと言ってるんだから、受取ればいいじゃないか？」

「アルベルト」と母親はするどい声をあげた。「この人を追い出して。わたしをリマじゅうの笑い者にしたのに、まだ足りなくてわたしを狂い死にさせるつもりだわ。アルベルト、何とかして!」

「お父さん、お願いだから」とアルベルトは元気のない声で言った。「もう喧嘩しないで」

「おまえは黙ってろ」と父親は威厳のある年長者の表情を浮かべて言った。「おまえにはまだわからないことがいっぱいあるんだ。人生はそうなまやさしいもんじゃない」

アルベルトは笑いだしたい衝動にかられた。いつか都心で、父親がブロンドの美女と一緒にいるところを見かけたことがあった。父親もアルベルトに気づき、視線をそらした。その夜、アルベルトの部屋にやってきて、今と同じ表情を浮かべて、似たような文句を言ったのだった。

「一つ提案があるんだ、カルメラ」と父親は言った。

「まあちょっと聞いてくれよ」

母親はふたたび悲劇のヒロインのように頭を垂れた。しかし睫《まつげ》越しに、用心深い目で父親の出方をうかがっているることがわかった。

「おまえが気にしてるのは」と父親は言った。「世間体だろう? それは私にも納得できるよ。世間の常識やしきたりはやはり守らなくちゃならんからな」

「変なことを言わないでちょうだい!」と母親はさけび、ふたたび小鼻を震わせて、夫をにらんだ。

「まあとにかく最後まで話をさせてくれ。おまえがよければ、また一緒に住んでもいいんだ。ミラフローレスのこの近辺で、いい家をさがせばいい。もしかしたらディエゴ・フェレーの家がまた借りられるかもしれない。あるいはサン・アントニオあたりも悪くない。まあ、おまえの好きな所でいいさ。だけどその代わり、私の自由も尊重してもらいたいね。あれこれと拘束されたくないんだ」声を荒らげることもなく穏やかにしゃべっていた。その目には盛んな炎がゆらめいていた。「そして痴話喧嘩はよそう。お互いにちゃんとした家柄の人間なんだからみっともないまねはしちゃいけない」

母親は今度は、大声で泣きだした。そしてしゃくり上げるたびに父親を非難し、《女たらし、遊び人、人でなし》などと罵った。アルベルトは口をはさんだ。

「悪いけど、お父さん、ちょっと用事があるんだ、行っていい?」

父親は意表をつかれたようだったが、すぐに愛想よく微笑んでうなずいた。

「いいとも」と言った。「なんとかお母さんを説得してみるよ。おまえは心配しなくていい。まあ良く勉強してくれ。おまえの前途は明るいんだ。このまえも言ったように、良い成績をとったら、来年アメリカへ留学させてやるぞ」

「息子の将来は、わたしがちゃんと考えます」と母親はさけんだ。

　アルベルトは両親に口づけをして戸口にむかった。部屋を出ると、急いでドアを閉めた。


　テレサは皿を洗いおわった。叔母は隣りの部屋で寝《やす》んでいた。テレサはタオルと石けんを取りだして、爪先立って外へ出た。お隣りは、間口の狭い黄色い壁の家だった。ノックした。小さなやせた女の子が出てきた。にこっと笑いかけた。

「こんにちは、テレサ」

「こんにちは、ローサ。シャワー浴びていいかしら？」

「いいわよ」

　二人は薄暗い廊下を歩いていった。壁には雑誌や新聞の切抜きが貼ってあった。おもに映画俳優やサッカー選手の写真だった。

「この人知ってる？」とローサがたずねた。「今朝もらったの。グレン・フォードって言うの。この人の映画、観たことある？」

「ないけど観てみたいわ」

　廊下の突きあたりに食堂があった。ローサの両親は黙って食事をしていた。椅子の一つには背もたれがなく、それに奥さんが座っていた。主人は、皿の脇に広げた新聞から顔を上げた。

「テレサちゃんか」と椅子から立ちあがりながら言った。

「こんにちは」

　腹の出た、内鰐《うちわに》脚の、気だるそうな目をした初老の男だったが、笑顔を浮かべて、いかにも親しげにテレサの顔に手を差しだした。テレサが一歩身を引いたので、その手は宙をさまようことになった。

「あの、シャワーをお借りしたいんですが」とテレサは奥さんに言った。「かまいませんでしょうか？」

「いいよ」と女はかわいた声でこたえた。「一ソルだよ。持ってるかい？」

　テレサは手をのばした。色褪せ、手垢で汚れた、みすぼらしい一ソル硬貨だった。

「あまり時間をかけちゃ駄目だよ」と女は言った。「水が少ないんだから」

シャワー室なるものは一メートル四方の薄暗い空間だった。床には穴の開いた、苔むしたような板が敷いてあった。壁のさほど高くない所に水道口が突き出ており、それがいうなればシャワーであった。テレサはドアを閉め、取手にタオルを引っかけたが、その際、鍵穴を塞ぐように気をつけた。服を脱いだ。均整のとれた、濃い褐色肌のすらりとした体があらわになった。蛇口をひねった。水がひんやりと冷たかった。石けんで体を洗っていると、奥さんの甲高い声がひびいた。《こらっ、この助平親爺、そこで何をのぞいてんだよ。》つづいて男の遠ざかる足音と二人の言い争う声が聞こえてきた。テレサは服を着て、シャワー室を出た。男は食堂の椅子に座っていた。テレサと目が合うとウインクをしてみせた。奥さんは眉をしかめてぶつぶつ言った。

「床を濡らさないでちょうだい」

「すみません」とテレサは謝った。「どうもお邪魔しました」

「じゃまたね、テレサちゃん」と男は言った。「遠慮しないでまたおいで」

ローサは戸口まで彼女を見送った。廊下でテレサはそっとローサの耳もとにささやいた。

「ねえ、お願いがあるの。この前の土曜日のあの青いリボン、貸してもらえないかしら？　今夜返すから」

女の子は肯いた。そして二人だけの秘密よとでも言うように人差し指を唇に押し当て、廊下の奥に消えた。しばらくして足音をしのばせながらもどってきた。

「はい、どうぞ」と女の子は言った。そして悪戯っぽい目をテレサにむけた。「どんないいことがあるの？」

「ちょっと約束が」とテレサは言った。「映画に誘われたの」

テレサの目は輝いていた。うれしそうだった。


アルカンフォーレス通りの街路樹の葉叢《はむら》は、やわらかな霧雨に打たれて震えていた。アルベルトは街角の雑貨店に入ってタバコを一箱買った。それからラルコ大通りに向かって歩いていった。通りには車がひっきりなしに流れていた。ときおり新型車も通った。その明るい車体は灰色の空にくっきりと映えた。人通りも多かった。アルベルトは、黒いスラックスをはいた背の高いしなやかな体つきの女性を、その姿が消え去るまでじっとながめていた。バスはなかなか来なかった。やがて笑顔を浮かべながらふたりの若者が近づいてきた。アルベルトにはふたりがだれなのか、すぐにわからなかった。が、はっと気がついて、顔を赤らめながら、《やあ》とつぶやいた。若者たちは腕を広げて彼に駆け寄った。

「久しぶりだな、どうしてる？　この頃全然姿を見せないじゃないか、どこへ行ってたんだよ？」と彼らのひとりは言った。スポーツ・ジャケットを着ており、ウェーブのかかった髪型は、雄鶏《おんどり》の鶏冠《とさか》を連想させた。

「まったく、なつかしいぜ！」

「もうミラフローレスに住んでないかと思ってたよ」別のひとりが言った。背が低くがっちりしていた。モカシンをはき、鮮やかな色の靴下がズボンの裾からのぞいて見えた。「街《バーリオ》に全然顔を出さないじゃないか」

「今はアルカンフォーレスに住んでるんだ」とアルベルトは言った。「レオンシオ・プラドで寮生活を送ってるよ。土曜日しか出してもらえない」

「士官学校？」とウェーブの若者は頓狂な声をあげた。「そんな所に入れられるなんて、いったいどんな悪いことをしでかしたんだい？　あそこはたいへんだろう？」

「そうでもないんだ。慣れてしまえば平気さ。それなりに面白い所だよ」

急行《エスプレソ》バスが来た。混んでいた。三人は通路に立って吊り革につかまった。アルベルトは、土曜日ラ・ペルラのバスやリマ・カジャオ間の市街電車で見かける乗客の身なりを思い浮かべた。けばけばしいネクタイ、薄汚れた体、汗ばんだ体臭。ところが急行バスの乗客たちはちがっていた。こざっぱりした服装、品のある顔、穏やかな微笑。

「君の車はどうした？」とアルベルトはたずねた。

「ぼくの車？」とモカシンをはいた若者は聞き返した。「親父のだよ。もう貸しちゃくれないさ。ぶつけちまったからな」

「あれっ、知らなかったのか？」ともうひとりの方が興奮した面持ちで口をはさんだ。「海岸道路のカーレース。何も聞いてないのか？」

「ああ、何も知らないけど」

「いったい毎日何をやってんだよ。あのな、ティーコのやつはもう目茶苦茶だからさ」もうひとりは満足げに笑いはじめた。「君もおぼえてると思うけど、フランシア通りにフリオっていかれ野郎がいただろ？　あいつとね、海岸道路をぶっ飛ばしてラ・ケブラーダまで競走をやろうってことになったんだ。雨が降った後だったのにさ、まったくふたりとも大馬鹿だよ。ぼくはこいつの助手席に乗ってたんだ。フリオはパトカーにつかまったけど、ぼくらは何とか逃げきれた。パーティーの帰りだったんで凄まじかったよ」

「で、いつ車をぶつけた？」とアルベルトはたずねた。

「その後《あと》だよ。ティーコのやつ、アトコンゴを走ってると、急にギアをバックに入れてさ、ジグザグ運転をはじめたんだよ。それで電柱にバックから突っ込んだってわけだ。この傷痕《きずあと》を見てくれ。それなのにこいつは何ともなかったんだぜ。それはないと思わないか。まったく運のいいやつだ」

ティーコは誇らしげに笑っていた。

「君もすごいことをやるね」とアルベルトは言った。「街《バーリオ》のみんな元気かい？」

「元気さ」とティーコは言った。「女の子たちは受験勉強で忙しいんで、この頃は土曜と日曜しか遊びに出られないんだ。以前とだいぶ違うんだぜ。ぼくらが映画やパーティーに誘っても大丈夫なんだ。親は反対しない。母親たちがだんだん物わかりが良くなってきたからね。娘に恋人ができても大騒ぎはしない。プルートは今、エレーナと付き合ってるんだぜ。知ってた？」

「君がエレーナと？」とアルベルトはたずねる。

「明日でちょうど一月《ひとつき》になるんだ」とウェーブの若者は頰を赤らめながらこたえた。

「それで彼女の親は文句を言わないのかい？」

「全然。昼御飯に呼んでくれるくらいさ。待てよ、むかし君も彼女が好きだったっけ？」

「ぼくが？」とアルベルトは聞き返した。「ちがうね」

「そうさ！　今思いだしたぞ」とプルートが言った。

「そうだとも。君は彼女にぞっこん参ってたんだ。ほら、おぼえてるだろ？　エミリオの家でぼくらが踊りのステップを君に教えてやったじゃないか？　どんな風に恋心を打ち明ければいいのか、そのこつを教えてやったじゃないか？」

「なつかしいね、あの時代！」とティーコは言った。

「おぼえてないね」とアルベルトは言った。「忘れたよ」

「おい、あれを見ろよ」とプルートはささやいた。視線はバスの奥に向けられていた。「夢か幻か」

プルートはそのまま後方の座席へ向かった。ティーコとアルベルトはその後につづいた。危険を察知した女の子は、窓越しに街路樹を眺めるふりをした。丸顔の綺麗な娘だった。窓ガラスにほとんど触れるようにくっ付けた鼻は、まるでウサギの鼻みたいにひくひく動いていた。その息で窓ガラスが白くくもった。

「こんにちは、お嬢さん」とプルートは歌うように声をかけた。

「こら、おれの彼女にちょっかいを出すんじゃない」とティーコ。「痛い目にあいたいのかね？」

「かまわんさ。このお嬢さんのためなら、おれは命だって惜しくない」プルートは舞台俳優よろしく腕を広げた。「ああ、愛しい人よ」

ティーコとプルートは声をたてて笑った。娘は街路樹を眺めつづけていた。

「こんなやつなんか相手にしないでください」とティーコが言った。「まったく無礼な男だ。おい、プルート、お嬢さんに謝ったらどうだ？」

「ほんとうだ」とプルート。「おれはなんて無礼な男なんだろう！　悪かった。この通りだ。どうか、お許しを。ね、おねがいだから許す、って言って。でないとぎゃあぎゃあ泣いちゃうぞ」

「あの、泣きだすと言ってるんだけど、許してあげないと、かわいそうなんじゃないかい？」とティーコ。

アルベルトは窓の外を眺めていた。樹々は濡れ、道路は光っていた。反対車線には車の列が切れ目なくつづいていた。急行《エスプレソ》バスはすでにオランティア通りや色とりどりの邸宅が並ぶ高級住宅街を抜け、小さな黒ずんだ家々が身を寄せ合う街並みに入っていた。

「ちょっと、あなたたちいい加減にしなさい」と近くにいた中年の女性が彼らをたしなめた。「悪趣味ですよ！」

ティーコとプルートは笑いつづけていた。女の子は一瞬通りから目をはなすと、彼らの方にちらっとすばやい視線を走らせた。口もとにかすかな微笑が浮かんで消えた。

「どうも失礼しました」とティーコはそばの婦人に詫びた。そして向き直って女の子に言った。「どうもふざけたりしてごめんね」

「ぼくはここで降りるよ」と手を差し出しながら、アルベルトが言った。「また会おう」

「一緒に来いよ」とティーコは言った。「映画を観に行こう。女の子もいるんだ。可愛い子だぜ」

「きょうは駄目なんだ。約束があって」

「このリンセでかい？」とプルートは悪戯っぽい目を

して言った。「ははあ、混血女《チョーラ》との庶民的な献立ですな。まあ楽しんで下さい。だけど街《バーリオ》へも遊びにこいよ。みんなは君のことをおぼえてるんだから」


《やっぱりブスだ。》彼女の姿を玄関口に見かけた時、彼はそう思った。急いで用件を切り出した。

「こんにちは。テレサはいますか？」

「わたしですけど」

「リカルド・アラナに伝言をたのまれて来たんですが」

「どうぞお入り下さい」と緊張気味にテレサは言った。「おかけ下さい」

　アルベルトは背中をぴんとのばしたまま椅子の縁《へり》に座った。この椅子は自分の体重を持ちこたえられるだろうか？　二つの部屋を隔てるカーテンの隙間から、ベッドの端の部分と女の浅黒い大きな足が見えた。テレサは近くにたたずんでいた。

「アラナはきょう来られないんです」とアルベルトは言った。「今朝運わるく外出禁止を食らってしまって……約束があるのにと残念がってました。代わりに詫びてもらいたいとたのまれたんです」

「そうですか、出られなかったんですか」とテレサは沈んだ声で言った。顔に失望の色が浮かんでいた。髪は例の青いリボンを使って、首すじの高さに束ね上げられていた。《ふたりはもうキスしたんだろうか？》とアルベルトは思った。

「いつもだれかが外出禁止を食らうんですよ。もっぱら運の問題なんです。来週の土曜日にお会いしたいと言ってました」

「誰なの？」と不機嫌な声がした。アルベルトは振り向いた。先ほどの女の足が見えなくなっていた。少ししてカーテンの上から脂《あぶら》じみた顔が現われた。アルベルトは椅子から立ち上がった。

「アラナのお友だちなんですって」とテレサは言った。「お名前は……」

　アルベルトは名のった。太ってぶよぶよの汗ばんだ手を握った。その手は軟体動物のような感触であった。女は作り笑いを浮かべて、熱にうかされたようにしゃべりまくった。言葉の洪水に乗って、アルベルトが子供の頃よく耳にした礼儀作法の決まり文句が、とってつけたような形容詞で飾り立てられて、つぎつぎに繰り出された。女はばかていねいな言葉を口にし、愛想の限りを振りまいた。アルベルトは押し寄せる言葉の怒濤にもまれ、わけのわからぬ混沌たる音の渦に吸いこまれてゆくように感じた。

「どうぞおかけ下さい、どうぞ」と女は巨大な哺乳動物といった態で体を折り曲げ、椅子を指さした。「どうかお楽に。なんの気兼ねも要りません。おくつろぎ下さい。私どもは貧乏な暮らしをしてますが、まっとうに生きてきました。それはもう大変な苦労をしましたよ。神様のおぼしめし通りに、額に汗水して働いて必死にがんばってきました。裁縫の内職をしていますが、その収入でなんとか姪のテレサを立派な学校へも通わせました。この子はかわいそうにも親に死なれたんで、私が何から何まで面倒をみてここまで育てたんですよ。さあ、さあ、アルベルトさん、おかけ下さいませ」

「アラナは出られなくなったんですって」とテレサはアルベルトや叔母から目をそらしたまま言った。「この方が伝言を持ってきて下さったの」

《この方?》とアルベルトは心の中で反芻した。そしてテレサの方を見たが、彼女は床に視線を落としていた。女は背筋をのばして腕を広げた。笑いは凍りついたが、なおも頰骨や獅子鼻、厚ぼったい瞼の下の小さな目などにその余韻がのこっていた。

「かわいそうにね」と言った。「本当にかわいそうだ。帰宅を心待ちにされていたお母さんもさぞがっかりされたでしょうね。私にも子供がいましたので、母親の苦しみというものは身に沁みてわかってますわ。息子たちに死なれて本当に辛い思いをしました。神様のおぼしめしですから、まあ仕方がありませんけどね。ですが、お友だちは来週は出してもらえるでしょう。人生って、誰にとっても厳しいものですわね。私には良くわかります。あなたたちはまだお若いから、そんなことをくよくよ考えてもしようがありませんけどね。ところで、きょうはテレサをどこへ連れてって下さるのかしら?」

「叔母さんったら」とテレサは飛び上がるようにして言った。「伝言を伝えに来て下さっただけなのよ。そんな……」

「私のことならどうぞ気になさらないで下さい」と女は付け加えた。いかにも心やさしい、ものわかりの良さそうな口調であった。「若い人は若い人同士で連れ立った方が楽しいものね。私にも若い時代があったわ。今はもう年取ってしまいましたが。人生ってそういうものです。あなたたちもそのうちにいろんな気苦労を背負いこむことになりますよ。人間って年取ると、もうほんとに辛いことばかりで……私なんか、目がだんだんかすんじゃって」

「叔母さんったら」とテレサは繰り返した。「おねがいだから……」

「もしよろしかったら」とアルベルトは言った。「映画にでも行きませんか？　かまわないでしょう？」

　テレサはふたたび目を伏せた。口をつぐんだまま、もじもじしていた。

「あまり遅くならないようにして下さいね」と叔母が言った。「若い人があまり遅い時間まで出歩くのは良くありませんからね、アルベルトさん」それからテレサの方を向いて、「いらっしゃい。ちょっと失礼しますよ、アルベルトさん」

　テレサの腕をつかんで、隣りの部屋に連れて行った。女の声がときおり風に運ばれてくるような具合に彼の耳に届いた。言葉の切れ端ごとの意味は理解できたが、それらをつなぎあわせてその全体の内容をつかむことはできなかった。テレサが彼と出かけることを拒み、女はそれを気にもとめずに、もっぱらアルベルトを賛美するのに言葉を費やしているようであった。女の賛嘆の声を聞きながら、アルベルトは金持で男前でダンディな、人も羨むような、まさに地位も名誉もある自分の姿を、何か夢見るように思い描くのだった。

　カーテンが開いた。アルベルトは微笑を浮かべていた。テレサはこまったように手を揉みながら出てきた。眉をしかめ、前よりも一層気恥ずかしく思っているようであった。

「さあ、行ってらっしゃい」と女は言った。「この子を本当に厳しく育てましたのよ、アルベルトさん。変な人とは絶対に付き合わせないように気をつけてきました。体がこんなにほっそりしていますから、ちっともそんな風に見えませんけど、良く働きますのよ。息抜きにこの子を連れ出して下さってうれしいですわ。どうぞ楽しんでいらして下さい」

　テレサは戸口に向かった。そして入口で身を引いて、アルベルトを先に通した。霧雨はすでに止んでいたが、空気にはやや湿った匂いがあった。そして歩道や車道は黒く濡れ、すべりやすくなっていた。アルベルトは歩道の内側をテレサにゆずった。タバコを取り出して、火を点《つ》けた。横目で彼女をちらっと見た。テレサは困惑した顔を前方に向けて、小さな歩幅でついていった。ふたりともおし黙ったまま街角まで歩いた。テレサは立ち止まった。

「じゃ、わたしはここで」と言った。「友だちがすぐそこに住んでいますから。いろいろとすみませんでした」

「ええ？」とアルベルト。「どうしてここで？」

「叔母が変なことを言い出してごめんなさいね」テレサは彼の目を見ながらそう言った。ようやく自分を取り戻した風だった。「叔母はとてもいい人なんですけど、わたしのことを思うあまり、人の迷惑を顧みないところがあるんです」

「とても感じが良くて、親切な人だと思いましたけど」

「だけどとてもおしゃべりなのよ」と言ってから、テレサは声を立てて笑った。

《美人じゃないけど綺麗な歯をしてる》とアルベルトは思った。《奴隷のやつどんな顔でくどいたんだろう？》

「ぼくと映画に行ったら、アラナに悪いでしょうか？」

「わたしとアラナは何でもないんですよ。きょう初めて一緒に出かけるはずだったんです。お聞きになりませんでした？」

「ていねいな口のきき方はやめて、気軽に話そうよ」とアルベルトは提案した。

ふたりは街角に立っていた。人影はまばらだった。ふたたび小糠《こぬか》雨が降りはじめた。霧の薄いベールが静かにふたりの上に舞い降りた。

「そうね」とテレサは同意した。「改まった口のきき方は止めにしましょう」

「それがいいね」とアルベルト。「ざっくばらんに話そう」

ふたりはしばらくのあいだ口をつぐんだ。アルベルトはタバコを投げ捨て、それを足で踏み消した。

「それじゃまた」とテレサは手を差し出しながら言った。「さよなら」

「さよならじゃないよ」とアルベルト。「友だちには今度会えばいいさ。映画を観に行こうよ」

テレサの表情はこわばった。

「無理しなくていいの」と言った。「本当にいいの？何か他に用事があるんじゃない？」

「たとえあったって構わないさ」とアルベルト。「だけどほんとうに何もないんだ」

「ありがとう」と彼女は言い、空を仰いで、掌《てのひら》を上にして手をかるくのばした。彼女の目の強い輝きはあらためてアルベルトの心をとらえた。

「雨が降ってるんだ」

「ちょっとだけね」

「急行《エスプレソ》バスに乗ろう」

ふたりはアレキーパ通りに向かって歩いた。アルベルトはまたタバコに火を点けた。

「よくタバコを吸うのね」

「そうでもないんだ。外出の日だけだよ」

「学校では吸ってはいけないの？」

「そう、禁止されてる。だけどみんなは隠れて吸ってるよ」

　大通りへ近づくにつれて、大きな家が立ち並び、粗末な長屋は見えなくなった。歩行者の一群と何度かすれ違った。シャツの袖をまくった何人かの若者は、すれ違いざまにテレサに向かって何やら叫んだ。アルベルトはとっさに身を翻そうとしたが、テレサは彼を引きとめた。

「いいの。気にしないで、どうってことないわ」と言った。「どうせいつもあんなことを言ってるんだから」

「連れのある女性に対してちょっかいを出すのは失礼だよ」とアルベルトは言った。「ああいうのはけしからん」

「あなたたちレオンシオ・プラドの生徒って喧嘩っ早いのね」

　アルベルトは有頂天になった。バジャーノの言う通りだった。士官学校の肩書は女の子たちをうっとりさせるのだった。ミラフローレスの女の子たちに対しては何の効き目もなかったが、どうやらリンセでは威力を発揮するらしかった。アルベルトは学校のことを話しはじめた。学年同士の敵愾心や野外演習、ビクーニャやヤセッポチのこと。テレサは面白そうにその話を聞き、ときおり感嘆の声をあげた。それから彼女はアルベルトに、都心の事務所で仕事をしていること、そして以前はタイプと速記の学校に通っていたことを話した。二人はライモンディ学園のバス停で急行《エスプレソ》バスに乗り、サン・マルティン広場で下車した。プルートとティーコはアーケードの下にたたずんでいた。ふたりはアルベルトとテレサをしげしげと眺めた。ティーコは微笑んで意味ありげにアルベルトにウインクを送った。

「映画に行くんじゃなかったのか？」

「振られちまったんだ」とプルートはこたえた。

　二人とはその場で別れた。アルベルトは背後でささやきあう声を聞いた。不意に街《バーリオ》じゅうのいじわるな視線が雨のように自分に降り注がれるのを感じた。

「何を観ようか？」とたずねた。

「さあ」と彼女はこたえた。「何でもいいの」

　アルベルトは新聞を買って、気取った声で映画欄を順番に読み上げていった。テレサは愉快そうに笑い声を上げ、その声にアーケードの買物客たちは振り返って彼らを見るのだった。メトロ館へ行くことにした。アルベルトは指定席の切符を二枚買った。《アラナのやつ、貸してくれた金がこういうことに使われてるとは思いもよらないだろうな》と思った。《これで金の足《ピエス・ドラードス》の所へは行けなくなった。》テレサに微笑みかけると、彼女も微笑み返した。まだ早い時間だったので、映画館のなかはかなり空いていた。アルベルトは快活に振舞った。なんら気を使う必要のないテレサを相手に、アルベルトは街《バーリオ》で何度も耳にした気の利いた科白《せりふ》や駄洒落や冗談を口にして、その効果を楽しんだ。

「とても素敵な映画館ね」と彼女は言った。「ずいぶんきれいで」

「ここは初めてなの？」

「ええ。都心の映画館にはあまり入ったことがなくって。仕事が終わるのが遅いの、六時半なの」

「映画は好き？」

「とても。日曜日には必ず行くの。いつも家の近くの映画館だけど」

　映し出されたのは総天然色の映画で、踊りのシーンがふんだんに出てきた。男のダンサーは剽軽《ひょうきん》に振る舞った。人の名前をまちがえたり、蹴つまずいたり、顔をしかめたり、目を剝いたりした。《こいつはどう見たっておかまだ》とアルベルトは思った。そしてときおり振り向いてテレサを見たが、彼女は我を忘れて映画に熱中していた。わずかに口を開け、スクリーンを食い入るように見つめていた。映画が終わって外に出ると、彼女はまるでアルベルトが映画を観なかったとでもいうように、夢中になって映画の話をつづけた。俳優たちの衣裳やら彼らが身につけていた宝石類を細部にいたるまで描き出して、滑稽な場面を思い返しては明るく笑った。

「すばらしい記憶力だね」と彼は言った。「ああいう細かなところまで良くおぼえてるね」

「映画が大好きだって言ったでしょ。映画を観てると、まわりのことがすっかり頭から消えて、別の世界にいるような気持になるの」

「そうみたいだね。さっき見た時はまるで催眠術にかかったみたいだったよ」

　二人は急行《エスプレソ》バスに乗り込んで、隣り合って座った。

サン・マルティン広場は、封切り館から出てくる人びとや街灯の下を歩くカップルで混雑していた。四角い広場を囲む道路も車でいっぱいだった。ライモンディ学園の停留所が近づくと、アルベルトはベルを鳴らした。

「家《うち》まで送って下さらなくてもいいの」と彼女は言った。「ひとりで大丈夫。これだけ付き合ってくださったんですもの、時間がもったいないわ」

彼は承知しなかった。家まで送ると言い張った。リンセの中心部に向かって伸びる道路はすでに薄闇に包まれていた。幾組かのカップルとすれちがった。暗がりに身を寄せあっている男女もいた。ふたりが近づくと、恋人たちはささやきあうのをやめ、すこしはなれた。

「時間は本当に大丈夫なの?」とテレサはたずねた。

「心配ないさ」

「本当に?」

「本当さ。信じてくれないの?」

彼女は躊躇《ためら》っていた。やがて意を決したように訊いた。

「恋人はいるの?」

「いや」と彼はこたえた。「いないんだ」

「嘘でしょう? 今までたくさんいたんじゃない?」

「たくさんってほどじゃないね。何人か。で、君は?」

「わたし? ひとりも」

《この場で恋人になってもらいたいって言ってしまおうか?》とアルベルトは考えた。

「それはあやしいね」と言った。「信じられない。いっぱいいたんだろう?」

「本当よ。ひとつ教えてあげましょうか。男の子に映画へ誘われたのはきょうが初めてなの」

両車線に絶え間ない車の流れを抱いてアレキーパ通りはすでにはるか後方にあった。ふたりの進んでゆく街路はしだいに道幅が狭《せば》まり、闇も深まった。街路樹からほんのわずかな滴が歩道の上にしたたり落ちた。枝や葉叢《はむら》にたくわえられた昼間の霧雨の名残りだった。

「君がそっけなくするからだろう?」

「何のこと?」

「君に恋人がいない理由さ」そして少し躊躇《ためら》ってから付け加えた。「美人は好きなだけ恋人を持てるからね」

「あら」とテレサは小さくさけんだ。「わたしは美人じゃないわ。自分でちゃんとわかってるのよ」

アルベルトは真剣な口調でそれを打ち消し、きっぱりと言い切った。「君のようなきれいな人には今まで会ったことがないよ」テレサは振り向いて彼を見つめた。

「わたしをからかってるんでしょう？」

《どうもうまくいかないな》とアルベルトは心の中で思った。敷石を叩くテレサの小刻みな足音が耳に届いた。彼の一歩に対して、彼女は二歩を刻んだ。目を向けると、彼女が胸の上に腕を組んで、唇を閉じて、少しうつむきかげんに歩いているのが見えた。青いリボンが黒く目に映った。それは髪の毛と見分けがつかないほどだったが、街灯の下ではくっきりと浮き出され、すぐにまた闇に搔き消された。ふたりは口をつぐんだまま、家の前までやって来た。

「ありがとう」とテレサは言った。「いろいろと本当にありがとう」

　ふたりは握手をした。

「じゃまた」

　アルベルトはくるりと向きを変えて数歩歩き出したが、すぐに引き返した。

「テレサ」

　彼女はノックしようと手を上げたところだった。驚いて振り返った。

「明日何か用事あるの？」とアルベルトはたずねた。

「明日？」

「そう。よかったらまた映画へ行かないか？」

「ええ、いいわ。ありがとう」

「じゃ五時に迎えに来るよ」と彼は言った。

　テレサは戸口に立ったまま、アルベルトが見えなくなるまでその後ろ姿を見送った。


　母親がドアを開けると、アルベルトはただいまの挨拶より先にまず謝らなければならなかった。母親は目に強い非難をこめ、口から深い溜息をもらした。ふたりは居間に入って腰かけた。母親は黙ったまま、彼に恨みがましい目を向けた。アルベルトはうんざりした。

「悪かったよ」ともう一度謝った。「そんなに怒らないでよ。早く帰って来るつもりだったんだけど、あちらでなかなか帰らせてくれなくて、本当に気が気じゃなかったんだ。くたびれてしまった。もう寝に行っていい？」

　母親は返事をしなかった。相かわらず憤慨した視線を彼に向けていた。《そろそろはじまるぞ》と彼は思った。実際そういうことになった。不意に母親は顔を両手で覆い、静かに泣きはじめた。アルベルトはやさしくその髪を撫でた。母親は、どうして自分を苦しめるのかと訊いた。彼は、そんなことはない、自分にとってお母さんが何より大事だとこたえた。すると彼女は、嘘つき、やっぱりお父さんの子だと言った。溜息やら嘆きの言葉を織りこみながら、近所のパン屋で選んだケーキや菓子パン、食卓の上で冷めてしまった紅茶のことを話し、彼女の愛の強さや思いやりの深さを試すために神様が彼女に課した孤独と悲しみの試練について訴えた。アルベルトは母親の頭をやさしく撫で、かがんでその額に口づけをした。《今週も金の足《ピエス・ドラードス》の所へ行きそびれてしまったよ》と思った。母親はしだいに落ち着きを取り戻し、心づくしの夕飯を食べてくれるようにとアルベルトに言った。アルベルトは肯いた。野菜スープを飲んでいる間、母親は彼を抱きしめ、「おまえだけが頼りなんだからね」と言ったりした。それから父親が一時間近く話しこんで行ったことを告げた。いろんな条件を持ちかけたらしい。――外国旅行や世間向けの仲直り、離婚、紳士的別居など。無論彼女はためらいなくそのひとつひとつを拒否した。

　食事が済んでふたりは居間に戻った。アルベルトはタバコを吸っても良いのかと訊いた。彼女は肯いたが、息子がタバコに火を点けるのを見て、ふたたび感傷の涙を流しはじめ、月日のうつろいやすさや大人になってゆく子供たちや人生のはかなさなどについて語った。子供時代や幾度かのヨーロッパ旅行、学校時代の友人たちや輝かしい青春の日々、求婚者たち、そして自分をいま苦しめている男のために断わらねばならなかった数かずの縁談に思いを馳せた。それから声を低めて、さびしげな表情を浮かべながら、その男について話しはじめた。「若い頃はそうじゃなかったわ」としきりに繰り返した。彼のスポーツマンらしい人柄やテニス・トーナメントでのはなばなしい活躍、身だしなみの良さ、ブラジルでの新婚旅行や手をつないで散歩を楽しんだ真夜中のイパネマ・ビーチなどの思い出がつぎつぎと彼女の脳裡によみがえった。「友だちがいけなかったのよ。連中があの人を駄目にしてしまった」と声を荒げて言った。「リマは世界中で一番堕落した都市《まち》よ。だけど私の祈りできっとあの人も救われるわ」アルベルトは黙って母親の話を聞きながら、心の中ではほかのことを考えていた。今度の土曜日もとうとう会えずじまいになった金の足《ピエス・ドラードス》のこと、テレサと映画を観てきたと知ったら奴隷がどんな顔をするだろうかということ、エレーナと付き合っているプルートのこと、士官学校のこと、すでに三年も立ち寄っていない街《バーリオ》のこと、などなどである。やがて、母親は欠伸《あくび》をした。彼は立ち上がって、お寝《やす》みを言った。それから自室に引きあげて、服を脱ぎはじめたが、その時、ナイトテーブルの上に自分宛の封筒があることに気づいた。開くと中から五十ソル紙幣が出てきた。

「お父さんが置いてったの」と部屋の戸口から母親が声をかけた。嘆息してからことばを継いだ。「それだけは受取ることにしたの。おまえがかわいそうだからね。おまえまでが不自由な思いをするのが忍びなくて……」

彼は母親を抱きしめ、抱え上げた。そしてぐるぐる回しながら言いつづけるのだった。「心配ないって、お母さん、そのうちに何もかもがちゃんと解決するさ。ぼくもお母さんのためなら何だってするよ」彼女は嬉しそうに笑いながら、「私たちはちゃんと自分たちだけでやっていけるわね」と応じるのだった。さんざん母親のご機嫌をとった後、彼は外出してもいいかと訊いた。

「ほんのちょっとだけ。すぐに戻ってくる」と彼は言った。「表の空気を少し吸って来るだけだから」

彼女は顔をくもらせたが、承知した。アルベルトはふたたびネクタイを締め、上着を着こんだ。髪を梳かして、家を出た。母親は窓から顔をのぞかせて、彼の後ろ姿に声をかけた。

「寝る前にお祈りするんですよ」

彼女の源氏名を寮舎の生徒たちに知らせたのは、バジャーノだった。ある日曜日の真夜中、生徒らが外出用の制服を脱ぎ捨て、当直将校の目をごまかして持ちこんだタバコを軍帽の中から取り出している最中に、バジャーノはひとり大きな声で、ワティーカ通り四丁目の女についてしゃべりはじめた。そのどんぐり眼《まなこ》は、まるで磁気を帯びた円形の枠の中をぐるぐる回っている鋼鉄の球《たま》のようであった。そして声の調子やことばづかいはこの上なく熱っぽかった。

「うるせえ、道化師め」とジャガーは言った。「くだらん話をするんじゃねえ」

だがバジャーノは寝床の用意をしながら、なおも話しつづけた。カーバは自分の寝台から声をかけた。

「名前は何ていうんだっけ？」

「金の足《ピエス・ドラードス》」

「じゃ新しい女《こ》だろうな」とアロースピデ。「おれは四丁目の全員を知ってるけど、そんな名前は聞いたことがないな」

次の日曜日には、カーバもジャガーもアロースピデも彼女のことをうわさした。互いに肘で突つき合って、笑った。《おれの言った通りだったろ?》とバジャーノは誇らしげに言うのだった。《おれの言うことを聞いてればまちがいねえさ。》さらに一週間たつと、クラスの半数はすでに彼女と馴染みになり、金の足《ピエス・ドラードス》の名前はアルベルトの耳に身近な調べのように響きはじめた。級友たちの口を突いて出る、漠然としているがどぎつい感想は、彼の空想を刺激した。夢のなかで、その名前は、見知らぬそして相反するような肉体的魅力をそなえて登場するのだった。女はいつも同じ人間でありながらその姿をさまざまに変えた。その体に触れようとすると、あるいは顔のベールをめくろうとすると、その瞬間にすっと消えた。それで彼は突拍子もない衝動にかられたり、言いしれぬやさしい感情に捉えられたりした。そういう時、彼は居ても立ってもいられなくなるのだった。

アルベルトは級友たちのあいだでいちばん熱心に金の足《ピエス・ドラードス》のうわさをする者の一人であった。実際はワティーカ通りやその近辺に一度も足を踏み入れたことがなかったとは、誰も思いもよらなかった。彼は小耳にはさんだ話にどんどん尾鰭《おひれ》をつけて吹聴し、ありとあらゆる物語をでっちあげた。しかしそれで心のなかのもやもやが消えてなくなるわけではなかった。彼が女たちとの煽情的な体験を語ると、みんなは笑い声をあげ、何のこだわりもなしにポケットに手をしのび込ませた。だがそうした話をすればするほど、空想の世界ではともかく、現実において、生身の女と交渉を持つことは生涯ないのではなかろうかという不安はますます強まり、彼を苦しめ意気消沈させた。すると彼は、今度の外出日には絶対にワティーカへ行くぞ、と誓うのだった。たとえ二十ソルを盗まなければならないとしても、たとえ梅毒を移されるはめになったとしても。

彼は七月二十八日通りとウィルソン通りの交差点のバス停で降りた。心の中で考えていた。《おれは十五歳だけどそれよりも老けて見えるんだ。びくびくすることはないさ。》タバコに火を点け、二回ほど吸うと、それを投げ捨てた。七月二十八日通りを進むにつれて、家が建てこんできた。リマ・チョリージョス間を走る電車の線路を越えると、彼は雑多な群衆の中をかき分けるようにして進んだ。工員やら家政婦、髪の毛の真直ぐな混血児《メスティーソ》やら踊っているような足取りの黒人《サンボ》、褐色肌のインディオやらにこやかな顔の混血児《チョーロ》。自分がラ・ビクトリア区に来ていることは街の雰囲気でわかった。揚豚《チチャロン》やピスコや玉葱やハムなどペルー特有の料理や飲物の匂いがあたりに立籠めていた。さらに汗やビールや足の蒸れたにおいもそれに混じり合った。

　人でごった返す広大なラ・ビクトリア広場を横切る際、地平線を指さすインカの石像が目に入って彼は、そのインカ皇帝といつかのバジャーノのことばとを思い出した。《マンコ・カパック皇帝はぽん引き野郎なんだぜ。ワティーカへ行く道を指さしてやがるんだ。》雑踏にさえぎられて彼の歩みがのろくなった。息苦しかった。通りの明かりは、故意にそうしてあるのか、薄暗く、まばらだった。歩道の両側に建ちならぶ同じ形をした小さな家々の窓をひとつひとつのぞきこんでゆく男たちの姿が、一層薄気味悪く見えた。七月二十八日通りがワティーカ通りと交差する地点にやって来た。小人のような日本人が経営する大衆食堂の中からはげしく罵り合う声が聞こえてきた。店内をのぞきこんだ。数人の男女が、ビール瓶の林立するテーブルを囲んで憎しみを露《あらわ》に口論していた。彼はしばらく街角にぼんやりとたたずんでいた。ポケットに手を突っこみ、回りの男たちの表情をうかがった。ある者はどんよりとした目をさまよわせ、ある者はいかにもご機嫌この上ないという風であった。

　上着のボタンをかけなおして、ワティーカ四丁目に足を踏み入れた。そこは一番評判が高かった。悠然と笑いを浮かべていたが、目に滲み出る緊張感は隠しようもなかった。わずかな距離を歩くだけでよかった。金の足《ピエス・ドラードス》の家が二軒目にあることはわかりすぎるくらいわかっていた。戸口には男が三人ならんでいた。アルベルトは窓から中の様子をうかがった。板張りの小部屋。赤い明かりが灯り、椅子があり、壁には色褪せてぼんやりと霞んだ写真がかかっていた。そして窓のすぐ下には腰掛がひとつ。《彼女は背が低いのか》と思い、がっかりした気分になった。その時、肩を叩かれた。

「こら、若いの」と玉葱臭い息を吐き散らしながら声の主が言った。「おまえさんには目がついてんのか。ずうずうしい野郎だな」

街灯は通りの中央部を照らすだけだったし、室内の赤い灯《ひ》はおぼろげだった。アルベルトにはその見知らぬ男の顔が見えなかった。だがその時ふと、ほとんど闇に包まれた歩道の壁際に、男たちがぞろぞろと歩いていることに気がついた。車道はがらんとしていた。

「え、どうなんだ？」と男は言った。「いったい何のつもりだよ？」

「何のつもりって？」とアルベルトは訊き返した。

「どうでもいいけどよ、おれは馬鹿じゃねえんだ。頭にくるな。おれを舐めるんじゃねえ」

「ぼくがどうしたって言うんですか？」

「割り込むなよ。ちゃんと並んだらどうなんだ？」

「ああそうか、わかった。だけどそんなにかっかしないでくださいよ」

アルベルトは窓の側から離れた。男はそれ以上絡んでこなかった。列のうしろについた。壁にもたれかかって、たてつづけにタバコを四本吸った。彼のすぐ前に並んでいた男は、中へ入ったが、じきに出て来た。そして、何もかも値上がりするんだとぶつぶつ言いながら帰って行った。ドアの向こう側から女の声がした。

「どうぞ」

彼は人気《ひとけ》のない小部屋を通りぬけた。隣室に通じる入口にくもりガラスのドアが立ちはだかっていた。《こわくなんかないさ、おれはもう大人なんだ》と自分に言い聞かせ、ドアを押した。その部屋もやはり小さかった。明かりも赤い色を帯び、強い光を放っていっそう露骨な印象を与えた。室内にはこまごまとした物が雑然と置かれており、アルベルトはしばらく途方にくれた。彼の視線はあてどなくさ迷ったが、大小さまざまのぼんやりした輪郭しかとらえることができなかった。ベッドに体を横たえた女が一瞬彼の視界に入ったが、顔がわからず、ただガウンの地模様だけが黒っぽいかげのように見えただけだった。それが花であるか動物であるかわからなかった。ひと呼吸をおいて落ちつきを取り戻した。そのときすでに女は起きあがっていた。案の定、背が低かった。足がようやく床に届くくらいであった。髪を染めていて、金色のカールが乱れ縺《もつ》れ合っているその茂みの奥が黒かった。厚化粧したその顔は彼に微笑みかけていた。彼はうつむくと、二匹の魚のような彼女の足を見た。陸にあがって息づいている豊満な二匹の真珠母の魚。バジャーノが言っていたように、《涎《よだれ》が出るほど美味《おいし》そうだった。》彼女の体の他の部分は、その二つの足の魅力にまったくそぐわぬものであった。肥満した胴体、輪郭のぼやけた風情《ふぜい》のない唇、そして彼を仔細に観察する生気のない目。

「レオンシオ・プラドの生徒さんかい？」と彼女は訊いた。

「ええ」

「五年生一組？」

「そう」

彼女はかん高い声で笑った。

「あんたで八人目。それもきょうだけでだよ」と言った。「先週のを入れるともう何人になるんだかわからないね。あたしはみんなのマスコットになったのかしら」

「ぼくはきょうが初めてで」とアルベルトは顔を赤めながら言った。「あの……」

まえよりもけたたましい高笑いに話をさえぎられた。

「あたしはあんたに都合のいい迷信なんて信じないわ」笑いつづけながらそう言った。「あたしはタダで仕事をしないし、いい加減な話に騙されるほど、うぶな小娘じゃないんだ。きょうが初めてだから、と言い出す男は毎日必ずひとりやふたりはいるものさ。ばかばかしい」

「そういうつもりで言ったんじゃないんです」とアルベルトは言った。「お金ならあります」

「そうこなくちゃ」と彼女は言った。「ナイトテーブルの上に置いといてちょうだい。じゃ、もたもたしないでやりましょうね、軍人のタマゴちゃん」

アルベルトはゆっくりと服を脱ぎ、脱いだ物を一枚一枚ていねいに畳んだ。彼女は無感動な目でその動きを眺めていた。アルベルトが素っ裸になると、彼女は気怠《けだる》そうな様子で仰向けになり、背中を枕のほうへずらした。そしてガウンを開いた。裸だった。少しずれたブラジャーだけを身につけており、乳房の上のほうがのぞいて見えた。《金髪は本物だったんだ》とアルベルトは思った。彼は女の上におおいかぶさった。女はすばやく彼の背中に腕を回して、彼を抱き締めた。アルベルトは自分の下で女が腰をうごめかして、安定した体勢をさがしていることがわかった。やがて女の脚がすっと上がって、空中で折れ曲がった。彼は二匹の魚が自分の腰の上にそっととまるのを感じた。二匹の魚はしばらくじっとしていたが、おもむろに背中の方に動き出し、やがて逆方向に、尻、太股《ふともも》と下って行った。そうやってゆっくりと上ったり下ったりしていた。そのうちに、彼の背中に置かれていた手もまた同じような動きをはじめた。足とリズムをそろえるようにゆっくりと彼の腰と肩のあいだをなぞった。女の唇は彼の耳のそばにあった。彼は最初、何か溜息のような、かすかなささやきを聞いた。そしてつづいて悪態が彼の耳の中で破裂した。手と魚の動きがぴたっと止まった。

「あんた、昼寝をしに来たのかい？」と女は言った。

「怒るなよ」とアルベルトは口ごもった。「ちょっと調子が悪くて」

「何が調子が悪いのよ、インポなんだろ？」

　彼は力なく笑って、卑猥なことばでやり返した。女はふたたび例の下品な高笑いを放った。そして彼をはねのけるようにして起き上がった。ベッドに座ると、悪戯っぽい目でしばらく彼をじろじろ見ていた。その瞳に宿った怪しげな光はアルベルトを驚かした。

「ひょっとしたらあんたは本当に童貞なんだ」と女は言った。「さあ、横におなり」

　アルベルトはベッドの上に体を伸ばした。傍らには跪《ひざまず》いた恰好の金の足《ピエス・ドラードス》が見えた。ほんのりと赤みのさした白い肌、後方から照らされて黒く翳《かげ》った髪の毛。アルベルトの脳裡には博物館にあるような小さな彫像や蠟で作った人形、かつてサーカスで見た雌ザルなどがつぎつぎと浮かんだ。女の手の動き、その忙《せわ》しげな往復運動は意識になかった。彼女の甘ったるい声、彼を不良少年、助平、色魔と呼びたてる声も聞こえなかった。やがて、すべての表象や物体は消え、彼を包みこむ赤い灯と突き上げるようなあるせっぱつまった衝動だけが残った。

　サン・マルティン広場に面したラ・コルメーナ大通りの時計塔の下には、おびただしい数の白い軍帽が揺れ動いている。そこはカジャオに向かう路面電車の出発点である。新聞売りや運転手や浮浪者や警官たちは、ホテル・ボリーバルやバー・ロマーノの歩道に立って、そうした雑踏をながめている。士官学校へ帰る生徒たちは、何人かずつひとかたまりになって、あちらこちらから押し寄せてくる。そして時計塔のまわりに群がって、電車を待つのである。近所の一杯飲み屋から出てくる者もいる。傍若無人に交通の邪魔をし、ホーンを鳴らすドライバーがいればそれを口ぎたなくののしり、たまたま近くを通りかかった女性たちをからかう。右左とよろめきながら道路を練り歩き、互いにけなしあったり、冗談を言いあったりしている。電車はたちまちのうちに生徒たちでいっぱいになる。先に並んでいた大人たちは、混雑を避けておとなしく列の後方にまわる。三年生は、片足をあげてまさに乗りこもうというときに、首すじをつかまれて、《こらっ、犬っころはあとだ》と言われる無念さを味わわねばならない。

「十時半だ」とバジャーノは言った。「最後のトラックに間にあうかな？」

「まだ十時二十分だぜ」とアロースピデは言った。「充分間にあうよ」

電車は満員だった。ふたりとも立っていた。日曜日には学校のトラックがベジャビスタで待機していて、生徒たちを乗せて帰った。

「あれを見ろよ」とバジャーノが言った。「犬っころのくせにずうずうしいじゃねえか。肩を組んで、記章が見えないようにごまかしてやがるぜ」

「ちょっと失礼」とアロースピデは言い、乗客の中をかきわけながら三年生のふたりがすわっている座席に歩みよった。彼の姿に気づいたふたりは、横を向いて話しはじめた。電車はとっくに五月二日広場を過ぎ、闇に包まれた田園地帯を走っていた。

「やあ君たち」とバジャーノは言った。

ふたりは聞こえないふりをした。アロースピデはひとりの頭を小突いた。

「くたびれてるんだ」とバジャーノは言った。「立ってもらおうか」

ふたりはおとなしくしたがった。

「きのうはどうだった？」とアロースピデはたずねた。

「たいへんだったぜ。パーティーに行ったんだけど、そいつがお通夜に化けちゃってな。誰かのバースデー・パーティーだったらしいけど、行ってみたらもう大騒ぎでさ、足を踏み入れたとたん、中から婆さんがとんできて、おれに大声でさけぶんだよ、《たいへんよ、医者を呼んできて、早く、早く、神父様も。》ほんとうに参っちまったよ。ああ、それからワティーカへ行ったよ。詩人のことでみんなに話さなくちゃならねえことがあるんだ」

「どういう話だ？」とアロースピデは訊いた。

「みんなが一緒のときに話すよ、けっさくな話なんだ」

だがバジャーノは寮舎に帰り着くまで待てなかった。最終便のトラックは今、ラ・ペルラに向かってパルメーラス通りを走っていた。鞄の上に腰をおろしていたバジャーノは言った。

「うちのクラス専用のトラックって感じだな。だいたいみんなそろってるよな」

「そうだよ、クロちゃん」とジャガーが言った。「気をつけるんだな。ぼけっとしてたら、強姦されちまうぜ」

「おもしろい話があるんだ」とバジャーノ。

「わかってるさ」とジャガー。「きさまがもう強姦されちまったって話だろ？」

「詩人のことなんだ」

「どうしたっていうんだ」とアルベルトはたずねた。奥の片隅に寄りかかっていた。

「そこにいたのか。おまえもなさけねえやつだな。きのう金の足《ピエス・ドラードス》のとこへ行ったんだろ？　おまえはわざわざ金を出して、彼女にせんずりをしてもらったそうじゃねえか」

「もったいねえ」とジャガーは言った。「おれに言ってくれりゃあ、ただでしてやったのによ」

　何人かが疲れたような笑い声をたてた。

「金の足《ピエス・ドラードス》とバジャーノがベッドで絡みあってると、カフェオレみたいだろうね」とアロースピデが言った。

「であの上にさらに詩人がのっかれば、それこそ黒ん坊のサンドイッチというかホットドッグができあがるってわけだな」とジャガー。

「みんな、降りろ！」とペソア軍曹がどなった。

　トラックは正門前に横づけされていた。生徒たちはつぎつぎに地面にとびおりた。門をくぐると、アルベルトはまだタバコを隠していないことに気づいた。思わず一歩あとずさったが、衛兵所の戸口に兵士がふたりしか立っていないのを見ておどろいた。将校はひとりもいなかった。信じがたいことであった。

「中尉たちはどうしたんだ？　死んじまったのかよ？」とバジャーノは言った。

「そうねがいたいね」とアロースピデ。

　アルベルトは寮舎に入った。電灯はともっていなかったが、便所のドアが開いており、そこからほのかな明かりが室内に差しこんでいた。クローゼットのそばで服を脱ぐ生徒たちは、いくぶん黄色く染まって見えた。

「フェルナンデス」と呼ぶ声がした。

「やあ」とアルベルトがこたえた。「どうした？」

　そばにパジャマ姿の奴隷が立っていた。その表情は暗く沈んでいた。

「もう聞いた？」

「何を？」

「試験問題が盗まれてたことがばれたんだ。盗むときガラスを割っちゃったらしいんだな。きのう大佐が食堂にやってきて、将校たちをどなりちらしてたよ。みんなはかんかんにおこってる。それにあの金曜日、歩哨についてたぼくたちは……」

「何だっていうんだ？」

「犯人が見つかるまで外出禁止になったんだ」

「畜生！」とアルベルトは小さくさけんだ。「なんてことだ、こん畜生！」

5

ある日、ぼくはふと思った。《テレサとふたりきりになったことがない。学校へ迎えに行ったらどうだろう？》だけどなかなか決心がつかなかった。出会ったときに、何と説明したらいいのかわからなかった。それに電車賃もなかった。テレサはリマの学校に通っていたが、昼食は学校近くの親戚の家でとっていた。ぼくは思った。もしお昼時間に会いに行けば、親戚の家へ歩くまでのあいだ、一緒にいられる、と。まえの年は、ちょっとした手仕事をして、一ソル五十センターボほどかせいだが、中二にあがってからは、これというアルバイトの口が見つからなかった。ぼくはどうやってお金を工面したらいいのか、そればかり考えていた。それである日、イゲーラスから一ソル借りることを思いついた。彼はときどき、コーヒー牛乳やピスコやタバコをおごってくれていた。一ソルぐらい、彼にとってたいした金ではないはずだった。その日の午後、ベジャビスタ広場で彼に会うと、さっそくたのんでみた。《いいとも。おやすいご用さ》と気軽に応じてくれた。《友だちはこういうときのためにあるのさ。》ぼくが誕生日のときに返すと言ったら、彼は笑って、《心配ないさ、いつでもいいぜ、さあ、持って行きな》と言ってくれた。ポケットのなかにその一ソルをしまうと、天にものぼる心地がした。その夜はうれしくて眠れなかった。翌日は授業中にあくびばかりしていた。三日後に、ぼくは母に告げた。《きょうはお昼いらないよ。チュクイトに住んでる友だちのところで食べてくる。》学校を三十分ほど早く下校させてもらえるように先生にたのんだら、勉強のよくできるまじめな生徒でとおっていたから、簡単に許可がおりた。

電車はほとんど空だったので、混雑にまぎれての無賃乗車はできなかった。だけど、幸運なことに、子供料金しかとられなかった。五月二日広場で下車した。いつか母と一緒に代父《おじさん》の家へ行ったとき、電車がアルフォンソ・ウガルテ通りにさしかかると、母は大きな建物を指差して、《テレサの通ってる学校よ》と教えてくれたことがあった。ぼくはその建物をよく覚えていたので、見たらすぐにわかるだろうと思っていたが、肝心のアルフォンソ・ウガルテ通りに、なかなか行きあたらなかった。気がついてみたら、すでにコルメーナのあたりに来てしまっていた。あわてて引返したが、ボログネーシ広場の近くでようやく、例の建物に出くわした。ちょうど下校時で、女生徒たちがぞろぞろと出てくるところだった。ぼくは恥ずかしくなって、踵を返し、角の雑貨屋へ避難した。そして飾り窓の陰に隠れて、通りを見張った。冬だったが、全身がじっとり汗ばんだ。ところが、テレサの姿を見かけた途端、勇気がすっかり萎えてしまい、急いで店の奥へ逃げこんだ。しばらくして、おそるおそる首を差し出した。ボログネーシ広場のほうへ歩いていくうしろ姿が見えた。彼女はひとりだったが、やはり近づいていって声をかけることができなかった。姿がみえなくなると、ぼくは五月二日広場にもどって帰りの電車にのった。自分自身に無性に腹が立った。学校に帰り着くと門はすでに閉まっていた。夕暮れまで、まだかなり時間があった。五十センターボあまっていたけれど、おやつを買う気がしなかった。その日は一日じゅう機嫌が悪かった。夕方テレサと勉強をしているあいだも、ほとんど口をきかなかった。《どうしたの?》と訊かれたとき、ぼくは顔を赤らめてしまった。

　あくる日の授業中にふと、もう一度学校へ会いに行こうと思いたった。先生のところへ行って、早退けさせてくれるようにたのんだ。《ま、いいだろう。だけどひんぱんに早退したら、勉強が遅れるとお母さんに言いなさい。》先生はそう言って、眉をひそめた。学校までの道順はわかっていたので、今度ははやく着いた。女生徒たちが出てくると、また前日みたいに緊張したが、《きょうは声をかけねば》と自分に言い聞かせて、踏みとどまった。テレサは遅れて出てきた。ひとりだった。そのままやりすごしてから、あとをつけた。ボログネーシ広場にさしかかると、ぼくは足をはやめて、彼女に追いついた。《こんにちはテレサ。》彼女は一瞬おどろいた顔をしたが、ごくさりげない口調で、《あら、こんにちは、こんなところで何してるの？》と言った。ぼくは適当な返事を思いつかなかったのでただ、《学校をはやく出られたので、ちょっと来てみたんだ》とこたえた。親戚の家へ行くのかとたずねたら、そうだとこたえた。そして、ぼくにもどこへ行くのかと訊いた。《べつになんの用事もないんだ。おじさんの家まで一緒に行ってあげようか？》《ええ、いいわ、すぐそこだけど。》テレサのおじさんは、アリカ通りに住んでいた。ぼくらはほとんど口をきかずに歩いた。彼女はまっすぐ前を向いたままぼくに返事をした。街角まで来ると、彼女は《ここでいいわ、家がそこなの》と言った。ぼくは笑顔をつくり、彼女が手を差し出した。《じゃ、またね。あとで一緒に勉強する？》《もちろん》と彼女はこたえた。《宿題がいっぱいあるんだもの。》そしてすこし間をおいてから、つけ加えた、《きょうは来てくれてありがとう。》

売店《小真珠《ラ・ペルリータ》》は食堂と校舎にはさまれて、原っぱの奥の方にある。学校の裏塀にほとんど接するように立っている。セメントで作られた小さな建物で、大きな窓が開いており、それがそのままカウンターとして使われた。そしてそのカウンターのなかに、いつもパウリーノの顔が見える。なんとも異様な顔の混血児である。目は日本人のように切れあがり、唇は黒人のようにぶ厚い。頬骨やあごは褐色のインディオみたいで、髪はまっすぐでやわらかい。パウリーノはそのカウンターの上で、コーラやビスケット、コーヒーやココア、キャラメルや菓子パンを売っている。そして裏手で、つまり店と裏塀とのあいだで、塀の外より二倍高い値段でタバコやピスコを売る。パウリーノは塀のすぐそばに藁蒲団を敷いて寝る。夜、蟻どもは、砂浜を歩きまわるみたいに、彼の体の上を行ったり来たりする。藁蒲団の下には板が一枚敷いてあり、パウリーノが自分の手で掘った穴をカモフラージュしている。その穴のなかに彼は、密《ひそ》かに学校に持ちこんだ《ナショナル》のタバコやピスコを隠しておくのである。

外出禁止の処分を受けた連中は、土曜日と日曜日、昼食を食べおわると、売店裏の囲いへやってくる。あやしまれないように三々五々集まってくる。そして地面に寝ころがって、パウリーノが例の穴蔵を開けるのを待つあいだ、平たい小石で蟻どもを押しつぶすのである。あいのこは気前がいい。そして意地が悪い。付けで売ってくれるが、その前にこちらが泣きついて、ご機嫌をとってやらないといけない。囲いは狭く、入れるのはせいぜい二十人ぐらいだ。なかがいっぱいだと、あとから来た連中は、原っぱへ行って寝ころがり、ビクーニャに小石を投げつけながら、順番がくるのを待たねばならない。三年生はそうした集まりに加わるチャンスがほとんどない。四年生や五年生に追い出されるか、見張りをさせられるからだ。集まりは何時間もつづく。昼食後にはじまり、夕食前に終わる。居残り組は、日曜日になるとほぼ諦めもついておとなしくしているが、土曜日だとまだ外出の望みを捨てきれずに、あれこれと夢想するのである。思いがけないことが起きて、当直将校が突然、処分を撤回してくれるのではないか、もしかしたら、白昼堂々と正門から脱走できるのではないか……。だが何十人という居残り組のうちで、実際に脱走に成功するのは、せいぜい一人か二人である。それ以外の者は、がらんとした中庭をさまよい歩いたり、寮舎の寝台に寝ころがって目を開けたまま空想をめぐらせて退屈を紛らしたりするしかない。もし金があれば、パウリーノの売店裏へ出かける。そしてタバコを吸い、ピスコを飲み、蟻に食われるのである。

日曜日の朝、朝食後にミサがある。学校の司祭は、威勢のいい、金髪の神父で、愛国調の説教を好んでする。英雄たちの高潔な生き方や神と祖国に対する献身的な愛について述べ、規律と秩序を称揚し、軍人と宣教師、英雄と殉教者、教会と軍隊を対比させながら話を進めるのである。生徒たちはこの司祭を尊敬している。血も涙もあるほんとうの人間だと思っている。私服姿でカジャオの場末をべろべろに酔っ払ってほっつき歩いているのを、何度も見かけられたことがあるからだ。

明くる日、目がさめたあとも長いあいだ目をつむっていたことを彼はやはり忘れてしまっている。ドアが開くと、彼はふたたび恐怖にかられ、息を止めた。あの男《ひと》にちがいない、また自分を殴りにきたんだと思った。だが母親だった。かたい表情で彼をまじまじと見つめた。《あの男《ひと》は？》《もう出かけたわ。十時を過ぎてるのよ。》母親は深く息を吸いこんで、立ちあがった。室内には光が満ちあふれていた。彼はようやく、戸外の活気、路面電車の騒音、自動車のクラクション等に気づいた。そして病人のように衰弱した自分を感じた。母親が昨夜の一件に触れるのを待った。しかし母親はなかなか話を切り出さなかった。部屋の中を動きまわって、椅子を動かしたりカーテンの位置をずらしたりしながら、部屋をかたづけるふりをした。《チクラーヨへ帰ろう》と彼は言った。母親はそばに来て、彼の顔をのぞきこんだ。頭を撫で、背中をさすった。心地良いなつかしい感触だった。彼の耳もとにひびく澄んだやわらかな声もまた、彼が子供のころに馴染んだ声だった。彼は母親の話の内容に注意を払わなかった。言葉は表面的なもので、やさしさはそのひびきにこそあった。やがて母親は言った、《もうチクラーヨにはもどれないわ。お父さんといっしょに暮らしましょ、ね？》彼は眉根を寄せて振りむいた。母親がきっと今のことばを悔やんで涙を流すだろうと思ったが、平然とおちつきはらったままだった。そればかりか、笑みさえ浮かべていたのである。《あの男《ひと》よりもアデリーナ伯母さんと住みたい》と彼はさけんだ。母親は動じる風もなく、彼をなだめた。《うまくいかないのはね》と母親は改まった口調で言った。《おたがいのことがまだよくわからないからなのよ。ずっと会ってなかったんだものね。だけどきっと何もかもよくなると思うわ。二人ともおたがいのことがわかるようになれば、普通の家族みたいに仲良くやっていけるはずよ。》《昨夜《ゆうべ》、あの男《ひと》はぼくを殴ったじゃないか》と彼はしわがれ声で言った。《ぼくがまだ子供なのに思いきりぶん殴ったんだよ。あんな男《ひと》と一緒に住みたくない。》母親は彼の頭を撫でつづけていたが、その感触にはもはややさしさが感じられず耐えがたい圧迫感のみがあった。《怒りっぽい人なんだけど、根はやさしいの》と母親は言った。《うまく調子を合わせていればいいの。おまえにもすこし責任があるのよ。気に入ってもらえるようにしないんだから。きのうのことでお父さんはひどく気を悪くしてるわ。おまえはまだ小さいから、よくわからないだろうけど、大きくなったら、お母さんの言ってることが正しいって納得してくれると思うわ。お父さんが帰ってきたら、部屋に入ったことを謝ってちょうだいね。お父さんの気に入るとおりにすればいいの。機嫌よくしてもらうためにはそうするしかないわ。》彼の心臓は狂ったように鼓動を打っていた。チクラーヨの家の裏庭で見かけたあの大きなカエルどもを思いだした。目玉のついた風船か、ふくらんではしぼむタイヤのチューブのようであった。彼は理解した、《お母さんはやつの味方だ、要するにふたりはぐるなんだ。》慎重に行動しなければならないと思った。もはや母親を信用することができなかった。ひとりであった。お昼に玄関のドアが開く音を聞いた。彼は二階からいそいで降りてきて父親を出迎えた。そして目を合わせないで、言った、《昨夜《ゆうべ》のことはごめんなさい。》

「ほかになんて言ったの？」と奴隷はたずねた。

「何も言わないさ」とアルベルトはこたえた。「毎日おなじことを訊くなよ。ほかに話すことはないのか？」

「ごめんよ。だけどきょうは土曜日だから気になってさ。ぼくのことをうそつきだと思ってるんじゃないのかな」

「どうしてそんなことを思うんだよ。手紙で知らせたんだろ？　それに彼女がどう思おうとかまわんじゃないか」

「あの娘《こ》が好きなんだ」と奴隷は言った。「悪い感じを持たれたくないんだ」

「ま、ほかのことを考えるんだな」とアルベルトは言った。「いつ出られるのかわからないんだぜ。このままあと何週間もいることになるかもしれない。女のことなんか考えないほうがいいさ」

「ぼくは意志が弱くって」と奴隷は目を伏せながら言った。「もう彼女のことは考えまいと思っても、つい彼女のことばかり考えてしまうんだ。来週の土曜日に出られなかったら、頭がおかしくなりそうだ。あの、ぼくのことを何か訊いてなかった？」

「何遍言えばわかるんだ」とアルベルトはこたえた。「会ったのはほんの五分だけなんだ。それも玄関先でね。ゆっくり話してるひまなんてなかったよ。顔もよく見なかったくらいさ」

「じゃどうして彼女に手紙が書けないって言うんだい？」

「書きたくないから書かない、それだけさ」

「変だよ、それは」と奴隷は言った。「ほかの者からたのまれたのを書いてるのに、ぼくのは駄目ってのはどう考えてもおかしいよ」

「ほかの女の子たちには会ってないからな」とアルベルトは言った。「それに手紙を書く気になれないんだ。金は要らないし。金があったってしようがないだろ。あと何週間もここを出られないんだからな」

「次の土曜日には何としてでも出るよ」と奴隷は言った。「脱走したって出るつもりだ」

「そうかね」とアルベルトは言った。「ま、きょうのところはパウリーノの店へ行こう。気分がむしゃくしゃしてるんだ、酒飲んで酔っ払いたいよ」

「ぼくはいい、ここに残るよ」

「怖いのか？」

「そんなことはないけど、からかわれるのは嫌なんだ」

「大丈夫だよ、酒を飲もうぜ。からんでくるやつがいたら、張り倒しゃいいんだ。心配ないさ。起きろよ。行こう」

寮舎のなかはしだいに閑散としてきた。昼食を食べおわると、外出を禁じられた十人は寝台に寝ころがり、タバコを吸った。そのあとボアは何人かをさそって、《小真珠》《ラ・ペルリータ》へ向かった。バジャーノは何人かと、二組の連中が開いている賭場へ出かけた。アルベルトと奴隷は起きあがって、クローゼットを閉め、外へ出た。学年の中庭も閲兵場も原っぱもがらんとしていた。二人はポケットに手を入れ、おし黙ったまま、《小真珠》《ラ・ペルリータ》の方へ歩いて行った。風のない静かな午後だった。突然近くで笑い声が起こった。数メートル先の草むらのなかに軍帽を目深にかぶった下級生の姿があった。

「ぜんぜん気づかれなかったみたいですね、先輩」と下級生は笑いながら言った。「戦場だったら死んでますよ」

「それが上級生に対する挨拶か、この野郎」とアルベルトはどなった。「気をつけ！」

少年ははじかれたように飛び起きて敬礼をした。笑いが消え、緊張した顔つきになった。

「パウリーノの店は混んでるか？」

「それほどじゃありません。十人ぐらいでしょうか」

「寝ころがっていいよ」と奴隷は口をはさんだ。

「おまえはタバコを吸うのか？」とアルベルトは訊いた。

「はい、だけど今はちょうど切らしてます。ほんとうですよ。なんならポケットを調べてもらってもかまいません。二週間外へ出てないもんですから」

「それはお気の毒だね。心が痛むぜ。じゃ分けてやろう」アルベルトはポケットからタバコの箱を取りだして、下級生に差しだした。下級生は、疑り深げな目でアルベルトを見つめ、手をのばしてよいものかどうかためらっているようであった。

「二本取れよ」とアルベルトは言った。「おれは気前のいい人間だ」

　奴隷は二人をぼんやりした目つきでながめていた。下級生はアルベルトの目をじっと見ながら、おそるおそる手をのばした。タバコを二本抜きとると、顔がほころんだ。

「ありがとうございます。助かります」

「それはよかった。じゃギブ・アンド・テイクと行こう。今晩、おれのベッドをつくってもらおうか。一組に来るんだぞ」

「わかりました」

「早く行こう」と奴隷は言った。

　売店裏の囲いには、一枚のトタン板がドア代わりに立てかけてある。固定されていないので、突風でも吹けば、どこかへ吹き飛ばされそうだ。アルベルトと奴隷は、まわりに誰もいないのをたしかめてからさらに進んだ。笑い声やボアの大きな声が聞こえてきた。アルベルトは口に人差し指を当てて、奴隷に合図を送った。そして爪先立って戸口に近づいた。扉の上部に両手をあてて、押した。ドアが軋んで、開いた。恐怖にひきつった十人の顔が見えた。

「みんなを逮捕する」とアルベルトは言った。「ここにいるのはみんなアル中やホモや変態やオナニー野郎ばっかりだ。全員豚箱行きだ」

　二人は戸口に立っていた。奴隷はアルベルトのかげに隠れ、従順さと服従の表情を浮かべていた。地面に座りこんでいた生徒たちの輪の中から、動きの敏捷な、猿のような人影がすっと立ちあがり、アルベルトのまえに立ちはだかった。

「さっさと入れよ。もたもたすんな。見られたらたいへんじゃないか。変な冗談はよせよ、詩人。おまえのせいでとんでもないことになっちまったらどうしてくれるんだ」

「きさまにおまえ呼ばわりされる理由はねえんだ、この混血野郎《チョーロ》」と入口をくぐりながらアルベルトは言った。

　生徒たちは振り返ってパウリーノの顔をうかがった。パウリーノは額にしわを寄せ、ぶ厚い唇をぱくぱく動かした。

「なんだよ、白ん坊野郎。はり倒されてえのかよ」

「そうしてもらおうじゃねえか」とアルベルトは地面にどっかと腰をおろしながら言った。奴隷はそのとなりに座った。パウリーノは全身を揺すって笑った。波打つ唇のあいだから乱杙歯が見えた。

「女《スケ》を連れて来たな。おれたちに輪姦されたらどうするんだ？」

「いいね！」とボアがさけんだ。「奴隷を犯《や》っちまおうぜ」

「犯るんならパウリーノの猿めがいいさ」とアルベルトは言った。「やつの方がいい体してるぜ」

「こいつやけにおれにからむじゃねえか」とパウリーノは肩をすくめながら、ボアのとなりに寝ころんだ。トタン板はもとの位置にもどされていた。アルベルトは車座の中央にピスコの瓶が一本置かれてるのを目にした。手をのばして取ろうとしたところ、パウリーノがその手をつかんだ。

「一口五十センターボだぜ」

「ふっかけやがって」

　財布を取り出して、五ソル紙幣を手渡した。

「十口分だ」

「おまえのだけか、それとも女《スケ》の分も一緒か」

「二人の分だ」

　ボアは大声でけたたましく笑った。ピスコの瓶は生徒たちの手から手へと渡った。パウリーノは彼らが一口で飲む分量を監視した。多すぎると、相手から瓶をかっさらった。奴隷は一口すすったが、咳きこんで目に涙を浮かべた。

「そこの二人は一週間前から引っついてはなれねえんだ」とボアはアルベルトと奴隷を指さしながら言った。

「仲睦まじくて結構じゃねえか」

「ところで賭はどうなったんだ？」とボアの背中に頭をあずけていた生徒が言った。

　パウリーノはその一言でたちまち興奮状態におちいった。笑い声をあげ、《さあ、さあ、はじめようじゃねえか》と言いながらみんなの背中をたたいてまわった。彼がはしゃいでいるすきに、生徒たちは瓶を大きく傾けて、のどの奥にピスコをたっぷりと流しこんだ。瓶はたちまちからになった。両腕を組み、その上に頭をのせていたアルベルトは、奴隷のほうを見やった。頰に小さな赤い蟻が這っていたが、何も感じていないようであった。目は潤んだようなかがやきを帯び、皮膚は青白かった。《やつは賞金をとりだすだろう。そしてそのあと、つんとした臭いがあたりにただようことになる。精液が飛び散って地面がべとべとになるんだ。おれはジッパーをおろす、おまえも、やつも、みんなジッパーをおろす。そして、混血野郎は体をわななかせるだろう、みんな体をわななかせるんだ。もしガンボアが戸口から首を突っこんで、これを見て、鼻をつく臭いを嗅げば、いったいどういうことになるだろうな？》パウリーノはしゃがみこんで、地面を引っかいていた。しばらくして、がま口を手に、立ちあがった。それを振ると、コインのぶつかる音がした。パウリーノの顔は、信じがたいほどの生気に充ちあふれていた。小鼻がぴくぴく震え、ぱっくり開いた唇は獲物をもとめてせりだし、こめかみははげしく脈打っていた。そして上気した顔からは汗がしたたり落ちた。《やつは腰をおろして、馬か犬みたいにあえぎ、よだれを流すだろう。手をわななと震わせてもがくかもしれん。声が上ずってきて虫の息になるだろう。おい、そのきたならしい手をどけろよ。足を上に蹴あげるだろう。歯のあいだに舌をまるめて口笛を吹くだろう。歌を歌い、奇声をあげるだろう。そして蟻の群の上に突っ伏して、転げまわり、髪が額の上に垂れるだろう。その手をどかさんか、そこんとこちょん切られてえのかよ？　地面を転げまわって、草や砂のあいだに顔をうずめ、泣きはじめるだろう。そして手と体の動きがしだいにやんで、息絶えるんだ。》

「五十センターボ硬貨で十ソルくらいあるはずだ」とパウリーノは言った。「一二等賞はあすこにあるピスコの瓶だ。ただし全員におごるんだぞ」

アルベルトは腕のあいだに頭をうずめていた。その視線は小さな暗がりの中をさまよった。そして耳は、まわりの興奮とざわめき、体を折ったり伸ばしたりする気配やくぐもった笑い声、パウリーノの熱情的な息づかいを聞きとった。アルベルトは上体をうしろに倒し、頭を地面につけた。トタン屋根の一部と、それとおなじくらいの大きさの灰色の空が見えた。奴隷は彼の上にかがみこんだ。顔だけでなく、首も手も青白かった。

「帰ろうよ、フェルナンデス」と小さな声でささやいた。「ここを出ようよ」

「だめだ」とアルベルトはこたえた。「あのがま口を手に入れるんだ」

　ボアの笑い声はいっそうかん高くなった。アルベルトがすこし頭をかたむけると、ボアの大きな軍靴と太い脚が目に入った。ベルトを解いたズボンとカーキ色のシャツの裾のあいだから、むきだしの腹も見えた。そしてさらに上のほうには、たくましい首とどんよりくもった目があった。ある者はズボンをすっかりおろし、ある者はただ前だけを開けた。パウリーノは扇状に横たわった生徒たちの周囲をぐるぐるまわった。舌なめずりをし、片手にがま口を振り鳴らし、もう片手にピスコの瓶をさげていた。《ボアはヤセッポチがいねえと気分がでねえんだとさ》とだれかが言ったが、だれも笑わなかった。アルベルトはゆっくりとボタンをはずしはじめた。目は半ば閉じていた。金の足《ピエス・ドラードス》の顔や体や髪を思い起こそうとしたが、いったん現われた姿はすっと消え、褐色肌のべつの娘が現われた。だがその姿も浮かんでは消え、消えては浮かんだ。腕や唇がクローズアップされ、娘の上に霧雨が降った。服がだんだん濡れていった。そしてその黒い瞳の奥に娼婦街ワティーカの赤い光がともった。畜生とつぶやくと、金の足《ピエス・ドラードス》の白い豊かな太ももが現われ、また消えた。アレキーパ通りは自動車でいっぱいだ。彼と娘はライモンディ学園のバス停に立っている。目の前をおびただしい数の車がつぎからつぎへと通りすぎてゆく。

「で、おまえは何をもたもたしてんだ？」とパウリーノは苛立たしげに言った。奴隷は地面に寝そべって頭のうしろに手を組んだままじっとしていた。あいのこはその脇に立ってのぞきこみ、まるで巨人のように見えた。《犯《や》っちゃえよ、パウリーノ》とボアがさけんだ。《詩人の女《スケ》なんか犯っちゃいな。詩人がちょっとでも動いたら、このおれがまっ二つに引き裂いてやるからさ。》アルベルトは地面を見た。黄褐色の土の上を、いくつもの黒い点が動いていた。小石をさがしたがなかった。身をかたくして、手をにぎりしめた。パウリーノはひざを開いて奴隷の体の上にまたがり、前かがみになった。

「おい変なまねをしやがったら、首の骨をへし折ってやるぜ」とアルベルトは威嚇した。

「詩人のやつは奴隷に首ったけなんだ」とボアは言ったが、すでにパウリーノとアルベルトに興味をなくしているような、力のないくぐもった声だった。あいのこは微笑を浮かべ、口を開いた。舌はねっとりした唾液を押しだして、唇を濡らした。

「大丈夫だ、何もしやしねえ」と言った。「こいつがもたついてるから、ちょっと手伝ってやるだけさ」

奴隷はじっと横たわっていた。そしてパウリーノが彼のベルトを解き、ズボンのボタンをはずすあいだも、身じろがずにそのまま天井を見つづけた。アルベルトは向きなおった。トタン板の色は白で、空は灰色だった。耳もとに音楽が聞こえてきた。赤い蟻たちが地下の迷宮の中でささやきかわす声だ。赤い灯の迷宮だ。赤いかがやきの中でさまざまな物体がかげって見え、女の肌だけが赤い炎に包まれていた。かわいらしい足の爪先から染めた髪の根もとまで赤く燃えあがっていた。壁の上に人影が揺れる。そのリズミカルな動きは、あたかも時計の振り子のように時を刻み、売店を大地につなぎとめていた。そうでなければその小さな囲いは上空に舞いあがって、ワティーカ街の赤い渦の中に吸いこまれていったことだろう。あのミルクとハチミツの太もも。娘は霧雨のなかを軽やかな足どりで、愛嬌をたたえて、姿勢よく歩いていた。だが今回、火山のマグマはすぐ身近なところに、魂のどこか一点にひそんでいるのだった。そして徐々に威力を増しながら、彼の体の秘密の通路に流れこんで、どんどん触手をのばしはじめた。それが彼の記憶や血の中から娘の姿を押しだし、代わりにある心地良いくすぐったさを下腹部にかもしだした。その下腹部を彼の手は愛撫していた。突然、焼けつくような衝動が容赦ない力でこみあげてきた。彼の目や耳や皮膚は、湯気をたてながら突き進んでくる快楽をとらえた。骨や筋肉や神経の密林のなかをくぐり抜けながら、無限の彼方に向かって、赤い蟻どもが絶対に入りこみえない愉悦に向かって突進するのだった。だがふとわれにかえった。パウリーノはあえぎながらすぐ近くに倒れこんだ。そしてボアはうわ言のような途切れ途切れのことばをもらしていた。アルベルトはふたたび背中の下に地面を感じた。顔を横に向けると、針で突っつかれたみたいに目に激痛がはしった。パウリーノはボアのそばに寝そべって彼の体をまさぐっていた。ボアは無表情のまま、自由にさわらせていた。あいのこはあえいだり、調子っぱずれな悲鳴をあげたりした。ボアは目を閉じて、体をくねらせはじめた。《じきに異臭がただよいだすだろう。そしてピスコの瓶がまわされ、おれたちは歌いだすんだ。だれかが猥談を口にし、あいのこはしょんぼりした面になる。でおれは口の中がからからにかわき、タバコを吸うと吐き気がするだろう。眠りたくなるだろう。この分だといつか肺病になるな。ゲーラ医師は女とたてつづけに七回やるぐらい消耗すると言ってたっけ。》

そのとき、ボアの叫び声を聞いた。だがアルベルトはじっとしていた。自分は今ピンク色の貝殻の奥に眠る小さな生き物だった。風だろうが、水だろうが、火だろうが、自分の避難所を侵すことはできないはずだった。やがて、現実に立ちかえった。ボアがパウリーノを地面に押しつけて、その顔にびんたをくらわせながら、どなっていた。《咬みやがったな、このきたならしい混血《チョーロ》野郎、田舎っぺめ、叩き殺してやる。》何人かは上体を起こして、けだるいような表情でふたりを眺めていた。パウリーノは抵抗しなかった。やがてボアが彼をはなした。あいのこは大儀そうに立ちあがって、口をぬぐった。がま口とピスコの瓶を拾いあげ、ボアに金をわたした。

「二着はおれだ」とカルデナスは言った。

パウリーノは彼に瓶を差しだしたが、アルベルトのそばにいたびっこのビージャがそれをさえぎった。

「ちがうね」と言った。「やつじゃねえさ」

「じゃだれだ?」とパウリーノ。

「奴隷だよ」

ボアは金の勘定をやめ、小さな目で奴隷のほうを見た。奴隷は、体の両脇に腕をだらりとのばして、まだ地面に横たわったままだった。

「信じられねえ」とボアは言った。「やつにもちゃんとしたのがついてるじゃねえか」

「おまえだけだよ、阿呆なロバみてえなのをぶら下げてるやつは」とアルベルト。「そんなもんさっさとしまいこんだらどうなんだ、ばけもん」

ボアはひとしきり大声で笑うと、性器をつかんで、みんなのまわりを走りはじめた。《おまえらに小便を撒いてやろうか。おまえら全員を犯《や》っちまおうか。おれはだてにボアって呼ばれてるわけじゃねえんだ。おれのこの一発で女だって殺せるぞ》とわめいた。ほかの連中は汚れを拭いたり、服の乱れをなおしたりした。奴隷はピスコの瓶を開けた。一口たっぷりとすすったあと、地面にぺっと唾を吐き、瓶をアルベルトにわたした。みんなはピスコを飲み、タバコを吸った。パウリーノは片隅に腰をおろし、暗く沈んだもの悲しげな表情を浮かべていた。《しばらくしたらおれたちはここを出て手を洗いに行くだろう。それから笛が吹き鳴らされ、おれたちは整列し、食堂に向かって行進する。一、二、一、二。飯を食ったら、食堂を出て、寮舎に帰るだろう。やがてだれかが、コンテストをやろうと言いだすはずだ。そうしたらだれかが、もうあいのこのところで済ましてきたぜ、とこたえるだろう。ボアが勝った、奴隷のやつも来てたよ、詩人が連れてったんだ、おれたちに恋人を手ごめにされるんじゃねえかってびくびくしてたよ、だけどたまげたことに奴隷のやつ二着になりやがった。そして消灯ラッパが鳴り、おれたちはベッドにもぐりこんで寝るだろう。こんな調子で明日もあさっても何週間も過ぎていくんだ。》

エミリオは彼の肩をたたいて、言った。《ほら、そこにいるよ。》アルベルトは頭をあげた。エレーナは、テラスの手すりの上から身をのりだして、彼の方を見ていた。ほほ笑んでいた。エミリオは肘で彼をこづいて、もう一度くりかえした。《そこにいるよ、行ってこいよ。》アルベルトはささやいた。《うるさいな、アナも一緒じゃないか。》手すりの上のブロンドの頭のそばに別の褐色の顔がのぞいた。エミリオの妹のアナだった。《心配するな》とエミリオは言った。《アナのことはぼくにまかせろ。さあ行こう。》アルベルトは肯いた。二人はテラーサス・クラブの階段をのぼった。テラスは若者たちで混雑していた。クラブの向こう側、ホールの方からにぎやかな音楽が流れていた。《だけど絶対にそばへ寄るなよ》とアルベルトは言った。《君の妹が邪魔しないようにちゃんと見といてくれ。なんなら君たちはあとからついて来てもいいけど、あまり近寄らないようにたのむぜ。》彼女たちのそばに歩み寄ると、二人は笑っていた。エレーナの方が年上のようであった。ほっそりと痩せて、かわいらしく、透きとおるような印象をあたえた。どこにもその気の強さを感じさせるところはなかった。しかし街《バーリオ》のみんなは彼女を知っていた。ほかの女の子たちは道端で取り囲まれると泣きだしたり、目を伏せたり、震えたり、恐がったりしたのに、エレーナは少年たちと対決した。目をらんらんと輝かせた小さな獣のように彼らに挑みかかり、凛とした声で相手からの嫌味に応酬した。攻勢に転じて、相手のいちばん嫌がるあだ名を浴びせかけ、威嚇もした。彼女は体をまっすぐにのばして胸を張り、尊大な顔つきで、拳を振り立てた。そして少年たちの包囲を持ちこたえ、その囲いを粉砕して、勝ちほこったように立ち去るのだった。だがそれは昔のことだった。しばらくまえから、具体的にどの季節、何月からなのか誰にもわからなかったが、(もしかしたら七月の休みにティーコの両親が彼の誕生日を祝って開いたあの男女合同のパーティー以来かもしれないが)男女間のぎすぎすした雰囲気はしだいに薄れていった。少年たちはもはや女の子たちを驚かしたりからかったりするために、彼女らを待ち伏せするというようなことをしなくなった。むしろ彼女たちの誰かが現われると、彼らは色めきたって、どぎまぎして緊張した思いにとらえられた。そして反対の場合、つまりラウラかアナの家のバルコニーで、彼らの誰かを見かけたりすると、女の子たちは大声でしゃべるのをやめて、顔をよせ意味ありげな会話をかわしたり、少年の名前を呼んで親しげに声をかけたりした。すると彼は、自分の心を領してゆくひそかな喜びとともに、自分の存在がバルコニーの少女たちにもたらした興奮を感じとることができた。エミリオの家の庭に寝そべって、彼らの話題は別の方向へ展開するようになった。サッカーの試合や駆けっこ、あるいは断崖から海岸への下降など、いったい誰がおぼえているだろうか? ひっきりなしにタバコを吸いながら(もはや煙にむせる者はいなかった)、十五歳未満の入場を禁じた映画へどうすれば忍びこめるか、作戦をたてた。あるいは近いうちにパーティーを開くことができるかどうか検討した。親たちはレコード・プレーヤーをかけて踊ることを許してくれるだろうか? この間のように夜中までパーティーが続けられるだろうか? めいめいが街《バーリオ》の女の子たちと出会ったときのいきさつやそのときの会話の様子を報告したりした。女の子たちの両親の存在がにわかにクローズアップされるようになった。たとえばアナの父親やラウラの母親などは、彼らにあいさつをしたし、娘たちと話すことも許せば、学校の様子も訊いてくれたりしたので、全員からの尊敬を受けていた。しかしなかには、ティーコの父親やエレーナの母親(厳格で途方もなくうるさかった)のように、彼らを脅やかし追い払う者もいた。

「昼の部《マチネー》へ行くの?」とアルベルトは訊ねた。

彼らは二人きりで海岸道路を歩いていた。彼は背後に、エミリオとアナの靴音を聞いた。エレーナは肯いて、《レウロ館へね》と言った。アルベルトは待つことにした。暗がりの中の方が言いやすいと思った。ティーコはすでに数日前に探りを入れてくれていた。エレーナの答えはこうであった。《今からなんとも言えないけど、上手に交際を申しこんでくれるのなら、いいお返事をするかもしれないわ。》明るい夏の朝だった。すぐ脇の海の上に広がる青い空に太陽が輝いて、彼はすこぶる気分がよかった。幸運の前ぶれのように思えた。街《バーリオ》の女の子たちが相手だと、彼は常に自信を持って接することができたし、気の利いた冗談を言ったり、まじめに話を交わしたりもした。だがエレーナとは、話がなめらかにはこぶというわけにはいかなかった。彼女はすべてに対して、ごくたわいのない事柄にすら、反発した。無駄口をきくこともなく、きっぱりとしたものの言い方をした。ある時、アルベルトは、ミサに行ったらすでに福音が終わっていたと彼女に話したことがあった。《行ったってしようがなかったわね》とエレーナは冷たくこたえた。《今夜死んだら地獄行きね。》別の時、アナとエレーナはバルコニーから道路上のサッカーの試合を見ていた。あとでアルベルトは彼女にたずねた。《ぼくの試合ぶりはどうだった？》《下手くそ》と彼女はこたえた。だが一週間ほどまえ、街《バーリオ》の若者たちはミラフローレス公園に集まって、しばらくリカルド・パルマ通りの散歩を楽しんだのだった。その時アルベルトはエレーナと連れ立って歩いたが、彼女は愛想よくふるまった。ほかの連中は振り返って二人を見ては《お似合いのカップルだ》と言った。

二人は海岸道路から逸《そ》れて、エレーナの家に向かってフワン・ファーニング街を進んでいるところだった。アルベルトの耳にはもはやエミリオとアナの足音は聞こえなかった。《じゃ映画館でまた会えるね？》と彼女に言った。《あなたもレウロに行くの？》とエレーナはこの上ない無邪気さで訊いた。《ああ》と彼は言った。《ぼくも行くことにするよ。》《じゃまた会えるかもね。》自宅のある街角に来て、エレーナは手を差し出した。コロン街やディエゴ・フェレーの交差点、街《バーリオ》のまさに中心部は閑散としていた。若者たちはまだ海かテラーサス・クラブのプールにいるのだった。《きっとレウロに行くんだね？》とアルベルトは訊いた。《ええ》と彼女はこたえた。《何か起こったら別だけど。》《何か起こったらって？》《そうね》と彼女はひどくまじめな顔で言った。《地震とか、そういうものよ。》《映画館で話したいことがあるんだ》とアルベルトは言った。彼女の目をじっと見た。彼女はまばたきをしたが、かなり驚いているふうであった。《私に話したいこと？　どういうこと？》《映画館で話すよ。》《ここでいいじゃないの》と彼女は言った。《話ははやいほど良くてよ。》彼はあがってしまいそうな自分を懸命に落ちつかせた。《どういう話かわかってるだろ？》と彼は言った。《いいえ》と彼女はこたえた、いっそう怪訝そうな表情で。《全然見当もつかないわ。》《じゃ思いきって言おうかな？》とアルベルトは言った。《それがいいわ》と彼女はこたえた。《思いきって言ってしまいなさいよ。》

《しばらくすると笛が鳴りひびき、おれたちは外へ出て整列し、食堂に向かって行進する。一、二、一、二。がらんとした食堂で飯を食い、終わったら、人気のない中庭に出て、からっぽの寮舎に帰るだろう。やがてだれかが、コンテストをやろうぜ、と言いだすはずだ。するとおれは、もうあいのこのところで済ましてきたぜ、とこたえる。ボアが勝った、いつもボアが勝つんだ、今度の土曜日もボアが勝つだろう。そのうちに消灯ラッパが鳴り、おれたちは寝るだろう。そして日曜日がすぎ、月曜日が訪れる。外出した連中が戻ってきて、おれたちはやつらからタバコを買う。おれはラブレターやエロ小説で払うしかない。》アルベルトと奴隷はとなりあった寝台に寝そべっていた。寮舎にはだれもいなかった。ボアとほかの連中はついさっき《小真珠《ラ・ペルリータ》》へ出かけたところだった。アルベルトはよれよれの小さなタバコを吸っていた。

「学年が終わるまでつづくかもしれないね」と奴隷が言った。

「何が？」

「禁足処分」

「そんな話なんか聞きたくもない。黙ってるか寝るかどっちかにしてくれ。出られないのはおまえだけじゃないんだぞ」

「うん、だけど学年末までこのまま外出できないんじゃないのかな？」

「そうさ」とアルベルトはこたえた。「カーバのやつが捕まらないかぎりはな。やつは捕まらないよ」

「そういうのってないと思うよ。田舎っぺは毎週涼しい顔をして外出してる。なのにぼくたちは、やつのせいで出してもらえない」

「人生ってそういうもんさ」とアルベルトは言った。

「まったく嫌になっちまう」

「ぼくはもうひと月も出られないんだ。こんなに長いあいだ閉じこめられるのははじめてだよ」

「そろそろ慣れてもいいころじゃないか？」

「テレサが返事をくれないんだ」と奴隷は言った。

「手紙を二通出したんだけど、なしのつぶてなんだ」

「ほっときゃいいさ。世の中に女の子はごまんといるんだ」

「だけどぼくが好きなのは彼女だけなんだ。ほかの娘《こ》には興味ないよ。わかるだろ？」

「わかるよ、おまえもあわれなやつだな」

「彼女とどんな風に知りあったと思う？」

「そんなこと知るもんか」

「家《うち》の前を毎日通ってたんだ。ぼくは窓に出て、彼女が通って行くのをずっと見てたんだ。ときには、こんにちは、って挨拶もした」

「あの娘《こ》のことを思い浮かべながらマスをかいたんだろ？」

「いいや、彼女の姿をながめるだけでうれしかった」

「ロマンチックな話だ」

「ある日、彼女が家を出るまえに、ぼくは下におりて近くの街角で待ちぶせしたんだ」

「それで尻でもなでてやったのか？」

「近づいて握手したんだ」

「でおまえはなんて言ったんだ？」

「名前を言ったんだ。それから彼女の名前を訊いて、《はじめまして》って言ったんだ」

「くだらん。で彼女はおまえになんて言った」

「名前を教えてくれた」

「キスしたのか」

「いいや、デートもしてないんだ」

「うそつけ、キスぐらいしただろ？　ほんとのことを言えよ」

「どうしたの、むきになって？」

「べつに、ただうそをつかれるのはきらいなんだ」

「うそじゃないよ。そりゃあ口づけしたいと思ってたけど、彼女には二、三度しか会ってないんだ。このいまいましい学校のおかげで会えないでいるんだ。もしかしたら、もうべつのやつと付きあってるかもしれない」

「べつのやつって？」

「さあ、それはわからない。男はいっぱいいるし、彼女はとても美人だもの」

「それほどでもないぜ。どっちかというと、ブスなんじゃない？」

「ぼくはきれいだと思う」

「おまえはうぶなやつだよ。女ってのは寝るためにあアルベルトは笑ってこたえた。

「一家の名誉を救うためだよ」

「まじめに話してくれよ」

「まじめに話してるさ、奴隷。おれが家名を汚してるって親父が言ったんだよ。それで更生させるためにここに入れたってわけだ」

「入学試験でわざと悪い点をとればよかったじゃないか？」

「女の子もからんでるんだ。失恋してさ、わかるだろ？　家名と恋の傷手のおかげでこんな豚小屋に入るはめになったんだ」

「その女の子が好きだったの？」

「まあ気に入ってたね」

「美人だったの？」

「そういうこと」

「その娘《こ》の名前は？　何があったの？」

「名前はエレーナで何もなかった。それでこの話はおしまい。おれは自分のことを話すのは好きじゃない」

「ぼくは自分のことをちゃんと話したじゃないか」

「おまえが勝手にしゃべっただけだ。いやだったら話す必要ないさ」

「タバコある？」

「どうしてレオンシオ・プラドに入ったの？」

「こんなところにいりゃ、不機嫌にもなるさ。外出できなくてうんざりしてるのはおまえだけじゃないんだぜ」

「どうしてなんだよ？　ぼくがたのむとすぐ怒ったりするし」

「書きたくないから書かない、それだけさ」

「どうしてぼくにもラブレターを代筆してくれないんだ？　今週なんてほかのやつらに何通も書いてやったじゃないか？」

「かもね」

「もしかしたらぼくの手紙を受けとってないのかもしれない」

「おまえって寝取られ亭主って顔《つら》してるんだ」

「どうしてそういうこと言うの？」

「おまえだったら浮気されるな。だけど、ま、保証人になってやってもいいぜ」

「卒業するまで待ってくれたら、彼女と結婚したいと思ってるんだ」

「感激して目頭があつくなってくるぜ」

「ぼくはあの娘《こ》がほんとうに好きなんだと思う」

るんだぜ。おれはそういう女が好きだね」

「ない。これからさがしに行こうか」

「お金がぜんぜんないんだ」

「おれは二ソル持ってる。パウリーノの売店へ行こう。さあ、起きろよ」

「ぼくは《小真珠《ラ・ペルリータ》》がきらいだ。ボアとパウリーノを見てると胸がわるくなる」

「じゃ寝てろ。おれは行くことにする」

　アルベルトは起きあがった。軍帽をかぶり、曲がったネクタイをなおした。

「このあいだから言おうと思ってたことがあるんだ」と奴隷は言った。「言ったら笑われそうな気がするんだけど、まあいいさ」

「何だ?」

「君はぼくのたったひとりの友だちだよ。今まで知りあいは何人かいたけど友だちはいなかった。むろんそれも外の話で、ここではそんな者さえいなかったんだ。一緒にいて、楽しく話していられる友だちって君だけだよ」

「なんだよ、それ。まるでおかまの恋の告白みたいだぜ」

　奴隷は笑った。

「まったく口が悪いんだから。だけど君はいい人だ」

　アルベルトは外へ出た。出入口のところから奴隷に声をかけた。

「タバコが手に入ったら、一本持ってきてやるよ」

　中庭の地面は黒く濡れていた。寮舎で奴隷としゃべっているあいだ、雨が降っていることに気づかなかった。遠くのほうに生徒が一人、草の上に座っているのが見えた。先週の土曜日に出くわしたやつだろうか?《じきにおれは混血児の売店の戸口をくぐるだろう。やがてコンテストがはじまり、ボアが勝つだろう。そして鼻をつく臭いがただよい、おれたちはがらんとした中庭に出て、寮舎へと帰っていくことだろう。そのうちにまただれかが、コンテストをやろうと言いだすはずだ。そうしたらおれは、パウリーノのところでもう済ましてきた、ボアが勝ったとこたえるだろう。来週もボアが勝つだろう。消灯ラッパが鳴りひびき、おれたちはベッドにもぐって寝るだろう。そして日曜日がきて、月曜日がきて、あと何週間もこんな調子で過ぎていくんだ。》

6

小さいときからさんざん味わってきた孤独や屈辱なら耐えることができた。それは彼の心を傷つけるだけだった。どうにもがまんできないのは、この拘禁状態だった。彼が選びとったわけではない巨大な外部の孤独だった。まるでだれかが大きな袋をすっぽりと彼にかぶせたようなものであった。彼は今中尉の部屋の前に立っていた。ノックするために手を振りあげてはいなかった。だけどまちがいなくノックすることが彼にはわかっていた。そう決心するまでに、三週間も考えぬいたのだ。もはや恐怖も焦燥感もなかった。ただ手だけが勝手に彼の意志にそむいていた。手はズボンのわきにだらりと死んだように垂れたままだった。こんなことはじめてではなかった。サレジオ学院ではみんなから《お人形ちゃん》と呼ばれていた。彼は内気で何にだって怯えた。《泣け、泣けよ、お人形ちゃん》と休憩時間に同級生たちは彼をとりかこんでからかった。彼は壁際まであとずさりした。みんなの顔が間近に迫り、連中の声が何かをわめいているようにがんがん耳にひびいた。少年たちは口をとがらせて、いまにも彼に咬みつこうとしているようであった。彼はたまりかねて泣きだすのだった。ある日、自分に言いきかせた、《このままじゃだめだ、なんとかしなければ。》それで授業中に、学年でいちばん腕っぷしの強い生徒に決闘を申しこんだ。もはやあの少年の名前も顔も、その正確なパンチもはげしい息づかいも忘れてしまった。そこはゴミ捨て場だった。期待に顔をかがやかせて生徒たちは二人をとりかこんだ。相手の前に立ったとき、彼は恐怖も緊張すらも感じなかった。無力感だけが彼の全身をとらえていた。相手のパンチをかわしもしなければ、いかなる抵抗もこころみなかった。相手が自分を殴りつけることにあきるまでじっと待たねばならなかった。その臆病な体をきたえ、つくり変えるために、レオンシオ・プラドに入りたいと思ったのだ。そのためにこの長い二年あまりを耐えてきたのだった。だが今は、すべての望みが消えてしまっていた。腕力にものを言わせ、相手を屈服させるジャガーのようには決してなりえなかったし、自分が餌食にされないためにたくみに振る舞い、相手を煙に巻くアルベルトのようにもなれないことは確実だった。彼がどんな人間なのか、周囲の連中はたちどころに嗅ぎつけるのだった。無防備でひ弱で奴隷のような人間であることは一目瞭然だった。今はただ自由が欲しかった。自分の孤独と好きなだけ向きあいたかった。あの娘《こ》を映画に連れて行きたかった。彼女とふたりきりでどこかに閉じこもりたかった。手をあげてドアを三回ノックした。

　ワリーナ中尉は眠っていたのだろうか？　はれぼったい目は、その丸い顔の中で二つのただれた傷口のようだった。髪はぼさぼさで、もうろうとしてこちらを見ていた。

「お話があるんです、中尉殿」

　ワリーナ中尉は、将校たちの世界にあっては、生徒たちのあいだにおける奴隷と同様の存在だった。場違いな人間だった。小柄で貧弱で、その号令の声は笑いをさそった。怒り狂ってどなりちらしても怯える者はいなかった。軍曹たちも敬礼をしないで報告書を差しだしたし、さげすむような目で彼を見た。彼の部隊はいちばんまとまりが悪く、ガリード大尉は公衆の面前で彼をしかりとばした。生徒らは壁に、半ズボンをはいて手淫にふけっている彼の漫画を描いた。バーリオス・アルトスに雑貨店を経営していて、細君がそこでビスケットやら菓子パンを売っているといううわさだった。いったい何の因果で陸軍学校になぞ入ったりしたのだろう？

「何の用だ？」

「入ってもいいですか？　重大なことなんです、中尉殿」

「面談なのか？　そういうことなら、しかるべき手続きを踏む必要があるぞ」

　ガンボア中尉のまねをするのは生徒たちだけではなかった。ワリーナも、ガンボアがするように気をつけの姿勢をとってから校則を引用したのだった。だがその小さな手や鼻の下にちょんとくっついたちょびひげではだれも威圧できるはずがなかった。

「だれにも知られたくないんです、中尉殿。とても重大なことです」

　中尉はわきに体を寄せ、奴隷は部屋の中に入った。ベッドはぐしゃぐしゃに乱れ、彼は修道院の僧房を連想した。おそらくこんな雰囲気のところだろうと思った。殺風景で暗く、陰気な雰囲気であった。床には吸殻のたまった灰皿が置かれており、なかの一本からまだ煙がのぼっていた。

「何の用だ？」とワリーナはふたたび訊いた。

「割れたガラスの件です」

「名前と所属」中尉はあわてたように言った。

「リカルド・アラナ、五年一組」

「ガラスがどうした？」

今度は舌がおじけづいてうまく動かなかった。かさかさにかわき、まるでざらざらした石のようであった。こわいのだろうか？　組織は自分をいじめぬいてきたではないか。ジャガーのつぎにひどかったのはカーバだ。やつにしょっちゅうタバコや金を巻きあげられたし、ある夜など寝ているあいだに小便を引っかけられたこともある。自分にもそれなりの正当な理由があるのだ。みんなも復讐をたたえるではないか。だが心の奥ではやはりあるうしろめたさがうずいていた。《組織を裏切るだけではないんだ》と思った。《学年全体、みんなを裏切ることになるんだ。》

「どうしたんだ？」とワリーナは苛立たしげに言った。「私の顔をながめに来たのか、ええ？」

「カーバなんです」と奴隷は言い、目を伏せた。「今度の土曜日外出できますでしょうか？」

「なんだって？」と中尉は言った。ぴんとこなかったらしい。まだ適当なでまかせを言って、その場をごまかすことができる。

「ガラスを割ったのはカーバなんです」と言った。「化学の試験問題を盗んだのは彼です。校舎のほうへ歩いて行くのをぼくが見ました。外出禁止は解けますでしょうか？」

「わからん」と中尉はこたえた。「それはこれから検討することだ。まず今言ったことをもう一度くり返してくれ」

ワリーナの顔はさらに丸みを帯び、頬のところには、唇の両端にかけてしわが浮きでた。唇がすこし開いて、かすかに震えた。目には満足そうなかがやきが宿った。奴隷はおだやかな心持ちになった。もはや学校も外出も未来もどうでもよかった。ワリーナは自分に対して感謝の気持を抱いている風には見えない。まあそれもわからないことではなかった。お互いにべつべつの世界の人間であった。もしかしたら自分を軽蔑しているのかもしれないと思った。

「じゃ、書いてもらおうか」とワリーナが言った。「今すぐにだ。紙とえんぴつはそこにある」

「何を書くんでしょうか、中尉殿？」

「私の言うことをそのまま書きとるんだ。《私は、何月の何日の何時に、ええと、あの生徒はなんて名前だったっけ？　何年何組所属の士官候補生カーバが校舎にしのび入って、化学の試験問題を不正に入手するのを目撃しました。》わかりやすい字で書くんだ。《私はレミヒオ・ワリーナ中尉のもとめに応じて以上のとおり確かに証言いたします。なお中尉は、試験問題を盗み出した犯人を割り出し、かつ私も事件に加わったことを……》」

「あの、ぼくはべつに加わったわけでは……」

「じゃ、《私も目撃者として、偶然に事件に関わったことをつきとめました。》その下にサインしなさい。それから自分の名前を活字体で、大きく書くんだ」

「ぼくは盗むところを見たわけではありません」と奴隷は言った。「校舎のほうへ歩いて行くのを見ただけです。あの、もう四週間も外出できないでいるんです、中尉殿」

「心配するな。あとのことは私にまかせろ。何も恐がらなくていいんだ」

「べつに恐がってはいません」と奴隷はさけんだ。中尉はおどろいて顔をあげた。「この四週間一度も外出してないんです、中尉殿。今度の土曜日で五週目になります」

ワリーナは肯いた。

「まあいいからサインしなさい」と言った。「きょうの授業が終わったら外出してよろしい。許可する。十一時までに戻ればいい」

奴隷は署名した。中尉はその紙を手にとって読みはじめた。二つの目玉はせわしなく動いた。唇もかすかに動いた。

「カーバはどうなるんです？」と奴隷はたずねた。愚問であった。彼にはすでにわかっていた。だが何かを言わなければならなかった。中尉はその紙が、しわくちゃになるのを恐れるかのように、指先で注意深くつまんでいた。

「この件についてガンボア中尉に何か話したのか？」

角ばったところのないのっぺりとしたその顔は、一瞬引きしまった。緊張して奴隷の返事に耳を澄ませた。ワリーナの喜びをかき消すこと、その勝利者面をたたきつぶすことはわけないことであった。はい、とだけ言えばよかったのだ。

「いいえ、中尉殿。だれにも何も言ってません」

「よろしい。だれにもひと言ももらしてはならない」と中尉は言った。「私の指示にしたがって動くように。

授業が終わったら、外出用の制服を着てまた来なさい。一緒に衛兵所まで行こう」

「わかりました、中尉殿」そしてすこしためらってからつけ加えた。「ほかの者たちに知られたくないんですけど……」

「男子たる者は」とワリーナはふたたび気をつけの姿勢をとってそらんじてみせた。「自らの責任は負わねばならない。軍隊でいちばん最初に肝に銘じなければならんことだ」

「わかっています、中尉殿。だけどぼくが密告したとみんなに知れたら……」

「そりゃたいへんなことになるな」とワリーナは今一度、例の紙を鼻先にかかげながら言った。これで四度目であった。「こま切れにされるだろうな。だけど心配しなくていい。将校会議で話されたことは他言しないことになっている」

《もしかしたらぼくも放校されるかもしれない》と奴隷は思った。ワリーナの部屋をあとにした。だれにも見られてないはずであった。昼食後、生徒たちはそれぞれのベッドかグラウンドの草の上に寝ころがるのだった。原っぱを横切るとき、ビクーニャの姿が目に入った。《悲しげな動物だ》と思った。自分でも意外だった。なんの興奮も恐怖も抱いていなかった。密告してきたことが、顔色や態度になんらかの変化を与えてもよかった。犯罪者は兇行におよんだあと、茫然とし、深い虚無感にとらわれるものだと思っていた。彼はただ、なげやりな気分に浸っているだけであった。彼は思った、《六時間外で遊んでこれる。彼女に会いに行こう。だけどこのことについては何も話すことができない。》話すことのできる相手がいてくれたらどんなにいいだろう！　せめて話でも聞いてくれる者がいたら！　アルベルトをどうして信用できよう。テレサ宛のラブレターはいくらたのんでも書いてくれなかったし、ここ数日、まるで自分が何か悪いことでもしたかのように、たえずつらくあたられた。みんなと一緒のときは助けてくれるけど、二人だけのときは容赦なくいたぶられた。《だれも信用することができない》と思った。《どうしてみんなはぼくを目のかたきにするんだろう？》

　手がかすかに震えた。寮舎の開き戸を押したときに、彼の体が示した特別な反応はそれだけだった。カーバはクローゼットのわきに立っていた。《ぼくの顔を見たら、密告されたって気づくだろうか》と思った。

「どうしたんだ？」とアルベルトはたずねた。

「なんでもないよ、どうして？」

「顔色が悪いぞ。医務室へ行ったほうがいいぜ。たぶん入院させられるよ」

「どこも悪くないけど」

「かまうもんか。どうせ外出禁止の身の上だ。おれもおまえみたいに真っ青になりたいよ。あっちで寝てたほうがよっぽどいいさ。うまいものが食えるし、ゆっくり休める」

「だけど外出できなくなる」と奴隷は言った。

「外出って？　まだまだこれはつづくんだぜ。もっとも今度の日曜日に全員が外出できるかもしれないって話だけどな。大佐の誕生日なんだ。そんなうわさが流れてる。何がおかしい？」

「いやなんでもない」

禁足処分についてアルベルトはどうしてそんな平気な顔で話ができるのだろう？　どうして街へ出られないことに馴れてしまえるのだろう？

「まあ脱走をはかる手もあるけど」とアルベルトは言った。「医務室からのほうがやさしいぞ。夜はだれも見まわりにこないからな。ただコスタネーラ通りのほうへ飛び出さなくちゃならないから、鉄柵に串刺しになる危険はあるけどね」

「このごろ脱走する者は減ってきた」と奴隷は言った。

「パトロール隊が見まわるようになったからね」

「まえはもっと簡単だった。だけど今でもけっこう抜けだすやつはいるぜ。この前の月曜日にはウリオステが抜けだして、明け方の四時に戻ってきたよ」

いっそのこと医務室へ行ったらどうだろう？　街へ出てなんになる？　先生、目まいがするんです、頭が痛い、動悸がはげしいんです、寒気がします、ぼくは臆病な男なんです。足どめを食らうと生徒たちは、医務室に入れてもらえるようにやっきになった。そのなかだと一日じゅうパジャマを着て何もしなくてもよかったし、食物がふんだんに出された。だが校医や看護人たちはだんだんチェックを厳しくするようになっていた。もはや熱があるというだけではだめだった。バナナの皮を二時間ほど額にはっておけば、体温が三十九度にはねあがることが知られてしまった。淋病もだめだった。ジャガーと巻き毛がペニスにコンデンス・ミルクを塗りたくって医務室に行って以来、その手はつかえなくなってしまった。動悸・息切れの手を思いついたのもジャガーだった。健康診断の直前に、涙がでるぐらい何度も息を止めると、心臓の鼓動がはやくなって、大太鼓を派手に打ち鳴らしているような音を立てるようになる。看護人は《心悸亢進症の疑いあり、入院を要す》と診断をくだした。

「ぼくは一度も脱走したことがないんだ」と奴隷は言った。

「そうだろうな」とアルベルトは言った。「おれは何度かやったことがある。去年の話なんだけどさ。いつかアロースピデとラ・プンタのパーティーへ行ったことがあったな。起床ラッパが鳴る直前に戻ったよ。四年生のころは楽しかったな」

「詩人よ」とバジャーノがさけんだ。「おまえはラサールに通ってたんだろ？」

「ああ、どうして？」

「巻き毛が言うには、ラサールの連中はみんなおかまだってさ、ほんとうなのかね？」

「ちがうと思うな。ラサールには黒ん坊がいなかったからな」

巻き毛は声をたてて笑った。

「やられたな」とバジャーノに言った。「おまえじゃ詩人にたちうちできねえぜ」

「おれは黒ん坊だけど、男のなかの男だ」とバジャーノはきっぱりした口調で言った。「ためしたいやつがいたら、遠慮なく相手になるぜ」

「おおこわい、こわい」とだれかが言った。「お母ちゃん助けて」

《あらまあ、あら、あら》と巻き毛が歌いだした。

「奴隷」とジャガーがさけんだ。「行ってためしてこい。やつがほんとうに男かどうかあとで話をきかせてくれ」

「奴隷なんかまっ二つに引き裂いてやる」

「こわいよう、お母ちゃん」

「おまえもだ」とバジャーノはさけんだ。「さあこいよ。たっぷりとかわいがってやるぜ」

「何だ？」とボアのしゃがれた声がした。いま目をさましたところだった。

「黒ん坊はおまえがめめしいおかま野郎だと言ってるんだ、ボア」とアルベルトは言った。

「おまえがまちがいなくホモだってさ」

「おれも聞いたな」

「一時間もおまえのことをさんざんけなしてたんだぜ」

「うそだよ、兄弟」とバジャーノは言った。「おれが陰で人の悪口を言うわけねえじゃねえか」

ふたたび笑い声がおこった。

「みんながおまえをからかってんだよ、ほんとうだよ」とバジャーノは必死につけ加える。「おい、詩人、今度またふざけたまねをしたら、ほんとうにぶちのめしてやるからな、いいな。おまえのせいで、すんでのところで、この子と一戦やらかすところだったじゃねえか」

「なんたることだ」とアルベルトは言った。「今のを聞いただろ、ボア？　おまえのことをこの子って言ったぜ」

「こらっ黒ん坊め、おれにからむ気か」としゃがれた声が言った。

「そんなことないって、兄弟」とバジャーノは言った。

「おれたちは友だちだ」

「なら、この子って言うな」

「詩人め、首の骨をへし折ってやるからな」

「臆病な黒ん坊ほどよく吠える」

奴隷は思った、《けっきょくみんなは仲間なんだ。口さきだけでけなしあったり、ふざけあったりしてるだけなんだ。みんなで楽しんでるんだ。ぼくだけが場違いな人間なんだ。》

《女の脚は白くてすべすべしていた。たっぷりと肉がついて豊かだった。実にうまそうで、がぶりと咬みつきたい気持を起こさせた。》アルベルトは最後の一節を読みかえし、充分に刺激的かどうか確認してみた。わるくないと思った。陽ざしは〈隠《かく》れ処《が》〉の汚れた窓ガラスから入りこんで、彼の上にふりそそいでいた。彼は床に寝そべって、頬づえをつき、もう片方の手に万年筆をにぎっていた。万年筆の下には半分ほど埋った原稿用紙が置かれていた。ほこりだらけの床の上には、吸い殻や燃えつきたマッチ棒が散乱し、原稿用紙も何枚か散らばっていた。〈隠れ処〉は学校とおなじほど古く、プールのある中庭に建てられていた。プールにはここ数年水がはられたためしがなく、苔でおおわれ、蚊の群がその上を飛びまわるだけだった。だれも、たぶん大佐すらも、この建物が何のために建てられたのかわからないだろう。〈隠れ処〉は四本のセメントの柱に支えられて、地面から二メートルの高さにあった。そこへあがるには、曲がりくねった狭い階段をのぼらねばならない。おそらくジャガーよりさきに、この中に入った将校や生徒はいないだろう。ジャガーは閉鎖された扉を、特製の鉤をつかって開けた。これにはクラスのほとんど全員が加担した。そして彼らは

〈隠れ処〉の有効な利用方法を思いついた。〈隠れ処〉は授業時間に昼寝したい者のかっこうの避難所となった。《部屋は地震にあったかのように揺れた。女はあえいで、髪をかきむしった。〈もうやめて、やめて〉とうめいた。だが男は女をはなさなかった。彼の手は女の体をまさぐり、引っかき、犯した。女が死んだように静かになったとき、男は声をたてて笑いだした。それはまるで獣の雄たけびのようであった。》万年筆を口にくわえ、もう一度最初から読みかえしてみた。しめくくりにもう一文つけくわえることにした。《女は男が絶頂に達したときむしゃぶりついてきて咬まれたのがいちばんよかったと思った。そして明日もまた男に会えるのだと思うとうれしくなった。》アルベルトは床に投げだされた青インクで書いた原稿に目をやった。二時間足らずで、四本のエロ小説を手がけたのだった。わるくなかった。授業の終わりを告げる笛が鳴るまで、まだあと数分あった。くるっとあお向けになった。床に頭をつけ、思いきり体をのばした。全身の力を抜いて頭をからっぽにした。陽光は顔にあたっていた。目を閉じるまでもなかった。やわらかな陽ざしだった。

太陽が顔をのぞかせたのはちょうど昼食を食べているときだった。不意に食堂が明るくなって、みんなの話し声がぴたっと止んだ。千五百もの顔がいっせいに原っぱの方を向いた。芝は黄金色に染まり、近くの建物が地面に影を落としていた。アルベルトが士官学校に入学して以来、十月に太陽が姿をあらわすのははじめてだった。彼はすぐに思った、《〈隠れ処〉へ行って仕事をしよう。》整列の際に奴隷に耳うちした、《代返をたのむよ。》教室への移動がはじまると、将校の一瞬のすきをついて、便所にしのびこんだ。生徒たちが教室に入ると、彼は〈隠れ処〉をめざして駆けだした。四ページずつのエロ小説を一気に四本書いたのだった。最後のを書いているときにはさすがに眠気におそわれた。万年筆を放りだして、夢想にふけりたい誘惑にかられた。もう何日もまえからタバコを切らしていたので、床に捨ててあった吸い殻を拾って吸ってみた。だがほこりをかぶってごわごわした吸い殻を一、二回吸っただけで、たちまち咳きこむのだった。

《今のをもう一回読んでくれよ、バジャーノ、今のとこをもう一回だけ、たのむよ。なのにうちのかわいそうなおふくろは、混血児の中に放りこまれたあわれな息子のことを考えて泣いている。だけどそんなことは大したことじゃないさ。『エレオドーラの快楽』を聞いてると知ったらそれこそショック死しただろうよ。バジャーノ、読んでくれよ。洗礼が終わり、みんなはそれぞれの家に帰り、そしてふたたび戻ってきた。おまえがいちばんいやらしかったな、バジャーノ。鞄にしのびこませて、『エレオドーラ』を学校に持ちこんできたんだからな。おれなんぞは、食い物しか持ってこなかったよ、まったく。》少年たちはベッドやクローゼットの上に座って、一心に耳を澄まし、バジャーノの唇の動きをじっと見つめている。バジャーノはねっとりした声で読みつづける。ときおり文の切れ目に立ち止まると、目もあげずに、みんなをじらす。少年たちははじかれたように騒ぎだす、苛立ちや懇願の声が飛びかう。《読んでくれよ、バジャーノ、いいことを思いついたぞ、暇つぶしと小づかいかせぎになる一石二鳥の名案だ。なのにおふくろは、土曜日ごとに、日曜日ごとに神様や聖者たちに祈りをささげる。あの男《ひと》は私たちを悪の道へ引きずりこんで行くのよ。親父は生身のエレオドーラたちにたぶらかされてるんだ。》黄色いページの小さな本を三、四回読んだあと、バジャーノはそれを上着のポケットにしまいこみ、もったいぶった目で級友たちを見まわす。彼らは羨望の眼でバジャーノを見つめている。だれかが思いきって《貸してくれないか》と言いだす。するとたちまちみんなが彼をわっととり囲んで口々に《ちょっとだけ貸してくれよ、すぐに返すからさ、兄弟よ、黒ん坊ちゃんよ》とすがるようにしてたのみこむ。バジャーノはにたっと笑う、巨大な口を開く。瞳がせわしなく動く、小鼻がひくひくうごめく。勝ちほこったような姿勢で立っている。クラスじゅうの者は、彼をとり囲み、名前を呼び、おだてあげる。彼はみんなを容赦なくけなす、《おまえらはきたならしいオナニー野郎だ、聖書でも『ドン・キホーテ』でも読んだらどうなんだ。》みんなが彼をほめそやす、背中をたたいてやる、《黒ん坊ちゃんにはかなわないね、抜け目ないんだから、参っちゃうぜ》と言ったりする。突然バジャーノはひともうけをするチャンスだと気づく。《レンタルでどうだ？》と言う。突きとばされる、おどされる、唾を引っかけられる、《がめついシラミ野郎》とけなされる。彼は大声で笑いながらベッドに寝ころがる。ポケットから『エレオドーラの快楽』をとりだして、みんなの熱っぽい目の前にかざしてみせる。そして卑猥なぶ厚い唇をぱくぱく動かしてそれを読むふりをする。《タバコ五本だ、十本だ、バジャーノ君、黒ん坊ちゃん、貸してくれよ、エレオドーラちゃんとオナニコちゃんをしたいんだ。》まっさきに飛びついたのはボアだった。《そうだろうと思ったよ。黒ん坊が本を読んでるあいだじゅう、ヤセッポチを撫でるボアの手つきを見りゃだれだってぴんとくるさ。さあ、うめいて、じっとこらえるんだな。ほんとうにいいことを思いついたぜ。これで暇つぶしもできるし、小銭もかせげる。アイディアならいくらでもあるんだ。今までそれを活かす場がなかっただけだ。》整列していたアルベルトはまっすぐこちらへやってくる下士官の姿をみとめる。横目でちらっと巻き毛を見るが、彼はあいかわらず前の人間の背中に本をはりつけてそれを夢中で読みふけっている。小さな文字だからさぞ読みづらかろう。アルベルトは危険がせまっていることを知らせてやることができない。下士官は巻き毛を見すえたまま、獲物におそいかかろうとするネコのようにしのび足で近づいてくる。アルベルトは足も肘も動かすことができない。下士官は身がまえて、飛びかかる。巻き毛は小さな叫び声をあげるがもう遅い。あっという間に下士官に『エレオドーラの快楽』を奪いとられてしまう。《だけどやつはあれを踏んづけて、燃やすべきじゃなかった。親父は売春婦どもの尻を追いかけまわして、家を捨てるべきじゃなかった。ぼくたちもディエゴ・フェレーの庭のある家を出るべきじゃなかった。街《バーリオ》もエレーナも知らなければよかった。巻き毛に二週間の禁足を言いわたすべきじゃなかった。エロ小説なんか書きはじめなきゃよかった。ミラフローレスを出なければよかった。テレサを知らなければよかった。彼女を愛さなければよかった。バジャーノは笑っているが、ほんとうは相当がっくりきているようだ。残念な思いや悔しい気持をかくすことができない。ときおり真顔になってこんなことを言う、〈ああ、おれはエレオドーラに恋してたんだ、巻き毛、どうしてくれるんだ？おまえのせいで大事な彼女を失くしちまったじゃないか。〉みんなは〈あらまあ、あら、あら〉と歌いだし、ルンバのリズムに合わせて腰を揺らす。そしてバジャーノの頬やら尻をつねる。ジャガーは気が触れたみたいに突然、奴隷におそいかかり、抱えあげる。歌声が止み、みんなが二人を注目する。ジャガーはバジャーノに向かって奴隷を放り投げる。〈この雌豚をくれてやる。〉奴隷は起きあがって、服のほこりをはらいながら遠ざかる。ボアは背後から彼をつかまえ、ふたたび持ちあげる。ボアの顔が充血し、首の血管がふくれあがる。宙にかかえあげているのは数秒だけで、すぐに荷物か何かのように地面に放りだす。奴隷はびっこを引きながら、ゆっくりと遠ざかる。〈畜生〉とバジャーノは言う。〈ほんとうにくやしいぜ、もったいないことをしちまった。〉するとおれは、〈なんならタバコ半箱と引きかえに、『エレオドーラの快楽』よりもよっぽど面白い話を書いてやるぜ。〉でその朝、おれは家で起きたことを直感した。テレパシーなのか神様のおはからいなのか。おれはおふくろにたずねた、お父さんは？　するとバジャーノは、ほんとうか？　紙とエンピツならここにあるぜ、うまく書いてくれよ。おふくろは、アルベルト、ああ、私たちってなんて不幸なんでしょう、お父さんはいないのよ、私たちを捨ててどこかへ行ってしまったの。おれはクローゼットに座って書きはじめた。バジャーノが本を読んだあのときのように、みんながおれをとり囲んだ。》アルベルトは神経質な文字で文をつづる。何人もの少年たちが彼の肩越しにそれを読もうとする。やがて手の動きが止まり、アルベルトは顔をあげて、そこまでの一節を読んでみる。拍手が湧きおこる。あれこれと口出しをする者もいるが、彼はそれに耳を貸さない。書き進むにつれて、描写がますます大胆になる。卑猥なことばが影をひそめ、かわりに刺激的なイメージが織りこまれてゆく。だが具体的な行為のバリエーションには限りがあり、おなじものが焼きなおされて登場する。前戯や正常な性行為、アナルセックスやフェラチオ、ペッティング、もだえ、からみあい、屹立する性器、指先の愛撫などなど。一篇の小説を書き終えると——表と裏にびっしり書きこんだノート十ページ分——アルベルトは突然霊感を得た者のようにタイトルを宣言する。『肉欲の悶え』。そして熱のこもった声で作品を読みはじめる。クラスのみんなは真剣に耳をかたむける。ときおり笑いが起こる。やがて拍手喝采の渦、でかしたぞと肩を抱きしめられる。だれかが言う、《フェルナンデス、おまえは詩人だ。》《そうだ》とほかの連中も同意する。《すげえ詩人だ。》《その日のうちだったな、手を洗ってるときに、ボアが妙な顔つきをしておれのそばへやってきたのは。さっきのような小説を書いてくれねえか、金はだすからさ。オナニー野郎め、おまえはおれの最初の客になった。一生忘れないぜ。一枚、改行なしで五十センターボだと言ったら、おまえは高いって文句を言ったけど、けっきょく払うことにしたな、それがおふくろの運命だったんだ。そして街《バーリオ》や友だちやミラフローレスから遠ざかった。そしておれは物書きとしての道を歩きはじめ、代金を踏みたおしたやつもいたけど、まあけっこう儲けてきた

よ。》

六月半ばの日曜日である。芝生の上に腰をおろして、アルベルトは、家族と連れだって閲兵場を散策する生徒たちをながめている。数メートル前方に、おなじ三年生だが組の違う若者が座っていることに気づく。手に持った手紙を心配顔で何度も読みかえしている。《雑役係かい？》とアルベルトはたずねる。若者はうなずいて、Cの文字が刺繍してある紫色の腕章を見せる。《禁足をくらうよりもたいへんだな》とアルベルトは言う。《そうなんだ》と若者は応じる。《そのあとおれたちは六組の寮舎へ行き、寝ころがってタバコを吸った。やつは、自分がイーカの出身で、家柄の良くない娘と恋仲になったんで、親父がむりやり、この士官学校に入れたんだと話してくれた。ガールフレンドの写真も見せてくれた。卒業したらすぐにこの娘《こ》と結婚するつもりだと言った。でその日から化粧もやめたんだ、おふくろは。アクセサリーも身につけなくなったし、友だちとのトランプ遊びもやめた。そして土曜日がきておれが帰るたびに、ますます老けこんでゆくようだった。》

「もうその娘《こ》が好きじゃないのか？」とアルベルトはたずねる。「彼女の話になるとどうしてそんな顔をするんだい？」

若者は声を低めて、ひとり言でも言うようにこたえる。

「うまく書けないんだ」

「どうして？」

「どうしてって、手紙を書くのが下手なんだよ。彼女はとても頭がよくて、すごく素敵な手紙を送ってくれるんだけどね」

「手紙を書くなんてわけないよ」とアルベルトは言う。

「あんな簡単なものはないさ」

「そうかな。何を書きたいのかわかってるんだけど、いざ文章にしようと思うとさっぱりだめなんだ」

「どうってことないよ。ラブレターなんか一時間に十通は書いてやるよ」

「ほんとうかい？」と若者は彼を見つめながらたずねる。

《それでおれは何通か手紙を書いてやり、女の子からもその都度返事がきた。雑役係は〈小真珠《ラ・ペルリータ》〉でタバコやらコーラをおごってくれた。そしてある日、八組の黒人《サンボ》を連れてきて、こいつの彼女がイキートスにいるんだけど、ラブレターを書いてもらえないか？　とおれに訊いた。おれは、父さんに会いに行って、どういう考えなのか訊いてこようか？　とおふくろにたずねた。おふくろは、もう何をしてもむだだわ、神様におすがりするしかないの。でミサやら九日間の祈りへ足しげく通いだし、信心についていろいろとおれに口うるさく言うようになった。神様を愛し、慈悲深くなくてはなりませんよ、お父さまみたいに悪の道に入って堕落したらたいへんですからね、おねがいよ。でおれは、いいよとやつに返事した、だけどちゃんと金を払ってもらうぜ。》

アルベルトは思った、《もう二年以上になる。光陰矢のごとしか。》目をつむり、テレサの顔を思い浮かべた。たまらない気持になった。禁足の日々をなんの苦もなくすごすのは今回がはじめてだった。テレサからの二通の手紙さえ彼に外出したいという気持を起こさせなかった。彼は思った、《安っぽい便箋に書いてくるし、字もきたない。彼女の手紙よりも素敵な手紙はいくつも読んできたんだ。》だがそれらの手紙を、だれにも見られないように何度も読みかえしたのだった。（軍帽の裏側にかくした。日曜日に学校へ持ちこむタバコのように。）最初の週にテレサからの便りを受けとると、すぐに返事を書こうとしたのだが、日付を記したあと、うしろめたさとためらいをおぼえ、何を書いてよいのかわからなくなった。どのように書いても無力な偽りのことばであるように思えた。いくつもの下書きを破り捨て、しまいにごく簡潔な文面をしたためた。《トラブルがあって禁足をくらっています。いつ外出できるかわかりません。お手紙どうもありがとう。とてもうれしかった。この足留めが解けたら、すぐにお宅へとんで行ってお会いしたいと思います。》奴隷はたえず彼のあとについてまわった。タバコや果物やサンドイッチをおごったり、プライベートな話を聞かせたりした。食堂の中や整列をする際、あるいは映写会などでは、人を押しのけても彼のとなりに座ろうとがんばった。アルベルトは奴隷の青白い顔やその従順な表情、おとなしい微笑を思いだして、彼を嫌悪した。奴隷がそばへ寄ってくるたびに不快さをおぼえた。話題はけっきょくテレサのことに行きつき、アルベルトはそっけない口調で、ごまかさなければならなかった。ときには親身にふるまって、作戦を考え、知恵をさずけてやった。《手紙で交際を申しこむのはいい手じゃないぜ。直接会って、一対一で、相手の反応を見ながら、持ちかけるもんだ。外出できるようになったら、すぐに彼女の家へ行って、ばっちり決めてくるんだぜ。》奴隷はのっぺりした顔で、まじめに耳をかたむけ、おとなしくうなずくのだった。アルベルトは思った、《外へ出たその日に、学校の門を出てからやつに打ちあけるさ。今これ以上苦しめるのは酷ってもんだ。阿呆面をぶらさげてもうだいぶがっくりきてるからな。そのときがきたら、やつにこう言ってやろう、悪いけどあの娘《こ》は気に入った、会いに行ったらただじゃ済まないからな、いいな？　女の子だったらほかにいくらもいるんだ。でそのあと彼女のところへ行って、ネコチェア公園へ連れて行こう。》（あの公園は海岸道路のつきあたりにある。そこは切りたった黄土色の断崖の上で、ミラフローレスの海は音をたててその断崖に波を打ちつけている。公園の縁に立つと、冬なら、亡霊の姿でも見えそうなながめである。霧をすかして、はるか下の方にがらんとした岩場が黒く濡れている。）彼は思った、《一番奥のベンチに座ろう。丸太の手すりのそばがいい。》陽ざしがあたって、顔と体がぽかぽかと暖まっていた。瞼に浮かんだ光景が消えてしまわないように、もうしばらくそのまま目を閉じていたかった。

　目をさましたときには、すでに太陽がかくれ、あたりはほの暗くなっていた。体を動かすと、背中のあちこちが痛かった。頭も重い。やはり木の床の上の寝心地はよくない。頭がもうろうとして、なかなか起きあがることができない。何度もまばたきをする。タバコを吸いたいと思う。足もとをふらつかせながらどうにか立ちあがった。窓の外の様子をうかがう。庭はがらんとしていた。セメント壁で仕切られた各教室にも人気がなかった。いったい何時だろう？　夕飯を知らせる笛は七時半に鳴るはずであった。アルベルトは周囲を注意深く観察する。学校は死んだように静まりかえっていた。〈隠れ処〉をおりて、足早に庭とそれに隣接する一群の建物を横切った。だれにも出くわさなかった。閲兵場まできて、ようやくビクーニャを追いかけまわしている何人かの生徒たちを目撃した。閲兵場のはるか前方、一キロほどはなれたところで、緑色のコートを着こみ二人ひと組になって中庭を見まわっているであろう歩哨たちの姿を思い浮かべた。今ごろは寮舎のざわめきが外にまであふれだしているだろうと思った。タバコが吸いたくって仕方がなかった。

　五年生の中庭まできて立ち止まった。それを横切らずに、引っかえして衛兵所に向かった。水曜日なので、手紙がきているかもしれないと思った。戸口のところに何人かの生徒たちが群がっていた。

「通してくれ、当直将校に呼ばれたんだ」

だれも動かなかった。

「列に並んだらどうなんだ」とだれかが言った。

「手紙を受けとりにきたんじゃねえんだ」とアルベルトは言った。「将校に呼ばれたって言ったろ」

「おれの知ったことか。並ぶんだな」

並んだ。ひとりが出てくるたびに、列がにわかにさわがしくなった。だれもかれもわれさきになかへ入りたがった。アルベルトは見るともなしに扉にかかった《日程表》をぼんやりとながめた。《五年生。当直将校、ペドロ・ピタルーガ中尉。下士官、ホアキン・モルテ。有効人数、三六〇名。医務室に入院中の者、八名。通告、九月十三日当番の歩哨に対する禁足処分を解除す。学年担当大尉署名。》最後のくだりを二度三度と読みかえしてみた。大声で、こん畜生とさけんだ。衛兵所の奥からペソア軍曹がどなった。

「今こん畜生と言ったやつはここへ来い」

アルベルトは寮舎に向かって走っていた。心臓がはげしく鼓動を打っていた。入口でアロースピデに出くわした。

「禁足処分が解かれたんだ」とアルベルトはさけんだ。

「大尉がいかれちまったのかね？」

「そうじゃないさ」とアロースピデが言った。「知らないのか？　密告したやつがいるんだ。カーバは独房に入ってるんだ」

「なんだって？　密告された？　だれに？」

「さあ。じきにわかるだろうさ」

アルベルトは寮舎に入った。異変を知らせるように緊迫した空気が流れていた。しいんと静まりかえった室内で、彼の靴音は異様なほどかん高くひびいた。みんなは寝台に寝ころがったまま、目で彼の動きを追った。アルベルトは自分の寝台まで歩いていった。あちこちに視線を向けて、ジャガーや巻き毛やボアの姿をさがしたが、三人ともいなかった。となりの寝台ではバジャーノが手に持っていたプリントに目をとおしていた。

「だれが垂れこんだのかわかったのか？」とアルベルトはたずねる。

「まだだ」とバジャーノ。「カーバが追いだされる前につきとめなくちゃならねえけどな」

「ほかの連中はどうした？」

バジャーノは顎を突きだして、便所をさした。

「何をやってんだ？」

「知らないね。相談してんだろう」

アルベルトは立ちあがって奴隷の寝台へ歩みよった。

空だった。便所の開き扉を思いきり押した。クラスじゅうの視線が自分の背中に向けられているのを感じた。ジャガーをまんなかに三人は、便所の片隅にしゃがんでいた。三人は振り向いてアルベルトをにらんだ。

「何の用だ？」とジャガーは吠えた。

「小便だ。いいだろ？」

「駄目だ、出てけ」

アルベルトは寮舎にもどり、奴隷の寝台へ向かった。

「どこにいるんだ？」

「だれが？」とプリントに目を向けたままバジャーノが訊きかえした。

「奴隷だよ」

「外出中」

「なんだって？」

「授業が終わってから出たんだ」

「外へ？　ほんとうか？」

「ほんとうもうそもねえだろ、出るっていえば、外に決まってるじゃねえか。おふくろの具合が悪いんだ」

《密告野郎、うそつきめ、おまえのやりそうなことだよ、何しに街へ出たんだ？　おふくろがほんとうに死にかけてるのかもしれない、今すぐ便所に入っていって何もかもぶちまけたらどうだろう？　ジャガーよ、密告した野郎は奴隷なんだ、ま、待ちなって、今行ったってしようがねえんだ、やつは外へ出てるんだからな、おふくろが病気だってみんなに信じこませたんだ、まあわてることもないさ、どうせいまに戻ってくるんだ、おれも組織に入れてくれよ、おれもカーバの仇《かたき》をとりたいんだ。》だがカーバの顔は靄《もや》がかかったようにかすんで、それとともに組織の連中や寮舎内のほかの生徒たちの姿もおぼろげになってゆく。心の中に渦まいていた怒りや軽蔑の思いも急速に薄れてゆく。代わりにおなじ靄の中からべつの顔が浮かびあがってくる。かすかな微笑を浮かべるあのもの悲しげな奴隷の顔だ。アルベルトは自分の寝台にもどって寝ころがる。ポケットをさぐるが、二、三本のタバコくずしか出てこない。悪態をつく。バジャーノはプリントから目をはなして、一秒ほど彼を見つめる。アルベルトは顔の上に片腕をのせる。心臓がはげしく高鳴り、神経がぴりぴりしている。ぼんやりと思う、もしかしたら自分が地獄の苦しみにさいなまれていることをだれかに見ぬかれてしまうかもしれないと。ごまかすためにわざと声をたてて大げさなあくびをする。《おれはなんて間抜けな男なんだろう》と思う。《やつは今夜おれを起こしにくるだろう。そんな面をぶらさげてくるだろうと前から思ってたよ。目に見えるようだ。なんて卑劣なやつだ、とおれに言う。映画に誘ったんだってね、ラブレターを交わしあってるんだってね、なのにぼくにすべてをかくしてた、ぼくが君に彼女のことをしゃべってるあいだ君は腹の中でぼくをせせら笑ってたのか、それでわかったよ、だから君は、やれ手紙を書くのはいやだとか、気が進まないとか、あれやこれやいい加減なことを言ってたんだな。だけどやつは口を開く間もないだろうよ。おれを揺り起こしてるひまなんてないさ。近づいてきたらおれはやつに飛びかかって、床に押したおし、容赦なく引っぱたいてやるつもりだ、そしてみんなにさけんでやる、おいみんな起きろよ、つかまえたんだ、カーバを売ったきたならしい密告野郎の首ねっこを押えてやったぞ。》だがそれらの夢想はまたべつの夢想とからみあう。そして寮舎があいかわらず静まりかえっているというのは無気味だ。目を開けると、腕の間から寮舎の窓の一部や天井や黒い空や閲兵場の照明灯のおぼろげなかがやきが見える。《やつはもうあっちに行ってるかもしれない、バスをおりて、リンセの街を歩いてるところなんだ、彼女と一緒にいるだろうか、交際を申しこんでるんじゃないか。あんな親父なんか二度と戻らなければいいんだ、お母さん。お母さんはアルカンフォーレスの家に置き去りにされればいいんだ。おれもお母さんを置いてアメリカに行っちまうよ。そして二度とこんなところへ戻ってこないんだ。だけどその前に何がなんだって、あいつのあのいも虫のような面をたたきつぶさなけりゃならんのだ。踏んづけて、みんなに知らせるんだ。密告野郎のけがらわしい面をめちゃくちゃにしてやったぜ、どうなんだ？　見ろよ、さわってみろよ、臭いを嗅げよ、舐めてみろよ。そしてリンセへ行ってあの小娘に言うんだ、おまえなんか一文《いちもん》の値うちもねえんだ、あの腑抜けの密告野郎とちょうどお似合いだよ。》アルベルトはきしんで音を立てる狭い寝台に横たわって体をこわばらせている。上段のマットレスをじっと見つめたまま、身じろぎひとつしない。重みでさがった底の金網が破れて、上段の寝台が今にどっと落ちてきて、彼を押しつぶすのではないかと思う。

「何時だ？」とバジャーノにたずねる。

「七時だ」

起きあがって外へ出る。アロースピデはポケットに手を入れてまだ戸口に立っている。生徒がふたり、中庭の中央で口論しているが、その様子を興味深げにながめている。

「アロースピデ」

「何だ？」

「街へ出る」

「結構だね」

「脱走するつもりだ」

「ご随意に」とアロースピデが言う。「歩哨どもと話をつけるんだな」

「夜じゃないんだ」とアルベルトがこたえる。「今すぐずらかるつもりだ。みんなが食堂へ行進してる最中にだ」

アロースピデはアルベルトの方に向きなおり、その顔をまじまじと見る。

「デート、パーティー、どっちなんだ？」

「点呼のとき、いることにしてくれないか？」

「困ったね」とアロースピデが言う。「おまえがつかまったら、おれもそのとばっちりでひどい目にあうんだぜ」

「つぎの点呼だけたのむよ」とアルベルトはねばる。「報告書には《全員出席》とだけ書けばいいんだからさ」

「じゃつぎの点呼だけだぞ。あとで臨時の点呼があったら勘弁してもらうぜ」

「ありがとう」

「グラウンドのほうから出るんだろ？」とアロースピデは言う。「はやく隠れたほうがいいぜ。笛がもうすぐ鳴るぞ」

「わかってる」

アルベルトは寮舎に戻って、クローゼットを開けた。二ソル残っていた。バス賃には充分だった。

「一回目と二回目の歩哨はだれなんだ？」とバジャーノにたずねた。

「バエナと巻き毛」

バエナのところへ行って交渉した。出席扱いにすることを了解させた。それから便所へ立ち寄ったが、三人はまだおなじ所にうずくまっていた。彼を見るやジャガーは立ちあがった。

「さっき言ったことわからなかったのか？」

「巻き毛に話があるんだ」

「話ならてめえのばばあにしろ、出てけ」

「今から脱走するんだ。巻き毛に出席扱いにしてもらいたい」

「今からか？」とジャガーはおどろいた様子でたずねた。

「ああ」

「わかった」とジャガーは言った。「カーバのこと聞いたろ？　だれが密告したのか知ってるか？」

「知ってたらもうはり倒してるさ。決まってるじゃないか。まさかおれがカーバを売ったなんて思ってないだろうな？」

「おまえのためにそうねがいたいね」

「密告野郎はだれにも手をつけさせないぞ」とボアが口をはさんだ。「このおれがじっくりと料理してやるぜ」

「おまえは黙ってろ」とジャガーはどなった。

「『インカ』一箱と引きかえに出席ってことにしてやるぜ」と巻き毛が言った。

　アルベルトは肯いた。寮舎にもどると、整列を命ずる笛の音と下士官のかけ声を耳にした。彼は走りだした。まばらな列のあいだをぬって、稲妻のごとく中庭を駆けぬけた。ほかの学年の将校たちに見とがめられないように、手で肩章をかくしながら閲兵場をつき進んでいった。三年生の寮舎前では、部隊はすでに整列し終わっていた。アルベルトは走るのをやめて、なにげない風を装いながら足早に歩いた。学年担当将校の前を通るとき、敬礼した。中尉も機械的に挨拶を返した。寮舎から遠ざかってグラウンドにさしかかると、いくぶん心がおちついた。兵士たちの宿舎をぐるっとまわった。中から笑い声や悪態が聞こえた。学校の境界線に沿って塀が直角に交わる地点まで走っていった。そこにはほかの者たちが脱走に使ったレンガや泥煉瓦《アドーベ》が積みあげられたままになっていた。地面に突っ伏して、四角い緑色のサッカー場の向こうに並ぶ建物群を注意深くながめた。ほとんど何も見えなかった。笛の音だけが耳に届いた。部隊は食堂に向かって行進しているはずであった。兵士たちの宿舎の周辺にも人影がなかった。うつ伏せたままの状態で、レンガをいくつかたぐり寄せ、塀の下に積みあげた。はたして腕の力は大丈夫だろうか？　いままで何度か、向こう側にある《小真珠《ラ・ペルリータ》》の近くから脱走したことがあった。今一度まわりをぐるっと見まわした。そしてさっと起きあがって、レンガの上にのぼり、腕をのばした。

　塀の表面はざらざらしていた。アルベルトは腕を曲げて、目がかろうじて塀のてっぺんにとどく高さまで体を引きあげた。人気のない、ほとんど闇に包まれた原っぱが目に入る。遠くのほうに、プログレソ通りを縁どる椰子の並木も見える。だがそれはわずか二、三秒だけで、手がしびれて、視界はすぐに塀にさえぎられてしまう。もっとも手はまだ塀のへりをつかんでいる。《奴隷め、このお返しは絶対にしてもらうからな。あの女の前で首ねっこをへし折ってやる。おれが落っこちて足でも折っちまったら、家の者が呼びだされるだろうよ。親父がきたら、何もかもぶちまけてやる。おれは脱走したんで学校を追いだされたけど、あんただって家から逃げだして売春婦どもの所へしけこんでるじゃないか、そっちのほうがよっぽどひどいじゃないか。》足やひざが塀のざらざらした表面をこする、小さな出っぱりやくぼみをさぐる、しがみついて這いのぼる。塀の上で、アルベルトは猿のように身を縮め、すばやく着地しやすい平地をさがす。飛びおりる。地面にぶつかって、うしろへ転ぶ。目をつむり、頭とひざをしきりにさする。座りこむ、まわりを見まわす、立ちあがる。走りだす。苗を踏みつけながら畑を横切る。やわらかな土のなかに足がめりこむ。草の葉先がくるぶしをつき刺す。靴の下で茎が折れる。《まったく、無茶なことをしたもんだ。だれかに見られたらどうするんだ？　その軍帽はどうした？　その肩章はなんだ？　おまえは逃げてきた生徒だな？　まるで親父そっくりだ。金の足《ピエス・ドラードス》のところへ行こうか？　こう言ってやるんだ、お母さん、もういい加減にしてくれよ、あんなもの受けとったらいいじゃないか、もう年なんだし、信仰心さえあれば充分じゃないか。だけどあのふたりは絶対にただじゃ済まないからな、それにあのくそばばあもだ、あいつの叔母さんだ、あの取りもちばばあ、あのお針子め、あのいんちき女、あのいまいましい女め。》バス停にはだれもいない。向こうからちょうどバスがやってきたので、彼は走っていって飛びのった。ほっと胸をなでおろす。バスの中は混んでいた。窓の外はすっかり暗くなっている。あっという間に夜になったのだった。だが窓の外が見えなくても彼には、バスが今、原っぱや畑のあいだを走っていることがわかる。やがていくつかの工場をあとにし、トタン板とダンボール紙でできた貧民街を抜け、闘牛場の前をとおって行くはずであった。《やつは部屋に入っていって、あの気弱な笑いを浮かべて、こんにちはって彼女に挨拶したろうよ。彼女は、ようこそ、どうぞおかけになって、とこたえたはずだ。ばばあも出てきて、ぺちゃくちゃとくだらんことをしゃべり、じゃどうぞごゆっくり、お坊っちゃま、と言ってやつらをふたりきりにして、どこかへ行ったにちがいない。するとやつは、これこれしかじかのことがあってね、なかなか出られなくってさ、それでさ、アルベルトにたのんで、どうのこうの。ああアルベルトね、一緒に映画を観に行ったんだけどそれだけよ、手紙も書いてあげたの。ああそう、ぼくは君にぞっこん惚れてるんだ、とかなんとか言って口づけをしたんだ、今も口づけをしてるんだ、あの野郎、おれが着いても、きっとまだ口づけをしてやがるんだろう、畜生、現場をおさえてやるんだ、ふたりが乳くりあってる現場を、素っ裸でからみあってる現場を、畜生。》アルベルトはアルフォンソ・ウガルテ通りのバス停で降りて、ボログネーシ広場に向かって歩きだす。カフェーから出てくる勤め人や役人風の男たちとすれちがう。街角に立ち止まって雑談する人々もいる。自動車の往来のにぎやかな街路を四つほど順番に横切って広場に出る。広場中央の円柱の上に、英雄の銅像がある。チリ軍の銃弾の雨を浴びて、街灯から遠くはなれた暗がりの中で、まさに倒れようとしている。《祖国の聖なる旗に誓うか？　英雄たちの流した尊い血に誓うか？　おれたちが例の小さな浜辺をめざして断崖をおりてるときに、プルートは言った、おい上を見ろよ、上を見ると、そこにエレーナがいた、おれたちは誓うとこたえて行進した、大臣は鼻をかんでいた、鼻くそをいじっていた、であわれなおふくろはトランプ遊びをやめた、パーティーもやめた、夕食会やら旅行もおしまい、お父さん、サッカーに連れてってよ、あれはおまえ、黒ん坊がやるスポーツだよ、来年になったらレガータス・クラブの会員にしてやるよ、おまえもかっこうよくやれるぞ、それであんたはいかがわしい女たちの所へ走っていったんだ、あの浮気なテレサみたいにさ。》コロン通りを歩いている。まるでゴーストタウンみたいにがらんとしている。別の時代に迷いこんだような気がする。十九世紀の箱型の家が立ち並ぶ。かつての華やかな邸宅は今は見る影もない。壁にごてごてと落書きが書きなぐられ、通る車もない。ベンチやら銅像はあちこちいたんでいる。アルベルトはミラフローレス行きの急行《エスプレソ》バスにのりこむ。車内灯はこうこうとともり、まわりは冷蔵庫のようにぴかぴかとかがやいている。乗客たちは笑わないし、雑談もしない。ライモンディ学園のバス停で下車し、リンセの陰気な街並みに分け入ってゆく。さびれた雑貨店、弱々しげな街灯、ほの暗い家々。《男の子とデートしたことがないって言ってたよな、ええ？　どんなかわいい面をしてそんなことを言うんだよ、何をぬかすんだ、奴隷に都心の映画館に連れてってもらえるのかよ、公園や海へ連れてってもらえるのかよ、週末のチョシーカやアメリカへ連れてってもらえるのかよ、ええ？　どうなんだよ、お母さん、話があるんだ、イモみたいな変な女が好きになっちまってえらい目にあったよ、お母さんがお父さんに浮気されたみたいに、おれはさっそくあの女に裏切られちまったよ、それも結婚する前にだよ、交際を申しこむ前にだよ、なんてことだ、いったいどういうことだ。》テレサの家の近くまでやってきた。壁際に体を寄せ、影の中にひそんだ。四方八方にすばやい視線を走らせたが、どこにも人影はなかった。背後の家から物音が聞こえた。だれかがのんびりと戸棚でも片づけているような気配が感じられた。髪の毛をなでつける。頭髪の分け目を指でなぞって乱れていないことをたしかめる。ハンカチをとりだして、額と口を拭う。シャツをととのえる。右足をあげて、靴先を左足のズボンの裾でこする。同じ動作を左足の靴先でもくりかえす。《なかに入って、笑いながらふたりに手を差しだそう、邪魔してわるいね、すぐに引きあげるから、テレサ、ぼくが送った二通の手紙を返してもらおう、君のはこれだ、おまえはじっとしてろ、奴隷、話はあとで男同士でつけようじゃないか、女の子の前で見苦しいまねはよそう、だけど男同士と言ったって、きさまは男だったっけ？》アルベルトはドアの前に立っている。聞き耳をたてるが、なかから何も聞こえてこない。だが人がいることはたしかだ。ドアの縁から明かりがもれている。今手でさっと空を切るようなかすかな音を聞いたような気もした。《おれはオープン・カーで乗りつけるんだ。アメリカ製のシューズに絹のシャツ、フィルター付きのタバコに皮のジャケット、赤い羽を刺した帽子、ホーンを鳴らして、乗れよ、とふたりに言うんだ、きのうアメリカから帰ってきたんだ、少しドライブでもしようぜ、オランティアのおれの家に立ち寄ろう、女房を紹介するよ、アメリカの女性でさ、女優をやってたんだ、おれが大学を卒業した年にハリウッドで結婚したんだ、さあ、奴隷もテレサも乗れよ、ラジオでも聞きながら行こうか。》

　アルベルトは二度ほどドアをノックする。二回目はより強く。しばらくして玄関口に人影があらわれる。若い女性のように見えるだけで、表情はわからない。なかからの明かりは娘の肩と首のつけ根だけを照らしだしている。《どなたですか？》と彼女はたずねる。アルベルトは黙っている。テレサが体をすこし左に寄せると、電灯のかすかな光線はアルベルトの顔を照らしだす。

「やあ」とアルベルトは言う。「彼にちょっと話があるんだ。急ぎの用なんだ。ちょっと呼んでもらえないか」

「こんばんは、アルベルト」と彼女は言う。「暗いからわからなかったわ。どうぞ、お入りになって。びっくりしたわ」

アルベルトはなかに入って、表情をこわばらせたまま、だれもいない部屋のなかをしきりにながめまわす。部屋を仕切っているカーテンが揺れ、乱れた大きなベッドとその脇の小さなベッドが目に入った。アルベルトは表情をやわらげて振りかえる。テレサはうしろ向きになってドアを閉めている。向きなおる前に、彼女は手ばやく髪をなでつけ、スカートのしわをのばす。ふたりは向かいあう。アルベルトは不意に、目の前の娘の表情に、この数週間学校で何度も思い浮かべた凜とした強さがないことに気づく。今そこにあるのはやはりメトロ館で見た顔であり、別れぎわに戸口のところで自分を見送ったあの顔である。怯えたような表情、気恥ずかしそうな視線、夏の太陽をまぶしがるようなまばたき。テレサは微笑を浮かべながらもとまどっている風である。手を組んだりほどいたりしている。体の脇に腕をだらりと垂らしたかと思うと、片腕をあげて壁によりかかる。

「学校を抜けだしてきたんだ」とアルベルトは言う。顔を赤らめ、目を伏せる。

「抜けだした？」テレサはあっけにとられたように口を開け、心配そうな目でアルベルトを見つめる。手はふたたび重ねられ、宙に停まっている。

「何があったの？　話して。さあ、おかけになって。だれもいないわ。叔母さんは出かけたの」

彼は顔をあげて口を開く。

「奴隷はこなかったの？」

彼女は目を大きく見開いて首をかしげる。

「だれ？」

「リカルド・アラナ」

「ああ、なんだ」と彼女はほっとして言う。ふたたびほほえんでいる。「角に住んでる男の子ね」

「君に会いにきただろ？」

「わたしに？　いいえ、どうして？」

「ほんとうのことを言ってくれ」と彼は声をはりあげる。「来たんだろ？　うそを言ったって……」アルベルトは口ごもる。口のなかで何かをもぐもぐ言ったが、けっきょく黙ってしまう。

テレサは頭をわずかに動かして、真剣な面持ちで彼をじっと見つめている。手は体の両脇に垂れたままぴくりとも動かない。もっとも目には新しいかがやきが宿った。まだあいまいだがいたずらっぽい光だ。

「どうしてそんなこと訊くの？」ゆったりしたやさしい口調であるが、からかうようなひびきもまじっている。

「奴隷は外出したんだ」とアルベルトは言う。「君に会いにきたのかと思った。お母さんの具合が良くないっていう口実で出してもらったんだ」

「どうして私に会いにくるの？」

「君が好きだからだよ」

今度はテレサの顔全体がぱっとかがやいた。頬にも唇にも額にもいきいきとした光がともった。すべすべした額にかかるように、前髪がゆるやかなウェーブを描いている。

「知らなかったわ」とテレサは言う。「あの人とはちょっと話したことがあるだけで、べつに……」

「それでぼくも抜けだしてきたんだ」とアルベルトは言う。口をぽかんと開けたまましばらく黙っている。ようやくことばをつぐ。「やきもちを焼いてたんだ。ぼくも君が好きだ」

7

彼女は実にきれい好きでおしゃれな女の子だった。ほかの女の子たちとまるでちがっていた。服をたくさん持っていたわけではない。むしろその数はすくなかった。勉強をしているときに、インクで手を汚すと、本を投げだして、急いで手を洗いにいった。ノートにほんの小さなインクの染みができても、そのページを破って、最初から書きなおした。《それじゃ時間がもったいないよ。そこだけ消したら？　カミソリを貸してごらん、きれいに消せるんだから。》だけど彼女は承知しなかった。それだけはどうしてもがまんできないようであった。唇をとがらせ、眉間に皺を寄せた。黒髪の下で、こめかみの血管がぴくぴく震えた。だけど手を洗ってもどってくると、またいつもの笑顔を浮かべているのだった。学校へは、制服を着ていった。

スカートが紺で、ブラウスが白だった。学校からもどってくるテレサに何度か出くわしたが、その制服はいつも清潔できちんとしていた。《すごいなあ、皺が寄ってないし、染みひとつついてない》と、その度に感心したものだ。テレサはチェックのワンピースを着ることもあった。襟のところはリボンで留められるようになっていた。袖なしのワンピースだったので、上にシナモン色のセーターを羽織った。いちばん上のボタンだけを留めると、セーターの裾が風になびいて、とても素敵に見えた。それは、親戚の家へ遊びに行くときに着る、日曜日の外出着であった。日曜日がやってくるたびにぼくは、憂鬱になった。平日には、朝起きると、ベジャビスタ広場へ行ってベンチに腰をおろした。あるいは映画館のスチール写真をながめながら、テレサがドアを開けて、家から出てくるのをじっと待ちかまえた。彼女はよく、映画館のとなりにあった中国人ティラウの店へパンを買いにきた。ぼくは偶然をよそおい彼女のそばへ寄って、《よくここで会うね》と声をかけたりした。店が混んでいるときは、テレサが外で待って、ぼくだけが人ごみをかきわけてなかへ入った。ティラウはいいやつで、先に注文を聞いてくれた。ある時、ぼくたちが入っていくと、《やあ、恋人たちのお出ましだ。いつものでいいかい？　焼きたての菓子パン一箇ずつだな？》と彼が言ったので、居あわせたお客たちはどっと笑い、ぼくとテレサは顔を赤くした。《こら、ティラウ、冗談はやめて、はやくしてくれ。》しかし日曜日はパン屋も休みだった。ぼくは映画館の入口や広場のベンチに陣取って、テレサとおばさんの様子をうかがった。ふたりはバス停でコスタネーラ行きのバスを待った。ぼくはときおり、なにげなさそうにポケットに手を突っこんで口笛を吹き、小石か瓶の蓋を蹴りながら、ふたりに近づき、《おばさん、こんにちは。やあ、テレサ》と声をかけた。そして立ち止まらずにそのまま通りすぎて、ぶらぶらと自分の家か、サンエス・ペニャへと向かうのだった。

テレサは月曜日の夜もそのチェックのワンピースとセーターを着た。おばさんと連れだってベジャビスタ映画館の夜の部へ出かけることにしていた。ぼくは母に、ノートを借りてくるといって、広場へ行き、映画が終わるのを待った。そしてテレサが映画館から出てきて、おばさんと観たばかりの映画の話をしながら帰ってゆくその姿をながめたりした。

テレサの普段着は茶色のスカートだった。だいぶくたびれたスカートで、すっかり色あせていた。おばさんがそのスカートを繕っているのを何度かみかけたことがある。とても上手に継ぎをあてたので、ほとんど目立たなかった。なるほどプロだな、とぼくは思った。テレサが自分でスカートを繕うときは、学校からもどってもしばらくは着替えなかった。そして制服をよごさないように、椅子の上に新聞紙を敷いた。茶のスカートを穿《は》くときは、三つボタンの白いブラウスを着た。三つのボタンのうち下の二つだけを留めたので、襟もとが開いて、褐色の長い首があらわになった。冬には、白いブラウスの上に、例のシナモン色のセーターを着こんだが、ボタンは留めなかった。《ずいぶんおしゃれだなあ》とぼくは思うのだった。

靴は二足しかなかった。選択の余地はなかったが、それでもいろいろと神経をつかっていたようだ。学校へは黒い編み上げ靴を穿いて行った。それは男ものの靴を思わせたが、彼女の小さな足にぴったりだったので、おかしくは見えなかった。靴はいつもぴかぴかに輝いていた。学校からもどるとすぐに靴を脱いで磨いていたのだろうと思う。彼女が帰宅するのをみはからって、ぼくが彼女のところを訪ねるわけだが、そのときにはすでに彼女は白い靴に穿き替え、黒い靴はきれいに磨かれて台所の入口にそろえて置いてあった。毎日靴墨を塗っていたわけではないと思うけど、布切れか何かでこまめに磨いていたにちがいない。

白い靴は古ぼけていた。彼女が何げなく脚を組んで片方の足を宙に浮かせると、靴底が擦り減って、ところどころに虫が食ったような小さな穴が見えた。いつか彼女がテーブルにぶつかってすごい悲鳴をあげたことがあった。おばさんが飛んできて、靴を脱がして足をさすっていたが、その時、靴のなかに入れてある厚紙が見えた。《靴底に穴があいてるんだな》とぼくは心のなかで思った。彼女がその白い靴を手入れしているのを見たことがある。表面を白いチョークで、宿題をやる時のように、実に注意深く丹念に塗りつぶすのだった。できあがるとそれは真新しい靴のように白く輝くが、それも束の間のことで、何かに触れたりすると、たちまちチョークははげて、白い靴はしみだらけになった。ぼくは思った、《チョークをいっぱい持っていれば、靴をいつもきれいにしておくことができるのに。チョークを持ち歩けば、色がはげるたびに、ポケットからチョークを取りだしてさっと塗ればいいんだ。》学校のむかい側に文房具屋があったので、ある日、チョーク一箱いくらするのか訊いてみた。大箱が六ソルで小箱は四ソル五十センターボ、ということだった。そんなに高いものであるとは予想していなかった。イゲーラスにまた借金を申しこむのは少し気が引けた。この前の一ソルはまだそのままになっていた。何度か酒場に連れてってもらい、ぼくらはだいぶ親しくなっていた。彼はいろんな小咄を聞かせてくれた。学校の様子を訊いたり、タバコをくれたりした。煙で上手に輪をつくるこつや鼻から煙を吐き出す要領も教えてくれた。ある日、思いきって四ソル五十センターボ貸してもらえないかとたのんでみた。《いいよ、いくらでも貸してやるよ。気にするな。》そして使い道も聞かずに金を渡してくれた。ぼくは文房具屋に駆けこんで、チョークを買った。《テレサ、これを買ってきてあげたよ》と彼女に言うつもりだったし、ドアをノックしたときもまだそのつもりでいたが、いざ彼女と顔を合わせると、気おくれしてしまい、《学校でこんなものもらったよ。チョークなんだ。ぼくが持ってたってしようがないから、あげようか？》としか言えなかった。《ええ、ちょうだい》と彼女はこたえた。

悪魔が存在するなんておれは信じねえ。だけどジャガーを見てると、自信がぐらついてくる。やつは何も信じねえと言うけど、あれは嘘だ、恰好をつけてるだけだ。その証拠に、アロースピデが聖《サンタ》ローサのことを悪く言ったとき、やつを殴ったじゃねえか。《おふくろは聖《サンタ》ローサの信者だったんだ。聖《サンタ》ローサにけちをつけるのは、おれのおふくろにけちをつけるのとおなじことだ。》悪魔はきっとジャガーにそっくりにちがいねえ。おなじ笑い方で、やはり尖った角をはやしてるんだ。《おい、カーバが連れて行かれるぞ》とやつはあのとき言った、もう何もかもばれちまったんだ、そして突然げらげら笑い出した。巻き毛とおれは、ぎくっとして声も出なかった。ふたりとも不安な思いにかられた。いったいやつはどうやってそんなことがわかったんだ？　おれはいつも夢見る、こっそりと背後からやつに近づいて、パンチを一発食らわせ、もののみごとに地面に沈めてしまうことをな。これでも食らえ、パチン、ゴツン、ボカン。地面にのびて、正気に戻ったときのやつの顔が見てえもんだ。巻き毛もおれとおなじことを考えてるにちがいねえ。ジャガーはまったくひでえ野郎だよ、ボア、ああいうのはねえぜ、と巻き毛があの午後話しかけてきた、田舎っぺがつかまるって言い当てたろう？　その後《あと》やつがどんな風に笑ったか見たろう？　もし田舎っぺがおれだったとしても、やはりあいつはげらげら笑い転げただろうよ。だけどしばらくしてやつは狂ったように怒りだした。もっともそれは田舎っぺのことを思ってじゃねえ、自分のメンツを考えてのことだ。《この仕打ちはおれに対して行なわれたもんだ。このままじゃ済まねえからな、必ず思いしらせてやる。》だけど独房に入れられちまってるのはカーバの方だぜ、ああ、ぞっとするよ。もしサイコロを振っておれが当たってたら？　一度ぐらいジャガーのやつが貧乏くじを引けばいいんだ。どんな顔をするか、その面をおがみてえもんだぜ。誰もやつに泡を吹かせたことがねえ、それが一番憎らしい、いつも先を読んじまうんだ。動物どもは鼻が利く。臭いを嗅げば、たちまち全てを悟る。鼻から息を吸いこむだけでこれから起きることを察知できるっていうことだ。うちのおふくろがおれに言った。一九四〇年の大地震を忘れられない、変な予感がしたのよ、街中の犬が気が狂ったように走りまわって、狼みたいに遠吠えをしたりしてさ、まるで、角をはやし針金の髪をした悪魔を見たようなひどい騒ぎだったよ、それからしばらくして、ぐらっときたそうだ。ジャガーとおんなじだ。あいつもさっと表情が変わったかと思うと、《垂れこんだやつがいる》と言った。《聖母に誓って、間違いないぜ。》ワリーナやモルテの影も形もまだ見えねえ時だった。足音はむろんのこと、二人がこれから姿を現わすなんて思いもよらなかった。なんて恥知らずな野郎だ。将校や下士官に見られたわけじゃねえんだ。もしそんなことがあったのなら、とっくに三週間もまえに追い出されてるはずさ。まったく反吐《へど》が出るよ。おれたちのなかの誰かだ。犬っころどもか四年生の誰かにちがいねえ。四年生のやつらも犬っころども、かわりゃしねえ。ちょっとばかし図体がでかくて、ちょっとばかし頭が働くかもしれねえが、犬っころどもとかわりゃしねえ。おれたちは今も昔も犬じゃねえ。組織のおかげだ、足蹴にされたことなんてありゃしねえし、大きな顔してのし歩いた。むろんそうなるためにはずいぶん苦労したけどな。四年生のおれたちにベッドをつくれと命令できる度胸のある五年生はひとりもいなかった。そんなやつがいたら、張り倒して唾を吐きかけてやらあ。ジャガー、巻き毛、カーバかっぺ、ちょっと手を貸してくれ、このおかま野郎をちょっと可愛がってやろうぜ、おれはもうくたびれた。十組のチビスケどもさえ一目置かれた。全部ジャガーのおかげだ。洗礼されなかったのはやつだけだからな。みんなに模範を示してくれた。男はこうでなくちゃいけねえとな。あの頃はよかった。今よりもっと楽しかった。だけどあの頃に戻りたいとは思わねえ。はやく卒業してしまいたいくらいだ。田舎っぺの一件で何もかもがふいにならなけりゃの話だがな。もしあいつが臆病風に吹かれて、おれたちみんなを巻きこんじまったら、首の骨をへし折ってやる。おれはやつを信じてるよ、と巻き毛は言った、やつは焼き鏝《ごて》を当てられても口を割りゃしねえ。卒業までもうちょっとだってのに、汚ならしいガラス一枚のために、何もかもおじゃんになっちまうんじゃ、泣くにも泣けねえや、ああ。また犬っころどもの仲間入りをするなんてこりごりだね。あと三年もこんな所で過ごすなんてがまんできねえ。ここがどんなところかわかった今となっちゃ、なおさらのことだ。犬っころどもの中には、自分は軍人になるんだとか、やれ空軍に入るんだ、海軍に入るんだとかぬかすやつがいる。白ん坊どもはそろって海軍に入りたがる。そんなのは最初のうちだけだぜ、二、三ヶ月経ったところで、そんな科白《せりふ》を聞かせてもらいてえよ。

部屋は花の咲きこぼれる、広くて色どり豊かな庭に面していた。窓は開けはなたれ、濡れた芝生の青い匂いが彼らのところまで流れこんだ。エル・ベベはもう一度レコードをかけた。これで四度目だった。そして命じた。《さあ、起きろよ、ぐずぐずするな。君のためなんだぜ。》アルベルトはくたくたになって、肘掛椅子にどっともたれかかった。プルートとエミリオはレッスンを見学していたが、引っきりなしに冗談を飛ばして、エレーナの名前を持ちだしてはからかった。じきにアルベルトは、エル・ベベの腕のなかで神妙な顔つきをして揺れている自分の姿を部屋の大鏡の中に見ることだろう。そしてしだいに彼の動きはこわばってきて、プルートの声が飛んでくるはずだ。《ほら、ほら、またロボットみたいに踊ってるぜ。》

彼は立ちあがった。エミリオはタバコに火を点けて、それをプルートと交互に吸っていた。アルベルトは二人の方に目をやったが、二人はソファーに腰かけて、アメリカと英国のタバコのどちらがうまいかでもめていた。どうやら彼のことは気に留めていないふうであった。《よし》とエル・ベベが言った。《今度は君がぼくをリードする番だ。》彼は踊りだした。最初はうんとゆっくりと。ペルー・ワルツのステップを忠実になぞろうとつとめつつ。右に一歩、左に一歩、こっちで一回転、あっちで一回転。《よくなってきたよ》とエル・ベベが言った。《だけどもうちょっとはやく動かなきゃ、音楽に合わせてさ。よく聞いて。タン・タン、タン・タン、さっと回る、タン・タン、タン・タン、さっと回る。》まえよりも滑らかに、自由に動けるようになったとアルベルトは思った。踊ってることを気にしないようにすると、脚がエル・ベベの脚ともつれなくなった。

《よくなってきたよ》とエル・ベベが言った。《だけど体の力をもうちょっと抜いてみろよ。足さえ動かせばそれでいいってもんじゃないんだから。くるっと回るときは、体を曲げるんだ、ほらこうやって、見てごらん、——エル・ベベが背をかがめた。その乳白色の顔には人工的な微笑が描き出され、体が踵《かかと》を中心にしてきれいにターンした。そしてもとの体勢にもどると、真顔になって言った。——ま、ちょっとしたコツなんだ、ステップを変えたり、模様を描いたりするのとおんなじだ、だけど、これは上級コースってとこかな。まず女の子をちゃんとリードできなくちゃだめだ。びくびくしたら、相手にすぐみくびられちまう。だからおどおどせず、しっかりと力をこめて彼女の背中に掌《てのひら》をぐっと当てるんだ。じゃちょっとやってみるからね。わかるだろ？　左手で相手の手を握って、踊っていて脈がありそうだったら、指を絡ませるんだ。そしてちょっとずつ引き寄せる、背中を押してね、そっとだよ、やさしく。そのためにも、最初から手は、しっかりと当ててないとだめなんだ。指先じゃないんだぜ、掌全体だ、ぱしっと相手の肩近くに当てておくんだ。それから徐々に降ろして行けばいいさ、さりげなくね、まるでターンするたびに自然とずれていったみたいに。もし女の子がビクッとしたり、のけぞったりしたら、すかさずしゃべりだして注意をそらす。何でもいいからどんどんしゃべって、愉快そうに笑えばいい、だけど決して手の力をゆるめちゃだめだ、とにかくぐっと力をこめて引き寄せるんだ。そしてぐるぐる回ることだ、同じ方向にね。右方向に回れば、目が回ってふらふらになるという心配はない、連続五十回まで大丈夫なんだ。だけど女の子は左に回るのですぐにふらついてくるっていう寸法さ。目が回ったら、向こうからもたれかかってくるよ。そうなりゃ、おおっぴらに腰のあたりに掌をずらせばいいし、指を絡ませてもいいんだ。頰をくっつけてもいいな。わかった？》

ペルー・ワルツの曲が終わって、レコード・プレーヤーからは単調な雑音がもれていた。エル・ベベがそのスイッチを消す。

「こいつはいろいろと悪知恵が働くすご腕なんだ」とエル・ベベを指差しながらエミリオが言う。「まったく抜け目ないんだからな」

「レッスンはおしまいだ」とプルートが言う。「アルベルトはもう一人前だ。有楽街式カシーノをやろうじゃないか」

街《バーリオ》の昔の名称は、ヒロン・ワティーカ街を連想させたので廃れたのだったが、ティーコが数ヶ月前に、テラーサス・クラブのホールでカシーノというトランプ遊びの変形を考えだしてから復活することになったのである。トランプを全部配って四人でするゲームで、まず親が切り札を指定する。二人でペアをつくっての勝負となる。これが目下街《バーリオ》でおこなわれている唯一のトランプ遊びである。

「まだバルセとボレロしか教えてないんだぜ」とエル・ベベが言う。「マンボが残ってるんだ」

「きょうはもういいよ」とアルベルトは言う。「続きはまた今度やろう」

エミリオの家にやって来たのは午後の二時だった。その時にはアルベルトも愉快そうに振る舞って、みんなの冗談に応酬していたが、四時間のレッスンの後はさすがにすっかりくたびれてしまったようであった。エル・ベベだけがまだ張り切っていた。あとの者はうんざりしていた。

「ま、お好きなように」とエル・ベベは言った。「だけどパーティーは明日なんだぜ」

アルベルトは身震いした。《ほんとうだ》と心のなかで思った。《おまけに、アナの家で開かれるパーティーだ。きっと一晩じゅう、マンボの曲がかかるぞ。》エル・ベベとならんで、アナは踊りの名手だった。自在に動いて、新しいステップを考えだした。そして彼女のまわりに人垣ができると、その目は満足そうに輝くのだった。《この分だと、みんながエレーナと踊ってるあいだ、ぼくは部屋の隅っこで、じっと座ってなくちゃならなくなる。来るのが街《バーリオ》の連中ばかりだったらなあ！》

確かに、この頃街《バーリオ》はすでに孤島ではなくなっていたのだった。城壁で囲まれた特別な地域でもなかった。ありとあらゆる他所者——七月二十八日通りやレドゥクト、フランシア街やケブラーダ等の街《バーリオ》からの連中や、サン・イシドロあるいはバランコからの若者らすらも——突如、街《バーリオ》内の街々に姿を現わすようになったのである。女の子たちの尻を追いかけ、少年たちの敵意を無視してあるいはそれを挑発しながら、彼女らと戸口で談笑したりした。街の少年たち《バーリオ》よりも年長の者が多く、ときおり両者のあいだに険悪な空気が流れることもあった。すべて女の子が原因であった。少女たちは彼らを誘惑し、彼らの侵入を喜んでいるふうに見えた。プルートの従妹のサラなどは、サン・イシドロの若者の交際の申しこみを受け入れたのだった。彼はよく友だちを一人か二人連れて遊びに来た。そしてアナとラウラは出かけて行って、彼らの雑談の輪に加わった。闖入者たちはとりわけパーティーのある日に現われた。まるで煙のように知らぬ間に現われるのだった。午後の早い時間から、パーティー会場になる家の前をうろついて、ホステス役の女の子に冗談を言ったり、お世辞を投げかけたりした。努力の甲斐もなく招待にあずかれなかった時は、夜になると、窓ガラスに顔をくっつけて、踊っているカップルをうらやましげに眺めている彼らを見かけた。連中は思わせぶりな合図を送ったり、しかめ面をしたり、人を笑わせたりして、とにかく室内にいる若い娘たちの気を引き、その同情心を目覚めさせるために、あらゆる手立てを尽くした。時として、女の子の誰か（踊りの出番の一等すくない娘《と》）が、他所者を招き入れるようにとパーティーの主催者に掛け合うことがあった。それだけでこと足りた。たちまちのうちに部屋は他所者らでごった返し、しまいに連中は街の少年たち《バーリオ》を隅に追いやって、レコード・プレーヤーと女の子らを占領してしまうのだった。それにアナは見知らぬ者に警戒心を抱くような娘ではなかった。自分たちだけ、という縄張り意識も薄く、そうした事柄にはほとんど無頓着だった。彼女は街の少年たち《バーリオ》よりも、むしろ他所からの若者たちの方に興味をひかれていた。たとえパーティーに招待していなくても、連中を中へ入れることだろう。

「ほんとうだ」とアルベルトは言った。「君の言う通りだ。マンボを教えてくれ」

「いいとも」とエル・ベベはこたえた。「だけどその前にタバコを一本吸わせてくれ。ま、しばらくプルートとやってみろよ」

エミリオはあくびをして、肘でプルートを小突いた。《出番が来たぜ、マンボの名人》と言った。プルートは笑った。彼の笑い方はじつに鮮やかで、体全体で笑うのだった。全身をふるわせて豪快に笑った。

「どうなんだ、イエスかノーか？」とアルベルトはいらいらした声で訊いた。

「怒るなよ」とプルートはこたえた。「じゃ、やろうか」

　立ちあがって、レコードを選びに行った。エル・べべはタバコに火をつけ、耳の奥からよみがえってくる調べがあるらしく、足でリズムをとっていた。

「ひとつ教えてくれよ」とエミリオが言った。「以前、おまえはまっ先に踊り出してたじゃないか。街《バーリオ》で女の子たちと一緒にパーティーをやりはじめた頃はさ。忘れちまったのか？」

「あれは踊るってもんじゃないよ」とアルベルトは言った。「ぴょんぴょん跳ねてただけさ」

「おれたちだって最初はそうだったよ」とエミリオは応じる。「だけど少しずつ要領がわかってきたんだ」

「こいつしばらくパーティーに御無沙汰だったからな。おぼえてるだろ？」

「そうなんだ」とアルベルトは言った。「それがまずかったんだな」

「おまえはてっきり神父になっちまうんじゃないかと思ったよ」とプルートは言った。レコードを選んで、それを手で回しているところだった。「家にばかりいてさ、顔を見せなくなったからな」

「まあね」とアルベルトは言った。「ぼくのせいじゃなかったんだ。おふくろが出してくれなくてさ」

「で今は？」

「今は大丈夫。親父との仲がいくらか良くなったからね」

「さっぱりわからないね」とエル・べべが言った。「それとこれとどういう関係があるんだ？」

「こいつの親父さんはプレイボーイなんだよ」とプルートは言った。「知らなかったのか？　夜、帰って来ると、家に入る前にハンカチで口を拭くんだ。見たことないかい？」

「ああ見た、見た」とエミリオが言った。「エラドゥーラで見かけたことがあるんだ。車にすごい美人を乗せてたぜ。まったくすご腕だな」

「男前なんだ」とプルートが言った。「それにお洒落なんだ」

　アルベルトは得意そうに肯くのだった。

「だけどそれと、アルベルトがパーティーに行かせてもらえなかったっていうことと、どういう関係があるんだ？」とエル・べべは訊いた。

「親父が遊びだすと、おふくろはぼくが大人になった時、親父の二の舞にならないようにといろいろうるさいことを言いだすんだ。ぼくを女たらしの堕落した人間にしたくないんだって」

「それは立派だ」とエル・ベベは言った。「結構なおふくろさんだ」

「おれの親父も始末に負えないんだ」とエミリオが言った。「外泊することもあるし、ハンカチにはいつも口紅がついてるんだ。だけどおふくろはそんなことには平気なんだ。笑って、《いけない人ね》と言うだけさ。問いつめてとっちめるのはもっぱらアナの方なんだ」

「それでさ」とプルートは言った。「踊りの練習はどうなってんだ？」

「ま、そうあわてるなって」とエミリオはこたえた。「しばらくしゃべろうぜ。どうせパーティーでたっぷり踊れるんだから」

「パーティーの話になると、途端にアルベルトはおじけづくんだぜ」とエル・ベベは言った。「そうびくびくするなって。今度はエレーナも色よい返事をするさ。まちがいないって」

「ほんとかよ？」とアルベルトは真顔でたずねる。

「こいつ骨の髄までいかれてらあ」とエミリオは言った。「こんなにメロメロになっちまったやつをおれは見たことがないね。おれには絶対まねできないな」

「おれが何をした？」とアルベルトは言った。

「二十回も交際を申しこんだだろ？」

「三回だけだって」とアルベルトは言った。「オーバーに言うなよ」

「悪かないぜ」とエル・ベベは言った。「好きだったら、女の子がイエスと言うまでとことん追いかけるんだ。そしてあとではらはらさせりゃいいのさ」

「それじゃ自尊心がなさすぎるよ」とエミリオは言った。「おれは振られたら、すぐにまた別の娘《こ》を見つけるけどな」

「ま、今度は大丈夫さ」とエル・ベベはアルベルトに言った。「この間、ラウラの家でしゃべってたら、エレーナがおまえのことを訊いたんで、ティーコが《いないと淋しいんだろ？》とひやかしたら、彼女赤くなってたぞ」

「ほんとうかい？」とアルベルトはたずねた。

「こいつぞっこん惚れちまってどうしようもないよ」とエミリオは言った。「目がぎんぎんに血走ってるぜ」

「問題は」とエル・ベベは言った。「申しこみ方にあるんじゃないのか。女の子のハートをぐっとつかまなくちゃだめなんだ。口説き文句はもう考えてあるのか？」

「だいたいのところはね」とアルベルトは言った。

「一応考えてあるんだ」

「それが肝心だ」とエル・べべは断言した。「ことばのひとつひとつをよく考えておかなけりゃ」

「人によりけりさ」とプルートは言った。「おれはその場で適当にやった方が調子いいんだ。いざ女の子に交際を申しこもうとするとこちこちになるけど、しゃべりはじめるとつぎからつぎへと殺し文句が浮かんでくるんだ。ひらめきがいいってやつさ」

「ちがうね」とエミリオは言った。「エル・べべの言うとおりだ。おれも科白《せりふ》を全部頭に入れてから出かけるんだ。そのほうが相手と向かい合った時、しゃべり方や、みつめ方、手を握るタイミングだけに気をつけてればいいんだからな」

「いいか、科白はすっかり頭の中に入れておくことだ」とエル・べべは言った。「できたら鏡の前で一度練習してみるといいぜ」

「そうだな」とアルベルトはこたえた。そしてすこしためらってから、「君は女の子に何と言うんだ?」

「いろいろさ」とエル・べべはこたえた。「相手によりけりだ」エミリオは悠然と肯く。「エレーナには最初から面と向かって、つき合ってくれないかって訊かないほうがいい。その前にムードだ」

「それが失敗のもとだな」とアルベルトは告白した。「この前はいきなり、恋人になってくれないかって言ってしまったんだ」

「馬鹿だなあ」とエミリオは言った。「朝っぱらから、おまけに道のまん中で言うんだからなあ。いくら何だってそれはまずいぜ!」

「おれは教会で女の子に申しこんだことがあるぜ」とプルートは言った。「うまく行ったけどなあ」

「そんなのは駄目だ」とエミリオはきっぱりと彼をさえぎった。そしてアルベルトの方に向きなおると、「いいか、明日エレーナを誘い出して踊るんだ、その時がチャンスだ。ボレロの曲がかかるのを待つんだぞ。マンボを踊りながらじゃムードも何もないからな。ロマンチックな音楽でなくちゃあ気分が出ない」

「その点は心配ないぜ」とエル・べべが言った。「おまえがその気になったら、合図を送れよ。そうしたらおれがレオ・マリーニの《君が好きだ《メ・グスタス》》をかけてやるから」

「おれのおはこじゃないか!」とプルートが叫んだ。「《君が好きだ《メ・グスタス》》を踊りながらこれまで何度か口説いてみたけど、一遍も振られたことがないぜ。すごい効き目だ」

「わかった」とアルベルトが言った。「合図を送るよ」

「踊りに誘い出して、しっかりと胸に引き寄せるんだ」とエミリオは言った。「それから他のカップルに聞かれないように、さりげなく隅のほうへ連れて行ってさ、耳もとにささやいてやるんだよ、《エレーナ、君が死ぬほど好きなんだ》とね」

「よせよ！」とプルートは叫んだ。「またこの前みたいに肘鉄を食らっちまうぜ」

「どうしてだよ？」とエミリオはたずねた。「おれはいつも使ってるぜ」

「良くないな」とエル・ベベは言った。「何の芸もないし、ストレートすぎる。まず、真剣な顔をするんだよ。それからこう言えばいいのさ。《エレーナ、大事な話があるんだ。毎日君のことばかり考えてるよ。君が好きなんだ。付き合ってくれないか？》」

「相手がじっと黙ったままなら」とプルートは付け加えた。「こう言ってやるのさ、《エレーナ、ぼくのことを何とも思わないの？》」

「そこで手を握ってやるんだ」とエル・ベベは言った。

「そっと、やさしくだぞ」

「そう青くなるなよ」とアルベルトの背中を軽く叩きながらエミリオは言った。「大丈夫さ。今度はイエスと言ってくれるさ」

「そうだよ」とエル・ベベは言った。「まちがいない」

「おまえが彼女を口説きおわったら、おれたちがおまえたちのまわりに集まって輪をつくるさ」とプルートは言った。「そして《ここに恋するふたりがいる》を歌うからな。ま、これはおれに任せてくれ。うまくやってやるから」

アルベルトはてれ笑いを浮かべた。

「だけど今はマンボを覚えてもらわなくちゃ話にならんぞ」とエル・ベベが言った。「ほら、そこにお相手が待ってるぜ」

プルートが腕を広げてしなをつくり、待ちかまえているのだった。


カーバは、軍人になりたいと言ってた。歩兵隊ではなしに砲兵隊に入るつもりなんだって。近ごろはもうそういう話はしなかったが、きっと心の中ではそう決めていたにちがいねえ。山育ちの田舎っぺどもは頑固だ、一度決めてしまったら、もうあとにはひかねえ。

軍人のほとんどが山育ちの田舎っぺだ。海岸部の人間には、軍人になるなんて思いもよらねえことだ。カーバは山育ちの田舎っぺだったたし、軍人になるような顔《つら》をしてた。それなのにすべてが台無しになっちまった。夢も希望も。やつにはそれがいちばんこたえてるだろうな。田舎っぺどもはどういうわけか、いい目に会わないんだ。かわいそうな連中だ、いつもひどい目に会うんだ。あのいまいましい密告野郎が誰だったのかわからずじまいになるかもしれねえが、そいつのせいで、カーバのやつ、みんなの見てる前で、記章を剝ぎ取られちまうんだ、ああ、それが目に見えるようだぜ、鳥肌が立っちまうよ。あの晩、おれに当たってたら、今ごろはおれが独房に入ってたかもしれねえ。だけどおれだったらガラスを割るようなへまはしやしねえ、よほどの馬鹿でなきゃガラスなんか割らねえよ。田舎っぺどもにはちょっと抜けたところがあるんだ。きっとびくびくしてあんなドジをやっちまったんだろう。カーバはむろん臆病なやつじゃねえ。だけどあの夜は、ついびびっちまったんだろう、でなけりゃ説明がつかねえもんな。そういうことになっちまったのも運が悪いせいだ。まったく田舎っぺどもは運のねえやつらだ。いきまってひどい目にあうんだ。田舎っぺに生まれなくてほんとによかったぜ。こうなるとは誰も思ってなかった、だからカーバも気楽に構えてた、おかまのフォンターナ先生を四六時中からかっておもしろがってたんだ。フランス語の授業ではみんな笑うのさ。フォンターナも変な野郎だ。カーバが言ってた、フォンターナは何もかもちょっとだけでできてるんだ、ちょっとだけ背が低くて、ちょっとだけ金髪で、ちょっとだけ男なんだって。やつの目の色はジャガーの目よりも青くて、ちょっと変わった目つきをしてる。こっちを半分真剣に、半分は嘲《あざ》けるような目で見てるって感じがする。フランス人じゃなくてれっきとしたペルー人だって話だ。フランス人気取りでいるだけらしいけど、ああいうのは許せねえ、おかまと言われてもしようがねえ、自分の祖国を拒否する、これほど卑怯なことはねえぜ。だけどもしかしたらそれもデマかもしれねえ。毎日フォンターナについていろんな新しい話が出てくる。全部がほんとかどうかわかったもんじゃねえ。案外、実際はおかまじゃないかもしれねえ。だけどあのぞっとするようなささやき声はどうだい？　もっとしっかりしろって頰っぺたをつねってやりたくなるようなあの表情や仕草はどうだい？　あいつがほんとに自分がフランス人だと言いふらしてたんなら、これまでやつをいびってきてよかったと思う。みんなにいびられていい気味だぜ。最後の授業までいびりつづけてやる。フォンターナ先生、フランス語でうんこの山盛りは何て言うんですか？　時にはあいつがあわれになることもあるね。嫌なやつだというわけじゃねえ、ちょっと変わってるだけなんだ。そうそう、やつが泣きだしたことがある。《ギレット》のあの一件の時だったかな。ズンン、ズンン、ズンン。みんな《ギレット》の替え刃を持って来いよ、とジャガーが言いだした、机の溝にそいつを立ててさ、指ではじいて唸らせるんだ。フォンターナの口は動いてるけど、ズンン、ズンン、ズンンていう音しか聞こえねえ。おい笑うんじゃねえ、リズムが狂っちまう。おかま野郎は相変わらず可愛らしげにおちょぼ口を動かしつづけた、ズンン、ズンン、ズンン、しだいに強く、リズムをそろえて、この際、根くらべだ。それを四十五分、いやもっとだったな、えんえんと鳴らしつづけた。どっちが勝つか、先に白旗を上げるのは誰かって調子でおれたちは粘りに粘った。フォンターナは知らん顔で講義をつづけた。唖がただパクパクと口を動かしてるって風だった。おれたちの奏でるシンフォニーはしだいに一糸乱れぬ美しさを帯びていった。するとやつは目を閉じたが、その目が開いた時、やつは泣いていた。まったく女みたいなやつだぜ。だけどそれでもやつは口を動かしつづけてた。ほんとうにしぶといやつだ。ズンン、ズンン、ズンン。やつが教室を出て行ってしまうと、おれたちは、《中尉を呼びに行ったんだ、大目玉を食らうぞ》と騒ぎ立てた。だけどフォンターナは中尉を呼ばなかった、ただ出て行っただけだった。やつは毎日のようにみんなのえじきにされるけど、将校を呼んでくるってことがねえ。きっと殴られるのが恐いんだろう。だけどどうやら臆病で卑怯なやつじゃなさそうだ。時にはなぶられて喜んでるようにも見えることがある。まったくおかまどもが何を考えてんだかさっぱりわからねえ。まあ悪いやつじゃねえってことは確かだ、試験で落第点を付けるってこともねえし。だけどからかわれてもしようがねえさ、責任はやつにあるんだ。こんなところへ迷い込んできたんだからな。こんな荒くれ野郎ばかりの学校で、妙な声を出して女みたいな歩き方をしてちゃ、どうしようもねえよ。かっぺは四六時中フォンターナをいびりまくる。やつの天敵だな。やつが教室に入るなり攻撃を開始する。先生、フランス語でおかま野郎は何て言うんですか？　先生はプロレスはお好き？　その甘い声でフランス語の歌を歌ってくださいよ。フォンターナ先生、先生の目はリタ・ヘイワースの目にそっくりですね。やつも黙っちゃいねえ、ひとつひとつに反撃を加えるが、それがフランス語なんだ。それはないですよ、先生、おふくろが淫売だなんてけなされて、おれも黙っちゃあいられませんよ、決闘を申し込みます、グローブをはめて男らしく決着をつけようじゃねえか。ジャガーお行儀が悪いですよ。要するに、みんながやつをなめてかかってる。それが問題だ。やつは完全におれたちに首ねっこを押さえつけられてる。ある日、やつが黒板に向かって何かを書いてる時に、おれたちはやつに向けて唾の集中砲火をしてやった。やつは唾まみれだ。おやおや、先生汚ないじゃありませんか、とカーバが言った、授業のある日ぐらい風呂に入ってきて下さいよ。そうだ、あの時は、中尉を呼んだんだ。その時一回だけだ。とんだことになっちまったっけ、それでやつも懲りて二度と将校を呼ぶ気がなくなっちまったのさ。ガンボアの勢いはすごかった。どれほどすごいのかあの時肝に銘じたぜ。ガンボアはフォンターナを上から下まで眺めまわした。緊張の一瞬、おれたちは固唾《かたず》をのんで見つめた。さてどういたしましょうか、先生？　教室で命令するのはあなたです。この連中に言うことをきかせるのは、すこしも難しくありません。ご覧に入れましょう。ガンボアはおれたちをじっと睨んでから、気をつけ！　とどなった。おれたちはもうそれこそ一瞬のうちに直立不動の姿勢をとった。しゃがめ！　あっという間にしゃがんだ。《その場でアヒル歩きをやれ。》おれたちは弾かれたようにすぐに動き出した。脚を開いたままぴょんぴょん飛び跳ねた。十分以上もやらされたな。もう膝は棒でぶっ叩かれたみたいに痛くなった。一、二、一、二、青い顔をして、アヒルみたいに、ずっとやってたよ。ガンボアは、止《や》め！　の号令をかけたあと、おれに文句のあるやつはいるか、とたずねた。教室内は水を打ったようにしいいんとなった。フォンターナは信じられないというような目でこのありさまを眺めてた。なめられないようにしなくてはなりませんよ、先生、こいつらにはお上品な言い方は通じません、どやしつけてやっとわかる連中です、みんなに外出禁止を食らわせましょうか？　いいえ、どうぞお構いなく、とフォンターナはこたえた。まったく結構なおこたえだね、どうぞお構いなく、中尉、だってよ。おれたちは唇を動かさずに、腹の中で、お・か・ま、お・か・ま、と合唱しはじめた。きょうの午後もカーバのやつそれをやってた。実にうまいんだ。やつの腹話術は玄人はだしだぜ。目や口をぴくりとも動かさねえ。それでいておそろしくはっきりした声が出せる。ほんとに信じられないほどのうまさだ。そんなことをしてたら、ジャガーが、《おいカーバが連れてかれるぞ、もう何もかもばれちまったんだ》と言って、声を立てて笑いだした。カーバはぎくっとしてまわりを見回した。巻き毛とおれは、どうしたんだ？　どういうことだ？　そこへ戸口にワリーナが現われ、こう言った、カーバ、ちょっと来なさい、済みません、フォンターナ先生、大事な用件ですので、この生徒をお借りします。かっぺのやつは、実に男らしかった。立ち上がって、おれたちを振り向きもしないで出て行った。ジャガーは《このままじゃ済まないからな、必ず思いしらせてやる》と言うと、今度はカーバをくそみそにけなしはじめた、あのくそ田舎者め、間抜けだからこんな目にあうんだ。まるでカーバだけが悪くて、それで放校処分を食らうことになると言わんばかりだった。

母親も信用できないとわかってから、日々の生活で繰り返されるありきたりでささやかな出来事の数々を彼はすでに忘れてしまった。しかし、眠っているあいだも彼の心を支配していたさびしさや憎しみや不安は忘れていない。最大の苦痛は装うことであった。以前は、父親が出かけるのを待って起きだしていた。だがある朝、まだぐっすり眠っているとき、誰かが自分の体からシーツを思いきり剝いだ。寒さをおぼえ、明け方の明るい光を感じて目を開けた。心臓が一瞬止まった。父親がベッドのそばに立っており、あの夜のように、瞳が怒りで燃えていた。彼は父親の声を聞いた。

「おまえはいったい何歳《いくつ》なんだ？」

「十歳です」とこたえた。

「おまえは男か？　どうなんだ、こたえろ」

「ええ」と口ごもった。

「じゃ、さっさと起きろ。一日じゅう寝てくらすのは女のすることだ。女どもはなまけ者だから、それでもいいんだ。おまえはまるで女みたいに育てられちまった。おれはおまえの根性を叩きなおして、ちゃんとした男にしてやるからな」

彼はすでに起きあがって、服を着ていた。しかしあわれなほどあわてふためいていた。靴は穿きちがえるし、シャツは裏返し、ボタンもちぐはぐ。ベルトは見あたらず、手が震えて靴ひもを結ぶことさえできなかった。

「これから毎朝、おれが降りてくるまでに、食卓について待ってろ。それまでに顔を洗い、身なりを整えておけ。わかったな？」

彼は父親と朝食をともにするようになった。父親の機嫌に合わせて、彼の態度も種々に変わった。父親が微笑を浮かべ、眉間の皺がのび、目つきが穏やかなときには、父親の喜びそうなことをたずねるのだった。そしてその話を真剣な面持ちで聞きながら、肯いてみせ、興味ありげに目を大きく見開いた。そして車を洗おうかと訊いたりした。反対に、父親の表情がかたく、あいさつしても返事をしないようなときは、黙ったますわり、申し訳なさそうにうなだれて、父親の小言を聞くのだった。昼食時には、やや緊張がほぐれた。今度は母親が父親の機嫌を取る番だった。ふたりが話に夢中になって、自分のことを忘れてくれるかもしれなかった。夜には解放された。父親の帰宅はおそかった。彼は先に夕飯をとった。七時頃から、母親につきまとって、疲労や眠気や頭痛を訴えた。急いで夕飯を食べて、自室に駆けこんだ。ときには、服を脱いでいる最中に車のブレーキの音を聞くことがあった。そういうときは電気を消して、そのまま寝床に入った。そして一時間後、そっと起きあがって、服を脱ぎパジャマに着替えた。

朝のうちに近くをひとまわりしてくることもあった。十時頃のサラベーリ通りはほとんど人通りがなく、ときおり半ば空っぽの路面電車がけたたましい音を立てて通り過ぎた。彼はブラジル通りとの交差点までくだって行って、その手前で足を止めた。美しく舗装されたその広い通りは渡らなかった。母親に禁じられていた。都心に向かって消えゆく幾台かの自動車をながめた。ブラジル通りの起点にあるボログネーシ広場の喧噪を思い浮かべてみた。両親が彼をドライブに引っ張り出すときに見る情景そのままであった。入り乱れる車や市街電車の大群、歩道の雑踏、鏡のように反射する自動車のボンネット、そこに吸いこまれてゆくネオンサイン、色鮮やかで何だかわけのわからない模様や文字の数々。リマは彼に恐怖を与えた。大き過ぎたのだ。道に迷えば永遠に家をさがし出せぬ可能性があった。通りを歩く人々は見知らぬ顔ばかり。チクラーヨに住んでいたときはひとりでよく散歩に出かけたものだ。通りすがりに彼の頭を撫でたり、名前を呼んでくれたりする者もいた。彼は微笑を浮かべてそれにこたえた。自分の家やプラサ・デ・アルマスの野外演奏会や日曜日のミサ、あるいはエテンの海水浴場で何度も見たなじみの顔ばかりだった。

彼はそれから、ブラジル通りが終わるところまでくだって行って、マグダレーナの灰色の海に面して広がる小さな半円形の公園のベンチに腰をおろした。チクラーヨの公園も——そんなに多くなかったが、彼はそのひとつひとつをつぶさに知っていた——この公園のように旧いものだったが、ベンチには鉄錆や苔が付いておらず、淋しげなたたずまいや、くすんだ風景、さびしい海鳴りがもたらす悲しさもなかった。彼は海に背を向けて腰かけ、リマにやって来たときの北部幹線道路のように目のまえにまっすぐのびているブラジル通りを眺めていると、大声で泣きだしたい気持にかられるのだった。アデリーナ伯母さんが無性になつかしかった。買い物から帰ってくると、笑いながら近づいてきて彼に訊いたものだ。《何を見つけてきたと思う?》そして買い物袋の中からキャラメルやチョコレートの袋を取り出したが、彼はそれをひったくるようにして彼女の手から奪うのだった。彼は思い浮かべた。チクラーヨの街に一年じゅうさんさんと降りそそぎ市全体を居心地よく包みこむあの暖かな日ざしを。日曜日ごとのあの胸のたかまりを。エテンでの海水浴や澄みきった青空を抱えこむあの黄色い砂浜を。彼は視線をあげた。空一面灰色の雲に覆われている。明るい場所はひとつもない。彼は老人のように足を引きずりながらゆっくりとした足取りで家路につくのだった。《大きくなったらチクラーヨに戻ろう。そして戻ったら二度とリマには来ないぞ》と思いながら。

8

ガンボア中尉は目を覚ました。自室の窓には、閲兵場の明かりがおぼろげにとどいていた。空はまっ暗であった。目覚し時計が鳴った。起きあがって目をこすった。手さぐりでタオル、石けん、剃刀《かみそり》、歯ブラシをさがした。廊下もバスルームもまだ闇に包まれていた。ほかの部屋からはなんの物音も洩れてこなかった。今朝も彼はいちばん早く起きたのだった。髪をとかし髭も剃りおえて部屋にもどるころ、あちこちで目覚し時計が鳴りだした。ようやく空が白みはじめていた。閲兵場の黄色い照明灯のはるか向こうから、青いかがやきがしだいに強さを増してくるのだった。戦闘服をゆっくりと着こんだ。それから外へ出た。生徒たちのいる寮舎を横切らずに、原っぱのほうからまわって衛兵所へ向かった。冷気が頰をさした。だが彼は上着を着てこなかったのだった。兵士たちは彼を見るやさっと挙手の礼をした。当直将校のペドロ・ピタルーガ中尉は、椅子のなかに身をうずめて眠っていた。

「気をつけ！」とガンボアがどなった。

中尉は目をつむったまま飛びあがった。ガンボアが笑っている。

「悪い冗談はよしてくれよ」とピタルーガはふたたび腰をおろしながら言った。頭をかく。「ピラニアのやつかと思ったよ。ああ体の節々が痛い。何時だ？」

「もうすぐ五時だ。まだ四十分残っている。あともうすこしだ。どうして寝たりするんだ？　そいつがいちばん良くないんだぞ」

「わかってるよ」とあくびしながらピタルーガが言う。「規則違反だ」

「それもあるが」とガンボアは微笑を浮かべた。「だけどそのことを言ってるんじゃないんだ。座って寝ると体にこたえる。起きて何かをしてたほうが、退屈しないですごせるさ」

「何をするんだ？　兵士らとおしゃべりでも楽しむのかね？　はい、中尉殿。いいえ、中尉殿。そればっかりだからな。おもしろくもなんともない。ちょっとでも親しげにしようもんなら、すぐに外出の特別許可を出してもらえないかって言ってくるんだからな、まったく参るよ」

「ぼくは勉強することにしている」とガンボアは言った。「勉強するには夜がいちばんだ。昼間はどうも駄目だ」

「それはけっこうなことだ」とピタルーガ。「君は模範的な将校だからな。ところでこんな時間にどうして起きてるんだ？」

「きょうは土曜日だぜ。忘れたのか？」

「ああ野外演習か」とピタルーガは思いだして言った。それからタバコを差しだしたが、ガンボアはことわった。「すくなくとも夜勤のおかげできょうの野外演習は休めるな」

　ガンボアは陸軍学校時代を思いだした。ピタルーガは彼の同級生だった。あまり勉強するほうではなかったが、射撃の腕前は大したものだった。ある日、演習のとき、馬ごと川に飛びこんだことがあった。肩まで激しい流れにつかり、馬は怯えてしきりにいななき、他の生徒たちも引きかえすようにと必死にさけんだ。だがピタルーガは急流を横切って向こう岸に無事わたりおおせた。ずぶ濡れになってはいたが実に勇ましい姿だった。大尉はみんなの前で彼を祝福し、《君は勇敢な男だ》と称えた。しかし今ではピタルーガは夜勤や野外演習を嫌うようになっていた。ほかの兵士や生徒と同様に、外出することだけが生きがいだった。ほかの連中にはまだ弁明の余地があった。彼らは軍隊に一時的に入っているだけだった。田舎の村からむりやり狩りだされて軍隊に入れられた者もいれば、家族の者が持てあまして否応なく軍隊に押しこまれた者もいた。だがピタルーガは自らの意志でこの道を選んだのだった。そして彼だけではない。ワリーナは二週間ごとに女房が病気だとかなんとか適当な口実をつくって外出したし、マルティーネスは勤務中にこっそりと酒を飲んだ。彼の魔法瓶には紅茶の代わりにピスコが入っていることは衆知の事実だった。それほど嫌だったらどうして除隊しないのだ？　ピタルーガは腹が出て肥満していた。勉強はまるでしなかったし、外出するときまって酔っぱらって帰ってくるのだった。《これじゃ万年中尉だな》とガンボアは思った。だがすぐに考えなおした。《うしろ楯がいれば話はべつだが。》規律、階級、野外演習……ほかの者たちは軍隊生活の厳しさを嫌っていたが彼はむしろその厳しさが好きだった。

「ちょっと電話する」

「こんな時間に？」

「ああ。女房はもう起きてるはずだ。六時の長距離バスに乗ることになってるんだ」

は、ああそうかというようなあいまいな仕草をした。そして亀が甲羅の中に頭を沈めるようにふたたび手のあいだに頭を埋めた。受話器を手にしたガンボアの声は低く、やさしかった。相手を気遣っていろいろと訊いているようであった。寒いから気をつけるように、乗り物酔いの薬をのむように、どこそこから電報を送るようにと言い、何度も、体はだいじょうぶかとたずねた。最後にすばやく短い愛の言葉をささやいて、電話を切った。ピタルーガは頭をささえていた両手をはなすと、その頭はガクッとおちた。目を何度かしばたたかせてから、力なく微笑んで、言った。

「新婚ほやほやの亭主みたいだったぞ。女房にはずいぶんやさしいんだな」

「三ヶ月前に結婚したんだ」

「おれは一年前だ。だけどもう女房とは口もききたくない。その母親とおんなじで、とんでもない鬼女だ。この時間に電話でもしたら、それこそ豚野郎とどなられちまうよ」

ガンボアは笑った。

「うちのはまだほんの小娘なんだ」と言った。「まだ十八にしかならない。子供ができたんだ」

「それは困ったな。たいへんだぞ。避妊に気をつけないと」

「いや、子供が欲しかったんだ」

「なんだ」とピタルーガは言った。「そうか。子供を軍人にしたいんだな」

ガンボアはおどろいたような表情を浮かべた。

「さあ、軍人にさせるかどうか、わからないな」とつぶやいた。そしてピタルーガを頭のてっぺんから足のさきまでながめまわした。「すくなくとも君のような軍人にはなって欲しくないね」

ピタルーガは起きあがった。

「聞き捨てならんことを言うじゃないか」と不機嫌な声で言った。

「冗談だよ」とガンボア。「悪かった」

くるっとまわって、衛兵所をあとにした。歩哨たちは彼を見てふたたび敬礼した。歩哨のひとりが軍帽をななめにかぶっていた。ガンボアはそれに気づいて注意しようとしたが、おもいとどまった。またピタルーガと気まずいことになっても、と思った。ピタルーガはぼさぼさ頭を今一度、両手のなかに埋めたが、今度は睡魔がおそってこなかった。舌打ちし、大声で兵士を呼びつけ、コーヒーをいれてくるように命じた。

ガンボアが五年生の寮舎の中庭にさしかかると、ラッパ卒は、すでに三年生と四年生のところを終わって、五年生の寮舎の前で、まさに起床ラッパを吹き鳴らそうとしていた。ガンボアの姿が目にはいると、その兵士は口にもっていったラッパをあわてておろして、気をつけの姿勢をとり、敬礼した。レオンシオ・プラドの将校たちのなかで、下の者の敬礼にきちんとしたかたちで挨拶を返すのはガンボアだけであることは、どの兵士も生徒も知っていた。ほかの将校らは、ただ軽く頭をさげるだけだった。そしてときにはそうした仕草すらしなかった。ガンボアは腕を組んで、兵士が起床ラッパを吹き終えるのを待った。腕時計をのぞきこんだ。寮舎の戸口に何人かの歩哨が立っていた。ひとりひとりを観察した。彼の視線が注がれると、生徒たちは、気をつけの姿勢をとり、軍帽をかぶりなおし、服装をととのえ、手をこめかみにあてた。それからくるっと向きをかえて、寮舎の中に消えていった。いつもの喧騒はすでにはじまっていた。しばらくしてペソア軍曹があわてふためいてやってきた。

「おはようございます、中尉殿」

「おはよう。これはどういうことなんだ？」

「はあっ？」

「ラッパ卒と一緒に来てなくちゃいけないんだろう？　君の任務は寮舎をまわって、すみやかに生徒たちを集合させることじゃないのか？」

「はい、中尉殿」

「じゃ、なにをもたもたしてるんだ。はやく寮舎をまわりたまえ。七分以内に整列が完了してなければ、君の責任だ」

「はい、中尉殿」

ペソアは一組の寮舎にむかって走りだした。ガンボアは中庭の中央に立って、ときおり腕時計をのぞきこんだ。そして中庭の周囲から湧きおこり、彼にむかって四方八方から押しよせてくる躍動感にみちた、ずっしりと手ごたえのあるざわめきに身をさらした。寮舎に出むくまでもなく、彼にはすべての気配が手にとるようにわかるのだった。たたき起こされた生徒たちの怒りや、わずかの間に寝台をととのえ、身仕度を済ませなければならない彼らの焦り、射撃や戦争ごっこの好きな連中の興奮と期待、なんの情熱もなくただ仕方なしに地面を転げまわるであろう者たちの憂鬱、そして野外演習が終われば外出できる者たちのひそかな喜び。彼らは今朝の訓練が終了したら、運動場を横切ってシャワー室に入り、汗を流して、寮舎に駆けこむことだろう。そして紺と黒の制服を着こんで、いさんで街へ出かけていくことだろう。

　時計が五時七分をさすと、ガンボアは笛を一回長く吹き鳴らした。たちまちわめき声や罵声があがり、それと同時に、寮舎の扉が開いて、緑色の戦闘服をまとった生徒たちがどっと吐きだされた。少年たちは押しあいながら出てきた。ライフル銃をにぎった手を高くかかげ、走りながらもう一方の手で服装をととのえた。罵声が乱れとび、さかんにもみあった。ガンボアのまわりにしだいに隊列ができあがっていった。十月第二週の土曜日の夜明けが訪れつつあった。いつもの夜明けのように、いつもの土曜日のように、いつもの訓練日のように。そのとき不意に、何か重い物がどさっと地面に落ちたような大きな音がした。そしてだれかが畜生と罵った。

「いまライフルを落としたやつは前へ出ろ」

　まわりが一瞬しんとなった。全員ライフル銃をぴたっと体にくっつけて前を向いた。ペソア軍曹は足音をしのばせてやってきて、ガンボアのわきにそっと並んだ。

「どうしたんだ？　聞こえなかったのか？　銃を落とした者は前へ出るように言ったんだ」

　しんと水をうったような静けさのなかで靴音だけが響いた。みんなの視線はガンボアに集中した。

「名前は？」

　少年はうわずった声で名前と所属を言った。

「ライフルを調べろ、ペソア」

　軍曹はつかつかと生徒に歩みより、武器をつかんだ。それから、異常がないかどうか時間をかけて仔細に点検した。まるで望遠鏡でものぞきこむかのように、銃身を天にかざしたりもした。遊底を動かし、照準器を調べ、引き金の具合をたしかめた。

「銃床にこすり傷があります、中尉殿」と報告した。

「それにグリースのかけかたが良くありません」

「君はこの学校に入って何年になる？」

「三年です、中尉殿」

「それでまだライフル銃の持ちかたを知らないのか？　銃はぜったいに落としてはならんのだ。頭から突っ込む時もライフル銃は手から放しちゃだめだ。兵士にとって、武器はキンタマとおなじくらい大事なものなんだ。わかったか？」

「わかりました、中尉殿」

「じゃ二度とライフルを落とすな。列にもどってよろしい。ペソア、いまの生徒に罰点六をつけること」

下士官は手帳をとりだして、えんぴつの先を舌で嘗《な》めながらメモした。

ガンボアは行進をはじめるように命じた。

五年生の最後の組が食堂に入りおわると、ガンボアは将校専用食堂に向かった。まだだれも来ていなかった。しばらくして中尉や大尉たちが姿をあらわしはじめた。五年生の各部隊の担当者——ワリーナ、ピタルーガ、カルサダ——はガンボアのとなりに座った。

「おい、はやくしろよ」とピタルーガは文句を言った。「将校が入ってきたらすぐに朝食が出てくるはずだろ？」

給仕をしていた兵士はくぐもった声で詫びたが、その言葉はガンボアの耳にとどかなかった。飛行機のエンジン音が明け方の静けさを破り、彼の目は灰色の湿った空を行ったり来たりしていたからだ。やがてその視線は原っぱにおりてきた。霧の中に千五百丁のライフル銃は、四丁ずつ互いに銃身を支えあって整然と並んでいた。そしてビクーニャはそのピラミッドのにおいをくんくん嗅ぎながら、ゆったりした足取りで歩きまわっていた。

「将校会議の結論は出たのか？」とカルサダはたずねた。四人のなかでいちばん太っていた。パンをほおばったままだった。

「ああ、きのうのうちにな」とワリーナがこたえた。「十時すぎまでかかった。大佐がえらく怒っててな」

「あれはいつも怒ってるのさ」とピタルーガが言った。「何かあると怒るし、なけりゃないでまた怒るんだ」

そしてワリーナを肘でこづいた。「だけど今回は文句ないだろう。お手柄だったじゃないか。勤務表に書きこまれるから、将来の役にたつぜ」

「まあ、それなりに骨を折ったからな」

「やつはいつ記章を剝ぎとられるんだ？」とカルサダはたずねた。「あれは何度見てもおもしろい」

「月曜日の十一時にきまった」

「あいつらはチンピラと変わりゃしない」とピタルーガが言った。「どんなに懲らしめても懲りないんだ。試験問題を盗んで、ガラスをこわすようなヘマをやらかすんだからな。おれがこの学校にきてからもう六人ぐらい退学させられてるよ」

「自分から進んでここへくるわけじゃないんだ」とガンボアが言った。「問題はそこなんだ」

「おれもそう思う」とカルサダ。「軍人としての自覚がまるでないんだ」

「こっちのことを神父だと勘違いしてるやつもいる」とワリーナ。「おれを聴罪師とまちがえた生徒がいたよ。ご助言をあおぎたいとぬかしやがった。おれは一瞬耳をうたがったね」

「半分の者はチンピラで、あとの半分は女みたいになよなよしてるから、親はそれを直してもらいたくてここにぶち込むってわけだ」

「まったく、この学校を鑑別所とでも思ってやがるんだ」とピタルーガはテーブルをたたいて語気荒く言った。「ペルーでは何もかもが中途半端だ。だから何もかも駄目になっちまうんだ。兵営に入隊してくる連中は、みんなシラミのたかったきたならしい盗人野郎ばっかりだ。連中を徹底的にしごいて、やっとなんとかまともな人間にしてやる。まあ一年ほども兵営にいたら、面はインディオのままだが、根性はすっかりたたき直されてる。だけどこの学校じゃまるで反対のことがおこるんだ。時間がたてばたつほど人間が悪くなっていく。五年生の連中は犬っころどもよりたちが悪いからな」

「やはりあいつらは徹底的に痛めつけられないと、わからないんだ」とカルサダ。「ここの坊やたちをぶん殴れないのは残念だ。ちょっとでも痛い目にあわせてやると、すぐにひいひい泣きわめいて大騒ぎになるからな」

「ピラニアのお出ましだぜ」とワリーナがささやいた。

四人は椅子から立ちあがった。ガリード大尉は中尉たちに軽く首肯《うなず》いた。背の高い男だった。皮膚が青白く、頬がいくらか緑色がかって見えた。ピラニアというあだ名で呼ばれていた。アマゾンの食肉魚みたいに白い大きな歯が唇からはみ出し、顎の骨はいつも小刻みに震えていた。四人に一枚ずつ印刷物をわたした。

「演習の要領だ」と彼らに言った。「五年生には農地の向こう側に行ってもらおう。山裾にひろがるあの平地だ。急いでくれ。行進していけば、四十五分はかかるからな」

「お待ちしましょうか、それとも整列させて先に行きましょうか？」とガンボアはたずねた。

「先に行っててくれ」と大尉はこたえた。「すぐに追いつくよ」

四人の中尉はそろって食堂をあとにした。原っぱまで行くと、四人は横一線に並んで、笛を鳴らした。食堂が一段と騒がしくなり、間もなく生徒たちが駆け足で出てきた。それぞれのライフル銃をつかんで、閲兵場に向かい、クラスごとに整列した。

部隊がパルメーラス通りにさしかかると、ガンボアはベジャビスタの方向へまがるように命じた。大きな葉をしげらせた並木の下をくぐりながら、坂を下っていくと、ずっと向こうのほうにいくつかの建物が見えた。造船場のあるあたりだった。道路にそってラ・ペルラの古い家並みがつづいていた。蔦におおわれた壁が高くそびえ、大小さまざまの庭が赤く錆びついた鉄柵にかこまれていた。部隊がプログレソ通りにさしかかるころに、ようやく街が活気づきはじめた。籠や袋にいろんな野菜を盛った裸足の女たちが、どこからともなくあらわれて、生徒たちの行進をながめた。犬の群が部隊のまわりを飛びはね、吠えたてた。そして薄汚れた子供たちの一団は、船のあとを追うさかなの群のように、部隊のうしろについて行った。

プログレソ通りの手前で部隊は足踏みをした。自動車やバスが切れ目なしに流れていた。ガンボアが合図をすると、下士官のモルテとペソアは車道の中央に出て、車の流れをとめた。そのあいだに部隊は道路を横切った。運転手のなかには腹をたてて、しきりにホーンを鳴らす者もいた。生徒たちは彼らに罵声を浴びせかけた。部隊の先頭にいたガンボアは腕をあげ、港の方に進まずに、近道をして、荒地を横切っていくことを指示した。部隊は綿畑のへりにそって進んだ。全員が荒地に立ったところで、ガンボアは下士官らを呼んだ。

「あの丘が見えるな？」畑の奥にこんもりと盛りあがった黒っぽい地形を指さした。

「見えます、中尉殿」とモルテとペソアが口をそろえてこたえた。

「あれが目標だ。ペソア、生徒を六名連れてあの近辺を調べてまわるんだ。もし人がいたら退去させろ。あの丘とその近辺には人っ子ひとりいてはならない。わかったな？」

ペソアは「わかりました」とこたえた。そして踵を返し、一組の生徒たちに向きなおった。「志願者六名、前へ出ろ」

だれも動かなかった。生徒たちはしきりに右左を見やるだけだった。ガンボアがそばへ歩みよった。

「先頭の六名、一歩前へ出ろ」と命じた。「軍曹について行け」

ペソアは握りしめた右手を頭上に突きだして、早足を指示し、畦道を駆けて行った。ガンボアはもとの位置にもどって、ほかの中尉たちと合流した。

「ペソアを安全の確認に行かせたんだ」

「ほかに問題はないようだな」とカルサダが言った。

「じゃ、おれの部隊はこっち側から攻めることにするよ」

「ってことは、おれたちは北か」とワリーナ。「おれはいつも貧乏くじを引かされるな。まだ四キロも歩くことになる」

「一時間で頂上まで登るのはそうなまやさしいことじゃない」とガンボア。「かなり早足で登る必要がある」

「標的がちゃんとしてりゃいいが」とカルサダが言った。「このあいだは風に吹きとばされて困っちまったよ。雲にむけて射撃するようなものだったぜ」

「それなら心配ない」とガンボアは言った。「今回から厚紙をやめて、一メートル四方の布に変えたんだ。きのう兵士たちに取りつけさせた。標的から二百メートル以上離れてたら撃っても弾丸《たま》の無駄ってもんだ」

「そうですか、将軍殿」とカルサダは言った。「いろいろと教えていただいて感謝しますよ」

「無駄に弾丸をつかってもしようがないって言ってるだけだ」とガンボアは言った。「まあいずれにしても、そっちの部隊は一発も命中させないだろうから、けっきょくはおなじことだがな」

「じゃ賭けますか、将軍殿」とカルサダは言った。

「五十ソルでどうだ？」

「金はおれが預かろう」とワリーナが申しでた。

「のった」とカルサダは言った。「気をつけろ。ピラニアがきたぞ」

ガリード大尉は彼らに歩み寄った。

「どうしてはじめないんだ？」

「用意はできています」とカルサダが言った。「お待ちしてたんです」

「各部隊の位置は決まったか？」

「はい、大尉殿」

「安全の確認にだれか行ったか？」

「はい、大尉殿。ペソア軍曹を行かせました」

「よろしい。じゃ、時計を合わせよう」と大尉は言った。「九時にはじめよう。九時半になったら、一斉に射撃を開始するんだ。そして敵陣への攻撃が開始されたらただちに射撃をやめるんだ。いいな？」

「わかりました、大尉殿」

「十時までに全員が頂上にたどりついてもらいたい。全員が集結しても大丈夫なだけのスペースはあるんだ。じゃ、それぞれの部隊を連れて所定の位置につくことにしよう。体があたたまるように、連中を駆け足で連れて行くといい」
　将校たちはそれぞれの持ち場へ散っていった。大尉はその場に残った。やがて中尉たちの号令が彼の耳に飛びこんできた。しばらくすると、ガリード大尉だけがとり強かった。ガンボアの声がひときわ大きく、力残された。各部隊は丘を囲むように三方向に分かれて進んだ。生徒たちはしゃべりながら走った。彼らが口にすることばの切れ端がときおり大尉の耳にもとどいた。各クラスの先頭に中尉がつき、軍曹たちは両翼をかためた。ガリード大尉は双眼鏡を目に当てた。丘の中腹あたりに、四、五メートルの間隔をおいて、まん丸いかたちをした標的が見えた。自分も狙いを定めてライフル銃を撃ちたい気分にかられた。だがそれらの標的は、生徒たちのために用意されているのだった。彼はただ観戦するだけで良かったので、野外演習は大尉にとって退屈な行事だった。ポケットからタバコの箱をとりだして、一本抜きとった。風が強く、タバコに火がつくまで、マッチを何本も擦らねばならなかった。やがて走りだして、一組の後を追った。ガンボアの指揮を見るのがおもしろかった。ただの演習だからあんなに真剣にやる必要はないのにといつも思うのだった。

　丘の麓《ふもと》まできたときには、生徒たちはすでにだいぶへばっていた。ガンボアはそのことに気づいた。口を開け、青白い顔をして走っている者もいたし、全員の何かを訴えるような視線が自分に向けられているのも感じた。止まれの合図を待ちこがれている視線だった。だがガンボアは、そのまま走りつづけた。彼は標的の白い円や、草一つ生えていない黄土色の斜面に目をむけた。斜面はなだらかに下りながら綿畑の中にすべりこんでいた。標的からさらに何メートルか登ったところに、丘のこんもりした頂きがあった。それを征服しなければならなかった。ガンボアはまず丘の斜面に沿って、それから平地のなかを、一層スピードをあげながら走った。心臓の鼓動ははやくなり、肺は大量の新鮮な空気をもとめていたが、彼は口を開けないで必死にこらえた。首筋の血管が太く浮きだし、体じゅうに冷や汗がにじんだ。後方を振り返りながら、目標物から千メートルほど離れた地点にきているかどうか確認した。そして目を閉じ、さらに速力をあげた。歩幅をひろげ、腕を懸命に振った。そうやって、農地の外側の草叢にたどりついた。野外演習計画書に、第一部隊の陣地の境界線として指定された用水路がそこにあった。そこまできてはじめてガンボアは口を開け、腕をひろげて深呼吸した。向きなおる前に、顔の汗をぬぐった。自分が疲労していることを、生徒たちに知られたくなかった。彼につづいて、下士官らとアロースピデがたどりついた。そしてしばらくあとに、本隊がばらばらになってやってきた。列がくずれ、いくつもの小さな集団ができていた。やがて三つの組の全員がそろい、ガンボアを囲んでU字形に並んだ。ガンボアは百二十名の生徒たちの動物じみた息遣いを聞いた。

「班長は前に出ろ」とガンボアは命じた。アロースピデとあと二人の生徒が隊列を離れた。「部隊、休め！」

中尉は下士官や三人の班長をしたがえて数歩移動した。そして地面にいくつかの線やばつ印を描きながら、攻撃の段取りを彼らに説明した。

「これで各班の配置はわかったな？」とガンボアはたずね、五人はうなずいた。「各グループは、攻撃の合図とともに扇状に開くんだ。いいか、必ず開くんだぞ、前の者にくっついちゃだめなんだ。いいな？ 前後に充分間隔をとりながら一列に並ぶんだぞ。おれたちの部隊は南側から攻めるんだ。つまりこの前方だ。わかったな？」

下士官や班長らは丘に目を向け、「わかりました」とこたえた。

「前進はどのように？」とモルテはたずねた。班長たちが振りかえって彼を見たので、モルテ軍曹は顔をあからめた。

「これから話すところだ」とガンボアは言った。「十メートルずつ、断続的に進むんだ。いいな？ 十メートルほど全力で走って行って、頭から飛びこんで地面に伏せる。そのとき、ライフル銃を地べたに突っこむやつがいたら、ぶっとばしてやるからな。最前線の連中が全員伏せたら、おれが笛を吹く。その笛を合図に、二列目の者たちは立ちあがって撃つんだ。一発だけだ。わかったな？ 撃ったら、そのまま十メートル走って、うつ伏せるんだ。つぎに三列目の連中の番だ。撃って、走って、伏せる。三列目が終わったら、もう一度、今の要領で、第一列から同じことを繰りかえす。すべておれの指揮にしたがって動くように、いいな？ 目標物の百メートル手前まで、このやり方で前進する。そこまで行ったら、他の部隊の領域に入らないように、陣列を少し狭めるんだ。最後は、三つの小部隊が一度に攻撃をしかけて、一気に頂上を攻略する、いいな？」

「作戦完了までに、どれくらいの時間的余裕がありますか？」とモルテはたずねた。

「一時間」とガンボアはこたえた。「だけどそれはおまえたちが気にする必要はない。おれの問題だ。下士官や班長の任務は、隊列の左右の間隔がちゃんと取られているかどうか、後方に取りのこされた者がいないかどうかを確認することだ。こちらが出す指示のすべてを、ひとつ残らず見落とさないように気をつけてもらいたい」

「ぼくたちの位置についてですが、先頭でしょうか、それとも後方につきましょうか？」とアロースピデはたずねた。

「君たちは先頭に行ってくれ。下士官たちは後方だ。ほかに質問は？　なければ、いまの手順を各小部隊に伝えてこい。作戦は十五分後に開始する」

　下士官や班長らは、足早に遠ざかった。ガンボアはガリード大尉の姿をみとめた。立ちあがろうとしたが、ピラニアは、そのままの姿勢でいるようにと、手で合図した。二人は、それぞれの組が十二名ずつの小グループに分かれていく様子をながめた。生徒たちは、ズボンのベルトを締め、軍靴のひもをしっかりと結んだ。軍帽をかぶりなおし、ライフル銃をもう一度点検する者もいた。

「みんな楽しんでるようだな」と大尉は言った。「こいつら、まるでダンスパーティーへでも出かけるみたいに、浮き浮きしてやがる」

「ええ」とガンボア。「戦場にいる気分なんでしょう」

「もしほんとうに戦争がはじまれば」と大尉は言った。「この連中はきっとおれたちを裏切って、真っ先に逃げだすだろうよ。しかし、やつらにとって幸運なことに、おれたち軍人が鉄砲を撃つのは、こうした訓練のときだけときてる。ペルーでは戦争はまずおこらんだろうからな」

「お言葉を返すようですが、大尉」とガンボアは反論をこころみた。「ペルー周辺の情勢は、そう楽観的なものではありません。エクアドルやコロンビアは、こっちのジャングルの一部をかすめ取ろうと、虎視眈々と機会をうかがってますし、チリに対しては、アリカやタラパカーを奪われた借りがそのままになってますよ」

「そんなのはどうってことないさ」と大尉は言った。「いまはお偉方たちが、なんだってきちんと片《かた》をつけてくれるんだ。おれは一九四一年のエクアドル戦線にいたが、あの時は、キトまで進軍できそうだった。ところがお偉方たちが出てきて、外交交渉で問題を解決しちまった。いまは外交の時代だよ。おれたち制服組の出る幕はない」

「昔はそうではありませんでした」とガンボア。

ペソア軍曹と六人の生徒が偵察から走って帰ってくるのが見えた。大尉はペソアを呼んだ。

「丘の周囲をぐるっと確認したか？」

「はい、大尉、人っ子ひとりいません」

「そろそろ九時になります」とガンボアは言った。「進攻を開始することにします」

「行きたまえ」と大尉はこたえた。そして不意に不機嫌な声で、付け加えた。「あのたるんだやつらをたっぷりしぼってやれ」

ガンボアは部隊に歩み寄った。そして隊列を隅から隅までゆっくりと眺めまわした。その持てる能力や、機動性の限界、士気の高さをおしはかるかのようであった。頭をいくぶんうしろにそらしていた。風にあおられて、戦闘服のシャツや、軍帽からのぞく黒い髪が揺れた。

「もっと横に開かんか」とガンボアはどなった。「何を考えてやがるんだ。隣りの者と五メートル以上はなれてなくちゃならんのだ。きさまらそんなにくっついてどうするんだ。ミサを聞きに行くんじゃねえんだぞ」

三つの隊列に緊張が走った。班長は隊列をはなれて、もっと間隔を開けろ、と大声でみんなを急きたてた。列はどんどんのびていった。

「ジグザグに前進するんだ」とガンボアは叫んだ。両端の者にも聞こえるように、かなり大声を出した。「もう三年間もやってることだ。前の者にくっついてぞろぞろ進むんじゃないぞ。こちらの指示にしたがわずに、立ち止まったり、進みすぎたり、遅れたりする者がいたら、その場で死んでもらうぞ。死んだら、土曜も日曜も外出できないぞ。わかったな」

ガンボアは振り向いてガリード大尉を見た。だが大尉はほかのことに気をとられたのか、はるか彼方をながめていた。ガンボアは笛を口にあてた。隊列がかすかにふるえたようであった。

「第一陣、攻撃用意。班長は先頭に、下士官は後方につけ」

時計に目をやった。九時ちょうどだった。笛をひときわ長く吹き鳴らした。かん高い笛の音が不意に耳に飛びこんできて、ガリード大尉は一瞬はっとした。自分が数秒間うわの空だったことを恥ずかしく思った。急いで近くの茂みに移動して、そこから訓練の様子をながめることにした。

耳をつんざくような笛の音が鳴り止む前に、第一陣が三つのグループに分かれていっせいに駆けだすのを、ガリード大尉は見た。各々のグループは、全速力で前進しながら、扇状に広がっていった。孔雀が雄々しく尾を広げるような按配だった。班長を先頭に、生徒たちは前かがみになりながら突進した。垂直に握りしめたライフル銃の銃口を天に向け、銃床はほとんど地を這うようであった。しばらくして、二回目の笛の音が鳴った。一回目よりも短く、鋭かった。そして遠方から聞こえてきた。ガンボアもみんなと走っていたからである。生徒たちの動きを目で追いながら、横向きになって走っていた。笛が鳴った途端、生徒たちは、まるで機関銃の掃射を受けたように、いっせいに倒れて、草の中に姿を隠した。ガリード大尉は、遊園地の射的小屋で撃たれて倒れるブリキの兵隊を思い浮かべた。ガンボアのどなり声は、朝の空気を引き裂いた。《そこっ、どうして出すぎるんだ。ロスピグリョーシ、おまえは阿呆か、何をやってんだ、頭をふっ飛ばされたいのか。銃を地面にこするな。》ふたたび笛が鳴り響いた。生徒たちは、草の中から立ちあがって、弓状の線を描きながら、全速力で走りだした。また笛が鳴った。ガリード大尉の視界から、生徒たちがさっと消えた。ガンボアの声は、ますます遠く、かすかに聞こえた。生徒たちが何やらわめきちらし、ガリード大尉の耳には、悪口雑言の断片がとどいた。その視線は先頭グループに向けられていたが、ときおり思考は別のところへとんだりした。ずっと手前にひかえていた第二陣や第三陣が騒がしくなりだした。大尉が近くにいることを忘れて生徒たちは、大きな声を出してしゃべった。そしてガンボアの号令にあわせて前進する第一陣の連中の恰好をあれこれくさしながら笑った。《黒ん坊のやつ、まるでゴム鞠みてえに跳ねやがる。あれ見ろよ、奴隷のやつ、情けねえぜ、顔をすりむくのが怖いんだとさ。》

　ガリード大尉の目の前に、不意に、ガンボアが姿を現わし、さけんだ。《第二陣、突撃用意。》班長らは、右手をあげ、三十六人の生徒は息をこらした。大尉はガンボアを見た。拳をにぎりしめ、目をせわしげに動かしていた。視線をあちこちに走らせながら、闘志を燃やし、苛立ったり、満足したりしているようであった。第二陣は草原を駆けだしていった。生徒たちの姿はだんだん小さくなった。ガンボアも笛を片手に走っていた。今回も顔を横に向けて生徒たちの動きを見やりながら走っていた。

ガリード大尉の目には、横に広がった二本の陣列が映った。交互にうねって、沈んだり浮かんだりしていた。その動きは、だだっぴろい草原を活気づかせた。大尉にはもはや、生徒たちが正しい姿勢で突っ伏しているかどうか、確認できなかった。着地の際、銃が地面に触れないように、体を傾けて左腕から突っ込む必要があった。生徒らが適当な間隔をおいているかどうかも、また各グループが整然とした隊形を保っているかどうか、あるいは各班長が中尉から目を離さずに先頭を走っているかどうかもわからなかった。前線は幅百メートルに伸びており、すでにだいぶ離れた位置に達していた。不意に、大尉の目の前にまたもガンボアが現われた。あいかわらず冷静である。だが目だけが異様にかがやいていた。笛を鳴らすと、第三陣は丘に向かっていっせいに駆けだした。ガリード大尉は、今度は三本の隊列を目にした。生徒たちはどんどん遠ざかっていき、彼だけがその場に取りのこされた。しばらくそのままで考えをめぐらしながらじっとしていた。兵士らと較べて、生徒たちの動作はどこかぎこちなく、緩慢であると思った。

やがて、ガリード大尉は部隊の後を追って歩きはじめた。ときおり双眼鏡をのぞいた。遠くからだと、部隊はしきりに後退と前進を繰りかえしているように見えた。最前列が地に伏せると、二列目が懸命に走ってこれを飛び越え、その前方に出た。三列目は、二列目のいた位置へ前進した。つぎの段階では、また各隊列が動いてふたたび最初の組み合わせにもどった。そうやって入れ代わりを続けながら前進しては伏せ、伏せては前進した。ガンボアはさかんに腕を振りたて、そこここの生徒を指さしながら、何かをどなっていた。ガリード大尉の耳にはガンボアの声がとどかなかったが、何を命令しどんな注意をくだしているのかは、容易に想像できた。

不意に射撃がはじまった。ガリード大尉は時計をのぞきこんだ。《一分の狂いもない》と思った。《九時半ぴったりだ。》双眼鏡を目にあてた。前衛は予定どおりの位置にきていた。丸い標的に目をやったが、命中の跡ははっきりしなかった。そのまま二十メートルほど走って、ようやく標的に十数個の穴が開いているのが見えた。《たったあれだけか、兵士たちのほうがよほどましだ》と思った。《それなのにこいつらは卒業したら、何の苦もなく予備将校になるんだ。まったくけしからん。》ガリード大尉は双眼鏡を目にあてたまま、さらに歩きつづけた。各陣列は十メートルごとに前進を繰りかえしていた。やがて第二陣のライフル銃がいっせいに火を吹いた。銃声が止んでふたたび静けさがもどると、今度はガンボアの笛が鳴り響いて、前列と後列の前進を命じた。地平線を背景に、生徒たちの姿は、くっきりと小さく見えた。もう一度笛が鳴ると、今度は地に伏せていた陣列が撃った。一斉射撃のたびに、大尉は標的に目をやった。部隊が丘に近づくにつれて、弾丸《たま》が正確に当たるようになった。丸い標的は穴だらけになっていった。ガリード大尉は、生徒たちにも双眼鏡をむけた。上気した、子どもっぽい顔が並んで見えた。彼らは片方の目をつむり、もう片方の目で、照準器のくぼみをじっと見据えていた。銃尾が後方にはじけるたびに、少年たちの体が大きくゆれた。しかし肩がしびれても、彼らは起き上がって、走らねばならなかった。そして頭から突っ込んで、もう一度標的を撃たねばならなかった。彼らのまわりには、戦場の雰囲気がみなぎっていたが、それは単なる真似事にすぎなかった。ガリード大尉には、戦争がそんなものでないことがよくわかっていた。

ちょうどそのとき、地面に横たわる緑色の人影を見た。もう少しで踏みつけるところだった。ライフル銃の筒は、使用の手引きのあらゆる注意事項を嘲笑《あざわら》うかのように、ぶざまな恰好で地面にめりこんでいた。生徒と銃がなぜそこにそうやって倒れているのか、ガリード大尉にはすぐに理解できなかった。倒れている生徒の上にかがみこんだ。少年は苦痛に顔をゆがめ、目と口を大きく開けていた。頭に弾丸を受けているのだった。首筋をつたって血が一筋流れていた。

大尉は手にした双眼鏡を投げ捨てた。地面に横たわる生徒の背中と脚の下に腕を差しいれ、彼を抱えあげた。そしてうろたえた様子で丘にむかって駆けだし、しきりにさけんだ。《ガンボア中尉！　ガンボア中尉！》だが、他の者たちにはその声が届かなかった。第一部隊の生徒たちは、標的をめざして斜面を這いのぼっているところだった。連中の様子は黄金虫を連想させた。ガンボアの叱咤する声が響き、斜面をのぼることに全神経を集中させていたので、大尉の呼び声にはだれも気づかなかった。ガンボアの迷彩色の戦闘服や下士官たちの姿をさがしもとめた。そこへ不意に、黄金虫たちが動きを止め、彼の方に振り向いた。数十人の視線が自分に注がれるのを感じた。《ガンボア、はやく来てくれ！》生徒たちは一目散に斜面を駆けおりはじめた。負傷した生徒をそうやって抱きかかえている自分を、大尉はなんだかきまり悪いように感じた。

《まったくおれもついてない》と思った。《大佐はおれの勤務表にこのことを書きこむだろうな。》

彼のそばに真っ先にたどりついたのはガンボアだった。ガンボアは驚いた表情で抱えられた生徒を見つめ、さらによく見ようとかがみこんだが、大尉はさけんだ。

「医務室に連れて行くんだ。さあはやく、急ぐんだ」

下士官のモルテとペソアは、少年を抱えあげると、原っぱを駆けて行った。大尉や中尉や生徒たちがその後を追った。仲間の頭が、下士官の腕から垂れてぶらんぶらんと揺れるのを、生徒たちはこわばった表情でながめた。面変わりして土気色のその顔は誰もが知っていた。

「急ぐんだ」と大尉は下士官たちを急きたてた。「もっとはやく走るんだ」

ガンボアは突然、負傷した生徒を下士官たちの手から奪い、肩にかついだ。そしてそのままスピードをあげて、みるみるうちにみんなを引き放した。

「君たち」と大尉はさけんだ。「何でもいい、車がきたら止めるんだ」

生徒たちは斜めにそれて、近道に入った。大尉は下士官たちと一緒に後方に残された。「第一部隊の生徒なのか？」と大尉は訊いた。

「はい、大尉殿」とペソアはこたえた。「一組の生徒です」

「なんて名前だ？」

「リカルド・アラナです、大尉殿」一瞬ためらってからつけ加えた。「奴隷と呼ばれてますが」

第二部

私もかつて二十歳だった。あれが人生のいちばん美しい時期だとは言ってくれるな。

ポール・ニザン

1

ヤセッポチのやつ、かわいそうに。昨夜《ゆうべ》はずっと鳴きやまなかった。おれは毛布やら枕をかぶせてやったりしたんだが、それでもアウー、アウー、と哀れっぽく鳴きつづけた。しょっちゅうむせんだり咳きこんだりしてたいへんだった。あいつの遠吠えは寮舎の眠りを妨げた。ほかの日だったらそうでもねえんだろうが、今はみんな、神経をぴりぴりさせてて、あっちこっちから文句やら悪態が矢のように飛んできた。《追い出しちまえ、でねえと袋叩きにするぞ》と脅す野郎もいた。おれは自分の寝台からみんなと渡り合っていたが、夜中になると、もう手のつけようがなかった。おれも眠かったし、ヤセッポチの鳴き声はますますひどくなるばかりだった。何人かが起き出して、軍靴を片手にどなりこんできた。みんなの気分ががっくりと沈んでるこんなときに、まさかクラスの連中相手にとっくみあいをおっぱじめるわけにもいかねえ。それでやつを外に出して、中庭に連れて行った。その場に置いて引っ返そうとしたら、ひょこひょこついてくる。おれは声を荒げて《こらっ雌犬、そこにじっとしてろ、動くんじゃねえ、えんえんと鳴きやがって》とおどしたが、やっぱりついてくる、片足を曲げてびっこを引きながら。やつのよたよたとした足取りを見るとあわれになってきた。それで抱きあげて、今度は原っぱへ連れて行き、草の上に置いて、しばらく首のところを撫でてやった。それから立ち上がってこちらに引き返してきたんだが、さすがに今度はついてこなかった。だけどおれはけっきょくよく眠れなかった、寝つかれなかったんだ。うとうとしたかと思うと、急にさっと目がさめて、ヤセッポチのことが頭に浮かんでくる。それにくしゃみが出だした。あいつを外へ連れ出したとき、靴を穿かずに裸足で出たのがまずかった。それにおれのパジャマは穴だらけだからな。外は風が強くて、霧雨も降ってたみたいだ。かわいそうなヤセッポチ、寒がり屋だから、寒さが身にこたえてぶるぶる震えていただろう。夜中におれが寝返りを打って毛布をさらうと、あいつはひどく怒るんだ。今までそういうことがよくあった。やつは、腹立たしげな顔つきで起きあがると、何やら唸りながら、歯を立てて毛布を引っ張り、また体を包《くる》むんだ。そうでなけりゃ、温もりをさがしておれの足もとへさっさともぐりこむ。犬はほんとうに忠実な動物だぜ、身内以上にこちらのことを思ってくれる、凄いもんだ。ヤセッポチは雑種で、いろんな品種のそれこそごた混ぜだが、根はほんとにいいやつなんだ。何時《いつ》ごろ学校に姿を現わしたのかちょっと思い出せねえな。ここに捨てられてたってわけじゃねえだろう。たぶん通りすがりに、中をのぞいて見る気になり、見てみたらけっこう気に入ったんで、そのまま残ることにしたってなことだろう。おれたちが入学した時には、もういたような気もするな。案外、学校の中で生まれたのかも知れねえ。レオンシオ・プラド産ってことだな。おれが見つけたときは、まだほんの子犬だった。洗礼の頃から、しょっちゅうおれたちの部屋にくるようになった。まるで自分の家みたいにな。四年生が入ってくると、あいつはすぐにやつの足もとに飛びかかって吠え立て、咬みつこうとした。惚れぼれするほど勇ましかったぜ。思いっきり蹴飛ばされたりしたが、また飛びかかり、吠えたてながら、歯を剝きだした。小さな歯だった。あの頃はほんのチビ犬だったんだ。今はもうだいぶ大きくなった。三歳にはなってる。もう年寄りだ。この手の動物はそう長生きしねえ。雑種でしかもあまり食えねえとなりゃなおさらだ。ヤセッポチがたっぷりと餌か何かを食ってるってのを見たことがねえな。おれがときたま投げてやる果物の皮が、あいつの最大の御馳走だ。そのほかに草を口に入れたりするが、それは嚙むだけで、べつに食うってわけじゃねえ。草の汁を飲みこむとあとは吐き捨てる。草をいくらかむしって口に入れ、それをまるでインディオがコカの葉を嚙むみてえに、何時間もむしゃむしゃとやってる。いつもおれたちの部屋に入ってきたが、蚤を運びこむから嫌だと言ってやつを追い出す者もいた。だけどヤセッポチはいつも舞い戻ってきた。何十回何百回たたき出しても、しばらくするとドアが軋んで、地面すれすれの下の方から、あいつの鼻先が現われる。そのしつこさにおれたちは根負けして思わず笑ってしまうのだった。それでときにはそのまま中に入れてあいつと遊んでやった。ヤセッポチって名前をあいつに付けたのはいったい誰だろう？　わかんねえな。あだ名ってのはそういうもんだろ。知らぬ間に変なあだ名がくっついちまうんだ。おれがボアと呼ばれはじめた頃は、自分でも面白がって笑ったりしてたけど、そのうちに無性に腹が立ってきた。みんなにそんな名前をつけたやつは誰だと訊いてまわったんだが、みんなは、名無しの権兵衛だよとこたえるだけだ。まったくひでえ話だ、今じゃもうどこへ行ったってそれがおれの名前になっちまった。うちの街《バーリオ》でもボアと呼ばれてる。どうも犯人はバジャーノじゃないかって気がするんだ。あいつはいつもおれに変なことを言ってたからな。《待ってました、さあ、ベルトの上から小便《しょんべん》をしてみせてくれよ。》《おまえのでち棒、膝まで届くんだろ？　なあ、ちょっと見せろよ。》バジャーノのような気もするが、案外そうじゃないかもしれねえな。

アルベルトは誰かに腕をつかまれるのを感じた。目の前に見知らぬ少年の顔があった。もっとも相手は、アルベルトをよく知っているようだった。親しげにほほ笑んでいた。その後ろに小柄な生徒がもうひとり立っていた。ふたりの顔はぼやけて見えた。まだ午後の六時だったが、霧がすでに出ていたからである。そこは五年生の中庭で、近くに閲兵場が広がっており、何人もの生徒が行ったり来たりしていた。

「ちょっと教えてくれねえか、詩人」と少年が言った。「おまえは物知りだからな。女の場合、卵巣ってのが、男のキンタマと同じようなもんなんだろ？」

「はなせよ」とアルベルトは言った。「急いでるんだ」

「ちょっとだけいいじゃねえか」と相手はアルベルトをはなさない。「やつと賭けをしたんだ」

「歌の文句なんだけど」と小柄な少年が言い、そばへ寄ってきた。「ボリビアの歌だよ。こいつボリビアに住んでたことがあってね、あちらの歌をいっぱい知ってんだ。変な歌ばっかしだけどさ。ちょっと聞くか？　おい、あの歌をこいつに聞かしてやれよ」

「とにかくはなしてくれ。急ぎの用なんだ」

だが相手は、さらに力をこめて彼の腕をつかんだ。そして歌った。

からだの奥深く
卵巣がうずく
生まれてくる
ああわが息子よ

小柄なほうの少年が笑った。

「はなせったら」

「おなじだと言ってくれなくちゃ、はなせねえな」

「そりゃずるいよ」と小柄が言った。「そういうのはフェアじゃねえぞ」

「卵巣もキンタマもおんなじだ」とさけぶようにアルベルトは言った。そしておもいきり腕を引いて、そのままむこうへ歩いて行った。残されたふたりはなおも議論をつづけていた。アルベルトは足早に将校宿舎まで行き、角を曲がった。医務室まで十メートルもなかったが、建物の壁はかすかに見える程度だった。戸口も壁も霧にかすんでいた。廊下には誰もいなかった。受付の小部屋も無人だった。二階にあがった。入口のわきに白衣の男がすわっていた。新聞を手にしていたが、それを読むふうでもなく、陰気な視線を壁にむけていた。足音を聞いて、男は上体を起こした。

「なんの用だ？」と訊いた。「ここは立ち入り禁止だ」

「アラナに会わせてもらえませんか？」

「だめだ」と男は無愛想にこたえた。「帰りなさい。誰もアラナに会うことはできない。面会謝絶なんだ」

「大事な用なんです」とアルベルトは食いさがった。

「当直医に会わせてください、お願いします」

「当直医は私だ」

「何を言うんですか。あんたは看護人だ。当直医に会わせてください」

「もういい加減にしてくれよ」と男は言った。新聞を床に落とした。

「当直医を呼んでくれないのなら、おれのほうから行くまでのことだ」とアルベルトは言った。「止められるんなら、止めてもらおうか」

「いったいこれはなんのまねだ。頭がおかしくなったんじゃねえのか？」

「当直医を呼んでくれって言ってるのがわからんのか、畜生」とアルベルトがどなった。「さっさと呼んできたらどうなんだ」

「この学校じゃどいつもこいつも野蛮人だ」と男は言い、立ちあがって、廊下の奥に消えて行った。壁は白く塗られていた。最近塗られたようにも見えた。だがすでに、湿気のためあちこちに、灰色の染みが浮きでていた。しばらくして、看護人は、眼鏡をかけた背の高い男と一緒にもどってきた。

「なんの用かね？」

「アラナに会わせてもらえませんか、先生」

「無理だね」と医師は力無くこたえた。「第一ここへどうやって入ってこれたんだ？　下で何も言われなかったのか？　処罰されたら困るだろう？」

「きのう三度きました」とアルベルトは言った。「その度に玄関で追い返されました。だけどきょうは入口には誰もいなかったんです。お願いですから、一分だけでもアラナに会わせてもらえませんか？」

「悪いけどできない。私の一存ではどうにもならないことだ。規則は守らなくちゃならないってことは君もよくわかってるはずだ。アラナはいま面会謝絶になっている。誰も彼に会うことができない。君はアラナの親戚かね？」

「いいえ」とアルベルトはこたえた。「だけどどうしても彼に話さなくちゃならないことがあるんです。非常に大事なことなんです」

　医師は彼の肩に手をかけ、気の毒そうに彼を見つめた。

「アラナは誰とも話すことができない」と言った。「意識不明なんだ。だけど心配はいらん。じきによくなると思う。さあ、面倒なことになったらたいへんだ。きょうはもう帰りなさい」

「当直将校の許可書があればアラナに会わせてもらえますか？」

「いいや」と医師はこたえた。「大佐の命令がなくちゃだめなんだ」

　ぼくは週に二、三度テレサの学校へ出かけて行ったが、いつも彼女に声をかけるわけではなかった。母はたいがいひとりで昼御飯を食べた。友だちの所で昼食をとるというぼくの話を、母がどこまで信じていたのかわからない。いずれにせよ、ぼくが家で食べない方が、食費の節約になった。ときたまぼくが昼にもどると、母は不機嫌な顔で、《きょうはチュクイトに行かないのかい？》と言うのだった。ぼくとしては毎日でもテレサに会いに行きたかったが、学校ではなかなか早退させてもらえなかった。月曜日は体育の授業があったので、ことは簡単だった。休み時間になると、ぼくは石柱のかげにかくれて、サパータ先生がみんなを学外に連れ出すのを待った。そしてころあいをみはからって、正門から抜けだした。サパータ先生はむかしボクシングのチャンピオンだったこともあるが、今では年を取って、教える意欲をなくしていた。出席をとらなかった。ぼくたちを空き地へ連れていって、こう言うのだった、《サッカーでもやってくれ。脚にはいい運動だ。だけどあまり遠くへ行っちゃだめだぞ。》それから草の上に腰をおろして新聞を広げた。火曜日は教師の目を盗んで抜け出すことは不可能だった。数学の先生はぼくたち全員の顔と名前をおぼえていた。水曜日は、図画と音楽のある日で、シグエーニャ先生はいつもぼんやりしていた。十一時の休憩のあと、ぼくはガレージから抜け出して、近くの停留所で電車にのった。

イゲーラスはその後もこづかいをくれた。ベジャビスタ広場へ行けば彼に会えた。会えばピスコやタバコをおごってくれた。そして兄のことや女の話をしてくれた。《おまえはもう一人前の男なんだ》とぼくに言うのだった。そして、こっちがたのまないのに、金をくれることもあった。そう大きな額ではなかった。五十センターボか一ソルぐらいのものだ。だけど電車賃には充分だった。ぼくは五月二日広場で下車して、アルフォンソ・ウガルテ通りまで歩いた。そして角の雑貨屋のまえでテレサを待った。彼女のそばへ歩み寄って声をかけると、彼女は《こんにちは、きょうも早く出られたの?》と訊くのだった。そしてすぐに別の話をはじめたりした。《頭がいいんだ。返事に困らないように話題をかえてくれるんだ》とぼくは心のなかで思うのだった。おじさんの家までは八ブロックほどあった。ぼくは彼女といる時間をできるだけ長くしようと、歩幅を短くしたり、ショーウィンドウをまめにのぞきこんだりしたが、それでも三十分とはかからなかった。ぼくたちはいつも同じようなことを話した。学校でその日起こったことや、宿題のこと、試験のこと、進級のことなどである。ぼくはテレサのクラスメート全員の名前を知っていたし、彼女もうちの学校の先生や生徒のあだ名やうわさ話を知るようになった。テレサにこう言おうと思ったことがある。《ゆうべ夢を見たんだ。ぼくたちがおとなになって結婚をしてる夢だったよ。》彼女がきっといろいろとたずねるだろうと思ったから、ぼくもちゃんとこたえられるようにさまざまな返事を考えておいた。それであくる日、アリカ通りを歩いていると、ついそのことを言う気になって、《ゆうべ夢を見たんだ》と切りだした。そこまではよかったが、《どんな夢?》と彼女に訊かれると、思わず《ふたりがめでたく進級した夢》とこたえてしまった。彼女は、《実現するといいわね》と言った。

連れだって歩いていると、こげ茶色の制服を着たラサールの生徒とよくすれちがった。彼らもぼくらの話の種になった。《弱いんだよ、あいつら》とぼくはテレサに言うのだった。《うちの学校の連中には、とうていかなわないよ。あいつらはマリスタ修道会の連中にそっくりだ。女みたいにサッカーをしてさ、足をちょっと蹴られただけで、すぐに泣きだすんだから、まったく、あの情けない顔《つら》を見てやってよ。》彼女が楽しそうに笑うので、ぼくはおなじことをくどくどとしゃべりつづけた。やがて話も一段落すると、《そろそろおじさんの家だな》と思うのだった。いつもおなじ話ばかりで、テレサもさぞ聞き倦きてるだろうと思うと悲しかった。だけど彼女だってよくおなじ話をするけど、ぼくはちっともつまらなくないじゃないか、と考えるとすこしは気が楽になるのだった。おばさんと観に行った映画の内容を、テレサは二度も三度も話してくれた。そんな映画の話をしているときに、こういうことがあった。テレサがぼくに、何とかいう映画を観たのかと訊いた。ぼくは観てないとこたえた。すると彼女は《あまり映画を観ないの?》とたずねた。《このごろはあまり観てない》とぼくはこたえた。《だけど前はよく観に行ったよ。毎週水曜日、学校の友だちとサンエス・ペニャの映画館へ行ってたんだ。午後の部がただで観れたからね。友だちの従兄が脇席へそっと入れてくれたんだ。それで明かりが消えると、ぼくらはすぐに中央席に移った。なにしろ仕切りがあまり高くない板だから、簡単に飛びこえられちゃうんだよ。》《一度もつかまらなかったの?》《つかまるわけないじゃないか。例の従兄が場内係だもの。》《で今はどうして行かないの?》《従兄の勤務日が変わったんだ。みんなは木曜日に行くようになった。》《あなたは行かないの?》とテレサが訊いたので、ぼくはつられてつい、《君といるほうが楽しいんだ》と本音を言ってしまった。口をすべらせたことにはっと気がついて、ぼくはおし黙った。それがもっとまずかったようだ。彼女は真顔になってぼくをまじまじと見つめた。《気を悪くしたんだ》とぼくは心のなかで思った。《近くまた行ってみようと思ってるんだ。だけどほんとのことを言うとね、映画はあまり好きじゃないんだ》とぼくは弁解がましく言ってから話をそらした。だけどほかの話をしていても、彼女の先ほどの顔つきが目のまえにちらついて仕方がなかった。いつもとちがった表情だった。まるでぼくがこれまでなかなか口に出して言えなかった思いを、ふと悟ったとでもいうような顔だった。

イゲーラスがいつか一ソル五十センターボをくれたことがあった。《これでタバコを買ってもいいし、恋の悩みがあれば酒でも飲んでくれ。》そう言いながらその金を渡してくれた。つぎの日、アリカ通りの、ブレーニャ映画館側の歩道をテレサと歩いていると、ふとケーキ屋のまえで彼女の足が止まった。チョコレート・ケーキを見ながら《おいしそう!》とさけんだ。ぼくはポケットの金のことを思いだした。あれだけの幸福感を味わったことは今までにそうたびたびないだろう。《待ってて、ここに一ソルあるんだ、一つ買ってきてあげるよ》とぼくが言うと、テレサは《いいの、お金がもったいないわ、冗談で言っただけなんだから》と言ってぼくを止めた。だけどぼくは店内に入って、ケーキを注文した。あわてていたのでおつりをもらわずに出ようとしたら、店員の中国人が《お客さん、二十センターボのおつりですよ》と声をかけてくれた。テレサにケーキを渡すと、《わたしだけが食べるんじゃ悪いわ。半分こしましょうね》と言った。ぼくは食べなくてもよかったし、ほんとうに欲しくないとも言ったけれど、テレサはしきりに勧めてくれた。しまいには《それじゃ、一口だけでも》と言って、ケーキをぼくの口のまえに差しだした。ぼくがちょっとかじって顔をあげると、彼女はぷっと吹き出してしまった。《顔じゅうクリームだらけだわ。わたしがいけなかったのね、ごめんなさい、拭いてあげる。》そして、もう一方の手をぼくの顔に近づけた。ぼくは一瞬身を固くした。微笑もこわばってしまった。テレサの指先がぼくの唇をなぞると、ぼくは息を止めて、唇が震えないようにした。彼女の手に口づけをしたい気持にかられた。《はい、きれいになったわ》と彼女が言うと、ぼくらはラサール中学校に向かって歩きだした。ふたりとも黙っていた。ぼくは感激で胸がいっぱいだった。口のまわりを拭いてくれるとき、テレサは指先で何度もぼくの唇をゆっくりとなぞったのだ。《もしかしたらわざとそうしたのかもしれないぞ》とぼくは内心思うのだった。

それにヤセッポチがおれたちの部屋に蚤を運びこんできたわけじゃねえんだ。それどころか、学校の方が、あいつに蚤を移してたふしもある。田舎っぺどもの蚤だ。ある時なんか、毛じらみをわざと移されたこともあるぐらいだ。ジャガーと巻き毛がやりやがった、まったくひでえやつらだぜ。ジャガーはどっか変なとこへ行って、たぶんワティーカ一丁目の三流の売春宿だろうけど、そこですごくでかい毛じらみを移されたんだ。やつはそいつを便所の中で走らせたりしてたが、タイルの上じゃそいつは蟻ほどの大きさに見えた。巻き毛のやつが《誰かに移してやったらどうだろう？》とジャガーに打診した。運の悪いことに、ヤセッポチはすぐ近くでその様子を見ていた。二人はあいつをちらっと見ると、たがいにうなずきあった。やつに決まった。巻き毛はヤセッポチの首ねっこをつかんで吊す。あいつは手足をばたつかせる。ジャガーは両手を使って、自分の毛じらみをつぎつぎとヤセッポチに移してゆく。やがてやつらは興奮してきて、ジャガーが叫ぶ。《まだいくらでもあるぞ、お次は誰だ？》《奴隷だ》と巻き毛が叫んだ。おれは二人と一緒に行った。奴隷は眠ってた。おれがやつの頭を押さえつけ目をふさいだのをおぼえてる。巻き毛は脚を押さえた。そしてジャガーは奴隷の髪の毛の中に毛じらみを一匹ずつ植えこんでいった。《おいおい、気をつけてくれよ、おれの袖の中にも入れちゃってるよ》とおれは叫んだりした。だけど奴隷があんなふうになるってわかってたら、あん時、やつの頭を押さえこむようなことはしなかったし、あんなにしょっちゅうからんだりはしなかったと思う。もっとも毛じらみの件でやつは大した被害にはあわなかったけどよ。たいへんだったのはヤセッポチのほうだぜ。ほとんど全身の皮が剝けちまって、朝から晩まで壁に体をこすりつけてた。全身の皮膚がただれて、まるで疥癬病みのきたならしい野良犬のようになっちまった。ずいぶん痒かったんだろうな。壁にごしごし体をこすりつけてばかりいた。寮舎の壁がざらざらしてたので、特にその壁がよかったみたいだ。背中に石灰と血で縞模様ができちまって、赤に白、白に赤、まるでペルーの国旗のようになっちまった。ジャガーは思いついた。《唐辛子を塗ってやったらどうだろう？　人間みてえにしゃべりだすかもしれねえぞ？》そしておれに命じた。《ボア、台所から唐辛子をちょっとばかし盗んで来い。》台所へ行ったらクが唐辛子を何個かくれた。それをおれたちは石を使ってタイルの上ですり潰した。カーバかっぺは、《はやく、はやく》と言ってはしゃいでた。できあがると、ジャガーは《じゃしっかりつかんどいてくれよ、治療してやるからな》と言った。まったくもう少しでしゃべりだすんじゃないかと思ったぜ。クローゼットの上まで飛び跳ね、蛇のように体をくねらせ、狂ったように悲鳴をあげた。あまりの大騒ぎにモルテ軍曹が飛んできた。そしてヤセッポチの飛び跳ねる姿を見ると、腹をかかえて笑い出し、《まったくきさまらはとんでもねえやつらだ》としきりに言った。だけど面白いのは、それでヤセッポチが治っちまったってことだ。また毛が生えて、かえって太ったようにも見えた。ところがどうやらあいつは、病気を治してやるためにおれが唐辛子を塗ってやったと思いこんじまったらしい。動物は馬鹿だからな。それで何をどう考えたのか、あの日以来、四六時中おれのあとについてまわるようになっちまった。整列の時は、足もとにまつわりついて行進の邪魔をした。おれが食堂に入ればあいつもおれの椅子の下に陣取って、何か残飯を投げてくれないかと尻尾を振った。授業中は教室の外で待っていた。そしておれが出てくると、さっそく鼻先や耳をうごめかして喜んだ。夜になると今度はベッドに這いあがってきておれの顔をぺろぺろ舐めようとする。ぶったって何の効き目もありゃしねえ。いったん退散するが、すぐに戻ってくる。そしてちらっちらっとこっちの様子をうかがってる。もうちょっとそばへ寄ろうかな、止《や》めようかな、また蹴られるかな、大丈夫かしら、もうすこし寄ろってな具合で、まったく抜け目のねえやつだ。みんなはおれをからかいはじめた。《犬とできちゃって、きさまも隅におけねえ野郎だ。》だけどそれはほんとじゃねえ。犬とやろうなんて、おれはいっぺんもそんなことを考えたことはねえ。最初はあいつがべたべたしてくると、腹が立った。だがそれでも気が向いたときには頭を撫でてやることもあった。ところがそのうちにどこをどう撫でてやればあいつが喜ぶのかわかるようになってきた。夜、おれが寝床に入ってると、飛びのってきて、ベッドの上を転げまわる。おれがのどのあたりをくすぐってやるまで、そんな調子で眠らせちゃくれねえ。少しくすぐってやるとすぐにおとなしくなる。まったくいろいろと知恵の働く犬だ。もぞもぞ動く音を聞きつけて、みんながまたおれをからかいだす。《おいボア、いつまでやってんだ、そっとしてやれよ、やっこさんを感きわまって締め殺すんじゃねえぞ。》こいつめ、これなら気持いいか、ええ？　おいで、おつむとぽんぽんをくすぐってやるからね。撫でてやると、あいつはすぐにぴくりとも動かなくなる。もっとも気持良くって震えてるのがおれの手にも伝わってくる。そしてちょっとでも手を休めると、あいつは跳ね起きて、闇の中で真っ白な歯を剝き出すんだ。犬はどうしてあんなに白い歯をしてんだろう？　どんな犬でもそうだ。歯の黒くなった犬を見たことがねえし、犬の歯が抜け落ちたって話も聞かねえ。

犬に虫歯ができて、それを抜く羽目になったというのも聞かねえしな。そこんところが犬の不思議なとこなんだろう。寝ないというのも変わってるぜ。おれはてっきりヤセッポチだけが寝ないのかと思ってたが、あとで犬はみんなそうなんだって聞いて驚いた。最初は何だか薄気味悪かった。目を開けると、きまってこちらをじっと見てるんだからな。やつが一晩じゅうおれのそばで目を開けたまま過ごすのかと思うと眠れなくなっちまうこともあった。四六時中じっと見張られてるのは、そう気持のいいもんじゃねえからな。たとえ相手がただの犬でもな。もっともあいつは何だかわけ知り顔に見える時もあるけどよ。


アルベルトは踵を返して、階段を降りはじめた。ほぼ階段を降りきったところで、かなりの年配の男とすれちがった。顔がやつれ、目は悲しみに沈んでいた。

「すみません」とアルベルトは声をかけた。

男はすでに何段か行きすぎていたが、立ちどまって振り返った。

「失礼ですが」とアルベルトは言った。「リカルド・アラナのご家族の方でしょうか？」

男は記憶をたぐりよせようとするかのように、しばらく彼の顔をじっと見ていた。

「父親ですが」と男がこたえた。「何か？」

アルベルトは階段を二段ほどのぼった。二人の目の位置は、おなじ高さになり、正面から向かいあった。アラナの父親はまだ彼をしげしげと見つめていた。瞼には青い隈がひろがり、目にははげしい不安と警戒心を浮かべている。

「アラナ君はどんな具合なんでしょうか？」とアルベルトはたずねた。

「面会謝絶なんです」と男は嗄れた声でこたえた。「会えないんです。親である私たちにも会わせてくれないんです。いったい学校にそんな権限があるんでしょうか？　あなたはあの子の友だちですか？」

「クラスが一緒です」とアルベルトは言った。「ぼくも入れてもらえなかったんです」

男は肯いた。ひどく疲れているように見えた。頬や顎にうっすらと髭がのび、シャツの衿が汚れてよれよれだった。ネクタイもゆるんでおり、結び目がこっけいなほど小さかった。

「ほんの二、三秒しか顔を見せてもらえなかった」と男が言った。「それもドアのところからなんだ。いくらなんでもひどすぎる」

「どんな状態ですか？」とアルベルトはたずねた。

「医者は何て言ってますか？」

　男は額に手をやってから、手の甲で口をぬぐった。

「わからない。二回手術を受けました。家内はもうショックで口もきけない状態なんです。いったいどうしてこんなことが起きたんでしょう？　あとすこしで卒業だというのに。まあ、こんなことを言ってみてもしようがないんでしょう。とにかく神様に祈るだけです。あの子がこの試練を無事に乗りこえられるように、神様になんとしても助けていただかなくちゃなりません。家内はいま礼拝堂で祈っています。医者の話だと、今晩子供に会わせてもらえるかもしれません」

「きっと助かりますよ」とアルベルトは言った。「この学校の医者はなかなか腕がいいんです」

「ええ」と男は言った。「大尉から話をうかがってます。いろいろと励ましてくださいました。とても親切な方で、たしかガリード大尉とおっしゃったと思います。大佐もとても心配してくださってると言われました」

　男はふたたび手で顔をぬぐった。それからポケットをさぐって、タバコを取りだした。アルベルトに一本差しだしたが、彼は断わった。もう一度ポケットに手を入れた。マッチがみつからないようであった。

「ちょっと待ってください」とアルベルトは言った。

「マッチをさがしてきます」

「私も一緒に行きます」と男が言った。「廊下で誰とも口をきかずに、ずっとすわっていても仕方ありません。もう二日こんな調子です。神経がまいってしまいますよ。最悪の事態にならなければいいが、ほんとうにそれだけです」

　二人は医務室を出た。入口の小部屋に衛兵がいた。アルベルトを見てひどくおどろいた様子だったが、頭をすこし突きだしただけで、何も言わなかった。外はすでに暗くなっていた。アルベルトは原っぱに足を踏み入れ、《小真珠《ラ・ペルリータ》》へ向かった。遠くのほうに寮舎の明かりが見えた。校舎のほうは闇に包まれていた。学校はしいんと静まりかえっていた。

「あの子が倒れたとき、あなたもいましたか？」と男がたずねた。

「ええ」とアルベルトはこたえた。「だけど近くにいませんでした。ちょうど反対側にいました。大尉がみつけたんです。ぼくらはもう丘にのぼっていました」

「どうしてこんな目にあわなくちゃならないんでしょう?」と男は言った。「いったいどうしてこんな苦しみを味わわされるんでしょう? 私たちはまじめに生きてきました。きちんとした家族なんですよ。日曜ごとに教会へ行きますし、人に恨まれるようなことは何もしてません。家内もよく貧しい人に施しをします。神様はどうして私たちをこんな苦しい目にあわせるんでしょう?」

「クラスのみんなもとても心配しています」とアルベルトは言った。そしてしばらくためらってから、つけ加えた。「アラナ君はみんなから好かれてます。とてもいいやつです」

「ええ」と男は言った。「いい子だ。私がしつけたんです。かなりつらくあたったこともありました。あの子のためを思ってそうしたんです。男らしくなってもらおうと、私もいろいろと苦労しました。私たちのひとり息子です。すべてあの子のためを思って、その将来のことを考えてしたことなんです。あの、息子が学校でどんな生活をしてきたのか話してくれませんか。リカルドは口数のすくない子で、学校のことは何も話してくれませんでした。ときおり、あまり楽しくなさそうな顔をしてましたが」

「軍隊式の生活はちょっときついですからね」とアルベルトは言った。「慣れるのに時間がかかります。最初は誰しもおもしろくないですよ」

「きびしい生活が息子にとってよかったと思います」と男は真剣な口調で言った。「おかげであの子も変わりました、たくましくなりました。誰がなんと言おうとそれだけはまちがいありません。小さいときはなよなよして、ほんとうにひどかった。ここで鍛えられて、なんとか一人前になることができました。私はそれを望んでたんです。男らしくなってほしかった。芯のしっかりした強い人間になってもらいたかったんです。もしあの子が、ここが嫌でやめたいと思ったのなら、私にそう言えたはずです。私がこの学校を勧めたとき、あの子はとてもよろこんでくれました。私が悪いわけじゃありません。すべてあの子の将来を考えてやったことなんです」

「ええ、お気持はよくわかります」とアルベルトは言った。「心配いりません、きっとうまくいきます。大丈夫ですよ」

「家内は私を責めるんです」と男は何も聞こえなかったように話をつづけた。「女っていうのはいつもそうです。ものごとを正しく見ないで、何の根拠もないことを平気で言うんです。だけど私は良心に何も恥じるところがありません。あの子をこの学校に入れたのは、人の役に立つ、強い人間になってもらいたかったからなんです。私は占い師じゃないんだ。こんなことになるなんてわかるはずないじゃありませんか。私は責められるべきだと思いますか？」

「さあ、ぼくには」とアルベルトは戸惑ったように言った。「いや、おっしゃるとおりですよ。なんの責任もありません。大事なのは、アラナ君がはやく元気になることだけです」

「ええ、申しわけない、神経がぴりぴりして」と男は言った。「気持がたかぶって、自分でも何を言ってるのかわからないんです」

二人は《小真珠《ラ・ペルリータ》》にたどり着いた。パウリーノはカウンターに肘をついて、両手に顎をのせていた。はじめてアルベルトを見るような目つきをした。

「マッチをくれ」とアルベルトは言った。

パウリーノはうさん臭そうな目をアラナの父親に向けた。

「ないね」

「おれが使うんじゃないんだ」

パウリーノは何も言わずにカウンターの下からマッチ箱を取りだした。男は、タバコに火をつけようと、三本目のマッチ棒を擦った。燃えあがる小さな炎に照らされて、男の手が小刻みに震えるのをアルベルトは見た。

「コーヒーをください」とアラナの父親が言った。

「あなたもどうぞ」

「コーヒーなんてねえよ」とパウリーノはけだるそうな声で言った。「コーラならあるけど」

「じゃそれでいい」と男は言った。「コーラでも何でもかまわないんだ」


霧雨も降らなければ太陽もかがやいてないあのかすかに明るい昼さがりのことを彼は忘れてしまっている。自宅近くの停留所より一つ手前のブラジル映画館の停留所で、リマ・サンミゲル間の市街電車から降りたのだった。いつもそこで下車することにしていた。たとえ雨が降っていても、避けがたい顔合わせをすこしでも遅らせるために、彼はその無駄な一区間を歩くほうを選んだ。そうした道順をたどる最後の日であった。学年末試験は先週で終わり、通知表を手渡されたところだった。学校は死に絶え、三ヶ月後によみがえるはずであった。休暇を前にして級友たちは陽気だった。しかし彼は逆に恐れをいだいていた。学校は彼の唯一の避難所だった。夏は彼を危険な不活動状態に引きずりこみ、彼は両親の干渉にさらされる恐れがあった。

サラベーリ通りに向かわずに、そのままブラジル通りを下って公園に入った。ベンチに腰をおろして、手をふかぶかとポケットに突っこんだ。いくぶん背をまるめてしばらくじっとしていた。自分を老人のように感じた。人生は単調で、張りあいがなく、重い荷物であった。教室では、級友たちは先生が背中を向けるやふざけあった。互いに顔をしかめたり、紙を小さく丸めて投げたり、笑ったりした。彼はまじめくさった顔で途方に暮れつつ級友たちをながめた。どうして自分も彼らのようにできないのか？　悩みをいだかずに生き、友だちを持ったり、心やさしい親戚に囲まれたりする、どうしてそんな風にいかないのか？　目をつむり、そうした姿勢で長いことチクラーヨの思い出にふけった。アデリーナ伯母さんのことや、子供時分に夏の到来が待ち遠しかったことなどを思いだした。やがて立ちあがると、一歩ずつ踏みしめながら家に向かった。

帰り着く一ブロック手前で彼の心臓は早鐘を打った。父親の青い車が玄関先に駐車していた。時間の感覚が麻痺してしまったのだろうか？　通行人に時刻を訊いた。十一時だった。父親はふだん一時前にもどるようなことはなかった。足取りをはやめた。玄関先に立つと、なかから両親の声が聞こえてきた。言い争っていた。《電車が脱線して、マグダレーナ・ビエハから歩いて帰ったと言おう。》そう思いながらベルを押した。

ドアを開けたのは父親だった。にこにこしていた。その表情にはかすかな怒りの徴候もなかった。めずらしいことに、彼の肩を親しげにぽんと叩いて、浮き浮きした口調で彼に言った。

「おお、やっと帰ってきたか。お母さんとちょうどおまえの話をしてたところなんだ。さあ、入れよ」

彼はほっとした。すぐにこわばった表情がくずれて、彼の一番の盾となるあのおとなしげであいまいな微笑を浮かべた。母親は居間にいた。彼を愛情深げに抱きしめる母の態度に不安をおぼえた。そうした過剰な愛情表現は父親の機嫌をそこねる可能性があったからだ。ここ数ヶ月、父親は夫婦喧嘩の際に彼を審判官もしくは証人に仕立てているのだった。屈辱的で惨めな経験だった。父親からの確認するような問いかけのひとつひとつに《はい、はい》とこたえねばならず、それがそのまま母親への糾弾となるのだった。──浪費、怠惰、無能、淫乱。今回はいったい何の同意を求められるのだろうか？

「あれを見てくれ」と父親は上機嫌で言った。「テーブルの上におまえのために用意したものがある」

彼は振りむいた。パンフレットの表紙には大きな建物の正面図が描かれていた。その下には大文字で、《レオンシオ・プラド士官学校は軍人のみを養成するわけではありません》と読めた。彼は手をのばしてその小冊子を手に取った。顔に近づけ、すべてを察してパンフレットのページをめくった。サッカー場や満々と水をたたえたプール、よく整頓された清潔で広びろとした食堂や寮舎などが目に入った。真ん中の見開きの二ページは、光沢のある写真で、観覧席の前を行進してゆく一糸乱れぬ隊列を示していた。生徒たちは銃をかついでおり、軍帽は白、記章は金色だった。棹の高みに旗がはためいていた。

「どうだい？　素晴らしいだろ？」と父親は言った。

その声はあい変わらず穏やかだったが、抑揚や発声のかすかな変化に一種の警告がひそめられていることは、父親の声を知りつくしている彼にはすぐにわかった。

「ええ」と彼はただちにこたえた。「なかなか素晴らしいですね」

「そうさ！」と父親は言った。そしてすこし間を置いてから母親の方に振り向いた。「そらみろ、リカルドが真っ先に喜んでくれるって言ったろ？」

「私はそうは思えません」と母親は夫の顔を見ないで、弱よわしくこたえた。「子供をそこに入れたいのなら、お好きになさってください。だけど私が賛成するとは思わないでください。子供を軍人の学校に寄宿させるのに私は反対です」

彼は顔をあげた。

「軍人の学校に寄宿する？」瞳が輝いていた。「それはいいよ、お母さん、ぼくは行きたい」

「まったく女というやつは」と父親は憐れみを含んだ声で言った。「女どもはみんな同じだ。愚かで感傷的で、何もわかっちゃいない。さあ、お母さんに説明してやれ。士官学校に入ることがおまえにとって一番望ましい選択であることをな」

「どういう所なのか、それすらわかっていないんです、この子は」と母親はつぶやくように言った。

「わかってるんだ」と彼は熱っぽくこたえた。「ぼくはやってみたいんだ。いつも寄宿学校に行きたいって言ってきたじゃないか。父さんの言うとおりだよ」

「どうもお母さんは、おまえが自分の頭で考えることもできない能無しだと思いこんでるようだな」と父親は言った。「お母さんがおまえをおかしくしてきたってことがこれでよくわかっただろう？」

「素晴らしいだろうな」と彼は繰り返した。「ほんとうに素晴らしい」

「仕方ないわ」と母親は言った。「何を言っても無駄のようですからもう何も言いませんけど、私はやはり子供をそういう所に入れるのはどうかと思いますわ」

「おまえの意見なんぞ訊いたおぼえはない」と父親は言った。「こういうことはおれが決める。おまえには決めたことを伝えただけなんだ」

母親は席を立って居間を出た。父親はすぐに落ちつきを取りもどした。

「準備期間が二ヶ月あるんだ」と彼に言った。「試験は結構厳しいだろうけど、おまえも馬鹿じゃないんだから、楽々突破できるはずだ。そうだろ？」

「うんと勉強するよ」と彼は約束した。「合格できるように精一杯がんばるよ」

「それはいい」と父親は言った。「学習塾に入れてやろう、予想問題集も買ってやろう。金はかかるが、無駄ではあるまい。おまえのためだ。あそこならきっとおまえを男らしい若者に作り変えてくれるはずだ。まだ間に合うぞ」

「がんばって合格するよ」と彼は言った。「絶対に合格するよ」

「よし、これで話は決まった。嬉しいか？　三年間の軍隊生活はおまえを別人にするさ。軍人たちはやり方を心得てるからな。体と精神を鍛えてもらえるぞ。おれがおまえの将来を気にかけるように、父さんの将来を心配してくれる人間がいてくれたらよかったと思うよ！」

「ありがとう、ほんとうにありがとう」と彼は言った。そしてすぐそのあとに、はじめて、「お父さん」と付け加えた。

「きょうは昼飯を食べたら映画を観に行ってもいいぞ」と父親は言った。「こづかいに十ソルやろう」


土曜日になるとヤセッポチは淋しげな顔をする。昔はそうじゃなかった。むしろ逆だった。おれたちと一緒に野外演習にきて、戦場のなかを飛び跳ね、走りまわった。弾丸の雨がひゅーひゅーとやつを掠めるように飛びかった。あいつは懸命に走りまわり、普段の日よりもエキサイトしてた。だけどおれの相棒になってからというもの、様子が変わった。土曜日がやってくると、何だか妙な顔をして、やたらとおれにべたべたした。どこへ行こうとおれにつきまとい、ぺろぺろと舐め、脂《やに》っぽい目でおれの顔をのぞきこんだ。もうだいぶまえから気づいてたことだが、野外演習から帰ってシャワー室へ行くころか、そのあと寮舎に戻って外出用の制服を着込むころになると、あいつはベッドの下かクローゼットのなかにもぐりこんで、小さな声で鳴きはじめる。おれがいなくなるので悲しいってわけだ。整列するときも静かに鳴きつづけてる。そしてうなだれて、まるで打ちひしがれた魂みたいに、おれのあとを、とぼとぼとついてくる。学校の正門まで来ると止まる。鼻先をあげておれをじっと見る。だんだん遠ざかって行くおれの背中をヤセッポチがじっと見送ってるのがわかる。おれがパルメーラス通りにさしかかっても、あいつは門の脇の衛兵所のまえにすわって、おれが消えて行った方角をじっと見つめつづけているにちがいねえ。だが面白いのは、学校の外までおれのあとをついて来ねえってことだ。外に出ちゃ駄目だ、と誰もあいつに言ってねえはずだが、とにかく学校の外へは出ねえ。何かあるんだろうな。そこんところはじっと我慢しなくちゃならねえってわきまえてる感じだ。ほんとに妙なことだぜ。それでおれは日曜日の夜に戻って来るわけだが、その時間になるとヤセッポチはもう校門の前に出て、落ちつかない様子で、入って来る生徒たちの間を行ったり来たりしてる。鼻をうごめかしてくんくんにおいを嗅ぐ、いっ時もじっとしていねえ。そして遠くからでもおれのことがちゃんとわかるらしい。わんわん吠えながら走ってくる。そしておれを見かけるやぴょんぴょん飛び跳ねる、尻尾を振りたてる、そしてもううれしくてしようがないって風に体全体をくねくねとくねらせる。ヤセッポチはほんとうに情の深い犬だ。あんな風にいためつけちまって、わるかったなと思う。いつもあいつを可愛がってきたわけじゃねえ。むしゃくしゃしたり、ふざけたりしてるうちに、あいつをそれこそ何遍も痛い目にあわしてきた。そういう時、あいつはべつに腹を立てなかった。むしろ喜んでるように見えたもんだ。みんなで遊んでるとでも思ってたんだろうな。《さあ、飛べ、ヤセッポチ、こわがるんじゃねえ!》やつはクローゼットの上で唸って吠える。階段の最上段にいるように怯えた目で下を見る。《飛べったら、ヤセッポチ、飛べ！》なかなか決心がつかないようだ。おれが後ろから近づいて、ぽんと押してやる。するとあいつは毛を逆立てて落っこちてきて、床の上でバウンドする。ただのお遊びさ。べつにあいつがかわいそうとは思わなかったし、あいつの方も多少痛い思いをしても気を悪くするわけじゃなかった。だけどきょうはちがってた。おれは本気であいつを傷めつけた。おればかりが悪いんじゃねえんだ。いろんなことが重なって気が立ってたんだ。カーバのやつがあんなことになっちまえば、だれだって神経がぴりぴりしちまうよ。それに奴隷の一件もある。鉛の弾丸《たま》が頭に当たっちまうなんて、なんてこった。みんなの気が滅入っちまうのもあたりまえだ。おまけに真夏の太陽が照ってるっていうのに、よりにもよって紺の制服を着るように言われたんだからな。みんなは暑苦しさにあえぎながら、緊張で腹がぎゅっと痛くなるのをこらえなけりゃならなかった。そろそろ連れて来られるぞ、元気だろうか、独房に何日も入れられてやつれちまったんじゃねえのかな、もしかしたら毎日パンと水だけだったのかもしれねえ、将校会議におびえながら、ひとり部屋に閉じこめられ、連日大佐や大尉らのまえに引っぱりだされたことだろう。根ほり葉ほり訊かれ、問い詰められ、どなられ、さんざんいためつけられただろう。だけどあいつは田舎っぺながら、堂々と男らしく振る舞った。口を割らなかった、だれの名前も出さなかった。容赦ない責苦をひとりで持ちこたえた。おれでした、試験問題を盗んだのはおれでした、おれ一人でした、だれも知らなかったことです、おれがガラスを割ったんです、手まで切ってしまいました、ほらこの傷痕を見てください、ってな調子だ。そしてふたたび独房にぶち込まれる。また一人ぼっちだ。兵士が小窓から食事を差し入れてくれるのを待ってるだけだ。どんなまずい飯かだいたい見当がつくよ。それから、やつが田舎に戻って、親父に《退学させられた》と報告するとき、親父がやつをどんな目に会わすか、想像するだけでもぞっとしちまうよ。やつの親父はきっと野蛮な野郎にちがいねえ。田舎っぺどもはみんな野蛮なことをしやがるからな。おれが通ってた前の学校には、プーノから来たやつがいた。ところがこいつは親父にベルトで思いきり引っぱたかれるもんで、ときおりものすごいありさまで学校へ出てくることがあったんだ。カーバのやつ、ほんとうに辛かっただろうな。かわいそうに。もう二度と会えないだろう。人生なんて何があるかわからんもんだ。三年間一緒に過ごした仲間だっていうのによ。だけどやつはこれから故郷《くに》に帰って、勉強とも縁が切れて、インディオやリャマに混じって、馬鹿な百姓になっちまうんだろうな。この学校でいちばんこまるのはそこんとこだ。退学させられたら、これまでの進級はすべて取り消され、何もかもぱあになっちまう。まったくこいつらは、人をたたきつぶす方法をうまく考えたもんだぜ。田舎っぺのやつ、どんなに苦しくて情けない思いをしたことだろう。紺の制服を着てかんかん照りの中庭に整列して、カーバが連れてこられるのを待つあいだ、クラスの連中もおれと同じことを考えてたと思う。おれたちはみなうつむいてた。顔をあげると涙が出てきそうだった。そうやってけっこう長い時間待たされた。やがて中尉たちが正装して姿を現わした。兵営主任の少佐もやってきた。そして最後に大佐のお出ましだ。おれたちは直立不動の姿勢をとった。中尉たちは大佐のまえに進みでて報告した。おれたちは身震いした。大佐が話しはじめると、まわりはおそろしいほどしんとなった。おれたちはおびえていただけじゃねえ。ひどく悲しい気持にもなってたんだ。とくに一組のおれたちはそうだ。無理もねえよ。もうすぐカーバが連れて来られるはずだった。やつはおれたちの仲間だった。何年も一緒に寝起きし、裸のつきあいをしてきたやつなんだぜ。たがいに力を合わせていろんなことをやったんだ。石の心でも持たなけりゃ、胸に熱いものがこみあげてこねえわけがねえだろう。大佐は、例のおかまのような声で、一席ぶちはじめた。怒りで青筋をたてて、田舎っぺをくそみそにけなしやがった。そしておれたちのクラスや学年全体をやり玉にあげて徹底的にこきおろした。そのときはじめて気がついたんだが、ヤセッポチのやつ、おれの靴にかじりついてしきりに靴ひもを噛んだり引っぱったりしてた。こらっヤセッポチ、何をしやがるんだ、あっちへ行け、靴ひもを噛みたけりゃ大佐のをやれ、こらっ、じっとしてろ、図にのりやがって、おれをこまらせるんじゃねえよ。やつを追払うために、ひと蹴りでもできりゃよかったんだけど、ワリーナ中尉とモルテ軍曹がおれのすぐそばに控えていて、息を吸うにも用心しなけりゃならなかった。こらっ、雌犬め、人の弱みにつけこむんじゃねえってんだ。だけどやつはもうどうにも止まらねえってな調子で、必死になって噛みつづける。そして靴ひもを引っぱりに引っぱって、とうとうそれをちぎりやがった。靴がゆるんでぶかぶかになったようだった。おれは、これでやつも気がすんで、どこかへ行っちまうだろうと思った。あん時どうしてあっちへ行かなかったんだよ、ヤセッポチ、おまえが悪いんだぞ。やつはなんと、もう片方の靴にかじりついた。おれがまったく手出しできないってことを見抜いてるようだった。手足を動かすこともできなけりゃ、にらみつけることもできねえ、ましてやしかりとばすわけにもいきやしねえ。そうしてるうちにカーバが連れて来られた。二人の兵士にはさまれて、これから銃殺でもされそうな様子だった。顔がひどく青ざめてた。おれは、胃袋をぎゅっとつかまれて、喉もとに何かがこみあげて来るような感じがした。とても辛かった。田舎っぺは黄色い顔をして、やっぱり田舎から出てきたような二人の兵士と足並みをそろえて行進した。三人とも同じような顔立ちで、三つ子みたいだったが、まんなかのカーバの顔だけがやたらと黄色かった。三人は閲兵場の方からやってきた。みんなはやつらの動きをじっと見まもった。三人はおれたちの部隊のまえで行進を止め、ぐるっとまわって、その場で足踏みをつづけた。すぐ目のまえに大佐や中尉たちが並んでいた。《いったいいつまで足踏みをやってんだ》とおれは心のなかで思った。だがすぐに、あれはカーバも兵士らもつぎにどうしていいかわからねえためだと気がついた。将校どもも《止まれ》の号令を掛けそびれていた。やっとのことでガンボアがまえに進みでて、腕を振った。三人はぴたっと足を止めた。二人の兵士はうしろに退がり、田舎っぺだけがひとり絞首台に立った。体がこわばって、やつには身じろぎひとつするる余裕がねえ、がんばれ、カーバ、大丈夫だって、組織がついてるからな、必ずかたきは取ってやるぜ。《ああ、泣き出しちまうだろうな》とおれは思った。泣くなよ、田舎っぺ、あいつらを喜ばすんじゃねえ、こらえろ、しっかりと足を踏んばって、耐え抜け、がたがた震えたってしようがねえんだ、あいつらにおれたちの根性を見せてやれ。腹を据えてしばらくじっとしてろ、すぐにすべてが終わっちまうさ、ちょっと笑ってやれよ、あいつらにはそれが一番こたえるんだ。クラスの連中の気持が、爆発寸前の活火山みたいにかっかとしてるのが、おれにもよくわかった。大佐はふたたび話しだした。田舎っぺがふりしぼった最後の気力を徹底的に打ち砕くために、容赦なく攻撃しやがった。まったく、思い通りに叩きつぶしてしまった若者を、これでもかとばかりに突っつきまわして苦しめるなんて、よっぽど性悪な人間でなけりゃ、できやしねえことだ。やつはおれたちの耳にも届くように、いろんな助言をのたまいやがった。今回のこの教訓を将来の糧にするようにとか、レオンシオ・プラドがチリ軍に銃殺されたときのエピソードに学べとかほざきやがった。レオンシオ・プラドは敵軍の将校たちに《銃殺隊の指揮は私自身にとらせて欲しい》と言ったんだとか。まったく何を抜かしやがる、馬鹿たれ。しばらくしてラッパが吹き鳴らされ、ピラニアのやつがあごを噛み鳴らしながら、カーバに歩み寄った。《ああくやしくて涙が出ちまうぜ》とおれは思った。でヤセッポチといったら、あいかわらず憑《つ》かれたようにおれの靴とズボンの裾を噛んだり引っぱったりしてやがる。くそっ、おぼえてろ、この野郎、あとで思いしらせてやるからな。がんばれよ、田舎っぺ、これからが正念場だぞ、それが済めばこの学校から悠々とおさらばできるんだ、軍人どもやら禁足処分やら演習やらともさよならだ。田舎っぺはじっと動かなかったが、ますます青ざめていった。浅黒い顔が白っぽく見えた。あごが小刻みに震えてるのが遠くからでもよくわかった。だけどやつは耐え抜いた。ピラニアの襲撃を食らっても、田舎っぺはあとずさりもしなければ涙も流さなかった。ピラニアは田舎っぺの軍帽と襟の折り返しの記章をちぎり、胸ポケットの紋章も剝ぎ取った。制服はぼろぼろに破れ、カーバは見られねえ恰好になった。ふたたびラッパが鳴りひびき、二人の兵士はやつの両脇にならび、足踏みをはじめた。田舎っぺはほとんど足をあげなかった。三人は閲兵場の方へ向かった。遠ざかってゆくやつの姿を見送るには身をよじらなけりゃならなかった。やつは二人の兵士と歩調が合わず、足がもつれた。そして、自分がどんなひどいありさまになっちまったのかを見ようとでもするように、ときどき力なくうなだれた。兵士らは反対に、これ見よがしにしっかりと足をあげた。やがて塀のかげに隠れてやつらの姿は見えなくなった。ヤセッポチのやつ、今に見てろよ、とおれは思った、ズボンを噛んでたらいいさ、もうちょっとだからな、たっぷりと礼をさせてもらうからな。だけどすぐに解散にはならなかった。大佐がまた英雄のどうのこうのとやりはじめたからだ。カーバよ、今ごろはもう校門を出て、停留所でバスを待ってるだろうな、これが見おさめだと思いながら衛兵所の建物を見てるだろうな、おれたちのことを忘れるんじゃねえぞ、たとえおまえが忘れても、組織で仲間だったおれたちはかならずおまえの無念を晴らしてやるからな。おまえはもうこの学校の生徒じゃねえんだ、民間人だ、中尉や大尉に出くわしたって、もう敬礼する必要もなけりゃ、席や道を譲る必要もねえんだぞ。ヤセッポチめ、いっそのこと飛びかかっておれのネクタイにでも鼻にでも咬みつきやがれ、ええ？　どうぞどうぞ好きにやりゃあいいだろう。まったくひでえ暑さだった。そして大佐はぺらぺらしゃべりつづけてた。

アルベルトが家を出た時、あたりは暗くなりはじめていたが、まだ六時だった。仕度を整えるのに、すくなくとも三十分はかかったのだった。靴をみがき、髪の毛の頑固な癖を直して、前の方にウェーブを作った。そして、父親の剃刀を使って、上唇の上や揉みあげの下あたりにまばらに生えた髭を剃ったりした。彼はオチャラン街とフワン・ファーニング街が交差する角へ行って、口笛を吹いた。すこしして、エミリオが窓から顔を出した。彼もめかしこんでいた。

「六時だぜ」とアルベルトは言った。「急げ」

「二分だけ待ってくれ」

アルベルトは時計をのぞきこんだ。それからズボンの線を直して、上着のポケットからハンカチをほんのすこし引き出した。そしてさりげなく、窓ガラスに映った自分の姿を眺めた。チックの効果は申し分なかった。髪型は乱れていなかった。エミリオは勝手口から出てきた。

「居間にお客が来ててね」とアルベルトに言った。「家《うち》で昼食会があってさ。まったく、ひどいもんだよ。みんながぐでんぐでんに酔っ払って、ウイスキーの臭いが家中にぷんぷんしてるんだ。親父も酔っ払っちまって、おかげでこっちはまっさおさ。わけのわからないことを言いだして、小遣いをくれないんだぜ」

「金なら持ってるよ」とアルベルトは言った。「貸してやろうか？」

「どこかへ行くことにでもなれば貸してもらうよ。サラサール公園にずっといるんなら、別に要らないからね。だけど、よく小遣いをもらえたな。通知表を親父さんは見てないのかい？」

「まだなのさ。おふくろしか見てないんだ。親父が見たらきっとカンカンになって怒るだろうな。三科目も撥ねられるのは今度がはじめてだからな。夏休みを返上して、猛勉強させられるよ。海へも行かれなくなるな。ま、考えても仕方がない。もしかしたら怒らないかもしれないし。いま家《うち》はごたごたしてるんだ」

「どうして？」

「昨夜《ゆうべ》親父は帰ってこなかったんだ。今朝になって、髭も剃ってさっぱりした顔でご帰還さ。まったく、たいしたもんだよ」

「本当だ、君のお父さんはすごいやつだ」とエミリオは肯いた。「あちこちに女がいてさ。それでおふくろさんはどうしたの?」

「灰皿を投げつけたよ。それからものすごい声で泣きわめいてさ。あれは近所じゅうに聞こえたと思うね」

二人はフワン・ファーニング街をラルコ通りに向かって歩いていた。彼らを見かけると、小さな果汁《ジュース》店の日本人——昔サッカーの試合のあとよくその店にみんなで押しかけたものだった——は手を振って彼らに挨拶した。街灯がともされたばかりだったが、歩道はまだ陰になっていた。街路樹の枝や葉叢に光線がさえぎられているのだった。コロン街を横切る際、ラウラの家の方にちらっと視線を走らせた。街《バーリオ》の女の子たちは、サラサール公園へ行く時は、そこで待ち合わせることにしていた。まだ誰も来ていないようであった。居間の明かりは消えていた。

「マティルデの所に集まるような話をしてた」とエミリオは言った。「エル・ベベとプルートは昼御飯を食べてからそっちへ行ったよ」彼は笑った。「エル・ベベのやつ頭がおかしくなっちまったんじゃないか。ラ・キンタ・デ・ロス・ピーノスへ行くなんて。まして日曜日にだぜ。たとえマティルデの親父さんたちに見つからないで済んだとしても、あそこのチンピラどもにまちがいなくぶちのめされたはずだよ。関係のないプルートまで巻き添えを食っちゃってさ」

アルベルトは笑った。

「あの娘《こ》に夢中だからな」と彼は言った。「ぞっこん惚れちまったんだ」

ラ・キンタ・デ・ロス・ピーノスは彼らの街《バーリオ》からだいぶ離れた所にあった。ラルコ通りの向こう側、セントラル公園よりもさらに行ったところ、チョリージョス行きの電車が走っているあたりにあった。何年か前までは、あの地域は敵の陣地であった。しかし時代が変わって、今ではそれぞれの街《バーリオ》は、すでに侵しがたい縄張りでなくなっていた。他所者《よそ》たちはコロン街やオチャラン街あるいはポルタ街をほっつき歩いて、女の子たちの家を訪ねたり、パーティーに加わったり、彼女らをくどいたり、映画に誘ったりした。少年たちの方も、他所へ足を運ばざるを得なくなった。最初は八人か十人ぐらいのグループを組んで、ミラフローレスにある他の街《バーリオ》を回った。近いところ、たとえば七月二十八日通りやフランシア街の街《バーリオ》からはじまって、やがてもうすこし遠方の、アンガモス街や、海軍少将の娘ススキが住んでいるグラウ通りの街《バーリオ》まで足をのばした。そうした外部の街《バーリオ》で恋人を見つける者もいた。しかし彼らはそこで新しく仲間入りをしながらも、やはり帰るべき故郷はディエゴ・フェレーの街《バーリオ》であった。若い男たちにからかわれ皮肉られ、娘たちにそっぽを向かれる、そんな嫌な思いを味わわされる街《バーリオ》もあった。そしてラ・キンタ・デ・ロス・ピーノスにおいて、若者たちのそうした敵意は暴力にまでエスカレートするのであった。マティルデを追いかけはじめたころのエル・べべはある夜、不意打ちに会いバケツで水をぶっかけられた。しかしそれでも、エル・べべはラ・キンタに顔を出しつづけたし、街《バーリオ》のほかの連中も彼と共に行動した。ラ・キンタにはマティルデのみならず、まだ彼氏のいないグラシエラやモジも住んでいたからだ。

「あの娘《こ》たちじゃないか？」とエミリオは言った。

「ちがうよ。おまえの目はどうかしてるんじゃないのか？　あれはガルシア姉妹だよ」

ラルコ通りを歩いていた。二十メートル先はサラサール公園であった。道路では車の列がまるで蛇のように長くのびて、ゆっくりとまえに進んでいる。突きあたりの開けたところではとぐろを巻く。公園の縁《へり》に駐車してある車の陰に隠れてしまい、やがて向こうの端に再び姿を現わす。その時には列は小さくなっている。ぐるっと回って再びラルコ通りに入ってくる。今度は逆方向に。ラジオを点けて走っている車もある。アルベルトとエミリオの耳には、にぎやかな音楽や若者たちのはなやいだ笑い声が飛びこんでくる。普段の日と違ってきょうは、サラサール公園に通じるラルコ通りの歩道は若者たちでごった返している。しかしふたりにとってそれは別に珍しいことではない。日曜日の午後になるとサラサール公園へ若者たちを引き寄せる磁力は、かなり以前からふたりの身の上にも働いていたのである。彼らはその群衆と無縁ではなかった、その一部であった。周囲の家族的な雰囲気に浸りながら、きちんとした身なりで、香水のかおりを漂わせながら、快活に歩いていくのだった。まわりを見るとなじみの顔がほほ笑みかけている。あちこちから声をかけられるが、それは自分と同じことばを共有する人間のものだ。手を差し出して握手をもとめられたりもする。

「もう来ないのかと思ったよ」

「なかなか出られなくって。お母さんがひとりなので、妹が映画から帰ってくるのを待たなくちゃならなかったの。それでね、あまり長くいられないの。八時には戻らなくちゃ」

「八時に？　そんなに早く？　もう七時半だよ」

「七時半じゃないわ、まだ七時十五分よ」

「同じようなもんだよ」

「どうしたの？　ご機嫌ななめなのね」

「そうじゃないんだ。だけどこっちの身にもなってくれよ、エレーナ。ちょっと酷じゃないか」

「酷って、何が？　何のことかさっぱりわからないわ」

「ぼくたちのことだよ。全然会えないじゃないか」

「そんなことを言われても。だから言ったでしょ？　こういうことになるからって。だからわたしお付き合いしたくなかったのよ」

「問題はそこにあるんじゃないよ。ぼくたちは恋人同士なんだからもうすこし会えてもよさそうなもんだろう。ぼくと付き合いはじめるまでは君もほかの女の子たちなみに外出させてもらえてたじゃないか。だけど今じゃめったに出してもらえない。子供じゃあるまいしさ。イネスのせいじゃないかと思うんだけど」

「妹のことを悪く言わないでちょうだい。家族のことをとやかく言われるのは嫌いなの」

「君の家族のことを変に言うつもりはないさ。だけど君の妹とはどうも相性が悪いんだ。ぼくを嫌ってるんだ」

「あなたを？　妹はあなたの名前さえ知らないのよ」

「そうでもないぜ。テラーサス・クラブで出くわすと、こっちが挨拶してるのに、そっぽを向いて知らん顔するんだ。そうしておいてあとで気づかれないようにこっそりとぼくの方を見たりするんだぜ」

「あなたに気があるんじゃないの？」

「悪い冗談はよしてくれよ。どうしてそんなこと言うんだい？」

「別に」

アルベルトはエレーナの手をそっとつかんで、彼女の目をじっと見つめる。エレーナの表情はかたい。

「わかってくれよ、エレーナ。どうしてそんな風なんだい？」

「どんな風？」と彼女はつっけんどんにこたえる。

「なにかこう、ぼくと一緒にいるのが楽しくないように感じられるんだ。なのにぼくの方は、ますます君が好きになるばかりだ。会えないと、たまらないほど辛くなるんだ」

「ちゃんとはじめに言ったはずよ。私のせいにしないで」

「二年以上も君を追いかけたんだぜ。そして振られるたんびに考えてたんだ、《いつかうんと言ってくれるだろう。そうしたらいま味わわされてるこの惨めな思いも忘れるだろう》ってね。だけどもっと惨めな事態になっちまった。すくなくとも前は、今よりもっと会えたんだからな」

「あのね、そんな言い方は嫌いなの」

「そんな言い方って？」

「そういうことを聞かされるのが嫌なの。あなたにはプライドはないの？　私に泣きついたりして」

「別に泣きついてるわけじゃないよ。心で思ってる本当のことを言ってるだけだ。君はぼくの恋人だろ？　何のために恰好をつけなくちゃならないんだ？」

「自分のために言ってるんじゃなくて、あなたのためよ。あなたにとってマイナスだわ」

「ぼくはぼくなんだ」

「それならお好きなように」

　アルベルトは再びエレーナの手を握りしめ、目を合わせようとするが、彼女は視線をそらした。その表情はいっそうかたくなっている。

「喧嘩はよそう」とアルベルトは言う。「一緒にいられる時間は短いんだから」

「話があるの」と彼女が不意に言う。

「うん」

「考えたの」

「どんなこと？」

「このまま友だちでいた方がいいんじゃないかって」

「友だちのまま？　気を悪くしたのかい？　ぼくがあんなことを言ったから？　ぼくがくだらないことを言っただけだよ、本気にしないでくれ」

「そうじゃないの。前から考えてたことなの。以前のように、友だちでいた方がいいと思うわ。お互いに性格がずいぶん違うんだもの」

「違ってたってぼくは構わないよ。君がどんな性格だろうと、ぼくは君が好きなんだ」

「私はそうじゃないわ。よく考えてみたけど、やはりあなたに恋してないの」

「そうか」とアルベルトは言う。「そうか、それなら仕方がない」

　ふたりは人の流れに連なって、ゆっくりと進んでいる。手をつないでいることも忘れて。さらに二十メートルほど歩きつづける。ふたりともおし黙ったままで、前方に顔を向けている。噴水に差しかかったところで、彼女はほんのすこし指をそっと開く。何かの合図のように。彼はすぐに気がついて、彼女の手を放す。だがふたりは立ち止まらずに歩きつづける。肩を並べて、口をつぐんだまま、ふたりは公園をぐるっと一周する。反対方向を歩いてくるカップルを眺めたり、知り合いと微笑を交わしたりしながら。ラルコ通りに達すると、ふたりは立ち止まる、顔を見合わせる。

「本当によく考えたのかい？」とアルベルトは言う。

「ええ」と彼女はこたえる。「よく考えたわ」

「わかった。じゃもう何も言うことはないね」

彼女はうなずいてかすかな微笑を浮かべる。だがすぐに深刻そうな表情にもどる。彼は手を差し出す。エレーナも手を伸ばして、とびきりのやさしい声でほっとしたように言う。

「だけどこれからもお友だちとして付き合ってくださるんでしょ？」

「もちろんさ」と彼はこたえる。「よろこんで」

アルベルトは、公園の縁《へり》にバンパーを押しつけ、ひしめきあうように駐めてある車の間を縫って遠ざかってゆく。ディエゴ・フェレー街まで歩いて行って、角を曲がる。通りは閑散としている。車道の真ん中を大股に歩いてゆく。コロン街を横切る手前で、走ってくる足音と自分の名前を呼ぶ声を耳にした。振り返る。エル・ベベである。

「やあ」とアルベルトは言う。「こんな所で何してるんだ？　マティルデは？」

「もう帰ったんだ。早く帰らなくちゃならない用事があってね」

エル・ベベはそばに寄って、アルベルトの肩をぽんと叩く。親しみと同情に満ちた表情を浮かべている。

「エレーナのことは残念だったね」とエル・ベベは言う。「だけどその方がよかったのさ。あの娘《こ》は食わせ物だったんだ」

「どうして知ってるんだい？　いま彼女と別れてきたばかりなのに」

「ゆうべから知ってたんだ。皆知ってたんだ。だけど嫌な思いをさせても悪いから君には黙ってたんだ」

「どういうことなのかさっぱりわからないよ。わかるようにちゃんと話してくれ」

「怒るなよ」

「大丈夫さ。遠慮せずに本当のことを話してくれ」

「エレーナはリチャードに首ったけなんだ」

「リチャード？」

「そういうこと。サン・イシドロのあいつさ」

「誰から聞いたんだい？」

「聞いたわけじゃないんだ。ぼくたちが自分の目で見て確かめたんだ。ふたりはゆうべナティの家に来てたからね」

「ナティのところのパーティーに来てた？　うそだろ？　エレーナは行かなかったはずだぜ」

「ところが行ったんだな。そのことをぼくらは君に言いたくなかったってわけだ」

「ぼくには行かないと言ってたんだけど」

「だからあの娘《こ》は食わせ物だと言ってるんだよ」

「君が見たのかい？」

「そうさ。一晩中リチャードと踊ってたんだ。アナがそばへ行って、もうアルベルトと縁を切ったのかって訊いたら、エレーナは、まだだけど、あした話をつけるわ、とこたえたんだ。そういうことなんだ。あまりがっかりするなよ」

「どうってことないさ」とアルベルトは言う。「平ちゃらさ。そろそろエレーナにも飽きてたんだ。本当だぜ」

「頼もしいぜ。男はそうでなくちゃ」とエル・ベベは言うと、再びアルベルトの肩を叩いた。「気に入ったぜ。今度はほかの娘《こ》をくどけよ。それが最高の復讐になるぞ。それ以上に苦しくて甘美なものはないのさ。ナティはどうだい？　すごくいい女になってきたぜ。それに今は彼氏がいないときてる」

「そうだな」とアルベルトは言う。「考えておこう」

　ふたりはディエゴ・フェレー街の二丁目をずっと歩いて行って、アルベルトの家の玄関先で別れる。エル・ベベは彼を励ますように、二、三度その肩を叩く。アルベルトは家に入り、そのまま階段をのぼって自分の部屋に向かった。明かりが点いていた。ドアを開けた。父親が立っており、手に通知表を持っていた。母親はベッドに腰をおろして、何かを考えこんでいるふうであった。

「こんばんは」とアルベルトは言った。

「帰ってきたか」と父親は言った。

　父親はいつものようにダークスーツを着こんでおり、剃刀《かみそり》を当てたばかりのような顔をしていた。髪の毛がてかてかと輝いた。堅い表情を作っているもののその目は、アルベルトのぴかぴかの靴やグレーの斑点をあしらったネクタイ、胸ポケットの白いハンカチやすんなりした手、あるいはシャツの袖口、ズボンの折り目などへと素早く視線を走らせた。仔細に点検し終えると、彼の目は最初の厳しさを取り戻した。

「早めに帰ってきたんだ」とアルベルトは言った。「すこし頭痛がするんだ」

「風邪を引いたんだわ」と母親は言った。「すぐに寝《やす》まないと、アルベルト」

「だけどその前にこれがいったいどうなってるのか説明してもらおう」父親は通知表を振りながら言った。「いま目を通したところだ」

「点の悪い科目はいくつかあるんだけど」とアルベルトは言った。「無事進級できた」

「黙れ」と父親は言った。「くだらぬことを抜かすんじゃない。（母親は困惑した顔で夫を見た。）私の身内でこんな無様な成績をとった者はいないぞ。とんだ恥さらしだ。学校でも大学でもどこでも、私たちはこ二百年間トップを占めてきたんだ。こんな通知表をおまえのお祖父さんが見たなら、ショックのあまり死んじまっただろうよ」

「私の身内だって」と母親は抗議した。「あなたは自分の家系だけが優秀だと思ってらっしゃるの？　私の父は二度も大臣をつとめましたわ」

「いい加減な勉強はきょう限りだ」と父親は母親の言葉に耳を貸さずに言った。「もの笑いだよ。うちの家名に泥を塗るようなまねは絶対に許さん。明日から家庭教師について受験勉強をはじめるんだ」

「受験？　どこの？」とアルベルトはたずねた。

「レオンシオ・プラドだ。寄宿生活もおまえのためになるだろう」

「寄宿？」アルベルトは唖然とした顔で父親を見た。

「私にはやはりあの学校はちょっと心配ですわ」と母親は言った。「ラ・ペルラという所は湿気が多いし、体に悪いんじゃないかしら」

「混血児《チョーロ》たちの学校へ通っても構わないの？」とアルベルトはたずねた。

「おまえの根性を叩き直すのにはそれしかないというのであればいたし方ないね」と父親はこたえた。「神父たちを相手に、おまえも好き勝手なことをしてきたが、軍人たちが相手となればそんなわけにはいかないからな。それにうちはむかしから民主主義を強く擁護してきた家柄なんだ。人間はどこへ行ったって人間さ。話はこれでおしまいだ。今晩はもう寝て、明日からしっかり勉強するんだ。じゃ、お休み」

「どこへいらっしゃるの？」と母親は叫んだ。

「ちょっと急な用ができた。心配しないで先に寝てなさい。そんなに遅くならないと思う」

「ああ、なんてことでしょう」と母親は溜息をもらし、うなだれた。

だけど解散の号令がかかると、おれは素知らぬふりを装った。おいで、ヤセッポチ、おまえってかわいいね、おいで、あそぼう。であいつは寄ってきた。人を馬鹿正直に信用するから、ああいうことになるんだ。あのとき、さっさと逃げてりゃよかったのによ。まったくかわいそうなことをしちまった。だけど食堂に引きあげてからもおれはまだかっかと腹を立ててた。ヤセッポチがねじれた脚を縮めて草の上でどうなっていようと、知ったことじゃねえ。あれだとまちがいなく跛《びっこ》になるぜ。血が出てりゃまだよかったんだ。傷はなおる。裂けたところの皮膚がくっついて、あとに小さな傷痕が残るだけだ。だけど血は出なかった。吠えもしなかった。まあ吠えたくてもおれは口を塞いでやってたんだけどな。そしてもう片方の手で、カーバが手ごめにしたあのめんどりの首をひねったみたいに、やつの脚をぎゅうぎゅうねじってやった。かわいそうだったな。ずいぶん痛かったようだ、痛いと目で訴えてた。雌犬め、もっとねじあげてやるぞ、こうしてな、おれが整列してる時にふざけたまねをしやがったらどうなるかこれでわかったろう。人を舐めるんじゃねえぞ、おれはおまえの相棒かもしれねえが、おまえに小馬鹿にされる筋合いはねえんだよ、将校らの目の前で二度とおれのまわりをうろちょろするな。ヤセッポチは黙ったまま身を震わせていた。そして脚を放してやってから、はじめてあいつの脚を駄目にしちまったことに気がついた。ちゃんと四本脚で立つことができねえんだ。前につんのめっちまうんだ。脚がよじれて、地面につけることができなかった。それで起きあがってはのめった。小さな声で鳴きはじめたので、おれはもう一度ぶんなぐってやりたくなった。だけど午後になって教室の方へ歩いて行くと、朝置いてった草の上にそのままじっとうずくまっているあいつの姿を見かけて、ふとあわれになった。《おいで、いたずらっ子ちゃん、さあちゃんと謝るんだぞ》と声をかけてやった。あいつは起きあがったが、すぐに倒れこんだ。二、三回、そうやって、起きては倒れた。やっと少し前へ動いたが、脚三本しか使えねえ。ひどい鳴き様で、よっぽど痛いのだろうと思った。まったくひどい目に会わしちまった、あれじゃまちがいなく一生跛だろう。かわいそうになって、抱きあげてやった。そして傷ついた脚をさすってやろうとしたんだが、飛びあがるような悲鳴をあげた。何かが折れてるようだ、触んない方がいいみたいだ、とおれは思った。ヤセッポチは恨んでねえようだった。おれの手をいつものようにぺろぺろ舐めたし、おれの腕に首をあずけて頭をだらりと垂らした。おれは首や腹んところを掻いてやった。そして歩けないかな、と思って何度か地面におろしてみたんだが、そのたんびに倒れるか、小さくぴょんと跳ぶだけだった。三本脚でバランスをとるのは容易なことじゃねえ。そしてしきりに鳴いてた。踏んばったりするとすぐに傷めた脚に激痛が走るようだった。カーバはヤセッポチが好きじゃなかった、ひどく嫌ってた。おれが見てないと思って、あいつに石を投げつけたり、蹴飛ばしたりしてるのを何度か見かけたことがある。田舎っぺどもはどうしようもなくずるいんだ、その点じゃカーバはどうしようもねえ田舎っぺだった。兄貴はいつも言ってたんだ、相手が田舎っぺかどうか知りたけりゃ、やつの目をじっと見ることだ、田舎っぺはがまんできずにかならず目をそらすってな。兄貴は連中のことをよく知ってる、だてにトラックの運転手をやってたんじゃねえんだ。子供のころ、おれも兄貴みたいにトラックの運転手になりたかった。兄貴は週に二回山岳地帯《シエーラ》のアヤクーチョへ出かけた。そして明くる日戻ってきた。そうした生活が何年もつづいた。そして帰ってくるたんびに、山育ちの田舎っぺどものことをこきおろした。酒を何杯かひっかけると、近くにいる田舎っぺにいちゃもんをつけてぶんなぐった。ひどく酔っぱらってる時にやられたと言ってたが、あれはほんとうだと思う。しらふだったら、いくら何でもあんなひどいやられかたはしねえからな。おれはいつかワンカーヨへ行って、兄貴のかたきを討つつもりだ。二度と卑怯なまねができねえように、あの田舎っぺどもの首ねっこをへし折ってやるんだ。ちょっと訊くけど、と警察官がおれに言った、ここはバルディビエソさんのお宅かい？　そうだよ、とおれはこたえた。リカルド・バルディビエソの家だったらここだけど。するとおふくろはいきなりおれの髪の毛をつかんで、家の中に引っ張り入れた。そして不安げな顔で前に進み出て、疑り深い目でポリ公を見た。《リカルド・バルディビエソという名前の人はこの世の中にたくさんおりますよ。わたしたちは人がどんな面倒を起こそうがいっさい関係ありませんからね。わたしたちは貧乏ですが、まっとうに暮らしております、お巡りさん。ですからこのチビが何を言ったかしりませんが本気にしないでください。》だけどおれは十歳を越えてて、とてもチビだと言えなかった。ポリ公は笑って、こう言った。《いやべつにリカルド・バルディビエソが悪いことをしたわけじゃないんですよ。めった切りにされて福祉病院にかつぎこまれてるってだけの話です。体じゅう切り傷、刺し傷だらけでかなり派手にやられてますよ。家族に連絡してくれと頼まれたんです。》《瓶の中にお金がいくら残ってるか見ておくれ》とおふくろはおれに言った、《オレンジでも持って行ってやらなくちゃなるまい。》それで果物を買って行ったんだが、そんなものを持って行ってもしようがなかった。兄貴は体じゅう包帯でぐるぐる巻かれて、目だけが見えた。例のポリ公はおれたちと話しこんでいった。まったく、息子さんは無茶な男ですな、とやつはおふくろに言った、どこでめった切りにされたと思いますか、奥さん？　ワンカーヨですよ。それでどこで収容されたとお思いですか？　なんとチョシーカの近くなんですよ、まったく目茶苦茶な男ですよ、そのままトラックにのって、のんびりとリマまで来ちゃったってわけですな。ハイウェーの道端に車を駐めて、ハンドルの上に突っ伏してるとこを発見されたんです。体が弱ってというより、ただ酔っ払って眠っちまっただけのことだと思いますよ。息子さんのトラックをご覧になったら、ぶったまげますよ、奥さん。あの無鉄砲な男は道中ずっと血を流して来たんで、もうまわりが血糊でべとべとして、まったくひどいもんですよ。母親であるあなたに申しあげるのは気が引けるんですが、あれはもう目茶苦茶で始末におえん男ですな。医者が息子さんに何て言ったと思います？　あんたはまだ酔っ払ってるんだな、ワンカーヨからこんな状態で来れるわけがないよ、そんなことをしたらとうにあの世行きさ、三十六個所もやられてるんだぜ。おふくろは、そうなんですよ、お巡りさん、あの子の父親もそんな男だったんです。いつかもうほとんど死にかかった状態で家に運ばれてきたことがあるんです。口をきくのもやっとなんですが、それでももっと酒を買って来いとわめくんです。本人が痛くて手も上げられない状態なんで、わたしがピスコの瓶をじかに亭主の口に突っ込んで飲ませてやったんですよ。ほんとにあきれちまいますわ。リカルドはけっきょくその父親に似ちゃったってわけですよ。情けないったらありゃしない。今に父親とおなじように家を出たっきり、どこで何をしてんだかさっぱりわからないってことになるんでしょうよ。そのかわりこの子（と言っておれの背中をぱしっと叩いた）の父親はほんとうにおとなしい人だったんです。家庭的な人というんですか、もう前の亭主とは正反対の人でした。職場から真っすぐ家に帰るし、週末には給料袋を封も切らずにそっくり手渡してくれる。わたしはその中から、交通費やお小遣いをあげて、残りで生活を切りもりする。もう何から何まで前の亭主とは違う人でした、お酒もほとんど飲まなかったんですよ。だけどうちの長男ときたら、つまりあそこにいるあの包帯だらけの男のことですけど、あの人をひどく嫌ってました。それでしょっちゅう嫌がらせをしたんです。まだほんの子どもだったくせに、あの子が夜遅く帰ってくると、うちの人はぶるぶる震えだすんです。あの馬鹿たれが酔っ払って帰ってくるってわかってますからね。変な言いがかりをつけてからんでくるんですよ。おれのまま父だと抜かしてるあのおっさんはどこにいるんだ、話があるんだ、つれて来い、とわめきだすんです。うちの人は台所に隠れるんだけど、すぐにリカルドに見つけだされて、家じゅう逃げ回るんです。さんざんいびられたんで、ついにあの人も出て行ったってわけです、まあ、無理もないと思いますけどね。ポリ公は愉快そうに腹をかかえてげらげら笑ってた。そして兄貴は、人前で恰好の悪いことを言われても、おふくろを黙らせるために口を開くこともできないので、ベッドの中で苛立たしげに体をくねらせた。おふくろは警官にオレンジを一個やり、残りを家に持って帰った。後日、兄貴が退院すると、おれに言った、《田舎っぺどもに気をつけろよ、あいつらほど卑怯なやつらはいねえからな。面と向かって堂々と戦わねえんだ、いつもこそこそと陰に隠れて、背中から襲ってきやがるんだ。連中はおれに酒を飲ませ、ぐでんぐでんに酔っぱらわせてから、襲いかかってきたんだ。今度のことで免許証を取りあげられちまったんで、またワンカーヨに戻って、やつらに借りを返してこれねえのが残念だ。》そのせいだと思うけど、おれはどうも田舎っぺを好かねえ。前の学校にも二、三人いるにはいたが、都会馴れした連中だった。ところがこの士官学校に入ってみれば、田舎っぺがわんさといて、ほんとうにうんざりしちまった。海岸部の人間よりも数が多いくれえだ。まるでアンデスの山ん中からみんながそろって下りてきたって感じだ。アヤクーチョのもいれば、プーノやアンカシュ、クスコ、ワーヌコから出て来たのもいる。そしてみんな頭のてっぺんから足の爪先まで一分の隙もなく田舎っぺだ。カーバのやつもそのひとりだった。クラスに田舎っぺは結構いるが、カーバはその見本ともいえるようなやつだった。やつの髪の毛のすごいこと！　あんなブラシみたいにかたい髪をした人間がこの世にいるってのは信じられねえよ。やつも恥ずかしかったにちがいねえ。そいつを撫でつけようと、何だかわけのわからん整髪油を買ってきて、浴びるほど頭にぶっかけた。髪の毛が逆立たないようにもう必死だったのさ。妙なものをふりかけて、何遍も何遍も櫛を通すもんだから、やつもあとで相当腕がしびれたと思うよ。それで髪の毛をなんとかおさえつけることができたな、と思ってると、なでつけた髪がピンと一本跳ね起きてくる。つづいてもう一本、それから五十本、千本、という具合にな。とくにもみあげのところがすさまじいんだ。そこだと田舎っぺどもの髪の毛はさながら針山のようだ。項《うなじ》の上んとこもそうだ。髪の毛のことで寝ても覚めてもひやかされ、ひどいにおいを撒きちらす整髪油のせいでさらにたたかれて、カーバはもう半分狂ったようになっちまった。とにかくあれは傑作だったね。カーバが頭をてかてか光らせて現われると、みんなは一斉にやつをとり囲み、声を張りあげて、一、二、三、四、と数えだす。十まで数えないうちにやつの髪が一本また一本と立ちはじめる。やつは青くなってじっと耐えてるが、髪の毛はおかまいなしにどんどん跳ねていく。そして五十を数えるころ、やつの頭ははりねずみの毛皮を被ったみたいになってるんだ。とにかく田舎っぺどもの最大の悩みの種は頭の毛だ。そしてカーバは他の誰よりもとびぬけて重症だった。あんなすさまじい生え方をしてるのは見たことねえ。額なんてほとんどありゃしねえんだ、眉のすぐ上からもう頭の毛が生えてるんだ。ああいうのもたいへんだろうと思うね、額がないのも困りもんだ。カーバのやつもそれでずいぶん悩んでたようだ。額を剃ってるところをみつかってしまったこともある。黒ん坊のバジャーノだったと思う。やつが寮舎に入ってきて、おれたちに叫んだんだ、《みんなはやく、カーバかっぺがおでこの毛を剃っちまってるぞ、見ものだぜ。》おれたちは校舎のトイレをめざして走った。やつは人に見られないようにわざわざあっちの方まで出かけたのさ。トイレをのぞきこむとやつがいた。まるで髭でも剃るみたいにおでこに石けんの泡をたっぷりつけて、おそるおそる剃刀の刃を当てていた。みんなはやつをさんざんからかって笑い転げた。カーバはものすごい形相で怒り狂い、トイレの中で、バジャーノと殴りあった。まったく派手な取っくみあいだったぜ。だけど黒ん坊の方が強かった。かっぺをおもいきりぶちのめした。するとジャガーがおれたちに言った、《こいつそんなに髪を剃っちまいたいんなら、手伝ってやろうじゃねえか。》あれはよくなかったと思う。田舎っぺは組織でおれたちの仲間だったのによ。だけどジャガーのやつは、人をやっつけるためには、どんなチャンスものがさねえ。それで大したダメージを受けてなかった黒ん坊バジャーノが、真っ先にかっぺに飛びかかった。おれもその後につづいた。そしてしっかりとやつの手足をおさえつけると、ジャガーは刷毛《はけ》に残っていた泡をかっぺの毛むくじゃらのおでこに塗りたくり、頭の半ばあたりまでそれを伸ばした。そしてゆっくりと剃刀を当てて剃りはじめた。これ、動くんじゃねえ、かっぺ、剃刀がどたまに食い込むぜ。カーバのやつはおれの腕の下で筋肉を盛りあがらせていたが、動くことができなかった。ぎらぎらした目でジャガーをにらみつけるばかりだった。ジャガーは黙々と下から上へ、下から上へと剃刀を動かして、みるみるうちに頭の半分を剃っちまった。やがて田舎っぺはあきらめたようにじっと横になってた。ジャガーは髪の毛の混じった石けんの泡を拭《ぬぐ》いとってやったが、不意に手のひらをカーバの顔に押しつけた。《食え、田舎っぺ、遠慮すんな、おいしいクリームだぞ、食えってば。》そしてやつが起きあがって、鏡の前に走って行ったとき、おれたちは腹をかかえて笑い転げた。あのときほど笑ったことねえな、実におかしかったぜ、カーバのやつは、おれたちの前を歩いている、閲兵場のところだ、頭の半分はきれいに剃られてつるつる、もう半分はごわごわしたブラシだ、詩人は大声を出してはしゃぎまわる、《最後のモヒカン族だ！　すぐに本部に知らせろ！》みんなが寄ってきて、田舎っぺを指さして笑った。中庭を通るとき、ふたりの下士官の目にとまったが、やつらも思わず吹きだしちまった。それを見りゃカーバも笑うほかなかったのさ。その後、整列をしていると、ワリーナ中尉がどなった、《きさまら、頭のいかれた女みたいに何をくすくす笑ってやがるんだ。どういうことなんだ、班長は前へ出ろ。》班長たちは、何の異常もありません、中尉殿、全員そろってます、と。だけど下士官どもは、《一組の生徒に頭の毛を半分剃ったのがいます》と報告しやがった。するとワリーナは《その生徒、こっちへ来い》と命じた。かっぺはワリーナの前に出て、踵を鳴らして敬礼をした。おれたちはこみあげる笑いをおさえることができなかったね。《帽子をとれ》とワリーナ。カーバは帽子をとった。《きさまら何を笑ってるんだ、整列中に笑うとは何ごとだ》と叫んでみたものの、ワリーナも田舎っぺの頭を見るとやはり口元がゆがんでくるのだった。《その頭はどうしたんだ？》田舎っぺは、何でもありません、中尉殿。何でもないってことはないだろう、きさまはこの士官学校を何だと思ってるんだ、ここはサーカスじゃねえんだ。はい、中尉殿。じゃその頭はどういうことだ？　暑いのでちょっと髪を切ったんです、中尉殿。ワリーナは笑った。そしてカーバに言った、《きさまは頭のネジがはずれちまったんじゃないのか？　おかしなことを抜かすんじゃない。ここは頭のいかれた間抜けな野郎の通う学校じゃねえんだ。すぐに散髪屋へ行って、全部剃ってこい。その方がよっぽど涼しいだろうぜ。校則通りに髪が生えそろうまで外出禁止だ。》ほんとうにかわいそうな田舎っぺだ。べつに嫌なやつじゃなかった。あとになって仲良くなった。最初の頃は、田舎っぺというだけで気に食わなかった。兄貴からやつらの質《たち》の悪さをいろいろと聞かされてたからな。それでしょっちゅうかっぺをへこませてやった。四年生の誰かをぶんなぐらなけりゃならねえような時、組織のメンバーが集まってくじ引きで刺客を選んだんだが、田舎っぺが当たったりすると、おれは、こいつはつかまっちまうぞ、へたすりゃ、こっちがやられちまう、ほかの者を選ぼうぜ、と言って反対した。カーバは口をつぐんだまま、考えこんでた。後に組織が解散させられて、ジャガーがおれたちに《今までの組織はおしまいになっちまったが、おまえらがよければ、おれたち四人だけで新しくつくってもいいんだぜ》と言ったとき、おれは、田舎っぺとは組みたくない、あいつらは臆病で卑怯なやつらだ、とこたえた。するとジャガーは、《じゃほんとうかどうか今すぐ決着をつけよう。仲間うちの不信はよくねえ》と言った。そしてカーバを呼んだ。《ボアが言うにはおまえは臆病で卑怯なやつだ、組織に入る資格がないんだとさ。そうじゃねえってことをやつに示せるか？》田舎っぺは、わかったとこたえた。その夜、おれたち四人はグラウンドに向かった。四年生と五年生の寮舎のまえを通らなければならなかったので、肩章をはずした。連中にこちらが犬っころであるとわかりゃ、ベッドの用意をさせられるおそれがあったからだ。無事に関所を抜けて、グラウンドに着くと、ジャガーは言った、《いいか、声を出さずに黙って勝負しろよ、今の時間は寮舎の中に雌犬の小倅《こせがれ》どもがわんさといるんだからな、聞かれたらまずい。》そして巻き毛、《シャツを脱いだ方がいいぜ、破けたらたいへんだ、明日、服装検査があるんだぜ。》おれと田舎っぺはシャツを脱いだ。《じゃいつでもはじめていいぞ》とジャガー。田舎っぺがとてもおれにかなわねえってことはわかってたが、あんなにタフだなんて夢にも思わなかった。話には聞いてたが、田舎っぺどもは、おそろしく打たれ強いんだ。ちょっとやそっとのダメージじゃ参らねえ。小柄なのに見かけによらない連中だぜ。カーバも背は低いが、すばらしくがっちりしてやがる。とにかく四角くてごつい体つきなんだ。それでこっちががんと一発ぶちかますんだけど、やつはびくともしねえ、涼しげな顔《つら》でそこに突っ立ったままだ。まったくごっついやつだ、田舎っぺそのものだぜ。おれの首やら腰にしがみついてきて、放しゃしねえんだ。おれもやつの手をふりほどこうと、これでもかこれでもかと頭や背中にパンチを浴びせるんだが、いっこうに効きやしねえ、すぐにまた牡牛みたいに突っかかってくるんだから、もううんざりしちまうよ、まったくタフな野郎だ。だけど動きがのろいのはどうしようもねえ、見ててあわれになってくるぜ。これもわかってたんだが、田舎っぺどもは足の使い方をしらねえんだ。足蹴りがすごいのはカジャオの連中だ。あいつらは手よりも足で喧嘩する。足をそろえて飛びあがり、足の裏で相手の顔面を蹴飛ばす。なかなかできるもんじゃねえ。田舎っぺどもはもっぱら手だけで相手を倒そうとするんだ。リマっ子みたいに頭突きをぶちかますってこともねえ、けっこうかたい頭をしてるのによ。いずれにせよ喧嘩にかけては、カジャオの連中にかなうものはいねえな。ジャガーはベジャビスタの出身だって言ってるけど、どうもカジャオの人間じゃないかって気がしてならねえ。まあどっちにしろ、隣りあってる街で大して変わりがねえけど。ジャガーほど頭と足を巧みに使えるやつをおれは知らねえ。喧嘩のときはほとんど手を使わねえんだ。最初から最後まで飛び蹴りと頭突きの連続だ。あいつとだけは喧嘩をしたくねえぜ。もう止めようや、田舎っぺ、とおれはやつに言った。《おまえが止めたけりゃおれも文句はねえけど、二度と臆病だと言ってもらいたくねえな。》《はやくシャツを着た方がいいぜ》と巻き毛が言った。《顔も拭くんだ、誰かが来るみたいだぞ、下士官のようだ。》下士官じゃなかった。五年の生徒だったのさ。それも五人。《おまえらどうして帽子を被ってねえんだ》と一人が言った。《おまえらは四年生か犬っころだな、ごまかそうったって、そうはいかねえ。》別の一人が叫んだ、《気をつけ！　銭とタバコを出してもらおうじゃねえか。》おれはくたくたにくたびれてたので、ポケットをさぐられても抵抗はしなかった。巻き毛のポケットに手を突っこんでたやつが歓声をあげた、《こりゃすげえ、宝をみつけたぜ、銭とタバコがいっぱいだ。》するとジャガーは例のせせら笑いを洩らしはじめた。《おまえら五年生だと思って、偉そうなまねをするじゃねえか。》《何だと。この犬め、今なんて言いやがった。》暗いので顔がよくわからなかった。別のやつが口をはさんだ、《今言ったことを、もう一遍繰り返してみろ、犬め。》《おまえらが上級生でなかったら、とてもおれたちから銭やタバコを巻き上げるだけの肝っ玉はねえだろうよ。》連中は声をたてて笑った。《おまえだいぶ勇ましいことを言うじゃねえか。》《まあね、誰かさんみてえに腑抜けじゃねえからね。それにここが学校の中じゃなかったら、はたして先輩方がおれのポッケにお手てを突っこむ度胸がおありかどうか、あやしいもんだぜ。》《おやおや、こいつでっかい口をたたくもんだぜ、今のを聞いたよな、みんな》と一人が言い、別の一人は、《記章があろうとなかろうとおんなじさ、おれはきさまのどこにだって手を突っこんでやるぜ。》《さあどうですかね》とジャガーは言った。《無理だと思うよ。》《じゃ見せてやろう》と相手は言い、上着を脱ぎ、記章もはずした。だが、二、三分と持たなかった。ジャガーはやつを張り倒し、馬乗りになってなおも殴りつけた。やっこさん悲鳴をあげて助けを求めた、《みんな、手を貸してくれ！》するとあとの四人がジャガーに飛びかかった。《卑怯なまねをしやがって》と巻き毛は言い、連中めがけて突っこんで行った。おれも飛びこんだ。まったくわけのわからねえとっくみあいになった。暗いから誰が誰を殴ってるのかさっぱりわからなかった。おれもときおりしたたかに蹴られて、目から火が出るほどだった。《ジャガーのやつおれを蹴ってるじゃねえか》と思ったりした。敵味方入り乱れての乱闘はしばらくつづいた。やがて笛が鳴り、おれたちは一目散に逃げだした。体じゅうが痛かった。寮舎に帰り着くとシャツを脱いだ。おれたちは顔も手足もそれこそぱんぱんに腫れあがってて、互いの姿を見ちゃあげらげら笑った。クラスの連中はみんな便所に集まってきて、口々に《何があったんだ、教えろよ》とおれたちに言った。そして詩人は、腫れに効くと言って、おれたちの顔に練り歯磨きを塗りたくりやがった。だいぶ夜が更けてからジャガーは言った、《あれで新しい組織も無事洗礼を受けたってわけだ。》おれはあとでカーバの寝台へ行って、

《なあ、これからは友だちで行こうぜ》と言ったら、やつは《もちろんさ》とこたえた。

二人は黙りこんだままコーラを飲んだ。パウリーノは、狡猾そうな目で、二人をじろじろとながめていた。アラナの父親は、瓶からじかに、ひと口ずつゆっくりとコーラを飲んだ。ときおり、瓶を口に当てたまま、なにか考えこむふうであった。そしてわれにかえると、顔をしかめ、コーラを一口飲みこんだ。アルベルトはあまり気がすすまないまま、その液体を飲んでいた。炭酸ガスが胃壁をくすぐった。あまりしゃべらないほうがいいと思った。アラナの父親がまた取り乱すのをおそれた。きょろきょろとまわりを見まわした。ビクーニャの姿はどこにもなかった。おそらくグラウンドへ行ったのだろうと思った。生徒たちが近辺をうろついているときは、ビクーニャはキャンパスの反対側へ避難した。そして授業時間になるとふたたび、こちら側の原っぱへ、ゆったりしたしなやかな足取りでやってくるのだった。アラナの父親は飲み物の代金を支払い、パウリーノにチップをやった。校舎はすっかり闇のなかに溶けこんでいた。閲兵場の照明灯はまだともされていなかった。霧は地面すれすれまで下りていた。

「だいぶ苦しんでましたか?」と男はたずねた。「あの日、ここに運ばれるとき、息子はだいぶ苦しんでましたか?」

「いいえ。気をうしなってたんです。プログレソ通りで車にのせられて、まっすぐ医務室に運ばれました」

「夕方になって、ようやく知らされたんです」と男は疲れた声で言った。「五時ごろだったと思います。息子はかれこれ、ひと月も帰宅を許されてなかったんです。家内が心配して会いに行こうと言ってるやさきのことでした。子供はしょっちゅうなにかの理由で外出を止められてました。そのほうがあの子もしっかり勉強できるだろうと思って、私はあまり気にしてませんでした。そこへガリード大尉からの電話です。もうたいへんなショックでしたよ。取るものも取りあえず飛んできたってわけです。コスタネーラ通りで、すんでのところでほかの車と衝突するところでした。だけど来てみたら、息子のそばにいてやることすら、許してもらえません。一般の病院だったら、こんなことはないと思いますけど」

「ほかの病院に移そうと思えば、移せるはずですよ。

学校は、それを拒むことはできないはずです」

「医者はいま動かさないほうがいいと言ってました。息子の状態は、きわめて危険です。ええ、それが現実です。自分をだましてみてもしようがありません。家内は気も狂わんばかりになるでしょう。金曜日のことで私を恨んでますからね。まったくおかしな話だと思います。だけど女ってのは、いつもそうです。なにもかも変なふうに解釈しちまうんです。私は息子にずいぶんつらく当たってきたかもしれませんが、それはあの子のためを思ってしたことです。まして金曜日のことは、べつにどうというほどのことでもなかったんです。ごくごくささいなことだったんです。なのに家内はこのあいだから、始終そのことで私を責めたてるんです」

「アラナ君はなにも言ってませんでしたけど」とアルベルトは言った。「なにかあったときは、いつも話してくれたのですが」

「取るにたらぬことです。いきさつはわかりませんが、数時間の外出許可が出て、うちへ帰ってきたんです。ひと月ぶりの帰宅でした。ところが帰ってくるや、すぐ遊びに出ようとしたんです。いくらなんでもそれはないでしょう。ひさしぶりに帰ってきたのに、すぐ鉄砲玉のように出ていくなんて。母親がずっと心配してたんだから、そばに居てやるように言ってやったんです。それだけなんです。どうってことないでしょ？ ところが家内は、私が最後の最後まであの子を苦しめたと言うんです。とんでもない話でしょ？ 別に私に悪気があったわけじゃありません」

「おそらく奥さんはお疲れなんでしょう」とアルベルトは言った。「無理もありません。こんなことが起きてしまって……」

「ええ」と男は言った。「すこし横になって、休むように言ってるんですが、だめなんです。一日中医務室の椅子にすわって、医者を待ってるんです。だけど待ってたって仕方がありません。どうせなにも言ってくれないんですから。ご心配でしょうけど、もうすこしのご辛抱を、できるだけのことはやっております、もうすこし様子をみてみませんといまのところはなんとも……それの繰りかえしですよ。大尉はとても親切な人で、私たちの不安をやわらげようとしてくださってるのはわかるんですが、私たちの身にもなっていただきたいんですよ。いったいどうしてこんなことになったんでしょう？ あの子が入学してからもう三年になります。どうしていまごろこんな事故が起きるんですか？」

「ええ」とアルベルトは口ごもった。「ほんとうに、なんていうか、あの……」

「大尉が説明してくれました」と男が言った。「全部わかってます。軍人は、はっきりものを言いますからね。歯に衣をきせないし、まわりくどい言い方をきらいます」

「くわしい説明があったわけですか？」

「ええ」と父親はこたえた。「身の毛がよだちましたよ。どうやら引き金に指をかけた状態で、何かにぶつかったらしいんです。まったくなんてことだ。学校側にもそれなりの責任があると思うんです。いったいどんな教え方をしてきたんだろう？」

「アラナ君が誤って自分で自分を撃ったってことですか？　そう言われたんですか？」とアルベルトは口をはさんだ。

「ええ、その点については、大尉もちょっと乱暴でした」と男は言った。「母親のまえでそんなことを言うべきじゃなかったと思います。女はやはり感じやすい。けれど軍人は遠慮なしに、ずばっとものを言いますからね。息子にもあんなふうになって欲しかったんです。大尉はこう言いました。軍隊では失敗は命取りになります。ほんとにそうですよ、なんのためらいもなしに、いきなりそう言ったんです。専門家がライフル銃を調べたが、なんの異常もなかったとも言われました。もっぱら息子の過失によるのだと。だけど私には疑問がのこります。何かトラブルがあって、不意に弾丸が飛びだしたんじゃないかと思うんです。まあ、わかりませんがね。専門家のほうが、こういうことには詳しいんでしょう。それに、どっちにしたって、もうどうしようもありません」

「ほんとにそんな説明をされたんですか？」アルベルトはもう一度たずねた。

アラナの父親は彼の顔をまじまじと見つめた。

「ええ、なにか？」

「いいえ、べつに」とアルベルトはこたえた。「ぼくたちは何も見なかったものですから。もう丘にのぼっていたんです」

「わるいけど」とパウリーノは言った。「閉店です」

「医務室にもどることにします」と男は言った。「もしかしたら面会できるかもしれません」

ふたりは立ちあがった。パウリーノは手を軽くふって、彼らを見送った。ふたりはふたたび原っぱのなかを歩いた。アラナの父親は、オーバーの襟をたて、手

をうしろに組んで歩いていた。《奴隷は一度も父親の話をしてくれなかった》とアルベルトは思った。《母親の話も。》

「お願いがあるんですが」とアルベルトは言った。「アラナ君に会わせてもらえませんか。むろんきょうというわけじゃないんです。明日でもあさってでも、良くなってからでもけっこうですから。ぼくのことを、親戚か親しい友人であると言って、病室に入れてもらえないでしょうか」

「わかりました」と男はこたえた。「考えておきましょう。ガリード大尉にたのんでみます。だけど、だいぶ規則にうるさい人のようですね。融通がきかないというのか、まあ軍人はみんなそうです。職業柄そうなるんでしょう」

「ええ」とアルベルトはうなずいた。「そうかもしれません」

「息子は私をうらんでます」と男は言った。「それくらいのことは、私にもわかってます。だけどちゃんと話してやるつもりです。あいつも馬鹿じゃないから、何もかもあの子のことを思ってやったことだと、わかってくれるでしょう。悪いのは、母親やあのアデリーナだと、きっと気づいてくれます」

「伯母さんでしたね？」とアルベルト。

「ええ」と男は腹立たしげにこたえた。「まったく、いやな女だ。息子を、まるで女の子みたいに育てた。人形をやったり、髪をカールしたんです。信じられないような話だけど、ほんとうです。以前、チクラーヨで撮った写真をみたことがあります。スカートをはいて、女の子のような頭をさせられてました。私の息子にですよ。わかりますか？　こっちが遠くにいるのをいいことに、あの子を変なふうに育てたんです」

「よく旅をされるんですか？」

「しませんよ」と男は乱暴にこたえた。「リマの外へは出たことはありません。出たいとも思いません。息子を手もとに取りかえしたときは、すでに、なんとも情けない、役たたずのおかしな子供になってました。その子を、ちゃんとした男らしい若者にしようとした私が悪いんでしょうか？　それを悔やまなくちゃならないんでしょうか？」

「きっとまた元気になりますよ」とアルベルトは言った。「だいじょうぶですよ」

「もしかしたらきびしすぎたのかもしれません」と男は話をつづけた。「だけど、息子がかわいいからこそそうしたんです。私にとっても、かけがえのない息子なんです。だが家内やあのアデリーナには、それがわからない。将来、子供を持ったら、あまり母親のそばに近寄らせないことです。私はそう思いますよ。女は子供をだめにします」

「着きました」とアルベルトは言った。

「なにか起きたんでしょうか？」と男は言った。「どうしてみんな走ってるんですか？」

「笛が鳴ったんです」とアルベルトはこたえた。「整列の合図です。ぼくも行かなくては」

「いろいろとありがとう。さようなら」と男は言った。

アルベルトは駆けだした。やがてまえを走っていた生徒に追いついた。ウリオステだった。

「まだ七時になってないぜ」とアルベルトは声をかけた。

「奴隷が死んだんだ」とウリオステはあえぎながら言った。「みんなに知らせにいくところだ」

2

その年のぼくの誕生日は祭日と重なった。母はぼくに言った、《はやく代父《おじさん》のところへ行っておいで。あの人は休みの日に出かけるんだから。》そして一ソルの交通費をくれた。代父《おじさん》はバホ・エル・プエンテに住んでいた。着いてみると代父《おじさん》はすでに出かけていた。ドアを開けたのは奥さんだった。彼女はぼくを嫌っていた。不機嫌そうな顔で、ぼくに言った。《主人はいません。夜にならないともどってこないから、待っても無駄よ。》ぼくは例年通り五ソルもらえるとばかり思っていたので、がっかりして、ふてくされた気分でベジャビスタに帰った。その金でチョークを買って、今度こそぼくからのプレゼントだと言って、テレサにあげるつもりだった。それから数学のノートがなくなりかけていたので、新しいのを買ってあげようと思っていた。映画へ連れて行くことも考えていた。すでに予算もたてていた。五ソルあれば、ベジャビスタ映画館の切符はおばさんの分もふくめて三枚買えた。まだすこしあまるくらいだった。家に帰ると、母は、《おまえの代父《おじさん》は奥さんといっしょでケチな人だよ。あのしみったれがきっと居留守をつかったのよ》と言った。ぼくもそうかもしれないと思った。母はそれから思いだしたように言った、《さっきテレサが来て、あとで来てもらいたいって言ってたよ。》《そう？　何だろうね？》実際何の用なのか見当もつかなかった。こういう伝言ははじめてだった。期待に胸がふくらんだ。《誕生日だから、おめでとうと言ってくれるつもりだな》とぼくは思った。急いで彼女の家へ行った。ノックすると、おばさんが出てきた。ぼくを一瞥すると、そのままくるりと背中を向けて奥に消えた。いつもそんな按配だった。おばさんはぼくにそっけなかった。ぼくはなかへ入っていいものかどうか迷って、しばらく入口につっ立っていた。だがじきにテレサが笑顔を浮かべてあらわれた。《こんにちは、入ってちょうだい。》ぼくも《こんにちは》と言って、あとはあいまいに笑っていた。《いらっしゃいよ、わたしの部屋に来て。》ぼくは黙ったまま彼女のあとについていった。

好奇心で胸がわくわくした。部屋に入ると、彼女は引きだしを開けて紙包みを取りだした。それから向きなおって、ぼくに言った、《はい、プレゼント。》《どうしてわかったの？》《去年から知ってたわ。》かなり嵩のある紙包みだった。ぼくはそれをどうしていいのかわからなかった。つぎの瞬間、開けてみなくてはと思った。紐はかけられておらず包み紙を開くだけでよかった。茶色の包装紙で、角のパン屋が使うのとおなじものだった。もしかしたらわざわざパン屋へ行ってもらってきたのかもしれないと思った。包み紙とおなじ色のセーターが出てきたときすぐにそうだと気がついた。センスのよいテレサのことだから、セーターと包装紙の色がちゃんと合うように心を配ったのだな、と思った。包み紙を床に置いてから、ぼくはセーターをながめながら、《すてきなセーターだ、ほんとうにありがとう、とてもよくできてるね》と言ったりした。テレサは、ええ、ええ、とでも言うようにうなずいた。ぼくよりもうれしそうだった。《学校で編んだの。家庭科の時間にね。兄にプレゼントするんだと言って、うまくごまかしたわ。》そう言うと声をたてて笑った。プレゼントのことをずいぶんまえから考えていたわけで、ぼくといっしょにいないときもぼくのことを思ってセーターを編み、プレゼントしてくれるぐらいだからぼくを友だち以上に考えてくれているんだなと思った。それでぼくは感激して何度も《ありがとう、ほんとうにありがとう》と感謝のことばを繰り返すばかりだった。彼女は笑いながら《気に入った？　ほんとう？　ちょっと着てみせてよ》と言った。着てみると、丈がすこし短かった。急いで裾を引っぱったら、気づかれずに済んだ。彼女はもううれしくて誇らしげに自慢するのだった。《よく似合ってるわよ。大きさもぴったりみたい。寸法がわからなかったのに、上手にできたでしょう。目測で編んだのよ。》ぼくはセーターを脱いで、ふたたび包装紙でくるもうとした。だけどうまくいかないので、テレサが寄ってきて、《まあ、くしゃくしゃにして。わたしがやってあげる》と言った。そしてきれいに包みおわると、包みを差しだしながら言った、《誕生日のお祝いに抱きしめてあげなくちゃね。》テレサはぼくを抱きしめ、ぼくも彼女のからだに腕をまわした。数秒のあいだぼくは彼女のからだの温《ぬく》もりを感じ、その髪の毛がぼくの顔に触れた。そしてふたたびあの明るい笑い声を耳にした。《うれしくないの？　どうしてそんな顔をするの？》ぼくは笑おうとしたが、顔が妙にこわばってしまうのだった。


最初に入ってきたのはガンボアだった。帽子はすでに廊下でぬいでいたので、部屋に入ると、踵だけ鳴らして、直立不動の姿勢をとった。大佐はデスクのまえにすわっていた。ガンボアは、大佐のうしろの広い窓に目をむけた。外はすでに暗くなっていた。彼は学校正面の鉄柵や国道や海を思いうかべた。間もなく、廊下で足音がした。ガンボアは戸口のまえから離れ、わきに移動した。ガリード大尉とワリーナ中尉が入ってきた。ふたりとも、軍帽をベルトにはさんでいた。大佐はデスクにかがみこんだまま、顔をあげなかった。格調のあるおちついた部屋だった。掃除がゆきとどいて、家具はぴかぴかに磨かれていた。ガリード大尉は、ガンボアのほうをふりむいた。あごが小刻みにゆれた。

「ほかの中尉たちは？」

「時間は伝えてあるんですが、まだ来ません」

しばらくしてカルサダとピタルーガが入ってきた。大佐は椅子から立ちあがった。みんなよりも背がひくく、かなり肥満していた。髪はほとんど白く、眼鏡をかけていた。レンズのうしろに、落ちくぼんで疑りぶかい灰色の目があった。ひとりひとりの顔をじっとのぞきこんだ。将校たちは直立不動のままぴくりとも動かなかった。

「楽にしてよろしい」と大佐は言った。「かけなさい」

中尉たちは、ガリード大尉がさきに席につくのを待った。革張りの肘掛椅子が、いくつも円形にならんでいた。大尉はフロアスタンドのそばに腰をおろした。中尉たちは、その両脇に陣どった。大佐はそばへ寄ってきた。将校たちは、上体をのりだして、いくぶん緊張した面持ちで大佐を見つめた。

「準備はすんだか？」と大佐はたずねた。

「はい」と大尉はこたえた。「すでに礼拝堂に運んであります。家族の者が何人か来ているようです。いま一組の生徒たちが警護についてます。十二時になれば二組と交代します。花輪もすでに届いております」

「全部？」

「はい。いちばん大きいやつに、大佐殿の名札をつけておきました。将校たちや父母会の花輪もとどいております。各学年の分も用意させました。亡くなった生徒の親戚からも花輪や花籠がとどけられております」

「葬儀について、父母会の会長と打ち合わせたか？」

「はい、大佐殿。二回ほど。役員全員、参列するとのことでした」

「いろいろ訊かれたか？」大佐は眉間に皺を寄せた。「あの男はなんにだって首を突っこみたがるからな。なんて言ったんだ？」

「くわしくは、なにも。生徒がひとり亡くなったと伝えただけで、事故のいきさつその他については、なにも話しておりません。父母会の名で、花輪はすでに注文してあるが、勘定はそちらでおねがいしたいと言っておきました」

「そのうちに、いろいろと訊きにくるだろうよ」と大佐はこぶしを振りたてた。「いろんな連中が、なにやかやと詮索するだろうさ。こういうときにかぎって変なやつが出てきて、妙なことを言いだすんだ。この一件は、きっと大臣の耳にも入ることになると思う」

大尉と中尉はまばたきもせずに、大佐の話に聞き入っていた。大佐はだんだん声をはりあげていったので、しまいにはほとんど、どなっているようだった。

「学校にとって、今度のことは、たいへんな痛手になる可能性がある」と大佐はさらに話をつづけた。「我が校には、敵が大勢いるんだ。いまごろ、ねがってもないチャンスがめぐってきたって、手をたたいてよろこんでるだろうよ。こういう取るに足りない事件でも、やつらにとっては、士官学校や私を陥れるための、かっこうの材料になるからな。細心の注意をはらわねばならんのだ。それで、君たちにも集まってもらったんだ」

将校たちは表情をいっそうひきしめ、うなずいた。

「明日の当直は？」

「私です、大佐殿」とピタルーガ中尉がこたえた。

「じゃ君には、第一回目の整列のさいに、コメントを発表してもらおう。ちょっとメモをとってくれ。本校の生徒を死にいたらしめた今回の事故をふかく悲しむものであります。それから、本人の過失によるものであったことをはっきりのべるんだ。そのあたりのことは、明瞭でなくてはならない。それから、これを教訓にして、今後、規則や注意事項をなおのこと厳守し、二度とこうした不幸な事故をくりかえさないようにしてもらいたい、うんぬんと。今夜のうちにそれを書いて、あとで下書きを私にみせなさい。私が自分でチェックする。亡くなった生徒が所属する部隊の担当中尉は？」

「私です、大佐殿」とガンボアは言った。「第一部隊です」

「生徒たちを集めて、すこし話をしたほうがいい。われわれは起きたことをたいへん残念に思うが、軍隊での過失は、重大な結果をまねくんだ。感傷的になってはならない。この件については、あとでまたふたりで話そう。さきに、葬儀の段取りを決めておこう。家族に会ったのかね、ガリード？」

「はい、大佐殿。六時でさしつかえない、ということでした。父親と話をしました。母親のほうは、ショックが大きくて」

「五年生だけに参列してもらおう」と大佐は大尉の話をさえぎった。「言動にくれぐれも慎重を期するように、みんなに言いきかせるんだ。内輪の恥を外部にさらしてはみっともない。あさって全員を講堂にあつめて、話をするつもりだ。ごくささいなことであっても、不用意な発言は、とんでもない騒ぎを引きおこすおそれがある。大臣が今回のことを知ったら、さぞいやな顔をするだろうよ。大臣にわざわざ知らせにいく馬鹿な連中はいくらでもいるからな。君たちも知ってるように、私のまわりには、敵がうようよいるんだ。じゃ、とにかく、仕事の分担を決めよう。ワリーナ中尉、君は陸軍学校にトラックの調達をたのむんだ。集合や解散の時間と場所その他については、君が責任をもってやってくれ、いいな？」

「わかりました、大佐殿」

「ピタルーガ、君には礼拝堂へいってもらおう。家族への応対はくれぐれも丁重に。私もあとから挨拶にいくつもりだ。護衛隊の生徒たちには、立派に役目をはたすように言っておきなさい。通夜や葬儀で、ぶざまをしでかしてもらってはこまる。そういうことがあったら、厳重に処罰する。責任はすべて君にとってもらうからな、ピタルーガ。五年生の全員が、仲間の死を心から悼んでいるという印象を、参列者にあたえてもらいたい。そのほうが、ことがうまく運ぶだろう」

「そういうことでしたら、御心配にはおよびません」とガンボアは言った。「生徒たちはたいへんなショックを受けています」

「なんだって？」と大佐は、ひどくおどろいた顔をむけた。「どうしてなんだ？」

「みんなまだ子供なんです、大佐殿」とガンボアはこたえた。「ほとんどの者は、まだ十六か十七歳です。亡くなった生徒と三年間寝起きをともにしてきました。動揺するのも無理ありません」

「どうして？」と大佐はなおもこだわった。「みんなはなんと言ってるんだ？　連中はなにをしたんだ？君にはなぜ生徒たちがショックを受けてるってわかるんだ？」

「眠れないようです、大佐殿。各寮舎をまわってみましたが、みんなは、寝床にはいってからも、アラナのことを話してるようです」

「寮舎では、消灯後、話をしてはならんのだ！」と大佐はさけんだ。「それぐらいのことは君にもわかってるはずだ、ガンボア」

「ええ、すでに注意しました。べつに大声で話すわけではありません。ひそひそと小さな声でしゃべるものですから、ささやいているように聞こえます。下士官たちには、寮舎を見まわるように命じておきました」

「五年生にこんな不祥事が起きるのも、ふしぎじゃないな」と大佐は言い、ふたたびこぶしを振りたてた。だが、そのこぶしは、白くて小さかった。すこしも威厳を感じさせなかった。「将校たちがみずから風紀の乱れを助長してるんだからな」

ガンボアはなにもこたえなかった。

「君たちはもうさがってよろしい」と大佐はカルサダ、ピタルーガ、ワリーナにむかって言った。「もう一度言うが、言動はくれぐれも慎重に」

三人は立ちあがって、踵を鳴らし、部屋を出た。靴音がしだいに廊下を遠ざかっていった。大佐は、ワリーナのすわっていた肘掛椅子に腰をおろしたが、すぐにまた立ちあがって、部屋のなかを行ったり来たりしはじめた。

「さてと」不意に立ち止まって、そう言った。「では、なにが起こったのか、話してもらおうか。どうしてこういうことが起きたんだ？」

ガリード大尉はガンボアのほうをみて、彼から話すように目くばせした。ガンボアはふりむいて大佐をみた。

「私の知っておりますことは、全部、報告書に書いておきました。おそらくそれ以上のことは、ご説明できないと思います。私はちょうど反対側、つまり隊列の右端で指揮をとっていました。事故にはまったく気づきませんでした。頂上近くにきてはじめて、大尉が生徒を抱えているのをみました」

「下士官たちは？」と大佐はたずねた。「君が指揮をとってるあいだ、あいつらはなにをしてたんだ？　連中もなにも見なかったのか、なにも聞こえなかったのか？」

「規則どおり部隊の最後尾についてました。しかし、やはり、異常に気づかなかったようです」しばらく間をおいてから、慇懃につけくわえた。「それも報告書に書いておいたことですが」

「そんな馬鹿な話があるか！」と大佐はどなった。手は宙に振りあげられ、そのまま腹の上に落ちてきた。そしてベルトに引っかかって、動きを止めた。気持をしずめようと、深く息を吸った。「生徒が弾丸《たま》を受けて倒れるところを目撃した者が、ひとりもいないってのが信じられるか。悲鳴をあげたはずだ。まわりには何十人もいたんだろう。なにかを知ってる者がいるはずだ」

「おことばをかえすようですが、大佐殿」とガンボアは言った。「生徒同士の間隔はだいぶ開いていましたし、みんなは全速力で前列の者を跳びこえなくてはなりませんでした。おそらく、一斉射撃の際に彼が倒れ、悲鳴をあげても、銃の音にかき消されたんだと思います。あそこの草はぼうぼうと生えてますので、倒れたとき、半分かくれたようになったんじゃないでしょうか。それで、うしろからきた連中にも見えなかったんだと思います。部隊の全員に聞いてみましたが、そういうことが推測されます」

大佐はふりむいて大尉をみた。

「で、君はなにを見てたんだ？」

「私は後方で演習を見学しておりました」とガリード

大尉は目をしばたたかせながら言った。言葉をすりつぶすようにあごを動かした。身振りはたいそう大仰であった。「各隊列は交互に前進しておりました。死亡した生徒は、おそらく自分の隊列がジャンプして伏せるその瞬間に、弾丸を受けて倒れたんだろうと思います。つぎの笛が鳴ったときには、もはや起きあがることができずに、そのまま草のなかに埋もれてしまった。たぶん遅れぎみに進んでたんじゃないでしょうか？　それで後方の隊列がジャンプしたときに、そのままとりのこされたと思われます」

「なかなかけっこうなご推論だ」と大佐は言った。「じゃ、今度は、君たちがほんとうになんと思ってるのか、話してもらおう」

大尉とガンボアは、互いの顔を見あわせた。しばらく気詰まりな沈黙がつづいた。けっきょく、大尉が口を開いた。小さな声だった。

「自分で撃ってしまった可能性があります」大佐の顔を見た。「つまり、地面にぶつかった拍子に、引き金が体のどこかに引っかかって、弾丸《たま》が飛びだしたのではないでしょうか？」

「ちがうな」と大佐は言った。「さっき医者と話したんだ。弾丸はうしろからきたんだ。まちがいない。弾丸は首筋に命中した。君もだてに歳をくってるわけじゃあるまい。ライフル銃が、ひとりでに暴発しないってことぐらい、百も承知のはずだ。そういう話は、親に聞かせるためのもんだ。問題をこじらせないためにな。だが、事故の真の責任は、君らにあるんだぞ」大尉と中尉は、椅子のなかで身をかたくした。「射撃はどのようにおこなわれてたんだ？」

「規定どおりです、大佐殿」とガンボアはこたえた。「各隊列が、交互に援護射撃をして、互いにかばいあいながら前進をする、というやりかたです。射撃のタイミングは、うまくかみあってました。撃ての合図を出すまえに、前列の生徒が地に伏し、全員安全な体勢をとっているのを確認しました。右の端から指揮をとったのもそのためです。そのほうが視界がききます。ましてやあそこには、なんの障害物もありません。部隊が活動していた地域は、たえず視野のなかにありました。私が見あやまって、ミスをおかしたということは、考えにくいのですが、大佐殿」

「この訓練は、今年度だけですでに五回以上やっております、大佐殿」と大尉は言った。「五年生の生徒たちは、入学してからもう十五回以上もやってるはずです。今回の演習よりも、もっと複雑で危険度のたかい演習もやっております。私は、少佐が作成されたさまざまな演習計画のなかから、その日におこなう種目を選ぶだけです。いままで、一遍も、計画外の演習を指示したことはありません」

「そんなことは、問題じゃない」と大佐はゆっくりした口調で言った。「私が知りたいのは、どうしてあの生徒が死んだのかってことだ。なにが起こったんだ？ ここは、兵営じゃないんだぞ、君たち！」白っぽいこぶしを振りあげた。「兵士が弾丸にあたって死んでも、そいつを埋めりゃ、それでおしまいさ。しかしここにいる連中は、ただの生徒なんだ。親に養ってもらってる、ふつうの子供なんだ。こういう事故は、たいへんな騒ぎに発展しかねない。もし死んだ者が、将軍の息子だったら、いったいどういうことになったと思う？」

「これはたんなる仮説ですが」とガンボアは言った。大尉は振りかえって、驚嘆の目で彼をみた。「さきほど、ライフル銃をひとつひとつ、丹念にしらべてみたのですが、ほとんどはもうだいぶ古びて、かなりがたがきてました。照準器がずれているのもあれば、銃身の内腔がいたんでいるのもあります。むろん、これだけではなんとも言えないのですが、こういうことは考えられませんか。つまり、照準器の位置が狂っていたために、生徒があらぬ方向をねらってしまい、弾丸が妙なところへそれてしまったのだと。アラナは運わるく、弾丸の飛んできたコースにいて、じゅうぶん身を伏せていなかった、と。まあ、たんなる仮説ですが、大佐殿」

「弾丸は天から降ってこなかったってわけだな」と大佐は言った。いくらかおちつきをとりもどしていた。すこし安堵したようであった。「そんなことにいちいち解説は無用だ。つまり、後方にいた生徒があやまって撃ったってことだろう？ だが、そんな事故がこの学校で起きるわけにはいかんのだ！ あしたさっそく、ライフルを武器庫に持っていって、見てもらいたまえ。だめなものは処分して、新しいのと交換するんだ。それから、大尉、ほかの部隊でも、武器の点検をするように、関係者に命じるんだ。しかし、いますぐでないほうがいいぞ。もうすこし先へのばそう。慎重にやらなくては。今回のことは、外部へひとことも漏れてはならない。我が校の名誉や軍の名誉がかかってるんだ。さいわいなことに、医師たちは協力的だ。診断書には、推測的な言及はいっさい避けて、もっぱら事実だけを書いてもらうことになった。事故原因は、死亡した生徒自身の過失だという説を、あくまでも堅持したほうが賢明だ。それ以外のいかなるうわさも憶測も、断固として否定しなくてはならない、いいな？」

「大佐殿」と大尉は言った。「私には、後方から弾丸が飛んできたという説よりも、いま大佐殿がおっしゃった本人の過失説のほうが、ずっと説得力があるように思います」

「どうして？」と大佐はたずねた。「どうして説得力があるんだ？」

「真実だからでしょう。私には、弾丸が、死亡した生徒本人の銃から飛びだしたと、断言してもいいように思います。地表から数メートルの高さにある標的をねらって、弾丸だけがななめ下に飛んでいくというのは、ちょっと考えにくい。生徒がライフル銃の上に落ちて、あやまって引き金を引いたというのなら、じゅうぶん考えられることですが。私はなんどもこの目で、生徒たちが、かなりめちゃくちゃなかっこうで地面に突っこむのを見ました。それに、アラナはけっして野外演習の得意な生徒ではなかったということもあります」

「まっ、ありえないことではない」と大佐は、おちつきはらって言った。「この世では、なんだって起こりうるんだ。で、君はなぜ笑うんだ、ガンボア？」

「いいえ、べつに笑っておりません、大佐殿。なんでもありません」

「そうねがいたいね」と大佐は腹をぱたぱたとたたきながら言った。微笑さえ浮かべていた。「ま、今回のことを、いい教訓にしてもらいたい。五年生、とりわけ第一部隊の連中には、ここのところだいぶ悩まされるな。ついこのあいだも、ギャング映画もどきに、窓ガラスを割って、試験問題を盗んだやつを追いだしたばかりだ。そして、今度はこれだ。この先は、いっそう気をつけてもらいたい。べつに君たちをおどかすつもりはないが、とにかく気をひきしめてやってもらわねばならんのだ。私にはここで果たさねばならん使命があるし、君たちにも君たちの使命があるんだ。軍人として、ペルー人として、それを立派に遂行してほしい。感傷やためらいは無用だ。困難にめげずにやろう。がんばってくれたまえ。じゃ、さがってよろしい」

ガリード大尉とガンボア中尉は退室した。大佐は、威厳にみちた表情でふたりの背を見送った。ドアが閉まると、はじめて腹をぼりぼりかいた。

ある日の午後、学校からの帰りにイゲーラスに会ったら、《他所《よそ》へ行こう。きょうはあの酒場じゃない方がいいんだ》と言った。ぼくはうなずいた。サンエス・ペニャ通りのうす汚れた暗いバーへ連れて行かれた。カウンター脇の小さなドアが広い部屋に通じていた。イゲーラスはバーテンの中国人としばらく何かを話していた。ふたりはかなり親しいようだった。イゲーラスはピスコのシングルを二つたのんだ。飲みおわると、真剣な顔でぼくを見つめながら、ぼくが兄貴みたいに肝っ玉の大きいやつかとたずねた。《さあ、どうだか。だいじょうぶだと思うけど、どうして?》《おれに二十ソルぐらいの借りがあるな?》ぼくは背筋に冷たいものが走るのを感じた。あれが借りた金であることを忘れてしまっていた。貸した金を返してくれと言うつもりだ、ああ、どうしよう、とぼくは不安にかられた。《借金の取り立てじゃないさ。おまえも一人前の男だから金も要るだろう。金がなかったらおれが喜んで貸してやるよ。だけどそのためにはおれも金をかせがなくちゃならねえ。金をかせぐ手伝いをしてくれるか?》どうすればいいのか、とぼくは訊いた。《ちょっと危い仕事だ。だから恐いんだったら、この話はなかったことにしよう。おれの知ってる家があって、今ちょうど空巣になってるんだ。金持の家でね、金がたんまりあるんだ。アタワルパ皇帝のようにいくつもの部屋が札束だらけさ。》《あの、盗みに入るの?》《まあ、そういうことだ。盗みということばはあまり好きじゃないけどな。あの連中は腐るほど金を持ってるのに、おれたちは死ぬ場所もねえんだからな。恐いか? 無理にとは言わないよ。兄さんがどうやってあれだけの大金をかせいでたと思ってたんだ? おまえにやってもらいたいのは、ごく簡単な仕事だよ。》《遠慮するよ。わるいけど、気が進まないんだ。》恐いわけではなかった。だけど不意を突かれて当惑した。ぼくは、どうしてこれまで兄とイゲーラスが泥棒だったことに気がつかなかったのだろうかと、そればかりを考えていた。イゲーラスはその話をそれっきりにした。ピスコのお代わりをたのんで、ぼくにタバコを勧めた。そしていつものようにいろんな小咄を聞かせてくれた。毎日のように新しい小咄を仕入れてきて、声色をつくり身ぶり手ぶりをまじえながら、とても上手に話した。口を大きく開けて笑ったので奥歯や赤い喉までがのぞいて見えた。その話しぶりを聞いてぼくも笑ったが、おそらくぼくの顔がどことなくぎこちなかったのだろう。《どうしたんだ?》と彼はぼくの顔をのぞきこんだ。《さっきの話で気が滅入っちまったのか？　忘れろよ、どうってことないんだから。》《イゲーラスさんがつかまったらたいへんだ。》彼の顔が一瞬こわばった。《ポリ公たちは乱暴だからな。そればかりじゃねえ、大泥棒だよ。まあ、つかまったらたっぷりお仕置きをちょうだいするしかないな。人生ってのはそういうもんだ。》ぼくはなおもこだわった。《つかまったらどれぐらい刑務所に入れられるの？》《さあ》と彼が言った。《そのときの手持ちの金しだいだな。》そして兄がつかまったときの話をしてくれた。兄がラ・ペルラで空巣に入ろうとしたとき、たまたまそこを通りがかった警官に見つかってしまった。警官はピストルを抜いて、兄を狙いながら、言った、《じゃ、そのまま警察に来てもらおうか、先を歩いてけ。変なまねをしたら蜂の巣にしちまうぞ、この泥棒め。》すると兄はげらげら笑いだして、警官に言った、《おまえさんよ、何を勘違いしてるんだ？　おれがこうして忍びこんでるのは、この家の女中が寝床の中でおれを待ってるからなんだぜ。うそだと思うんなら、ちょっとポケットをさぐってみてくれ。》警官はしばらくためらっていたが、けっきょく兄に近づいた。銃口を兄の目に突きつけ、ポケットに手を入れながら言った、《ちょっとでも動いたら、目ん玉が吹っ飛ぶぞ。それで死ななかったとしても、すくなくとも片目になっちまうぜ。じっとしてろ。》ポケットから出した手は札束をわしづかみにしていた。兄はまた笑いだした。《おれは混血児《チョーロ》だ、おまえさんも混血児《チョーロ》だ、兄弟じゃないか。その金、とっとけよ。おれはこのまま帰るから。ここの女中にはまたべつの日に会いに来るよ。》すると警官はこたえた、《あの壁のかげでちょっと小便してくる。もどったときにおまえがまだいたら、賭の現行犯でしょっぴいて行くからな。》ヘスス・マリアでイゲーラスと兄がつかまりそうになったときのことも話してくれた。盗みに入った家から出てきたところを発見されて、警官が笛を吹きはじめたというのだ。ふたりはあわてふためいて屋根伝いに逃げるはめになった。ところが屋根から飛びおりるとき、兄が足をくじいてしまった。《おれはもうだめだ。おまえだけ逃げろ》と兄はさけんだけど、イゲーラスは兄を排水溝まで引きずって行って、そのなかに隠れた。ほとんど息もできないような狭い所だったが、何時間か辛抱したあと、車を拾ってカジャオに帰ってきたということだ。

空巣の話を持ちかけられてから数日間というもの、

イゲーラスの姿を見かけなかった。《つかまっちまったんだ》とぼくは思った。だけど一週間後、ベジャビスタ広場で彼に出くわした。今度も中国人の酒場へ連れて行かれた。そしてピスコを飲みながらタバコを吸い雑談した。この前の話は出なかったし、その後も何度か会ったが空巣の話はいっさいしなかった。ぼくはいつものようにテレサと勉強したが、お金がなかったので学校へ会いに行くことができなかった。イゲーラスに借金をたのむのは気が引けた。どうすれば小遣いをかせげるか、ぼくはそのことばかり考えていた。ある時、学校で何かの本を買うように言われた。母にそのことを言うと、狂ったように怒りだした。自分は苦心惨憺してやっとの思いで食べさせてやってるんだ、来年はもう学校へ行かせない、十三歳になるんだから仕事に就いてもらう、とわめき散らした。母には何も言わずに、代父《おじさん》の家へ行くことにした。てくてくと歩いて行ったので三時間もかかった。ドアをノックするまえに、窓から家のなかをのぞきこんだ。またこの前みたいに奥さんが出てきて、居留守をつかわれるのが心配だった。奥さんではなく、娘が出てきた。歯の抜けた痩せた女の子だった。父親は地方へ行って留守だ、十日後に戻ってくると言われた。そんなわけで本は買えなかったが、友だちに見せてもらったので、宿題をやる分には支障がなかった。問題はテレサの学校へ行かれないことだった。それがぼくを憂鬱にさせた。ある日テレサと勉強をしていると、おばさんがとなりの部屋へ行ったすきに、彼女はぼくに言った、《このごろ学校へ来てくれないのね。》ぼくは赤くなって《明日行くつもりだったんだ。お昼に行くからね》とこたえた。その夜、ベジャビスタ広場へイゲーラスをさがしに行ったが、いなかった。サンエス・ペニャの酒場かもしれないと思った。酒場のなかは混雑して、タバコの煙がもうもうとたちこめていた。お客のなかには酔ってわめいている者もいた。店に入ってきたぼくを見て中国人のバーテンはどなった、《こらっ、鼻たれ小僧、出てけ。》《イゲーラスに会いにきたんだ、急ぎの用なんだ》と言ったら、ぼくのことを思いだしたらしく、奥のドアを指さした。大きい部屋は入口の部屋よりも混んでいた。タバコの煙でまわりがほとんど見えないくらいだった。テーブルや客たちの膝の上に女たちが腰をおろし、男たちはそのからだを撫でながら口づけをしていた。そうした女たちのひとりがぼくの顔に触りながら言った、《坊や、こんな所で何してんの?》《坊やとはなんだ、黙れ、淫売》とぼくは声を荒げた。女は声をたてて笑ったが、女のからだに腕を巻きつけていた酔っ払いがぼくをにらみつけた、《このレディを侮辱しやがると張り倒すぞ。》立ちあがったところへイゲーラスが現われ、腕をつかみながら酔っ払いをなだめた。《おれの従弟《いとこ》なんだ、穏便にたのむよ。》《わかったよ、イゲーラス。だけどさ、こいつによ、おれの女たちのことをいちいち淫売だと言ってもらいたくねえな。礼儀というもんをわきまえてもらわなくちゃ、とくにガキのときにはよ。》イゲーラスはぼくの肩に手をかけ、男が三人すわっているテーブルへ連れていった。三人とも見知らぬ顔だった。ふたりは白人で、ひとりは混血児《メスティーソ》だった。ぼくを友だちだと紹介してから、ボーイにグラスを持ってこさせた。話したいことがあると耳うちしたら、席を立って、トイレへ行こうと目くばせした。トイレのなかでぼくはすぐに話を切りだした、《金が要るんだ、イゲーラス。なんとか二ソル貸してもらえないか?》彼は笑いながら金を渡してくれた。それからぼくに言った、《このあいだの話だけど、おれにも頼みがあるんだ。手を貸してもらいたいんだ。友だちじゃねえか。互いに助けあおうぜ。一度だけでいいんだ。なあどうだい?》《わかった。じゃ、一度だけ。その代わりこれまでの借金は帳消しだよ。》《むろんさ。うまくいったら、おまえもきっとこの仕事が気に入るよ。》部屋にもどると、イゲーラスは三人の男たちに言った、《新しい仲間を紹介するぜ。》三人は快活に笑ってぼくの肩を抱き、歓声をあげた。やがてふたりの女がやって来て、ひとりがイゲーラスにまつわりつきだした。首に腕をまわして、しきりに口づけをしようとするのだった。それを見ていた混血児《メスティーソ》は、《ほっといてやれよ。そんなにキスをしたけりゃこの坊やにしてやりな。》《素敵な坊や》と言うなり、女がぼくの口に接吻したので、みんなは卑猥な声を立てて笑った。イゲーラスは女を引きはなしながらぼくに言った、《もう帰った方がよさそうだぜ。ここへはあまり来ないほうがいい。じゃ、明日の晩八時に、ベジャビスタ広場で待っててくれ。》ぼくは店を出た。明日からまたテレサに会いに行けるのだから、うれしいはずなのに、イゲーラスとの仕事が気になって仕方がなかった。最悪の事態ばかりが頭に浮かんだ。みんなつかまって、ぼくは未成年者ということで、ラ・ペルラの少年院に送られるのではないかと。そしてテレサがそのことを知って、ぼくを嫌いになるのではないかと。

　礼拝堂の明かりがすっかり消えていたほうが、まだましだったかもしれない。まばたきするおぼろげな明かりは、影をつくり、人々の動きのひとつひとつをとらえ、それを壁やタイル張りの床に投げかけては、参列者の目にさらすのであった。そのたよりなげな明かりは、みんなの顔を陰気な暗がりのなかにとじこめ、ひとりひとりの表情をなおさらかたいものにし、敵意のある、ぶきみな印象を周囲に与えることになった。それから、あの延々とつづく、なげきのざわめきがあった。ひとつの言葉を、抑揚のない声で、延々と切れ目なしにくりかえしているようだった。それが、背後から流れてきて、ごくこまかな糸くずのように耳の奥にしのびこみ、彼らをいらだたせた。もしその婦人が、悲鳴をあげ、大声でさけび、キリストや聖母マリアの名をとなえ、髪をかきむしり、おいおいと泣きわめいたのなら、彼らもまだなんとか気持がおちついたことだろう。しかし、ペソア軍曹の先導で礼拝堂に入り、二手にわかれて、棺をはさむように両側の壁際にならばされてからというもの、彼らが耳にしたものはただ、礼拝堂の後部、告解室やベンチがならぶドア付近からわきおこる、あのかすかなうめき声だけであった。ペソアが、ささげ銃！を命じ、彼らは音もなく、正確な動作でそれにしたがった。彼らが、なげきつづける婦人以外の人の気配を礼拝堂のなかに感じ、かすかなもの音やささやきかわされる声の切れ端などを聞きつけたのは、だいぶたってからのことであった。彼らは時計をのぞきこむことができなかった。互いに五十センチほどの間隔をおいてならび、気をつけの姿勢をとっていたからだ。できることといえば、せいぜい首をすこしまげて、棺に目をむけることだけだったが、そうしても黒光りする棺の表面とその上におかれた白い花輪しかみえなかった。礼拝堂のうしろのほうにいた者は、だれも棺に歩みよらなかった。たぶん、彼らがやってくるまえに、すでに棺をのぞきこんでいたのだろう。それでいまは、なげき悲しむ婦人に、悔やみの言葉をしきりにのべているのだろう。学校の司祭は、ひどくしょげた顔で、なんども祭壇へ足をはこんだ。そしてしばらくすると、ふたたび入口のほうへ引きかえして、みんなの輪のなかにくわわった。だがそれもつかの間のことで、すぐにまた、脇廊をとおって祭壇にむかった。目を伏せた若々しい精かんな顔は、苦しげにゆがみ、その場の雰囲気に似つかわしかった。しかし、幾度も棺のまえをとおったにもかかわらず、いちども足をとめて、なかをのぞきこもうとしなかった。彼らはすでにかなりの時間、そうした姿勢でそこにつっ立っていた。ライフル銃の重みで、腕がしびれてしまった者が何人かいた。それに暑かった。礼拝堂のなかが狭いうえに、祭壇のろうそくは、ひとつのこらずともされていた。そして彼らは、ウールの制服を着せられていた。ほとんどの者は汗をかいた。だが、だれも身じろぎひとつしなかった。全員、踵をぴったりと合わせ、左手を太ももに添え、右手はライフル銃の床尾にあてて、背筋をぴんとのばしていた。しかし、彼らは最初からこうした厳粛な態度をとっていたわけではない。ウリオステがこぶしで寮舎のドアをおし開いて、《奴隷は死んだんだ!》とあえぐようにさけんだとき、みんなは、ウリオステの紅潮した顔や、ひくひくとふるえる鼻や唇、汗にぬれた額や頬を目にし、その肩ごしに見える、詩人の蒼白で凍りついたような表情をそっと窺ったりしていたが、まだ二、三の冗談を口にする者たちがいた。ドアが乱暴に開けられてから、ほとんどすぐに、巻き毛のあの独特な声があがった。《あの野郎、もしかして地獄に堕ちちゃったんじゃねえの? かわいそうに。》何人かは声をたてて笑った。だが、それはいつもの痛快な笑いではなかった。毒をふくんだ、けたたましい、刺激的な笑いではなく、短くて弱々しい虚ろな笑いであった。それで、アルベルトが、《つぎにまた変な冗談をぬかすやつがいたら、首の骨をへしおってやる》とさけんだとき、その言葉のひとつひとつが、おどろくほど鮮明にひびきわたった。笑いはすっかり消えさって、かわりに水をうったような静けさがあたりを領した。アルベルトのおどしに言いかえす者はいなかった。生徒たちは、寝台やクローゼットのまえから動かなかった。目だけ動かして、湿気におかされた壁や、血に染まっているようなタイルや、かすかに揺れる便所の開き戸などをながめたりした。だれも、じっとおし黙り、互いの顔を見かわすこともなかった。そのうちに、みんなはまた動きだした。クローゼットをかたづけたり、ベッドをつくったり、タバコに火をつけたり、プリントをめくったり、戦闘服をつくろったりした。徐々にあちらこちらで、言葉がかわされはじめた。だが、そうした会話からは、もはやこれまでの、攻撃的な口調や、悪ふざけや、卑猥な連想や、きたない言葉が、すっかり消えうせていた。彼らは、消灯ラッパが鳴ったあとのように、小声で話した。言葉を選んで、手短かにしゃべった。いろんなことを話題にしたが、奴隷の死に関する話だけはさけた。さまざまな物を貸しあった。黒糸、布の切れ端、タバコ、ノート、便箋、テキストなど。やがて、あまり露骨にならぬように気をつけながら、遠まわしな言いかたで、ちかくの者にたずねた、《何時に亡くなったんだろう？》おちついた声で返事がかえってきた、《ワリーナ中尉はたしか、もう一度手術をうけることになったと言ってたから、手術中に死んだのかもしれない。》《葬式に行くことになるのかね？》交わされる言葉は、徐々にあからさまになっていった。《あの年齢《とし》でくたばっちまうってのは、なんとも不運だな。》《原っぱで即死のほうがよかったんじゃねえの。三日間、死線を彷徨《さまよ》うってのはたいへんだよ。》《あとふた月で卒業できるっていうのによ、まったくついてねえやつだよ。》おなじような感想が、ながい間《ま》をはさんで、しきりにくりかえされた。その間、ずっと口をつぐんだままの生徒が何人かいた。彼らは、黙ってうなずくだけだった。しばらくして、笛が鳴り、生徒たちは、騒がずに、整然と寮舎を出た。中庭をよこぎって集合場所にむかい、しずかにならんだ。いつもの混乱はなかった。互いに場所をゆずりあい、きちんと整列した。そして班長の号令をまたずに、気をつけの姿勢をとった。そうやって、ほとんど口をきかずに夕飯を食べた。だだっぴろい食堂で、何百という視線が、自分たちにそそがれているのを感じた。そして、犬どものテーブルでささやかれる声が、ときおり彼らの耳にもとどいた。《あいつらだよ、一組の連中は。》自分たちを指さす者もいた。彼らは、機械的に食べ物を口に運び、うわのそらでそれをのみこんだ。食堂を出るときに、ほかの生徒たちの質問攻めにあった。そのあけすけな好奇心にいらだちながら、ひとことかふたことでそれを適当にかわした。寮舎にもどってから、彼らはアロースピデをとりかこんだ。黒ん坊のバジャーノはみんなの気持を代弁して言った。《中尉のところへいって、おれたちも通夜に出たいって、言ってこいよ。》ふりかえって、みんなの顔を見まわしてから、つけくわえた。《おなじクラスだったんだから、おれは、参列して当然だとおもうけど。》だれも笑わなかった。ある者はうなずき、ある者は、《そうだよ、話をつけてこいよ》と言ったりした。班長は中尉に会いにいった。もどってくると、みんなに、外出用の制服を着て、手袋をはめ、靴をみがいて、三十分後に、ライフル銃に銃剣を装着して整列するようにと、伝えた。みんなは、アロースピデに、もういっぺん中尉に会いにいき、自分たちが一晩中つき添うことを交渉してくるようにと、せがんだ。だが中尉は、それをみとめなかった。そういうことがあって、彼らは一時間ほどまえから、礼拝堂の薄闇のなかに立っていたのである。母親の単調なうめき声はあいかわらずつづいていた。棺は中央通路にひっそりと置かれ、生徒たちはときおり横目でそれをみながら、あのなかはからっぽなのではないかと思ったりした。

だが奴隷はたしかにそのなかにいた。ピタルーガ中尉が、靴音をとどろかせながら礼拝堂に入ってきたとき、彼らはそのことを現実として受けいれることになった。遠慮のない靴音は母親のなげきの声をかき消し、みんなの注意を彼に引きつけた。生徒たちには、彼が背後から徐々にちかづいてくるのがわかった。やがて、自分たちの傍を通り、追いこしていった。まっすぐ棺にむかうのをみて、おどろいた。みんなの視線は、中尉の背中にあつまった。彼はちょうど花輪のおかれたあたりに立ちどまり、のぞきこむようにすこし上体をかがめ、しばらくそのままの姿勢でじっとしていた。中尉の手が動いて、軍帽をぬいだとき、彼らは一瞬、胴ぶるいした。中尉はすばやく十字をきり、上体をおこした。彼らは中尉のむくんだ顔と、無表情な目をみた。中尉はふたたび彼らの脇をとおって、おなじコースを逆にたどりながら遠ざかっていった。靴音がしだいにちいさくなると、例のなげきの声が、ふたたび礼拝堂のなかにひびきはじめた。彼らの視線は、母親の姿をとらえることができなかった。

あとで、ピタルーガ中尉はふたたび生徒たちのところへやってきて、ちいさな声で、銃をおろして休めの姿勢をとってよろしいと、言った。みんなは指示に従った。じきに列全体が小刻みに動きはじめた。生徒たちは肩をもみながら、しらずしらずのうちに、わずかずつ互いの間隔をせばめていった。ひそやかでひかえめなざわめきとともに、列がしだいに詰まっていった。かすかなざわめきは、礼拝堂の厳かな雰囲気をこわすどころか、むしろ深めた。やがて、ピタルーガ中尉の声がうしろのほうから聞こえてきた。母親に話しかけていることが、彼らにもすぐにわかった。小声で話そうとつとめているのだが、うまくいかなくてこまっているようであった。なにしろしゃがれ声だったし、男っぽさが声の荒あらしさに反映するという、むかしからのおもいこみもあったので、その口からほとばしり出る音の強弱にはひどくむらがあった。ときおり、言葉の切れ端が彼らの耳にもとどいた。たとえば、アラナという名前を何度も耳にしたが、最初はだれのことかぴんとこなかった。彼らにとって、棺のなかに横たわっている級友は、奴隷であった。母親は、中尉の話をほとんど聞いていないようであった。あいかわらず悲痛な声をもらしつづけた。中尉はそれにめんくらって、黙りこんでしまったが、ながい沈黙のあと、ふたたび口をひらいて、調子っぱずれな音をひとくさり吐きだすのであった。

《なんて言ってるんだ?》と列の先頭にいたアロースピデは、歯をくいしばったまま、唇を動かさずにたずねた。そのうしろに並んだバジャーノはおなじ文句をくりかえし、つぎにボアもまたおなじ要領で、問いを後ろの者につたえた。そうやって、質問は、列の最後尾まで送られた。母親のすわったベンチに、いちばん近かった生徒はこたえた、《奴隷のことをいろいろ言ってんだ。》そして耳に入ってくる科白《せりふ》を、そっくりそのまま復唱した。もっとも中尉の独白を再現するのは、それほどむつかしいことではなかった。《じつにすばらしい生徒でした。将校や下士官から信頼され、級友たちの模範でした。たいへん勤勉で、教師たちによく褒められていました。その彼がいなくなって、私どもは深い悲しみに沈んでおります。寮舎のなかは、もう灯が消えたみたいになりまして……整列の際は、いつも先頭にいました。規律をよく守り、威厳があり、体格もよかった。きっとりっぱな、忠誠心のあつい、勇敢な将校になっただろうと思います。野外演習では、危険におじけづくようなことがなかったし、困難な任務をまかされても、それを潔く、果敢にやりとげたものです。人生には、予期せぬ悲しいできごとが起きたりしますが、その悲しみをのりこえていかねばなりません。私ども将校、教職員、生徒一同は、ご家族のみなさまにこころからお悔やみ申しあげます。のちほど、大佐はみずから、ご両親に哀悼の意を表しにうかがうはずです。葬儀は軍葬でとりおこなうことになりました。同学年の生徒たちは全員参列します。一組の級友たちは、いま棺につき添っております。わが国もかけがえのない息子をひとりなくしたようなものです。どうか、ご忍耐とご忍従をおねがいします。彼がこのキャンパスで過ごした日々は、学校の歴史の一部となりました。息子さんの思い出は、新しい世代のこころのなかに生きつづけるはずです。この葬儀に関しては、いっさいの心配はご無用です。費用はすべて学校側が負担します。すでに花輪などもとりよせました。いちばん大きいのは、大佐のです。》ピタルーガ中尉のことばは、生徒たちのあいだでリレーされていった。母親の口からは、あいかわらずなげきの声がもれつづけていた。ときおり、あいづちをうつ男の声がして、中尉はそのたびに小休止して息をついだ。

しばらくして大佐がやってきた。足音を聞いただけで彼だとわかった。歩幅の短い、カモメを連想させるようなちょこちょことした足どりだった。ピタルーガやほかの者たちの話し声がぴたっと止んだ。母親のすすり泣きは、いっそうかぼそく、かすかに聞こえた。べつに号令がかかったわけでもないのに、生徒たちは気をつけの姿勢をとった。ライフル銃はおろしたままだったが、踵を鳴らして、全身の筋肉を堅くした。腕を体側につけ、ズボンの黒帯に沿って指先をぴんとのばした。彼らはそうした姿勢で、大佐のきんきんとひびくかん高い声を聞いた。大佐はピタルーガよりも小さな声で話した。彼の科白を前方に伝えるはずの回線は機能しなかった。列のうしろのほうにいた連中だけが、話の内容を聞くことができた。彼らは大佐の姿をみることができなかったが、その姿恰好を思いうかべることは、きわめて容易なことであった。訓話のさい、マイクのまえでよくやるように、上体をそらして、自信にみちた満足げな表情をうかべていることだろう。そして原稿を読んでいないことをみせびらかすかのように、しきりに手をふっているにちがいなかった。精神の高潔さや、健全かつ優秀な人間をつくる軍隊生活のことや、秩序の土台となる規律などについて、一席ぶっているはずであった。その姿は彼らにはみえなかった。だが、そのもったいぶった表情や、母親の泣きはらした目のまえでひらひらとはばたく、ぶよぶよの小さな手を容易に想像することができた。その手は、ときおり、みごとな太鼓腹を締めつけるベルトにぶらさがるのだった。そして肥えふとった体をうまく支えるために、脚を開いて立っているのである。どんな事例を引用し、いかなる教訓を引きだすかも、彼らは知りつくしていた。祖国の英雄たちの羅列。独立戦争やチリとの戦争で潔く散っていった兵士たち。彼らこそ、尊い血を流して、祖国を存亡の危機から救った英雄たちである、うんぬん。大佐が口をつぐんだとき、母親のなげき悲しむ声も止んでいた。礼拝堂のなかは一瞬しいんとなった。なんとなく居心地がわるくて、互いに顔を見合わせる生徒たちもいた。だが水をうったような静けさはそう長くはつづかなかった。大佐は、ピタルーガ中尉とダークスーツを着た男をともなって、棺の置かれてあるところまで進んでゆき、しばらく棺のなかをのぞきこんだ。大佐は腹の上に手をくんでいた。突きでた下唇は、上唇を覆いかくし、まぶたは半ば閉じられていた。厳粛な場面用の表情だ。中尉と私服はその脇にひかえていた。私服は手にハンカチをもっていた。大佐はピタルーガのほうをふりむき、なにごとか耳打ちした。それからふたりして、私服のそばへ歩みより、その男は、二、三度うなずいた。三人は礼拝堂の後方へかえっていった。すると母親の悲嘆の声がふたたびあたりの空気を支配しはじめた。あとで中尉は、生徒たちに、中庭へ出て、待機中の二組と交代するように命じたが、彼らの耳には、なおも母親の悲しみを訴える声が聞こえつづけた。

ひとりずつ外へ出た。くるっと回転して、爪先だって出口へむかった。彼らは母親の顔をひと目見ようと、ベンチのほうへちらっちらっと視線を送ったりしたが、何人かの男たちのかげになっていて、その姿をみることはできなかった。ピタルーガや大佐のほかに三人の男たちが、かたい表情をうかべて彼女のまわりに立っていた。礼拝堂のまえの閲兵場には、制服を着て、ライフル銃を携えた二組の生徒たちが待機していた。一組の者たちはそこからすこし離れて、原っぱのほとりに整列した。班長は、先頭の二名のあいだに首をさしいれて、整列がきちんとできているかどうかをたしかめていた。それから左側にまわって、人数の確認をした。彼らはその場でじっと待ちながら、小声で母親や大佐や葬儀について感想をのべあった。そのうちに、ピタルーガはどうした、遅いじゃないか、とあちらこちらでささやきだした。班長のアロースピデは、あいかわらず列に沿って行ったり来たりしていた。

中尉が礼拝堂から出てくると、班長は気をつけの号令をかけ、中尉を迎えにいった。中尉は、組の者を寮舎へつれていくようにと、指示した。アロースピデがふりむいて、進めの号令をかけようとしたが、突然列の最後尾から声があがった、《ひとり足りません。》中尉と班長と何人かの生徒はいっせいにそちらに顔をむけた。またもべつの声があがった、《ええ、そうです、ひとり足りません。》中尉は列に歩みよった。アロースピデは列のあいだを走りまわって、ひとりひとりを指をつかって数えていった。《やはりひとり足りません、中尉殿》とややあって報告した。《二十九名のはずが二十八名しかいません。》するとだれかがさけんだ、《詩人のやつだ。》《フェルナンデスがおりません、中尉殿》とアロースピデが言った。《礼拝堂のなかにはいたのか?》とピタルーガがたずねた。《はい、中尉殿。私のうしろにいました。》《こいつもまた死んでなけりゃいいが》とピタルーガが口のなかでもぐもぐ言い、いっしょについてくるようにと、班長に手招きをした。

ふたりは礼拝堂の入口をくぐってすぐに、彼の姿をみとめた。中央通路のなかほどに立っていた。棺は彼の背中にかくれてみえなかったが、花輪はすぐに目についた。彼はうなだれていた。肩のライフル銃はすこし傾《かし》いでいるようにみえた。中尉と班長は、入口のところにつっ立ったままだった。《あの野郎そこでなにしてんだ》と中尉は言った。《引っぱってこい。》アロースピデは歩きだした。さきほどの男たちのそばを通るとき、大佐と目があった。頭を下げたが、すぐにむきなおったので、大佐が返礼したかどうかわからなかった。アルベルトの腕をつかんだが、ぴくりとも動かなかった。アロースピデは一瞬役目をわすれて、棺に目をやった。棺は黒いつるつるの板で蓋がしてあり、上の部分がくもりガラスになっていた。それをとおして、ぼんやりとした輪郭の顔と軍帽がみえた。包帯を巻かれた奴隷の顔は、赤紫色にむくんでみえた。アロースピデはアルベルトの腕をゆすった。《みんなはもう整列してんだぞ》と声をかけた。《入口で中尉が待ってるぜ。禁足処分をくらいたいのか。》アルベルトは返事をしなかった。夢遊病者のようにふらふらとアロースピデのあとにつづいた。閲兵場では、ピタルーガ中尉が近づいてきて、彼に言った、《なんだ、きさま、死人の面を見るのが好きなのか?》アルベルトはやはりこたえなかった。そのまま歩きつづけて、級友たちの視線を受けながら、そっと隊列にくわわった。何をしていたのかと、まわりの者からさかんに訊かれたが、あいかわらず黙ったままだった。何を訊かれても反応がなく、茫然自失の体であった。しばらくして、みんなは行進をはじめたが、彼のとなりにいたバジャーノが、大きな声を出してみんなにしらせた、《おい、詩人が泣いてるんだ。》

3

ヤセッポチは元気になった。だけど曲がっちまった脚はもう直らないだろう。内側で何かがおかしくなっちまったみたいだ。骨か軟骨か筋か何かだ。脚をまっすぐにしようといろいろとやってみたんだけど、鉄の鉤みてえに、かちんかちんにかたくなってて、いくら引っぱってもぴくりとも動かない。あまり引っぱると、きゃんきゃん鳴きだして、脚をばたつかせるんで、あのまま放っておくことにした。いまじゃやつもいくらか馴れてきたようだ。だけど歩くときはちょっと妙な恰好になる。右にがくんがくんとつんのめるんだ。そしてもう前のように走れない。ぴょんぴょん跳びはねるだけで、じきに立ち止まってしまう。三本の脚だけでからだ全部を支えるんだから、すぐにくたびれちまうんだろう。やつは跛《びっこ》になっちまったんだ。そして運の悪いことに駄目になった脚は、頭を載せる方の脚だった。ヤセッポチはもう以前のヤセッポチじゃなくなった。今じゃ名前も変えられちまって、クラスの連中に蹴《け》ラレポチと呼ばれている。言いだしたのは、黒ん坊のバジャーノだったと思う。やつには、すぐにあだ名をつけたがる悪い癖があるんだ。ヤセッポチが変わっちまったみたいに、何もかも変わりはじめた。こんな短い間に、これだけたくさんのことがつぎつぎ起きるってのは、おれがこの学校に来てから、はじめてのことだ。田舎っぺのカーバが試験問題を盗んで捕まるし、将校会議にかけられて、記章をもぎとられちまう。やつは今ごろ田舎に帰って、リャマどもと一緒に暮らしてるだろうよ。今までクラスの人間で放校された者はいなかったんだ。でもどうやら、運が尽きちまったようだ。運に見放されたら、もう何をやったって駄目なんだ。おふくろがそんなことを言ってたし、おれも本当だと思う。だから奴隷があんなことになったんだ。頭に弾丸《たま》が当たって手術を何度も受けるはめになる。そしてあげくの果てに、死んじまった。まったく奴隷ほど、嫌な目に会ったやつはいないと思うよ。みんなはどうってことないってな顔してるけど、これだけついてないことが重なれば、誰だって参っちまうさ。おれにはわかるんだ。いつかまた元どおりになるかもしれないけど、このごろのクラスの様子はやはり前とは違う。みんなの顔つきも変だ。なかでも詩人なんかはまるで別人のようだ。がっくり肩を落として、阿呆のような面をしてやがる。だけどそれをからかう者はひとりもいない。やつは誰とも口をきかない。相棒の葬式が済んでもう四日もたつんだから、そろそろ元気になってもいいころだが、なんだかますます落ちこんでゆくみたいだ。やつが棺のわきに釘づけになっていたあの日、《こいつは相当重症だぜ》とおれは思った。二人は仲がよかったからな。詩人は奴隷、というかアラナのただひとりの友だちだった。だけどこれは最近の話だぜ。むかしは詩人だってあいつをいびってたんだからな。いったいどういうことであの二人が仲良くなったのかまったくわかんねえ。どこへ行くにもあの二人は一緒だった。それでついおれたちもあいつらを冷やかしたもんだ。巻き毛は奴隷を、《おめえ亭主をみつけたようじゃあねえか》と言ってはからかってたが、ほんとうにそんな風だった。やつは詩人のそばにべったりくっついて離れなかった。いつもあとについてまわり、やつを見つめ、誰にも聞かれないようにそっと小さな声で話しかけたりした。そして原っぱへ行って、誰にもじゃまされずに二人だけで話をしてた。そして気がつくと詩人は奴隷をかばうようになっていた。抜けめのないやつだから、おおっぴらにそういうことはやらない。奴隷がいびられだすと、詩人はすかさず相手をやじるのさ。たいがい詩人はぐうの音もでないくらい相手をやりこめた。やつはほんとうに口がたつからな、いや、まえはたったと言ったほうがいいか。なにしろ今は、黙りこくって誰とも話さないし冗談も言わねえんだからな。みんなからぽつんと離れて、沈みこんでいる。今度のことがひどくこたえたみたいだ。以前はひっきりなしにおれたちをからかってた。相手をやりこめるとき、やつの頭はすばらしくよく働くんだ。《おい詩人、こいつに詩を一つ作ってやってくれねえか》とバジャーノはズボンのチャックに手をやりながら言った。《いいぜ》と詩人はこたえた。《いい文句がひらめきそうだ、ちょっと待ってろよ。》しばらくするとできあがった。《バジャーノがにぎるちんぽ《ピピー》はちっちゃな南京豆《マニー》。》まったく手に負えねえ野郎だった。まあよく笑わせてくれたけどな。おれもやつに何度かなぶりものにされたとき、よっぽど張り倒してやろうかと思ったもんだ。やつはヤセッポチにもなかなかごきげんな詩をいくつかつくってくれた。気に入っておれが文学のノートに書きとめておいた文句があるんだ。《おまえはいかれたメス犬。ボアの一物をくわえこんだって死にやしないタフなやつさ。》だけど、やつがいきなり便所に駆けこんできて、大声で叫びながらクラスの連中を叩き起こしたあの晩は、ほんとにやつを殴り殺したかったぜ。《みんな来てみろよ。早く早く！　ボアのやつ、ヤセッポチにちょっかい出してるぞ。こいつ、歩哨のときに、こんなことしてたんだ、見ろよ！》まったく口のへらねえ野郎だ。もっとも喧嘩はうまかねえ。軍鶏《ガージョ》と殴りあったときは、壁に何度も叩きつけられて、派手にやられちまった。ま、海岸部の人間だから、悪いやつじゃなさそうだ。ひどくやせてるもんで、相手に頭突きをくらわすとき、見てるこっちがかわいそうになるよ。あれじゃ自分がまいっちまうぜ。この士官学校には、白ん坊はそんなにいない。そいつらの中じゃ、詩人はまあまあつきあえるほうだ。ほかのやつらは隅っこに追いやられて、小さくなっちまってる。どきな、この白ん坊野郎、なにをぼさっとしてやがるんだ、この混血児《チョーロ》に泣かされたいのかよ。うちのクラスに白ん坊は二人しかいない。もう一人のアロースピデもなかなかのやつだ。よく勉強するよ、まったく。三年間ぶっつづけて班長だからな。頭がいいんだ。ある日、街でアロースピデを見かけたことがある。やつは赤いスポーツ・カーに乗って、黄色いTシャツを着こんでた。あまりの恰好良さに、おれは思わずぽかんと口を開けて見とれちまった。まったくすごいや、いい所の坊ちゃんだ、ミラフローレスにでも住んでんだろう。だけどクラスの二人の白ん坊は、どういうわけか、あまり仲がよくねえみたいだ。詩人とアロースピデが仲良くしゃべってるのを見たことがねえ。互いに知らん顔だ。なにかね、白ん坊同士だと気まずいことでもあるのかね。もしおれに金と赤い車があったら、首に縄をつけられたって、こんな学校に来るもんか。あいつらも、家《うち》が金持だと言ったって、こんな所でおれらと一緒にいるんじゃ、どうしようもねえや。あるとき、巻き毛が詩人に言った。《おまえはどうしてこんな学校に来てるんだ。私立のカトリック学校のほうがよっぽどお似合いだぜ。》巻き毛はいつも詩人のことを気にしてる。もしかしたらやつがうらやましいのかもな。自分もやつみたいに詩人になりたいと思ってるのかもしれねえな。やつはきょうおれにこう言った。《詩人のやついかれちまったらしいぜ。》ほんとうにその通りだ。やつがおかしなことをしだしたってわけじゃねえ。その逆だ、何もしないんだ。どう見たって変じゃねえか。一日じゅう寝台に横になって、寝てるか寝てるふりをしてるかだ。巻き毛がためしにそばへ行って、エロ小説を書いてくれないかってたのんでみたんだが、詩人は《あんなものはもう書くのをやめた。あっちへ行ってくれ》と言ったそうだ。ラブレターも書かなくなっちまったようだ。まえは、血眼になってお客をさがしてたのによ。懐具合でもよくなったのかな。驚いたことに朝起きてみると、詩人はもう整列している。火曜も水曜も木曜も、きょうの朝だっておんなじことだ。やつは早くから中庭に出て、列の先頭に突っ立って、しょぼんとした顔で、何だか虚ろな目をしてやがる。まるで目を開けたまま夢でも見てるって感じだ。食卓が一緒の連中の話だと、飯もろくに食わねえらしい。《詩人はショックでおかしくなっちまったらしいぜ》とバジャーノはメンドーサに言った。《食事は半分以上残すし、余ったものを売ろうともしねえんだ。誰かが勝手にそれをさらって行ったって、文句も言いやしねえ。何を言っても黙ってやがるんだ。》相棒に死なれてがっくりきたんだな。まったく白ん坊どもはなっちゃいねえ。外見《そとみ》は男でもそのハートときた日にゃ、まるで女だぜ。すぐおセンチになっちまうんだ。おかげで詩人はまるで病人のようだ。やれやれアラナが死んでおれたちはすごいショックを受けたけど、詩人には一番こたえたようだ。

《きょうは土曜日だけど、あの人は来てくれるだろうか？　士官学校も制服も悪くないけど、いつ外出できるのかわからないというのは、本当につまらない。》テレサはサン・マルティン広場のアーケード街を歩いていた。軒先を並べるカフェーやバーはどれもお客で混雑していた。乾杯の掛け声やにぎやかな笑い声があちこちで湧き起こり、どんどんビールが運ばれ、テーブルの上にはタバコの煙がたちこめた。《軍人になるつもりはないって言ってたわ》とテレサは思った。《だけどもし考えが変わってチョリージョスの陸軍学校に入ってしまったら？》軍人と結婚したいなんて誰も思わないはずだ。いつも兵営の中だし、戦争が起きたら真っ先に死ぬことになる。それにしょっちゅう転属させられる。地方に住むのはたいへんだ。ジャングルへだって行かされないとも限らない。蚊や未開人のいっぱいいる所。《バー・セーラ》の前を通る時に、どぎついくどき文句をたて続けに浴びせかけられた。一群の中年男たちが彼女に向かって半ダースほどのコップをかかげた。手を振る若い男もいた。彼女の前に立ちはだかろうとする酔っ払いもうまくかわさねばならなかった。《たぶんそんなことにはならないと思うわ》とテレサは思った。《あの人は軍人にならないんだもの。エンジニアになるわ、きっと。ただ問題なのは、あの人が卒業するまで私が五年も待たなくちゃならないってこと。五年って永いわ。待たされた揚句、もう結婚しないって言い出したら？　その時には私はもうお婆さんになってるわ。もう誰も貰ってくれないわ。》普段の日のアーケード街は閑散としていた。お昼にそこを通ると、どのテーブルも空いていて、雑誌の売店にも客の姿はなく、街角に靴磨きが立っているだけだった。そして時おり新聞売りが駈け抜けて行った。彼女は足早に電停に向かった。電車に乗って家に帰り、急いで昼御飯を食べた。そして時間を気にしながらふたたび駈けるように事務所に戻るのだった。だけど土曜日は、ほかの日と違って、ゆっくりした足取りで、人でごった返すにぎやかなアーケード街を歩いた。常に正面を向いて、ひそかな喜びに浸りながら。男たちに誉めそやされるのは悪い気分ではなかったし、午後仕事に戻らなくてもいいのはなんとも素敵なことだった。しかし、むかし、土曜日は彼女にとって嫌な日であった。母親はほかの日にも増して愚痴っぽくなり、わめき散らした。父親が夜遅くまで遊んで来るからである。酒に酔い、怒り狂った状態で、まるでハリケーンさながらの帰宅であった。目がぎらぎらと血走り、声が雷のようにとどろいた。巨大な手を固く握り締めて、まるで檻の中の猛獣のように、とめどなく家の中を歩きまわった。よろめいては、貧しさを呪い、椅子を蹴飛ばし、ドアをぶっ叩いた。しまいに激情は風船のようにしぼんで、疲れ果てて、床に崩れ落ちるのだった。すると、テレサは母親と二人で服を脱がし、上に毛布を掛けてやった。ベッドに運び上げるには重たすぎたからだ。父親は女を家に連れて来ることもあった。母親は血相を変えて闖入者に襲いかかり、細い手で相手の顔を引っかこうとした。そういう時、父親はテレサを膝に乗せ、楽しそうに言った。《見てごらん、こいつはプロレスより面白いんだぜ。》とうとうある日、母親は相手の女に酒瓶で肩を叩き割られ、病院へ担ぎこまれるはめになった。あれ以来、母親はさわぐのを止め、おとなしくなった。亭主がほかの女を連れてくれば、彼女は肩をすくめ、テレサの手を引いて家を出た。ベジャビスタの叔母の家に泊って、月曜日に帰宅した。玄関を開けて中へ入ってみると、異臭が鼻を衝《つ》き、いたる所に空き瓶が転がっていた。そして父親は反吐《へど》の上に大の字に伸びていて、金持ちはけしからん、おれは不幸だとぶつぶつ寝言を言っていた。《優しい人だったのに》とテレサは思った。《毎日朝から晩まで休む間もなく奴隷のように働いてた。貧乏を忘れるために、あんなに飲んだりしたのね。私を可愛がってくれたもの。私を大切にしてくれたわ。》リマ・チョリージョスの市街電車は、刑務所の赤っぽい建物の前を通過しているところだった。やがて最高裁判所の白い建物が姿を現わし、少し行くと不意に広々とした空間が開けた。葉叢をそよがす高木群、静かな水を湛える池、両側に草花の咲きこぼれる曲がりくねった小径、そして中央には円《まる》い形をした芝生の原っぱ、魔法のお城、白壁や浮き彫りや木製のブラインド、いくつもの扉、そしてそのひとつひとつに人間の頭をかたどった青銅のドアノッカー。それはロス・ガリーフォス公園であった。《だけど母さんも悪い人じゃなかった》とテレサは思った。《ずいぶん苦労をしたんだもの。》父親が長い苦悶の末、慈善病院で息を引きとると、母親はある夜、彼女を叔母の家の戸口に連れてゆき、胸に抱き締めてから、こう言った。《母さんが見えなくなってからノックしなさいね。母さんはもうこんな生活にうんざりしてしまったのよ。これからは、おまえには悪いけど、自分のために生きようと思うの。この先は、叔母ちゃんが面倒みてくれるからね。》市街電車の停留所はバス停よりも家に近かった。しかしそれでも、家に帰り着くまでには、何軒かの柄の悪い長屋の前を通らなければならなかった。そこに住む浮浪者のような恰好の男たちは、彼女に下品なことばを投げかけ、時にはその腕を摑もうとするのであった。だがきょうは大丈夫だった。女二人に犬一匹しかいなかった。女たちも犬も、蠅のたかったごみバケツを一生懸命ほじくり返していた。長屋はひっそりとしていた。《昼御飯の前に家の掃除を全部かたづけてしまおう》と彼女は思った。すでにリンセのあたりを歩いていた。古びた低い家並みが続いた。《そうすれば午後はずっと自由に使えるわ。》

家のすぐ手前の街角まで来るとふと、通りの中ほどに、黒っぽい学生服と白い軍帽の人影が目に入った。歩道の縁《へり》に革の鞄が置いてあるのも見えた。人影がマネキン人形みたいにじっと動かないので奇妙な感じがした。大統領府の鉄柵の中に釘づけにされたように突っ立っている衛兵の姿に似ていた。しかしあの衛兵たちは凜々《りり》しかった。胸を張り、首をすっと伸ばし、長目のブーツや飾り房のついた兜を身につけて誇らしげだった。だがアルベルトは、肩を落としてうなだれ、弱々しく見えた。テレサは手を振ってみたが、彼は気づかなかった。《制服がとても良く似合ってるわ》とテレサは思った。《ボタンがきらきら輝いてる。海軍の士官みたいだわ。》テレサがほとんど目の前に来たところで、アルベルトはようやく頭を上げた。テレサは微笑を浮かべ、彼は手を上げて挨拶をした。《何かあったのかしら?》とテレサは思った。アルベルトは別人のようであった。すっかり老けこんでいた。眉間に深い皺が刻まれ、目は落ちくぼんでいた。頬がげっそりとこけ、頬骨が今にも血の失せた青白い皮膚を突き破らんばかりにとがっていた。視線は虚ろで、唇にはほとんど血の気がなかった。

「外出できたの?」とテレサは訊いた。そしてアルベルトの顔をしげしげと眺めた。「来てくださるにしても午後になると思ってたわ」

彼は返事をしなかった。うちのめされた者の虚ろな目で彼女を眺めつづけた。

「制服が良く似合ってるわよ」と少ししてからテレサは小さな声で言った。

「制服は嫌いなんだ」とかすかな微笑を浮かべて彼は言った。「家に帰るとすぐ脱いでしまうんだ。だけどきょうはミラフローレスへ行かずに、まっすぐこちらへ来たんだ」

ぼそぼそとしゃべっていた。その声には抑揚がなく、なんの感情も読みとれなかった。

「どうしたの? 何かあったの?」とテレサはたずねた。「顔色が悪いわ。大丈夫? 教えて、アルベルト」

「何でもないんだ」とアルベルトは目を逸らしながら言った。「大丈夫だよ。いま家に帰りたくないだけだ。君に会いたかった」額を手でさすった。眉間の皺は消えたが、それもわずかの間だけだった。「ちょっと嫌なことがあってね」

テレサはいくぶん彼の方に上体をのりだした。そして彼が遠慮しないで安心して話ができるように、優しい眼差しで彼を見つめた。だがアルベルトはそれきり口をつぐんでしまい、ゆっくりと手をこすり合わせるだけだった。彼女は不意に気持が焦《あせ》った。こんな時、何て言えばいいの? どうすれば自分の気持を打ちあけてくれるのかしら? どんなふうに励ましたらいいの? あとで私のことをどう思うかしら? 心臓がはげしく鼓動を打っていた。少し躊躇《ためら》ったが、思いきって一歩前へ踏み出して、アルベルトの手をつかんだ。

「家《うち》にいらっしゃい。一緒に昼御飯を食べましょう」

「昼御飯？」とアルベルトは戸惑ったように聞き返した。ふたたび額に手をやった。「叔母さんに悪いよ。この近所で何かを食べて、あとで迎えに来るよ」

「いいの。いらっしゃい」と彼女は地面から鞄を拾い上げながら言った。「遠慮しなくていいの。叔母も嫌な顔をしないから。とにかくいらっしゃい」

アルベルトは彼女に従った。ドアの前で、テレサは彼の手を放した。唇を嚙んで、小さな声で彼の耳もとにささやいた。「悲しそうな顔をしないでね、私までが悲しくなるから」彼の視線がなごんだ。そして感謝の微笑を浮かべた。彼は顔を寄せ、二人はすばやい口づけを交わした。テレサはドアをノックした。叔母が出てきたが、目の前の人物がアルベルトであるとはすぐにはわからないようだった。彼女はその小さな二つの目で、彼を胡散臭そうに眺めまわした。彼の制服に訝しげな視線を走らせ、その顔をまじまじと見たが、不意に目を輝かせた。肥った顔に笑いが広がった。スカートで手を拭いてから、彼に手を差し出した。歓迎のことばがとめどなくあふれ出た。

「ようこそ、アルベルトさん、ようこそ。お元気ですか？　またおいで下すって嬉しいですわ。どうぞ、お入り下さいませ、どうぞ。お元気そうで。素敵な制服を着てらっしゃるもんだから、めんくらってしまいましたわ。いったいどなたかと思いましたのよ。気がつかなくて申しわけありませんでしたわ。本当にもう目がかすむようになってしまって。台所の煙のせいですよ。それにもう年なんですね。どうぞどうぞ、アルベルトさん、お入り下さい、良く来て下さいましたわ」

家に入るとテレサはすぐに叔母に告げた。

「アルベルトを昼御飯にお招きしたの」

「ええ？」と叔母は雷に打たれたように言った。「何だって？」

「昼御飯にお招きしたの」とテレサは繰り返した。

そして叔母にそんなに大げさに驚かないで、何か承諾の仕草をしてくれるようにと目で懇願した。けれど叔母は啞然とした表情のまま立ちつくしていた。目は大きく見開かれ、下唇は垂れ下がり、額には幾筋もの皺が浮かんだ。茫然としていた。やっと我にかえると、苦虫をかみつぶしたような顔で、テレサに命じた。

「ちょっと来なさい」

叔母はくるっと回って、重い駱駝《らくだ》のような体をくねらせながら、台所へ入って行った。テレサは後を追った。そしてカーテンを引いてから、すぐに人差し指を立てて唇に押し当てたが、そんな必要はなかった。叔母は黙ったまま彼女を睨みつけていた。テレサは叔母の耳もとに口を寄せた。

「中国人は付けで売ってくれるわ。火曜日に払えばいいんだから。お願い、何も言わないで。あの人に聞こえるから。あとでちゃんと訳を話すわ。とにかくお昼を出してあげなくちゃ。お願いだから、怒らないで、叔母ちゃん。行って来て。付けで売ってくれるわ、大丈夫よ」

「何を言ってんのよ」と叔母はわめいた。だがすぐに声を低めて口に指を押し当てた。彼女はささやいた。「何を言ってんのよ。気でも狂ったのかい？　あたしを怒らせて早くくたばっちまえばいいって思ってんだろ？　あの中国人はもう何年も付けでは売ってくれないんだよ。それどころか借金があるんだからのこのこ店に顔を出すわけには行かないんだよ。馬鹿なことを言うんじゃないよ」

「そこを何とか頼んでみてよ。お願いだから」

「おまえってどこまで馬鹿なんだ」と叔母は叫ぶように言ったが、ふたたび声を落とした。「皿は二枚しかないんだ。スープしか出せないじゃないか？　パンだってないってのに」

「行って来てよ、叔母ちゃん。お願いだから」

そしてテレサは叔母の返事を待たずに部屋に戻った。アルベルトは座っていた。鞄を床に置いて、その上に帽子を載せていた。テレサは彼の傍に腰をおろした。アルベルトの髪は汚れ、ぼさぼさであることに気づいた。ふたたびカーテンが開いて、叔母が出てきた。顔は怒りでまだ赤く染まったままだったが、その頰にはこわばった笑いが貼りついていた。

「すぐに戻りますからね、アルベルトさん。ちょっとそこまで行って来るだけですから」そして凄まじい形相でテレサを睨みつけると「台所の火をみてなさい」

ドアをしたたかに叩きつけて出て行った。

「この前の土曜日はどうしたの？」とテレサはたずねた。「どうして来てくれなかったの？」

「アラナが死んだんだ。火曜日が葬式だった」

「何ですって？　あの角のアラナ？　死んだんですって？　信じられないわ。リカルド・アラナのこと？」

「通夜は学校でやったんだ」とアルベルトは言った。その声には何の感情もこもっていなかった。わずかに疲労だけが感じられた。その目はふたたび虚ろになった。「先週の土曜日のことさ。野外演習で射撃の練習をしていて、弾丸《たま》が頭に当たったんだ」

「そうだったの」彼が黙りこむとテレサはそう言った。戸惑いを感じているようだった。「あの人のことはあまりよく知らなかったけど、こんなことになってとても気の毒だわ。ほんとうにかわいそうね」彼の肩にそっと手を置いた。「同じクラスだったんでしょ？　それで元気がないのね？」

「ああ、それもあるけど」と彼はゆっくりした口調で言った。「やつとは友だちだったんだ。それに……」

「それに何なの？　教えて。どうしてそんなにやつれてるの？　何があったの？」彼の方に身を寄せて、頬に口づけをした。アルベルトはぴくりとも動かなかった。彼女は顔を赤らめて上体を起こした。

「どうってことないのか？」とアルベルトは言った。「やつがそんな風に死んじまっても君にはどうってことないのか？　ぼくはやつと話すこともできなかったんだ。やつはぼくのことを友だちだって信じてたのに、ぼくは……やつが死んでもどうってことないのか？」

「どうしてわたしを責めるの？　本当のことを言って、アルベルト。どうして怒ってるの？　わたしのことで何か嫌なことでも聞かされたの？」

「アラナが死んだって君にはどうでもいいことなのか？　ぼくはやつの話をしてるのに、どうして話をそらすんだ？　君は自分のことしか……」アルベルトは口をつぐんだ。彼のどなり声を聞いて、テレサの目に涙があふれたのである。唇も小刻みに震えていた。

「悪かった、許してくれ……」とアルベルトが謝った。「変なことを言って済まない。君にどなるつもりはなかったんだ。ここんところいろんなことがあって、神経が参ってるんだ、ご免よ。お願いだからもう泣かないで、テレサ」

そう言うと彼女の体を引き寄せた。テレサは彼の肩に頭をあずけ、二人はしばらくそうやっていた。やがてアルベルトは、彼女の頬や瞼に唇を寄せ、二人は長い口づけを交わした。

「もちろんとてもかわいそうに思うわ」とテレサは言った。「悲しいことだわ。だけどあなたがあんまり沈みこんでいたので、わたし、心配になったの。何か気にいらないことでもあって、わたしに腹を立ててるんじゃないかって。それであなたがどなりだしたから、もうびっくりして。あなたがそんなに怒ったのを見たことないんですもの。とても恐い目だったわ」

「テレサ。話したいことがあるんだ」

「ええ」と彼女は言った。頬が赤らみ、いかにも嬉しそうに微笑を浮かべていた。「話して。あなたのことなら何でも知りたいの」

彼は急に口をつぐんだ。こわばった表情がほぐれ、諦めたようなあいまいな微笑が口もとに浮かんだ。

「何なの？　教えて、アルベルト」

「君がとても好きなんだ」

その時ドアが開いて、二人はあわてて離れた。鞄は倒れ、帽子が床を転がった。アルベルトはそれを拾おうと屈んだ。叔母は愛想よく彼に微笑みかけた。手には買物袋を抱えていた。テレサは叔母と一緒に食事の仕度にとりかかった。そして叔母の目を盗んで、時おりアルベルトに投げキッスを送った。その後で、お天気や映画や近づく夏のことを話題にした。食卓についてからテレサはアラナの死を叔母に告げた。叔母は大声で悲劇を嘆いた。何度も十字を切り、アラナの両親、とりわけその母親に同情した。そして、神様はいつも、なぜだかわからないが、よりによって仲の良い幸せそうな家族をひどい目に会わせるのだと言った。今にも泣きださんばかりの悲嘆ぶりだったが、乾いた目をこすり、くしゃみを一つしただけだった。食事が終わると、アルベルトは席を立って帰ると言った。戸口でテレサは再度彼にたずねた。

「本当にわたしのことを怒ってないの？」

「本当だよ。そんなこと絶対にないよ。怒る理由なんてないさ。だけどしばらく会えないかもしれない。毎週学校宛に手紙を書いてくれる？　一段落したら事情を説明してあげるから」

しばらくして、アルベルトの姿が見えなくなると、テレサは狐につままれたような気分になった。いったいあの言葉は、どういう意味だろう？　どうしてあんな風に帰ったのだろう？　その時ふとある考えが彼女の脳裡をよぎった。「ほかに好きな人ができたんだわ。お昼をご馳走してあげたんで言いそびれたのね」


初仕事はラ・ペルラの街でこなした。イゲーラスはぼくに、歩いて行くか、それともバスに乗るかと訊いた。ぼくらは歩くことにした。仕事以外のとりとめない話をしながら、プログレソ通りを進んで行った。イゲーラスは特に緊張しているように見えなかった。むしろいつもより落ちついていた。ぼくを安心させるためかもしれない、と思った。ぼくは恐くてしかたがなかった。イゲーラスは暑いと言ってセーターを脱いだ。ぼくは寒さに身を震わせていた。小便がしたくなって、途中で三度も立ち止まった。カリオン病院の近くで不意に、林のなかから一人の男があらわれた。ぼくはぎくっとして思わずさけんだ、《察《さつ》だ。》ところが、サンエス・ペニャの酒場で紹介された男たちの一人だった。かたい表情をしていた。イゲーラスとは隠語をまぜながらしゃべったので、話の内容はよくわからなかった。ぼくらは並んで歩いた。しばらく行くと、イゲーラスが言った、《ここから近道をしようぜ。》ぼくらは道路からそれて、原っぱを横切った。暗くて足もとがおぼつかなかった。何度も転びそうになった。パルメーラス通りに出るすこし手前で、またイゲーラスの声がした、《ここで打ち合わせをしよう。》ぼくらは腰をおろした。イゲーラスはいろいろと説明してくれた。家には誰もいない。ぼくが屋根にのぼる。中庭におりて、ガラスのない小さな窓から室内に忍びこむ。道路に面した窓を開けて、ふたたびここにもどってきて、彼らの帰りを待つ。イゲーラスは何度も手順を繰り返し、小窓が庭のどの位置にあるのかくわしく教えてくれた。家の様子を手にとるように知っていた。部屋の配置や室内に何があるのかも教えてくれた。ぼくはそんなことよりも、自分の身にふりかかるかもしれない危険のことばかりが気になっていた。《ほんとうに誰もいないの？　番犬は？　つかまったらどうしたらいい？》イゲーラスは根気よくぼくの不安をとりのぞいた。それからかたわらの男に言った。《よし、クレーペ、行ってこい。》男はパルメーラス通りのほうに消えた。ふたりだけになると、イゲーラスはぼくに訊いた。《恐いか？》《うん、すこし。》《おれもだよ。だけどどうってことないさ。誰だって恐いんだ。》しばらくして口笛が聞こえた。イゲーラスは立ちあがって《さあ行こう》と言った。《あれは誰もいないって合図だ。》ぼくはぶるぶる震えだした。《ね、イゲーラス》とぼくが言った。《このままベジャビスタに帰りたくなった。》《だいじょうぶだよ、心配するな。三十分でカタがつくさ。》通りへ出ると、クレーペがやってきて、《誰もいない。しんとしてるぜ》とぼくらに言った。お城のような大邸宅だった。塀に沿ってぐるっと裏手にまわった。イゲーラスとクレーペに持ちあげられて、ぼくは屋根の縁につかまり、壁をよじのぼった。屋上に立つと、恐怖を忘れた。はやく仕事を終えたかった。屋上を横切った。イゲーラスの言ったとおり、庭木が壁のすぐそばまで枝をのばしていた。その木を伝って、地面におりた。小窓は思ったより小さかった。おまけに金網がはってあったので一瞬心臓が止まりそうになった。《しまった》と思った。だが金網はぼろぼろに錆びており、ちょっと押しただけで簡単に崩れてしまった。小窓を通り抜けるのに苦労した。背中や脚を引っかいたし、途中で体がつっかえてあわてた。家の中は真っ暗で何も見えなかった。しょっちゅう椅子やテーブルにぶつかった。道路に面した窓をさがしたが、どの部屋も闇に包まれていて、はっきりしなかった。手足がぎくしゃくして、やたらとものにぶつかり、音がした。方向感覚も狂ってしまった。時間がどんどん過ぎるだけで、肝心の小窓を見つけることができなかった。とうとうテーブルにぶつかり、花瓶を粉々に割ってしまった。部屋の片隅にひと筋の明かりを目にした時、ぼくは感激のあまりほとんど泣きだしたいような気持になった。窓が見えなかったのは、どの部屋にもぶ厚いカーテンがかかっていたからだった。カーテンの隙間から外をのぞくと、すぐまえがパルメーラス通りだった。しかしイゲーラスやクレーペの姿はなかった。ぼくはふたたび言いようのない不安におそわれた。《警察が来たもんでふたりは逃げたんだ》と思い、心ぼそくなった。カーテンの陰にかくれてしばらくふたりを待ったが、そのうちにどうとでもなれという気になった。どうせ未成年者だから、つかまっても少年院に送られるだけだ、と開き直った。窓を開けてジャンプした。着地と同時に駆け寄ってくる足音がした。イゲーラスだった。《いいぞ、よくやった。さっきの所で待つんだ。》ぼくは一目散に駆けだした。道路を横切ると、草むらに寝転がった。警察が来るのではないかと気が気じゃなかった。だが、しだいにそこにいることも忘れて、こうしていることすべてが夢で、自分は今ベッドに横たわっているんだという気がしてきた。テレサの顔が瞼に浮かんだ。今すぐ会って話したい気持にかられた。そうした想いにふけっていると、イゲーラスとクレーペが帰ってきた。ぼくらは道路にあがらずに原っぱを通ってベジャビスタに帰った。イゲーラスはいろんな物を盗み出したのだった。カリオン病院近くの林のなかでふたりは品物を分けあい、紙にくるんだ。別れ際にクレーペがぼくに言った、《おまえもいい仕事をした。仲間として合格だ。》イゲーラスはぼくにもいくつかの品物をよこしたので、服の下に隠した。ズボンのほこりを払い、土にまみれた靴を拭いた。ぼくらはのんびりと歩きだした。イゲーラスはさかんに冗談を飛ばし、ぼくは声を立て笑った。家《うち》まで送ってくれた。《きょうはよくやったよ。明日分け前をわたすからな。》ぼくは、至急お金が要るんだ、ほんの少しでかまわないからと言った。すると彼は十ソル紙幣をくれた。《これはほんの一部だ。今晩物《ぶつ》をさばいたら明日もっと渡してやるよ。》ぼくは今までにそんな大金を持ったことがなかった。十ソルで買えるものをあれこれ考えてみた。ずいぶん使いでがあった。とりあえず翌日リマへ行くのに五十センターボ必要だった。《何かプレゼントを持っていこう》と思った。何がいいか考えた。ノート、チョーク、キャラメル、カナリア……、さまざまなものが頭に浮かんだ。時間になってもまだ決めかねていた。ふと、テレサがまえにパン屋の主人から漫画を借りていたのを思いだした。これだと思った。新聞の売店へ行って漫画雑誌を三冊買った。冒険物を二冊、恋愛物を一冊。電車の中でぼくは幸福な気分に浸った。いつもの店の前でテレサを待った。彼女の姿を見かけると、急いでそばへ行った。握手をしてぼくらは学校のことをしゃべりはじめた。ぼくは漫画雑誌を小脇にかかえていた。それをちらちらと横目で見ていた彼女は、ボログネーシ広場を横切るときぼくに言った。《漫画を持ってるのね、いいわね、読んだら見せて。》《君にあげるために買ってきたんだ。》《ほんとうに？》《そうだよ。》漫画をわたすと彼女は《ありがとう》と言って、歩きながらページをめくりはじめた。恋愛物をまっ先に開いた。《三冊とも恋愛物にすればよかった。女の子に冒険物をプレゼントしたってしょうがないんだ。おれってなんて馬鹿なんだろう》と思った。しばらくしてテレサが言った、《じゃ、読みおわったら貸してあげるわね。》《それはどうも》とぼくがこたえた。そのあとふたりとも黙って歩いたが、不意にテレサが口を開いた、《やさしいのね。》ぼくは苦笑しながらこたえた、《さあ、どうだか。》

《彼女に打ちあけた方がよかったのかもしれない。何かいいアドバイスをしてくれたかもしれない。ぼくがこれからしようとしてることがもっと卑劣で、あとで馬鹿をみるのがぼくだけだと思わないか？　絶対に間違いないのか？　だけど絶対に間違いないってことがあり得るのか？　おれのこの目をごまかせると思うのか、この売女《ばいた》の伜め、きさまのその面を見れば一目瞭然だ、密告野郎、ただじゃ済まないからな。だいじょうぶだろうか?》アルベルトは目の前を見る。草に覆われただだっ広い平地が広がっている。七月二十八日のパレードの日、レオンシオ・プラドの生徒たちが整列する場所だ。どうやってこのカンポ・デ・マルテにたどりついたのだろう? 人気のない平地、心地よい冷気、そよ風、黄褐色の雨のように街に降り注ぐ黄昏の光線、それらは彼に学校を思い出させた。時計をのぞきこむ。すでに三時間、街をあてどなく彷徨《さまよ》っている。《家に帰ってベッドにもぐろう。医者を呼んで、薬をのみ、ひと月ほど眠りたい。何もかも忘れてしまいたい。自分の名前やテレサのことや学校のこと。すべてを忘れられるものなら、一生病人でもかまやしない。》くるっと半回転して、今歩いて来た道を引き返す。ホルヘ・チャーベスの記念碑の前で立ち止まる。薄闇の中で、三角形の塊と飛翔する複数の彫像は、まるでタールでできているように黒く見える。自動車の群が切れ目なしに大通りを流れる。彼はほかの歩行者と一緒に横断歩道の手前に立っている。しかし車の流れが止まり、まわりの人々が車道に足を踏み出してバンパーの壁の前を渡ってゆく段になっても、彼はそこにそのまま立ちつくして、信号機の赤い灯を茫然と見つづけている。《もし時間をさかのぼって、最初からやり直すことができたらどんなにかいいだろう。たとえば、あの夜、奴隷に出くわす。ジャガーは何処?と訊いてみる。ここにはいないよ。そうか、じゃな。それでおしまい。やつの上着が盗まれたことなんぞ、おれには関係ないんだ、それぐらいのピンチはみんな自力でくぐり抜けてくもんだ。そういうふうにすぎればよかったんだ。そうすれば今ごろは何も考えずに、いつものようにお母さんの繰りごとを聞いていたはずだ。アルベルト、お父さんは相かわらずふしだらな女たちとつき合ってるの、本当に情けないわ、寝ても覚めてもいやらしい女たちの尻を追いかけまわしてあの人は、恥ずかしくないのかしら?》彼は今、七月二十八日通りのバス停の前に立っている。先ほど酒場の前を通った。その記憶が頭の隅に引っかかっている。横目でちらっと見ただけだったが、店内の喧噪やこうこうたる明かり、タバコの煙などが通りまであふれ出ていたのを覚えている。急行バス《エスプレソ》がやって来て、停留所に並んでいた人々はつぎつぎに乗りこむ。運転手は彼にたずねる、《で、乗るの、乗らないの?》しかし彼が何の反応も示さないので、運転手は肩をすくめ、扉を閉める。アルベルトは踵を返して、歩きはじめる。酒場の前を行ったり来たりをこれで三回繰り返している。酒場の入口まで来ると、彼は中へ入った。わめき散らす声が四方八方から耳に飛びこんできて彼をおびやかす。ライトがまぶしくて、彼はしきりにまばたきする。タバコやアルコールの臭いのする男たちをかき分けながら、やっとの思いでカウンターへたどり着く。電話帳を見せてくれるようにたのむ。《今ごろ奴隷は少しずつ食われているだろうな。目玉がやわらかいからまずそこからはじまって、今ごろはもう首のあたりだろう。鼻も耳も食われちまってるはずだ。そいつらはまるで砂《すな》蚤《のみ》のように爪の間にくい込んで、肉をどんどん食い尽してゆく。すさまじい眺めだろうな。おれはやつが食われだす前に電話を掛けるべきだったんだ。いや、葬られる前に、いやもっと前に、死ぬ前に。》室内の喧噪が彼を苦しめる。電話帳のページを繰って並んだ名前の中から、ある氏名をさがしだそうとするが、なかなか集中できずに手間取っている。やっとみつけだす。いきなり受話器を持ち上げる。だがのばしたもう一方の手の指先は、ダイヤルにかかったままで動きを止めた。耳もとに鋭いうなりが鳴りひびく。カウンターのすぐうしろに、襟がしわくちゃの白いジャンパー姿の男が見える。番号を回す。呼び出し音が鳴りはじめる。沈黙、痙攣的な音、沈黙。周囲をぐるっと見わたす。部屋の隅で、誰かが、ある女のために乾杯する。一緒に飲んでいる連中は、それに応じて、女の名前を叫びあう。電話の呼び出し音は、規則正しい間隔を刻みながら、鳴りつづける。《もしもし》という声がする。しかし彼は、言葉を発することができない。喉もとに大きな氷の塊がつっかえているような感じだ。目の前の白っぽい人影は、動き出し、そばへ寄って来る。

《ガンボア中尉をお願いします》とアルベルトは用件を告げる。《アメリカのウイスキーなんか》と男は言う。《しょん便だ。英国のウイスキーのほうが美味《うま》い。》《少しお待ちください》と電話の声が言う。《今呼んで来ます。》彼の背後では、さっき乾杯した男が、長広舌をふるいはじめた。《レティシアって言うんだ。おれは男らしく言うけど、彼女が好きだ。そういうことなんだ、諸君。結婚をするってのは大仕事だけど、おれは結婚するぞ。なにしろあの女《こ》にぞっこん惚れちまったんだからな。》《英国産のウイスキーやスコッチはいいんだ》と白い人影はなおも言い続ける。《スコットランド製でもイングランド製でも構わんのだ。だけどアメリカ製だけは飲めたもんじゃねえ。》《もしもし》と耳もとで声がする。彼は全身がこわばり、受話器を顔からほんの少し離す。《ガンボア中尉ですが、ご用件は?》《これでどんちゃん騒ぎとも永遠におさらばだ、諸君。おれはこれからまじめになるんだ。一生懸命に働いて、金を稼いで、女房を喜ばせなきゃならんからな。》《ガンボア中尉ですか?》とアルベルトはたずねる。《ピスコ・デ・モンテシエルペは駄目だ》と目の前の人影は断言する。《ピスコ・モトカチはいい。》《そうです。そちらは?》《生徒です》とアルベルトはこたえる。《五年の生徒です。》《おれの可愛い女《やつ》、万歳、わが友人たちよ、万歳。》《用件は?》《世界で最高のピスコは、ぼくの考えるところではですね》と人影は宣言するように切り出したが、ちょっと考えて言い直す。《最高のピスコの一つと言った方が正確かな、ピスコ・モトカチですよ。》《君の名前は?》とガンボアが問う。《子供を十人作るぞ。みんな男の子ばっかりだ、それで一人一人にな、友だちの名前を付けてやりたいんだ。おれのは付けない、おまえたちの名前だけにするよ。》《アラナは殺されたんです》とアルベルトは言う。《誰が殺したのか知っています。ご自宅にうかがってよろしいでしょうか?》《君の名前は?》とガンボア。《鯨を殺すにゃ、ピスコ・モトカチを飲ませるのが一番ですよ。》《アルベルト・フェルナンデスです、中尉殿。一組に所属しています。うかがってよろしいですか?》《すぐに来なさい》とガンボアがこたえる。《ボログネーシ街三二七番地、バランコ区だ。》アルベルトは受話器を置く。

誰もかれも様子が変だ。おれもそうかもしれん。自分で気がつかないだけかも。ジャガーもずいぶん人が変わった。信じられんほどだ。いつもぴりぴりしてて、ちょっと話しかけるのにも勇気がいる。そばに寄って何かを訊こうもんなら、まるでズボンをずりおろされたとでもいうように、すごい顔つきでくってかかってきやがる。ちょっとのことにもすぐかっとなるもんで、こっちもびくびくだ。ま、おちつけよ、ジャガー、そんなにおこらなくたっていいじゃないか、別におまえに喧嘩をふっかけに来たわけじゃないんだから、どうしたんだよ、そう興奮するなって。だけどいくらこっちが下手《したで》に出ても効き目がなくて、それでぶん殴られちまったやつが何人もいるみてえだ。クラスの連中だけじゃねえ、巻き毛やこのおれまでが、八あたりされちまう。おなじ組織の仲間なのによ、そんなのはねえぜ。ジャガーは田舎っぺのことでおかしくなっちまったんだ。原因はそれだ。おれの目はごまかされないぞ。最初は笑いころげて、かまうもんかってな面をしてたけど、田舎っぺの退学処分はやっぱりやつにとっちゃすごいショックだったんだ。ジャガーがあんなふうに急に怒り狂うのを、おれは今まで見たことがねえ。顔を引きつらせるんだ。それにこっちがぞっとするようなことを言いはじめる。ここをすっかり燃やしちまうんだ、ひとり残らずぶっ殺してやるからな、夜になったら将校どものねぐらに火を付けてやるぜ、あの大佐の野郎のどてっ腹に穴を開けて中の腹わたをやつの首に巻きつけてやる。田舎っぺがつかまったとき、組織で残ったおれたち三人は、密告野郎をさがしだそうってことになったんだが、あれからずいぶん経っちまったような気がする。これじゃ、いくらなんだって田舎っぺがかわいそうだ。やつがアルパカの群の中に送り返されて、人生を台無しにされちまったっていうのに、密告野郎の方は知らん顔でぬくぬくと日なたぼっこでも楽しんでるなんてひどすぎるぜ。でも、ちょっとやそっとのことでは見つからねえだろうな。ひょっとしたら将校どもはやつに金を払ってカーバの名前を吐かせたのかもしれねえ。ジャガーはおれたちに大きなことを言ってたがな。《二時間もありゃ密告したやつを見つけだせるぜ。いや二時間もいらねえ、一時間で充分だ。この鼻で嗅ぎ出せるさ。ああいう野郎はすぐにわかるんだ。》まったく、うそばっかりだぜ。一目見てすぐにわかるのはせいぜい田舎っぺだけだ。密告するようなずるがしこい野郎は、そう簡単にしっぽを出しゃしねえ。ジャガーはそれで苛々してんだろう。だけどせめておれたちには、胸のうちを話してくれてもいいじゃねえか。ずっと仲間でやってきたんだからな。どうしてひとりでいたいのか、おれにはさっぱりわからねえ。そばにちょっとでも近寄ると、親の敵《かたき》でも見るみてえにものすごい顔をしてこっちをにらみつけやがる。襲いかかってきてかみつくんじゃないかって、こっちが思わず身構えちまうほどだ。まったくやつにぴったしのあだ名をつけられたもんだぜ。もうやつのそばへ行くつもりはねえんだ。おれがやつの機嫌をとろうとしてるなんて思われちゃかなわねえからな。おれはただ友だちとして声をかけてやったんだからな。きのうやつと殴りあわなかったのは、奇蹟ってもんだ。どうしておれがあのとき、がまんしたのかわかんねえ。ほんとうは、やつをぶん殴って、その思いあがった根性をたたき直してやったほうがよかったかな。おれはやつなんかこわくねえ。きのう、大尉はおれたちを講堂に集めて、奴隷のことをくそみそにけなしやがった。軍隊では失敗は命取りになるとぬかしやがった。君たちも同じ目に会いたくなければ、ここが動物園ではなく、士官学校であることを肝に銘じておくんだな。あれがもし戦場で起きたことならば、あの生徒は、その無責任さゆえに、わが祖国に対して、裏切り行為を働いたことになる。くそっ、馬鹿野郎、死んだ人間につばを引っかけるようなまねしやがって、胸くそが悪くなるぜ。ピラニアのぼけなす、きさまこそ頭に弾丸《たま》をくらっちまえばいいんだ。やつの話を聞いて頭にきてたのはおれだけじゃない。みんなもやはり腹を立ててた。連中の顔を見りゃそれくらいわかるさ。おれはジャガーに言った。《死んだやつの悪口を言うのは許せねえ、ジャガー。みんなでブンブンうなってやっこさんをからかってやろうぜ。》するとやつは、《おまえは黙ってたほうがいいんだ。馬鹿だから、そんなことしか言えねえんだ。おれが何も訊いてないのに、今度話しかけたら、ただじゃすまねえからな、いいな》ときた。まったく、どうかしてるぜ、どう見てもあれはまともじゃないね、頭がいかれちまったんだ、気違いだよ。おれはおまえとつきあわなくたって別にこまりゃしねえぞ、ジャガー。今までおまえのあとについてきたけど、それは暇つぶしのつもりだったんだぜ、もう用はねえさ、なんせじきにこのどんちゃん騒ぎもおしまいになるんだからな。もう二度とおまえの面を見るようなこともねえだろう。卒業したら、おれは誰とも会わねえつもりだ。ヤセッポチは別だけどさ。もしかしたら連れてかえって、家《うち》で飼うことになるかもしれねえ。

アルベルトは、バランコ区の閑静な住宅街を歩いている。通りの両側に緑豊かな前庭が広がり、その奥には、今世紀のはじめ頃に建てられた、くすんだ色合の家々がならぶ。背の高い、こんもりとした樹々は、歩道の上に、蜘蛛の巣のような影を映しだしている。ときおり、満員の市街電車が通り過ぎる。乗客たちは退屈な顔を窓の外に向けている。《彼女に何もかも話すべきだったんだ。やつは君に惚れてたんだ。わかるかい？　おれの親父は娼婦とじゃれあい、おふくろは、十字架とやらを背負い、ロザリオの祈りを唱え、イエズス会の神父のところへ出かけて告解をする。プルートやエル・べべは誰かの家でおしゃべりを楽しみ、どこかでレコードを聞き、パーティーに顔を出してダンスを踊る。君の叔母さんは台所で、髪を顔の前に垂らして料理をつくる。そしてやつは、今ごろ蛆虫に食われちまってるんだ。君に会いに来たかったのに、父親が許さなかったからだ。わかるかい？　それでも、君はどうってことないって思うのか？》彼は、ラ・ラグーナの電停で市街電車を降りた。芝生の上では、何組かのカップルや家族連れが、木立の下に陣取って、夕涼みを楽しんでいる。池のほとりや、ボートのまわりでは、蚊が飛び交う。アルベルトは公園を横切る。街灯の明かりがとどくあたりに、ブランコと鉄棒が見える。すべり台、シーソー、ジャングル・ジムなどは、薄闇に包まれている。アルベルトは照明灯の点《とも》った広場まで歩いて行き、その手前で広場を避けるように方向を変え、海岸道路をめざして歩きつづける。じきに大きな家に突き当たる。その家のベージュ色の塀は、近所の家の塀よりも一段と高くそびえ、街灯の光を斜めに浴びている。海岸道路はすぐ裏手にあった。アルベルトは手すりに近づいて、海を眺める。バランコの海は、ラ・ペルラの海とかなりちがう。ラ・ペルラの海は、絶えず生き物のようにうごめき、夜になると怒ったような荒々しい音をひびかせる。だがバランコの海は静かで波もなく、まるで湖のようである。《君にも責任があるんだぜ。やつが死んだって君に打ち明けた時、君は泣きもしなければ、悲しみもしなかった。君にも責任があるんだ。だけど、やつを殺したのはジャガーだって君に言ってみたところで、君はせいぜい、あらかわいそうに、本物のジャガーなの？　って訊くだろうよ。やつのためには一滴の涙も流さない。やつは君が好きでたまらなかったのに。君のせいだったんだ。ところが君が気にしてるのは、おれの陰気な顔《つら》ばかり。君のせい、おれの暗い顔。金の足《ピエス・ドラードス》は娼婦だけど、君なんかよりよっぽどやさしい心を持ってるんだ。》

二階建ての古い家だ。前庭に面してバルコニーが張り出している。錆ついた鉄扉から建物の入口までまっすぐな小径《こみち》が伸びている。玄関のドアはかなりの年代物で、浮き彫りが施されているが、すでにかすれ、象形文字のような模様に見える。アルベルトは指の節でノックする。そのまま待っているが、ふとベルがあることに気づく。ベルに指を押し当て、すぐに離す。足音を耳にする。直立不動の姿勢をとる。

「入りなさい」とガンボアは言い、入口から身を退《ひ》く。アルベルトは中へ入り、背後にドアの閉まる音を耳にする。中尉は彼の脇を通り抜け、薄暗くて長い廊下を進んでいく。アルベルトは足音をしのばせて、中尉のあとを追う。ガンボアの背中はアルベルトのすぐ目の前にある。もし彼が不意に立ち止まれば、アルベルトの顔はその背中にぶつかるだろう。だが中尉は立ち止まらずに歩きつづける。廊下の奥まで行くと、彼は手をのばし、ドアのノブをまわす。そして部屋に入る。アルベルトは廊下で待っている。ガンボアは電気をつける。そこは応接間だった。緑色の壁には、何枚かの絵がかかっている。テーブルの上で、アルベルトをじっと見ている顔がある。色褪せた古い写真だ。写っている人物は揉み上げが長く、長老めいたあご鬚と先がぴんとのびた口髭を生やしている。

「座りなさい」と肘掛椅子を指差しながらガンボアは言う。

腰をおろす時アルベルトは、眠りの中に沈んでゆくような感覚をおぼえた。ふと軍帽を被ったままでいることに気がつく。急いで帽子を取って、口の中でもぐもぐと詫びの言葉をつぶやいた。だがその声は中尉の耳に届かない。中尉は背中を向けてドアを閉めていた。それから向き直って、アルベルトの向かい側の椅子に腰をおろし、彼をじっと見つめる。

「一組のアルベルト・フェルナンデスだね？」

「そうです、中尉殿」アルベルトは少し前に出る。椅子の発条《ばね》はわずかに軋む。

「用件を話してもらおう」

アルベルトはうつむいて床を見る。絨毯には紺とベージュ色の模様がついている。一つの輪が別の輪を囲み、それがさらにもう一つ小さな輪を囲むといった模様だ。輪を一つ一つ数えてみる。全部で十二箇、そして最後にはねずみ色の円い点が一つ。顔を上げる。中尉の背後に箪笥が見える。表面に大理石が貼られ、引き出しの把手は金属でできていた。

「いつまで待たせる気だ」

アルベルトはふたたび絨毯の上に視線を落とす。

「アラナは偶発の事故で死んだのではありません。殺されたんです。復讐されたんです」

顔を上げた。ガンボアは先ほどと同じ姿勢のままだ。顔つきも変わらない。その表情からは、驚きも好奇心も読みとることができない。黙ったままだ。手を膝の上に置いて、脚を広げている。中尉の座っている椅子の脚は、動物の脚を象《かたど》ったものであることにアルベルトははじめて気づく。平べったい足の裏、鋭い爪。

「殺されたんです。組織《いい》の仕業です。彼はいじめられてました。みんなにいじめられてました。わけもなくです。人の反感を買うようなことは何もしてませんでしたけど、悪ふざけや喧嘩が苦手だったから、みんなにいじめられてばかりいました。しょっちゅうからかわれ、ことあるごとに殴られ、そして今度は殺されてしまったんです」

「落ちついて話しなさい」とガンボアは言う。「最初から順を追って話しなさい。何も心配することはない」

「はい、中尉殿。寮舎の中でどういうことが起きているのか、将校たちはまるで知らないんです。クラスの連中みんなでしめしあわせて、アラナが外出禁止の処分を食らうように何度も仕組んだんです。それだけじゃありません、四六時中あの手この手で彼をいびりつづけたんです。今はみんなしてやったりと喜んでますよ。組織の仕業なんです、中尉殿」

「ちょっと待ってくれ」とガンボアは言い、アルベルトはその顔に目を向ける。今回はさすがに中尉も椅子の端まで体をずらした。手のひらに顎を乗せる。「君が言いたいのは、クラスの誰かが故意にアラナを撃った、ということなのか？　そういうことなのか？」

「そうです、中尉殿」

「その者の名前を私に言う前に一つだけ注意しておこう」とガンボアは穏やかな声でアルベルトに言う。「君が告発しようとしている内容はたいへん重大だ。あとでどんな事態に発展しうるか承知しているだろうね？　君はことの重大性を認識しているだろうね？　そうした告発は遊び半分ではやれないからな、わかるね？」

「はい、中尉殿」とアルベルトは言う。「ぼくもそのことは考えました。お話しするのが今日にのびたのも、恐かったからです。だけど今はもう恐くありません」

彼はなおも話をつづけようと口を開いたが、喉まで出かかった言葉を呑みこんだ。アルベルトの視線はガンボアの顔に注がれたままだ。その顔は彫りが深く、精悍である。ところが不意にその表情の明瞭な起伏が溶け出し、浅黒い肌の上に白い顔がだぶりはじめた。アルベルトは目をつむる。瞼の裏に、奴隷の青ざめた黄色い顔が浮かんだ。おどおどとした目つき、震える唇。浮かんだのは顔だけであった。ふたたび目を開け、ガンボア中尉の姿を見つめると、今度は、原っぱやビクーニャや礼拝堂や主《あるじ》のいない寝台の記憶が、彼の脳裡をさっと過《よ》ぎって行った。

「中尉殿、自分の発言の責任は自分が負います。アラナを殺したのはジャガーです。カーバの敵《かたき》を取るためにやったんです」

「何だって？」とガンボアが言う。手はだらりと垂れ、何のことだかさっぱりわからないという目をしている。

「ことの起こりは外出禁止の処分だったんです。つまり割れたガラスのあの一件です。外出できないことが、ほかの誰よりも彼にはこたえたんです。もう耐えられないほどの苦しみでした。彼はすでに二週間外出できないでいたんです。最初はパジャマを盗まれたから。二回目は化学の試験でぼくに解答を教えたことで、中尉殿に処罰をされたからです。彼は絶望的になっていたんです。それで何が何でも外出したかったんです。おわかりでしょうか、中尉殿？」

「いや、まるでわからない」

「彼には好きな女の子がいたんです。その娘《こ》に夢中でした。友だちがいなかったから、余計その娘《こ》が大切だったんだろうと思います。彼には仲間もなく、学校での三年間というものは誰とも付き合わずに過ごしたんです。みんなが彼をいじめ、彼はその女の子に会いたくて仕方がなかったんです。どんなに執拗にいびられたのか、想像を絶するものがあります。持ち物を盗まれたり、タバコを奪われたり」

「タバコ？」

「学校ではみんなタバコを吸ってますよ」とアルベルトは挑発的な口調で言う。「一人で一箱、いやもっとかもしれません。学校でどういうことが起きてるのか、将校たちには何もわかってないんです。みんなが奴隷を食い物にしました。ぼくもそうです。でも後になって彼と友だちになりました。彼の唯一の友だちだったはずです。自分の悩みをいろいろと話してくれました。殴り合うのが恐いもんだから、みんなに馬鹿にされました。冗談程度の悪ふざけではありませんよ、中尉殿。寝ている時に小便を引っかけられ、外出禁止を食らうように制服を切り裂かれたことだってあります。食事の中に唾を吐きかけられたし、整列する時、たとえ先頭に並んでいても後ろの方に追いやられていました」

「彼にそういうことをした者は誰なんだ？」

「誰じゃありませんよ、みんなです、中尉殿」

「興奮しないで落ちついてしゃべりなさい」

「彼は特別変わったやつではなかったんです。だけど外出禁止だけはどうにも我慢できなかったんです。出られないとわかると気も狂わんばかりでした。ひと月もそんな状態がつづいたんです。それに彼が恋い焦がれていた女の子からの手紙も来なかった。ぼくも彼にひどいことをしました。ほんとうにひどいことをしました、中尉殿」

「もう少しゆっくり話しなさい。取り乱してはみっともない」

「わかりました、中尉殿。彼がぼくに試験の答えを教えようとしたので、中尉殿が彼を外出禁止にしたことがありましたね？　あの時、彼はその女の子と映画を観る約束だったんです。行かれなくなったので、ぼくに言伝《ことづて》を頼んだんです。ところがぼくは彼を裏切ってしまった。女の子は今ぼくと付き合っています」

「なるほど」とガンボアは口をはさんだ。「少しわかってきた」

「アラナはそんなこと何も知らなかった。それで彼女に会いに行きたくて仕方がなかったんです。どうして自分に手紙を書いてくれないのか知りたかったんです。だけど窓ガラスの一件で、それこそ何ヶ月も出られない状態がつづく恐れがあった。窓ガラスを割ったのがカーバであることを、学校側はいつまで経《た》ったってつきとめられるはずがなかった。将校たちは寮舎で何が起きてるか、こっちが教えてやらないかぎり、何もわかりゃしませんからね。それに彼はほかの連中のように、脱走をすることができなかった」

「脱走？」

「みんなやってますよ。犬どもすら。夜になると学校を抜け出すんです。毎晩誰かがやってますよ。だけど彼は一度も脱走をしなかった。彼だけですよ。それでワリーナのやつ、つまりワリーナ中尉のところへ行くしかなかったんです。告げ口屋だからじゃありません。ただ外へ出たかっただけなんです。だけどそれが組織に知られてしまった。そういうことだろうと思います。カーバを密告したのは彼だと組織は嗅ぎつけたはずです」

「その組織というのは何だ？」

「クラスの四人の生徒が作っているグループです。四人というより三人です。カーバはもういなくなりましたから。試験問題や制服を盗んで、あとでそれを売るんです。商売をやるんですよ。何でも割高に売りつけます、タバコも酒も」

「何だって？」

「ピスコもビールもですよ、中尉殿。さっきから言っているように、将校たちは何もわかってないんです。学校では、酒はいくらでも飲まれてます。夜になれば飲むんです。それだけじゃありません、休み時間に飲んでる者すらいるんですよ。カーバが捕まった時、あの連中はもの凄く怒ったんです。だけどアラナは告げ口屋ではなかった。寮舎には密告屋は一人もいませんでした。だけどそういうことで殺されたんです。復讐なんです」

「誰が殺した？」

「ジャガーです。あとの二人、ボアと巻き毛も無茶な連中ですが、とても撃つことはできなかったと思います。ジャガーに違いありません」

「ジャガーというのは誰のことだ？　あだ名じゃわからない。名前を言いなさい」

　アルベルトは彼らの名前を告げた。そしてなおも話をつづけた。ときおりガンボアはその話をさえぎり、さらに詳しい説明を求め、名前や日付の確認をとった。かなりの時間が過ぎて、すべてを話し終えると、アルベルトは押し黙り、頭を垂れた。中尉はバスルームの場所を彼に教えた。アルベルトが戻ってくると、その顔と髪は濡れていた。ガンボアは猛獣の脚を象《かたど》った椅子に座ったままだった。何かを考えこんでいるようであった。アルベルトは立ったままで待った。

「きょうはもう家《うち》に帰りなさい」とガンボアは言った。「明日、衛兵所にいるから、寮舎へ行かずに、まっすぐに私の所へ来なさい。それから今の話を絶対に他言しないこと。ご両親にもだ。それを約束してもらいたい」

「わかりました、中尉殿。お約束します」

4

巻き毛は来ると言ったのにとうとう来なかった。こてんぱんにぶちのめしてやりたかった。昼食のあと、約束どおりおれは〈隠れ処《かくが》〉にあがって、やつを待った。だけどいくら待っても現われなかった。おれはタバコを吸ったり、考えごとをしたりして気持をまぎらせた。ときどき立ちあがって窓の外をのぞいたが、中庭はしいんと静かなままだった。ヤセッポチも来なかった。いつもおれのあとについてまわるのに、肝心なときにいねえんだ。あのとき、おれのそばにいてくれたら、臆病風を吹き飛ばすこともできたろうに。さあ吠えろ、ヤセッポチ、悪霊どもを追い払ってくれ。その時、突然、おれにはぴんと来た。巻き毛はおれを裏切りやがったんだ！　だけどそういうことはなかったみてえだ。そのことはあとからわかった。外が暗くなっても、おれは心配しながら、まだ〈隠れ処〉のすみっこに小さくなってた。だけどとうとうがまんできなくなって、おれは下におりて、一目散に寮舎にもどった。やっとのことで中庭に着いたとき、笛が鳴った。あのままやつを待ってたら、罰点六を食らうところだったぜ。おれがどうなろうと、やつの知ったことじゃないらしい。くそっ、ぶん殴ってやりてえぜ。巻き毛は列の先頭にいやがった。おれと目が合うとすぐにそっぽを向きやがる。ぽかんと口を開けて、まるで道端で蝿に見とれているのうたりんのようだったぜ。おれにはすぐぴんと来た。やつが〈隠れ処〉に来なかったのは、こわかったからなんだとね。《今度こそもうおしまいだ》とおれは思った。《どうやら荷物をまとめたほうがよさそうだぜ。これからはおれひとりでやって行くしかねえ。記章をはぎ取られちまうまえに、グラウンドのほうから逃げてやるか。そうだ、ヤセッポチも連れて行こう。だれにもわかりゃしねえさ。》班長は出席をとってた。みんなの声がつぎつぎに聞こえた。ジャガーの名前が呼ばれたとき、どきっとして心臓が止まるかと思ったぜ。膝ががくがく震え、身の毛がよだった。思わず巻き毛のほうを見たら、やつも振り返ってびっくりしたような目でおれを見てた。ほかの連中もいっせいにおれを見た。おれは逃げ出したい気持になったが、そのまま歯を食いしばってこらえた。班長は咳払いして、先をつづけた。みんながおれたちにわっと襲いかかったのはその後のことだ。寮舎に足を踏みいれた途端、おれたちはみんなに揉みくちゃにされちまった。連中は口々にさけんだ、《何が起きたんだ、教えろよ、いったいどういうことなんだ。》おれたちにもさっぱりわからねえのさ、と言っても、だれも信じちゃくれなかった。巻き毛はいまにも泣きそうな顔《つら》をしてた、《ほんとうだってば、おれたちは何の関係もねえんだ、おれたちに聞いたってしようがねえさ、もういい加減にしてくれよ。》こら、どこへ行くんだ、こっちへ来いよ、手を焼かせるんじゃねえって、おれは今気分が滅入っちまってんだ、そばにいてくれよ。みんながあきらめてそれぞれの寝台にかえって行くと、おれは巻き毛のそばへ行って、声をかけた、《この野郎、裏切りやがったな。どうして〈隠れ処〉に来なかったんだ、おれはおまえを何時間も待ってたんだぜ。》やつはまっ青な顔をしてひどく怯えてた。見てて気の毒になっちまったぜ。おまけにやつを見てると、こっちまでますます不安になってくる。おれとおまえが一緒にいるところを見られちゃまずいよ、ボア、みんなが寝ちまうまで待ってくれ、一時間したら起こすからさ、ちゃんと話してやるよ、ボア、とにかく今はベッドにもどってくれ、さあ、行けったら、ボア。おれはやつをののしり、最後におどしのセリフを浴びせてやった、《まただましたら、ぶっ殺すからな。》寝台にもどって横になった。じきに明かりが消され、黒ん坊のやつがこっそりとベッドから抜けだしておれのそばへやってきやがった。野郎はふる狸よろしくやさしげな声を出してすり寄ってきた。おればおまえたちの友だちだろ、ボア、何が起きたのかおれにだけは話してくれねえか。やれやれ、ネズミみてえな歯をむき出して、恋でもささやいてるような顔《つら》をしやがって。おれは落ちこんでいたが、やつの間ぬけ顔《づら》を見て、思わず笑いそうになっちまった。やっとしかめ面をつくって、こぶしを振りあげたが、やつはそれだけですっとんで逃げた。こっちへおいでよ、ヤセッポチ、仲良くやろう、おもしろくねえんだ、一緒にいてくれよ、そんなに逃げるなって。おれは心のなかで思った、もし巻き毛が来なかったら、おもいきりぶん殴ってやろうと。だけどみんなが寝静まると、やつは足音をしのばせてやってきた。おれのベッドにそっと近づくと、小さな声でささやいた、《便所へ行って話そう。》ヤセッポチもついてきて、ときどきおれの足をぺろりと舐めた。やつの舌はいつも熱い。巻き毛は小便をしだしたが、それがいつまでたっても終わらないもんで、こん畜生、わざと長引かせてやがると、やつの首ねっこを引っつかんでぎゅうぎゅう締めあげてやった、《何が起こったのか、さっさと言わねえか、この野郎。》

ま、ジャガーのやつだったらやりそうなことだ。情というもんがねえやつだからな。おれたち全員を巻きこんだって平気だろうさ。やつは巻き毛にこう言ったらしい。もしおれが妙なことにでもなったら、おまえらもみんなおしまいだからな。やつの言いそうなことだよ、まったく。だけど、巻き毛も大したことは知っちゃいねえんだ。こらっ、ヤセッポチ、そんなに動くんじゃねえって、爪で引っかかれて腹の皮がひりひりするぜ。やつがいろいろと知ってると思ってたけど、あれっぽっちのことだったら、べつに聞かねえでも、だいたいの見当はついてたんだ。あの時ジャガーのやつは下級生の軍帽を的にしたてて石を投げてたそうだ。二十メートルほど離れて石を投げてたが、百発百中って感じだったらしい。犬っころのやつはしきりに文句を言ってたそうだ、《軍帽がぼろぼろになっちゃいますよ、先輩。》おれはたまたま、連中が原っぱの方へ歩いていくのを見かけたんだ。てっきりタバコでも吸いに行くんだろうと思った。もしわけを知ってりゃ、おれも仲間に入ってたさ。なんせおれも射的には目がねえからな。巻き毛やジャガーよりも、おれの方がずっと腕がいいんだ。犬っころのやつが、まだごちゃごちゃ言いつづけるもんで、ジャガーは、《うるせえ、黙ってろ、さもないとてめえの急所に石が飛んでいくぜ》とどなり散らした。そして急に、巻き毛の方を向いて、いきなりこう言ったというんだ、《詩人のやつ、学校に来てねえけど、どうやら死んじまったらしいぜ。今年はよく人が死ぬな、どうやら、この学年が終わるまでに、うちのクラスからまだまだ死人が出そうだぜ、おれはそんな気がするね。》巻き毛は薄気味悪くなって、十字を切ったが、ちょうどそのとき、ガンボアの姿が目に入った。まさかジャガーをさがしてるんだとは夢にも思わなかったらしい。おれだって思わなかっただろうよ。巻き毛は目を大きく開けて、まくしたてる、《まさかおれたちのいる方へ歩いて来るとは思わなかったぜ、ボア、全然考えもしなかったさ、おれはずっとジャガーが言ったこと、死人やら詩人のことを考えてたんだからな、ところがよく見ると、ガンボアがこちらに向かって歩いてくるじゃねえか、しかもおれたちをじっと見てんだよ、ボア。》これっ、ヤセッポチ、どうしておまえの舌はいつもそんなに熱いんだよ。病気のとき、おふくろが貼っつけてくれた温湿布を思いだしちまう。ガンボアが近くまでくると、ジャガーと下級生は急いで立ちあがり、巻き毛も気をつけの姿勢をとった。《すぐにぴんときたぜ、ボア、犬っころが帽子をかぶってなかったからじゃねえんだ。だれにだってわかることさ、なにしろおれたち二人だけをじっと見てんだからな、ちょっとの間も目をはなさないんだぜ、ボア。》ガンボアはやつらに《やあ、諸君》とだけ言った。やつは巻き毛には目もくれず、ジャガーだけをじっと見ていた。《衛兵所に行きなさい》とジャガーに命じた。《当直将校が待ってるはずだ。パジャマと洗面道具を持っていきたまえ。》巻き毛はいっぺんに青くなった。ジャガーの方は別におどろいた様子もなくおちついてたそうだ。そればかりじゃねえ、とぼけたような顔をしてガンボアに訊いたというんだ、《ぼくですか、中尉殿?》《それはまたどういうことでしょうか?》犬のやつはうれしそうに笑ってたらしい。くそいまいましい犬っころめ、今度見つけだしたら、おもいっきりぶん殴ってやるつもりだ。ガンボアはジャガーの問いにはこたえず、《すぐに行きなさい》とだけ言った。あの下級生の顔を、巻き毛がおぼえてねえのが残念だ。やつは、中尉が居るのをいいことに、帽子をひっつかんでそのまま逃げちまったそうだ。まったく、ジャガーのやつが言いそうなことだ。巻き毛にこう言ったというんだ、《畜生、もし試験問題のことだったらただじゃおかねえぞ、この世に生まれてきたことを後悔する連中がいっぱい出てくるからな。》やつならやりかねねえ。《おれやボアが告げ口するわけねえじゃねえか》と巻き毛が言ったら、ジャガーは、《ま、おまえらのためにそうねがいたいね。おまえらも共犯者だってことを忘れんなよ。ボアにもそう言っとけ。試験問題を買ったやつらにもな。》そのあとのことはおれもたまたま見かけたんで知っている。ジャガーはパジャマを引きずりながら寮舎から出てきた。口にはキセルのように歯ブラシをくわえてた。シャワーを浴びに行くのかなと思って、おれは意外な気がした。毎週欠かさず水浴びをするバジャーノならいざ知らず、ジャガーが沐浴とはめずらしいなと思ったもんだ。おいおまえの舌は熱いな、ヤセッポチ、ほんとに長くて熱い舌だぜ。

《学校はこれでおしまいよ。代父《おじさん》のところへ行って何か仕事の口をたのんできなさい》と母が言った。《だいじょうぶさ、学校をやめなくてもお金はかせげる。》《何だって?》ぼくはつばを飲みこんだ。なかなか声が出なかった。やっとの思いで、イゲーラスを知ってるかと母に訊いた。母は変な顔をした。《おまえ、どうしてあの人を知ってるんだい?》《友だちなんだ。ときたま仕事を手伝ってあげてる。》母は肩をすくめた。《おまえももう大きいんだ。自分のやることに責任が持てる年頃さ。まあ勝手にしたらいいさ。だけどお金だけはきちんと入れてちょうだいよ。でないと仕事に就いてもらうからね。》母はイゲーラスがどんな商売をしているか知ってるようだった。ぼくはイゲーラスと何度か空巣を働いた。いつも夜だった。そのたびに二十ソルぐらいかせいだ。イゲーラスはぼくに何度も言った、《この調子だとじきに大金持になるぜ。》ぼくはもらったお金をノートにはさんでしまっておいた。《お金要るの?》と母に訊いたことがある。母は《いつもぴいぴいしてんだよ。持ってるんなら出しておくれ》とこたえたので、二ソルだけとってあとは全部わたした。ぼくにはテレサの学校まで行く電車賃とタバコを買うお金さえあればそれで充分だった。その頃からタバコは自分のお金で買っていた。《インカ》一箱が三、四日持った。いつか家のまえの公園でタバコに火をつけていたら、テレサに見られた。そばへやってきて、となりにすわり、ぼくに訊いた、《どうやって吸うの? 教えて。》ぼくは何度か煙を吐きだしてみせた。だが彼女がやるとむせんでしまうのだった。つぎの日に会うと、ひと晩じゅう気持が悪くてたいへんだったわ、もう二度とタバコなんか吸いたくない、と言った。あのころがいちばん楽しかった。学期が終わりに近づき、試験期間に入っていた。ぼくらは前にもましてよく勉強し、いつも一緒だった。おばさんが留守のときや居眠りをしているときなど、ぼくらはよくふざけあって、相手の髪をかき乱したりした。テレサの手がぼくに触れるたびに体がこわばった。彼女に一日に二度も会えてぼくは幸せだった。お金があったのでいつも何かしら小さなプレゼントを持って行った。そして夜になると公園へ行ってイゲーラスに会った。彼はつぎの仕事の計画を教えてくれた、《今度のはうま味があるぜ、まあ楽しみにしといてくれ。》

初めのころ仕事のメンバーは、イゲーラスとぼくと山育ちのクレーペの三人だった。オランティアの金持屋敷に入ったときには、もうふたり加わったが、たいがいイゲーラスとぼくのふたりだけで仕事をした。《人数は少ないほどいい。分け前が多くなるし、密告者が出る心配をしなくても済むからな。だけどご馳走がでかいときは、頭数をそろえないと食いきれねえもんだ。》ぼくらは留守宅をねらった。イゲーラスはあらかじめ家の様子をつぶさに調べていた。どのようにして調べたのか今もってわからないが、何時にどこからどうやって入ればいいのか正確に知っていた。ぼくも最初は恐かったが、しだいに馴れていった。チョリージョスで空巣に入ったときのことだ。イゲーラスがガラス切りでガレージの窓ガラスを切り取り、ぼくはそこから室内に忍びこんだ。玄関のドアを開け、屋敷の外に出た。少しはなれた所から様子をうかがっていると、不意に二階の電気が灯《とも》り、イゲーラスが飛びだしてきた。ぼくの手を引っぱりながら《やばい、ずらかるんだ》とさけんだ。ぼくらは走りに走った。追いかけられていると思うと、後ろを振り向く余裕もなかった。《おまえはあっちへ逃げるんだ、あの角を曲がったら普通に歩け。》ぼくは言われたとおりにした。背中に冷や汗が吹き出ていた。何時間もただ歩きつづけた。家に帰りついたときには、寒さと疲労でふらふらだった。イゲーラスはきっとつかまってしまったのだろうと思った。だが翌日、公園へ行くとイゲーラスは来ていた。そして腹を抱えて笑うのだった。《あの時はまったくぶったまげたぜ。箪笥《たんす》を開けたら、いきなり真っ昼間になるんだからな。まぶしくて目がくらんだぜ。ああ、こわかった。》

「それでどうなったの?」とアルベルトは訊いた。

「べつにどうなったわけでもねえさ」と伍長がこたえた。「血が出はじめてやつが騒ぐもんで、おれはやつに、《そうおおげさな面をすんなよな》と言ってやったんだ。やつは、《わざとやってんじゃないんです。ほんとうに痛いんです、伍長殿》とこたえた。するとまわりにいた、やつの仲間の兵士たちが、口々に、《かわいそうに、痛がってんだ、かわいそうに》と言いだした。おれにはそう思えなかったけど、もしかしたらほんとうだったかもしれねえな。どうしてかというとだな、頭から血が流れて、髪の毛が赤くなっちまったんだ。兵舎の床を汚しちゃまずいから、頭を洗ってくるように言ったけど、あのくそ野郎、言うことときかねえんだよ。そのままベッドにすわってやがるんだ。それで立ちあがるように、ちょっと背中を押してやったんだ。ところがまわりの連中が急にわめきだした、《乱暴はいけません、伍長殿、乱暴はよしてください》ってな」

「それであとはどうなったんです？」とアルベルトは訊いた。

「それでおしまいさ。軍曹が入ってきて、やつをみて、《どうしたんだ？》って訊いたんだ。《ちょっと転んだだけです、軍曹殿》っておれが言った。《そうだろう、な？》だけどあの馬鹿めは、《ちがいます、あんたが棒で殴ったんだ》と言いやがった。ほかの阿呆どももロをそろえて、《そうだ、そうだ、伍長に頭をたたきわられたんだ》とさけんだのさ。まったく卑怯なやつらだぜ。それで、軍曹はおれを営倉へ連行し、やつを医務室へ行かせたってわけだ。ここに入れられてからきょうで四日になる。毎日冷飯をくわされてるんで、腹がへってしかたがねえ」

「どうして相手の頭をぶったたいたの？」とアルベルトは訊いた。

「ええ？」と伍長は不機嫌そうな顔をして言った。「ゴミ容器をはやく外へ出させたかっただけさ。まったく、こんなことってないとおもうぜ。こっちは、どうやたってひどい目にあうんだからな。ゴミを出してなけりゃ、中尉にどやされるか、蹴とばされる。で、そういうことがないように、こっちが兵士に拳骨をくらわせると、こんどは独房に入れられちまうんだ。まったくひどいもんさ。伍長ほどつらいものはねえ。兵士どもは将校に蹴られたりするが、連中のあいだじゃ仲間意識がつよくて、お互いにかばいあったりする。だけど、おれたち下士官は、どっちをむいてもやられるばっかりだ。将校たちには蹴られるし、兵士らには憎まれるし、どっちにころんだってさんざんな目にあわなくちゃならねえ。兵士だったころが懐かしいぜ」

そのふたつの独房は衛兵所の裏手にあった。壁に小さな窓があって、高く、うす暗い部屋であった。天井が高く、うす暗い部屋であった。壁に小さな窓があって、ふたりはその窓越しに、しゃべっていた。天井の近くにまたべつの小窓があり、そこからかすかな日差しが入った。ほかには簡易ベッドと藁蒲団とカーキ色の毛布があるだけだった。

「で、おまえはどれくらい入ってなけりゃならねえんだ？」と伍長が訊いた。

「さあ」とアルベルトがこたえる。昨夜、ガンボアからくわしいことはなにも聞かされていなかった。ガンボアは、言葉すくなに、《あそこで寝てもらおう。しばらくは寮舎に行かないほうがよさそうだ》と言っただけだった。まだ十時だった。コスタネーラ通りや中庭には、おだやかな風が吹いて、あたりはがらんとしていた。外出できなかった者は寮舎にこもっていたし、ほかの連中は十一時にならないともどってこないのだった。衛兵所の奥のベンチでは、何人かの兵士たちが小声で雑談していた。独房に入ったアルベルトを、彼らは気にもとめなかった。アルベルトはしばらく暗がりのなかにたたずんでいた。やがて目がなれてきて、部屋の片隅の簡易ベッドがぼんやり闇に浮かんできた。鞄を床に置いてから、上着と靴と軍帽をぬいで、毛布にくるまった。その時彼の耳に獣を思わせる強烈ないびきが聞こえてきた。ほとんどすぐに眠りこんでしまったが、なんどか目をさまし、そのたびに、規則正しく刻まれるすさまじいいびきを耳にした。明け方になって、ようやくとなりの独房に伍長がいるのがみえた。ひょろながい男で、ナイフを連想させるような、痩せてとがった顔をしていた。ゲートルを巻いたままのかっこうで寝ているのであった。しばらくして、熱いコーヒーがはこばれた。伍長は起きて、寝台から手を振って気さくにあいさつを送ってきた。起床ラッパが鳴ったとき、ふたりはもう親しげにしゃべっていた。

アルベルトは格子窓からはなれて、独房の扉に近づいた。そのむこうは監視室になっており、そこでガンボアは上体をかがめて、フェレーロ中尉に小声でなにかを話している。兵士たちは目をこすり、体をのばし、ライフル銃をつかんで、衛兵所を出ようとする。戸口のところから、中庭の一部と、レオンシオ・プラドの銅像をかこむ白い石段の端がみえる。フェレーロ中尉といっしょにこれから任務につく兵士たちは、その付近でたむろしていることだろう。ガンボアは独房を一瞥もせずに出ていく。アルベルトはたてつづけに鳴らされる笛の音を聞く。各学年の中庭で、整列がはじまったのだと思う。伍長はまだ寝台に寝そべっている。目はとじているが、もういびきをかいていない。食堂にむかって各部隊が行進をはじめると、伍長はその行進の足音にあわせて、小さく口笛を吹く。アルベルトは腕時計をのぞきこむ。《いまごろピラニアに会ってるだろうよ、テレサ、そこで話がおわって、こんど少佐としゃべってんだ、つぎは中佐だ、それから大佐だ、テレサ、五人そろってぼくのことを話しあってるんだ、新聞記者が呼ばれ、ぼくは写真をとられる、そして週末に外出したら、きっと袋叩きにあうんだ、おふくろは気が狂っちまうだろうよ、もうミラフローレスの街を歩けない、みんなに後ろ指をさされるのはごめんだ、外国へ逃げて、名前を変えなくちゃならないよ、テレサ。》数分後にふたたび笛の音がひびきわたる。食堂をあとにする生徒たちの足音が、かすかなざわめきのように独房まで聞こえてくる。生徒たちは原っぱを横切って、閲兵場に整列する。やがて教室へむけて行進をはじめる。こんどは地をゆるがすほどの力づよい靴音だ。正確で、たくましい行進だ。しだいに遠ざかっていく。《いまごろは、もうみんな気がついてるよ、テレサ、詩人がいねえんだ、アロースピデがもうぼくの名前を欠席者のリストに書きこんだころだよ、こんどのことがみんなにしれたら、だれがおれをぶんなぐるか、たぶんくじ引きできめるだろうな、おれのことがあちこちでうわさになるだろうよ、おやじはさぞなげくだろうな、この親不孝者、家名に泥をぬりやがって、とかなんとかいうだろう、三面記事をにぎわせて、おまえはなんて恥さらしだ、お祖父さんやひいお祖父さんが生きてたら、ショックで死んじまっただろうよ、フェルナンデス家は代々なにをやってもいつもトップだったんだ、なのにおまえはなんだ、汚物のなかでああっぷあっぷしてるだけじゃないか、テレサ、ニューヨークへ逃げよう、ペルーにはもう二度ともどらない、そろそろ授業がはじまったはずだ、みんなはおれの机を横目でちらっちらっと眺めてるだろうな。》フェルナンデス・アルベルトは一歩さがった。金属扉がしずかに開いた。

「フェルナンデス」と中尉は言った。三年生の部隊を指揮するまだかなり若い中尉であった。

「はい、中尉殿」

「所属学年の事務局に出頭しなさい。ガリード大尉が待っておられる」

アルベルトは上着を着こみ、軍帽をかぶった。明るい朝であった。風には魚と潮のにおいがまじっていた。昨夜、雨の音を聞かなかったが、中庭は濡れていた。レオンシオ・プラドの銅像は、一面に露をつけ、陰気な植物のようにみえた。閲兵場にも中庭にも人っ子ひとりいなかった。事務局のドアは開いていた。アルベルトは上着のベルトを締めなおし、目をこすった。ガンボア中尉とガリード大尉は入口に目をむけた。ガンボアは立っており、ガリード大尉は机の端に腰をおろしていた。大尉はアルベルトに、なかへ入るように手で指示した。アルベルトは数歩まえに進んで、気をつけの姿勢をとった。大尉はゆっくりと上下に視線を動かして、アルベルトをながめまわした。せりだした巨大なあご骨は、まるでふたつの大きな腫れもののようにみえた。そして耳の下でじっと息をひそめ、なにかを待ち伏せしているようにも思われた。大尉は口をつぐんでいたが、真っ白なピラニアのような歯並みは、いつものように唇のあいだからのぞいてみえた。ガリード大尉は、わずかに頭を動かした。

「じゃ説明してもらおうか」と言った。「あの話はどういうことなんだ？」

　アルベルトは口を開いた。だが、吸いこんだ空気が体内を駆けめぐりあらゆる臓器を溶かしてしまったように、突然全身から力が抜けていくのを感じた。なにを言えばいいんだろう？　ガリード大尉の手は机の上にあった。指は神経質そうに動いて、さかんに下に敷いてある書類をひっかいていた。大尉はアルベルトの目をじいっとみつめた。ガンボア中尉はすぐ脇に立っているはずであったが、そちらに目をむけることができなかった。頬がほてっていた。顔が赤くなっているだろうと思った。

「なにをもったいぶってるんだ」と大尉は言った。

「唖にでもなっちまったのか？」

　アルベルトは頭を垂れた。全身がひどい倦怠感にとらえられた。突如、自分の存在がなんともたよりなく感じられた。ことばがためらいがちに、喉もとまでのぼってくるのだが、いざ口を開こうとすると、煙のようにすうっと消えてしまうのだった。ガンボアの声がおおいかぶさってきた。

「さあ、しっかりしなさい」という声がアルベルトの鼓膜を打った。「いいかい、落ちつくんだ。大尉が待っておられる。土曜日に私にした話を、そのままここでくりかえせばいい。なんの心配もいらないんだ。安心して話しなさい」

「はい、中尉殿」とアルベルトは言い、深く息を吸《い》って、話しだした。「アラナは殺されたんです。組織を密告したので、その仕返しに殺されたんです」

「君はそれを自分の目でみたのか？」とガリード大尉は怒気を含んだ声でさけんだ。アルベルトは顔をあげた。大尉の上下のあご骨はいよいよ活動を開始していた。緑がかった皮膚の下で、交互に動いて、こまかなリズムを刻んだ。

「いいえ、大尉殿」とこたえた。「ですが……」

「ですがなんだ？」と大尉はどなった。「なんの具体的な証拠もなしに、君はどうしてそんな重大な告発ができるんだ？　人を殺人者として告発するってのがどういうことなのか、君にはわかってるのか？　どうしてそんなばかげた話をでっちあげたんだ？」

　ガリード大尉の額にはうっすらと汗がにじんでいた。そしてふたつの目には小さな黄色い炎がゆらめいた。怒りのあまり手で机の上をぐっと押さえ、彼のこめかみは激しく脈を打った。アルベルトは不意に、胸をはった。体のなかにふたたび、力がよみがえってくるのを感じた。大尉の視線を、まばたきもせずに正面から受けとめたので、むしろ大尉のほうが視線をそらすことになった。

「ぼくはなにもでっちあげておりません、大尉殿」という彼の声は、確信にみちていた。「つくり話ではありません。組織の連中は、カーバを退学に追いこんだやつをさがしていたんです。ジャガーは、なにがなんでも、復讐をしたかったんです。とにかく裏切り者が大嫌いなんです。アラナもみんなから嫌われていました。奴隷のようにいじめられていました。ジャガーが彼を殺したんです。まちがいありません。でたらめを言ってるわけではありません」

「ちょっと待ちなさい、フェルナンデス」とガンボアは言った。「最初から順序だてて説明しなさい。もうすこし近くに寄ったらどうだ。よかったら、すわりなさい」

「いやだめだ」と大尉はひと声するどく言った。ガンボアはふりむいて大尉をみた。だがガリード大尉の視線はアルベルトにくぎづけになっていた。「そこでいい。話をつづけなさい」

　アルベルトは咳ばらいし、ハンカチで額をぬぐった。それから、ものしずかな、おちついた声で話しはじめた。ときおり話が途切れて、ながい沈黙がつづいた。だが組織の派手な活動や、奴隷やクラスの仲間たちのことを話しているうちに、その口調はしだいに勢いづいていった。酒やタバコの密かな持込み、試験問題の売買、《小真珠《ラ・ペルリータ》》での酒盛、グラウンドからの脱走、便所での博奕、破廉恥なコンテスト、他学年との対決、復讐、寮舎での自分たちだけの隠れた生活、など。大尉の顔はかぎりなく青ざめていった。そしてアルベルトの声は反対に、ますますよどみなく流れ、確固たる自信を帯びていった。その口調はときおり、攻撃的でさえあった。

「そんなことがアラナの死とどういう関係があるんだ？」大尉は一度だけアルベルトの話をさえぎった。

「信じていただきたいから、お話ししてるんです、大尉殿」とアルベルトは言った。「寮舎でどういうことが起こってるのか、将校たちにはぜんぜんわかってないんです。そこは別世界です。奴隷の件について、ぼくの言ってることを信じていただきたいから、こういう話をしてるんです」

　ほどなくして、話を終え、アルベルトは口をつぐんだ。ガリード大尉は依然として黙ったまま、机の上の品々をひとつひとつ丹念にながめていた。彼の指は、シャツのボタンをいじっていた。

「それが真実だとすると」と不意に大尉は口を開いた。「クラス全員の者を放校しなければならないわけだな。ある者は泥棒だし、ある者は酔っ払いだ。おまけに賭博師までいる。みんなてんでにいかがわしいことをやってるわけだ。で、君はなにをやったんだ？」

「なにもかもやりましたよ。みんなそうです」とアルベルトはこたえた。「その中でアラナだけがちがってました。だからみんなからいじめられたんです」とアルベルトは声をふるわせた。「信じてください、大尉殿。組織《いい》が手をくだしたんです。連中はなんとしてでも、カーバを密告した人間をみつけたかった。仕返しをしたかったんですよ、大尉殿」

「ストップだ」と大尉は困惑した面持ちで言った。「そこで君の話は根底からくずれるね。なにをくだらんことを言ってるんだ。カーバを密告した者なんかどこにもいないんだ」

「ちがいます、大尉殿」とアルベルトは言った。「ワリーナ中尉に訊いてみてください。カーバを密告したのは奴隷です。ワリーナ中尉は知ってるはずです。カーバが試験問題を盗みにいくところをみたのは、奴隷だけなんです。奴隷はあの晩、歩哨に立ってました。ワリーナ中尉に訊いてもらえればはっきりします」

「君の言ってることは支離滅裂だ」と大尉は言った。だがその確信がゆらぎはじめていることは、アルベルトにもみてとれた。片方の手は意味無く宙に浮いたままだったし、白い歯並みはいっそう大きくみえた。「支離滅裂だ」

「ジャガーにとっては、自分が密告されたのとおなじことだったんです、大尉殿」とアルベルトは言った。「やつはカーバが放校されたことで、はらわたが煮えくりかえってたんです。組織《いい》の連中はしょっちゅう会合を開いてました。復讐なんです。ぼくはジャガーをよく知ってます。あいつなら……」

「もういい」と大尉はどなった。「君の言ってることは子供じみた戯言《たわごと》だ。なんの証拠もなしに、級友を人殺しにしたてようとしてるんだ。もしかして、仕返しをしたがってるのは、君のほうなんじゃないのか。軍隊では、そんな悪ふざけは許されんのだよ、君。自分のしていることを、よくよく考えてみるんだな」

「大尉殿」とアルベルトは口を開いた。「丘での演習のとき、アラナのうしろにいたのはジャガーです」

だがすぐに口をつぐんだ。何も考えずついそう言ってしまったが、確信があったわけではない。あの土曜日のことを、しきりに思いだそうとした。ラ・ペルラの原っぱ、畑にかこまれた丘、隊列の位置。

「まちがいないのか？」とガンボアは訊いた。

「はい。アラナのうしろにいたんです。まちがいありません」

ガリード大尉は、疑り深い、苛立たしげな目で、ふたりを交互ににらんだ。その両手は合わされていた。握りしめた片方の手を、もう片方の手がくるんであたためた。

「だからなんだっていうんだ。そんなことは単なる偶然にすぎない」と言った。「べつにどうってことないんだ」

三人とも黙りこんでしまった。不意に大尉は立ちあがって、うしろ手のまま部屋のなかを行ったり来たりしはじめた。ガンボアは、大尉のすわっていた椅子に腰をおろして、壁をじっとみつめていた。なにかを考えこんでいるふうであった。

「フェルナンデス」と大尉は部屋の中央に立ちどまって、言った。その声はいくぶんやわらいでいた。「君を一人前の男だと思って話そう。君はまだ若く、衝動的なところがある。ま、それはかならずしも欠点というわけじゃない。長所だとも言える。君がいま話したことの、十分の一だけでも、君を放校するに足る理由になるんだ。そういうことになったら、君の人生は台無しだし、ご両親もどんなに悲しむか。そうだろう？」

「はい」とアルベルトはこたえた。ガンボア中尉は床をじっとみながら、組んだ脚をゆらしていた。

「アラナの死は君にとって大きなショックだったんだ」と大尉は話をつづけた。「むりもないことだ。友人だったんだからな。しかし、君のさっきの話が、たとえ部分的に事実だったとしても、それを証明する手立てはどこにもない。絶対に証明できないんだ。全部単なる推測にすぎないからな。いくらがんばってみても、明らかになるのは、せいぜいいくつかの規則違反があったってことぐらいだろう。そして何人かが放校かれて、それで一件落着だ。むろん真っ先に放校されるのは、フェルナンデス、君だろうよ。もし君が、二度とこの話を口にしないと約束するなら、私も今度のことは忘れよう」大尉は顔にすばやく手をやったが、わずかに触っただけですぐにおろした。「そう、それがいちばん賢明だ。空想の翼はたたんだほうがよさそうだな」

ガンボア中尉はあいかわらず、床に視線をおとしていた。脚はかわらずにゆらしつづけていたが、靴先がほとんど床をかすめるぐらいになっていた。

「約束できるか？」と大尉が言い、口もとに微笑のようなものを浮かばせた。

「できません」とアルベルトがこたえた。

「なんだって？」

「ぼくには約束できません。アラナは殺されました」

「それなら」と大尉は声を荒らげて言った。「その口をさっさと閉じて、くだらぬ話をするな。私の命令だ。命令を守らなければ、許さんぞ」

「ちょっとよろしいですか、大尉殿」とガンボアは言った。

「いま話してる最中だ。話の腰をおるな」

「申しわけありません、ですが大尉殿」と言いながら、ガンボアは椅子から立ちあがった。大尉よりも上背があった。二人が向きあったとき、ガリードはすこし顔をあげねばならなかった。

「フェルナンデスには告発をおこなう権利があります。その内容が事実だと申しあげてるわけではありませんが、フェルナンデスには調査を請求する権利があります。軍規に照らしても正当な行為です」

「私に軍規の講釈をするつもりなのか、ガンボア？」

「むろんそういうつもりはありません。ですが、大尉殿がこの件に関わりあいたくないとおっしゃるのであれば、私から直接少佐に報告書を提出したいと思います。重大な内容ですので、調査があってしかるべきだと考えます」


期末試験が終わって数日後、サンエス・ペニャ街でテレサに出くわした。ふたりの女の子と一緒だった。手にタオルを持っていた。すこしはなれた所から、どこへ行くのかと彼女にたずねた。《海よ》という返事がかえってきた。ぼくはその日一日じゅう不機嫌だった。母にお金を要求されたとき、ぼくは乱暴な口をきいた。母はベッドの下から革ベルトを取り出した。むかしはあれでぼくをひっぱたいたものだった。《変なまねをしたら金輪際鐚一文《びたいちもん》くれてやらないからな。》ぼくは母を威嚇した。口先だけのおどしのつもりだった。まさかそれで母がひるむとは思ってもみなかった。母が振りあげたベルトをおろして、悪態をつきながらそれを床に放りだしたとき、ぼくは唖然としてしまった。母は何も言わずに台所へ引っこんだ。つぎの日もテレサは女の子たちと海へ行った。そのつぎの日もそうだった。とうとうぼくは彼女たちの後をつけた。チュクイトへ行っているのだった。砂浜で彼女たちは服を脱いで水着になった。三、四人の男の子が彼女たちを待っていた。ぼくはテレサと親しげに話しているやつを食い入るように見つめていた。ぼくはガードレールに寄りかかって彼らを見張った。お昼になると、女の子たちは服を着てベジャビスタに帰って行った。ぼくは男の子たちを待った。ふたりは間もなく引きあげたが、テレサと話していた少年ともうひとりはその場に残った。三時ごろ、ふたりはやっと腰をあげ、ラ・プンタのほうへ歩きだした。彼らはふざけてタオルや海水着を投げあいながら道路の真ん中を歩いた。人気のない街路に入ると、ぼくは彼らに石を投げつけた。石はテレサと親しくしていたやつの顔にもろに当たった。やつは悲鳴をあげてしゃがんだ。それから背中にも石をぶつけてやった。ふたりはあっ気にとられてぼくを見たが、ぼくは間髪を入れず彼らに襲いかかった。ひとりは《気違いだ》とさけんで逃げ、もうひとりはその場に棒立ちになった。ぼくはそいつに飛びかかった。学校で殴りあったこともあったし、喧嘩は強かった。兄から足蹴りや頭突きも教わっていた。《がむしゃらにやったら負けるぞ》と兄は言った。《がむしゃらにやっていいのはおまえが相手よりうんと強いときだけだ。敵を追いつめ、パンチのラッシュで相手のガードを崩せたら問題ないさ。だけどそれができなけりゃ、がむしゃらに出るのは危険だな。ダメージを与えないで空振りばかりしてたら、だんだん手足がくたびれてくるし、集中力もなくなってきて、勢いをそがれちまう。そうなると、今までじっとがまんしてた相手がここぞとばかりに攻撃してきて、おまえを一気にたたきのめすってわけだ。》兄はめくらめっぽうに突っかかってくるやつを、くたびれさせてからやっつける戦法を教えてくれた。足をつかって相手を牽制し、油断したところで胸倉をつかんで頭突きをぶちかます。兄は頭突きのやり方も教えてくれた。額や脳天ではなしに、額の生え際《は》のところを使うのが肝心だ。そこがいちばん威力を発揮する。頭突きを加える瞬間、腕をおろして相手の膝蹴りを警戒しなくてはならない。《いいか、よく覚えとけよ。頭突きほどすごいものはないんだぜ》と兄は言うのだった。《まともに食らえば、一発だけで相手は引っくり返るね。》だけどあの日のぼくはがむしゃらに腕を振りまわしていた。それでも勝った。テレサとしゃべっていた男の子は、なんの抵抗もしなかった。泣きながら地面に倒れた。相棒はすこし離れたところでわめいていた、《もうよせよ、殴るな、馬鹿野郎。》だがぼくは馬乗りになって、やつの顔面になおも拳を振りおろした。それから起きあがって相棒に突進した。やつは血相を変えて逃げ出した。追いついて足を引っかけてやったら、ばったり倒れた。喧嘩になる相手じゃなかった。放すとすぐ逃げようとするのだった。ぼくはもうひとりのところへもどった。やつは顔を拭いていた。今後テレサに近づいたら承知しないぞとだけ言ってやるつもりだったが、やつの顔を見たら再びむらむらと怒りがこみあげてきて、またぶん殴ってやった。やつは大声で泣きだした。ぼくはその胸倉をつかんで言った、《今度テレサに近寄ったらぶっ殺すからな、よく覚えとけ。》そしてやつをののしって蹴飛ばした。さらに痛めつけてたかもしれないが、ぼくは、不意に誰かに耳をねじあげられた。振り向くと女の人がいた。その人はぼくの頭を小突きながらしかりつけた、《あんた、弱い者をいじめるんじゃないよ。》男の子はそのすきにとんで逃げた。おばさんが放してくれると、ぼくはベジャビスタに帰った。喧嘩のまえもあとも、気分はおなじだった。鬱憤を晴らしたという感じはしなかった。ぼくは今までそんな気持を味わったことはなかった。以前テレサに会えないと、気持が沈んでひとりになりたいと思ったが、今回は腹立たしいうえに悲しかった。テレサが喧嘩のことを知ったらきっとぼくを嫌いになるだろうと思った。それで気が滅入るのだった。ベジャビスタ広場まで帰ってきたが、家には入らなかった。踵を返してサンエス・ペニャの酒場に向かった。イゲーラスはカウンターにすわって中国人のバーテンと雑談していた。《冴えない顔をしてどうしたんだ?》テレサのことは誰にも話していなかったが、その日は誰かに胸のうちを聞いてもらいたかった。四年前にテレサが隣りの家に引っ越してきた時からその日の暴力事件にいたるまで、あらいざらいイゲーラスに話した。イゲーラスは一回も笑わずに真剣に聴いてくれた。ときおり

《そうだったのか》とか《たいへんだな》とか《困ったもんだ》とか、相づちを打つだけで、もっぱら聞き役にまわった。ぼくの話がすんでからこう言った、《ぞっこん惚れちまったんだな。おれもおまえと同じ年齢《とし》のころ、はじめて女の子を好きになったよ。だけどおまえほど重症じゃなかったな。恋愛ってのはなかなか始末におえねえもんだよ。もう馬鹿みたいになっちまうし、すべてがどうでもよくなるんだ。まわりが違った風に見えてきてさ、自分でも驚くようなことをしでかしちまう。あっという間に人生を棒にふっちまうことだってある。だけどこんなふうになるのはもっぱら男のほうで、女はずるいから自分を追いつめたりはしねえのさ。都合のいい時だけ恋愛をするんだよ、やつらは。こっちが相手にしなけりゃ、いとも簡単に見切りをつけて、別の男をさがしはじめるんだ。それもまったく平気な顔でな。でも、まあ心配するな。きょうのうちにその恋わずらいから楽にしてやるよ。おれは、よく利く薬を知ってるんだ。》日が暮れるまでピスコやビールをさんざん飲まされた。ぼくは気分が悪くなって吐いた。イゲーラスは背中をさすってくれた。それから港のレストランへぼくを連れてゆき、中庭でシャワーを浴びてから、混雑する食堂でピカンテスを食べさせてくれた。そのあと、店を出てタクシーに乗りこんだ。イゲーラスは運転手にある番地を告げた。それからぼくに訊いた、《売春宿に行ったことあるか?》ぼくはないとこたえた。《そこへ行けばおまえの恋の悩みも吹っ飛ぶさ。だけど門前払いを食うかもしれねえな。》イゲーラスの心配は的中した。ノックをすると、女主人が出てきた。イゲーラスとは顔見知りのようだったが、ぼくを見るやわめきだした。《まあ、あんた、気でも狂ったの、そんな坊やを連れてきて……、入れてあげないわよ。私服警官が引っきりなしにビールをたかりに来るんだから。》二人は大声で口論をはじめた。女主人はやっと折れた。《だけどすぐに部屋にあがってもらうわよ。そうしたら、朝まで出ちゃいけないんだからね。》ぼくはイゲーラスに促されてほとんど走るように一階の広間を横切った。客たちの顔は全然わからなかった。二階にあがるとマダムは部屋へ案内してくれた。イゲーラスが電気のスイッチをひねった。《ビールを一ダース運ばせるわよ。坊やを入れたげたんだから、少しは売上げに協力してくれなくちゃ。女の子も寄こしてあげる。サンドラに来るように言うわ。あの子は坊やが好きだからね。》だだっ広くて薄汚れた部屋だった。中央にベッドがあって赤い毛布がかかっていた。天井とまわりの壁には鏡が張ってあった。壁のあちこちに、えんぴつやナイフで卑猥な落書が刻まれていた。しばらくしてふたりの女がビール瓶を何本も抱えて部屋に入ってきた。ふたりともイゲーラスと馴染みのようであった。彼にキスしたりその膝にすわったりした。イゲーラスにまつわりつきながら、女たちはしきりに卑猥なことばを口にした。ひとりは黒い肌で痩せて大柄だった。金歯をしていた。もうひとりは太目で肌が白かった。黒人女の方が魅力的だった。ふたりはぼくを揶揄《からか》い、イゲーラスに《子供を堕落させて、悪い人》とあまえた声で言ったりした。三人はビールを飲みはじめた。それから階下の音楽が聞こえるようにすこしドアを開け、踊りだした。ぼくは最初黙りこんでいたが、ビールを飲むとしだいに陽気になっていった。踊っていると、白い方の女が、豊かな乳房の谷間にぼくの頭を抱き寄せるのだった。酔っ払ったイゲーラスは、黒人女にショーをやってくれとたのんだ。女はパンティーだけになってマンボを踊りはじめた。するとイゲーラスは突然彼女に襲いかかって、ベッドの上に押し倒した。白人女はぼくの手をとって別の部屋へ導いた。《今日が初めてなの？》とぼくに訊いた。ぼくはそうじゃないとこたえたが、うそをついていることはすぐにわかったようだ。ひどく嬉しそうな顔つきになった。女は素っ裸になってぼくに覆いかぶさってきた。そして《坊やが幸運を運んできてくれるかしら》とぼくの耳もとにささやいた。


ガンボアは自室を出て、大股で閲兵場を横切った。校舎にたどりついたとき、当直将校のピタルーガがちょうど笛を鳴らすところだった。朝の一時限目が終わったのであった。生徒たちは教室のなかにいた。灰色の壁の向こう側から、地震のような地ひびきが起こった。そしてたちまちのうちに、すさまじい喧騒が校庭の上空に渦巻いた。ガンボアはしばらく階段のわきにたたずんでいたが、やがて意を決したように教員室にむかった。なかでは下士官のペソアがノートをのぞきこんでいた。疑りぶかそうな小さな目と、大きな唇が印象的だった。

「ちょっと来てくれないか、ペソア」

ペソアはまばらな口ひげを指先で撫でつけながら、ガンボアのあとについて行った。騎兵隊にいる人間のように、脚をうんと開いて歩いた。ガンボアは彼を高く評価していた。頭の回転がはやく、細かいことにもよく気がついた。野外演習ではきわめて有能であった。

「授業がおわったら、一組の生徒に集合をかけ、グラウンドに連れて行ってほしい、めいめいライフル銃を持って行くように」

「武器の検査ですか、中尉殿?」

「いや。連中を戦闘グループごとに整列させるんだ、いいな? ところで、ペソア、このあいだの野外演習のことだが、各隊列の配置は、いつもどおりだったんだな? つまり、第一グループが先頭で、そのあと第二、第三グループとつづいた、そうだったんだな?」

「いいえ」とペソアがこたえた。「逆です。打ち合わせのとき、中尉殿は、前衛には小柄な連中を置こうとおっしゃいました」

「うん、そうだったな」とガンボアは言った。「じゃグラウンドで待ってる」

ペソアは敬礼をして、立ち去った。ガンボアは寮舎のほうへ歩いていった。空はあいかわらず明るく澄んでいた。あまり湿気がなかった。そよ風が、原っぱの草をしずかに揺らした。ビクーニャはぐるぐる駆けまわっていた。夏が近かった。夏休みには、学校はがらんとなって、のんびりとした気ままな日々が訪れるはずであった。勤務時間もみじかくなり、いろいろと自由がきいた。週に三回ぐらい、海へ行くことができるかもしれない。それまでには妻も元気になっていることだろう。赤ん坊を乳母車にのせて、いっしょに散歩に出かけられるだろう。それから、勉強の時間もたっぷりとれるだろう。まだ八ヶ月あったが、試験の準備期間としては、そうながいとは言えなかった。大尉のポストはわずか二十という話だ。なのに応募者は二百人もいた。

事務局に着いた。大尉は机にすわっていた。ガンボアが入ってきても、顔をあげなかった。ガンボアは野外演習関係の報告書をめくりはじめた。しばらくたってからようやく、ガリード大尉は口を開いた。

「ところで、中尉」

「はい」

「どう思ってるんだ?」ガリード大尉は眉間に皺をよせて、彼をみつめていた。ガンボアはためらいながらこたえた。

「ええ、まだなんとも。なかなかむずかしいです。調査はすでにはじめております。それで、なにかはっきりしたことがわかるかもしれません」

「そういうことを聞いてるんじゃないんだ」と大尉は言った。「あとあとの影響についてだよ。考えたのか？」

「ええ」とガンボアはこたえた。「かなり重大なことになるかもしれません」

「重大なことに？」と大尉は苦笑した。「あの部隊の責任者はおれで、一組が君の指揮下にあるのをわすれたのか？　けっきょく、ことの責任を負うことになるのは、このおれたちなんだぜ」

「ええ。それもよく考えました、大尉殿」とガンボアは言った。「おっしゃるとおりです。困ったことです」

「昇進はいつ？」

「来年です」

「おれもそうだ」と大尉は言った。「試験はかなりむつかしいし、ポストの数は年々すくなくなってきている。ここらで、お互いに腹を割って話そうじゃないか、ガンボア。君もおれも、これまでの経歴は申し分ないんだ。汚点ひとつのこしてない。ところが今度のことで、おれたちはまともに泥をかぶることになる。あの生徒は君を信頼してるようだ。会ってよく話をしろ。とにかく説得するんだ。今度のことはこのままわすれたほうがいい」

ガンボアはガリード大尉の目をじっとみつめた。

「率直にお話ししてよろしいでしょうか、大尉殿」

「おれも率直にしゃべってるんだ。部下としてでなく、友だちのつもりで君に話してるんだ」

ガンボアは手にしていた書類を棚にもどしてから、数歩ガリードの机に歩みよった。

「昇進は私にとっても、大尉殿と同様、とても気になる問題です。一階級あがれるよう、懸命にがんばるしかありません。私はここに配属された時、あまりうれしいとは思いませんでした。生徒たちといっしょだと、やはりなにか軍隊とはちがったものがあります。ですが、陸軍学校で学んだことがあるとしたら、それは規律の大切さです。規律なしでは、なにもかも堕落し、だめになってしまいます。わが国がこんなありさまになってるのは、規律も秩序もないからです。この国で健全さと強さを保ってるのは軍隊だけです。しっかりした仕組みと組織の賜物です。もしアラナが殺されたことが事実で、酒や試験問題の売買やその他もろもろのことがほんとうだとしたら、私はやはり責任を感じます。真実をつきとめることが、私の責任だと思います」

「少しおおげさすぎるんじゃないか、ガンボア」と大尉はいくらか困惑して言った。アルベルトとの面会のときとおなじように、部屋のなかを行ったり来たりしはじめた。「何もすべてに知らんぷりを決めこもうと言ってるわけじゃないんだ。試験問題や酒のことは、むろん、処罰しなくちゃならん重大なことだ。しかし、軍隊で真っ先にたたきこまれるのは、男は男っぽくふるまわなくちゃならんってことだ。われわれはそのこともわすれてはならないと思う。そして男は、酒を飲み、タバコを吸い、女を買う。そういうもんだ。生徒たちは、みつかったら放校されることを承知の上でやってるんだ。すでに放校された者は何人もいる。みつからない連中は利口な連中だ。男は危険をおかし、大胆でなければならない。軍隊とはそういうもんだ、ガンボア。規律だけではない。豪胆さや知恵も必要だ。しかし、ま、こういう議論はほかの日にいくらでもできる。いま心配なのは、もうひとつの問題のほうだ。まったくばかげた話だ。だけどばかげた話でも、大佐の耳までとどいたら、ただじゃすまないからな」

「おことばですが、大尉殿」とガンボアは言った。「自分が何も知らなければ、部隊の生徒たちがなにをやろうと、それはかまわない。この点に関しては、私も大尉殿と同意見です。しかしながら、話を聞いたいまは、それを見過ごすことはできません。もしそんなことをすれば、自分も共犯者になってしまいます。不穏なことが行われてるってことが、今わかったわけです。フェルナンデスの話だと、連中は今まで陰で、私をいい笑い者にしてたってことになります」

「あいつらもいっぱしの男になったというだけの話だよ、ガンボア」と大尉は言った。「この学校に入ってきたときには、連中はまるで女の子のような坊やぞろいだったじゃないか。ところが今は、どうだ？　みんないっぱしの男になったじゃないか」

「もっと男らしくさせてやりますよ」とガンボアは言った。「調査が終わった段階で、必要とあらば、部隊の全員をひとりのこらず将校会議にかけてやるつもりです」

大尉は立ちどまった。

「まるで狂信的な神父の話を聞いてるようだな」とほとんどどなるように言った。「君は自分の将来を台無しにしたいのか？」

「軍人は自分の任務を果たすことで、軍人としての将来を閉ざすようなことはありえないと思うのですが、大尉殿」

「じゃもういい」大尉はふたたび歩きだしながらそう

言った。「君の好きなようにやりたまえ。しかしあとで泡をくっても私は知らんぞ。言うまでもないことだが、今後、こちらの協力はいっさい当てにするな」

「わかってます。では、これで失礼します」

ガンボアは敬礼して、部屋を出た。自室にもどった。ナイトテーブルの上に女性の写真が飾ってあった。ふたりが結婚するまえの写真であった。彼女とはあるパーティーで知りあった。そのとき彼女はまだ女学生だった。写真は野原で撮影されたものだったが、それがどこか、彼にはわからなかった。あのころの彼女はもっとやせていたし、髪もながかった。彼女は樹木の下で微笑んでおり、遠くに川がみえた。ガンボアはしばらくその写真をながめたあと、処罰リストや報告書の束をめくりはじめた。それが終わると、こんどは、成績簿を丹念にチェックした。そして、昼すこしまえに、ふたたび中庭に姿をあらわした。ふたりの兵士が一組の寮舎を、掃除しているところだった。寮舎に入ってきた彼に気づくと、ふたりは気をつけの姿勢をとった。

「休め」とガンボアは命じた。「この寮舎の掃除は、君たちの担当か？」

「はい、私の担当です、中尉殿」と兵士のひとりがこたえた。そしてもうひとりを指さしながら、「こっちは二組を掃除します」と言った。

「ついてくるんだ」

中庭に出ると、中尉はくるっとむきなおって、兵士の目を見すえながら言った。

「きさまはおれがなぜここにいるか、わかってるな？」

兵士は反射的に気をつけの姿勢をとって、身をかたくした。その目は大きく見ひらかれていた。朴訥な顔立ちの男だった。なにも訊きかえさなかった。何か落度があったにちがいないと、納得している様子だった。

「どうして報告しなかったんだ？」

「したつもりです、中尉殿」とこたえた。「ベッド数、三十二。クローゼット数、三十二。軍曹に手わたしました」

「なにをとぼけたことを言ってるんだ。そんな報告じゃない。ふざけるな。おれが言ってるのは、酒やタバコやトランプのことだ。どうして報告しなかったんだ？」

兵士はさらに目を見ひらき、唾をのみこんだが、なにも言わなかった。

「どのクローゼットだ？」

「ええ？」

「どのクローゼットに酒やタバコが隠されてるんだ？」

「私にはわかりません、中尉殿。ほかの組の間違いじゃないでしょうか？」

「あくまでしらをきるなら、十五日の重労働だ」とガンボアは言った。「どのクローゼットにタバコが隠されてるんだ？」

「わかりません、中尉殿」と兵士は言ったが、目を伏せながら、つけくわえた。「どのクローゼットにもタバコがあると思います」

「じゃ酒は？」

「何人かは隠してると思われます」

「サイコロは？」

「やはり何人か持ってる者がいると思います」

「どうして報告しなかったんだ？」

「自分の目でみたわけではないんです。クローゼットを開けて、調べることはできません。鍵がかかってますし、その鍵は生徒たちが持ってます。おそらく隠されてると思われるだけで、自分が実際にみたわけじゃありません」

「ほかの組でもおなじなのか？」

「はい、ですが、一組ほどではないと思います」


「午後からの当直は私だ」とガンボアは言った。「清掃担当のほかの兵士といっしょに、三時に衛兵所に出頭しなさい」

「わかりました、中尉殿」と兵士はこたえた。

5

ひとり残らず全員がやられちまった。根こそぎってのはこのことだ。まったく鮮やかなお手並みだったよ。おれたちは、まず外で並ばされてから、寮舎へ連れて行かれた。おい、どうやら何もかもしゃべっちまったやつがいるようだぜ、とおれはみんなに言った。信じられねえことだけど、まずまちがいないね、くそっ、ジャガーのやつおれたちのことを、すっかりばらしちまったんだ。クローゼットを開けるように言われたときは、一瞬心臓が止まるかと思ったぜ。《おまえも、覚悟をきめるんだな》とバジャーノがおれにささやいた。《これから天地が引っくりかえるぜ。》まったく、そのとおりだった。《あの、持ち物検査ですか、軍曹殿?》とアロースピデが腑抜けのような顔《つら》で聞きかえした。《おなじことを二度言わせるな》とペソアが言った。《じたばたしたってしようがねえんだ。勝手にしゃべるなよ、わかったな、てめえの舌は尻の穴にでも突っこんどけ。》ひざはがくがく震え、額にあぶら汗が浮かんできた。ほかの連中もなんだか夢遊病者にでもなったみたいにふらふらしてた。おれも悪い夢を見てるような気がしたよ。ガンボアが最初のクローゼットの脇に立った。ネズミの野郎もそのとなりに並びやがった。中尉の声が飛ぶ、《よし、戸を開けろ、いいか、開けるだけだぞ、中に手を入れるんじゃない。》手を入れるんじゃないって言ったって、入れられるわきゃねえじゃねえか? とにかく参ったぜ。せめてもの慰めは、やつの方が先にやられたってことだ。酒や博奕のことは、やつが告げ口したにきまってるんだからな。それにしても、ここんとこどうも妙なことがたてつづけに起こってる。ライフル銃の一件やグラウンドでのしごき、いったいあれは何だったんだ? ガンボアは、むしゃくしゃしてて、それで腹いせのつもりで、おれたちをどろんこの中でへとへとになるまでしごいたのだろうか? グラウンドをはいずりまわってるおれたちを見て笑ってた連中もいたけど、人の不幸を平気で笑える性根の腐った野郎がうじゃうじゃいるってのはほんとうに情けねえ。だけどネズミのあの恰好を見りゃ、誰だって腹をかかえて笑っちまうよ。やつはクローゼットの中に体が丸ごと入っちまうんだからな。チビだから、そんな芸当ができるってわけだ。やつが洋服の茂みの中で迷い子になるんじゃないかって本気で心配したぜ。あのおべっか野郎め、自分が一生懸命にやってるのをガンボアに見てもらいたいばっかりに、四つん這いになって、ポケットにまで手を突っこんで、中のものをいちいち調べやがった。何か見つけたときのやつのあのうれしそうな声といったら。《こいつインカを吸ってやがったのか、こりゃあすげえ、チェスターフィールドですぜ、いいタバコを吸ってるじゃねえか、こいつパーティーかなんかで恰好よくやってる気だったのかね？　ありゃっ、こりゃなんだ、またでっかいボトルを持ちこんでたもんだよ、こいつ。》みんなの青白い顔はますますこわばっていった。せめてもの慰めは、どのクローゼットにも何かしら入ってたってことだ。死なばもろともってやつだな。ま、いちばんたいへんなのは、酒瓶を持ってた連中だろうな。おれもそのひとりだけどさ。もっともおれのはほとんど空だったんだ。やっこさんにそのことを書いといてくれって言ったら、黙っとれ馬鹿たれ、とどなりやがった。ガンボアは上機嫌だったぜ。声がはずんでたからな。《いくつだって？》《インカが二箱、それにマッチも二箱です、中尉殿。》ガンボアはそれを手帳に書きとめる。楽しみを少しでもながびかせようとするようにゆっくりとな。《半分ほど入ってるんだな？　中味は？》《ピスコです、中尉殿。ブランド名は、イーカの太陽。》巻き毛はこっちに顔を向けるたんびにのどをかき切るまねをしてた。まったく、そういうことだな、相棒、おれたちはおしまいだ。ほかの連中もかわいそうなくらいしょぼんとしてた。いったい全体どうしてクローゼットなんか調べる気になりやがったのかな？　ガンボアとネズミのやつが引きあげたあと、巻き毛が言った、《ジャガーのせいだ。あいつは自分がひどい目にあったら、みんなもただじゃすまねえって言ってたんだ。卑怯な野郎だよ、おれたちを裏切ったんだ。》証拠はないんだからあんなに言うことはねえと思うけど、どうやら巻き毛の勘は当たってるようだ。

　だけどどうしてグラウンドに連れて行かれたのかさっぱりわからねえ。これもジャガーのせいだって気はするな。やつめガンボアに《ときどきにわとりどもを犯《や》っちまいました》とでも言ったんじゃねえかな。それでガンボアは、今度は反対に自分がかわいがってやる番だってなことを考えたにちがいねえ。ネズミのやつ、いきなり教室に入ってきて、こう抜かしたんだ、《さあすぐに整列するんだ、これからすこし楽しませてもらうぜ。》おれたちは声をそろえて《ネズミ》ってさけんだ。するとやつは《中尉殿の命令だ。整列して、速足で寮舎へ行ってもらおう、それともなにか、中尉殿を呼んで来たほうがいいか？》おれたちは整列すると、寮舎へ連れて行かれて、戸口でこう言われた、《ライフル銃を取って来い。一分以内にだ。班長、尻《けっ》から三番目までの名前を書いとけ。》おれたちはふてくされてさんざん悪態をついた。おれの頭の中はいったいどうなってんだという思いでいっぱいだった。中庭に出ると、他のクラスの連中がおれたちを見てせせら笑いやがった。ライフル銃をかかえて、真っ昼間に、しかもグラウンドで野外演習をするなんて、いくらなんだって、ひでえじゃねえか。もしかしたらやっこさん、頭がいかれちまったんじゃねえの？　ガンボアはグラウンドでおれたちを待っていた。真剣な顔つきでおれたちをにらみつけた。《止まれ！》とネズミが号令をかけた。《野外演習の隊列をとれ！》みんなはぶつぶつ文句を言った。これはきっと悪い夢なんだ。昼飯前にだぜ、しかも制服のままで戦闘訓練だなんて、無茶だぜ。畜生、芝生は濡れてるんだ、この上に突っ伏すのかよ。朝からたてつづけに三時間も授業を受けておれたちはもうバテてるんだ。そのとき、ガンボアのどすのきいた太い声がかみなりみたいに落ちてきた。《横三列に並べ。第三グループは前へ、第一グループは後ろへ。》ネズミの野郎は、ごまをすって、おれたちをせきたてた、《早く早く、もたもたすんな。》するとまたガンボアの声がとんできた、《各グループとも、十メートルの間隔をとれ。攻撃の配陣だ。》もしかしたらこれから戦争がおっぱじまるのかね？　それで国防大臣がさ、おれたちに急いで訓練をするように言ってきたんじゃねえのかな。で、おれたちは兵士になるのかな、それとも将校かね、どっちなんだろう？　おれは敵を蹴散らして、ライフル銃をぶっぱなしながらアリカの町に入城するんだ。そしてあちこちにペルーの国旗を立ててやる。屋根の上や家の窓、ありったけの道路にペルーの国旗をたててやるぜ。チリの女は世界でいちばん美人だって話、ほんとうかね？　ま、戦争が間近ってことはないと思う。そういうことだったら、おれたちだけじゃなくて、ほかのクラスも訓練にかり出されるはずだからな。《そこはどうしたんだ？》とガンボアがどなった。《第一と第二グループはどうなってるんだ？　聞こえないのか、それともとんまなのか、おまえらは？　十メートルと言ったはずだぞ。おいあの黒ん坊は何て名前だ？》《バジャーノです、中尉殿。》ガンボアに黒ん坊と言われたときのバジャーノの顔ったらなかったぜ。おれはおかしくて腹をかかえて笑いたくなっちまった。《それで、おまえら、どうして二十メートルもあいだをあけてるんだ？　おれは、十メートルと言ったはずだぞ。》《はい、ですけど、中尉殿、ひとり欠けております。》まったく、あのペソアって野郎はほんとうに無神経なやつだ。平気であんなことを言うんだからな。《それなら》とガンボアは言った。《欠席したそいつに六点くらわせてやれ。》《そいつは無理ですよ、中尉殿、その生徒はもう死んでるんですから。アラナなんです。》ばかなやつだぜ、まったく。何をやってもうまくいかなかった。ガンボアは相当いらいらしてた。《じゃ、第二グループの者、そこを詰めろ。》しばらくして、もう一遍ガンボアがどなった。《いったいぜんたい、そこはどうなってるんだ？》おれたちは振りかえり、アロースピデが踵を鳴らして報告した、《そこの者もおりません、ジャガーです。》《じゃ君がそこに入りたまえ。命令は躊躇せず迅速に遂行されなくてはならんのだ。》それからグラウンドいっぱいに広がると訓練がはじまり、おれたちは徹底的にしごかれた。笛が鳴ったら伏せるんだ、よし、匍匐《ほふく》前進だ、走れ、突っ込め。休む間もなく動かされてるうちに気が遠くなってきて、おれはどこが痛むのか、今何時なのか、まったくわからなくなっちまった。やがてガンボアはおれたちを縦三列に並ばせて、寮舎に連れて行き、クローゼットの一つによじのぼった。ネズミの野郎もべつのクローゼットにのぼったが、小男なもんでふうふう言いながら、やっとこさてっぺんに這いあがった。《それぞれの位置につけ》とガンボアが命じると、おれにはぴんときたね。ジャガーのやつ、おれたちを売りやがったってな。まったく、この世には信じられるやつなんていやしねえ。あいつがおれたちを裏切るとはね。《クローゼットを開けろ。開けたら一歩退がるんだ。中に手を入れたら厳罰に処す。》こっちだってマジシャンじゃねえんだぜ。中尉の見てるまえで、あんな大きな酒瓶を隠せるわけねえじゃねえか。押収した物《ぶつ》をかかえてガンボアらが意気揚々と引きあげたあとも、おれたちは黙りこんでた。おれはベッドに横になった。ヤセッポチはいなかった。飯《めし》の時間だから、残飯をあさりに、台所へでも行ってたんだろう。ヤセッポチがそばにいないのがさびしい。やつの頭をなでてると、だんだんこっちの気分がおちついてくるんだ。気が休まるんだな。そばにかわいい女の子がいるような気になってくるんだ。結婚って、たぶんそんなもんだろう。気が滅入っておちこんでると、女房がやってきて、おれに寄り添うように寝そべる。そして何も言わずにじっとしてるんだ。おれも黙ったまま、女房のからだに手をのせる、指先を這わせる、くすぐってやる。すると女房は笑いだす。つねってみる、悲鳴をあげる。頭をなでたり、顔にさわったり、髪の毛をいじったりしてみる。鼻をつまんでやる。女房が息苦しくなると、ぱっとはなしてやるのさ。首すじに指先を這わせる、おっぱいにさわってみる。肩を抱く、背中をなでる、腰をつかむ、脚をさする、おへそをいじる、そして突然キスをする、耳もとに熱い息を吐きかけてやる、《おチビちゃん、小ブタちゃん、かわい子ちゃん、助平ちゃん。》するといきなり、だれかがさけんだ、《おまえらのせいなんだ。》おれもどなり返してやった、《おまえらってどういう意味だ?》《ジャガーとおまえらってことだ》とアロースピデが言った。おれはやつに飛びかかったが、途中で止められちまった。《くそっおまえらのせいだよ、何べんでも言ってやるぞ》とやつはさけんだ。もう怒り狂ってた。いきりたってよだれを垂らすほどだったが、やつはよだれには気づいてないようだった。おれをおさえこんでるやつらに、《はなしてやりゃいいじゃねえか、おれはやつなんかこわくないさ、ぶちのめしてやる、この野郎。》みんなはおれを必死になだめた。《こんなときにやめとけよ、ボア》とバジャーノが言った。《こんなときこそ結束が大事なんだぞ。》《アロースピデ》とおれはやつに言った。《おまえってやつはほんとに卑怯な野郎だぜ。何か困ったことが起きると、すぐ仲間のせいにしやがるじゃねえか。》《そんなことないさ》とアロースピデは言った。《おれはみんなの側に立つよ、中尉らと戦うよ、力を合わせなきゃならんのなら、いくらでも協力するさ。だけど今度のこのごたごたの責任はおまえらにあるぜ。ジャガーと巻き毛とおまえにだよ。かげでできたないことをやってるからだ。だれが見たって変だよ。おかしいじゃないか? ジャガーが牢屋にぶちこまれたとたん、おれたちのクローゼットに何が入ってるのかガンボアにすっかりばれているんだ。いったいこれはどういうことだ?》おれは何てこたえていいかわからなかったし、巻き毛は向こうの言い分を支持した。みんな口々にさけんだ、《そうだ、まちがいねえ、密告野郎はジャガーなんだ。》《復讐ほど甘美なものはないっていうぜ。》そのあと昼食時間を告げる笛が鳴った。おれはほとんど何も食うことができなかった。こういうことはこの学校に来てからはじめてのことだ。食いものがまったくのどをとおらねえんだ。

ガンボアが歩いてくるのをみて、兵士は椅子から立ちあがって鍵をとりだした。くるっとまわって、扉を開けようとしたが、ガンボアに止められた。彼は兵士の手から鍵をさらって言った、《ここはいい、衛兵所で待機してろ。》兵士らの独房は、にわとり小屋の裏手にあった。グラウンドと塀にはさまれていた。泥レンガでつくった、天井の低い、細長い建物であった。独房がからの時でも、いつも入口には監視の兵士が立っている。ガンボアは、兵士がサッカー場をとおって、寮舎のほうへ消えさるのを待って、おもむろに扉を開けた。内側はかなり暗かった。すでに日も暮れかかり、独房には小さな明かり取りがひとつあるきりだった。姿が見えなかったので、ふと、逃げたのではないかという考えが脳裡をよぎった。だがじきに、人影が寝台の上に寝そべっているのが見えた。そばへ歩みよった。目をつむって、眠っていた。ガンボアは、その顔をしげしげとながめながら、記憶をさぐってみたが、思い浮かばなかった。どこか見おぼえがあるような気もしたが、やはりあいまいだった。むしろそのおとなびた顔つきが、彼の注意をひいた。歯をぎゅっと嚙みしめ、眉間のあたりに険しげな気配をただよわせていた。あごの真ん中がくぼんでいた。上官のまえだと、生徒たちは緊張して顔をこわばらせるのが普通だが、その生徒は彼に気づいていなかった。他の多くの生徒たちとは異なった顔立ちをしていた。士官学校には、肌が褐色で、とがった感じの顔つきの生徒が多かったが、ガンボアの目のまえのその顔は、白く、髪の毛やまつげが金色に見えた。腕をのばして、ジャガーの肩に触れた。ガンボアは、おどろいた。自分のいまの動作にはいつもの勢いがなかった。まるで、友人でも起こすような手つきで、そっと触れたのだった。手のひらに相手の筋肉が収縮する感触がつたわった。ジャガーがはじかれたように飛び起きたので、彼は、あわてて手をひっこめなければならなかった。だがすぐに踵を鳴らす音を聞いた。すべてがいつもどおりのパターンにもどったのだった。

「すわれ」とガンボアは言った。「君に話したいことがある」

ジャガーはすわった。ガンボアは彼の目を見た。大きくはなかったが、それは鋭い光をはなっていた。ジャガーは身じろぎもせずに、おし黙ったままだった。その微動だにしない姿勢とかたくなな沈黙から、あるしぶとさを感じとって、ガンボアは不快になった。

「どうして士官学校に入ったんだ？」

なんの返事もなかった。ジャガーの手は、寝台の金属枠の上に置かれていた。顔色は変わらなかった。ふてぶてしいまでに落ちつきはらっていた。

「むりやりに入れられたのか？」

「どうしてそう思われるんでしょうか？」

その声の感じも、目から受ける印象によく似ていた。ことばづかいはゆっくりとていねいで、ある種の甘ったるさをもっていたが、声のひびきには、ある種の傲慢さが感じられた。

「ただ知りたいだけだ」とガンボアは言った。「どうして士官学校に入ったんだ？」

「軍人になるつもりでした」

「でした？」とガンボアは訊きかえした。「じゃ、考えが変わったのか？」

こんどは返事にまよっているように見えた。将校に将来の進路をたずねられると、生徒たちはたいがい、軍人になりたいとこたえた。だが実際にチョリージョスの陸軍学校を受験する者は、ごくわずかしかいないことをガンボアは知っていた。

「よくわかりません」ややあって、ジャガーはそうこたえた。そしてためらいがちにつけくわえた。「もしかしたら空軍学校に進むかもしれません」

しばらく沈黙がつづいた。ふたりはお互いの目を見あって、相手の出かたをうかがっているようであった。不意に、ガンボアはたずねた。

「君は自分がどうして独房に入れられてるのか、わかってるだろうな？」

「いいえ」

「ほんとうかね？　おもいあたる理由はないのか？」

「ありません」

「クローゼットのことだけでも充分だ」ガンボアはゆっくりと言った。「タバコ、ピスコの瓶二本、合鍵の束。それだけでまだ足りないとでもいうのか？」

中尉は注意深く彼を観察したが、無駄であった。ジャガーはあいかわらず、ぴくりともせずにおし黙ったままだった。おどろいているふうでも、おびえているふうでもなかった。

「タバコは、まあいい」とガンボアは話をつづけた。「一回の禁足処分で済む。だけど酒はそうはいかんぞ。君らが自分の家で飲もうと、街へ出て酔っ払おうとかまやしないさ。しかしこのなかでは、一滴たりとも飲んじゃいかんのだ」ひと休みをして、息をついだ。「で、サイコロは？　一組は博奕打ちの集団か？　それから、あの合鍵の束、あれはなんだ？　君は盗みも働くのか？　いったいいつから、他人のクローゼットを開けて、仲間の持ち物を盗んでるんだ？」

「ぼくが？」ガンボアは一瞬言葉に詰まった。ジャガーは皮肉な目つきで彼を見ていた。そして視線をそらさずに、もう一度くりかえした。「ぼくが？」

「そうだ」とガンボアはこたえた。むらむらと怒りがこみあげてくるのを感じた。「きさまでなけりゃ、いったいほかにだれがいるんだ？」

「みんなですよ」とジャガーは言った。「この学校のみんなですよ」

「うそをつけ。君は卑怯なやつだ」

「ぼくは卑怯者ではありません」

「どろぼうじゃないか、君は。博奕もやる飲んだくれだ。そればかりじゃない、卑怯なやつだよ、君は。おたがい私服を着てないのが残念だ」

「ぼくをなぐりたいんですか？」とジャガーはたずねた。

「いや」とガンボアはこたえた。「君を少年院へぶちこんでやりたい。君の両親はそこへ君を入れるべきだったんだ。いまはもう手遅れだがね。君は自分で自分の首をしめたんだ。三年まえのことをおぼえてるな？　あのとき、私は組織を解散するように君たちに言ったはずだ。くだらん山賊ごっこは即刻やめるようにってな。あの晩君たちに言ったことをおぼえてるだろう？」

「いいえ」とジャガーはこたえた。「おぼえてません」

「いや、おぼえてるはずだ」とガンボアは言った。「だけどまあいい。君は自分じゃ要領よく立ち回ってると思ってたんだろうが、軍隊では君のようなずるがしこいやつは、遅かれ早かれ自滅しちまうんだ。ながいあいだ尻尾をつかまれなかったが、いよいよ年貢のおさめどきがきたんだ」

「それはまたどういうことですか？」とジャガーは訊いた。「ぼくはなにもしちゃいませんよ」

「さんざん悪事をはたらいてきたじゃないか」とガンボアは言った。「試験問題を盗み、他人の持ち物をかっさらい、上級生を待ち伏せし、下級生をこきつかった。おまえみたいなやつを、なんていうか知ってるか？　チンピラだよ」

「誤解ですね」とジャガーは言った。「ぼくはなにもしてません。みんなとおなじことをやっただけです」

「みんなってどういうことだ？　ほかに試験問題を盗んだやつがいるのか？」

「みんなやってますよ。盗んだ試験問題を見てないやつがいるとしたら、そいつは問題を買う金がないからです。ただそれだけの理由です。だけどけっきょく、みんななんらかの形で関わってるんですよ」

「名前を言ってもらおう」とガンボアは言った。「具体的に名前を言いたまえ。一組では誰と誰だ？」

「ぼくは放校されるんですか？」

「むろんだ。もっとひどい処罰をくらう可能性もあるぞ」

「なるほど」とジャガーは言った。淡々とした声だった。「一組の全員が問題を買ったことがあります」

「そうかね」とガンボアは言った。「アラナもか？」

「ええ？」

「アラナ」とガンボアはくりかえした。「リカルド・アラナだ」

「いいえ」とジャガーは言った。「あいつは買わなかったと思う。やつはガリ勉だったから。だけどほかの連中はみんな買いました」

「どうしてアラナを殺したんだ？」とガンボアは言った。「こたえろ。みんなもう知ってるんだ。どうして殺したんだ？」

「ええ？　いったいなにを言いだすんです？」とジャガーはたずねた。一度だけ目をしばたたかせた。

「いいから、おれの質問にこたえろ」

「あんたは男か？」とジャガーは言った。立ちあがって、声をふるわせていた。「男なら、袖章をとれよ。おれはあんたがこわくない」

ガンボアは、いきなり腕をのばしてジャガーの胸倉をつかみ、もう一方の腕で、彼を壁際に押しつけた。ジャガーは息が詰まって咳きこんだが、そのまえにガンボアは肩に激しい衝撃を感じた。ジャガーのくりだしたパンチが、ガンボアのひじに当たって止まったのだった。ガンボアは相手の胸倉をはなして、一歩さがった。

「きさまの息の根をこのまま止めても、べつにどうってことないんだ」と言った。「正当な行動だ。きさまは上官を殴ろうとしたんだからな。だけどまあ、将校会議がおまえを然るべく処分するだろうさ」

「袖章をとれよ」とジャガーは言った。「あんたのほうが強いかもしれんが、おれはあんたなんかこわくない」

「どうしてアラナを殺したんだ？」とガンボアはなおも詰めよった。「しらばっくれるな。こたえろ」

「いいか、おれはだれも殺しちゃいない。なにを証拠にそんなことを言うんだ。おれを人殺しだとでも思ってるんですか？　どうしておれが奴隷を殺さなくちゃならないんですか？」

「きさまの仕業だと告発した者がいるんだ」とガンボアは言った。「これできさまもおしまいだな」

「そいつは誰だ？」ジャガーはいきなり立ちあがった。その目はらんらんとかがやいていた。

「それみろ」とガンボアは言った。「きさまの様子を見りゃ、自分だと明かしてるようなもんじゃないか」

「いったい誰がそんなことを言ったんです？」とジャガーはくりかえした。「そいつを殺してやる」

「背中からな」とガンボアは言った。「アラナはおまえのすぐ前方にいたんだ。背中から殺したんだ。卑怯者め」

「おれは誰も殺しちゃいません。誓ってほんとうです」

「じきにわかるさ」とガンボアは言った。「ほんとうのことを、あらいざらいしゃべったほうが身のためだぞ」

「おれはなにも隠しちゃいない」とジャガーはさけんだ。「試験問題や他の盗みはほんとうです。だけどそれをやってきたのは、おれだけじゃない。みんなやってるんだ。みんな共犯です。臆病な連中は、人が盗んできた問題を買うだけだが、それもけっきょくはおんなじことだ。だけどおれは人なんか殺しちゃいないんだ。誰がそんなことを言ったのか教えてください」

「じきにわかることだ」とガンボアは言った。「おまえに面とむかって言ってくれるさ」


ぼくは翌朝の九時に家に帰った。母は玄関口に腰をおろしていた。ぼくの姿を見てもじっとしたままだった。《チュクイトの友だちの家《うち》に泊ったんだ》とぼくは弁解した。母は黙っていた。まるでおそろしいものでも見るような目をぼくに向けた。その視線は執拗だった。ぼくはいたたまれない気分になった。頭痛がして喉がひりひり痛んだ。だけど母の見ているまえで横になるのは気が引けた。どうしていいのかわからなかった。本やノートを開いてみたが、今さらそんなものを勉強してもしようがなかった。がらくたの入った引出しを開けて、なかをさぐった。ぼくをじっと観察する母の視線を背後に感じた。ぼくは振り向いた、《何なんだよ？　どうしてそんなにじろじろ見るんだ？》《おまえはろくでもない人間になっちまったね。情けないよ。》母はふたたび玄関先に出て、入口の石段にすわった。膝の上に肘をのせ、両掌で頭を抱えた。ぼくは部屋の中からときおり母のうしろ姿に目をやった。母のブラウスはあちこちが破れ、継ぎはぎだらけだった。首のまわりにはびっしり皺が寄り、髪の毛はぼさぼさだった。ぼくはそっと近づいて、声をかけた、《心配をかけて悪かった。》母は顔をあげた。その顔も皺だらけだった。鼻の穴から白い鼻毛がのぞいていた。口を開くと、だいぶ歯が欠けているのがわかった。《謝るのなら神様に謝るんだね。もう手遅れだと思うけど。きっとおまえは地獄へ堕ちるよ。》《これからはまじめにやるよ。約束する。》《約束したって何になる？　おまえの顔は堕落した人間の顔だよ。寝床に入って二日酔いでもさますんだね。》

眠気はどこかへすっとんだ。家を出て、チュクイトの砂浜に向かった。桟橋の近くまでくると、きのうの男の子たちの姿が見えた。砂浜に寝そべってタバコを吸っていた。脱いだ服をまるめて、枕代わりにしていた。海岸はにぎわいを見せ、波打際に立って平たい石を海に投げこんで遊んでいる若者たちの姿も目立った。しばらくしてテレサたちがやってきた。男の子たちのそばへ行って握手をした。服を脱いで車座になった。例の少年は、きのうあれだけとっちめてやったのに、きょうもテレサにくっついて離れなかった。ふたりはやがて海に入った。テレサが悲鳴をあげて《冷たい》とさけんだ。やつは両手で海水を掬って彼女にかけた。テレサはいっそう鋭い悲鳴をあげたが、いやがっている風ではなかった。ふたりは波間の向こうに出て行った。テレサはなめらかに水を切って巧みに泳いだ。小さな魚のようだった。少年のほうはやたらと手足をばたつかせて、すぐに沈んでしまうのだった。海からあがるとふたりは砂浜に腰をおろした。テレサが寝そべると、やつは服をまるめて彼女の頭の下に差し入れた。そして自分もその傍にからだを伸ばした。脇腹を下にした恰好だったので、やつはテレサの全身をながめることができた。ぼくには、陽差しを避けるために顔の上にかざしたテレサの腕しか見えなかった。そのほかのところはやつの痩せた背中や突き出た肋骨、曲がりくねった脚の陰に隠れて見えなかった。昼頃、ふたりはふたたび海に入った。やつはわざと女のような悲鳴をあげた。テレサが水をかけると黄色い声を出してそれにこたえた。ふたりは泳いで沖へ出た。やつが溺れる真似をして海中に沈むと、すかさずテレサが腕を振りたてて救助を求める。動作がオーバーなので遊びでやっていることはすぐに見てとれた。やつがコルクのように勢いよく海中から飛び出してくる。髪を額の上に垂らしたままターザンの雄叫《おたけ》びをあげる。ふたりの甲高い笑い声がぼくの耳にも届いた。ふたりが海からあがってきたとき、ぼくは砂浜で待ちかまえていた。グループのほかの連中はどこかへ行ったらしくそこにはいなかった。たとえいたとしてもぼくの目には入らなかっただろう。まわりから皆が消えてしまったように感じた。ふたりが近づいてきた。テレサがぼくに気がついた。やつはうしろでぴょんぴょん飛び跳ねながらひとりでふざけていた。テレサはまったく顔色を変えなかった。嬉しそうな顔もしなければ、困ったという表情も浮かべなかった。《こんにちは、来てたの?》とだけ言った。少年はようやくぼくに気づき、一瞬棒立ちになった。それから後ずさりして、石をつかみ、それを振りかざして身構えた。《私のおとなりに住んでる子なのよ》とテレサは笑いながらやつに言った。《チンピラだよ、こいつ。でかい面をしやがるんだ。》ぼくはやつに飛びかかったが、足もとが砂地であることを忘れてしまっていた。ジャンプしたものの、砂に足をとられてしまい、やつの体に届かなかった。やつは一歩踏み出して、ぼくの顔面めがけて石を振りおろした。太陽を頭の中に叩き込まれたような衝撃を受けた。目のまえが真っ白になり、体がふわふわと浮くように感じた。それから、気が遠くなった。目を開けると、テレサの怯えた顔がぼくをのぞきこんでいた。少年は口をぽかんと開けていた。まったく馬鹿なやつだ。ぼくを徹底的に痛めつけるチャンスだったのに何もしなかった。ぼくが血を流していたので、やつはおどろいてしまったようだ。テレサを押しのけるとぼくはやつに襲いかかった。素手の殴りあいになるとやつは情けないくらい弱かった。まるで布人形みたいにふにゃふにゃで、まともなパンチ一発すら繰り出せなかった。もつれあって地面を転がりもしなかった。最初からぼくが馬乗りになって、やつの顔めがけて拳を打ちおろした。それから小石混じりの砂をつかんでやつの頭や額にこすりつけた。顔を覆っていた手を払いのけるとすかさず口や目のなかにも砂を押し込んでやった。そのうちに警官がやって来て、ぼくのシャツをつかんで引っぱった。びりびりっとシャツが裂けた。警官が平手でぼくの頰を張ったので、ぼくはそいつの胸に石をぶつけてやった。《この野郎、おれとやる気か》警官はわめいてぼくの胸倉をつかんでねじあげた。そしてびんたを数発くらわした。《なんてひどいことをしやがるんだ、見ろよ。》少年は倒れたまま呻いていた。数人のおとながそのまわりに集まってやつを介抱していた。おとなたちは口々に言った、《こりゃあひどい。とんでもねえやつだ。ああいう野蛮なのは少年院へ入れなくちゃだめだよ。》連中の非難は気にならなかったが、ふとテレサの姿が目に入った。彼女は顔を赤くして、憎しみをこめた目でぼくをにらんでいた。《ひどい人ね、あなたなんか嫌いっ》とぼくに言った。《おまえが淫売だからこういうことになったんだ》とぼくは言い返した。警官がぼくをぶった。《女の子にむかって汚ないことばを吐くんじゃねえよ、このチンピラめ。》テレサはひどく怯えた顔でぼくを見た。ぼくは彼女に背中を向け、立ち去ろうとしたが警官の声が飛んできた、《こらっ、どこへ行くんだ。》ぼくはいきなり警官に飛びかかって、目茶苦茶に手足をばたつかせた。警官は暴れるぼくを、砂浜の外へ引きずりだした。警察署では署長が命じた、《たっぷりとお仕置きをしたら、こいつを放り出せ。どうせまた何かをしでかしてここにもどってくるだろうよ。どう見たってあれはここのやっかいになる面だからな。》警官はぼくを中庭へ連れてゆくと、ベルトを抜いて、ぼくを打ちはじめた。ぼくは振りおろされるベルトをかわして、すばしこく逃げまわった。汗だくになってぼくを追いかける警官のあわてぶりをながめていた同僚たちは腹を抱えて笑った。とうとう痺れをきらしたやつはベルトを放り出し、ぼくを片隅へ追いこんだ。ほかの警官たちがすぐに寄って来て、やつをなだめた、《いいから放してやれよ。子供と殴りあってもしようがねえじゃねえか。》ぼくは警察署を出ると家にもどらなかった。そのままイゲーラスの所へ行って彼と住んだ。

「いったいこれはどういうことなんだ?」と少佐は言った。「おれにはさっぱりわからん」

少佐は太った赤ら顔の男だった。申し訳程度の赤茶けた口ひげを生やしており、その先は口の両端までとどいてなかった。彼は提出された報告書を、終始神経質そうにまばたきしながら注意深く読んだところだった。ガリード大尉は窓を背にして、少佐の机のまえに立っていた。窓から、灰色の海と、ラ・ペルラの黄褐色の丘の連なりが見えた。報告書はタイプで打った十ページほどの書類だった。少佐はページをめくって、ふたたび、二、三の文章を読みかえしてから、顔をあげた。

「なんだ、これは」と少佐は言った。「説明してくれ。どうやら頭がおかしくなっちまったやつがいるようだ。おれにはまったく理解できん。ガンボアのやつどうかなっちまったのか？」

「私にも理解できません、少佐殿。私もたいへんおどろいております。ガンボアとはこの件についてなんども話してみましたし、やつにこういう報告書はばかげてると……」

「ばかげてる、だけじゃすまんよ、君。ふたりの生徒が独房に入れられていることや、こんな報告書が書かれることじたい、許すべきじゃなかったんだ。一刻も早く、このごたごたを収拾しなくちゃならん。もたもたしていたらたいへんなことになる」

「まだだれもこのことは知りません。生徒たちは別々に隔離されています」

「ガンボアを呼んでこい」と少佐は言った。「ただちに来るように伝えるんだ」

大尉はあわてふためいて部屋を出た。少佐はふたたび報告書を手にとった。それを読みかえしながら、赤ひげをしきりに噛もうとするのだが、歯が小粒なのでひげまでとどかず、上唇だけをさかんに噛んだ。踵はいらだたしげに床を鳴らしていた。しばらくして、大尉は中尉をしたがえてもどってきた。

「おはよう」と少佐は、きしんだ音のまじるぎすぎすした声で言った。「私はおどろいてるんだ、ガンボア。君は将来を嘱望されている優秀な将校だ。いったいどうしてこんな報告書を出したんだ。正気なのか、おい。こいつはまぎれもなく爆弾だ。それも途方もない破壊力のな」

「ええ、そのとおりです、少佐殿」とガンボアは言った。ガリード大尉は歯噛みしながら、彼をにらんだ。「ですが、この事件はもはや私の一存では処理しきれません。調べられるかぎりのことは調べておきました。あとは将校会議に……」

「なんだって？」と少佐はガンボアの話をさえぎった。

慎重を期して、まだふたりを対面させていません」

「あの告発はばかげてる、荒唐無稽もはなはだしい」と少佐はとうとうわめきだした。「君はそれを大げさに取りあげるべきじゃなかったんだぞ。あれは単なるガキの悪ふざけに過ぎない。あんな空想物語をいったいどうして真に受けたんだ？　君はそれほど単純な男じゃないとおもってたけどな、ガンボア」

「少佐殿のおっしゃるとおりかもしれませんが、現実にこういうことが起こっているんです。私もまさか生徒たちが試験問題を盗んだり、博奕をしたり、酒を持ちこんだりしているとは夢にも思いませんでしたし、ああいうことがあろうとはとても信じられませんでした。だけどすべては事実です。私はこの目でたしかめました」

「それはまたべつの話だ」と少佐は言った。「五学年で、規律が守られていないことはわかっている。これはもう疑いようがない。そして当然、責任は君たちにある。ガリード大尉、君とガンボア中尉は責任を追及されて然るべきだ。今まで生徒たちに適当にあしらわれてきたんだからな。寮舎で起きてることを大佐がお聞きになったらどんな顔をされるか？　おれにはどうすることもできない。この報告書はこのまま上層部へ

「この報告書を討議するために将校会議が開かれるとでも思っているのか？　きさまなにを寝呆けたことを言ってるんだ。レオンシオ・プラドは正規の学校なんだ。スキャンダルなんてとんでもない。頭がいかれたんじゃないのか、ガンボア。こんな報告書が国防省にまわるのを、おれが許すとでも思ってるのか、ええ？」

「私もそのように中尉に言ったんですが、少佐殿」と大尉は口をはさんだ。「ですが、私の警告など無視して中尉はどんどん勝手な行動を……」

「まあ、とにかく、冷静になってみようじゃないか」と少佐は言った。「冷静な判断はいかなる場合においても必要だ。はじめから検討してみよう。告発をおこなった生徒は、なんという者だ？」

「フェルナンデスです、少佐殿。一組に所属しています」

「こちらの判断をあおがずに、どうしてもうひとりの生徒まで独房に入れたんだ？」

「早急に調査をはじめなくてはなりませんでした。取り調べを進めるには、あのふたりをほかの生徒たちから隔離する必要がありました。でないと、学年全体にさまざまなうわさが飛びかっただろうと思われます。

送って、秩序の回復につとめるほかない。しかし」少佐はふたたび口ひげを噛もうとした。「もう一件のほうは、ばかばかしくて話にならん。笑止千万だ。死亡した生徒はあやまって自らを撃った。事件はすでに解決ずみだ」

「おことばですが、少佐殿」とガンボアは言った。「本人の過失だったとは証明されていません」

「証明されてない？」少佐は目をつりあげてガンボアをにらんだ。「君は事故の報告書を読んでないのかね？」

「そのような報告書が作成された理由については大佐殿から説明がありました。面倒な事態を回避したいとのことでした」

「なるほど！」と少佐は勝ちほこったように言った。「で君も、面倒な事態を回避しようと思って、こんな無茶な報告書をわざわざつくったってわけかね？」

「ちょっと話がちがうと思うのですが、少佐殿」とガンボアは落ち着きはらって言った。「今は事情がすっかり変わったんです。あの時点では、不慮の事故という見方がいちばん現実的だったのみならず、それ以外には考えられませんでした。医師たちは、弾丸が後方から飛んできたという診断を示したし、われわれ将校は、おそらく流れ弾丸に当たったのだろうと思ったわけです。つまり事故だという結論に達した。そうした状況では、学校のイメージも考えて、死亡した生徒本人の過失が事故原因であると言ったとしても、さほど問題はないと思います。そればかりか、私はアラナ自身にもそれなりの責任があると思ってました。きちんと身を伏せてなかったか、ジャンプのタイミングが遅れたかしたんだろうと思ってました。場合によっては、本人のライフル銃から弾丸が飛びだしたとも考えられました。しかし、だれかがあれは殺人であったと断言したら、事情はちがってきます。それにあの告発が、まったくのでたらめである、とはかならずしも言えません。あの日の生徒たちの配置は……」

「ふざけたことを言うな」と少佐は憤怒に堪えぬ様子で言った。「小説の読みすぎだよ、君。とにかく、このごたごたはここで終止符を打って、余計な議論はもうやめよう。これから衛兵所へ行って、あのふたりを独房から出してやるんだ。ふたりにはこの件について、いっさい口外しないようによくよくいいきかせるんだ。いいな。万が一命令にしたがわなかったら、放校処分にし、いかなる証明書も出してやらないと言っておけ。それから、アラナの事件に関する言及はいっさい削除して、もういちどこの報告書を作成しなおすんだ」

「それはできません」とガンボアは言った。「フェルナンデスの告発は正当です。私の調べたかぎりでは、フェルナンデスの言ってることに虚偽はありません。野外演習では、被疑者は死亡した生徒の真後ろにいました。私はべつに決定的なことを言おうとしているわけではありません。ただこの告発にはそれなりの根拠があると言いたいだけです。あとは将校会議が判断すればよろしいと思います」

「君の御大層な意見なんかどうでもいいんだ」と少佐は侮蔑をこめた口調で言った。「おれは命令してるんだ。こういうおとぎ話は、自分だけのために取っておきたまえ。とにかく、命令にはしたがってもらう。それとも君は将校会議にかけられたいのか？　命令には文句を言わずにしたがうもんだ、中尉」

「私を将校会議にかけたければ、どうぞご随意に」とガンボアはおだやかな声で言った。「ですが、報告書を書きなおすつもりはありません。申しわけなく思いますが。それから、念のために申しあげますが、少佐殿にはこの報告書を中佐殿に送りとどける義務があります」

少佐は不意に青ざめた。そして我を忘れて口ひげを噛もうとして、ひどいしかめ面をつくっていた。少佐は椅子から立ちあがった。目がむらさき色に染まってみえた。

「いいだろう」と言った。「ガンボア、おれがどういう人間か、君にはよくわかってないようだな。おれは普段はおとなしいが、敵にまわしたら、きわめてどう猛で危険な人間だ。まあ、君にもじきにわかるさ。この一件は高くつくからな。ただじゃすまないぞ。君は一生おれのことを覚えておくことになるだろうさ。とりあえず、すべてがはっきりするまで、学校を離れてはならん。この報告書はまわすことにする。だが、上官に対する君の不遜な態度についての報告書もいっしょに送らせてもらう。もういい、さがってよろしい」

「失礼します」とガンボアは言った。そしてゆっくりした足どりで部屋を出た。

「ありゃなんだ」と少佐は言った。「あたまがいかれちまったんだ。思いしらせてやるからな」

「その報告書、やはりまわしますか、少佐殿？」と大尉は訊いた。

「しかたあるまい」少佐は大尉のほうを見たが、彼がまだそこにいることにおどろいたようであった。「君も同罪だぞ。君の勤務表は汚点で真っ黒になるだろ

「あの、少佐殿」と大尉は口ごもった。「私のせいではありません。すべてはガンボアが担当している第一部隊で起こったことです。ほかの部隊はじつに申し分なく運営されております。私はこれまで、いかなるご指示も忠実に守ってきました」

「ガンボア中尉は君の部下だ」と少佐はそっけなくこたえた。「生徒に教えられてはじめて部隊でなにが起こってるのかわかるようじゃ、失格だ。いったい君らはなにをしてたんだ？　たかが生徒になめられるようじゃ、将校としては最低だ。とにかく五年生の風紀の乱れをなんとかするんだな。あとで後悔してもおれは知らんぞ。もうさがってよろしい」

大尉はくるっとまわって歩きだしたが、ドアの手前にきたところで、敬礼をわすれたことに気づいた。ふたたび体を半回転して、踵を鳴らした。少佐は唇を動かしながら報告書を読んでいた。額の皺が寄ったり伸びたりしていた。ガリード大尉はほとんど走るようにして、五年生の事務局に向かった。校庭で笛を思いきり吹き鳴らした。間もなくモルテ軍曹が部屋に入ってきた。

「五年生担当の将校や下士官全員を呼びあつめろ」と

大尉はモルテに命じた。そしてわなわなと震える下あごに手をやった。「すべての責任はおまえたちにあるんだ。おまえたちこそすべての元凶だ。畜生、このまま済むとおもったら大まちがいだぞ。おまえらが悪いんだ。そこでなにをぼさっと口を開けてやがるんだ。言われたことをさっさとやらんか」

6

ガンボアはドアのまえで逡巡した。心配だった。「このごたごたのせいだろうか、それとも手紙のせいだろうか？」と心のなかで思った。手紙はさきほどとどいたばかりだった。《あなたがいなくて、とても淋しいの。ここへくるんじゃなかったわ。リマにそのまま残ったほうがいいって、あなたにも言ったでしょ？飛行機のなかで吐き気がして、たいへんだったの。みんながわたしのほうを向くので、恥ずかしくって、よけい気持が悪くなったわ。空港にはクリスティーナとご主人が迎えにきてくれてたの。とても気さくでいいご主人よ。家に着くとすぐにお医者さまを呼んでくださったの。お医者さまの話だと、旅行が体に障ったんだけど、べつにどうってことないでしょうですって。だけど頭痛がなおらないし、吐き気がつづいたので、もういちど診てもらったの。そうしたら入院したほうがいいって言われたの。注射を何本も打たれたわ。安静にしてないといけないの。枕をはずして、ベッドにじっと横になってなきゃならないから、とても寝心地が悪いの。わたしって枕をうんと高くして、ほとんどすわった姿勢でないと、寝られないものね。母とクリスティーナは、つきっきりで看病してくれてるの。クリスティーナのご主人は、仕事がおわると毎日のようにお見舞いにきてくださるのよ。みんなとてもよくしてくれてるけど、やはりあなたがそばにいてくださらないと安心できないわ。いまは多少よくなってきたけど、赤ん坊を流産するんじゃないかと、とても不安なの。お医者さまは、最初のお産はたいへんだけど、心配ないっておっしゃってくださるの。でもやはり心配なの。ちょっと神経質になってるみたい。あなたのことばかり考えてるの。お体に気をつけてね。わたしがそばにいなくて、淋しいかしら？　でもわたしのほうがもっと淋しいのよ。》手紙を読みながら、ガンボアはどうしようもない疲労感にとらわれた。手紙の半ばにさしかかったところで、にがりきった顔のガリード大尉が彼の部屋に姿をあらわした。《例の件が、大佐の知るところとなったぞ。君もさぞご満悦だろう。

中佐の命令だ。フェルナンデスを独房から出して、大佐のところへ連行するように。いますぐだ。》ガンボアは大尉の話を聞いてもべつに緊張はしなかった。だが気力がすっかり萎えてしまったように感じた。ことの進展など、もはやどうでもいいとさえ思った。ガンボアがそうした無気力感にとらわれることはめずらしいことであった。彼は不機嫌だった。便箋を四つに折りたたんで、財布のなかにしまいこみ、独房のドアを開けた。アルベルトはおそらく鉄格子のあいだから、ガンボアの姿をみかけたのだろう。気をつけの姿勢をとって待ちかまえていた。ジャガーの入っている独房よりも明るかった。ガンボアはアルベルトの穿いているカーキ色のズボンがこっけいなくらい短いことに気づいた。まるでダンサーのタイツのようにぴっちりと脚に張りついていた。そしてチャックのボタンは途中までしか留まっていなかった。シャツのほうは反対にだぶだぶだった。肩章は垂れさがり、背中は大きくふくらんでいた。

「いったいどこでその服に着替えたんだ？」とガンボアは訊いた。

「ここですけど。鞄に入れてたんです。土曜日に持ちかえって、家で洗ってもらってますので」

ガンボアは、寝台の上にある白い円形の物に目をやった。軍帽だった。そして小さく光っているものは、上着のメタルボタンであった。

「君は校則を知らんのか？」とガンボアはどなった。「制服は校内で洗濯することになってるんだ。家に持ちかえることはできない。それからその恰好はなんだ？　まるで道化師じゃないか」

アルベルトの表情はこわばった。片方の手でズボンの上のほうのボタンを留めようとしたが、いくら腹を引っこめてもうまくいかなかった。

「ズボンが縮んで、シャツが伸びたんだな」とガンボアは皮肉な口調で言った。「どっちが盗品だ？」

「どっちもです」

ガンボアは小さな衝撃を受けた。どうやら大尉の言っていたことがほんとうのようだ。この生徒は自分を仲間だと思っているのだ。

「畜生」と独り言のようにつぶやいた。「自分の置かれた状況がわかってるのか？　君はもう絶体絶命なんだ。この際だから、ひとつ言わせてもらおう。君がこの話を私のところに持ってきてくれたおかげで、ひどい目にあってるんだ。どうしてワリーナやピタルーガのところへ行かなかったんだ？」

アルベルトは「よくわかりません」とこたえたが、すぐにつけくわえた。「信頼できるのは中尉殿だけですから」

「私は君の友だちではない」とガンボアは言った。「相棒でもなければ、保護者でもない。私は自分の義務を果たしたまでだ。いまはすべて、大佐や将校会議の手に委ねられている。君の処分は、彼らが判断することになるだろう。ついてきたまえ。大佐に会うんだ」

アルベルトは青ざめ、目を見開いた。

「こわいのか？」

アルベルトはこたえなかった。気をつけの姿勢をとって、目をしばたたかせた。

「来たまえ」とガンボアが命じた。

ふたりはコンクリートの校庭を横切った。ガンボアが衛兵の敬礼にこたえないのを見て、アルベルトは意外におもった。その建物に入るのは今度がはじめてであった。外見は他の建物となんら変わりがなかった。灰色の苔むした高い壁もそっくりそのままであった。だが内部はまるっきり違っていた。入口の間《ま》には、足音をすっかり吸収してしまう分厚いじゅうたんが敷かれ、明かりがこうこうと灯されていた。アルベルトはまぶしくて、しきりにまばたきをした。何枚かの額絵が壁を飾っていた。歴史の教科書によく見かける英雄たちの姿であった。それぞれの英雄にまつわる、ある決定的な瞬間が描かれていた。ボログネーシは拳銃の最後の一発を撃っていたし、サン・マルティンはペルーの国旗を掲揚するところだった。アルフォンソ・ウガルテは人馬もろとも断崖に飛び込み、現大統領は勲章を授与されるところだった。入口の間につづいて、かなり広いがらんとした、これもやたらに明るい部屋があった。そこには数多くのトロフィーや賞状が飾られていた。ガンボアは部屋の一角へ歩いて行った。ふたりはエレベーターに乗りこんだ。ガンボアは最上階とおぼしき四階のボタンを押した。アルベルトは、この建物が何階建てなのか知らなかった。この学校に三年間もいて、それは妙なことだとおもった。この灰色の巨大な建物は、生徒たちにとって、立ち入り禁止の畏怖すべき領域であった。彼らの戦慄をさそった。禁足処分のリストはそこで作成された。学校当局の根城でもあった。生徒たちの心のなかで、その建物は、あたかも大司教邸やアンコンの浜辺と同じように、限りなくかなたにあった。

「来たまえ」とガンボアは言った。

目のまえに狭い廊下があった。両側の壁が明かりを受けてかがやいていた。ガンボアはドアのひとつを開けた。アルベルトはなかに入った。机のまえに私服を着た男がすわっており、そのわきに大佐の肖像が見えた。

「大佐がお待ちかねです」と私服の男がガンボアに言った。

「呼ばれるまでそこで待ってなさい」とガンボアはアルベルトに言った。

アルベルトは私服のまえに腰をおろした。男は書類に目をとおしはじめた。手に持ったえんぴつを、なにかの音楽に合わせるように、リズミカルに振っていた。背広をきちんと着込んだ小柄な人物であった。糊のきいたワイシャツの衿が窮屈らしく、しきりに首をうごかした。そのたびに、喉仏が皮膚の下で、すばしこい小動物のように動いた。アルベルトはきき耳をたてたが、となりの部屋からはなにも聞こえてこなかった。ふとわれをわすれた。テレサがライモンディ学園のバス停から彼に微笑みかけているような気がした。となりの独房に入っていた伍長が連れていかれてからというもの、その幻影が彼にとりついたのだった。アレキーパ通りに面したそのイタリア系中学校の白っぽい壁に、彼女の顔が浮かんでいた。顔だけであった。体は見えなかった。それでテレサの全身を思いだそうと、何時間もあれやこれや考えてみたが、やはりだめだった。豪華なドレスやきらめく宝石、エキゾチックなヘアスタイルなど、さまざまに着飾った彼女を想像してみた。やがて不意に、アルベルトは、顔を赤らめた。《まるで着せ替え人形と遊んでる女の子みたいだ》と思った。手紙が書きたくなって、鞄やポケットをさぐってみたが、適当な紙片が見当たらなかった。しかたがないので、頭のなかでさまざまな言葉を駆使して文章を考えた。士官学校や恋愛や奴隷の死について書いてやった。罪の意識や自分の将来についても、胸のうちを告白した。とつぜんベルが鳴った。男は受話器を耳にあてた。そして相手が自分のすぐそばにいるかのように、返事をするたびに肯いた。そして受話器をしずかにもどすと、ふりかえってアルベルトに言った。

「君がフェルナンデスだね。大佐の部屋に入りなさい」

アルベルトはドアのまえに立った。軽く握った指の節で三回ノックした。応答はなかった。ドアを押した。大きな部屋だった。蛍光灯がともされていた。青い光線にいきなりさらされて、目がくらんだ。部屋の奥に将校が三人革張りの肘掛椅子にすわっていた。中をぐるっと見まわした。木の机、さまざまな賞状や小旗や額、フロアスタンドがひとつ。床はじゅうたんが敷かれておらず、ワックスでぴかぴかに磨きたてられていた。氷の上を歩くような按配だった。すべってしまいそうで、おそるおそる歩いた。床ばかりを見て進んだ。カーキ色のズボンの裾と肘掛椅子の一部が目に入ってから、アルベルトはようやく顔をあげた。直立不動の姿勢をとった。

「フェルナンデスか？」と声をかけられた。グラウンドで体育祭の練習をしているときに、みんなにはっぱをかけるあの声だ。講堂のなかでみんなに息をのませ、愛国精神や殉教精神についての訓話を垂れるあの甲高い声だ。「フェルナンデス何というんだ？」

「フェルナンデス・テンプレです、大佐殿。生徒フェルナンデス・テンプレと申します」

大佐はアルベルトをじっと見ていた。肥満してあぶらぎった男だった。灰色の髪が、ていねいに撫でつけられて、頭にはりついていた。

「君とテンプレ将軍の関係は？」と大佐は訊いた。アルベルトは大佐の声の様子から、これからの展開を推し量ろうとした。それはひややかな声だったが、威圧的ではなかった。

「なんの関係もありません。たしか将軍は、ピウラのご出身だったと思いますが、私たちはモケーグアのほうのテンプレです」

「なるほど」と大佐が言った。「将軍は地方の出身だ」そう言ってから大佐はふりむいた。アルベルトが大佐の視線の先に目をやると、アルトゥナ中佐の顔があった。「私もそうだ。軍のほとんどの幹部がそうなんだ。優秀な将校は、地方から出てくる。これはもうまぎれもない事実だ。ところで、アルトゥナ、君はどこの生まれだね？」

「私はリマなんです、大佐殿。ですが気持の上では、地方出身者のつもりでおります。なにしろ家族の者はみんなアンカシュの人間なんですから」

アルベルトはガンボアをさがしたが、けっきょくその姿を見出すことはできなかった。ガンボアは、彼に背中をむけた肘掛椅子にすわっていたのだ。アルベルトの位置からは、ガンボアの片方の腕と、静止した脚と、床を軽くたたく踵しか見えなかった。

「では、フェルナンデス」と大佐が言った。声がいくぶんかたくなったようだった。「本題に入ろう」それまで椅子に身を沈めていた大佐は、上体を起こしてすわりなおした。首の下の大きくせりだした太鼓腹は、まるでべつの生き物のように見えた。「君はきちんとした生徒なのかね？　常識をわきまえ、教養もある、賢明な生徒なのかね？　まあそうであると思うことにしよう。まさかふざけ半分に、われわれをびっくり仰天させるはずはないからな。なにしろ、ガンボア中尉の作成した報告書によれば、これは本学の将校のみならず、国防省や検察当局までが関わらざるをえないほどの大事件だ。君は同級生が人殺しだというんだな？」

大佐は軽い咳ばらいをひとつした。そしてしばらく間をおいてから話をつづけた。

「私はすぐに考えた。五年生の生徒であれば、もはや子供ではない。士官学校に三年もいれば、ちゃんとした大人に成長しているはずだ。そして分別のある、ちゃんとした大人であれば、他人を殺人者だと名指しするからには、それなりの決定的で反論不可能な証拠をつかんでいるにちがいない。そうでないならば、それは常軌を逸したただのあわれな男にすぎん。あるいは、法律に関してまったく無知なやつだ。つまり偽証とはどういうものなのか、誹謗中傷が罪で、法律によって罰せられるものであるということを知らんおめでたいやつだ。それで私は報告書を注意深く読んでみた。ところが残念ながら、証拠らしきものはどこにも見当たらない。それで、私はまた考えた。この生徒はきっと慎重な男なんだ。用心して最後まで証拠を明かしたくないんだ。私に直接会ってから証拠を示すつもりだ。おそらく私がみずから将校会議に呈示できるように、計算したんだとな。なかなかけっこうじゃないか。君をここへ呼んだのも、そのためだ。じゃ、証拠をみせてもらおうか」

アルベルトが下を向くと、大佐の足がしきりに床をたたいていた。まず足をあげ、つぎに容赦なく床におろした。

「あの……」とアルベルトは口ごもった。「ぼくはただ……」

「わかっている」と大佐は言った。「君はもう大人だ。レオンシオ・プラド士官学校の生徒だ。五年生に在籍する生徒だ。自分自身の言動に責任が持てるんだ。さあ、証拠を出してもらおう」

「ぼくは、自分の知ってることはもう全部話しました、大佐殿。ジャガーは復讐したかったんです。アラナの密告で……」

「その話は後でいい」と大佐は彼をさえぎった。「そうしたエピソードはたしかにおもしろい。君にはどうやら、豊かな空想力があるようだな。まったく自由奔放な想像力の持ち主だ」彼は、ひと呼吸おいてから、満足げにくりかえした。「そう、自由奔放な想像力。だけどいまは、報告書の中身が問題だ。法律的にも立派に通用するような証拠を、君から提供してもらわなくちゃならんのだ」

「証拠はないんです、大佐殿」とアルベルトは言った。その声は弱よわしかった。かすかに震えていた。唇を嚙んで、みずからを励ました。「ぼくは知ってることだけを話しました。ですが、まちがいないと……」

「なんだって？」と大佐はおおぎょうにおどろいてみせた。「明確で確固たる証拠がないって言うのかね？　ちょっと待ってくれよ。いまはふざけてる場合じゃないんだよ、君。ほんとうにちゃんとした、だれが見ても納得できるような証拠がないのか、ええ？　なにかあるだろう？」

「あの、ぼくはただ……」

「なるほど」と大佐は口をはさんだ。「たんなる冗談だったってわけか？　なるほど、まあいいだろう。君が愉快に楽しむのはけっこうだ。ジョークというものは、若さの反映だし、気分を爽快にさせてくれるからな。だけど君、なんにだって限度ってものがあるんだぞ。ここは軍隊だ。そう好き勝手に国軍を弄んでもらっては困る。軍隊ばかりではない、普通の市民生活においても、こういう冗談は高くつくんだ。だれかを名指しで殺人者だと呼ぶからには、それなりの、なんと言ったらいいか、確実な証拠がなくちゃならんのだ。そう、確実な証拠がね。ところが、君の場合は、確実も不確実もあったもんじゃない、なんの証拠もありゃしない。なんの根拠もなく、まったくの空想に基づいて、だれそれが人殺しだとわめきたてている。同級生の顔に泥をぬり、恩ある学校にあだをもって報いようとしているんだ。まさか自分が頭のおかしな男だと思われたいわけではないんだろ？　いったい、われわれを、なんだと思ってるんだ？　ばかの集まりだと思ってるのか？　頭の弱い連中だとでも思ってるのかね、ええ、どうなんだ？　四人の医師と、弾道学の専門家たちは、あの不運な生徒の命を奪った弾丸が、本人の銃から飛びだしたものであることを確認したんだ。知らなかったのか？　君よりも経験があり、大きな責任を担っている上官たちが、事故についてのくわしい調査をすでに済ましているんだ。われわれが、なんの調査もしてないとでも思ったのか？　まあ、最後まで話を聞きなさい。あのような事故が起きて、われわれがその原因を究明するための努力をおこたって、のんきにすごしてるとでも思っていたのかね？　どのようなミスがあったのか、どういう失敗があったのか、すべてを検討したんだ。われわれは、だてにこの袖章をつけてるんじゃない。それとも、なにか、中尉たちや大尉たち、少佐や中佐やこの私まで、みんなのろまな連中だと思ってるのか？　生徒がひとりあのような死に方をして、われわれがなんとも思わずに、昼寝でも楽しんでると思ったのか？　まったく、なんてことだ。じつに恥ずかしいことだよ、フェルナンデス。君のとった行動は、みっともないという以外にない。自分でもそう思わんか？　恥ずかしいと思わんのか、フェルナンデス？」

「思います」とこたえると、アルベルトは重い荷物をおろしたようにたちまち気分が軽くなった。

「もっとはやくそのことに気づいて欲しかったね」と大佐は言った。「君に自分の未熟さを自覚してもらうために、けっきょく私まで登場しなければならなかったのは、残念なことだ。では、すこし話題を変えよう。なにせ、君は知らぬ間に、怪物的な途方もない機械を作動させてしまったんだからな。最初の犠牲者は君自身ってことになりそうだ。君は抜群の想像力を持ち合わせてる、そうだろ？　その最大の傑作はさきほど披露してくれたわけだ。だが、悪いことに、君の創作した物語は、あの殺人事件だけではない。いま私の手もとにあるのは、君の奔放な空想への嗜好を明かす証拠の数々だよ。中佐、その原稿を見せてくれ」

アルベルトはアルトゥナ中佐が椅子から立ちあがるのを見た。背の高い、がっしりした体格の男だった。体形的に大佐とかなりちがっていた。生徒たちは、ふたりをノッポとデブとあだ名した。アルトゥナは口数のすくない、地味な男だった。生徒たちの寮舎には、めったに姿を現わさなかった。机まで歩いていって、原稿の束を手にもどってきた。その靴は、生徒たちの軍靴のようにきしんだ音をたてた。大佐は原稿を受けとって、アルベルトの顔に近づけた。

「君はこれになにが書いてあるか、知ってるな？」

「いいえ、大佐殿」

「そんなはずがない。見たまえ」

アルベルトは手を差しだして、原稿を受けとった。数行読んで、はっと気がついた。

「どうだね？　見おぼえがあるだろう？」

椅子からはみだしていた脚が引っ込むのが見えた。

背もたれの脇から、顔がのぞいた。ガンボア中尉が彼を見つめていた。アルベルトは不意に赤くなった。

「思いだしたか」と大佐ははずんだ声で言った。「こういうのが確固たる証拠というもんだ。じゃ、そこのところをすこし読んでもらおうか」

アルベルトはふと、犬っころ時代の洗礼を思いだした。三年ぶりで、ふたたび入学時のあの言い知れぬ無力感と屈辱感をあじわった。いや、あれよりもひどかった。洗礼はすくなくともみんなで分かちあうものだった。

「さあ、読むんだ」と大佐は命令をくりかえした。

アルベルトはやっとの思いで読みはじめた。弱々しい声だった。ときおり途切れたりした。《女の脚は豊かで、毛深かった。腰は途方もなく巨大で、女の尻というより、獣のそれであった。彼女は四丁目で一番の売れっこだった。飢えた男どもは、夢中になって足しげく彼女のところへかよった。》アルベルトは口をつぐんだ。身をかたくして、大佐からつづきを読むようにうながされるのを待った。しかし大佐は、何も言わなかった。アルベルトは底なしの疲労感にとらわれていった。パウリーノの洞窟でくりひろげられるコンテストにいるような気がした。屈辱感のために、全身の力が抜けて、あらゆる筋肉が萎えてしまうのだった。頭のなかは、霧がかかったようにぼうっと霞んだ。

「その原稿を、こちらによこしなさい」と大佐が言った。アルベルトは原稿をわたした。大佐はゆっくりとそれをめくり、唇を動かしながら読んだ。ときおり、ぼそぼそとなにかをつぶやいた。アルベルトは、そのたびに、ほとんどわすれかかっていたタイトルの切れ端を耳にした。一年ほどまえに書いたものも混じっていた。《淫乱な娼婦ルラ》《好色女とロバ》《浮気女とジゴロ》。

「これで君がどうなるか、知ってるか？」と大佐は言った。目を半分閉じていた。気が進まないけれども、避けがたい決定をくださねばならない、といったような表情を浮かべていた。声には、苛立たしげなひびきがこもっていた。「将校会議を召集するまでもないことだ。破廉恥なやつは、ただちに放校されるべきだ。親を呼んで、医者へ連れていくように言うべきかもしれないな。精神科医に、いいか、精神科医にだぞ、君は診てもらったほうがいいんだ。これはもう破廉恥以外のなにものでもない。よほど悪辣で病的な人間でなけりゃ、こんなものは書けんよ。まさに色情狂だ。人間のくずだよ。こういう原稿はこの学校の名誉を汚す。

われわれ全員を汚すんだ。おい、なにか言うことがあるか？　釈明できるか？　こたえたまえ」

「おっしゃるとおりです、大佐殿」

「そうだろうとも」と大佐は言った。「これこそ明明白白たる証拠だ。なんの申し開きもできないはずだ。じゃ一人前の男としてこたえてもらおうか。君は放校されてしかるべきか？　親を呼んで、堕落した猥褻な人間だと告げられてしかるべきか？　どうなんだ？　はいか、いいえか、どっちだ？」

「はい、です、大佐殿」

「この原稿は、君の命取りだ。レオンシオ・プラドを放校されて、ふしだらな性癖を持った精神異常者のレッテルを貼られたら、拾ってくれる学校があると思うか？　社会から永遠に抹殺されるぞ。そう思わんか？　はいか、いいえか、どっちだ？」

「はい、です、大佐殿」

「君が私の立場だったらどうする？」

「わかりません、大佐殿」

「私にはよくわかっとる。義務をはたさなくてはならん」大佐は口をつぐみ、深々と息を吸いこんだ。眉間から険しさが消え、表情がやわらいだ。腕に力をこめて、椅子に深く坐りなおした。太鼓腹が引っこんで、どうにか見られる恰好になった。大佐はあごをさすりはじめた。彼の視線は部屋のなかをさまよった。頭のなかで、あい反するふたつの考えが、せめぎあっているようであった。中佐と中尉は身じろぎひとつしなかった。大佐が思いをめぐらすあいだ、アルベルトは、床に踵をつけたまま止まってしまった大佐の足を見つめていた。ふたたび爪先をおろし規則正しく床をたたいてくれないものかと、息をつめて待っていた。

「生徒フェルナンデス・テンプレ」と大佐はおもおもしい声で言った。アルベルトは顔をあげた。「後悔してるか？」

「はい、後悔しています」とアルベルトはためらわずにこたえた。

「私はまともな感覚の人間だ」と大佐は言った。「こういう卑猥な文章は、じつに不愉快だ。この学校をはなはだしく侮辱するものだ。まあ君も、このキャンパスで軍人としての教育を受けてきたんだ。そこらあたりの連中とはわけがちがう。そうじゃないかね？　りっぱな若者としてふるまってもらわなくちゃこまる。私の言いたいことはわかるな？」

「はい、大佐殿」

「じゃ、これからきちんとやるか？　生活態度を改めて模範的な生徒としてふるまうことができるかね？」

「はい、大佐殿」

「いいだろう。われながらおどろくよ」と大佐は言った。「あまりにも寛大な処置だ。私が自分の義務に忠実であれば、君をこの学校から、いますぐにでも叩きださなくちゃならない。だけどまあ、君もこの三年間、レオンシオ・プラド士官学校の一員としてやってきたんだ。士官学校の家族愛に免じて、もう一度だけ君にチャンスを与えよう。この原稿を保管して、しばらく君の生活ぶりを観察したいと思う。学年末に君の上官たちから、君がりっぱに私の期待にこたえてくれたとの報告を受け、成績表も申し分なければ、私はこの原稿を燃やし、このおぞましい一件をわすれることにしよう。もし反対に、君がふたたび軍規を犯したならば、たとえそれがどんなささいなことであれ、今度こそ容赦なく、君を放校処分にするからな。いいな？」

「わかりました、大佐殿」アルベルトは目を伏せ、つけくわえた。「ほんとうにありがとうございます」

「君のためにどれだけのことをしてやってるかわかってるな？」

「身にしみてわかります、ほんとうにありがとうございます」

「じゃこれでおわりにしよう。寮舎にもどって、しっかりがんばりたまえ。レオンシオ・プラドの生徒らしく、りっぱにふるまうんだ。規律を重んじ、責任をきちんとはたすんだ。さがってよろしい」

アルベルトは踵を鳴らして敬礼をし、くるっと半回転した。ドアにむかって三歩行ったところで、大佐に呼びとめられた。

「ちょっと待ちなさい。言うまでもないことだが、いまここでわれわれが話したことは、いっさい他言してはならないぞ。この原稿のことや、あのばかばかしい殺人の話を、今後決して口に出してはならない。それから無用の詮索は金輪際よすことだな。また、探偵ごっこをしたくなったら、自分が軍隊にいることを、しっかり思いだすことだ。軍隊には上官がおり、彼らが責任をもって調査と処罰をおこなってるんだ。いいな？　それだけだ。さがってよろしい」

アルベルトはふたたび踵を鳴らして、外へ出た。私服は彼を見向きもしなかった。エレベーターにはのらずに、階段をおりることにした。階段もまた、鏡のようにぴかぴかに輝いていた。

建物の外に出て、レオンシオ・プラドの銅像のまえまで来たところで、独房に鞄と外出用の制服を置いてきたことを思いだした。ゆっくりした足取りで衛兵所へ向かった。当直の中尉は彼を見ると軽く首肯《うなず》いた。

「身の回りの物を取りにきたのですが」

「取りにきた？　なにを言ってるんだ。君はガンボア中尉の命令により、独房に入ってる身だぞ」

「ですが、寮舎にもどるように言われたんです」

「だめだ」と中尉は言った。「規則を知らないのか？　ガンボア中尉から文書による指示がないかぎり、君は独房から出られないんだ。さあ、もう一度なかへ入るんだ」

「そうですか。そういうことなら」

「軍曹」と中尉が呼んだ。「この生徒を、さっきグラウンドの独房から連れてこられたやつと一緒に入れておくんだ。スペースがないんだ。ベサーダ大尉が処罰した兵士たちを入れなくちゃならんからな」頭をかいた。「ここはまるで刑務所みたいになってきたぜ。なんてこった」

軍曹はうなずいた。モンゴロイド系の顔だちをした、頑丈な体つきの男だった。独房の鍵を開け、足で扉を押した。

「入りな」とアルベルトに言った。そして小声でつけくわえた。「おとなしく待つんだな。衛兵が交代したら、タバコを差しいれてやるよ」

アルベルトはなかへ入った。ジャガーが寝台にすわって、彼を見ていた。


あの時イゲーラスはあまり乗り気ではなかった。彼は自分の意志に反して出かけて行った。いやな予感がしたようだ。数ヶ月前にラーハスが子分を通じて《おれと組むかカジャオから出て行け。でないとおまえのきれいな面がだいなしになるぜ》と言って寄こしたとき、イゲーラスはぼくに言った、《こう来るだろうと思ってたぜ。》イゲーラスは子供のころラーハスと仕事をしていた。イゲーラスと兄はラーハスの弟子だった。ラーハスがつかまってからはふたりだけで仕事をした。五年後にラーハスは出所して新たな盗賊団をつくった。イゲーラスは彼を避けていたが、ある日酒場《港の宝》でとうとうラーハスの子分に見つかってしまった。力ずくで親分の所へ連れて行かれた。別に何もされなかったよ、とあとで話してくれた。ラーハスは彼を抱きしめて、《おまえはおれの息子だ》と言った。それからふたりは陽気に酒を酌み交わし、仲良く別れた。だけど一週間後に、あの警告が舞いこんだのだった。イゲーラスはグループで仕事をしたくなかった。損な商売になると言っていた。だけどラーハスを敵にまわすわけにはいかなかった。《仕方がない。やつと組むよ。ラーハスも信義を重んじるやつだからまあ大丈夫だろう。だけどおまえが一味に加わらなくちゃならねえ義理はないんだ。まじめな話、おまえは母さんの所にもどって、ちゃんと学校へ行って偉くなった方がいいぜ。もうだいぶ金もたまっただろうし……。》お金は一銭もなかった。《おまえのようなやつを何て言うか知ってるか？　女たらしだよ。掛け値なしの女たらしだよまったく。有り金全部売春宿に吸いとられちまったのか？》ぼくはそうだとこたえた。《まだまだ修行が足りないぞ。娼婦どもに入れ揚げたってしようがないぜ。すこしでも貯金しとくんだったな。ま、仕方ねえ。で、どうする？》ぼくは彼と行動を共にするとこたえた。ぼくらはその夜ラーハスに会いに行った。片目の女が給仕する薄汚れた酒場に着いた。ラーハスは年取った黒人《サンボ》だった。話を聞いても何を言っているのかよくわからなかった。あおるようにピスコを飲んでいた。五、六人の子分もその場に居合わせたが、黒人《サンボ》や中国人《チーノ》や山育《セラーノ》ちばかりで、敵意を含んだ目でイゲーラスを見ていた。しかしラーハスはイゲーラスを歓待した。イゲーラスが何か冗談を言うと、声をたてて笑った。ぼくは見向きもされなかった。最初はすべてが順調に運んだ。カジャオは避けて、マグダレーナやラ・プンタ、サン・イシドロ、オランティア、サラベーリ、バランコなどで仕事をした。ぼくは、いつも見張り役をさせられた。家に忍びこんでドアを開けるという大役はまかされなかった。分配の段になるとラーハスは、ほんの雀の涙ほどのものしかくれなかった。だけどイゲーラスが後で自分の分け前の一部をくれた。ぼくらふたりはとても仲が良かったので、ほかの連中から警戒された。ある夜、売春宿でひとりの娼婦をめぐってイゲーラスと黒ん坊のパンクラシオが争った。パンクラシオがナイフを取りだして、イゲーラスの腕に傷を負わせた。ぼくはかっとなってパンクラシオに飛びかかった。すると別の黒ん坊が加勢に入り、ぼくと殴りあいになった。ラーハスはまわりから椅子やテーブルを退《ど》かせた。ぼくらはしばらくのあいだ相手の出方をうかがった。黒ん坊は最初笑いながらぼくをからかった。《おまえはネズミでおれはネコだ。》だけど頭突きを二発くらわしたらやつの顔から笑いが消えた。ラーハスはぼくにピスコを注いでくれ

ながら、陽気に言った、《見なおしたぜ、坊や。いったいどこで喧嘩をおぼえたんだ？》
それ以来、事あるごとに黒人《サンボ》や中国人《チーノ》や山育ち《セラーノ》らと殴りあった。ときには足蹴りをくらって気を失うこともあったが、五分五分に渡りあって相手にそれなりのダメージを与えることもあった。酒を飲んで酔っ払うたびに、ぼくらは喧嘩をはじめた。さんざん殴りあった揚句、ぼくらは友だちになった。連中は酒をおごってくれた。売春宿や映画にも連れてってくれた。アクション映画が多かった。あの日もぼくとイゲーラスとパンクラシオは、映画を見に行ったのだった。映画が終わって外へ出ると、ラーハスは嬉しくてしようがないというような顔でぼくらを待っていた。酒場に腰を落ちつかせると彼は話を切り出した。《こいつは世紀の大仕事なんだ。》カラプルカーからでかい仕事を持ちかけられたとラーハスが言うと、イゲーラスはその話をさえぎって、《あの連中とはかかわり合わない方がいいよ、ラーハス。あいつらは派手なことをやる連中だから、おれたちはいいカモにされちまうよ》と言った。ラーハスはイゲーラスの言葉を無視して話をつづけた。カラプルカーと仕事ができることをひどく喜んでいた。カラプルカーは大きな組織を率いていたし、その一味は皆から羨ましがられていた。連中は立派な家に住んで、車を乗りまわし、堅気の人間と変わらぬ生活を送っていた。イゲーラスはなおも反対しようとしたが、ほかの者たちに黙殺された。決行日は翌日だった。ことは順調に運ぶと思った。ラーハスの指示どおり、ケブラーダ・デ・アルメンダーリスで夜の十時に落ち合った。すでにカラプルカーの手下がふたりそこに来ていた。ぱりっと背広を着こみ、口髭を生やし、上等のタバコを吸っていた。まるでこれからパーティーにでも行くような出で立ちだった。夜中までそこで時間をつぶしてから、ぼくらはふたりずつペアを組んで、電車線路に向かって歩いた。線路の近くに、別の手下が待機していた。《万事順調だ。家にはだれもいない。みんな出かけたところだ。すぐにとりかかろうぜ。》ラーハスはぼくに一ブロックはなれた所で見張るように命じた。ぼくはイゲーラスにたずねた、《入るのは誰？》《ラーハスとおれとカラプルカーの連中だ。あとはみんな見張り役。これがあいつらのやり方だ。この方が安全ってわけさ。》通りはひっそりとしていた。どの家の明かりも消えていた。すべてがまたたく間に終わりそうな気がした。持ち場に向かう途中、パンクラシオは問題の屋敷を教えてくれた。途方もなく大きな家だった。《ここには一連隊を金持にするぐらいの金がうなってるぜ》とラーハスは言った。時間がどんどん過ぎていったが誰ももどってこなかった。突然、呼び子がけたたましく鳴りひびき、声がとどろき、怒号が飛びかった。ぼくは現場に向かって駆けだした。だがすぐにイゲーラスたちがもはや袋のネズミだとわかった。街角にはパトカーが三台待ち伏せしていた。ぼくはその場から引き返した。マルサーノ広場で電車に飛び乗りリマでタクシーを拾った。酒場に駆けつけるとパンクラシオだけが来ていた。《罠だったんだ》とやつは言った。《カラプルカーのやつ、サツを呼んでやがったんだ。一網打尽さ、ひでえもんだ。ラーハスとイゲーラスは床に倒されて袋叩きにされてたぜ。カラプルカーの子分たちはそれを見て笑いやがった。ひでえやつらだ。この借りはいつか必ず返してやるぜ。だけど今はおまえもおれも姿をくらました方がよさそうだ。》ぼくが無一文だと言ったら、五ソルくれた。《他所《よそ》へ行ったほうがいいぜ。当分このあたりをうろつかないことだな。おれもリマを出て、しばらくどっかでのんびり暮らすよ。》

　ぼくは原っぱへ行って、溝のなかで一夜をあかした。目を閉じても眠れなかった。あおむけになって、寒さに震えながら闇を見つめてすごした。夜が明けるとベジャビスタ広場へ行ってみた。すべてが二年まえのままだった。ただぼくの家のドアだけが新しいペンキで塗られていた。ノックしたが応答がなかった。もう一度ノックした。《うるせえな、ちょっと待ってくれよ。》男が出て来た。《ドミティラさんはいますか？》《そんな名前は知らねえよ。ここはペドロ・カイファース、つまりおれの家なんだ。》男のそばから女の人が顔をのぞかせた。《ドミティラさん？　ああ、ここにひとりで住んでたお婆さんかしら？》《ええ……。》《あのお婆さんだったら亡くなったわよ。あたしたちの前にここに住んでたんだけど、もうだいぶ前に亡くなったわ。》ぼくは礼を言い、広場へ行って、ベンチに腰をおろした。テレサが出てくるかもしれないと思って、午前中ずっとそこにすわっていた。昼頃、彼女の家から男の子が出てきた。ぼくはそばへ寄って声をかけた。《君の家に住んでた女の子がどこへ引越したか知ってる？》《さあ、知らないよ。》ぼくはもう一度かつての家だったところへ行ってドアをノックした。今度は女が出てきた。《ドミティラさんのお墓がどこにあるのか知りませんか？》《ええ。別に知り合いだったわけじゃないからね。で、あんたは、あの人の身内か何かなの？》ぼくは、あやうく《息子です》とこたえそうになったが、警察が捜しているかもしれないと考えて、《いいえ、ただちょっとわけがあって》とこたえておいた。


「やあ」とジャガーは言った。

　アルベルトにそこで会って、べつにおどろいているふうではなかった。軍曹は扉を閉め、独房は薄闇に包まれた。

「やあ」とアルベルトも返事した。

「タバコ持ってるか？」とジャガーはたずねた。寝台にすわって、背中を壁にあずけていた。小窓から差し込む光線が、その横顔を照らしだしていた。アルベルトはジャガーの顔の片側をはっきりと見ることができた。あとの半分はぼんやりと陰っていた。

「持ってない」とアルベルトはこたえた。「軍曹があとで差しいれてくれるそうだ」

「おまえは、どうして入れられたんだ？」とジャガーが訊いた。

「わからない。で、君は？」

「卑怯な野郎が、いろいろとガンボアに告げ口をしやがったんだ」

「だれが？　なにを言ったんだ？」

「それでさ」ジャガーは声をひそめながら言った。「おまえのほうが先にここを出ることになると思うんだ。そこでひとつ頼まれてくれ。もうちょっとそばへ寄りな。聞かれるとまずい」

　アルベルトはそばへ寄った。ふたりの膝がほとんど触れあうほどの距離に立った。

「ボアと巻き毛に、おれたちの寮舎に密告野郎がいるって伝えてくれ。そいつがだれなのか調べるようにってな。やつがガンボアになにをしゃべったと思う？」

「なにをしゃべったんだ？」

「みんなはどうしておれがここに入れられてると思ってんだ？」

「試験問題の件で」

「それもある」とジャガーは言った。「けどそれだけじゃねえんだ。野郎はなにもかもばらしちまったんだ。試験問題や組織のこと、人の持ち物を盗んでるとか、博奕をやってるとか、酒をしのびこませてるとか、あらいざらいな。とにかくその密告野郎をさがしださなくちゃならねえ。みつけられなかったら、ふたりの首も危ないってボアと巻き毛に言うんだ。ふたりだけじゃねえ、おまえもクラスの連中もおちおち寝られやしねえぜ。ぜったいにクラスにいるんだ。なにもかもわかってるやつだ」

「君は放校されるさ」とアルベルトは言った。「刑務所に入れられるかもしれん」

「ガンボアもそんなこと言ってたな。組織《いい》のことで、ボアも巻き毛もいっしょにやられるかもしれねえな。ふたりにさ、密告野郎の名前がわかったら、それを紙に書いて、小窓から投げこむように、言っといてくれ。もし放校になっちまったら、もう会えねえからな」

「そんなことをしてなんになる？」

「なんにもなりゃしねえさ」とジャガーはこたえた。

「おれはもうやられちまったからな。だけどこのまま黙っちゃいられねえ。そいつにたっぷりお返しをしてやるさ」

「君はくだらない野郎だ」とアルベルトは言った。「君みたいなやつは刑務所に入れられてあたりまえだ」

ジャガーはちょっと体を動かした。あいかわらずベッドに腰をおろしていたが、壁につけていた背を起こしたのだった。それからアルベルトの顔をよく見ようとでもするように、頭をほんのすこしめぐらせた。それでジャガーの顔全体が光線にさらされた。

「おれの言ったこと、聞こえなかったのか？」

「どなるなよ」とジャガーは言った。「中尉が来たらどうするんだ？　いったいなにを怒ってんだ？」

「君はへどが出るほどくだらない野郎だ」とアルベルトはつぶやいた。「人殺しだ。君が奴隷を殺した」

アルベルトは一歩うしろにさがって、身がまえた。だがジャガーはおそってこなかった。それどころか身うごきひとつしなかった。アルベルトは薄闇のなかで、光を放つふたつの青い目を見た。

「デマだ」とジャガーは言った。やはり小さな声だった。「だれかのでっちあげだよ。おれを落としいれるために、だれかがガンボアにそう言ったんだ。密告野郎はおれを追いつめたいばっかりに、口からでまかせを言ってるんだ。女のくさったような野郎だ。おまえまでがそんなばかげた話を信じるのか？　なあ、クラスの連中はみんな、おれがアラナを殺したと本気で思ってるのか？」

アルベルトはこたえなかった。

「まさか」とジャガーは言った。「そんなばかな話をだれが信じるか。アラナは臆病で情けねえ野郎だった。パンチひとつで簡単にぶちのめすことができたんだ。

なんのためにおれが、やつをわざわざ殺さなきゃならねえんだよ？」

「あいつは君なんかよりもいいやつだった」とアルベルトは言った。ふたりとも声を圧し殺して話していた。大声を出すまいとする努力は、ふたりのことばを氷らせ、芝居がかった、わざとらしいような雰囲気をかもしだした。「君はただのチンピラだよ。君こそ情けない野郎だ。奴隷はやさしいやつだったんだ。君に、それがどういうことなのかわかるはずがない。気立てのいいやつだったんだ。だれにも迷惑をかけなかった。なのに君はやつを徹底的にいじめぬいた。入学したときの奴隷は、ごく普通の少年だったんだ。だけど、君やほかの連中がことあるごとにいびったりなぶったりしたもんだから、おかしくなっちまった。喧嘩ができなかったばっかりに、君はあいつを食いものにした。君は愚劣な人間だよ、ジャガー。君なんか放校されたらいいさ。君の行く末が目に見えるよ。前科者さ。豚箱で暮らす犯罪者さ」

「おふくろもそんなことを言ってたな」アルベルトは意表をつかれた。そんな打ち明け話を予期していなかったのだ。だがそれは、ジャガーの独り言であることがすぐにわかった。ジャガーの声はかすれて、くぐもっていた。「ガンボアもおなじことを言ったな。余計なお世話だぜ。けど、奴隷をいびったのは、おれひとりじゃなかったはずだ。みんなだよ。おまえも含めてな。この学校じゃみな、互いにやっつけあうんだ。やられっぱなしは、つぶれるしかねえ。それだけのことさ。おれのせいじゃねえ。おれにからむやつがいないのは、おれのほうが強いからだ。それだけのことさ」

「君は強くもなんともないよ」とアルベルトは言った。「ただの人殺しだ。こわくなんかないさ。いつでも相手になってやる」

「なに、おれと喧嘩をしたいってのか？」

「そうだ」

「まあ、よしたほうがいいぜ」とジャガーは言った。「で、クラスの連中もみんなおれのことを目の敵にしてんのか？」

「いや、おれだけだ。おれひとりでもやってやるぞ」

「大きな声を出すなって。そんなに喧嘩したいんなら、ここを出てからやろう。だけどおれと喧嘩をしたって勝ち目はねえぞ。よしたほうがいい。それに、おれにあたりちらしたってしようがねえだろ。おれだけが奴隷をどうのこうのしたわけじゃねえんだから。たしかにやつをいびったりしたけど、みんなもそうしてたじゃねえか。悪気があったわけじゃねえんだ。ただおもしろがって、ふざけてただけなんだ」

「今さらなにを言うんだ。君はあいつをさんざんこき使い、ぶんなぐり、容赦なくいじめたんだ。ほかの連中は君の真似をしただけだ。君は奴隷を朝から晩まで苦しめたんだ。そして殺してしまった」

「わめくなよ、馬鹿野郎。みんなに聞こえるじゃねえか。おれは奴隷を殺しちゃいねえ。こっから出たら、密告野郎をさがしだして、みんなのまえで、おれが潔白だって証明してやる。ほんとに身に覚えのねえことなんだ。まったくのでっちあげだよ」

「でっちあげじゃない」とアルベルトは言った。「真実だ」

「わめくなよ、こんちくしょう」

「君は人殺しだ」

「よせって言うのが聞こえねえのかよ」

「君を密告したのはおれだ。奴隷を殺したのは君だ。おれは知ってるんだ」

アルベルトは動かなかった。ジャガーは寝台の上で身をこわばらせた。

「それじゃ、ガンボアにぺらぺらしゃべりやがったのは、おまえなんだな」ジャガーはゆっくりと、吐きだすように言った。

「そうだ。おれが君の悪事を全部ばらしてやった。寮舎でなにが起こってるのかも教えてやった」

「どうしてそんなことをしたんだ？」

「さあね」

「この野郎、おれの喧嘩相手になりてえってぬかしてたな」寝台から起きあがりながらジャガーは言った。

7

　ガンボアは大佐の部屋から出てきた。職員に軽く会釈をして、エレベーターのまえに立った。しばらく待っていたが、来ないので、階段のほうへ足を向けた。彼は二段ずつ階段をおりていった。中庭に出ると、まわりがだいぶ明るくなっていた。空はきれいに晴れわたり、海がきらめいて水平線のかなたに白い雲がしずかに浮かんでいた。ガンボアは足早に五年生の寮舎へ向かった。事務局の入口をくぐった。ガリード大尉は緊張した面持ちで机にすわっていた。ガンボアは戸口であいさつをした。

「どうだった？」とガリード大尉は椅子からとびあがるようにして、たずねた。

「大佐からの伝言ですが、記録帳から私が提出した報告書を削除するようにとのことです」

　にが虫を噛みつぶしたような大尉の顔が、不意にほころんだ。安堵の色とともに、目には笑いが浮かんだ。

「そうだろうとも」と机をたたきながらさけんだ。「おれは記録帳に書きもしなかったさ。こういうことになると思ってたよ。それでどんなやりとりがあったんだ、ガンボア？」

「例の生徒が訴えを取り下げ、大佐は報告書を破り捨てました。この件はなかったことになりました。この件とは言っても、殺人うんぬんのほうだけで、あとの一件に関しては、一段と監督の目をきびしくするようにとのことでした」

「これ以上にか？」と大尉は機嫌よく笑いながら言った。「これを見ろよ、ガンボア」

　彼は、数字や名前をびっしり書きこんだ書類の山を指し示した。

「ぼうだいなもんだろう？　処罰書の枚数が、この三日間で先月ひと月分の件数を優に上まわったよ。禁足処分をくらった者は六十名、学年のほぼ三分の一だ。大佐もこれを見れば安心するだろうさ。とにかくびしびしやるしかないな。試験問題についても、しかるべき対策を講じたよ。実施日まで、おれが自分の部屋で保管することにした。盗めるもんなら、盗みにきてもらいたいもんだな。歩哨や巡回は倍に増やしたし、下士官たちには、一時間ごとに報告書を集めさせる。服装検査や武器の点検も週に二回実施する。これだけ厳重にやれば、金輪際連中もふざけたまねはできんだろうよ」

「ええ」

「どうだ、おれの言ったとおりになったろう?」ガリード大尉は勝ちほこったような表情で、いきなりそう言った。「君の感想は?」

「私は義務をはたしました」とガンボアがこたえた。

「君は軍律に忠実すぎるんだ」と大尉は言った。「べつに君を批判するつもりはないがね、ガンボア、もうすこし要領ってものを考えないと。ときには軍律をわすれて、常識にのっとって判断したほうがいい場合もあるんだ」

「私は軍律というのはきちんと守るべきものだと考えています」とガンボアは言った。「ひとつ打ち明けましょうか。私は、軍律のひとつひとつを暗唱できるんです。今回のことは、べつに後悔してませんよ」

「タバコはどうだ?」と大尉は言った。ガンボアは一本受けとった。大尉は輸入タバコを吸っていた。煙が濃く、においもきつかった。ガンボアは楕円形の吸い口を指先でなぞってから、口にくわえた。

「そりゃ軍律はだれだって守らなきゃならんよ」と大尉は言った。「しかしその解釈においては賢明でなくちゃいかん。軍人はなによりもまず現実的でなければならんのだ。実際の状況に即した行動がもとめられるんだ。規則をむりやりに物事にあてはめるのではなしに、規則を物事に合わせていくようにしなくちゃならんこともある」ガリード大尉の手は心地よさそうに宙に舞った。「でないと、世の中はずいぶん窮屈なものになってしまうからな。頑固なのもあまりよくないぞ、ガンボア。君があの生徒に味方して、いったいなんになった? なにもならなかったじゃないか。まったくの徒労というもんだ。いや、徒労どころか、わが身を窮地に立たせただけだ。こちらの忠告にちゃんと耳を傾けてれば、面倒なことに巻きこまれず、今と同じ結果になってたはずだ。べつにざま見ろと思ってるわけじゃないんだぜ。おれは君を高く評価してきたつもりだ。が少佐はひどく腹を立てているようだ。執拗に君の足を引っ張ろうとするだろうよ。大佐もかなり心証を害してるぜ」

「まあどうってことありません」とガンボアは疲れたような声で言った。「取って食われるわけじゃないでしょう？　私はあまり気にしてません。良心に恥じることはしていませんから」

「汚れのない良心によって天国の門は開かれるけど、昇進はかならずしもそういうわけにはいかないんだぜ、ガンボア」と大尉は親しみをこめた口調で言った。「いずれにせよ、今回のことで君が手ひどいダメージをこうむらないように、できるだけのことはするつもりだ。ところで、あのふたりの問題児はどうなってるんだ？」

「寮舎に返すようにとの大佐の命令がありました」

「ふたりに会って、ちゃんと言い聞かせるんだ。無事に卒業をしたいんなら、まず口を慎むことだ、とね。手をやかせるようなことはないと思うぜ。あいつらも今回のことを、だれよりも早く忘れてしまいたいはずだからな。だが君のお気に入りの坊やにはくれぐれも注意することだな。あれはなまいきなやつだ」

「お気に入り？　ついこの間まで、彼の存在には気づいてもいませんでしたよ」

ガンボアは敬礼もしないでそのまま部屋を出た。中庭はがらんとしていた。だがあと数分で昼になる。じきに生徒たちは教室をとび出して、歓声をあげながら、まるで逆巻く大波のように中庭へ押し寄せてくるだろう。中庭は喧騒の坩堝と化すはずであった。ガンボアは財布から手紙をとり出した。しばらくそれを手にとっていたが、開かずにふたたび財布のなかにしまいこんだ。《もし生まれてくる子が男の子だったら、軍人にはすまい》と心のなかで思った。

衛兵所では当直将校が新聞を読んでいた。兵士たちはベンチにすわって、うつろな目で互いの顔を見ていたが、部屋に入ってきたガンボアの姿に気づくと、はじかれたように立ちあがった。

「おはよう」

「おはようございます、中尉」

ガンボアは若い中尉にたいして気さくな口を利いたが、かつて彼の部下だった若い中尉は、ガンボアにたいしてていねいなことばを使った。

「五年生のふたりを迎えにきたよ」

「そうですか」と中尉は明るく笑いながら言ったが、夜勤の疲れがやはり顔ににじみ出ていた。「ひとりは勝手に帰ろうとしたんですが、命令書を持ってなかったので独房にぶちこんでやりました。ふたりを連れてきましょうか？　右側の独房に入ってます」

「ふたり一緒にか？」

「はい。グラウンドの独房が必要になったものですから。処罰をくらった兵士が何人かいるんです。あのふたりを別々に入れなくてはならなかったんですか？」

「鍵をくれ。ちょっと見てくる」

ガンボアは独房の扉をゆっくりと開けたが、オリに入るときの猛獣使いよろしく、一足とびになかへ入った。窓から射しこむ円錐形の光線のなかに、ふたりの脚がふらふらと動いており、苦しげな息遣いが耳にとどいた。暗がりのなかでは、ふたりのおぼろげな輪郭しか見えなかった。ガンボアは一歩まえへ踏みだして、どなった。

「気をつけ！」

ふたりはのろのろと立ちあがった。

「上官が入ってきたときは、立って敬礼するもんだ」とガンボアは言った。「きさまらのその態度はなんだ。罰点六だ。顔から手をどけろ。気をつけの姿勢をとらんか」

「無理みたいですよ、中尉殿」とジャガーは言った。

アルベルトは顔から手をはずしたが、すぐにまた頬におし当てた。ガンボアは彼を明かりのほうへしずかに押しやった。頬が大きく腫れ上がり、鼻と口には血がかたまりかけていた。

「手をどけなさい」とガンボアが言った。「見せたまえ」

アルベルトは手をおろした。口もとがゆがんだ。目のまわりに大きな黒い痣ができていた。そして頬は、焼けただれたように、皮膚がぐちゃぐちゃに崩れていた。シャツにも血がこびりついているようであった。髪の毛はもつれ、汗とほこりでべとついていた。

「君もこちらに来なさい」

ジャガーはガンボアのそばへ歩みよった。顔はほとんど無傷であった。もっとも小鼻がひくひく震えており、口のまわりには乾いたよだれが付着していた。

「ふたりとも医務室へ行きなさい」とガンボアは言った。「治療がおわったら私の部屋に来なさい。話がある」

アルベルトとジャガーは独房を出た。足音を聞いて、当直の若い中尉が振り返った。ふたりを見ると、口もとに漂っていた微笑が一瞬のうちに消え、ぽかんと口を開けた。

「ちょっと待て！」狐につままれたような表情のまま、若い中尉はそうさけんだ。「どうしたんだ？　そこを動くな」

兵士たちは寄ってきて、ふたりを取りかこんで、しげしげとながめた。

「通してやれ」とガンボアは命じた。「早く行きたまえ」とふたりを促した。

アルベルトとジャガーは衛兵所をあとにした。中尉や兵士たちは、澄みきった朝のなかを遠ざかっていくふたりを見送った。ふたりは肩をならべ、頭を真っすぐ前方に向けていた。互いに口もきかなければ、見向きもしなかった。

「ひとりは顔をめちゃくちゃにされてましたね」と若い中尉が言った。「どういうことですか？」

「なにも聞こえなかったのか？」とガンボアはたずねた。

「ええ」と中尉は当惑してこたえた。「ここにずっといましたけどね」それから兵士たちにむかって、「おまえたちはなにか聞いたか？」

褐色肌の四人の兵士は、頭を横に振った。

「じゃ、音をたてずに殴りあったってわけだ」と中尉は言った。すでに最初の驚きは消えて、見終わったボクシングの試合を、楽しげに論評するような口ぶりだった。「ずいぶん派手に打ちあったもんだ。あの顔が元どおりになるまでには、かなり時間がかかるんじゃないかな。で、喧嘩の原因はなんです？」

「たいしたことじゃない」とガンボアはこたえた。


「つまらんことだよ」

「やられたやつは、悲鳴をあげずに、よくあれだけ耐えましたね」と中尉は言った。「顔がつぶれるほどやられてますからね。あのブロンドの生徒を、ボクシング・チームに入れるべきですよ。それとももう入ってるんですか？」

「いや、入ってないと思う」とガンボアがこたえた。「だけど君の言うとおり、入れたほうがよさそうだ」


その日は終日、溜池の点在するあたりを当てどもなく歩いた。どこかの女の人がパンと少しばかりの牛乳を恵んでくれた。日が暮れると、またも溝の中に身を横たえた。プログレソ通りの近くだった。その夜は、ぐっすり眠った。目を覚ました時は、すでに太陽が高くのぼっていた。付近には誰もいなかった。通りを走る車の音だけが聞こえた。お腹が空いて、頭が痛かった。そして風邪を引く前ぶれのようにぞくぞく寒気がした。ぼくはリマまで歩いて行った。アルフォンソ・ウガルテ通りに着いたのはお昼頃だった。テレサの姿は下校する女生徒たちのなかには見られなかった。ぼくは都心の雑踏のなかをさ迷った。サン・マルティン広場、ヒロン・デ・ラ・ウニオン、グラウ通り……。日の暮れかかる頃レセルバ公園に着いた。疲れがひどく、立っているのがやっとだった。公園の水道の水を飲んだら、吐き気がした。草の上に寝そべって休んだ。だがものの二、三分もしないうちに、向こうの方から警官がやってきた。ぼくに何か合図をした。ぼくは一目散に逃げだした。お巡りは追いかけてこなかった。フランシスコ・ピサロ通りにある代父《おじさん》の家にたどり着いた時には、すでに夜も更けていた。頭は割れんばかりに痛かったし、全身に悪寒をおぼえた。冬ではなかったから、これはもう完全に病気になったなと思った。ドアをノックするときに、《奥さんが出てきて、また留守だと言うだろうな。そのときは、もういっそのこと警察へ自首しよう。あそこではすくなくとも何か食わせてくれるだろう》という考えが頭をかすめた。だが奥さんではなしに、代父《おじさん》自身が出てきた。ドアを開けて、怪訝《けげん》そうな顔でぼくを見た。最後に会ってから二年しか経っていないというのに、ぼくがだれなのかわからないようだった。ぼくは名前を告げた。代父《おじさん》の体はほとんど入口を塞いでいた。内側に明かりが灯《とも》っており、つるつるに禿げたまるい頭が印象的だった。《ほんとにおまえか、信じられないね》と代父《おじさん》は言った。《もう死んでると思ってたよ。》家の中に通してくれた。《顔色が悪いじゃないか、どうしたんだ?》《この二日間、何も食べてないんです。》代父《おじさん》はぼくの腕をとり、奥さんを呼んだ。スープ、豆料理《フレホーレス》、ステーキ、それにお菓子を出された。食べおわるとふたりはぼくを質問攻めにした。ぼくはうその話をでっちあげた。《家出して、ある人と一旗あげるつもりでジャングルへ行ったんです。コーヒー農園で二年間働きました。でも、ここんところ不作がつづいて、追い出されました。無一文のままリマに帰ってきたんです。》ぼくは母のことをたずねた。六ヶ月前に、心臓麻痺で死んだということだった。《葬式の費用はわしが出したんだ。心配せんでいいよ。それなりに立派な葬式だったからな。》それから付け加えた、《とりあえず今夜は、奥の中庭で寝てもらおう。おまえの今後については、明日ゆっくり考えよう。》奥さんは毛布と枕を渡してくれた。翌日代父《おじさん》はぼくを自分の経営する雑貨屋へ連れてゆき、店の手伝いをさせた。店にはぼくと代父《おじさん》しかいなかった。給料は払ってくれなかったが、寝る場所と食事の心配だけは、しなくてもよかった。親切にしてくれたが、けっこうこき使われた。六時前に起きて、家を掃除し朝食をつくって、それを寝室へ運ぶ。それから奥さんの用意するリストを持って市場へ買物に行く。その後、雑貨屋へ出かけるわけだが、そこで一日じゅうお客の応対をさせられた。最初のころは代父《おじさん》もずっと雑貨屋にいたが、そのうちにぼくだけが店番をした。そして夜には一日の売上げの報告をした。家に帰ると、今度は夕飯の仕度が待っていた。奥さんは料理を教えてくれた。それが終わるとようやく寝ることができた。お金がなくてうんざりしていたが、代父《おじさん》の家から出て行こうとは思わなかった。品物の値段を高くふっかけたり、釣銭を少なく渡したりして、客たちからかすめとったお金でタバコを買い、隠れて吸った。ときたまどこかへ遊びに行きたい気持にかられたが、警察が気になって足がすくんだ。だが、この生活も後になって状況が好転した。代父《おじさん》は娘を連れて地方へ出張した。旅に出ると聞かされた時、奥さんがぼくを嫌っているのを思いだして不安になった。もっとも同居するようになってからは、ぼくに辛く当たっているというわけではなかった。奥さんは、何か用事のある時だけぼくに声をかけた。しかし代父《おじさん》が出発したその日から、彼女の態度はがらりと変わった。やさしくなった。いろいろと話しかけてきては、よく笑った。そして夜、雑貨屋でぼくがその日の売上げの計算をしていると、《あなたを信じてるんだから細かい計算なんか要らないわ》と言うのだった。次の日の夜は、九時前に店にやってきた。そわそわして落ち着かない様子だった。どういう魂胆なのか、奥さんが入口に姿をあらわした時からぼくにはわかっていた。科《しな》をつくったり媚びるような視線や笑いを投げかけたりして、まるでカジャオの売春宿の娼婦そっくりだった。ぼくは内心ほくそ笑んだ。ぼくが代父《おじさん》に会いに行った時、彼女に何度か門前払いをくわされたのを思いだした。《いよいよ復讐の時が訪れたぞ》とぼくは思った。奥さんは醜女だった。肥って、ぼくより背が高かった。《ね、もう店を閉めて、映画を観に行きましょうよ》と彼女は言った。ぼくたちは都心の映画館へ出かけた。そこでおもしろい映画が上映されているから、と彼女は言ったが、ほんとうはぼくと一緒にいるところを近所の人に見られたくなかったのだ。代父《おじさん》の嫉妬深さは有名だった。恐怖映画だったので、上映中奥さんは恐がるふりをしてぼくの手をにぎったり体をすり寄せたり膝をくっつけたりした。そして、ときおり何気ないふりを装ってぼくの腿の上に手を載せた。ぼくは笑いだしたい気持にかられたが、何も気づかないふりをして、その誘いに応じなかった。彼女はさぞ苛立たしく思ったことだろう。映画が終わると歩いて帰った。歩きながら奥さんはぼくに女の話をしはじめた。どぎつい言葉は使わなかったが、いろんないやらしいエピソードを聞かせてくれた。それから、ぼくにどんな色恋を経験したのかと訊いた。ぼくがそんな経験はないとこたえたら、彼女は《うそばっかり。男の人ってみんなずるいんだから》と言った。一人前の男として扱っていることをぼくにわからせたくて懸命のようだった。ぼくはそんな彼女にこう言ってやりたかった、《あんたを見てると淫売宿のど助平なエマって娼婦を思いだすよ。》家に帰りついて、夕飯をつくりましょうかとたずねたら、《要らないわ。それよりもぱっと楽しくやりましょうよ。この家はどうもいつも陰気くさいわ。さあ、ビールを飲みましょうよ》と言った。そして代父《おじさん》の悪口を言いはじめた。私はあんな男にうんざりしてたんだ、あいつは吝嗇《けち》で能無しの老いぼれだとも言った。ビールはもっぱらこちらが飲まされた。酔ったら誘いにのってくるとでも思ったのだろう。それから奥さんはラジオのスイッチをひねった。《ねえ、踊りましょうよ。教えてあげるわ。》奥さんは、ぼくをきつく抱きしめて踊ったが、ぼくはあいかわらず何も気づかぬふりをした。ついに彼女は《女とキスしたことある？》とぼくに訊いた。ぼくは、ないとこたえた。《どういうものか知りたい？》奥さんはぼくをつかんで、口に吸いついた。そして興奮して悶えた。気持の悪い舌をぼくの喉の奥まで差しこんで、さかんにぼくの体をつねった。やがてぼくの手をとって寝室に導いた。彼女は服を脱いで裸になった。裸だとそんなに醜くなかった。まだ体に張りがあった。ぼくがそばに寄らずに彼女をじっとながめていたので、彼女は恥ずかしがって明かりを消した。代父《おじさん》が留守の間は、毎晩同衾させられた。そして奥さんは《おまえが大好き。幸せだわ》と言うのだった。朝から晩まで亭主の愚痴を聞かされた。そのうちに小遣いをくれるようになった。服も買ってくれたりした。そして夫婦で映画を観に出かけるときは、ぼくも連れて行かれた。暗がりの中で彼女は代父《おじさん》に気づかれないようにぼくの手をにぎった。レオンシオ・プラド士官学校に入りたいので、入学金を出してくれるように旦那を説得してもらいたい、と奥さんに告げたとき、彼女はもうすこしで発狂するところだった。髪を掻きむしって、ぼくを恩知らず、ろくでなし、とののしった。ぼくが、それなら家を出るとおどしたら、しぶしぶ承諾した。それである朝、代父《おじさん》はぼくを呼んでこう言った、《おれは、おまえに、世の中の役に立つ人間になってもらいたいと思うんだ。それで士官学校に願書を出してやることにしたからな。》

「ひりひりしても動くんじゃねえぞ」と看護人が言った。「目にでも入ったら、それこそ素っ裸で地獄を転げまわることになるぜ」

アルベルトは、黄褐色の液をたっぷり含んだガーゼが近づいてくるのを見て、歯をくいしばった。つぎの瞬間、激痛が脳天から爪先まで走って、彼は全身をわななかせた。口を開けて、呻き声を発した。しばらくすると、痛みが落ち着いてきた。使えるほうの目を開けると、看護人の肩越しにジャガーの顔が見えた。ジャガーは、部屋の反対側の椅子にすわって、無表情に彼をじっと見つめていた。アルベルトは、アルコールとヨードのにおいをたっぷり吸いこんで、頭がくらくらした。吐き気をおぼえた。医務室の壁や天井は白く塗られていた。床はタイル張りで、蛍光灯の青い光を反射していた。看護人は口笛を吹きながら、新しいガーゼを湿らせているところだった。さっきのような激痛をまた味わうことになるのだろうか？　独房の床に倒れて、パンチを浴びせられていたときは、なんの痛みも感じなかったのに。屈辱感だけが彼を苦しめていた。殴りあってすぐに、これはとても歯が立つ相手じゃないと悟った。自分の繰り出すパンチや足蹴りは、空を切るばかりだった。ジャガーの体にかろうじてしがみついても、すぐに投げとばされた。相手はしなやかで、敏捷な四肢を持っていた。こちらの一撃がとどきそうで、とどかない。つかまえられそうで、つかまらない。ジャガーはじつにすばしこかった。攻撃を加えては、さっと身を引いた。頭突きの威力が特にすさまじかった。アルベルトは肘でガードしたり、膝を蹴あげたり、身を縮めたりしたが、無駄であった。ジャガーの頭は、まるで大きな鉄の玉のように、彼の腕にぶちあたった。そして両腕の隙間にわりこんで、彼の顔面めがけてぐいぐいと食い込んでいった。アルベルトはもうろうとした意識のなかで、金床に間断なく打ちおろされるハンマーを連想した。彼はやがて地面に倒れた。とにかく、ひと息つきたかった。だがジャガーは、アルベルトが立ちあがるまで待ってはくれなかった。すでに勝負がついたかどうか確認しようともしなかった。アルベルトに襲いかかって、容赦なく拳を振りおろした。アルベルトはやっとの思いで起きあがり、独房の隅へのがれた。だが、何秒もたたないうちに、またも地面に転がっていた。ジャガーは馬乗りになって、彼を休みなく殴りつづけた。殴打を浴びながら、アルベルトはしだいに気を失っていった。ふたたび目を開けたときには、ジャガーとならんでベッドにすわっていた。じぶんの荒い息遣いだけが聞こえた。ガンボアの声が独房にとどろいたとき、ようやく我にかえり、自分の置かれている状況がわかるようになった。

「まあこれぐらいでいいだろう」と看護人が言った。「あとは乾くのを待つだけだ。乾いたら包帯を巻いてやるよ。じゃそのままじっとしてろよ。きたない手で触るんじゃないぜ」

看護人はあいかわらず口笛を吹きながら部屋を出ていった。ジャガーとアルベルトは顔を見合わせた。アルベルトは落ち着きを取り戻していた。頰の痛みも心のわだかまりも消えていた。だが、攻撃的な口調を装って、ジャガーに言った。

「なにをじろじろ見てやがるんだ？」

「きさまはきたならしい密告野郎だ」とジャガーは言った。アルベルトにむけられた青い目には何の感情もこめられていなかった。「人間として、一番卑劣なことをしたんだ。最低だ。へどが出るぜ。密告野郎！」

「おぼえてろよ。この借りはきっと返してやるからな。おまえは将来、おれのところへ泣きついてくるさ。おまえみたいなやつを、なんて言うか知ってるか？　チンピラだよ。与太者だよ。おまえのようなやつこそ、刑務所に入れるべきだ」

「きさまのような密告野郎は」とジャガーは、アルベルトの科白が耳に入らなかったように、話しつづけた。「生まれなきゃよかったんだ。きさまのせいで、おれはひどい目にあうかもしれねえ。クラスのみんなに、きさまの正体をばらしてやるからな。ぺらぺら密告しやがって、恥ずかしくねえのか？」

「恥ずかしくなんかないさ」とアルベルトはこたえた。「外に出たら、まっすぐ警察へ行って、おまえが人殺しだと訴えてやる」

「おまえ、頭がおかしいんじゃねえのか？」とジャガーは落ち着きはらった口調で言った。「おれがどうして人殺しだ？　奴隷は誤って、自分を銃で撃っちまったんだろ？　なにを変なことをぬかしやがる、この密告野郎め」

「しらばっくれるな。おまえがそんな顔《つら》をしていられるのは、大佐や大尉がおまえとおなじ穴のむじなだからだよ、おれにはわかってるんだ。どいつもこいつも腹黒い、いやらしい連中だ。おまえらは真相をかくすつもりだろうけど、おれはみんなに言ってやるぞ。奴隷を殺したのはおまえだってな」

医務室のドアが開いて、看護人が新しい包帯と絆創膏を持って入ってきた。アルベルトは顔に包帯をぐるぐる巻かれた。片方の目と口だけが残った。それを見てジャガーは声をたてて笑った。

「何がおかしい？」と看護人がたずねた。「どうして笑うんだ？」

「べつに」

「べつに？　おかしくもないのに笑うのは、頭のいかれたやつだけだぞ」

「そうですかね。そりゃ、初耳だ」

「よし、これでいいだろう」と看護人はアルベルトに言った。「こんどはおまえの番だ」

ジャガーはアルベルトのすわっていた椅子に腰をおろした。看護人は勢いよく口笛を吹きながら、脱脂綿をヨード液のなかに浸した。ジャガーのダメージは、額と首のごく軽いかすり傷だけであった。看護人はジャガーの顔をていねいに拭きはじめた。口笛の調子がしだいに速くなった。

「この馬鹿野郎！」とジャガーはさけび、両手で看護人を押しのけた。「間抜けなインディオめ！　ぼけなす！」

アルベルトと看護人は声をたてて笑った。

「わざとやりやがったな」とジャガーは片目を押さえながら言った。「おかま野郎め」

「おまえが動くからよ」とそばへ寄りながら看護人が言った。「目に入ったら地獄を見ることになるって言ったろうが？」顔を上げさせた。「手をどかせな。風にあたったほうが、はやくなおるんだ」

ジャガーは手をおろした。目が赤くなって、涙があふれていた。今度は看護人はそっと手当てした。口笛は吹いてなかったが、唇の間から舌先が、まるで小さなピンク色の蛇のようにちらちらのぞいていた。赤チンを塗ってから、絆創膏をはりつけた。それから手を拭いて、言った。

「一丁あがりだ。じゃ、そこに署名してもらおうか」

アルベルトとジャガーは記録帳に名前を書いて医務室の外へ出た。朝の陽光が一段と明るさを増したようであった。原っぱをわたるそよ風をのぞけば、すでに夏の気配がそこここに感じられた。空はどこまでも青く澄みわたっていた。ふたりは閲兵場に沿って進んだ。途中だれにも出くわさなかった。食堂の近くにきてようやく、生徒たちの話し声やにぎやかな音楽を耳にした。将校宿舎のまえでワリーナ中尉に呼びとめられた。

「そこのふたり、ちょっと待て。なんだその恰好は？」

「ちょっと転んだだけなんです、中尉殿」とアルベルトは言った。

「その面だと、すくなくともひと月は出られないぞ」

ふたりはおし黙ったまま歩きつづけた。ガンボアの部屋のドアは開いていたが、ふたりはなかへ入らなかった。入口にたたずんで、顔を見合わせた。

「おい、さっさとノックしたらどうなんだ」とジャガーはしびれを切らして言った。「ガンボアはきさまの相棒なんだろ？」

アルベルトは一回だけノックした。

「どうぞ」とガンボアの声がかえってきた。

中尉は椅子にすわっていた。ふたりを見て、手にしていた手紙をあわてて︎しまった。立ちあがると、戸口のほうへ歩いていって、ドアを閉めた。乱暴な手つきで、ベッドを指差した。

「そこにすわりなさい」

アルベルトとジャガーはベッドの縁に腰をおろした。ガンボアは椅子を引きずってきて、ふたりのまえにおいた。逆向きにすわって、背もたれに腕をかけた。顔は今洗ったばかりのように湿っていた。目にはいつものかがやきがなく、疲労の色が浮かんでいた。靴はよごれ、シャツの胸をはだけていた。片手を頬に当て、もう片ほうの手を膝の上にのせて指先で膝頭をとんとんと叩いていた。彼は、ふたりをじっと見つめた。

「さてと」しばらくしてからガンボアは眉間に皺を寄せてそう言った。「どういうことかもうわかってるだろうな。こちらがいちいち言わなくても、どうすべきか君たちにはわかってるはずだ」

疲れて、うんざりしているようであった。視線にかげりがあり、声には力がなかった。

「どういうことかわかりませんが、中尉殿」とジャガーが言った。「きのう中尉殿がおっしゃったこと以外何も聞いておりませんが」

ガンボアはアルベルトに目くばせをした。

「彼にはまだ何も話しておりません、中尉殿」

ガンボアは椅子から立ちあがった。あきらかにこの会見は彼にとって不愉快なものであった。居心地悪く感じた。

「フェルナンデスが君を告発した。告発の内容については、もう見当がついてるな。学校側は、その告発が根拠に欠けるものだと判断した」ガンボアはゆっくりとした口調で話した。個人的な見解を排除して、できるだけ簡潔に述べようと努力していた。ときおり、口をつぐみ、唇をへの字にかたく結びあわせた。「今後、この件についての発言は、学内であれ学外であれ、いっさい禁じる。学校の名誉を傷つける行為になるからだ。この件は、これで落着した。君たちには、これからクラスにもどってもらう。無用の発言は一切慎むこと。大佐からの命令だ。命令にわずかでも違反した場合は、厳罰をもって臨むことになるだろう」

ジャガーはガンボアの話をうなだれて聞いていた。だが話が終わると、顔をあげてガンボアをきっとにらんだ。

「ぼくの言ったとおりだったでしょ、中尉殿。なにもかもこの密告野郎のでっちあげだったんです」そう言って、軽蔑をこめた仕草でアルベルトを指差した。

「でっちあげじゃないぞ」とアルベルトは言った。

「おまえは人殺しだ」

「黙れ、畜生、黙れ」とガンボアがどなった。

アルベルトとジャガーは、はじかれたように立ちあがった。

「フェルナンデス」とガンボアは言った。「君は二時間まえに、同級生にたいするあらゆる告発を撤回したはずだ。また話を蒸し返すのなら、厳重に処罰するほかない。いい加減にしろ。今、注意したばかりじゃないか。いったい何を聞いてたんだ？」

「中尉殿」とアルベルトは口ごもった。「大佐のまえではつい緊張して、ぶざまなことをしてしまいました。でも、大佐にああ言われると、何も言えませんし、それに……」

「それになんだ」とガンボアはアルベルトをさえぎった。「君には人を告発する資格がない。人をとやかく非難することはできないぞ。もし私が校長だったら、君はとっくにこの学校から放り出されてるだろう。無事に卒業したいのなら、ああいう猥褻な文章を書くのはやめるんだな」

「わかっております、中尉殿。ですが、それとこれとは関係ないと思います。ぼくは……」

「君は大佐のまえで前言を撤回したんだぞ。いまさら何がいいたいんだ？　もう黙れ」それからジャガーのほうを向いて言った。「君はアラナの死と無関係なのかもしれない。だがこれまでに、数々の重大な違反行為を犯してきている。こんど上官を嘲笑うようなことがあったら、容赦しないからな。これから君をきびしく監視するつもりだ。覚悟しとくんだな。では、もういい。ふたりともさがってよろしい」

アルベルトとジャガーは部屋を出た。ガンボアはふたりを送りだして、ドアを閉めた。食堂のざわめきが、廊下までとどいていた。ふたりは閲兵場のほうへ歩いて行った。風はすでに止んでいた。原っぱの雑草はまっすぐ伸びて、揺れていなかった。ふたりはゆっくりした足取りで寮舎に向かった。

「将校たちはみんな、きたならしい豚野郎だ」とアルベルトはまえを向いたまま言った。「ひとり残らず豚野郎だ。ガンボアもだ。あいつだけは違うと思ってたけど、みんなとおんなじだ」

「エロ小説のことがばれちまったのか？」とジャガーは訊いた。

「まあな」

「じゃおまえもアウトだな」

「いや」とアルベルトは言った。「おどされて、むりやり取引きに応じさせられたんだ。おれがおまえへの告発を取り下げる、その代わり連中はエロ小説のことを忘れる。大佐はおれにそうほのめかしやがった。ほんとに下劣なやつらだ」

ジャガーは笑った。

「まさか、信じられねえな」と言った。「将校どもがおれを守ってくれたってわけだ」

「べつにおまえを守りたいわけじゃない。やつらはわが身が心配なのさ。卑怯な連中だ。奴隷が死んだことなんか、なんとも思ってやしないんだ」

「それはほんとうだ」とジャガーはうなずいた。「親が病室に駆けつけて面会をもとめたのに、許さなかったっていうじゃねえか。ひどいもんだぜ、まったく。軍人や医者にかこまれて死ぬなんて、いやなもんだろうな。まったく、残酷な連中だ」

「そんなこと言うおまえも、奴隷を虫けらのように殺したじゃないか」とアルベルトは言った。「やつがカーバのことを告げ口したからって、なにもあんな復讐をしなくても……」

「なんだって？」とジャガーは立ち止まって、アルベルトの目をにらんだ。「おまえいまなんて言ったんだ？」

「ええ？」

「奴隷がカーバを密告したって？」ジャガーの目は異

「いまさら後悔してもおそいぜ」とジャガーは言った。「とにかく密告野郎にだけはなるな。人間として最低だ」

様な光を放っていた。

「とぼけたってだめだ」とアルベルトは言った。「見えすいた芝居はよせ」

「とぼけてないさ、馬鹿野郎。やつがカーバを売ったなんて知らなかったさ。そういうことなら、奴隷がくたばっちまって良かったぜ。密告野郎なんか、みんな死んじまえばいいんだ」

アルベルトは片目だけで、うまく距離感をつかむことができなかった。ジャガーの胸倉をつかもうと手をのばしたが、空をにぎっただけだった。

「誓えるか。ほんとうに奴隷がカーバを密告したことを知らなかったって誓えるか。おふくろの名にかけて誓えるのかよ、ジャガー。今の言葉がうそだったら、おふくろが死んだっていい、って言えよ」

「おれのおふくろはもう死んでるんだ」とジャガーは言った。「だけど、ほんとうに知らなかった」

「誓うか？」

「誓うさ」

「おれはおまえが知ってるとばかり思ってたんだ。それで奴隷を殺したんだと」とアルベルトは言った。「知らなかったのなら、おれはおまえにひどいことをしてしまった。悪かったよ、ジャガー」

8

昼食時間が終わると、みんなはまるで怒濤のように寮舎へなだれこんできた。アルベルトは、食堂を出てしだいに押し寄せてくる彼らのすさまじい足音を聞いた。原っぱでは雑草がぎゅうぎゅう踏みしだかれ、閲兵場では熱情的な太鼓のような音が湧き起こった。中庭ではいきなり、何百という軍靴がパニックに襲われたようにコンクリートをうち鳴らし、そのため無数の音が四方八方に飛び散った。そして狂騒がまさに頂点に達しようとしたその瞬間、寮舎の扉がバーンと左右に開け放たれ、いくつもの見馴れた顔が入ってきた。彼らはあっと驚いて、口々に彼やジャガーの名前を呼んだ。級友たちはどっと寮舎に流れこんでくると、自然に二手にわかれ、勢いよく走って来た。流れのひとつはアルベルトのほうへ、もうひとつはジャガーのいる部屋の奥へと向かった。自分のほうに押し寄せる群の先頭にバジャーノがいた。みんなは小鼻をひくひくさせ、好奇心で目を輝かせていた。矢継ぎ早に放たれる質問やみんなの執拗な視線を浴びて、アルベルトは一瞬たじろいだ。自分がリンチされるのではないかという恐怖さえ感じた。微笑を浮かべようとしたが、そんなことをしても仕方がないとすぐに気づいた。顔はほとんど包帯の下に隠れていたからだ。みんなにからかわれた。《ドラキュラ》《フランケンシュタイン》《リタ・ヘイワース》《モンスター》などなど。それから質問の一斉射撃がはじまった。包帯のせいで息苦しいというように、彼はわざとこもったようなかすれた声を出した。《事故にあってね》と低い声で言った。《今朝、退院したんだ。》《きっとまえよりもひでえ面になるぜ》とバジャーノは人なつこい口調で言った。《おまえ、片目になるかもしれねえな。詩人はやめて、めっかち、って呼んでやろうぜ》と言う者もいた。だが事故の模様についてあれやこれや訊く者はいなかった。みんな気の利いたあだ名をさがしたり、辛辣な冗談を飛ばしたりすることに夢中だった。《車にはねとばされたんだ》とアルベルトは言った。《五月二日通りでやられたよ。》しだいに彼をとりかこむ人垣がくずれはじめた。ある者は自分のベッドに行き、ある者は寄ってきて、ぐるぐる巻きにされた彼の頭を見て声をたてて笑った。突然、誰かがさけんだ、《そんな話は真っ赤な嘘だぜ。ジャガーと詩人は殴りあったんだ。》われ鐘のようなけたたましい笑いが部屋に充満した。アルベルトは看護人に感謝した。包帯のおかげで、だれも彼の表情を読み取ることができなかった。アルベルトは寝台に腰をおろしていた。目のまえにつったっているバジャーノ、その脇のアロースピデやモンテスあたりまでしか、片目の視野はおよばなかった。霧を透かして二人を見ているような感じがした。ほかの者たちの姿は見えなかったが、だいたい思い浮かべることができた。彼やジャガーをからかう連中の声が耳にとどいた。《詩人にまたずいぶん手荒なことをしたじゃねえか、ジャガー》とくすくす笑いながら言う者もいれば、《詩人よ、おまえって喧嘩のとき、女みたいにひっかいたりするのか?》といたずらっぽく茶化す者もいた。アルベルトは飛びかう声のなかから、ジャガーの声を捜したが、駄目だった。目でその姿をとらえようとしたが、これも駄目だった。クローゼットや寝台の金属枠や級友たちの体に視線がさえぎられていた。ふたりへのひやかしはなおもつづいた。その日のバジャーノはとくに冴えて、毒気をふくんだ冗談をぽんぽん飛ばしては、みんなを笑わせた。

不意にジャガーの声が室内にとどろいた、《うるせえ! いい加減にしろ!》ざわめきは潮が引くように静まり、二、三のくすくす笑いだけが部屋のすみに残った。アルベルトの片目はせわしなく動いた。バジャーノの寝台の脇をすり抜けていく人影が見えた。人影は上段の寝台に手をかけ、腕を曲げ、身を持ちあげた。胴体も腰も脚もするすると上がった。クローゼットによじのぼると、アルベルトの視界から消えた。長い脚と、クローゼットとおなじこげ茶色の軍靴、だらりと垂れた紺色の靴下、それだけが見えた。ほかの連中はまだこの異変に気づいていないようだった。密やかな笑い声があちこちでつづいていた。アロースピデがどなったとき、アルベルトはべつにおどろきはしなかった。もっとも体は、勝手に身構えた。全身がこわばり、痛くなるほど、肩をぎゅうぎゅう壁に押しつけた。アロースピデはふたたび甲高い声をあげた、《ジャガー、わめくんじゃない! おまえに説明してもらいたいことがある!》寮舎のなかは水を打ったようにしんとなった。みんなはいっせいに班長に目を向けた。だが、アルベルトは包帯が邪魔になって顔を上げることができなかった。その目には、クローゼットの上に張りついたような軍靴と、瞼の内側の暗闇だけが交互に映った。アロースピデは興奮して、なおもおなじことを繰り返した、《おいジャガー、説明してもらいたいことがある、おいジャガー、聞いてんのかよ。》アルベルトはあちこちで寝台が軋むのを聞いた。寝そべっていた連中が、上体を起こして、バジャーノのクローゼットのほうに首を差し出していたのである。

「なんだ？」とついにジャガーが言った。「おれに用でもあるのか、アロースピデ？」

　寝台にじっと腰をおろしたまま、アルベルトはまわりにいる級友たちの顔をうかがった。それから上下左右に、部屋の端から端へ、アロースピデからジャガーへ、というふうにしきりに視線を走らせた。

「話があるんだ」とアロースピデはさけんだ。「おまえにいろいろと訊きたいことがある。わめかずに、きちんとした説明をしてもらいたい。いいな、ジャガー？　おまえが独房に入れられてから、この部屋ではつぎつぎと妙なことが起きてるんだ」

「おもしろくない聞き方をするじゃねえか」とジャガーはぼそぼそと言った。かろうじて聞きとれるくらいの小さな声だった。「おれに用があるんなら、そこから下りて、こっちへ来るんだな。それが礼儀ってもんだ」

「礼儀なんかどうでもいい」とアロースピデはヒステリックな声をあげた。

「そうかね。おまえらミラフローレスの人間はみな礼儀正しいんだろ？」

「おれはいま班長として話をしてるんだ、ジャガー。挑発的な言い方はよせ。卑怯なまねはするな。喧嘩ならあとでいくらでも相手になってやる。いまはとにかくきちんと話をしようじゃないか。いろいろとおかしなことが起きたんだ。おまえが独房に入れられたとたん、この部屋に嵐が吹き荒れた。突然、中尉や下士官どもが異常な行動を取りはじめた。部屋にやってきて、クローゼットを開けさせ、ピスコの瓶やらトランプやら合鍵の類いを没収していった。そして、罰点が雨あられのようにおれたちに降ってきたってわけだ。クラスのほとんど全員が当分のあいだ、外出できないことになっちまった」

「それで？」とジャガーは言った。「それがおれとなんの関係があるんだ？」

「まだしらばっくれる気か？」

「そんなつもりはねえけどよ」とジャガーはおちつい

た声で言った。「おまえが何を言いたいのかさっぱりわからんね」

「おまえはボアと巻き毛に、自分がやられたら、みんなを巻き添えにすると言ったそうじゃないか。で実際にそうやったんだな。おまえみたいなやつを、なんていうか知ってるか？　密告野郎だよ。おまえは卑劣にもおれたちを売った。裏切者だ、犬だよ、おまえは。殴りあう値打ちもないやつだ。おまえを見てるとへどが出るよ。もうだれもおまえなんか恐くないぞ。わかったか、ジャガー？」

アルベルトはすこし上体を傾けて、頭をうしろに倒した。その体勢だと、アロースピデの全身をとらえることができた。クローゼットの上でアロースピデは、ふだんよりも背が高く見えた。髪がぼさぼさで、手足が長く、そのため余計に痩せているような感じがした。脚を開いて立っていた。かっと開けた目には怒りを浮かべ、両手のこぶしをかたく握りしめていた。いったいジャガーは何を待っているのだ？　アルベルトの視界は、ふたたびもやがかかったようにかすんできた。彼はしきりにまばたきだした。

「おれが密告したとでもいうのか？」とジャガーは言った。「おい、本気でそんなことを言ってるのか？

どうなんだ？　こたえろ、アロースピデ。おれが密告野郎だというのか？」

「そうさ」とアロースピデはさけんだ。「おれだけじゃない、クラス全員がそう思ってるんだ。おまえはきたならしい密告野郎だ」

そのとき不意にバタバタと足音がした。だれかがあわてたように通路を駆けてくるのだった。足音はあっけにとられた生徒たちのまえを通りぬけて、ちょうどアルベルトの目の前で立ち止まった。ボアだった。

「下りるんだ、馬鹿野郎」とボアはさけんだ。「下りろってば」

ボアはクローゼットのすぐそばに立っていた。もつれた髪の毛は、羽飾りのように揺れた。頭のすぐ上に、アロースピデの軍靴があった。紺色の靴下が下がっていて、軍靴は半分しか見えなかった。《ボアのやつ、いまにアロースピデの足をつかんで、引きおろすぞ》とアルベルトは思った。だがボアは腕をあげなかった。クローゼットの下から声をはりあげておどすばかりだった。

「下りろよ、下りろ」

「あっちへ行け、ボア」とアロースピデは彼を見向きもせずに言った。「おまえとしゃべってんじゃない。

あっちへ行け。おまえもジャガーを疑ってたはずだ」

「違うんだ、ジャガー」とボアは小さなはれぼったい目でアロースピデをにらみながら言った。「こいつの言ってることはでたらめなんだ。そりゃはじめのうちは気になってたけど、おれはおまえを信じてるんだ。こいつに、なにもかもがでたらめだって言ってやれ。変なことをぬかしやがったら、首の骨をへし折ってやる、そう言ってやれ。おいアロースピデ、男らしく下りたらどうなんだ、下りろよ」

《ボアはジャガーの友だちなんだ》とアルベルトは心のなかで思った。《おれはやつのように奴隷を助けたことがない。おれには勇気がなかった。》

「おまえは密告野郎だ、ジャガー」とアロースピデは言い切った。「もういっぺん言ってやる。おまえはへどの出る密告野郎だ」

「こいつ、頭がどうかしてんだ、ジャガー」とボアはさけぶように言った。「口からでまかせを言ってやがる。おまえがおれたちを裏切ったなんて、だれも思ってやしねえよ。こいつの言ってることはうそなんだろう、ジャガー？　遠慮なくこいつをぶちのめしたらいいさ」

アルベルトは寝台にすわりなおした。頭を金属枠にあずけた。目を閉じていた。たまに開けると、アロースピデの脚とバジャーノの逆立った髪の毛が、間近に迫って見えた。

「いいんだ、ボア」とジャガーは言った。あいかわらず静かな落ち着いた声だった。「気にするな」

「おいみんな、いまのを聞いたか？」とアロースピデはどなった。「やっぱり、やつだったんだ。おれの言ったことを打ち消しもしない、臆病なやつだ。密告野郎なんだ。そういうことだよ、ジャガー。おまえは、臆病で卑劣な密告野郎だ」

《何を待ってるんだ、ジャガー？》とアルベルトは思った。包帯の下に芽生えた痛みが、徐々に顔全体に広がっていったが、アルベルトには、その痛みが気にならなかった。彼は、飢えた犬どもに投げる餌のように、自分の名前をジャガーが口にするのを胸がつぶれる思いでじっと待っていた。ジャガーの言葉が終わるやいなや、みんなはいっせいに向き直って、すさまじい形相で、自分に襲いかかってくるはずであった。だがジャガーは、皮肉な声でこう言っただけだった。

「あのミラフローレス野郎とおなじ考えのやつはいるか？　畜生、こわがらなくていいぜ。おれを密告野郎だと思うやつがどれだけいるのか知りたいだけなんだ」

「そんなやつはいねえよ、ジャガー」とボアはさけんだ。「こいつだけだよ、いかれちまったのは。まったく、どうしようもねえおかま野郎だ」

「みんなだ」とアロースピデは言った。「みんなの顔をよく見ろよ、ジャガー。みんなはおまえを軽蔑してるんだ」

「おれに見えるのは、臆病な面ばっかりだ」とジャガーは言った。「どいつもこいつもびくびくしやがって。肝っ玉の小さい、なさけねえやつらばっかりだよ、おまえらは」

《言えないんだ》とアルベルトは思った。《おれだと言いたくないんだ。》

「密告野郎！」とアロースピデがさけんだ。「密告野郎！　密告野郎！」

「きさまらの臆病なのには胸くそが悪くなるぜ」とジャガーは言った。「きさまらも一緒になって、おれをけなしたらいいじゃねえか。度胸のねえやつらぞろいだよ。びくびくしやがって」

「みんな、声をそろえて言ってやろうぜ」とアロースピデは言った。「さあ、言ってやろう。やつがなんなのか言ってやろう。さあ、面と向かって言ってやろうじゃないか」

《だれも声をださないだろう》とアルベルトは思った。《そんな大胆なことをするやつはいやしない。》アロースピデは声のかぎりがなりたてた、《密告野郎、密告野郎。》そのうち、部屋のあちこちでささやくような声が湧き上がった。口をほとんど開けずに、小さな声で、アロースピデの掛け声に和していった。フランス語の授業の時のように、そのざわめきはしだいに広がり、だんだん大きくなっていった。アルベルトは、その中にバジャーノやキニョーネスの声も聞いた。それはやがて寮舎を揺るがすほどの、力強い大合唱となった。アルベルトは起き上がって、まわりをぐるっと見まわした。みんなの口が、同じ調子で開いたり閉じたりしていた。アルベルトは、その光景にあっけにとられた。不意に不安が消えた。今、ジャガーに向けられている憎しみが、そのまま自分に向けられて、自分の名前が寮舎にひびきわたることはないだろうと確信した。包帯の下で自分も、小さく唱えはじめた、《密告野郎、密告野郎。》熱く充血した目を閉じた。それで、そのあとに何が起こったのかは見なかった。ふたたび目を開けたときは、すでに乱闘がはじまっていた。みんな入り乱れてもつれあい、クローゼットががたがた揺れ、寝台が軋んだ。怒号が乱れとび、唱和のリズムがくずれた。あとで聞いた話だと、最初に手を出したのは、ジャガーではなかった。ボアだった。ボアはアロースピデの脚をつかんで、引きずりおろした。そこではじめて、ジャガーが奥のほうから飛び出してきたらしい。みんなは、ジャガーの鋭い視線にたじろがず、さらに力をこめて、例の言葉を繰り返した。アロースピデとボアは床に転がってもつれあった。ふたりの体の半分はモンテスの寝台の下にかくれていた。だれにもさえぎられずに、ジャガーはふたりのそばへやってきた。そして、みんなの見守るなか、立ったままでいきなり、アロースピデを容赦なく蹴りはじめた。不意に喚声があがり、だれもかれもがいっせいに走りだしたのは、そのときである。連中は部屋の中央をめざして、四方からどっと押し寄せた。アルベルトは体を倒して、ベッドに横たわった。そして腕を盾のようにして攻撃から身を守った。そうやって寝台のなかに半分かくれた恰好で、級友たちがジャガーに襲いかかるのを見た。いくつもの手がジャガーの体をひっつかみ、アロースピデやボアから引きはなし、通路の上に放り投げた。おびただしい喚声が湧き起こった。アルベルトはジャガーにおおいかぶさった連中のなかに、バジャーノやメーサやバルディビアやロメーロの顔を見つけた。連中は互いに声をかけあい、励ましあった。《やっつけろ!》《きたならしい密告野郎だ!》《おもいきりぶんなぐってやれ!》《えらそうなことばかり言いやがって、このおかま野郎めが!》アルベルトは、《ジャガーのやつ殺されちまう。ボアも一緒だ》と思った。だが乱闘は、そう長くはつづかなかった。点呼の笛が鳴りひびいた。下士官は最後に整列する三名を報告するように命じていた。部屋のなかの混乱は、まるで魔法の働きによるかのように、あっという間におさまった。アルベルトはとび起きて、戸口にむかって駆けだした。列の先頭のほうに素早く並んだ。それから振り返って、アロースピデやジャガーやボアの姿をさがしたが、三人ともまだ来ていなかった。だれかが言った、《きっと便所で顔を洗ってるんだ。あの面を人前にさらしたくねえだろうからな。とにかく、全部水に流しちまって、もうごたごたはよそうぜ。》

ガンボアは自室から出てきた。廊下でしばらく足を停め、額の汗をぬぐった。体が汗ばんでいた。妻への手紙を書き終えて、衛兵所へ出しにいくところだった。その日の便に間に合うように、当直将校に手渡すつもりだった。閲兵場にさしかかると、ほとんど無意識のうちに《小真珠《ラ・ペルリータ》》に足を向けた。原っぱのところからパウリーノの姿をみとめた。パウリーノは汚れた指先でロールパンをこじ開けて、休憩時間に売るホットドッグの準備にかかっていた。どうしてやつは処分されてないのだろう？　報告書にはあの混血児が、タバコや酒を密売していたと確かに書いたはずだが。パウリーノは《小真珠《ラ・ペルリータ》》の主人なのか、それともだれかに雇われているのか？　苛立たしい思いでそれらの疑念を頭から拭い去った。時計をのぞきこんだ。あと二時間で勤務を終えて、二十四時間の休暇に入ることになっていた。しかし、どこへ行けば良いのだろう？　バランコの留守宅にそのまま帰っても仕方がないと思った。ひとりになると不安と退屈にさいなまれる恐れがあった。親戚の家を訪ねる、という手もあった。いつも暖かく迎えられたし、どうしてちょくちょく遊びにこないのかと責められた。夜は映画へ行ってもよかった。ギャング映画や戦争物は、たいがいバランコのどこかの映画館でやっていた。士官候補生のころ、ローサとよく映画を観に行ったものだ。昼の部と夜の部をつづけて観たり、あるいはおなじ映画を二度観たりした。メロドラマ調のメキシコ映画では、ヒロインの悲劇をさかなにローサをからかった。もっとも、暗がりのなかで、彼の助けをもとめるように、ローサが手をのばしてくると、ひそかな喜びと感動をおぼえたものだった。あれから八年近く経っていた。ついこのあいだまでは、過去を思いだしたりするようなことはなかった。いつも未来のことだけを考えていた。立てた目標は、これまですべて実現させてきたのだった。陸軍学校を卒業してからすべて順風満帆だった。だが今回の問題が起きてからというもの、どうして自分の青春時代をある種のほろ苦さをもって思いだすようになったのだろうか？

「何にしますか、中尉殿？」とパウリーノはていねいに会釈してから注文を聞いた。

「コーラをもらおうか」

甘ったるい炭酸飲料をひと口飲むと、軽い吐き気がした。果たしてあれだけの時間を費やして暗記するだけの値打ちが、あの無味乾燥な文章の羅列のなかに秘められていたのだろうか？　用兵学や兵站《へいたん》学や地勢学とおなじ真剣さで、軍法や軍律を勉強する必要があったのだろうか？　《秩序と規律が正義を形成する。》ガンボアは苦笑しながら暗唱した。《秩序と規律は、合理的な共同生活のための第一要件である。秩序と規律は、現実を規則に合致させていくことにより得られる。》モンテーロ大尉は、軍律の序文までも彼らに暗記させたのだ。大尉は法律の条文を縦横に引用することができたので、みんなから《法律博士》と呼ばれた。《じつにすばらしい教師だった》とガンボアは心のなかで思った。《立派な将校でもあった。いまごろまだボルハの駐屯地で不遇の日々を送っているのだろうか？》チョリージョスの陸軍学校を卒業したとき、ガンボアの態度や振る舞いは、モンテーロ大尉とそっくりになっていた。アヤクーチョに配属されたが、その厳格さでたちまち名を馳せることになった。将校仲間からは《検察官》と呼ばれ、兵隊たちからは《鬼将校》とあだ名された。その几帳面さはみんなによくからかわれたが、心のなかでは尊敬され、一目置かれていることが、彼にもわかっていた。彼の指揮下の部隊は、ほかのどの部隊よりも優秀であった。兵隊たちを処罰する必要もないくらいであった。最初に、徹底した厳しい訓練をおこない、しかるべき注意や指示を与えれば、そのあとは、万事順調にはこんだ。これまでガンボアにとって、人に規律を守らせることは、自分が規律を守ることとおなじくらい容易なことであった。この士官学校でもそれは変わりないだろうと思っていた。だがいまは、ある疑念が生じたのだった。今回のようなことが起きた場合、上官たちを無条件に信頼するわけにはいかなかった。ほかの将校たちを見習うことが、一番賢明なやりかたなのかもしれない。ガリード大尉の言ったとおりだ。軍律は頭をつかって解釈しなくてはならない。わが身の安全や将来をまず第一に考える必要がある。彼はレオンシオ・プラドに赴任してまだ間もないころ、ある伍長ともめた事件を、ふと思いだした。相手は山育ちのなまいきな男で、こちらが叱りつけているというのに、平気な顔でにやにやしていた。ガンボアはその伍長にびんたをくらわせた。するとやつはもぐもぐと小声で言った、《生徒には手出しできねえが、兵士は遠慮なく殴れる。》けっこう利口な伍長だったというわけだ。

ガンボアはコーラの代金を払って、閲兵場にもどった。午前中に、試験問題の窃盗や飲酒や博奕、脱走等に関する報告書を、四通提出したのだった。軍律をそのまま適用すれば、一組の生徒の半数以上が、将校会議にかけられてしかるべきであった。全員が厳しい処罰に値した。なかには、放校処分が妥当な生徒もいた。

ガンボアの報告書は、一組に限定されていた。ほかの組を手入れしても、もはや手遅れだった。生徒たちはとっくに、トランプやら酒瓶を処分しているにちがいなかった。そんなわけで、報告書にはよその部隊への言及は避けた。担当の将校たちがみずからやればいい、とも思った。ガリード大尉は彼の目のまえで、あまり関心のなさそうな顔つきでそれらの報告書を読んだ。

「こんな報告書を出して、どうするんだ、ガンボア？」

「どうするというのは？」

「この問題は、もう決着がついてるんだぜ。しかるべき対策も講じられたし……」

「決着がついたのは、フェルナンデスの件だけでしょう？　ほかはまだそのままのはずですが」

大尉はうんざりしたような顔をした。ふたたび書類を手にとり、ページをめくった。巨大な顎が上下の歯を擦りあわせるように、ゆっくりと、途切れることなく動いた。

「おれが言いたいのは、どうしてこんな報告書を作成する必要があるのかってことだよ、ガンボア。すでに口頭で報告済みじゃないか。またごていねいにも、それをいちいち書いてどうするんだよ。一組はもうほとんど全員が、禁足処分をくらってるんだぜ。君はこれ以上どうしたいんだ？」

「将校会議では、報告書が用意されてないと、大尉殿」

「どうやら、君はまだ将校会議にこだわってるようだな、ガンボア。学年全体を処罰しないと気がすまないのかね？」

「いいえ、私は自分の部隊についてのみ報告しています。ほかの部隊は、私の関知するところではありません」

「わかった」と大尉は言った。「報告書はたしかに受けとった。もうきれいさっぱりとこの件のことは忘れたまえ。あとはおれにまかせてくれ」

ガンボアは部屋を出た。言い知れぬ疲労感が彼の全身をとらえた。今度こそ、何も気にせず、すべてに目をつぶり、自分からは絶対に行動を起こすまい、と心にかたく決めた。《今夜は酒を飲んで酔っ払ったほうがよさそうだ》と心のなかでつぶやいた。衛兵所へ行って、当直将校に手紙をわたした。書留にしてくれるように頼んだ。衛兵所を出ると、管理局の建物の入口にアルトゥナ中佐を見かけた。中佐は手招きして、ガンボアを呼んだ。

「元気か、ガンボア」と声をかけた。「ちょっと話があるんだ。そこまで一緒に行こう」

ふたりの付き合いは、もっぱら職務に関連した範囲内のものであったが、中佐はいつもガンボアにたいして、好意をもって接してきたのであった。ふたりは将校専用食堂にむかって歩いた。

「あまり良くない知らせがあるんだ、ガンボア」中佐は腰のあたりで手を組んで歩いていた。「これは、友だち同士のプライベートな話だと理解してもらいたいんだが、わかってもらえるな、私の言いたいことは」

「ええ」

「少佐は君にたいしてひどく怒っている。大佐もそうだ。無理もないことだと思うが。まあ、それはいいとして、とにかく、はやいところ、国防省でしかるべき手を打ったほうがいい。君の速やかな転属が請求されている。ことはもうかなり具体化しているかもしれん。はやく動いたほうがいい。君の経歴が申し分ないから、それなりの重みはあるだろうが、こういう場合は、君も知ってのとおり、コネが一番ものを言うからな」

《この時期に、彼女はリマを離れたくないだろうな》とガンボアは思った。《しばらくは実家に身を寄せてもらわなくちゃなるまい。たとえ一緒に行くにしても、さきに適当な家をさがしておく必要がある。女中もみつけなくちゃならないな。》

「お気づかいありがとうございます、中佐殿」とガンボアは言った。「どこへ転属される可能性があるのか、ご存じでしょうか?」

「密林地帯の駐屯地であっても不思議じゃないな。あるいはアンデスの寒冷地かもわからない。この時期にはふつう人事異動はおこなわれないもんだよ。欠員があるのは、せいぜい誰も行きたくないような僻地だけだからな。そういうわけだから、はやく手をまわさないと、手ひどい目にあうぜ。もしかしたら、どこか重要な地方都市、たとえばアレキーパとかトルヒーリョあたりでポストがみつかるかもしれない。まあ、さっきも言ったように、これは友人として話しているわけで、くれぐれも内密に頼む。あとでトラブルに巻き込まれたくないからな」

「どうぞご心配なく」とガンボアは中佐の話をさえぎった。「ご好意、心から感謝します」

アルベルトは寮舎を出ていくジャガーを目で追った。

みんなの恨みがましい、あるいは嘲るような視線に動揺するふうもなく、ジャガーは平然とした顔つきで、通路を進んでいった。ほかの連中は、空のマッチ箱や紙の切れ端を灰皿がわりに使って、それぞれの寝台のなかでタバコを吸っていた。ジャガーは、真っすぐまえを向いたまま、ゆっくりした足取りで、戸口まで歩いていった。扉を片手で押し開けて戸外に出た。たたきつけるようにして扉を閉めた。ふたつのクローゼットのあいだから見えたジャガーの顔が、あれだけの乱闘のあとでも、傷ひとつ負ってないのはいったいどういうことなのだろうかと、アルベルトは不思議に思った。もっともジャガーはまだ軽くびっこを引いていた。乱闘騒ぎの日、ウリオステは食堂で得意げに言った、《やつを片ちんばにしたのは、このおれだ。》だが明くる朝になると、バジャーノがあの手柄を立てたのは、自分だと言いはった。バジャーノばかりではない、ヌーニェスもレビージャも、しまいには虚弱なガルシーアまでが、あれは自分の仕業だと言い張った。たとえ近くにジャガーがいても、まったく気にせず、大声で自分の手柄の正当性を主張した。一方、ボアのほうは、唇が腫れあがり、首のまわりにかなり大きな傷を負っていた。アルベルトはボアの姿をさがした。ボアは寝台に横たわっていた。ヤセッポチがその胸の上に寝そべり、赤い大きな舌で首の傷口をぺろぺろと舐めていた。

《妙なのは、やつがボアとも話をしないってことだ》とアルベルトは思った。《巻き毛とは、もう付き合わないってのは納得できる。なにせ、やつは乱闘のとき、どっかへ雲隠れしやがったからな。だけどボアは違う。ボアはジャガーに味方して、やつの代わりに袋叩きにあったようなもんじゃないか。まったく恩知らずなやつだ。》もっともクラスの連中は、ボアがあの日自分たちの敵にまわったことを忘れているようだった。いつもどおりに、ボアと雑談をし、冗談を言い、吸いかけのタバコをまわしあった。《ただ妙なのは、ジャガーを村八分にしようとだれも言い出したわけじゃないのに、まるでみんなでしめし合わせたようになってしまったってことだ。》その日の休憩時間に、アルベルトは遠くで彼を見かけたのだった。ジャガーは中庭を抜けて、原っぱへ行った。原っぱではポケットに手をつっこんで、小石を蹴りながらぶらぶらしていた。しばらくすると、ボアが寄ってきて、ジャガーと肩を並べて歩きはじめた。だがふたりは、もめているようだった。ボアは頭を動かし、こぶしを振り立てた。しばらくすると、あきらめたように、ジャガーのそばを離れた。二時限目の休憩にも、ジャガーはふたたび原っぱへ行った。今度は巻き毛が近づいた。だがそばへ寄るやいなや、ジャガーは彼を突き飛ばした。巻き毛は顔を赤くして、教室にもどってきた。教室では、生徒たちがやがやと私語を交わし、ふざけあっていた。罵倒し、唾をひっかけあった。まるめた紙屑を投げあった。馬や牛や豚や猫の鳴き声をまねて、教師をからかった。ふたたびもとの喧騒がもどったのだ。だがひとりだけ、騒ぎに加わらない者がいた。机の上に腕を組み、黒板をじっと見つめていた。ひと言も口をきかなかった。授業中、ノートもとらなければ、誰かに話しかけるということもなかった。《むしろやつのほうが、おれたちを村八分にしているみたいだ》とアルベルトは思った。《やつのほうから縁を切られたような感じだな。》乱闘の日以来、アルベルトは落ち着かなかった。いつかジャガーがやって来て、みんなのまえで真相をうちあけるよう、自分に要求するだろうと踏んでいた。その時のために、自分の行動を正当化するための弁明も考えていた。しかしジャガーは、いっこうにやって来なかった。ほかの連中とおなじく、アルベルトをも完全に無視していた。そんなわけで、アルベルトは、ジャガーがとてつもない仕返しを計画しているにちがいないと思うようになった。

起き上がって、寮舎の外へ出た。中庭は混雑していた。昼と夜が溶け合うどこか曖昧な時間帯であった。色褪せた影が、建物の奥行をかき消す。分厚いコートを着込んだ生徒たちの姿がくっきりと浮き出されたが、その顔はぼんやりと霞んでいた。明るい灰色の中庭、白っぽい壁や閲兵場、無人の原っぱ、すべてがしだいに灰色に染まっていった。不透明な明かりは、見る者の目をたぶらかした。たそがれゆく光のなかで、生徒たちの歩みは実際よりも、速くあるいはのろく見えた。話し声もときには甲高く、ときにはひそやかに聞こえた。人影がふたつくっつくと、喧嘩しているようにも、睦みあっているようにも見えた。アルベルトはコートの襟を立てながら、原っぱに向かって歩いていった。草波の音はしなかった。海はおだやかなようだった。草の上に寝転がっている生徒に出くわすと、たずねた、《ジャガーは?》たいがい、何の返事もなかった。ときには罵声を浴びせられた、《おれはジャガーじゃねえんだ、馬鹿たれ、文句あるか。》校舎のトイレに足を向けた。入口からなかをのぞくと、闇のなかにいくつかの赤い点が浮かんでいた。《ジャガー!》とさけんだ。だれもこたえなかった。しかしアルベルトはみんなの視線を感じた。赤い火は、宙に停まったまま動かなかった。原っぱにもどると、こんどは《小真珠《ラ・ペルリータ》》の近くにあるトイレへ向かった。ネズミどもがわがもの顔で走りまわるので、日が暮れてからそのトイレを使う者はいなかった。戸口からのぞくと、黒い人影と、赤く燃える小さな火が見えた。

「ジャガー?」

「なんだ?」

アルベルトはなかに入って、マッチに火をつけた。ジャガーはズボンのベルトを締めなおしていた。ほかにはだれもいなかった。燃え尽きたマッチを投げ捨てた。

「話があるんだ、ジャガー」

「話すことは何もねえ。さっさと消え失せろ」

「ガンボアに告げ口をしたのはおれだと、どうしてみんなに言ってやらないんだ?」

ジャガーは、彼独特の陰気で人をさげすむような笑い声をあげた。ひさしぶりで耳にするジャガーの笑いであった。不意に、暗がりのなかを走りまわる無数の小さな足音がした。《やつの笑いにネズミどもも怯えちまうんだ》とアルベルトは思った。

「みんながおまえみたいな人間だとでも思ってんのか?」とジャガーは言った。「ふざけんな。おれは密告野郎じゃねえし、密告野郎とも口をききたかねえんだ。さっさと消えな」

「ガンボアに告げ口をしたのは君だと、このままみんなに思わせておくのかい、ジャガー?」アルベルトは尊敬と親しみをこめた口のきき方をしている自分に気がついた。

「おれはやつらに男らしく振る舞うことを教えてやったんだ」とジャガーは言った。「どう思おうとやつらの勝手だ。おれは痛くも痒くもねえさ。ああいうくだらん連中とはつきあっちゃいられねえよ。おまえも同類だ。消え失せろ」

「ジャガー、君に謝りにきたんだ。ほんとうに悪かった。許してくれ」

「やれやれお涙ちょうだいかよ」とジャガーは言った。「もううんざりだ。いいか、おれに話しかけるな。おまえとは口もききたくねえんだ」

「そんなことを言うなよ、ジャガー」とアルベルトは言った。「仲直りをしよう。告げ口をしたのは君じゃなくて、おれだったってみんなに言うよ。友だちということでこれからやろうよ」

「おれはおまえと友だちなんかになりたくねえよ」とジャガーは言った。「おまえは密告野郎だ。見てるだけで、胸くそが悪くなる。とっとと消えろ」

　アルベルトはあきらめて踵を返した。寮舎にもどらずに、原っぱに寝転がった。やがて夕食の時間を告げる笛が鳴った。

エピローグ

……おのおのの血筋に荒廃がしだいに侵攻する

カルロス・ヘルマン・ベージ

ガンボア中尉が五年生の事務局にやってきて、戸口からなかをのぞきこんだ。ガリード大尉は、背中を向けて、戸棚にノートをしまっているところだった。ぎゅっと締めたネクタイがくいこんで、首筋に皺が何本も寄っているのが見えた。《おはようございます、大尉殿》とガンボアが声をかけた。

「やあ、ガンボアか」大尉は振り返り、顔をほころばせた。「準備万端ととのったか？」

「ええ」ガンボアは部屋のなかに入った。外出用の制服に身を包んでいた。軍帽を脱いだ。額からこめかみ、後頭部にかけて、ぐるっと刻まれた一本の被り皺があらわになった。「いま大佐たちにあいさつをしてきました。あとは大尉殿だけです」

「出発はいつ？」

「あすの朝はやく。まだ片付けなくてはならない用事がけっこう残ってます」

「きょうは暑いな」と大尉は言った。「今年の夏は猛暑になるぞ。脳味噌がうだっちまうよ」声をたてて笑った。「だけど、その点、君はいいな。寒冷地じゃ、夏も冬もあったもんじゃないからな」

「暑いのがお嫌でしたら、代わりましょうか？」とガンボアは冗談を言った。「私がここにのこり、大尉殿がフリアカへ行かれる、どうですか？」

「世界じゅうの財宝を積まれても断わるね」と大尉はガンボアの腕をとりながら言った。「まあ、一杯飲みに行こう」

ふたりは外へ出た。寮舎の出入口に、深紅の腕章をつけた掃除当番の生徒が、山と積まれた衣類を数えていた。

「あの生徒はいまごろ何をやってるんです？　とっくに教室に行ってなくちゃならない時間でしょう？」

「またはじまった」と大尉は陽気に笑いながら言った。「あいつらが何をやってようと、もうかまわんじゃないか」

「ほんとうだ、まったく、癖なんですね」

ふたりは将校専用のカフェテリアに入った。大尉はビールを注文した。グラスに注いで、乾杯をした。

「プーノへは一回も行ったことがないが」とガリード大尉は言った。「そう悪いところでもなさそうだよ。フリアカからだと、汽車か車で行けるはずだ。ときお

「暑さのせいだ」とガリード大尉はビクーニャを指差しながら言った。「こちらの気候になかなか慣れんのだ。去年の夏は、狂っちまうんじゃないかと思ったよ」

「あちらではビクーニャの群と暮らすことになりそうです」とガンボアは言った。「もしかしたらケチュア語も覚えられるかもしれない」

「フリアカにだれか同期の者がいるのか？」

「ええ、ムーニョス。彼だけです」

「ムーニョス？　あの頓馬なやつか。始末に負えない飲んだくれだよ、あいつは」

「ひとつお願いがあるんですが、大尉殿」

「いいとも、なんなりと言いたまえ」

「生徒のひとりなんですが、彼とふたりだけで、学校の外で会って話をしたいんです。外出許可を出してやってもらえませんか？」

「時間はどれくらいだ？」

「三十分もあれば充分です」

「なるほど」とガリードはいたずらっぽく笑いながら言った。

「個人的な用件なんです」

「なるほどね。で、やつをぶんなぐるのか？」

「そうじゃありませんが、私の人生を狂わせたやつなので、仕返しをしてやりたいんです」


り、アレキーパへ出て息抜きしたらいいさ」

「ええ」とガンボアは言った。「徐々に慣れると思います」

「気の毒に思ってるよ」と大尉は言った。「君は優秀な軍人だ、ガンボア。おれはずっと君に期待を寄せてきた。あのときおれの言葉に耳を貸してくれていればと、いまでも残念に思っている。軍隊では軍律の講釈は、部下にたいしてするもので、上官にたいしてするものじゃない。君の将来のためにも、これだけはちゃんと覚えておくんだな」

「同情されるのはあまり好きじゃないんです、大尉殿。楽をするために軍人になったわけじゃないんですから、フリアカの駐屯地だろうと、この士官学校だろうと、私にはおなじことです」

「そういうことなら問題はないが、まあ、この話はもうやめにしよう、じゃ、乾杯だ」

　ふたりはグラスにのこっていたビールを飲みほした。大尉はふたたびグラスを満たした。窓のむこうに原っぱが見えた。草がのびて、緑の色合はいつもより淡く感じられた。ビクーニャが何度か窓の外を横切った。利口そうな目をきょろきょろさせながら、あわてふためいたように駆けていた。

「さあ、わかりません」とガンボアは微笑を浮かべながらこたえた。「案外そういうことになるかも……」

「フェルナンデスだな？」と大尉は声をひそめて言った。「わざわざ呼んで張りたおすまでもないよ、ガンボア。やつをいためつけるには、ほかにもっといい手があるんだ。まあ、おれにまかしといてくれ」

「いや、彼じゃないんです」とガンボアは言った。「もうひとりのほうなんです。いずれにしても、フェルナンデスにはもうなんのダメージも与えられないと思いますよ」

「そうかね？」とガリード大尉は真剣な顔で言った。「落第は？　やつにはかなりこたえると思うが？」

「もう手遅れですよ」とガンボアは言った。「試験はきのう終わりました」

「そんなことべつにどうってことないさ」と大尉は言った。「通知表はまだなんだからな」

「まさか本気でおっしゃってるんじゃないでしょうね、大尉殿？」

大尉は急に声の調子を変えた。

「冗談だよ、ガンボア」と笑いながら言った。「心配するな。むちゃなことはやらないさ。例の生徒、三十分と言わずに、好きなだけ連れだしたらいい。しかし、顔だけはなぐるなよ。あとでまた面倒なことになるとまずいからな」

「感謝します、大尉殿」ガンボアは軍帽をかぶった。「では、これで。また、いつか」

ふたりは握手をした。ガンボアは教室に向かい、下士官と二言、三言ことばを交わし、鞄を取りに衛兵所のほうへ歩いていった。当直将校が戸口に出て、彼を出迎えた。

「君宛ての電報だ、さっきとどいたんだ」

ガンボアは電報を開いて、急いで文面を読んだ。読み終わると折りたたんで、ポケットにしまった。それからおもむろにベンチにすわった。兵士たちはそっと立ちあがって、ガンボアをひとりにした。ガンボアは宙の一点をじっと見つめたまま、ぴくりとも動かなかった。

「悪い知らせか？」と当直将校が訊いた。

「いいや、そうじゃない」とガンボアはこたえた。「家からなんだ」

将校は兵士のひとりにコーヒーをわかすように命じ、ガンボアに、飲まないかと勧めた。ガンボアはうなずいた。しばらくして、衛兵所の入口にジャガーがあらわれた。ガンボアは一気にコーヒーを飲みほし、立ちあがった。

「しばらくこの生徒を借りる」ガンボアは当直将校に言った。「大尉からの外出許可はもらってある」

ガンボアは鞄を持って、コスタネーラ通りへ出た。断崖に沿った平坦な道を歩いていった。ジャガーは数歩遅れて、彼のあとにつづいた。そうやってパルメーラス通りまで進んだ。学校の建物が視界から消えると、ガンボアは鞄を地面に置いて、ポケットから一枚の紙をとりだした。

「この紙はなんだ？」

「そこに全部書いたつもりですが、中尉殿」とジャガーはこたえた。「ほかに何もつけ加えることはありません」

「私はもうこの士官学校の将校ではないんだ」とガンボアは言った。「私のところにこんな手紙をよこしてもしようがあるまい。どうして大尉のところへ行かなかったんだ？」

「あんなのとは関わりあいたくありません」とジャガーは言った。顔がすこし青ざめていた。ガンボアの視線を避けるように、しきりに目を逸らした。まわりには誰もいなかった。打ち寄せる波の音が、すぐ間近に聞こえた。ガンボアは額の汗をぬぐった。軍帽をうしろにずらした。ひさしのすぐ下に、一本の細い線があらわれた。それは額のほかの皺よりも深くきざまれ、赤みがかっていた。

「君はどうしてこんなものを書いたんだ？」とガンボアは繰り返した。「どうしてなんだ？」

「それは中尉殿が関知されなくてもいいことです」とジャガーは落ち着いた、従順な声で言った。「あとは中尉殿が、ぼくを大佐のところへ連行すれば、それでいいんです」

「このあいだみたいに、うまく行くと思ってるのか、ええ？　それとも私をかもにして笑いころげたいのか？」

「ぼくは馬鹿じゃないつもりです」とジャガーは言い、人を蔑むような顔つきをした。「相手が誰だろうと恐くありません。大佐だろうと、誰だろうと、びびったりはしません。入学したてのころ、ぼくは四年生の攻撃からあいつらを守ってやりました。連中は、上級生の洗礼に怯え、女みたいにただぶるぶる震えているだけでした。ぼくは男ならどう振る舞うべきか教えてやったんです。だけど、あいつらは、肝心なときぼくに背を向けた。あいつらはみんな、恥知らずな裏切り者です。みんなそうなんです。もうあいつらと一緒にいるのはうんざりです、中尉殿」

「そんな話は、単なるこじつけに過ぎない」とガンボアは言った。「もう一度聞く、正直に言いたまえ。なぜこれを書いたんだ？」

「あいつらはぼくを密告野郎だと決めつけたんです」とジャガーは言った。「やつらはクローゼットを開けられた途端、ろくに真相を調べもしないで、いきなりぼくに密告野郎のらく印を押した。恩知らずで卑しい連中です。中尉殿はトイレの落書をごらんになりましたか？ 《告げ口野郎ジャガー》、《ジャガーは犬だ》、あっちこっちにそう書きなぐってあります。ぼくは何もかも連中のためを思ってやったのに……それがいちばん悔しいんです。ぼくはなにも自分のことを考えてやったわけじゃない、あんなことをしてぼくになんの得がありますか？ なんの得にもなりゃしない、そうでしょう、中尉殿？ すべてクラスのためを思ってやったことなんです。ぼくはもう連中とは一分たりとも一緒にいたくありません。いままであいつらが自分の仲間だと思ってやってきました。だからよけい情けないんです」

「おかしいじゃないか」とガンボアは言った。「妙な話だ。級友たちが君のことを悪く思ってるのが気になるんだったら、君が人殺しだとわかったら、もっとまずいんじゃないのか？」

「連中がどう思おうとそれはやつらの勝手です」とジャガーはくぐもった声で言った。「がまんならないのは、やつらの恩知らずな心根です。それだけです」

「ほんとうにそれだけかね？」とガンボアは皮肉な笑いを浮かべて言った。「率直に話したまえ。密告をしたのは、フェルナンデスだと、どうしてみんなに言わなかったんだ？」

「やつの場合、それなりの事情があったんです」とジャガーは嗄れた声で言った。やっとの思いでしゃべっているようだった。「連中の動機とは次元がちがいます。あいつらは臆病風に吹かれて、ぼくを裏切った。やつの場合は奴隷の仇《かたき》を討ちたかった。やつが密告野郎であることに変わりはないし、男としてはじつにぶざまだけど、友だちを思ってやったことです。あいつらとはまるで違います。そうじゃありませんか、中尉殿？」

「もういい、帰りたまえ」とガンボアは言った。「私には君とくだらん話をしている暇がない。忠誠心やら仇討ちの話には興味ないんだ」

「眠れないんです」ジャガーはぼそぼそとつぶやいた。

「ほんとうなんです。うそじゃありません。つまはじきにされるってのがどういうことか、いままで知らなかったんです。どうかわかってください。お願いですから。みんな言ってます、《ガンボアは将校のなかでいちばんこわいけど、いちばん誠実な人だ》って。どうかぼくの話を聞いてください」

「じゃ聞こう」とガンボアは言った。「どうしてアラナを殺した？　なぜこの手紙を書いたんだ？」

「連中は見かけ倒しなんです。ぼくは奴隷のようなやつから、連中を守ってやろうと思いました。あいつは外出したいばっかりに、カーバを密告した。たかだか外出許可のために、平気で級友の一生を台無しにした。卑劣なやつだと思いました」

「それがどうして今ごろになって考えが変わったんだね？」とガンボアがたずねた。「最初、私が尋問したときに、どうしてほんとうのことを話してくれなかったんだ？」

「別に考えが変わったわけじゃないんです」とジャガーはこたえた。「ただ……」すこしためらってから、思いきったようにうなずいて言葉を続けた。「今は奴隷の気持がわかってきました。彼にとってぼくらは、仲間ではなしに、敵だったんです。さっきも言ったように、ぼくは今まで、みんなにつまはじきにされるということが、どういうものなのかわからなかったんです。ぼくらはよってたかって奴隷をいじめた。特にぼくは、やつにたいしてずいぶん手荒なことをしました。それでやつの顔がずっと頭に焼きついてはなれないんです。自分でもどうしてあんなことになったのかよくわかりません。ぼくはやつをぶんなぐるつもりだったんです。ただそれだけです。だけど、あの日、やつがぼくのまん前にいて、頭をあげたので、つい狙ってしまったんです。ぼくはクラスの連中の仇を討ちたかった。あいつらのほうが、奴隷よりもよっぽど卑劣な連中だなんて夢にも思わなかったんです。ぼくのような人間はやはり刑務所に入れられたほうがよさそうです。行く末はこういうことになると、おふくろが言ってました。確か中尉殿もそうおっしゃいましたね。覚悟はできています。どうぞお好きなようになさってください」

「アラナのことはよく覚えてないな」とガンボアは言った。ジャガーは戸惑ったような表情で彼を見た。「どんな生徒だったのか、思いだせないんだ。ほかの生徒なら、服装や態度、野外演習でどんな動きをするのか、ほぼはっきりと覚えてるのに、アラナだけはすっぽり記憶から抜け落ちてる。三年間も私の部隊にいたというのにな」

「お説教ならけっこうです」とジャガーは当惑顔で言った。「そういうのは苦手ですから……」

「今のは君に言ってたんじゃない」とガンボアは言った。「心配するな、お説教を垂れるつもりはないんだ。もういいだろう、学校にもどりたまえ。外出許可は三十分だけだ」

「ええ？」とジャガーはおどろいた顔で言い、ぽかんと口を開けた。「あの……」

「アラナの一件はすでに決着がついている」とガンボアは言った。「軍はこの件について、もはやひと言も耳にしたくないんだ。事件をまた最初から洗いなおすなんて、軍がとうてい承知するはずがない。軍に自らの過ちを認めさせるよりも、地下のアラナを生き返らせるほうが、はるかにやさしいぐらいさ」

「ぼくを大佐のところへ連れていかないんですか？　フリアカに行かなくても済みますよ。どうしておどろくんですか？　それぐらいのことは、ぼくにもわかってます。今度のことで、中尉殿が貧乏くじを引くはめになったってことぐらいわかってるんです。どうか大佐のところへ連行してください」

「君は無意味な攻撃とはどういうものか知ってるか？」とガンボアは訊いた。ジャガーは《いいえ》とつぶやいた。「敵が武器を捨て、降参したとき、責任感のある戦闘員なら、相手を撃つことはしない。倫理上の理由ばかりではない、軍事的な観点からも、つまり無駄なことだから、撃たない。戦場においてすら、無意味な死者を出してはならないんだ。私の言いたいことはわかるね？　じゃ、君は学校にもどって、アラナの死が無駄に終わらないようにがんばりなさい」

ガンボアは、手に持っていた紙を引きちぎって、投げ捨てた。

「もう行きなさい。そろそろ昼食の時間だ」

「中尉殿はもどらないんですか？」

「ああ」とガンボアはこたえた。「いつかまた会えるかもしれないな」

鞄を手にとって、歩きだした。ベジャビスタのほうにむかって、しだいに遠ざかっていった。ジャガーはそのうしろ姿を見送った。それから足もとに散らばる紙片を拾いあげた。ガンボアは紙をふたつに引き裂いたのだった。付き合わせれば、文面を容易に読むことができた。《ガンボア中尉殿、奴隷を殺したのはぼくです。このことを報告書に記し、ぼくを大佐のところへ連行してけっこうです。》自分の書いた紙のほかに、べつの紙片があることに気づいてはっとした。電報のようであった。《オンナノコウマレタ。ハハオヤゲンキ。オメデトウ。テガミオクッタ。アンドレス。》断崖のほうへ歩きながら、それらの紙片を細かくちぎって、ばらまいた。一軒の大きな家のまえを通るとき、立ち止まった。広い庭に囲まれたその邸宅は、彼がいちばん最初、空巣に入ったうちだった。コスタネーラ通りまで歩いていった。道路のほとりに立って、海を見た。灰色の海は、いつもより明るく感じられた。波が海岸に打ち寄せ、あっという間に砕け散るのだった。

まわりは白くまぶしく輝いていた。光はまるで家々の屋根から湧き出て、雲一つない青空に真っ直ぐ吸い込まれて行くかのようだった。広くゆったりした窓は太陽光線を乱反射して色とりどりにきらめいていた。そのまばゆいばかりのきらめきをまともに見たら、きっと目が眩むだろうとアルベルトは思った。シルクの薄いシャツの下で体が汗ばんでいた。手に持ったタオルで何回も顔を拭かねばならなかった。通りはめずらしくがらんとしていた。普段ならすでに海へむかう車で混みはじめる時間だった。時計に目をやった。時刻を確認するまえに、彼はうっとりと時計を眺めた。針や文字盤、巻きネジ、金色のベルト。胸ときめくような光沢。純金の美しい時計だった。まえの晩、サラサール公園でみんなと雑談をしていたとき、プルートが彼に言った。《それストップ・ウオッチ兼用の時計みたいだな。》《みたいだ、じゃなくて、ほんとうにそうなんだよ》と彼は誇らしげにこたえた。《何のために針が四本あると思ってるんだ？　それにボタンも二つ付いてるだろ？　防水《ウオーター・プルーフ》でしかも落としたってこわれないんだぜ。》みんなは信じられないという顔をした。彼は時計をはずして、マルセラに言った。《試しに落としてごらんよ。》彼女は尻込みして、調子っぱずれな短い悲鳴をあげるばかりだった。プルートやエレーナ、エミリオ、エル・ベベ、パコらはさかんに彼女をけしかけた。《本当にいいの？　落としても大丈夫？》《心配ないって》とアルベルトはこたえた。《さっさと投げちゃいなって。》彼女が時計を手からはなしたとき、みんなは一瞬息を呑んだ。十四の目が見開かれ、音をたてて時計が千々に砕け散る光景を思い浮かべた。だが時計は地面に当たって小さく跳ねただけだった。アルベルトはそれを拾いあげて、みんなに見せた。何ともなかった。かすり傷ひとつなく、正常に動いていた。その後《あと》、今度は自分の手で、時計を公園の小さな噴水のなかに沈めて、防水であることを証明してみせた。アルベルトは微笑を浮かべ、心のなかで、《きょうは時計をしたまま泳いでやるぞ》と思った。その時計は、クリスマスの晩、父親が彼にプレゼントしたものだった。《試験の成績が良かった褒美だ》と言った。《ようやくおまえも自分の名に恥じない成績を取るようになったな。おまえの友だちでこれだけの時計を持ってる者はほかにおらんだろう。みなに羨ましがられるぞ。》その通りだった。その晩、公園では、彼の時計が話題を独占した。《親父は人生の楽しみ方を知ってるんだ》とアルベルトは思う。

角を曲がってプリマベーラ通りに入った。気分は爽快そのものであった。鬱蒼《うっそう》とした庭を持つ大きな屋敷がつづき、歩道の照り返しはあたりに揺らめいていた。蔦は光と影の模様をあやなしながら樹幹を這いのぼり、枝にからまって風にそよいだ。そうした光景は彼をうきうきさせた。《夏は実にすばらしい》と思った。《明日は月曜だけど、ぼくにとってはきょうと同様、日曜日だ。九時に起きて、マルセラの家に寄り、彼女を誘って海へ泳ぎに行くんだ。午後には映画を観て、夜はサラサール公園へ出かけるんだ。火曜も水曜も木曜も、夏休みが終わるまで、そうした毎日が続くんだ。夏休みが終われば、もう学校へ戻らなくてもいい。荷造りをしてアメリカへ旅立つんだ。アメリカはきっといい所に違いない。》もう一度時計をのぞきこんだ。九時半だった。今の時間から太陽がこんな風にぎらぎら輝いたら、昼にはいったいどうなっているだろう？《海で泳ぐのには最高だな》と思った。白い房飾りのついた緑色のタオルのなかに水着をくるみ、それを右手に持っていた。プルートが十時に迎えに来てくれることになっていた。まだだいぶ時間があった。士官学校に入るまえは、街《バーリオ》の連中との約束には大抵遅れたものだった。だが今は早めに着いてしまうのだった。まるで失われた時間を取り戻したいとでもいうように。二つの夏を誰にも会わずに、家に閉じこもって過ごしたなんて信じ難いことだった。街《バーリオ》はすぐ目と鼻の先にあったというのに。ある朝ぶらりとコロン街やディエゴ・フェレー街の街角へ行って、みんなにひと声かけさえすれば、それですべてが元通りになったはずなのに。《やあ、みんな元気？　寄宿生活だからここんところなかなか会えなかったけど、もう夏休みに入ったんだ。ぼくも仲間に入れてくれ。この三ヶ月は、士官学校や寮生活や外出禁止のことを忘れて、みんなと楽しく過ごしたいよ。》だけど過去などはもうどうでもよかった。今まさに朝の光が、彼のまえに明るくて幸福な現実をさしだしてくれているではないか。不愉快な記憶など、灼熱の太陽のまえにあっては、雪のようにはかなく消えてしまう。

いや、そうではないのだ。士官学校の思い出は、今なお彼の心のなかに、ある暗い殺伐とした感覚を呼びさました。そして彼の溌剌《はつらつ》とした精神は、あたかも人の手に触れたねむり草のように、たちまち萎えてしまうのだった。もっともそうした居心地の悪さからの立直りはしだいに早くなった。それは目に入った小さな砂粒のようなもので、瞬きしているうちに治るのだった。二ヶ月まえだと、レオンシオ・プラドの記憶が一旦よみがえると、憂鬱な気分はなかなか抜けなかった。戸惑いと不快な思いが一日じゅうつきまとった。だが今は、映画の場面でも思い出すみたいに、気軽にいろんな事柄を思い出すことができた。そして、奴隷の顔を思い出さない日が何日もつづいたりした。

ペティ・トゥアールス通りを横切って、二軒目の家のまえに立ち止まり、口笛を吹いた。前庭には季節の花が咲きこぼれ、芝生は濡れて輝いていた。《直ぐに降りるわ》とさけぶ若い女の声がした。あちこちに目を向けたが、だれの姿も見えなかった。マルセラは階段を降りてくる途中だろうと思った。《中へ入れてくれるだろうか？》十時までにまだしばらく時間があったので、アルベルトは彼女を散歩に誘うつもりでいた。並木道を通って、電車線路まで歩くことができた。口づけも交わせるかもしれない。マルセラは庭の奥に現われた。スラックスを穿き、黒と臙脂《えんじ》の縞模様のゆったりしたブラウスを着ていた。微笑みながら彼に向かって歩いてきた。《なんて綺麗だろう》とアルベルトは心のなかで思った。彼女の黒い瞳と黒い髪は、まばゆいばかりの肌の白さと美しいコントラストをつくっていた。

「おはよう」とマルセラは言った。「お早いのね」

「じゃ出直してこようか？」と彼は冗談を言った。余裕があった。もっとも最初のころはそうではなかった。あるパーティーでマルセラに交際を申し込んだが、その後しばらく、子供時代から馴染んだ世界にいながら、つい気持が萎縮してしまうことが多かった。心地良い環境から隔離され、三年間の暗い日々を過ごしてきたのだから無理もないことであった。だが今は、自信を持って振る舞ったし、絶えず冗談を飛ばした。みんなと対等に付き合えたし、ときには優越感すらおぼえることがあった。

「お馬鹿さんね」と彼女は言った。

「少し歩かない？　プルートが来るまで、まだ三十分あるんだ」

「いいわ」とマルセラは言った。「ひと回りしましょう」こめかみに指を当てた。どういう意味の仕草だろう？　「両親はまだ寝てるの。昨夜《ゆうべ》、アンコンでパーティーがあったらしくて、帰りがずいぶん遅かったわ。公園から九時前にあわてて帰る必要もなかったわ」

少し歩いたところで、アルベルトは彼女の手を取った。

「どうだいこの太陽の輝き？」と言った。「泳ぐのに最高だ」

「ひとつ教えてあげましょうか？」とマルセラは言った。アルベルトは彼女を見た。彼女は魅力的な悪戯っぽい微笑を浮かべていた。小さくて生意気そうな鼻も可愛いかった。《本当に綺麗だ》と彼は思った。

「どんなこと？」

「昨夜《ゆうべ》ね、あなたのまえの恋人に会ったの」

何かの冗談だろうか？　新しい環境に、まだ完全に馴染んでいるわけではなかった。ときには誰かが街《バーリオ》の仲間うちならすぐそれとわかるおもわせぶりな言い方をすることがあった。だけど彼には何のことかさっぱりわからず途方にくれたりした。その鬱憤を晴らす手立てもなかった。まさか寮舎で口にしていたような冗談を、彼らに聞かせるわけにもいくまい。ふとある忌むべき光景が彼の脳裡に浮かんだ。奴隷が寝台に縛られており、ジャガーとボアは彼に向かって唾を吐きかけている。

「だれのこと？」と彼は注意深く訊いた。

「テレサ。リンセに住んでる娘《こ》」

忘れていた暑さが不意によみがえった。太陽は圧倒的な力で容赦なく彼の上に降り注いだ。彼は息苦しく感じた。

「テレサ？」

マルセラは笑った。

「どこに住んでるのかあなたが教えて下さってたから助かったわ」勝ちほこったような口ぶりだった。自分の企てに満足しているふうであった。「公園のあと、プルートが車で連れてってくれたの」

「彼女の家へ？」アルベルトは口ごもる。

「そうよ」とマルセラ。黒い瞳は燃えるようだった。「行ってどうしたと思って？　ノックしたの。あのひとが出てきたわ。グレローさんのお宅はこちらでしょうか、って訊いたの。グレローさんってあなたも知ってるわね？　うちのお隣りさん」彼女は少し間を置くように口をつぐんだ。「ちゃんと顔を見てきたわ」

　彼は心もとなげな微笑を浮かべた。そしてかすれる声で《凄いことをやるんだなあ》と言った。ふたたび例の居心地悪さが彼をとらえていた。屈辱感をおぼえた。

「ねえ」とマルセラは甘ったるくて悪戯っぽい声でたずねた。「あの娘《こ》に夢中だったの？」

「そんなことないさ。本当だよ。学校の連中と遊び半分でからかってただけなんだ」

「ブスだったわ」とマルセラは突如、苛立たしげに言い放った。「センスが悪くておかしな顔をしてたわ」

　そうした告白にもかかわらず、アルベルトは喜びに浸った。《ぼくに首ったけなんだ。妬いてるんだな》と思った。そして彼女に言った。

「ぼくは君だけが好きなんだ。こんなに夢中になったのははじめてさ」

　マルセラは彼の手を握りしめ、彼は立ち止まった。それから腕を伸ばして彼女を引き寄せようとしたが、彼女は嫌がって頭《こうべ》を振り、周囲にすばやい視線を走らせた。誰もいなかった。アルベルトは彼女の唇にかすかに触れただけだった。二人はふたたび歩きだした。

「彼女は何て言ったの？」

「何も言わなかったわ」マルセラは軽やかに笑った。「こちらはだれそれの家ですけど、とだけ。なんだかとても変な名前だったわ。プルートは車の中でお腹をかかえて笑ってたわ。だけどそのうちにふざけだしたんで、彼女はドアを閉めたの。それでおしまい。もうその人には会ってないんでしょ？」

「うん、会ってないよ」

「ねえ、彼女と一緒にサラサール公園を散歩したの？」

「いや、そんな暇なかったさ。二、三度会っただけなんだから。それも彼女の家とかリマでね。ミラフローレスには一度も来なかった」

「で、どうして別れたの？」

　思いがけない問いだった。アルベルトは口を開いたが、ことばが出なかった。自分にもよくわからないことを、どうしてマルセラに説明できようか？　テレサは、三年間におよんだあの士官学校時代の一部を成していた。よみがえらせない方がいい記憶の一つであった。

「そうだな」と彼は言った。「学校を卒業してみたら、別に気に入ってたわけじゃないことに気がついたんだ。それで会うのをやめたってわけだ」

二人は線路の近くまで来ていた。レドゥクト通りを下った。アルベルトは彼女の肩に腕をまわした。彼の掌の下で、すべすべした肌は、温もりをたたえて息づいていた。やさしくそっと触れなければ、今にも溶けてしまいそうだった。

どうしてマルセラにテレサのことを話したのだろう？　街《バーリオ》の連中は気軽に自分のガールフレンドのことを話題にした。マルセラだって以前サン・イシドロの男の子とつきあっていた、ということだ。自分は初心《うぶ》な坊やと見られたくなかった。レオンシオ・プラド士官学校に通っていたという事実が、彼にある種の威信を与えた。街《バーリオ》の連中は彼を、大冒険を体験して無事わが家に還ってきた放蕩息子のように、羨望のまなざしで見るのだった。もしあの晩、ディエゴ・フェレーの街角でみんなに出くわさなかったら、いったい自分はどうなっていたのだろう？

「夢じゃないか？」とプルートはさけんだ。「みんな見ろよ、幽霊がいるぜ！」

エル・ベベは彼を抱き締め、エレーナはにこやかな笑顔を浮かべた。ティーコは初めて会う者たちを紹介し、モーリは《三年ぶりじゃないの。よくもわたしたちをお見限りだったわね》と責めた。そしてエミリオは《まったく冷たいやつだぜ》と言いながら、親しみをこめて何度も彼の背中を叩くのだった。

「幽霊だぞ」とプルートは繰り返した。「みんな恐くないのかよ？」

彼は私服を着ていた。制服は椅子の上に掛けられ、軍帽は床に落ちていた。母親は出かけており、誰もいない家は彼を苛々させた。タバコを吸いたいと思った。自由になってからまだ二時間しか経っていなかった。目のまえに限りなく横たわる時間を、どんな風にも使うことができて、むしろ彼は戸惑いを抱くのだった。《タバコを買ってこよう》と思った。《それからテレサの家へ行こう。》だけど外へ出て、タバコは買ったものの、急行《エスプレソ》バスには乗らなかった。あたかも観光客か浮浪者のように長い間ミラフローレスの街をあてどなく彷徨《さまよ》った。ラルコ通り、海岸道路、ディアゴナル通り、サラサール公園と歩き回った。そうやってぼんやりと歩いているうちに、ばったりと彼らに出くわした。エル・ベベ、プルート、エレーナ、にこやかな顔の輪が、歓声を上げて彼を迎えた。

「いい時に来たわよ」とモーリ。「チョシーカへのハイキングにちょうど男性が一人足らなくて困ってたのよ。これで八つのカップルがそろったわ」

日が暮れるまでみんなと雑談を楽しんだ。翌日海へ行くことに話が決まった。みんなと別れると、アルベルトはゆっくりした足取りで家に向かった。新たな思いに耽っていた。(マルセラ何と言ったっけ? はじめて見る顔だったな。最近ミラフローレスに引っ越してきて、プリマベーラ通りに住んでるって言ってたな。)彼女は彼に言ったのだった。《じゃ明日また会えるわね?》今持っている水着はだいぶ古ぼけていたので、なんとか母親を説き伏せて、エラドゥーラの海へ着ていく新しい水着を、明日の朝一番に買わねばならなかった。

「まったく凄いよ」とプルートは言った。「正真正銘の生身の幽霊だぜ!」

「その通りだ」とワリーナ中尉は言った。「とにかく大尉の所へ今すぐ出頭してくれ」

《今さらこいつはおれに何の手出しもできやしないんだ》とアルベルトは思った。《すでに通知表は渡されたんだ。あいつに手前《てめえ》がどんな人間なのか面と向かって言ってやるさ。》だが、何も言わなかった。気をつけの姿勢をとって、ていねいに挨拶した。大尉は微笑を浮かべ、目で彼の制服を点検した。《これを着るのもきょう限りだ》とアルベルトは思った。しかし、士官学校ともこれでお別れだとわかっていても、べつに心は弾まなかった。

「結構だ」と大尉は言った。「靴のほこりを払って、ただちに大佐の執務室へ行きなさい」

アルベルトは嫌な予感を抱きながら、階段をのぼった。私服の職員が彼の名前をたずね、急いでドアを開けてくれた。大佐は机に向かって仕事をしていた。今度もまた、床や壁や調度品の輝きが彼を驚かせた。まるで大佐の顔や髪にまでワックスがかかっているかのようだった。

「これは、これは、入り給え」と大佐は言った。

アルベルトはなおも不安を抱いたままだった。あの親切めいた物言いは何だろう? その親しげなまなざしは? 大佐は彼の試験での成績を誉めた。《少し努力すれば、多くの成果が得られるもんだ》と言った。《君の今回の成績はたいへん立派だ。》アルベルトは黙っていた。身動き一つせずに、そして神経を張りつめて、称賛のことばに耳を傾けていた。《軍では》と大佐は確信に満ちた口調で断言した。《正義は遅かれ早かれ必ず勝つんだ。それは軍の機構に本然的に備わっている特質なんだ。そのことは君も今回の経験で身をもって理解できただろう。そうじゃないかね、フェルナンデス君？　もうすこしのところで君は自分の人生を台無しにするところだった。栄光ある家名を汚し、令名高き家柄に汚点を残すところだったんだ。しかし軍は君に最後のチャンスを与えた。私が君を信じたことは、やはり間違いではなかったようだ。さあ、握手をしよう。》アルベルトはやわらかくて海綿状の小さな肉の塊りを握った。《君は立派に立ち直った》と大佐はことばを継いだ。《期待通り、みごとに立ち直ってくれた。それで来てもらったんだ。ところで、これからの進路はどうなってる？》アルベルトはエンジニアになるつもりだとこたえた。《それはたいへん結構だ。わが国は技術者を必要としている。社会に大いに貢献できる職業だ。頑張ってくれたまえ。幸運を祈っている。》アルベルトは弱々しげに微笑んだ。《どうお礼を申したらよいのかわかりません、大佐殿。ありがとうございます。心から感謝いたします。》《では、もう退がってよろしい》と大佐は言った。《ああ、それからOB会への加入を忘れないように。卒業生が母校との絆を保ちつづけるのは大事なことだ。われわれは皆で大きな家族を作っているんだからな。》大佐は椅子から立ち上がって、彼を出口まで見送った。そこで、ふと何かを思い出した。《あっ、そうだ》と手で空を切りながら言った。《忘れるところだった。》アルベルトは気をつけの姿勢をとった。

「いつかの原稿のことを覚えてるな？　何の話かわかるだろう？　思い出すのも嫌なことだが」

アルベルトは頭を垂れ、小さな声でつぶやいた。

「はい、大佐殿」

「私は約束を果たしたぞ」と大佐は言った。「私は約束を守る人間だからな。君の前途を危くするものはもはや何もない。例の原稿は破り捨てた」

アルベルトは熱っぽく礼の言葉を述べ、お辞儀を繰り返しながらその場を離れた。大佐は執務室のドア口に立って、微笑を浮かべながら彼を見送った。

「幽霊だよ、まったく」とプルートはなおも繰り返した。「しかもぴんぴんしてるぜ」

「もうわかったよ」とエル・ベベは言った。「アルベルトが帰ってきて、ぼくらはみんな嬉しいんだ。だけどちょっと話をさせてくれないか」

「ピクニックの打ち合わせをしましょうよ」とモーリは言った。

「そうだよ」とエミリオが同意した。「ちゃんと話を決めておこうぜ」

「幽霊と一緒にピクニックへ行けるなんて」とプルートはさけんだ。「こいつは凄いや」

　アルベルトは、じっと何かを考えこんでいるような顔つきで家に向かって歩いていた。頭のなかにはさまざまな思いがひしめきあっていた。冬が終わろうとしていた。季節がミラフローレスに別れを告げる合図のように、にわかに霧が湧いてきた。霧はラルコ通りの地表と並木の葉叢の間をたゆたった。街灯の光は霧のなかを通過する時、虚ろな輝きを帯びた。霧はしだいにすべてを覆いつくしていった。さまざまな物体や人間や記憶は霧のなかに包まれ、溶かされた。アラナやジャガーの顔、寮舎での生活や種々の処罰はしだいに現実感を失っていった。その代わり、忘却の彼方にあった一群の若い男女の存在がふたたび彼の記憶によみがえった。彼は夢のなかから出てきたようなそれらの若者たちと、ディエゴ・フェレーの街角にある小さな四角い芝生の上であれこれとしゃべったが、すべては三年前と何も変わってない様子であった。彼らの語り口も仕草も馴染みのあるものだった。人生は調和に満ち、それなりに愉快なもののように思えた。時間はなだらかに、心地良く流れた。そして刺激的でもあった。その見知らぬ女の子の黒い瞳のように。彼女は楽しそうに彼と冗談を交わした。小柄で可愛い女の子だった。髪が黒く、澄んだ声をしていた。彼がふたたびそこにいることに驚く者はいなかった。彼は大人になっていたが、みなも同様だった。男の子も女の子も共に、社会に自分の存在を確立しつつあるように思えた。だがまわりの雰囲気は昔と少しも変わっておらず、アルベルトは彼らの興味の中心が依然変わってないことに気がついた。スポーツやパーティー、映画や海、洗練されたユーモアや上質な茶目っ気。部屋の電灯は消えていた。彼はベッドに寝そべって、目を開けたまま、とりとめのない映像を闇のスクリーンに思い浮かべていた。彼が抜け出ていった世界が、彼にふたたび門戸を開き、何のとがめも無しに、今一度、彼をその懐に迎え入れるためには、わずか数秒で事足りた。まるでその世界における自分の座り場所を、この三年の間、みんなが一生懸命キープしてくれていたとでもいうように。彼は自分の未来を取り戻したのだった。

「恥ずかしくはなかったの？」とマルセラはたずねた。

「何が？」

「あの娘《こ》と連れだって街を歩くこと」

自分の顔がみるみる赤くなるような気がした。恥ずかしいどころか、テレサと一緒のところをみんなに見られるのが、むしろ誇らしかったのだと言っても、彼女にどうして理解できよう？　あの頃、自分が一番恥ずかしかったのは、まさに自分がテレサと同じ境遇の人間、つまりリンセやバホ・エル・プエンテあたりに住むような人間でないことであったと言っても、彼女に理解できるだろうか？　ミラフローレス出身であることが、レオンシオ・プラドではむしろ屈辱的な条件であるのだと、どうして彼女に理解できよう？

「いや」と彼は言った。「恥ずかしくはなかったね」

「じゃあのひとが好きだったんだわ」とマルセラは言った。「あなたなんて嫌いよ」

彼はマルセラの手を握った。二人の体は触れ合った。そのかすかな感触は、電流のように彼の身内を貫いた。彼は立ち止まった。

「だめ」と彼女は言った。「みんなが見てるんだから」

けれど抵抗はしなかった。アルベルトは彼女の唇に情熱的なキスをした。体を離した時、マルセラの頬は紅潮し、目が輝いていた。

「でお父さんたちは？」と彼女は言った。

「ぼくの両親？」

「ええ、あのひとのことをどう思ってらしたの？」

「どうも思わないよ。だって何も知らなかったんだから」

二人はリカルド・パルマ通りを歩いていた。両脇の大木は間隔を置いて、散歩道の上に涼しげな影を落としていた。二人は並木の絡みあった枝のアーチをくぐるように、歩道の真ん中を歩いた。通行人はまばらだった。小さなテントの下で女の人が花を売っていた。アルベルトはマルセラの肩にまわした手をおろして、彼女の手をとった。遠くの方では、自動車が列をなしてつぎつぎとラルコ通りへと曲がっていった。《海へ行くんだ》とアルベルトは思った。

「じゃ、私のことはご存知なの？」

「もちろん知ってるさ」と彼はこたえた。「とても喜んでるんだ。親父は君がとても綺麗だと言ってたよ」

「で、お母さまは？」

「おふくろもそうだよ」

「ほんとう？」

「ほんとうさ。親父はこの間、何て言ったと思う？　ぼくがアメリカへ行く前に、君を誘って、みんなで日曜日に南《スール》ビーチへ行こう、ってさ。両親と君とぼくとでだ」

「ほら、またその話を口にした」と彼女は言った。

「ああ、そうか、だけど毎年戻ってくるんだから大丈夫だよ。休みはこちらでずっと過ごすんだ。たっぷり三ヶ月あるんだからね。それに卒業するまでそう何年もかからないよ。アメリカはペルーとちがって、何もかもが速いし、合理的なんだ」

「そういう話はしないって約束だったじゃないの」と彼女は抗議した。「あなたって嫌いだわ」

「ご免よ、悪かった」と彼は謝った。「つい口がすべったんだ。今ね、親父とおふくろは結構仲がいいんだぜ」

「ええ、この前、そんな話をして下さったわね。お父さまはおとなしくしてらっしゃるの？　お父さまの方が悪いんですもの。よくお母さまががまんなさったと思うわ」

「だいぶおとなしくなったよ」とアルベルトは言った。「もう少し住み心地の良い家を捜してるんだ。だけどそれでもときおりこっそりと抜け出して、明くる日帰って来ることがある。こればっかりはなかなか直らないもんだよ」

「あなたはお父さまみたいじゃないんでしょうね？」

「ぼくは違うよ。まじめ人間だ」

彼女はやさしい目で彼を見た。アルベルトは心のなかで思った。《うんと勉強をして、腕のいいエンジニアになろう。帰ってきたら、親父と組んで仕事をするんだ。オープン・カーを買って、プールのある家に住もう。そしてマルセラと結婚をして、ドン・ファンになるんだ。土曜日にはグリル・ボリーバルへ踊りに行って、あちこちへ旅行しよう。あと数年もしたら、レオンシオ・プラドに通ってたことすら忘れてしまうだろうよ。》

「どうしたの？　何を考えてるの？」

二人はラルコ通りの交差点に来ていた。まわりにはたくさんの人がいた。女性たちは明るい色のブラウスやスカートを身につけ、白い靴に、麦藁帽子、それにサングラスという恰好が多かった。何台かのオープン・カーの中では、水着を着た若い男女が笑いあっていた。

「いやべつに」とアルベルトはこたえた。「士官学校のことを思い出すのは好きじゃないんだ」

「どうしてなの？」

「いつも嫌な目にばかりあってたからね。そう愉快な所じゃないんだ」

「このあいだね」と彼女は言った。「うちの父が、どうしてあなたはあんな学校に入れられたんだろうって訊いてたわ」

「ぼくの根性を叩き直すためさ」とアルベルトは言った。「神父たちが相手だとぼくが好き勝手にできるけど、軍人たちだとそういうわけにもいくまい、って親父は考えたんだよ」

「神をもおそれぬお父さまだわね」

二人はアレキーパ通りをのぼっていった。五月二日通りとの交差点近くで、赤い車から声が飛んできた。《見たぞ、見たぞ、おふたりさん。》二人の視線は手を挙げて過ぎ去って行く若者の姿をかろうじてとらえた。すぐに手を振って見送った。

「あのひとはね」とマルセラは言った。「ウルスラと仲たがいしたのよ」

「そう？　それは知らなかった」

マルセラは別れ話のいきさつを彼に話した。彼には良くのみこめなかった。そして無意識のうちに、ガンボア中尉のことを考えはじめた。《アンデスの高原《プーナ》にまだいるだろうな。彼はぼくに対して誠意を尽してくれた。そのためにあんな所へ飛ばされてしまった。すべてはぼくが尻込みしたせいなんだ。もしかしたら昇進できずに、何年も中尉のままでいることになるかもしれない。それもこのぼくを信じたばっかりにだ。》

「ねえ、ちゃんと聞いてるの？」とマルセラはたずねた。

「聞いてるとも」とアルベルト。「で、それからどうなったの？」

「彼女に何度も電話をかけたんだけど、彼女のほうはその度に電話をがしゃんって切ってやったの。いい気味だわ。そう思わない？」

「思うね。そうされて当然だね」

「あなたもあの人のようなことをしないかしら？」

「しないよ。絶対に」

「そうかしら。とにかく男の人って油断ならないわ」

ふたりはプリマベーラ通りを歩いていた。遠くに、プルートの車が見えた。彼は歩道に立って、げんこをかためて二人を威嚇するような仕草をしてみせた。鮮やかな黄色のポロシャツに、踝《くるぶし》の上まで裾を折りあげたカーキ色のズボン姿だった。モカシンを穿き、ズボンの裾と靴の間からベージュ色の靴下がのぞいて見えた。

「まったくおまえたちもいい気なもんだな！」とプルートはふたりにさけんだ。「さんざん人を待たせておいて、朝のお散歩としゃれこんでよ！」

「プルートって本当に楽しい人ね」とマルセラは言った。「大好きだわ」

彼女はプルートの方へ駆けて行った。プルートは芝居がかった動作で彼女の首を刎《は》ねるふりをした。マルセラは声をたてて笑った。その笑い声は、夏の朝に涼やかに響いた。アルベルトは微笑を浮かべながらプルートに歩み寄った。プルートは親しみをこめて、アルベルトの肩にパンチを繰りだした。

「ふたりで駆け落ちしたのかと思ったよ」とプルートは言った。

「ちょっと待っててね」とマルセラ。「水着を取ってくるわ」

「大急ぎだよ、でないと置いてくぞ」とプルート。

「そうだよ」とアルベルト。「急がないと、置いてきぼりだぞ」

「で彼女はおまえに何て言ったんだ?」とイゲーラスはたずねた。

彼女はあっけにとられてじっと突っ立ったままだった。躊躇《ためらい》を一瞬忘れて、彼は思った、《覚えてくれてるんだ。》そこはリンセ区の広くてまっすぐな通りだった。灰色の光線が、霧雨さながらゆっくりと舞いおりて、すべてが煤《すす》けて見えた。——古ぼけた家々、のんびりした足取りで近づいてくる者、遠ざかってゆく者、電柱の連なり、不揃いな歩道、浮遊する塵埃《じんあい》。

「何も言わなかった。恐いものでも見るように、大きく目を開けておれを見たんだ」

「信じられないね」とイゲーラスは言った。「そんなはずないさ。何か言ったと思うね。こんにちはとか、お元気ですかとか、久しぶりねとか。とにかく何か言ったはずだよ」

何も言わなかった。彼はふたたび声をかけた。唐突で性急な言い方だった。《テレサ、ぼくを覚えてるかい? 元気だった?》ふたりの再会がごくありふれた平凡で日常的な出来事のひとつにすぎないことを彼女に印象づけようと、ジャガーは笑いを浮かべた。しかし無理に微笑をつくるのはしんどかった。腹のあたりに妙な居心地の悪さをおぼえた。それが手足に感染して、じっとしていられない気分におそわれた。何でもいいから、足を前か後ろか横に出したい気持にかられたし、手が動きだして、勝手にポケットに入ったり顔を触ったりしそうだった。そうした衝動が具体的な形をとれば、途方もない行動に及ぶのではないかという不安もあった。

「それでおまえはどうしたんだ?」

「もう一度、こんにちは、テレサ、ぼくを覚えてる? と訊いてみたんだ」

するとと彼女はこたえた。

「もちろん、覚えてるわ。あまり変わってたのですぐにはわからなかったけど」

彼は安堵の溜息をついた。テレサはほほ笑みながら手を差しだした。短い握手が交わされた。彼はテレサの手の感触をかすかに感じただけだった。しかしそれだけで全身が安らいだ。居心地の悪さや不安がすっと消えた。

「胸がどきどきしてくるぜ」とイゲーラスは言った。

アイスクリームを売る男がチョコレートとバニラをコーンカップに盛ってくれる間、彼は街角に立ってぼんやりと周囲をながめていた。直ぐ近くの電停に、リマ・チョリージョス線の電車が軋んだ音を立てて止まった。セメントのプラットホームで待っていた人びとが、わっと電車の金属扉の前に群がったので、乗客たちは人ごみを掻きわけながら降りなければならなかった。買い物袋をいくつも抱えこんだふたりの婦人につづいて、テレサが乗降口の上段に姿を現わしたのはその時である。人ごみのなかで彼女は頼りなげに見えた。彼は手をのばしてそれを受けとったが、そのとたん何か冷たいものが手の甲をかすめるのを感じた。下を見ると、アイスクリームの玉が彼の靴の上に落ちたのだった。《ちゃんと持ってくれなくちゃ》とアイスクリーム売りが言った。《おたくが悪いんだから新しいのはあげないよ。》彼が地面を蹴ると、アイスクリームの玉は飛んで数メートル先に落ちた。踵を返して横の通りに入ったが、すぐに歩みを止めて振り向いた。電車の最後の車輛が角を曲がって消えるところだった。走ってもとの場所に戻った。テレサはずっと先をひとりで歩いていた。彼は通行人の陰に隠れながら後を追った。《今にもどこかの家に入ってしまうんじゃないか? そうしたらもう二度と会えなくなるんだ》と思った。そして決心した、《ここをぐるっとひと回りしよう。そして角のところで出会ったら声をかけるんだ。》彼は走りだした。最初はゆっくり走っていたが、突然狂ったように駆けだした。角を曲がると、出会い頭に通行人とぶつかった。男は道路に倒れて、彼をののしった。ようやく立ち止まった時には、体じゅうに汗をかいて肩で息をしていた。額の汗をぬぐうと、指の間からこちらに向かって歩いてくるテレサの姿が見えた。

「それからどうした？」とイゲーラスはたずねた。

「すこし話をしたんだ」

「どれぐらい？」

「さあ、あまり長くはしゃべらなかったと思う」とジャガーはこたえた。「家まで送って行ったんだ」

彼女は歩道の内側を、彼は車道側を歩いた。テレサはゆったりと歩いた。ときおり振り返って彼を見るのだが、その視線は昔よりも自信に満ち、いっそう輝きを増し、ときには大胆ですらあることに彼は気づいた。

「もう五年になるわね」とテレサが言った。「もっとかしら？」

「六年」とジャガーはこたえた。そして声をひそめて、「六年と三ヶ月だ」

「はやいものね。この分だとわたしたちもあっという間におじいさんとおばあさんね」

テレサはそう言って笑った。その顔を見て、ジャガーは《おとなになったんだな》と思った。

「お母さんはお元気？」

「死んだよ。知らなかったの？」

「いい雰囲気じゃねえか」とイゲーラスは言った。

「彼女は何て？」

「その場に立ち止まっていたよ」とジャガーはこたえた。彼はタバコをくわえていた。吐き出した煙をじっと眺めながら、片手の指で垢じみたテーブルをトントンと叩いた。「まあ、残念だわ、と言った」

「その時、彼女に口づけしてもよかったと思うね」とイゲーラスは言った。「いいタイミングだったんだ」

「ああ」とジャガーは言った。「死に目にもあえず残念だった」

二人は黙りこんだ。並んで歩きつづけた。彼はポケットに手を入れ、ときおり彼女を横目で見た。突然彼は言った。

「君と話をしたかったんだ。ずっとそう思ってきたんだ。だけど居所がわからなかったものだから」

「すごい」とイゲーラスは言った。「ストレートに言ったんだな」

「そう」とジャガーは言った。挑むような目つきで煙をにらんでいた。「そう」

「そう」とテレサは言った。「引っ越してからベジャビスタへは一度も行ってないわ。もう何年にもなるの」

「謝りたかったんだ」とジャガーは言った。「海でのあのことを」

テレサは何も言わなかった。怪訝《けげん》そうな顔で彼の目をのぞきこんだ。ジャガーは目を伏せて、小さな声でつぶやいた。

「あのときは、ひどいことを言って、ほんとうにすまなかった」

「そんなことはもう忘れたわ」とテレサが言った。「お互いにまだ子供だったのよ。気にしなくていいの。それにね、あなたがお巡りさんに連れて行かれてからとても心配になったわ、ほんとうよ」テレサはまえを向いて歩いていたが、その視線はせわしく動いて過去の記憶をさぐるようであった。「そのあとすぐにあなたの家へ行って、お母さんにいきさつを話したの。そしたらお母さんはすぐに警察へ飛んで行ったけど、あなたはもう帰されたあとだったの。その足でわたしの家《うち》へ来て、一晩じゅう泣いてたわ。あのときはどうしたの？　どうして家にもどらなかったの？」

「そのときもチャンスだったな」とイゲーラスは言った。ピスコを一口啜ったあとも、コップをそのまま口もとにあてていた。「いい雰囲気だったんだ。ちょっと感傷的でさ」

「何もかも話したんだ」とジャガーは言った。


「何もかもって？」とイゲーラスは聞き返した。「おまえが袋叩きにされた犬みたいな面《つら》でおれの所に転がりこんだってことをか？　盗みを働き、売春宿で女を買い漁《あさ》ってたことをか？」

「ああ」とジャガーは言った。「何もかも残らず話したんだ。どういう所へ盗みに入ったのか、思いだせるかぎり話した。贈物のことだけは黙っていようと思ったんだが、すぐに気がついたらしい」

「そうだったの。あなただったのね」とテレサは言った。「贈物を送ってくれてたのは、あなただったのね」

「なるほど、そういうことだったのか」とイゲーラスは言った。「儲けの半分は売春宿に注ぎこみ、あとの半分はテレサへのプレゼントに化けてたってわけか。おまえも大したもんだな」

「半分じゃなくて全部だよ」とジャガーは言った。「売春宿ではほとんど金を使わなかった。娼婦たちはただで付き合ってくれたんだ」

「どうしてそんなことをしたの？」とテレサはたずねた。ジャガーはこたえなかった。ポケットから手を出すと、両手の指を無意識のうちにからみあわせていた。

「私が好きだったの？」とテレサが言った。ジャガーは彼女を見た。顔を赤らめてはいなかった。穏やかな表情のなかにかすかな驚きがあるだけだった。

「ああ」とジャガーはこたえた。「だからあのとき、海で男の子を殴ったんだ」

「妬いてたの？」とテレサは言った。その声には彼の意表をつく響きがあった。喜びと不安が入りまじっているように聞こえた。

「そうさ」とジャガーはこたえた。「だから君にあんなひどいことを言ってしまったんだ。ほんとうに悪かった」

「もう気にしなくてもいいのよ」とテレサは言った。「それにしても戻るべきだったわ。会いに来てくれればよかったのに」

「恥ずかしかったんだ」とジャガーは言った。「だけど一度は行ったんだ。イゲーラスがつかまったときに」

「何だって？　おれのことも話したのか！」とイゲーラスはうれしそうに言った。「それじゃ、おまえが何もかもしゃべったってのはほんとうなんだ」

「だけど君はもうそこにはいなかった」とジャガーは言った。「君の家には知らない人がいたし、ぼくの家にも新しい人が入ってたんだ」

「私ね、いつもあなたのことを思いだしてたわ」とテレサは言った。そして明るい声で付け加えた。「それでね、あなたに殴られたあの男の子とは、それっきり会わなかったのよ」

「ほんとうかい？」

「ほんとうよ」とテレサは言った。「だって海へ来なくなったんだもの」彼女は声をたてて笑った。「こわくなったのよ、きっと。またあなたに殴られると思ったんじゃなくて？」

「あいつは虫の好かないやつだった」とジャガーは言った。

「学校へ会いに来てくれてたのを覚えてる？」とテレサはたずねた。

ジャガーはうなずいた。彼女のすぐそばを歩いていた。ときおり腕がテレサの体に触れた。

「みんなはあなたが私の彼氏だと思ってたのよ」とテレサは言った。「私の友だちから《おじさん》って言われてたのよ。いつもまじめくさった顔で待ってるんだもの……」

「それで君の方は、その後どうしてたんだ？」

「そうだ、それを知りたいね」とイゲーラスは言った。

「彼女はその後どうしてたんだ？」

「学校を中退して、就職したんだ。今でも同じ事務所で秘書をやってるよ」とジャガーがこたえた。

「それで？　好きな男は？　彼氏は何人いたんだ？」とイゲーラスは訊いた。

「ある男の子と付き合ったんだけど」とテレサは言った。「また殴ってやろうって考えてるんじゃないでしょうね？」

ふたりとも笑った。すでにあの近所を何度も回っていた。角まで来るといったん足を止めるのだが、どちらが誘うともなくふたりはまた歩きだすのだった。

「そうか」とイゲーラスは言った。「いいムードになっていったわけだ。で、ほかにどんなことを話してくれた？」

「付き合ってた男の子に振られたんだ」とジャガーは言った。「やつが彼女の所へばったり来なくなった。それである日、やつが金持のお嬢さんと手をつないで歩いているのを見かけたんだな。ショックでその晩は眠れなかったらしい。尼さんになろうと思ったんだって」

イゲーラスは声をたてて笑った。そして空になったピスコのコップを満たしてくれるようにウエイターに合図を送った。

「彼女はおまえに惚れてるぜ。まちがいないね」とイゲーラスは言った。「でなけりゃそんな話をするはずがねえよ。女は見栄っ張りだからな。それでおまえは何て言ったんだ？」

「それはよかった」とジャガーは言った。「振られてちょうどよかったよ。君が例の坊やと海へ行って遊んでた時、ぼくがどれほど辛かったかそれでわかっただろう」

「で彼女は何て言ったんだ？」

「仕返しが好きなのね」とテレサは言った。

ふざけて彼をぶつ真似もしてみせた。けれど、彼女は振りあげた手をおろさなかった。手を宙で止めたまま、彼女は真剣な目で彼を見つめた。その目は多くを語り、大胆に彼を挑発していた。ジャガーは彼女の手をつかんだ。テレサは引き寄せられるまま体をあずけ、その胸に顔をうずめた。そしてもう片方の腕で、彼を抱きしめた。

「はじめて彼女に口づけをした」とジャガーは言った。「何度もキスしたんだ、口にね。彼女もキスしてくれたよ」

「よくわかるさ」とイゲーラスは言った。「無理もない。それで、いつ結婚したんだ？」

「あれからすぐにだよ」とジャガーはこたえた。「二週間後に」

「まただいぶん急いだもんだな」とイゲーラスは言った。コップはまた手の中にあった。彼はそれを注意深く揺らしていた。透明な液体はコップの縁をかすめながらゆっくりと回った。

「テレサは、つぎの日、銀行に来てくれた。二人ですこし散歩してから映画を観に行ったんだ。その夜、何もかも叔母さんに話したそうだ。叔母さんはすごく怒って、もう絶対おれと会っちゃいけないって言ったらしい」

「失敬な婆さんだ！」とイゲーラスは言った。半分に割ったレモンをじかに口のなかに絞ってから、熱烈かつ貪欲な視線を向けて、ピスコの入ったコップを口もとに近づけた。「それでおまえはどうしたんだ？」

「銀行で給料の前借りをたのんだ。支配人は話のわかる人で、一週間の休暇をくれた。おれにこう言ったよ。《そりゃ自殺行為ってもんだよ、君。だけど、まあ、人が不幸になるのを見るのは楽しいもんだ。結婚したまえ。》」

「叔母さんのことを聞きたいね」とイゲーラスは言った。「おまえは会いに行ったのかい？」

「しばらくしてから行ったんだ」とジャガーはこたえた。「叔母さんが怒りまくってるって聞かされたあの夜、おれは彼女に結婚を申しこんだんだ」

「ええ」とテレサが言った。「とても嬉しいけど、あの……叔母さんに何て言えばいいの？」

「あんな婆さんなんか糞食らえだ」とジャガーは言った。

「ほんとうに糞食らえって言ったのかい？」

「ほんとうさ」とジャガーは言った。

「きたないことばを口にしないでよ」とテレサは言った。

「うん、なかなかいい娘《こ》だ」とイゲーラスは言った。

「おまえの話を聞いてると、とても気立てがいい娘《こ》みたいだな。叔母さんのことはそんなにひどく言わなくてもよかったと思うぜ」

「今は仲良くやってるんだ」とジャガーは言った。

「だけど結婚式を挙げてから会いに行ったら、いきなりびんたを張られたよ」

「へえ、気性のはげしい婆さんだな」とイゲーラスは言った。「どこで式を挙げたんだ？」

「ワチョだよ。神父が式を挙げるのをしぶったんだ。書類がそろってないってさ。ほんとうに困っちまったよ」

「そりゃあたいへんだったな」とイゲーラスは言った。「そんな書類あるわけないでしょ、駆け落ちしたんですから」とジャガーは神父に言った。「金もほとんど使いはたしてしまったんです。一週間待てと言われても無理ですよ」

聖具室のドアは開いていた。ジャガーは神父の禿げ頭越しに教会の壁の一部を見ることができた。薄汚れて傷跡のある白壁を背にして、銀の奉納品がきらめいていた。神父は胸の上で腕を組み、両掌は腋の下に収まっていた。その目にはいたずらっぽさとやさしさが入りまじっていた。テレサはジャガーのかたわらに立って、不安げな面持ちで交渉のなりゆきを見守っていたが、突然しくしく泣きだした。

「彼女が泣いているのを見たら、むらむらと腹が立ってきてさ」とジャガーは言った。「神父の胸倉をつかんで締めあげてやったよ」

「すごい！」とイゲーラスは言った。「ほんとに胸倉をつかんだのかよ？」

「そうさ」とジャガーはこたえた。「目ん玉が飛び出て、苦しそうにもがいてたよ」

「費用がいくらかかるのか知ってますか？」と神父は首をさすりながら訊いた。

「神父様ありがとう」とテレサは言った。「ほんとうにありがとうございます」

「いくらかかりますか？」とジャガーは聞き返した。「いくら持ってるの？」

「三百ソルですが」

「じゃその半分だね」と神父は言った。「私がもらうわけではありませんよ。うちの貧しい信者たちのためです」

「それでやっと結婚式があげられたってわけだ」とジャガーは言った。「話のわかる神父だったよ。自分の金でワインを買ってきて、聖具室でおれたちにふるまってくれたんだ。テレサはすこし酔ってしまったけどな」

「それで叔母さんはおまえたちの結婚を知ってどんな顔をしたんだ？　それを是非聞かせてもらいたいね」

「翌日リマにもどって、二人で叔母さんに会いに行ったよ。結婚したことを告げて、神父のくれた書類を見せたんだ。それでいきなり横っつらを張りとばされたってわけさ。テレサが怒って、叔母さんにくってかかったよ。自分のことしか考えない身勝手な人間だとか何とか言ってさ。だけどしまいには二人とも泣きだしちまったんだ。自分はひとりぼっちにされて、犬のように死んでいくんだ、とかなんとか言って泣いてたよ。そうじゃありませんよ、ずっと一緒に住んでもらうつもりですから、と言ったら、安心したらしくて、近所の人たちを呼んで、結婚のお祝いをやりましょうと言いだした。根はいい人なんだよ、ちょっと愚痴っぽいけど、これといって、おれにいやがらせをするわけじゃないんだ」

「おれだったらとても婆さんなんかと住めないね」突然ジャガーの話に興味を失ったようにイゲーラスは言った。「子供の頃、祖母《ばあ》さんと住んでたんだけど、頭がおかしくてね、いつもひとりでぶつぶつしゃべってるし、何もないのににわとりがいると言っては追いかけまわすんだ。こわかったね。年寄りを見ると、あの祖母《ばあ》さんを思い出すんだ。婆さんなんかと住めたもんじゃねえ。みんなどこかいかれちまってるんだ」

「で、これからどうするつもりだい？」とジャガーはたずねた。

「おれか？」とイゲーラスは驚いて聞き返した。「さあ、わからんね。とりあえず、酒でも飲んで酔っ払うよ。あとのことは、また考えるさ。そこら辺をぶらぶら歩いてみたいね。もうずいぶん長く娑婆《しゃば》を見てないからな」

「よかったら」とジャガーは言った。「家《うち》へこないか。落ちつくまで居たらいいさ」

「ありがとう」とイゲーラスは笑いながらこたえた。「せっかくだけど、やめとくよ。さっきも言ったように、婆さんってのはどうも苦手なんだ。それにおまえの女房はおれを嫌ってるはずだ。おれが出所したことも知らせない方がいいと思うね。ま、そのうちに銀行へ訪ねて行くよ。その時また一杯やろう。友だちとしゃべるのは楽しいもんだ。だけど、おまえとはもうあまり会えないね。おまえは堅気になったんだし、おれは堅気の人間とは付き合わないからな」

「例の仕事を続けるのかい？」とジャガーは訊いた。

「泥棒をか？」とイゲーラスは苦笑しながら言った。「ま、そういうことになるだろうな。どうしてだか、わかるかい？　クレーペも言ってたけど、産屋の癖は八十までなおらぬ、っていうからな。いずれにせよ、しばらくリマを離れるよ」

「おれたちは友だちだ」とジャガーは言った。「力になれることがあれば遠慮なく言ってくれ」

「それはありがたい」とイゲーラスはこたえた。「とりあえずここの勘定をたのむよ。一文なしだ」

解説

杉山晃

弱肉強食の世界

レオンシオ・プラド士官学校は、ペルー、いやラテンアメリカの縮図だ。そこにはペルー各地から、さまざまな人種や階層の少年たちが集まってくる。キャンパスや寮舎に、ジャングルのような荒々しい緊迫した雰囲気がかもしだされる。そこは軍人が支配する領域でもある。腕力とずる賢さがものをいう弱肉強食の世界だ。

アルベルトは内気な奴隷に言う、

……軍隊では、腕っぷしが強くなくちゃやっていかれない。鋼鉄のキンタマを持ってないとだめなんだ、わかるか？　食うか食われるかだよ。それしかない。

外の世界から士官学校に入ってくる少年たちはまず《犬っころ》であることからはじめねばならない。そして野犬よろしく互いに襲いかかり、噛みつきあう。三年のあいだに士官学校は、それらの少年たちの魂を荒廃させ、《犬っころ》から残酷で偽善的な《大人》へと作り変えていく。

士官学校は、少年たちに無慈悲で野蛮な人間であることを強いる。生き延びるために、少年たちはやわらかな感情を覆い隠して、ずる賢さと粗暴さの仮面をかぶらねばならない。たとえばアルベルトであるが、ミラフローレスに住む同じ上流階級の友だちと付き合うときは、いつもそのまわりに、なごやかな明るい雰囲気を漂わせている。しかし、士官学校の門をくぐるやいなや、その率直でさわやかな態度はあとかたもなく消え、品のいいことばづかいは、攻撃的で辛辣で卑猥な口調へと変化する。そのコントラストを際立たせるバルガス＝リョサの手法はあざやかである。

アルベルトが《いかれたふりをして》要領のよさと狡《ずる》さでわが身を守るならば、ジャガーのほうは相手をぶんなぐり、腕力でねじふせてしまう。もっともそんなジャガーも、二つの顔を持っている。作者は性格の異なる二人の少年を描きながら、作品の終わり近くではじめて二人が同一人物であることを明かすのである。士官学校での暴力的なジャガーの姿と平行して、内気で孤独な少年のモノローグがところどころに織りこまれる。われわれにある種の共感と同情を呼びおこすこの少年は、実は入学以前のジャガーなのである。感受性の鋭い、ナイーブな少年は、士官学校のなかでは、悪の権化、暴力の神官に変貌するわけだ。

一方、リカルド・アラナつまり奴隷は、モノローグでのジャガーと同じように、繊細で心やさしい、内省的な少年であるが、ジャガーやアルベルトと違って、いかなる仮面もかぶらずに、つまり自らの弱さを隠さずに、まったくの無防備の状態でこの弱肉強食の世界に入り、けっきょく暴力の餌食になってしまう。奴隷は野外演習中に頭に弾丸があたって死ぬわけだが、それは単なる偶発的な事故だったのかもしれないし、アルベルトが考えたように、仲間を売った仕返しに殺されたのかもしれない。いずれにせよ、この世界では、腕力やずる賢さで身を守れない者は、いじめられ、疎外され、孤独と絶望のなかに追いこまれて、圧殺されるのである。

挫折と救済

奴隷を殺したのはジャガーであると、アルベルトはガンボア中尉に告発する。奴隷にたいする友情と贖罪《しょくざい》の思いにかられてのことだ。しかし、アルベルトの正義感は学校長である大佐の脅しのまえにはあえなくしぼんでしまう。自分の将来が危うくなりそうになったとき、無力感と屈辱感をいだきながらも取り引きに応じざるをえない。アルベルトは大佐の老獪《ろうかい》さにたちうちできるだけの、力も強さも勇気も持ちあわせていなかったのだ。偽善と狡猾さのまえに屈伏し、大人たちの堕落した社会の共犯者になって、それに同化していかざるをえなくなるのである。

> うんと勉強をして、腕のいいエンジニアになろう。帰ってきたら、親父と組んで仕事をするんだ。オープン・カーを買って、プールのある家に住もう。そしてマルセラと結婚をして、ドン・ファンになるんだ。土曜日にはグリル・ボリーバルへ踊りに行って、あちこちへ旅行しよう。あと数年もしたら、レオンシオ・プラドに通ってたことすら忘れてしまうだろうよ。

一方、上官たちの反対を押し切って、事件の調査を執拗にもとめたガンボア中尉はアンデスの酷寒の地へ飛ばされる。《この国で健全さと強さを保ってるのは軍隊だけです》《軍人は自分の任務を果たすことで、軍人としての将来を閉ざすようなことはありえない》

と考えていたガンボアは、軍隊が《健全さ》を誇れる組織ではなく、むしろ腐敗堕落しており、そこでは《任務を果たす》ことが、むしろ自分の将来を台無しにすることにつながると思いしらされるのである。

しかしそれでもなお、ガンボアは規律への信念を失わない。たしかにガンボアは挫折を味わい、自らの将来を棒に振ってしまうが、その揺るぎない規律への信念に、彼の救いがあることが予感される。《楽をするために軍人になったわけじゃないんですから、フリアカの駐屯地だろうと、この士官学校だろうと、私にはおなじことです》とガンボアはガリード大尉に言いきるのである。

作品のおわり近くで、ガンボアがジャガーと対面する場面がある。ジャガーは泥棒たちとの親交を通じて、暴力への信奉と裏切りへの憎悪という価値観を身につけていた。そして士官学校でも、この価値観のままに、他の少年たちの上に君臨し、自分が模範を示すことで、仲間たちを一人前の男にしたと信じきっていた。だが、肝心なときに、連中は彼に背をむけ、密告野郎だときめつける。そうした価値観では、団結も友情も信頼も築かれないことに、彼は気づき、おおいに動揺する。行きづまったジャガーは、ガンボアの前に膝を屈し、うなだれる。そして奴隷を殺したと告白する。そのときガンボアのとる態度は、気高く、感動的でさえある。ガンボアはジャガーの告白を自分に有利なように使うこともできたはずである。それを切り札に左遷を取り消させ、大尉への昇進を確実なものにすることもできたかもしれない。しかし、ガンボアは利己的な行動に走らずに、思いやりのある態度をジャガーに示す。絶望感にとらわれていたジャガーは、ガンボアの人間性に触れて、精神的な救済を得る。

敵が武器を捨て、降参したとき、責任感のある戦闘員なら、相手を撃つことはしない。(中略)アラナの死が無駄に終わらないようにがんばりなさい。

作品の最終の場面では、まっとうな生活を歩んで、救済されたジャガーが現われる。彼の信念はもはや暴力ではなく、連帯だ。かつての泥棒仲間のイゲーラスにむけられた彼の最後の科白がそのことをよく示している。《おれたちは友だちだ(中略)力になれることがあれば遠慮なく言ってくれ》

構成・文体・技法

バルガス＝リョサはこう述べている。

私には草稿を書き直していく作業がたまらなくおもしろいのです。あるストーリーがほぼできあがると、さまざまな文章やエピソードがなんらかの効果を発揮できるように、それを削ったり、付け足したり、あるいは配列を考えたり、時間的流れを検討したり、文章のリズムを直したり、物語を速めたり、止めたり、あるいは断片化したりして、いかにして読者を物語のなかに引きこむかを工夫するわけです。私の好きなアレクサンドル・デュマはこれをきわめて巧みにやってのけました。デュマは読者を否応なく物語のなかに引きずりこみます。デュマは、出だしのいくつかのエピソードからすでに読者をとりこにし、自分の思うがままに読者を物語の世界に誘《いざな》いました。私がめざす作家のタイプはまさにこれだと思います。とにかく読者の醒めた目をなんとかかき消し、物語のなかに呑みこんで、まるで魔法にかかったように物語の世界を生きてもらいたいと願うのです。まあ、こうしたことは物語の構成や言葉の選択などを通して得られるわけですが、私にとっては、このたくらみこそが小説を書くときの、なによりの楽しみです。

そのことばどおり、『都会と犬ども』にもさまざまな仕掛けがほどこされ、読者を最後のページまで飽きさせない。作品は第一部と第二部、それに短いエピローグから成り立っている。第一部、第二部ともに八つの章に分かれ、各章はさらにいくつかの断片に細分される。断片は全部で八十一ある。そしてひとつの断片から次の断片へ移るたびに、物語の舞台は変わり、時間が過去から現在のあいだを移動し、叙述形体や文章の調子、会話のテンポなども多様に変化する。断片の配列もよく計算されており、たとえば奴隷が昏睡状態から死にいたるエピソードでは、それに隣接するように、カーバが記章を剝ぎとられる屈辱的な放校の儀式や、ヤセッポチが虐待されボアによって脚をへし折られるサディスティックな場面が配置され、相乗作用によって濃密で緊迫した雰囲気を作りだしている。

士官学校でのできごとは、二つの視点から語られる。ひとつは、三人称形体を使った客観的な叙述で、今ひとつは主観的なボアのモノローグである。片方は、生徒たちの言動を外側から記録し、もう片方は、内側に入って彼らの心の揺れ動きをとらえる。こうした士官学校の物語のなかに、過去の、つまり入学以前のアルベルト、奴隷、ジャガーのエピソードが随時織りこまれる。そしてエピローグでは、ジャガーの数年後の姿までが描きだされる。現実を全体的に包括的にとらえこもうとする願望が、バルガス＝リョサには強くあるようだ。

士官学校での動静とあわせて、週末に外出したときの《都会》での行動があきらかなのは、アルベルトだけである。また公平なはずの語り手が、士官学校でもアルベルトの行動を優先的に追い、知らず知らずのうちにその思考を代弁することもあり、アルベルトは作者のいちばん近いところに立つ登場人物であると言えよう。

ボアやジャガーのモノローグは、ほとんど第二部に集中し、物語は徐々に求心力を増しながら、内的に深まっていくのである。それにともなって、ジャガーやガンボアの存在がしだいに大きくなり、とくに前半では単なる脇役に過ぎなかったガンボアは、後半になると主要な登場人物と肩をならべるほどの重要性を帯びてくる。

『都会と犬ども』には二種類のモノローグがみられる。ジャガーのモノローグは、ある聞き手を想定した追想で、整然と話が進み、ゆったりした口調で語られる。文体としてはオーソドックスで、行間からある種の郷愁と叙情性が立ちのぼってくる。一方ボアのモノローグは、意識の流れるままの内的独白であり、話がとりとめなくあちこちへぴょんぴょん飛ぶ。ほとばしることばは、エネルギッシュで生命力に富み、感情豊かだ。ラテンアメリカの庶民のエネルギーとダイナミズムを、まさにことばのレベルで端的に表現したものであり、バルガス＝リョサのこの達成は画期的である。ボアの独白はラテンアメリカの〈新しい文学〉のもっともみごとな成果のひとつである。

作品の最後の場面では、読者の意表をつく新しい技法が使われる。ジャガーとイゲーラスの会話のなかに、異なった時間と場所でなされた別の会話が交錯し、ときには一つに溶けあう。ありふれた平板な書き方だったら、退屈で冗漫なものになったかもしれない話が、この仕掛けのおかげで、いきいきと簡潔にまとまり、むしろわれわれに強いインパクトをあたえる。作品の文学性が主題よりも、それを処理する方法にあるというのは、バルガス＝リョサの一貫した考え方である。

さまざまなエピソードや記憶やことばを巧みに交錯させることで、現実を重層的にとらえ、過去を絶えず現在に流入させながら話を先へ進めるというこの手法は、『都会と犬ども』の全編をつらぬく中心的な技法となっている。そうした技法によって、『都会と犬ども』は、ページを追うごとに、あたかも水嵩をしだいに増しながら押し寄せる濁流のように、圧倒的な力を持ってわれわれを呑みこむのである。

＊

『都会と犬ども』は一九六三年に発表されたバルガス＝リョサの出世作である。士官学校での二年半におよぶ、彼自身の苦しい寄宿生活の体験が素材になっている。二十代の半ば、作家になることを夢見ていたバルガス＝リョサは、留学先のマドリードやパリの安アパートでこの作品を書いた。この原稿を読んだセイクス・バラル社の編集長のカルロス・バラルは、この作品は長い編集生活のうちでもっとも鮮烈で刺激的な驚きのひとつだった、とのちに述懐している。

『都会と犬ども』が発売されるや、その衝撃的なストーリーや斬新な手法は、読者を驚嘆させ、スペイン・ラテンアメリカの文壇に大きな反響を呼んだ。権威ある〈ブレベ図書賞〉やスペインの〈批評賞〉に輝き、またたくまに版を重ね、各国語にも翻訳されて、バルガス＝リョサはこの一作で、一躍ラテンアメリカ文学の旗手と目されるようになった。その後、大作『緑の家』（一九六六）と『ラ・カテドラルでの対話』（一九六九）をつぎつぎと発表し、作家としての地位を不動のものにした。『緑の家』では、叙情性と神話性に彩られた豊饒な世界を創造し、五年に一度もっともすぐれたスペイン語の小説に与えられるロムロ・ガリェゴス賞を一九六七年に受賞した。また『ラ・カテドラルでの対話』では、さまざまなレベルの会話を錯綜させながら、ペルーの政治史の一時期を立体的に浮かびあがらせることに成功した。さらにこの時期には、犬に性器を食いちぎられた少年の自暴自棄の日々を描いた中編小説『小犬たち』（一九六七）を発表している。

一九七〇年代に入ると、『パンタレオン大尉と女たち』（一九七三）や『フリア伯母さんと物書き』（一九七七）において、偏執的なまでの愚直さで天職を遂行する喜劇的な軍人と作家を描き、笑いと風刺で新境地を開く一方、ガルシア＝マルケス論やフローベール論を著した——『ガルシア＝マルケス　ある神殺しの歴史』（一九七一）、『永遠の饗宴　フローベールと「ボヴァリー夫人」』（一九七五）。

八〇年代に入ると、戯曲にも手を染め、一九八一年に発表した『タクナのセニョリータ』が好評を博した。さらに同年に刊行した壮大な長編小説『世界終末戦争』では、十九世紀末のブラジル奥地で起こった狂信者集団の反乱と政府軍によるその血なまぐさい鎮圧を描いて、一九八四年に第一回国際文学賞リッツ・パリ・ヘミングウェイ賞が授与された。その後は、小説の舞台をふたたびペルーにもどし、ペルーの荒廃した社会状況を映しだしたやや小粒な作品を書いている――『マイタの物語』(一九八四)、『誰がパロミノ・モレーロを殺したか?』(一九八五)。また『都会と犬ども』で文壇に登場して以来、今日までに新聞や雑誌に発表してきた膨大な評論やエッセイが、二巻本にまとめられて、『風と潮の流れに抗して』という題のもとに最近(一九八六)刊行された(第三巻は一九九〇)。

翻訳にあたっては、底本に Mario Vargas Llosa : *La ciudad y los perros*, Editorial Seix Barral, Barcelona, Decimosegunda edición, 1973 を用いたが、他に Penguin Books, 1966 版の英訳も適宜参照した。

末筆ながら、訳文を丹念に推敲してくれた亀井慶子氏、新潮社出版部の諸氏、とりわけ訳了までの数年間、訳者を忍耐強く督励してくださった塙陽子氏に厚くお礼申し上げます。

(一九八七年九月記)

付記

バルガス゠リョサがノーベル文学賞を受賞し、『都会と犬ども』を二十数年ぶりに読み返すことになった。読み返しながら訳文のところどころに手を入れたが、翻訳に四苦八苦したペルーでの日々や、ゲラになってからも大幅な修正を加えて編集者を困らせたことなどが思い出された。

出版された『都会と犬ども』は、ある文芸誌でその年の最も優れた翻訳小説のひとつに選ばれた。登場人物の語り口がいきいきと訳されているとコメントがついていたと思う。また別の文芸誌では「解説」に触れて、作家の楽屋裏をあばいているようなもので書きすぎである、といった内容のことを書かれた。なるほどと思い、以後あとがきや解説はできるだけ短いものにとどめることにしてきた。

今回その「解説」もおそるおそる読み返してみたが、やはり少々うっとうしい。しかしながら「初刊時の記念にそのままにしておいては」との寛容な助言もあり、そのままにしておくことにした。

ところで解説の終わりのほうにリョサが一九八〇年代の後半までに書いた主要な作品が列挙されている。それをさらに現在まで延ばすとなるとかなり長いリストになる。リョサは小説、評論、戯曲、エッセイなどさまざまなジャンルの作品を毎年のように刊行してきた。旺盛な創作活動は今も衰えをみせない。つい先日も最新作『ケルト人の夢』が届いた。コンゴやブラジルで奮闘したアイルランドの人権活動家の数奇な運命を描いている。

とはいえ、リョサのあまたの作品のなかで特別な光彩を放つのは、やはり初期の『都会と犬ども』『緑の家』『ラ・カテドラルでの対話』だろうと思う。そしてやや我田引水的に言えば、感覚の新鮮さや思いの切実さで断然際立つのは『都会と犬ども』である。作家が小説を書くのは、胸の奥に棲みついた悪魔たちを追い払うためだとリョサは繰り返し述べてきた。自伝的な要素の多い『都会と犬ども』は、リョサにとってまさしくそうした作品であった。その意味であの抜け目のない詩人も、父親に怯える奴隷も、ナイーブな心を潜《ひそ》めるジャガーも、規律に忠実なガンボア中尉もリョサの分身にほかならないのである。

＊

『都会と犬ども』の訳文に手を加えるのは、たぶんこれが最後だろう。その機会を与えてくださった新潮社編集部の冨澤祥郎氏に心より感謝したい。

なお氏から士官学校の新入生が三年生とはどういうことかと尋ねられた。ペルーの中高等学校は五年制で、レオンシオ・プラド士官学校ではそのうちの後半の三学年を学ぶことができる。バルガス＝リョサの父親は、「息子の根性を叩き直してもらうために」カトリック系の名門校に通っていたリョサをこの軍学校に転校（入学）させた。ちなみにレオンシオ・プラド士官学校のホームページを覗いてみると、「本校の元士官候補生、ノーベル文学賞受賞」の見出しが出ている。軍帽を被った当時の制服姿のバルガス＝リョサの顔写真も掲げられている。レオンシオ・プラドの校庭に山と積まれた『都会と犬ども』が焚書にされた時代も遠く過ぎ去ったようだ。

（二〇一〇年十二月記）

写真　C. Lyttle/Corbis
装幀　新潮社装幀室

La ciudad y los perros

by Mario Vargas Llosa

都会《とかい》と犬《いぬ》ども

著　者　マリオ・バルガス＝リョサ
訳　者　杉山《すぎやま》 晃《あきら》

発　行　2010年12月10日

発行者　佐藤隆信
発行所　株式会社新潮社
郵便番号 162-8711　東京都新宿区矢来町 71
電話　編集部　03-3266-5411
　　　読者係　03-3266-5111
http://www.shinchosha.co.jp
印刷所　大日本印刷株式会社
製本所　大口製本印刷株式会社

乱丁・落丁本は、ご面倒ですが小社読者係宛お送り下さい。
送料小社負担にてお取替えいたします。
価格はカバーに表示してあります。
 ISBN 978-4-10-514508-8 C0097